L'Aigle des deux royaumes

DU MÊME AUTEUR

Grand prix de la Société des Gens de Lettres
et prix Alexandre Dumas pour l'ensemble de son œuvre

Paradis entre quatre murs (Laffont).
Le Bal des ribauds (Laffont).
Les Lions d'Aquitaine (Laffont, prix Limousin-Périgord).
Divine Cléopâtre (Laffont, collection « Couleurs du temps passé »).
Dieu m'attend à Mélina (Laffont, collection « Couleurs du temps passé »).
L'Aigle des deux royaumes (Laffont, collection « Couleurs du temps passé »).
Les Dieux de plume (Presse de ma Cité, prix des Vikings).
Les Cendrillons de Monaco (Laffont collection « L'Amour de la Couronne »).
La Caverne magique (La Fille des grandes plaines) (Laffont, prix de l'Académie du Périgord). France Loisirs.
Le Chevalier de Paradis (Lucien Souny).
Le Retable (Lucien Souny), Limoges.
L'OEil arraché (Laffont).
Le Limousin (Solar ; Solarama).
Aimer le Limousin (Ouest-France).
Balades en Limousin (Les trois épis).
L'Auberge de la mort (Pygmalion).
La Passion Cathare : 1. Les Fils de l'orgueil (Laffont).
2. Les Citadelles ardentes (Laffont).
3. La Tête du dragon (Laffont).
La Lumière et la boue : 1. Quand surgira l'étoile Absinthe (Laffont).
2. L'Empire des fous (Laffont).
3. Les Roses de fer (Laffont, prix de la ville de Bordeaux). Livre de poche.
L'Orange de Noël (Laffont, prix du salon du Livre de Beauchamp). Livre de Poche et France Loisirs.
Le Printemps des pierres (Laffont). Livre de Poche.
Les Montagnes du jour (« Les Monédières »). Préface de Daniel Borzeix.
Sentiers du Limousin (Fayard).
Les Empires de cendre : 1. Les Portes de Gergovie (Laffont et France Loisirs).
2. La Chair et le Bronze (Laffont).
3. La Porte noire (Laffont).
La Division maudite (Laffont).
La Passion Béatrice (Laffont). France Loisirs
Les Dames de Marsanges : 1. Les Dames de Marsanges.
2. La Montagne terrible.
3. Demain après l'orage
Napoléon : 1. L'Étoile Bonaparte (Laffont).
2. L'Aigle et la Foudre (Laffont).
Les Flammes du Paradis (Laffont).

POUR LA JEUNESSE
Éd. Robert Laffont (collection « Plein Vent »)

La Vallée des mammouths (Grand Prix des Treize). Folio-Junior.
Les Colosses de Carthage.
Cordilière interdite.
Nous irons décrocher les nuages.
Je suis Napoléon Bonaparte (Belfond Jeunesse).

ÉDITIONS DE LUXE

Amour du Limousin (illustrations de J.-B. Valadié), Plaisir du Livre, Paris Réédition (1986) aux éditions Fanlac, à Périgueux.
Èves du monde (illustrations de J.-B. Valadié), Art Media, Paris.
Brive, commentaires sur des gravures de Pierre Courtois, éd. R. Moreau, Brive.
La Vie en Limousin (texte pour des photos de Pierre Batillot, éd. Les Monédières).

Michel Peyramaure

L'Aigle des deux royaumes

Lucien Souny

I.S.B.N. 2-905262-72-9

PREMIÈRE PARTIE

Pour Suzy et L. Bourliaguet

Les roses de l'ombrière

Elle l'aperçut qui tournait à l'angle d'un boqueteau de hêtres, en compagnie de Garin, le fauconnier, et de deux autres veneurs tenant les chiens en laisse. Elle l'appela, puis s'allongea dans l'herbe, écarta les touffes de fétuque pour le regarder approcher. Il parut hésiter un instant, immobile sur sa jument isabelle, avant de s'écrier :

— Aliénor, sors de ta niche, je te prie !

Elle haussa les épaules avec une moue de dépit. Son oncle ne manquait aucune occasion de lui être désagréable. Sa « niche », cette loge de feuillages où elle se retirait quand elle voulait être seule ! « Raymond ! Raymond ! Je me vengerai ! » Elle mordit à pleine bouche l'herbe drue et serra les poings. Non. Elle ne sortirait pas de sa « niche » ; il faudrait que Raymond vienne la chercher. Il l'appela encore. Aliénor écouta, les yeux fermés, cette voix qui semblait sortir d'elle et faire écho à ses désirs les plus secrets. Quand elle entrouvit les paupières, elle faillit crier de rage : ce n'était pas son oncle qui venait à sa rencontre, mais Garin. Descendu de cheval, il s'avançait vers elle avec précaution, sachant qu'il s'exposait à un jet de pierre ou à quelque autre facétie de cette peste.

Aliénor cueillit prestement une épine d'acacia, piqua son mollet en deux endroits rapprochés. Puis elle se laissa aller, détendue, retenant son souffle. Les bottes de Garin sifflèrent dans l'herbe haute. Il était devant elle maintenant, se baissait, lui secouait l'épaule, se penchait, un genou en terre. Elle respira une odeur de cheval et de cuir, écouta craquer les plis de la dure casaque fendillée. Garin la retourna d'un bloc.

— Cessez de faire la sotte, demoiselle, je ne suis pas dupe. M'entendez-vous ? Regardez plutôt la belle hase qu'a rapportée un de nos faucons. Holà ! Demoiselle !

— La main calleuse de l'oiseleur se fit légère pour se poser sur le front d'Aliénor puis sous le sein gauche. La demoiselle ouvrit un œil, gémit :

— Garin, Garin, je me sens très mal. Une vipère m'a piquée au mollet.

L'homme découvrit les jambes fines.

— C'est ici, Garin. Non, plus haut. Appelle mon oncle !

Quand Raymond fut arrivé, Aliénor lui vit un visage sévère :

— Quelle est cette nouvelle lubie ?

— Tu ne me crois pas ! Tu ne me crois jamais !

Raymond se pencha d'un air perplexe sur le mollet nu où perlaient deux gouttes de sang.

— Il faut la ramener tout de suite. Le mire de Belin la soignera.

Garin se mit en devoir de la soulever, mais elle se débattit si fort qu'il la lâcha.

— Il sera trop tard, mon oncle. Je mourrai sûrement en cours de route. Si vous aviez vu quelle bête énorme c'était.

— Nous te ferons un garrot.

— Non ! Renvoie Garin et tes hommes prévenir le mire. Toi, sors ton poignard et tranche la chair au-dessus de la morsure. Fais vite.

Raymond se leva lentement, un sourire amusé aux lèvres. Sa nièce voulait se jouer de lui, le mettre à l'épreuve. Elle ne reculait pas devant la perspective d'une douleur aiguë pour le plaisir de voir son oncle à ses genoux, les lèvres collées à sa chair. Le visage d'Aliénor se crispa quand elle le vit tirer son couteau et éprouver du pouce le fil de la lame.

— C'est bien, dit-il. Tu l'auras voulu.

Il s'agenouilla, plia en quatre son bonnet de feutre et le lui glissa entre les dents.

— Je vais te faire très mal. Ne crains pas de serrer les mâchoires. Es-tu prête ?

Aliénor cracha le morceau d'étoffe.

— Tranche !

Elle n'eut pas un sursaut quand la lame pénétra sa chair. Elle regarda le sang couler par saccades, ruisseler le long de la jambe.

— Tu es très courageuse.

Elle sourit fièrement.

— Qu'attends-tu, à présent ?

— Je tiens à prévenir moi-même le mire et les servantes. Garin me remplacera pour le reste.

Garin saisit le mollet, appliqua ses grosses lèvres sur la plaie. Aliénor le repoussa brutalement.

— Arrière, Garin !

Elle se dressa, vive comme une flamme, les poings crispés, prête à bondir. Un instant, l'oncle et la nièce demeurèrent face à face, lui plein de sa tranquille victoire, un sourire malicieux au coin des lèvres, les bras croisés sur sa poitrine ; elle, folle de rage, tendue comme un arc dans sa robe sale déchirée aux ronces, une larme tremblant à ses paupières. Raymond songea qu'elle était belle avec ses cheveux roux garnis de brindilles qu'elle dérobait chaque matin aux peignes des servantes, son visage aigu de jeune chatte aux larges yeux verts, son collier de scarabées et de coccinelles, sa poitrine dure.

— Je te ferai chasser par ma mère ! criait Aliénor. Je ne veux plus que tu poses les yeux sur moi, que tu me touches ! Je te jetterai un sort ! Je...

— Tu n'es qu'une enfant, Aliénor. Une enfant orgueilleuse et insupportable.

Elle se pencha vivement, arracha une poignée d'herbes et la jeta au visage de son oncle. Puis elle s'éloigna en courant. Il la regarda s'enfoncer dans la chaleur épaisse de l'après-midi, dansant parmi les hautes flammes blanches de juillet. Il se jeta à sa poursuite, s'arrêta au bout de quelques pas et haussa les épaules. Garin l'entendit murmurer :

— Jeune sorcière !

*
* *

Aliénor referma sur elle la porte et la verrouilla. Puis, elle traversa en boitillant la chambre plongée dans l'obscurité, heurta de sa jambe blessée l'angle d'un coffre et jeta un petit cri. D'un geste rageur, elle poussa le volet de bois, ouvrit les battants de l'étroite fenêtre. La lumière blonde de la soirée entra dans la pièce.

A genoux sur le parquet, Aliénor glissa une main sous le lit, tâtonna, finit par ramener un petit coffret de bois qu'elle porta, serré contre elle, jusqu'à la fenêtre. Assise dans l'embrasure, sur le rebord de pierre, les jambes allongées, elle ouvrit le coffret dont le couvercle portait ses initiales gravées au fer rouge, surmontées d'une couronne ducale grossièrement dessinée. Elle parcourut de l'œil le fouillis qu'il contenait, retira un sifflet de hêtre, une plume de geai, une fleur sèche, deux billes de buis, une bisette de lin noir, deux florins anglais, une feuille de lierre qui ne lui rappelait plus rien et qu'elle jeta, tout une menuaille qu'elle répandit au creux de sa jupe. Tout au fond, elle trouva ce qu'elle cherchait : une lourde bague ornée d'un émail bleu vert, vivant comme un œil, animé de reflets. Le travail était d'une extrême délicatesse : on distinguait nettement le visage d'un homme jeune et séduisant, portant une courte barbe et une couronne sur ses cheveux noirs. Raymond. « Je te hais, songea Aliénor. Je croyais t'aimer, mais je sais maintenant que ce n'était pas vrai. Tu m'as fait trop de mal. Chacun de tes regards me brûle comme un mauvais soleil. Chacune de tes paroles me blesse comme une flèche. Je te ferai chasser par la dame Philippia, ma mère, et plus jamais tu ne reparaîtras devant moi ».

Elle tournait la bague entre ses doigts, la faisait passer d'une main à l'autre comme une braise. Peu à peu, elle paraissait perdre de sa pesanteur, de sa richesse ; elle n'était plus qu'un de ces anneaux d'herbe qu'elle tressait avec les filles de Belin pour les échanger avec les écuyers contre des sifflets de hêtre. Elle n'éprouverait aucun regret à la jeter tout à l'heure dans le fossé.

Aliénor renversa la tête en arrière contre la pierre froide. Un fil de soleil passa sur ses paupières closes et le visage de Raymond se modela dans cette lumière dorée. Le visage terrible qu'elle lui avait vu, le jour où il était entré en coup de vent dans sa chambre, à Poitiers, et qu'il lui avait pris le poignet en proférant d'une voix altérée par la colère :

— Cette bague que tu m'as volée, il faut me la rendre !

Elle avait pris son air le plus angélique pour répondre :

— De quelle bague veux-tu parler, mon oncle ?

— Où l'as-tu cachée ? Un serviteur t'a vue entrer dans ma chambre, tout à l'heure, et repartir précipitamment...

— Quel serviteur ? Dis-moi son nom !

Il avait pris un air implorant pour murmurer :

— Aliénor, tu sais le prix que j'attachais à ce bijou ? Mon épouse le portait quand elle est morte. Je lui ai juré de ne jamais m'en défaire tant que je vivrais. Que veux-tu en échange ? Mon petit écuyer arabe, ma jument isabelle ? Je te donnerai ce que tu voudras.

Aliénor était sur le point de céder quand elle l'avait vu bondir comme un démon, fouiller les armoires, renverser les coffres, jeter à terre des piles de vêtements et de lingerie. En quelques instants, il avait transformé la pièce en champ de bataille. Il revint vers elle, les pieds embarrassés dans une chemise, le visage auréolé de poussières dansantes.

— Je ferai fouiller tout le palais de fond en comble !

— Qui te dit que je ne l'aie point sur moi ? Qu'attends-tu pour me fouiller ?

— Je devrais te battre !

— Qui donc t'en empêche ?

Elle avança d'un pas vers lui, la poitrine haute. Raymond battit en retraite en proférant des injures.

Aliénor porta la main à sa poitrine. Elle sentait encore contre sa chair le froid du bijou.

Raymond était resté longtemps sans adresser la parole à sa nièce. Puis un jour il était parti en pèlerinage à Saint-Jacques-de-Compostelle. A son retour, il avait oublié. De nouveau, à certains moments où la bonne humeur prenait le pas sur les soucis qui l'assaillaient, il soulevait Aliénor par les aisselles, et la faisait tournoyer. Ou alors il l'entraînait à travers Poitiers. Comme elle était beaucoup plus petite que lui, il laissait pendre un bras sur son épaule, tandis qu'elle s'accrochait à lui par un index passé dans le ceinturon de cuir orné de vieilles médailles qu'il avait ramené d'Angleterre. Aliénor faisait en sorte qu'ils se retrouvent toujours dans le quartier des drapiers. Elle s'extasiait :

— Que j'aime cette jupe à galons d'argent ! Et ce coupon d'indienne...

Raymond achetait la jupe et le coupon. Le soir même, Aliénor faisait venir l'atourneresse de la dame Philippia qui, moyennant quelques deniers, faisait de la fille du duc d'Aquitaine une reine de légende. Elle allait se pavaner ainsi vêtue dans les antichambres et les couloirs au bras de son oncle, surprenait en pleine audience le duc Guillaume. Le soir, elle exigeait de siéger à côté de son père. Raymond la regardait du coin de l'œil à travers le cristal de sa coupe. Le duc la faisait servir la première. Elle savait fort bien, d'ailleurs, se servir seule. Ses mains prestes, ornées de bagues trop lâches, empruntées à de grandes cousines coquettes, voltigeaient à travers les vaisselles, déchiraient des bribes de viandes, picoraient des fruits et des gâteaux. Quand l'occasion se présentait, elle priait les troubadours d'improviser pour elle une chanson. Ils la nommaient « brise légère » ou « reine de mai », l'élisaient souveraine d'un royaume dont les sujets étaient des fleurs et des oiseaux et quand ils s'avançaient un peu loin dans l'hommage, on voyait se froncer les gros sourcils de Guillaume. Aliénor écoutait, sans sourire, le regard fixe, son visage aigu un peu crispé, remerciait d'un ruban ou d'une fleur. Quand elle fermait les yeux, c'est la voix de Raymond qu'elle entendait.

Elle portait cet amour en elle depuis toujours. Il lui était aussi nécessaire que le cœur ou le sang ; il coulait à travers elle sans qu'elle eût pu dire où était sa source et où son embouchure. Et Raymond l'aimait. Elle en avait la certitude ; s'il ne lui avait jamais avoué ce sentiment, c'est simplement parce qu'il ne lui avait pas encore été révélé. Un jour, il saurait. Et alors ce serait en lui une sorte de miracle comparable à ceux qui jettent les foules le visage contre terre dans les grandes basiliques d'Aquitaine. Ils partiraient ensemble vers la Terre sainte pour y conquérir des royaumes sur les Turcs. Mais auparavant, elle ferait jeter aux fers cette grande servante brune, Aleth, qu'Aliénor avait vue sortir de la chambre de Raymond au petit matin.

Puis elle lui rendrait la bague au chaton d'émail.

Aliénor passe la bague à son pouce, car aucun autre doigt n'est assez fort pour qu'elle s'y maintienne, pose la main à plat sur son genou, son front sur sa main, pour sentir les griffes du chaton s'incruster dans sa chair. Elle s'était promis de jeter dans les douves cet objet inutile, mais sa résolution n'a pas tenu longtemps. Elle appuie, appuie plus encore. Souffrir pour Raymond ! Saigner pour Raymond !

Quand elle rouvre les yeux brouillés de larmes, le rayon de soleil jaune qui coiffait le bouquet de pins dressé au loin sur le bord de la Leyre a disparu. Une vapeur chaude traîne sur les bruyères et les prairies et se mêle, à l'horizon, aux fumées montant des toitures rousses de Belin.

Le long de la rivière, quatre cavaliers chevauchent à pas lents. Celui qui va devant s'arrête, lève la main vers le château. Aliénor répond à son salut.

Elle range la bague dans le coffret, le replace sous le lit et va ouvrir à sa sœur, Pernelle, qui gratte la porte à la manière des chats.

Aliénor regarda son oncle dans les yeux, secoua le cornet d'ivoire et envoya les dés rouler sur le tapis.

— Double six !

— Tu as encore triché. Je ne veux plus jouer avec toi.

Elle se renversa dans le fauteuil en éclatant de rire. Les joints de plomb de la fenêtre faisaient alterner sur son visage et sa poitrine de petits losange de lumière bleue et verte.

— Tu dis toujours la même chose et tu ne veux pourtant pas d'autres partenaire que moi.

Il décapita un rouleau de piécettes, fit glisser vers elle la somme convenue.

— C'est un mystère que je n'ai jamais pu élucider. Triches-tu ? As-tu une chance à ce point indécente que je ne puisse une seule fois te tenir en échec ?

— Si je trichais, un fin joueur comme toi s'en serait aperçu au moins une fois.

Raymond allongea ses jambes sous le guéridon.

— Bien sûr, soupira-t-il, bien sûr. Alors, ce doit être la chance.

— Continuons-nous ?

Il se leva brusquement.

— J'ai perdu six sols et trois deniers. Ne trouves-tu pas que c'est suffisant pour aujourd'hui ? Que fais-tu de tout cet argent que tu gagnes ? Pas plus tard qu'avant-hier, tu as allégé de trente sols la bourse de ce pauvre baron de Bretagne qui passait par chez nous. Depuis le départ de ton père, tu as gagné cinq ou six marcs d'argent.

Aliénor parut se troubler. Elle répondit laconiquement que cela la regardait seule.

— C'est bon. Si tu ne veux rien dire...

Il se leva mollement, fit glisser dans sa ceinture les pièces qui restaient.

— Où vas-tu ? demanda Aliénor.

— Je vais pousser jusqu'au moulin.

— Pour voir Garcille ou Hermine ?

— Que vas-tu imaginer ! Ni l'une ni l'autre. Ces filles ne me sont rien.

— Dans ce cas, je t'accompagne.

Elle releva sa robe, enfourcha la jument isabelle tandis que Raymond se contentait de la placide hacquenée de sa nièce.

— Prends garde, Aliénor. C'est une bête nerveuse et susceptible. Elle n'aime pas marcher longtemps dans la chaleur. Laisse-lui la bride longue. Le mors l'a blessée l'autre jour.

— Tu as plus souci de ta jument que de moi, répliqua Aliénor.

Ils descendirent par un petit sentier d'aulnes et de noisetiers, traversèrent le village quasi désert, les chaudes étendues de prairies où les serfs travaillaient aux fenaisons, passèrent près de l'endroit où, la veille, Aliénor avait essayé de se jouer de son oncle.

— Veux-tu que nous nous arrêtions ? Je te montrerai ce que tu nommes ma « niche ». Je l'ai aménagée à ma convenance, avec une table et des sièges, et aussi un lit pour le repos et le sommeil. Je pourrai t'offrir une cruche d'eau fraîche. La source est à deux pas, sous les fougères.

— Je n'ai pas soif.

— Tu as tort. Je t'aurais montré aussi l'endroit où je cache l'argent que je gagne aux dés.

Il se mit à rire doucement.

— Je ne te crois pas.

Elle fit pivoter sa jument d'un geste un peu vif. La bête broncha.

— Tu ne me crois jamais, dit Aliénor.

Ils chevauchaient à travers un pâturage à moutons incendié par le soleil de juillet. Des larges plaques de terre fendillée montait une réverbération brutale. Un lézard vert fusa comme un éclair sous le pas des chevaux énervés.

— Sur certaines choses essentielles, dit la jeune fille, tu me caches la vérité.

La jument isabelle s'énervait de plus en plus. Aliénor serra les genoux, lâcha la bride. Ses jupes relevées découvraient sur le gris du pelage un genou blanc, un mollet enveloppé d'un pansement. Elle ajouta d'une voix basse mais rapide :

— Mon père ne reviendra jamais, n'est-ce pas ?

Raymond sursauta.

— Qui a bien pu te raconter cela ?

Aliénor ne répondit pas. Il ajouta, un peu désemparé.

— Suis-moi !

Ils obliquèrent vers la Leyre qui coulait à l'est sous un tunnel de saules. Leurs montures attachées aux basses branches, ils s'assirent à l'ombre parmi les sauges et les saponaires. Raymond répéta sa question.

— Qui t'a dit cela ?

— Personne.

Aliénor paraissait détendue. Elle mordillait distraitement une tige de sauge. L'embarras que manifestait Raymond l'amusait.

— J'ai deviné, dit-elle. Voilà tout.

Un matin, elle avait vu partir le duc Guillaume. Ce n'était pas un départ ordinaire. Il n'emmenait ni ses concubines, ni ses troubadours, ni ses chiens. Pour toute suite : quatre moines de l'abbaye Saint-Hilaire de Poitiers ; pour tout vêtement : une mauvaise robe de bure. Il prenait la route des pèlerins, plus humble, plus pauvre que ses barons que l'on voyait parfois descendre vers les sanctuaires du sud, gris de poussière ou de boue séchée. La veille de son départ, Aliénor l'avait vu par la porte entrebâillée de la chapelle, seul, la tête inclinée, murmurant des mots qu'elle ne pouvait saisir. Il s'était relevé après s'être signé largement. Deux traces de larmes se perdaient dans sa barbe. En sortant, il avait posé sa grande main sur la tête d'Aliénor comme pour y trouver un appui, et s'était éloigné sans un mot. Au petit matin, pour toute fanfare, il n'y avait que la voix de la vieille cloche de fer qui sonnait comme pour un trépassé. Le duc était parti à l'heure où la torche de la dernière ronde entrait dans la cour du palais. La dame Philippia avait fait lever les deux fillettes. Aliénor frotta sa joue à celle d'un homme qu'elle ne reconnaissait pas, dont le visage disparaissait sous une ample capuche. Puis elle était remontée en hâte dans sa chambre, transie de froid et de sommeil. A travers les vitres embuées, elle avait vu s'éloigner le singulier équipage. Non, ce n'était pas comme d'habitude. Le duc ne reviendrait pas.

Le silence se durcissait entre eux. Par instants, un souffle brûlant qui sentait la résine se levait des confins de la lande. La Leyre presque à sec faisait un bruit d'averse. Aliénor s'étendit, les bras à l'abandon, les aiselles marquées d'auréoles brunes. Raymond, la gorge serrée, parcourait du regard la robe rapiécée, maculée de vert et de brun, le dérisoire collier de scarabées, les pieds menus chaussés de mauvaises pantoufles de corde.

— Dans quelques mois, dit-il, ma nièce, Aliénor, fille de mon frère Guillaume de Poitiers, duc d'Aquitaine, sera reine de France.

— Tu te moques toujours de moi, soupira Aliénor. Quand cesseras-tu de me considérer comme une enfant ?

— Plaisanter ? Je n'en ai guère envie, dit Raymond.

Il se leva comme pour partir, descendit à pas lents vers la rivière, envoya de la pointe de sa chaussure quelques mottes de terre dans l'eau puis revint près d'Aliénor.

— Tu as deviné juste. Le duc Guillaume ne reviendra pas. Nous avons perdu : toi le meilleur des pères, moi le frère le plus affable qui soit.

Il reprit souffle, fit claquer au creux de sa paume une branche de saule.

— Dans quelques jours, nous recevrons l'annonce de sa mort. Le messager est en route à l'heure qu'il est.

Aliénor s'était levée. Elle se tenait tout près de son oncle, frémissante, et le regardait avec une telle fixité qu'il baissa les yeux.

— En réalité, ton père est bien vivant et, avec l'aide de Dieu, il le demeurera longtemps encore. Mais il avait beaucoup trop de péchés à se faire pardonner pour porter encore la couronne des ducs d'Aquitaine. Il me l'avoua lui-même maintes fois. Il a pris la décision de se retirer du monde un jour de l'automne dernier où il servait une biche près de Civaux. Un jet de sang souilla sa manche et la tache s'élargit de telle sorte que toute sa poitrine en fut bientôt couverte. Je le vois encore ôter sa casaque, la jeter avec dégoût dans une mare, la mare devenir rouge comme si on y eût égorgé une harde de taureaux sauvages...

Aliénor secoua la tête.

— Assez de fables ! Si mon père n'est pas mort, quand reviendra-t-il ?

— Je te répète qu'il ne reviendra jamais. Pour tous, il est mort en Galicie, non loin de Saint-Jacques. Ne m'en demande pas davantage. Je ne sais rien d'autre, sinon que Guillaume passera les jours qui lui restent à vivre à prier pour nous.

— En admettant que tu dises la vérité, en quoi la mort supposée de mon père peut-elle faire de moi une reine de France ?

Raymond jeta la branchette de saule, posa ses deux mains sur les épaules d'Aliénor.

— Cela non plus n'est pas une fable. La veille du jour où ton père quitta Poitiers, un courrier partait pour Paris afin de remettre une lettre au roi Louis VI. Guillaume m'a montré cette lettre et je n'ai pu que m'incliner devant la sagesse et la clairvoyance qui l'avaient inspirée. Il priait. Il priait le roi, pour le cas où il ne reviendrait pas vivant de son pèlerinage, de protéger l'Aquitaine contre les grands vassaux. Il lui demandait aussi...

Raymond haletait comme s'il avait couru.

— ... il lui demandait pour toi la main de son fils, Louis. Le roi a répondu favorablement. Il est très malade. Dans quelques semaines, dans quelques mois tout au plus, son fils sera appelé à le remplacer sur le trône.

Aliénor se retourna lentement, très pâle. Elle détacha les chevaux, sauta en selle et ils se remirent en route. Raymond la suivait d'une encolure et l'observait à la dérobée. Que n'eût-il pas donné pour lire dans les pensées de sa nièce ? Il attendait une explosion de joie, un accès de colère mais non ce silence.

Les toitures de chaume du moulin se dessinaient derrière un bouquet de saules gris. Le bruit de la roue se devinait déjà dans le vacarme des cigales et des criquets. Des berges étouffées de grasses verdures montait une fraîche odeur de menthe.

Raymond s'avança au niveau d'Aliénor.

— Pourquoi ce silence ? dit-il. N'es-tu pas heureuse ?

— Je ne sais pas. Tout cela est tellement inattendu. Crois-tu que cette union soit souhaitable ?

— Elle l'est assurément.

— Comment est le prince ?

— Grand et blond, à ce qu'on m'a dit.

— Je n'aime pas les blonds.

— Il est très pieux.

— J'ai horreur des bigots.

— Il passe pour un modèle de sagesse et de vertu.

— Ce doit être un homme triste. Je ne pourrai pas vivre à ses côtés.

— Allons donc ! Il ne manque pas, par tout le royaume, et même au-delà, de princesses qui seraient trop heureuses d'un tel parti.

Aliénor arrêta sa jument d'un geste sec, se dressa légèrement sur ses étriers et, tournée vers Raymond, une main sur la croupière, s'écria :

— Je me moque d'être reine ou impératrice ! Raymond, es-tu sourd ? Es-tu aveugle ? Ne comprends-tu pas que mon unique désir est d'être aimée de toi ? Que m'importe que mon père soit vivant ou mort, qu'il ait trouvé asile près de Dieu ou près du Diable. Une existence de reine n'est rien auprès d'une journée passée à tes côtés. Comment ai-je le courage de te dire cela ? Je te déteste autant que je t'aime. Je souhaite parfois te voir mort pour ne plus avoir moi-même à vivre et à subir ton indifférence !

Elle se retourna brusquement pour cacher ses larmes. Il ne put que murmurer d'un air stupide :

— Petite fille !

— Je ne suis plus une petite fille !

Il tendit la main vers elle. Aliénor le cingla d'un coup de bride et parut tout aussitôt confuse de son geste.

— Pardonne-moi. Je ne sais plus ce que je dis ni ce que je fais.

Ils approchèrent en silence du moulin. Une odeur de vase montait de la peissière ceinte de pieux verdis où des tanches venaient frotter leur museau noir.

Le meunier était occupé, une gourde de vin entre les jambes, à réparer un filet endommagé par un brochet. Tandis que Raymond s'asseyait familièrement près de lui, Aliénor s'éloignait vers la digue. Un nuage de farine sortait des grandes portes, noyait la cour encombrée de poules nichées dans la poussière et de canards qui faisaient la navette entre le baquet de son et le bief. Un gros ormeau répandait une fraîcheur de douves sur les pavés rabotés par les roues des chariots. Aliénor s'assit sur la pierre froide du mur qui surplombait le plan d'eau. Des plantes couleur de vase montaient droit du fond comme des cierges, enveloppées de nuages d'alevins et de têtards. Plus bas, en amont du moulin, sur un petit coin de rive pierreux où courait une eau ensoleillée, Garcille et Ermine, sous la surveillance de leur mère, battaient le linge à toute volée.

Garcille... Ermine...

Elles montaient souvent jusqu'au château sous les prétextes les plus divers. Raymond s'enfermait avec elles dans un petit cabinet, soi-disant pour régler le prix d'un couffin de carpes ou d'une pannetée de fougasses. Ces jours-là, les aigres criailleries d'Aleth faisaient écho aux reproches sévères de la dame Philippia. Le château sentait l'orage. C'étaient deux filles proprettes et bien en chair, mais trop sanguines.

Quand Raymond eut rejoint Aliénor, il lui trouva un air rasséréné, et même un profil aiguisé de malice qui ne lui disait rien qui vaille. Elle ramassa un caillou, porta les mains dans son dos et dit à brûle-pourpoint :

— Jouons aux gages, veux-tu ?

Il haussa les épaules :

— A ton aise.

— Dans quelle main, le caillou ?

Il toucha un des poings que lui tendait Aliénor.

— Tu as perdu !

Elle l'observait du coin de l'œil, recula vers le parapet. Le bruit des battoirs à linge ralentit puis s'arrêta.

— Ne fais pas cette mine ! Je ne vais pas te demander de te jeter à l'eau... Embrasse-moi, tout simplement.

Il lui jeta un baiser rapide sur le front, lui saisit la main et l'entraîna vers les chevaux.

La chaleur roulait en grosses boules sur les prairies quand ils quittèrent le moulin pour trouver un coin où se baigner. Ils suivirent une charrière avant de s'enfoncer dans l'épaisseur légère d'un taillis de chênes-lièges, empruntèrent un sentier perdu dans les fougères hautes, d'une dureté de métal sous les rayons obliques du soleil. A quelques pas de là, la rivière les suivait comme une bête familière. Ils l'entendaient bruire sur les fonds caillouteux. Au fur et à mesure qu'ils avançaient, le bruit se faisait plus léger. La Leyre s'élargissait, prenait une verte transparence. Ils s'arrêtèrent à la lisière d'une pente d'herbe, se déshabillèrent en silence avant de se laisser couler dans l'eau froide mais vivante et amicale, nagèrent un moment, côte à côte, en silence, sous un tunnel d'arbres dont les cimes se rejoignaient et mêlaient leurs feuillages ; certains s'étaient couchés carrément en travers de la rivière et continuaient à vivre avec la moitié de leurs racines hors de terre. L'approche lente du soir ranimait les oiseaux et les arbres échangeaient de gros merles ensommeillés, des geais vifs comme des flammes, des fusées bleues de martins-pêcheurs.

Raymond et Aliénor cessèrent de nager. Les pieds d'Aliénor touchaient à peine le fond où glissaient les couleuvres souples du courant. Elle prit un bref élan, se laissa descendre sur le dos, ses seins aigus pointant à la surface, annelés de lumière froide.

Ils se séchèrent dans une clairière de soleil, entre deux taillis de fougères. Aliénor interrogea brusquement :

— Raymond, pourquoi n'as-tu pas pris femme ? Est-ce le souvenir de ta première épouse qui t'incite à demeurer seul ?

Il parut surpris de la question, se retourna pour embrasser l'épaule nue d'Aliénor.

— J'ai connu beaucoup de femmes en Angleterre, des filles de barons, de comtes, de ducs. Aucune ne m'a paru digne de prendre dans mon cœur et dans ma vie la place de ma première épouse. Tu sais quelle femme c'était et combien je l'aimais.

— Je le sais. Mais je sais aussi que le célibat ne te vaut rien.

Elle entendit le rire de son oncle contre la terre.

— Ecoute, dit-elle gravement, écoute bien ce que je vais te dire et promets de ne pas rire, de ne pas te mettre en colère. Si cela ne nous était pas interdit, acceptais-tu de m'épouser?

Il avait relevé la tête ; elle sentait son regard sur sa joue comme une brûlure de soleil.

— Ne réponds pas tout de suite, dit-elle. Oublie que je n'ai que seize ans et toi plus de quarante, oublie que nous sommes parents et que je serai bientôt reine de France...

Il s'allongea sur le ventre, posa le front sur ses bras croisés et se figea dans une immobilité de pierre. Bientôt elle l'entendit respirer avec force. Ses bras se détendirent, s'allongèrent, ses poings se crispèrent sur des touffes d'herbe comme pour s'y cramponner. Il avait gardé le visage contre terre et paraissait parler à quelque puissance secrète.

— Oui, demoiselle, oui, je t'épouserais. Je t'aime autant que j'aimais ma première épouse. Quand elle m'apparaît en songe, je ne puis faire qu'elle n'ai ton visage, ta taille et jusqu'à ta démarche, si bien que je ne sais plus si je rêve d'elle ou de toi. Je ne devrais pas te dire cela, puisque j'ai promis de veiller à ton mariage et voilà que je te parle comme si c'est moi que tu devrais épouser. Cessons ce jeu, Aliénor. Cela ne nous mènerait à rien de bon.

Elle l'enveloppa d'un regard éperdu. De petites gouttes faisaient étinceler les boucles brunes de Raymond qui descendaient très bas sur la nuque.

— Nous partirons ensemble, dit-elle. Je me moque de la couronne de France. Cela m'est égale de vivre ici ou ailleurs, pourvu que tu sois près de moi. Qu'y a-t-il de plus important que nous deux ? Mon père nous a donné la preuve que l'on peut mourir pour le monde et vivre pour qui l'on a choisi.

La poitrine nue de Raymond sursauta.

— Enfant ! Tu écoutes trop les chansons des troubadours.

Elle regarda la haute dune de chair sur laquelle dansaient des moucherons. Au niveau des omoplates, quelques poils noirs retenaient une rosée légère.

— Et si ce sont les troubadours qui ont raison ? Une couronne de reine ne vaut pas une couronne de feuilles donnée avec amour. Souviens-toi de cette chanson que chantait ton père, mon aïeul Guillaume :

Ne me croyez pas insensé
Si j'ai la dame parfaite
Car j'ai si faim de son amour
Que sans elle je ne puis vivre...

Elle ajouta avec violence :

— Maintenant, je sais que je ne pourrais plus vivre sans toi.

La dune de chair se gonfla, déplaça des lignes d'ombre et de lumière.

— Il le faudra bien, cependant, dit Raymond.

— Je ne le puis. Mon amour a résisté à tes sarcasmes, à tes colères, à ton indifférence. Personne ne pourra me contraindre à obéir à la volonté d'un père qui s'est lui-même dérobé à ses devoirs.

— Tu le dois, cependant. Refuser serait offenser le roi et le mettre à même d'envoyer ses armées en Aquitaine sous le prétexte de la protéger.

Elle dit, et c'était presque un cri :

— Je ne veux pas te quitter, Raymond !

Il se retourna. Leurs épaules se touchèrent. Un peu de jus d'herbe barbouillait celle de Raymond.

— Qui te parle de nous quitter ? dit-il. Mon intention est de te seconder, de t'aider à supporter ta charge de reine à laquelle, dès maintenant, tu dois te préparer.

— Déjà !

Elle parcourut du regard les frondaisons des chênes, le ciel que voilait une buée d'orage, la rivière, l'herbe un peu jaunie, comme si elle voyait ces choses pour la dernière fois. Elle se leva, se dirigea vers les chevaux. Il la regarda s'éloigner, habillée d'ombre verte, ses hanches étroites jouant avec grâce sous les dernières vagues de cheveux, revenir tenant à deux mains, comme un oiseau, son collier de scarabées et de coccinelles qu'elle lui tendit en s'asseyant sur ses jambes repliées.

— Tiens, prends. Il est à toi. J'y tenais beaucoup. Dorénavant, je ne saurais plus le regarder sans éprouver le regret de tout ce que je vais devoir abandonner. Je te rendrai aussi cette bague à laquelle tu paraissais tant tenir.

Il émit un petit sifflement dédaigneux.

— Tu peux la garder. Je n'y tiens plus beaucoup à présent. Ainsi, nous sommes quittes.

Elle se blottit sous son épaule puissante, resta un moment à respirer sur lui l'odeur de la rivière, à semer sa peau de ces petits baisers froids qui font courir des frissons jusqu'à la racine des cheveux.

—Ecoute, dit gravement Aliénor.

Des pas sourds avançaient dans les prairies.

— L'orage dit Raymond.

Ils se rhabillèrent en silence.

* *
*

Pernelle se pencha hors du lit, accrocha le bras d'Aliénor à travers l'ombre.

— Où vas-tu ?

— J'ai entendu aboyer les chiens, tout à l'heure.

J'ai oublié de fermer le chenil et l'orage les énerve.

— Je ne veux pas rester seule. Emmène-moi ! J'ai peur.

— Tu aurais peur bien davantage si nous rencontrions dans les couloirs Mélusine ou l'aïeul Guillaume avec sa cithare. Recouche-toi et dors. Je reviendrai sans tarder.

Aliénor sentit se relâcher la pression de la main brûlante. Elle enfila sa robe sans la boutonner, se fourra deux bonbons au miel dans la bouche et, les mains en avant, se glissa dans la galerie. Un ciel palpitant de lueurs bleues bouillait à travers les fenêtres. Il faisait une chaleur étouffante. La seule fraîcheur était celle des briques où Aliénor posait ses pieds nus. La lueur d'une torchère de résine la guida dans le couloir. Après, c'était la nuit. Aliénor s'efforça de ne pas penser à Mélusine ni à Guillaume.

Elle monta l'escalier d'un pas rapide en s'aidant de la main courante. Quand elle fut devant la porte de Raymond, la hardiesse de sa démarche la paralysa. Cependant, si elle n'osait pas cette fois-ci, elle n'oserait jamais. Elle avait trop de fierté pour revenir sur un échec. Elle gratta à la porte, cogna du bout des ongles. Une voix profonde retentit à l'intérieur.

— Qui est là ?

— C'est moi, Aliénor.

Elle entendit le froissement des pieds nus sur les lattes de bois, colla son oreille à la porte.

— Que veux-tu ?

— Ouvre-moi.

— Que veux-tu ? répéta Raymond.

Elle sentit un frisson de colère la traverser. Ce qu'elle voulait... Comment le lui dire à travers cette porte ? La voix reprit, autoritaire :

— Retourne dans ta chambre. As-tu envie qu'on nous surprenne ?

— Cela m'est bien égal !

— Je ne t'ouvrirai pas.

— Alors j'attendrai. J'attendrai jusqu'au matin et les gardes me trouveront en passant.

Elle l'entendit jurer grossièrement. Il avait dû s'agenouiller ou s'asseoir, car la voix venait de plus bas. Elle colla l'oreille contre le panneau. La voix de Raymond avait changé. Elle n'était plus qu'un souffle et certains mots échappaient à Aliénor. Mais ceux qu'elle pouvait entendre entraient en elle, s'y enfouissaient comme des graines qui n'en auraient jamais fini de germer et d'éclore. Il lui disait qu'il l'aimait, mais que cet amour devait rester entre eux comme un secret qu'ils partageraient aux jours de solitude.

Il parla durant de longues minutes, s'interrompant lorsque le tonnerre roulait sur la forteresse. Elle l'entendait haleter comme si les mots qu'il disait, il les arrachait un à un à sa chair. Il y eut un silence. Puis Raymond acheva :

— Maintenant, sois raisonnable. Retourne te coucher. Nous nous verrons demain.

Elle appliqua sa bouche et ses deux mains contre le panneau gluant de cire.

— Si tu refuses de me recevoir, tu ne me verras ni demain ni jamais. Je disparaîtrai et nul ne me retrouvera !

Il proféra un mot dont elle avait horreur : « Enfant ! ». Aliénor faillit cogner contre la porte, crier des injures.

— Je resterai ici jusqu'au matin, dit-elle.

Les pas de Raymond s'éloignèrent de nouveau. Aliénor se serra dans sa cape et se laissa aller en travers de la porte, sur la dalle nue.

C'est un bruit de pas dans l'escalier qui l'éveilla.

Un filet de lumière jaillissait du fenestron, au fond du couloir et faisait fleurir ici et là une tapisserie rouge et or suspendue au-dessus d'un banc de chêne. Aliénor frappa la porte du plat de sa main.

— Quelqu'un vient, Raymond ! Vite, ouvre-moi !

Elle fondit de bonheur quand la porte se fut entrebâillée.

— Tu as vraiment passé la nuit à ma porte ? Ah ! folle, folle que tu es ! Entre vite !

Raymond paraissait affolé. Il lui toucha les joues, le front, les mains.

— Tu es glacée ! Couche-toi tout de suite. Attends-moi le temps de faire chauffer un peu de lait.

Elle but avidemment. Ses joues se colorèrent. Elle se laissa aller dans les draps encore chauds, les remonta jusqu'à son cou, tandis que Raymond allait et venait dans la chambre, vêtu seulement de ses braies et d'une cape qui, entrouverte, laissait apparaître ses mamelles bien dessinées.

— Que diras-tu à la grosse Mauberge quand elle aura trouvé le lit vide ?

— Que je suis allée pêcher dans la Leyre, comme je le fais souvent.

Raymond s'était approché du lit. Elle glissa un doigt dans sa ceinture, l'attira vers elle. Il ne résista pas. Il se sentait sur une pente où rien ne pouvait plus le retenir. Il avait assez lutté contre lui-même. Il avait passé toute la nuit à se retourner dans son lit. A quoi bon lutter encore ? Il connaissait trop bien Aliénor pour savoir qu'elle arriverait un jour ou l'autre à ses fins.

Il laissa choir sa cape et s'allongea contre elle.

La matinée était haute et chaude quand ils s'éveillèrent.

— Ecoute, dit Aliénor. Quel est ce bruit ?

Une rumeur profonde montait de la grande salle. Des éclats de voix se mêlaient à des gémissements. Un cheval galopait dans la cour. Raymond se leva, courut à la fenêtre.

— Il s'agit sans doute de cette petite troupe de cavaliers béarnais qui ont pour mission d'annoncer la mort du duc Guillaume.

Aliénor le rejoignit. Elle vit la dame Philippia, soutenue par Aleth et Mahaut, traverser la cour entre les flaques restant des averses de la nuit. Aliénor gémit :

— Ma mère ! Il faut que je me rende auprès d'elle tout de suite.

Chacun paraissait désemparé. On voyait des groupes de chevaliers tourner en rond comme s'ils cherchaient une monture égarée. Les premiers barons des alentours arrivaient déjà, sans avoir pris le temps de changer de vêtements. Ils demandaient à voir la dépouille du duc et, lorsque Raymond leur répondait qu'il était resté là-bas, dans un petit monastère, près de Pau, avant d'être conduit en Galicie et enterré à Saint-Jacques, ils paraissaient sceptiques et repartaient, après avoir baisé la main de la dame Philippia qui se tenait roide dans la grande salle, le visage immobile comme un masque de cire. Aliénor devait pincer le bras de sa mère pour qu'elle inclinât la tête. Son œil froid et sec fixait un point sur le mur oppposé : peut-être ce grand chasseur rouge qui chevauchait dans une forêt de légende pleine de licornes, de lions et de fées et qui ressemblait au duc Guillaume ; peut-être ce ciel tendre de juin où planait un busard ; peut-être rien.

Pernelle pleurait de vraies larmes. Assise sur un coussin, au pied du fauteuil, elle pressait contre sa joue la main glacée de la dame. C'est à peine si elle bougeait la tête quand un baron s'approchait de ce grand fantôme noir ; elle montrait alors un visage ravagé. Pernelle vouait au duc une passion filiale qui faisait fi de tout grief. Il aimait la prendre sur ses genoux, lui caresser le visage, par jeu, de la pointe de sa barbe, lui chanter de sa belle voix de basse-taille qui donnait aux mots un velouté de fleur, les couplets de l'aïeul, Guillaume le Chanteur. Il lui ramenait souvent des oiseaux morts et des bijoux de cuivre. Elle n'avait pas eu le temps de discerner en lui le fond de cruauté et d'égoïsme qu'Aliénor commençait à deviner. Son dernier acte le condamnait. Il savait que son épouse, devant sa vie déréglée, commençait à perdre la raison et que sa disparition risquait de la lui ôter tout à fait. Il n'avait pas reculé devant la perspective de vendre sa fille aînée Aliénor à un prince dont il ignorait tout. Et cela pour gagner sa place au purgatoire !

Aliénor avait hâte que cette pénible cérémonie prit fin, pour se retrouver seule avec Raymond. Sa présence lui causait une terrible impression de gêne. Une odeur de mort flottait autour de la duchesse ; Raymond, lui, respirait la vie. Elle se sentait mal à l'aise entre ces deux êtres dont l'un l'inclinait à la pitié et dont l'autre aiguisait ses désirs. De plus, elle avait très faim. On avait, depuis longtemps, laissé passer l'heure du repas.

*
* *

La duchesse avait été reléguée dans sa chambre avec une servante : la fidèle Mahaut.

Elle avait retrouvé une apparence de vie. La nuit, parfois, ses gémissements et ses cris traversaient le château de fond en comble. Le jour, on la trouvait assise dans l'embrasure de la fenêtre, immobile, ses deux mains pâles allongées sur sa robe noire très propre. Elle paraissait guetter une apparition dans le lointain. Pour tout le monde, elle était morte ; on la cachait comme on dissimule les premières atteintes de la lèpre.

Une troupe brillante, conduite par Hugues de Lusignan, était partie, passé la Saint-Jean d'été, vers les domaines royaux du

Parisis pour annoncer à la cour de France la mort du duc Guillaume d'Aquitaine.

A Belin, les jours passaient lentement. L'épaisse chaleur de juillet collait à la plaine. Le meunier ne décolérait pas : la Leyre n'avait pas d'eau ; il se consolait en buvant son vin et en battant ses filles, mais cela ne suffisait pas à faire tourner la roue. On moissonna tôt, sous un soleil d'enfer. Aliénor, Pernelle, Raymond, les domestiques disponibles, et quelques chevaliers, aidaient aux travaux ; le soir, on dansait sur les aires chaudes des hameaux.

Aliénor s'arrêtait parfois de lier les gerbes pour observer Raymond. Il se baissait et se relevait dans les blés drus, sa faucille étincelant comme une arme. Quand Raymond s'arrêtait un instant de travailler pour boire une giclée à la gourde, il comparait Aliénor à une de ces Cérès romaines que l'on voit sur les tombeaux aux abords des grandes pistes, et lui faisait un signe de la main avant de se replonger dans le blé. Ils se retrouvaient pour les repas à l'ombre d'un chêne, partageaient le pain, les oignons des paysans et dormaient ensemble à l'heure de la sieste.

Parfois Raymond faisait semblant de se fâcher : ce n'était pas la place d'une future reine de France.

Aliénor partageait toujours son lit avec Pernelle et sa chambre avec la grosse Mauberge, sa nourrice. On oubliait souvent de fermer le chenil, ce qui l'obligeait à se lever au cœur de la nuit.

Un jour des calendes de juillet, alors qu'elle tirait à l'arc dans le verger avec Raymond et Pernelle, un cavalier fit irruption dans la forteresse, portant des nouvelles de la cour de France. Le roi Louis VI avait pris connaissance du testament de Guillaume. Il reconnaissait Aliénor comme sa vassale pour le duché et demandait la main de la demoiselle pour son fils. Les noces, ajoutait le message, seraient célébrées dans la quinzaine qui suivrait.

Aliénor et Raymond échangèrent un long regard et ne soufflèrent mot. Quelques instants plus tard, ils se retrouvaient sur un banc du verger.

— Il est encore temps de refuser, dit Aliénor. Je ne tiens pas à cette couronne. Elle pèsera trop lourd sur ma tête, j'en ai la certitude. Et qui est ce prince que l'on va mettre dans mon lit ? Ce benêt, ce bigot, ce fade blondin ne me conviendra pas, je le sens. Raymond, Raymond, partons ensemble ! Demain... Tout de suite... Louis épousera Pernelle. Elle sera bientôt en âge de lui donner des enfants.

Une odeur de prunes chaudes montait de l'herbe. Un lézard traçait des signes contre le parapet des douves dont le soleil avait jauni les mousses. Raymond coupa de l'ongle une herbe sèche et l'enroula à son doigt pensivement.

— Tu n'as pas le droit de te dérober. D'ailleurs la couronne de France ne saurait déparer la belle fille que tu es. Allons ! Je veux te voir sourire et être aimable avec le prince. Je serai là pour te surveiller, te conseiller au besoin. Je te le dois et je le dois aussi à mon frère. Garde confiance, Aliénor, et sache que le bonheur n'est jamais donné, qu'il faut le conquérir. Je crois que tu seras heureuse parce que tu auras beaucoup à lutter, à aimer et à haïr.

Il lui releva le menton d'une main. Elle continuait à regarder l'herbe haute, pleine de bêtes coureuses, de moineaux hardis, soûls d'insectes et de chaleur.

— Je veux te voir sourire, ma reine.

Elle se retourna, chercha le creux de son épaule en gémissant. Il se leva.

— Non ! plus jamais. Plus jamais, Aliénor.

Louis s'était éloigné pour ne plus entendre les râles d'agonie du roi.

Du fond du cabinet meublé d'une lourde table de travail, d'un chartrier couvrant trois murs et du fauteuil de cuir crevé où il avait trouvé refuge, il ne percevait plus qu'un murmure d'orémus et, venant de l'antichambre, un autre murmure : celui des grands barons assemblés dans l'attente des nouvelles.

Maintenant, c'était la fin. Le roi descendait lentement vers sa mort. Il avait reçu le viatique avec ferveur. Le prince n'avait pu retenir son émotion. Ses yeux gardaient une sensation de brûlure ; ses mains tremblaient ; il était épuisé. Depuis que le souverain était revenu de Bétisy, près de Compiègne, où les messagers d'Aquitaine l'avaient rejoint, il flottait entre vie et trépas. Deux ou trois fois, le jour et souvent en plein cœur de la nuit, un coup sourd ébranlait la porte du prince ; il voyait apparaître la face jaune et glabre de Joscelin et, avant que ce dernier ait eu le temps de murmurer : « sire, le roi se meurt », il savait ce qu'on lui voulait. Il retrouvait dans la chambre de son père les mêmes personnages figés : la reine Adélaïde, le Premier ministre Suger, le chevalier Caduc, ses frères et ses sœurs assis sur le banc du fond, contre la tapisserie. C'était devenu une sorte de rite. Le roi savait mourir et il mourait bien ; il gardait sa douleur secrète tant qu'un peu de lucidité lui restait : elle se manifestait par des crispations brèves du visage ou des membres, un afflux de mauvaises sueurs. Il interpellait l'un ou l'autre de ses parents ou de ses proches sans se tromper, renouvelait ses ultimes recommandations, récitait une dernière prière. L'approche de la mort lui arrachait des râles qu'il comprimait dans ses fortes mâchoires ; l'agonie détendait peu à peu ses membres. On le croyait mort : il dormait.

— Le roi vient de s'endormir. Vous pouvez vous retirer mais faites silence, pour l'amour de Dieu.

Louis sursauta. La silhouette ascétique de Suger s'encadrait dans la porte dont il avait soulevé la tenture. Ce n'était pas encore pour cette fois. Le roi fleuretait avec la mort : il la laissait se pencher sur lui et quand elle était là, quand il respirait son odeur de sueur grasse, de cendres et de bois pourri, il la repoussait de toutes ses forces et s'abritait dans le sommeil.

Quelle heure pouvait-il être ? Quel jour ? Louis en avait perdu le compte. Ce dont il était sûr, c'est qu'à l'heure présente, il eût dû chevaucher sur les routes d'Aquitaine, vers Bordeaux où l'attendait Aliénor. Tout était prêt depuis plus d'une semaine. Pourquoi le roi avait-il entrepris, alors que sa santé le lui interdisait, ce pèlerinage à Melun ? La nécessité d'un geste de piété avant la mort qu'il devinait proche ? Sans doute. Près de Compiègne, un accès de dysenterie l'avait terrassé. Il avait néanmoins fallu rentrer d'urgence à Paris où l'appelaient les affaires d'Aquitaine.

Le prince se leva péniblement. Il avait les genoux rompus à force d'avoir prié et la tête pleine d'un moulinet de phrases pieuses, si bien qu'il eut un début de vertige en soulevant le rideau.

La chambre était silencieuse. Une seule chandelle donnait sa lumière au chevet du roi. La reine Adélaïde était là ; elle avait près d'elle Suger et un vieillard qui triait et pesait les herbes sur une table, tout au fond, près de la fenêtre par laquelle pénétrait un fil de jour. Le roi dormait, les traits détendus, la bouche ouverte, toute noire, dans sa barbe clairsemée. Comme Louis passait au pied du lit, il perçut un souffle :

— Louis... Louis, mon fils...

Tournant la tête, il rencontra le regard de son père, brillant sous les paupières mi-closes.

— Vous ne dormiez donc pas, père ?

Le roi secoua la tête.

— Approchez. Plus près. J'ai à vous parler. Plus près...

Une main sèche comme un croc de fer accrocha le bras de Louis.

— Mon fils, il ne faut point, par ma faute, faire attendre Aliénor et risquer de compromettre ce mariage. Je tiens à ce qu'il se fasse, vous le savez.

Le roi prévint une objection. Sa main tavelée battit l'air.

— Non ! Non ! Ma santé n'a pas d'importance. Et d'ailleurs je tiendrai tête à la mort jusqu'à votre retour. Cette garce n'aura pas mes faveurs de sitôt...

Il essaya de rire. Une bille dure allait et venait dans sa gorge.

— Allez ! Allez ! mon fils. Vous quitterez Paris à l'aube. Venez me saluer avant votre départ.

Le souverain passa une bonne nuit.

A peine le jour commençait-il à colorer le ciel derrière les collines de Montmartre qu'il avait bu sa tisane et demandait un matinel plus copieux. Louis eut un hoquet de surprise lorsque, ayant traversé l'antichambre sur la pointe des pieds, il vit son père, adossé aux coussins, lui faire un signe de la main.

— Approchez, mon fils ! Je vous fais peur ? Tudieu, ne bougez plus !

Louis demeura figé au pied du lit. Il portait une tenue de voyageur ni très seyante ni très riche. Un bonnet de cuir emprisonnait ses longs cheveux blonds ; le manteau dont il s'était revêtu contre le frais du matin s'entrouvrait sur une casaque de feutre gris sans ornement, des culottes de même étoffe, de même couleur et des bottines de cheval en cuir souple comme on pouvait en voir à tous les archers du guet. Le roi fronça le sourcil, fourragea de la main dans sa barbe en queue de poireau.

— Quelle est cette tenue ? Partez-vous pour la chasse ou pour l'inspection d'un domaine ? Faut-il vous répéter que vous allez retrouver la plus riche héritière du royaume ? Que dirait Aliénor si elle vous voyait arriver ainsi ? Avez-vous au moins dans vos coffres de quoi nous faire honneur quand vous arriverez à Bordeaux ? Aliénor est jeune encore, ne l'oubliez pas, et sensible aux apparences.

Louis hocha sagement la tête. Le roi pointa un index vers lui :

— Ceci encore ; oubliez pour un temps, je vous prie, que vous fûtes enseigné au cloître de Notre-Dame et ne vous croyez pas damné pour l'éternité si vous sacrifiez une messe à votre fiancée. On n'est pas très dévot dans la famille des Guillaume et la petite Aliénor ne doit pas faire exception.

Le roi fit un clin d'œil à Suger et à Geoffroy de Chartres, un des plus fidèles évêques du royaume.

— En bref, mon fils, si vous tenez à gagner cette âme à la religion, ne le faites qu'avec infiniment de délicatesse et de circonspection. Ne vous laissez pas emporter, comme vous le faites trop souvent, enfant gâté !

— Soyez assuré, père...

— Je sais ! trancha Louis. Je sais qu'à dix-sept ans vous êtes aussi avisé, aussi sage qu'un homme de quarante. Mais de grâce... ne soyez pas trop sage !

Son regard chavira soudain. Le drap se tendit puis s'affaissa. Le roi battit l'air des deux mains, les appliqua contre son ventre et se mit à souffler bruyamment. Quelques instants passèrent. Il reprit :

— Ce n'est rien. La garce me fait sa cour.

Il prit le poignet de Louis qui s'était avancé et psalmodia une sorte de prière :

— Que la main toute-puissante de Dieu par qui les rois règnent vous protège dans votre entreprise et la favorise.

Suger se pencha vers le souverain.

— Sire, vos barons sont arrivés.

— Faites-les entrer. Je veux les voir tous.

Quand ils furent assemblés autour de la couche royale, Louis leur parla doucement, leur donnant consigne de bien se conduire en Aquitaine et de faire en tous lieux honneur au roi.

— Que Dieu vous garde en vie, sire, dit Lionel de Meung. Nous ferons selon vos désirs.

Les autres approuvèrent d'un murmure avant de se retirer.

*
* *

Constantin de Born, seigneur d'Hautefort, petite baronnie entre Périgord et Limousin, se hissa sur ses étriers et fit un grand geste du bras. Puis il s'avança vers la ligne de buissons qui bordait un ravin aux pentes jaunies par l'été, se planta au bord de la piste et respira. Il se tourna vers le prince qui se rangeait à son côté.

— Voici mon repaire, sire, et mon domaine. C'est une terre pauvre, mais elle fait des hommes loyaux et courageux.

Le geste de son bras enveloppa la large vallée semée de petits villages de pierre rouge avant de se fixer sur une colline coiffée d'une grosse tour. On pouvait distinguer les deux étendards flottant à la pointe du donjon et une troupe de cavaliers qui s'avançait à travers la pierraille du causse vers l'escorte du prince.

— Ce sont de belles terres, dit Louis.

Quand il se fut éloigné du prince, Constantin se mit à la recherche de Raoul de Vermandois. Il l'avait retrouvé quelques mois auparavant, à Bétisy où lui-même était allé en mission, envoyé par Raymond de Poitiers pour remettre au roi copie du testament de Guillaume. Raoul était attaché au service du roi qui, en raison de la confiance qu'il lui vouait, l'avait joint à la suite de son fils. Constantin et Raoul avaient loué le hasard qui, une fois encore, les avait mis en présence. Ils avaient le même âge, des goûts communs.

Constantin ne tarda pas à rejoindre son ami et ils achevèrent le trajet cuisse contre cuisse. Le soir, ils couchaient dans le même lit, face aux prairies où chantaient les grillons, aux forêts qui moutonnaient sous la lune de juillet. Ni l'un ni l'autre n'avait sommeil et le vin gris les rendait loquaces. Couchés sur le dos, les mains croisées sous la nuque, nus dans la tiédeur amicale de la nuit, ils se sentaient comme deux frères liés à la même destinée.

— Ce vin, disait Raoul, j'en garde le goût au vif de mes joues. Il donne envie de danser et de raconter des sottises.

— Que diras-tu quand nous serons à Bordeaux ? Je connais certaine taverne du port où l'on boit un médoc qui ferait danser le branle au Saint-Père lui-même.

Raoul se mit à rire doucement.

— S'il pouvait seulement doter notre prince de la virilité qui lui manque...

— Est-il vrai que Louis soit encore puceau ?

— Aucun doute, ami ! Le roi était au désespoir le jour où l'on vint présenter à son fils une nièce de l'empereur Lothaire. Louis, ayant aperçu, par une imposte, cette grande fille rousse, belle à faire damner saint Antoine, refusa de lui être présenté et alla s'enfermer dans sa chambre.

— Diable ! jura Constantin.

— Plus moine que prince, voilà ce que l'on dit de lui. Après les clercs de Notre-Dame, la reine Adélaïde l'a abreuvé d'eau bénite au point qu'il se croit en état de péché quand une femme le frôle. Je le soupçonne de se faire donner le fouet quand il lui vient, malgré lui, des pensées coupables.

Constantin ironisa :

— Peut-être Dieu a-t-il omis de le gratifier de ce dont, pour notre plus grand plaisir, il nous a doté ?

— Ce n'est pas l'avis des médecins. Pour tant redouter le péché, il faut y être vulnérable. Le sang du roi, son père, doit livrer en lui de mâles batailles à l'eau bénite !

Il y eut un silence léger. Une chouette fit entendre son cri de sorcière. Constantin s'éclaircit la voix.

— Ami, as-tu soif ?

— Une nouvelle rasade ne serait pas pour me déplaire.

Constantin lui passa la gourde qu'il avait précautionneusement placée à son chevet, sur un escabeau. Ils burent, l'un puis l'autre, dans l'ombre.

— Ce vin... dit Raoul d'une voix mouillée.

Il lui sembla que les étoiles allaient se mettre à tournoyer, qu'une grande fille couronnée d'herbes et de pampres allait entrer par la croisée. Il entendit Constantin dire à voix basse :

— Il faudrait en faire boire une pinte en guise de messe à notre prince.

— Nous aviserons à Bordeaux. Mais je crains que ce traitement ne soit pas de sa convenance.

— Crois-tu qu'il se signera en apercevant Aliénor ?

— Je crains le pire. Il est vrai que Suger l'aura sermonné.

Raoul passa la langue sur ses lèvres, ferma les yeux sur la saveur du vin.

— Aliénor, comment est-elle ?

— Elle donne des idées de printemps et de forêt, peut-être parce qu'on aimerait s'y perdre en sa compagnie. Je ne puis l'imaginer que marchant dans la lumière verte des noisetiers. Elle est mince, vive, un peu sauvage. Son visage a l'aigu d'un bouclier, ses cheveux la couleur des châtaignes. Elle a les yeux verts d'une source.

Constantin sentit la main de Raoul se poser sur son épaule.

— N'en dis pas plus ! Je la vois et la reconnaîtrais entre mille. Si j'étais troubadour, je trouverais pour la peindre des mots que personne n'a jamais prononcés.

Il tourna la tête vers Constantin, lui glissa à l'oreille, comme si on épiait leurs propos :

— Est-elle sage, dis-moi ?

— On dit beaucoup de choses, mais qu'est-ce qui est vrai ? A Belin comme à Poitiers, elle passe le plus clair de son temps à battre les buissons avec des garnements et des filles, à braconner dans les chasses de son père, à batailler à coups de pierres. La dame Philippia en a pris son parti. Quant au duc Guillaume, cela n'avait pas l'air de lui déplaire. Certains la disent vertueuse parce qu'elle a éconduit nombre de barons trop empressés, lesquels, pour se venger, proclament qu'elle effeuille sa vertu à tout vent. Comment savoir le vrai ?

Raoul marmonna quelques mots d'une voix pâteuse.

— Que dis-tu, compagnon ? demanda Constantin.

— Je dis que c'est le mariage de l'eau et du feu. D'ici quelques mois, la cour de France ne manquera pas d'animation !

Constantin fit claquer sa langue sèche.

— Encore une rasade ?

— Nous avons déjà beaucoup bu et demain la route sera longue. Avec ta permission, je dormirais volontiers.

*
* *

La chaleur était suffocante. Une odeur de craie montait des grands chemins avec la poussière. Les forêts qui feutraient les pentes soufflaient des odeurs sèches et semblaient prêtes à s'enflammer comme de l'étoupe. Le soir, parfois, l'air sentait l'incendie et, la nuit tombée, l'horizon s'éclairait de rougeoiements sinistres.

On n'avançait plus que lentement, le pourpoint et la casaque délacés, la tête lourde, les cuisses brûlées par la chaleur de la bête. A chaque point d'eau, il fallait faire halte pour se désaltérer, s'arroser la tête, faire boire les chevaux et, quand les cinq cents cavaliers de la suite du prince s'étaient succédé, il ne restait bien souvent qu'un peu de boue aux creux des fontaines. La plupart des hommes, peu habitués aux vins pleins de traîtrise du pays, se sentaient ivres puis malades à crever après deux ou trois gorgées. Ils se prenaient à chanter, à raconter des histoires très grasses, puis ils se tassaient sur leur monture et se mettaient à somnoler.

Peu après Périgueux, l'évêque Geoffroy se sentit indisposé pour avoir mangé des prunes chaudes. A Chancelade, il fallut faire halte pour permettre à Thibaut de Champagne de se remettre d'un début d'insolation. Comme on arrivait en vue des remparts de Mussidan qui paraissaient danser au loin à travers un rideau de cendres chaudes, le prince fut pris d'un étourdissement.

A Montpon, un train de trente cavaliers d'Aquitaine attendait le cortège princier avec les vœux de la duchesse Aliénor. Il était commandé par un colosse brun, très bel homme d'une insigne prestance : Raymond, comte de Poitiers.

Ayant fait étape à quelques lieues de Bordeaux, le cortège se remit en marche à travers les vignes. L'oriflamme de Saint-Denis venait en tête, portée par un robuste templier. Derrière ondulait, sur un quart de lieue, un fleuve de pennons, de bannières que le vent chaud de l'ouest brassait par-dessus les rangs des barons et de leur suite. Bientôt, sur les vignes et les marécages où tremblait une buée de chaleur, se dessinèrent avec précision les remparts de Bordeaux et les immenses drapeaux de fête, rouge et or, que le vent gonflait à grosses bouffées. A intervalles réguliers, des vols de colombes lâchées aux abords des premiers fossés tournoyaient au-dessus du cortège avec la sonorité légère des cloches.

Louis paraissait taciturne. Il n'aimait pas cette impression d'être pris dans un courant de bruits, de couleurs, de lumière, d'être porté inexorablement vers un but assigné. Il serrait les dents pour comprimer en lui la colère et la crainte, pressait les flancs de sa monture qui allait d'un pas trop rapide et rattrapait le templier porteur de l'oriflamme sainte. On allait le déposer, pieds et poings liés, au bas du fauteuil où devait l'attendre cette Aliénor, cette créature naturellement perverse, cette... Que n'avait-il décliné l'honneur qui lui était fait ! Ses frères n'eussent pas demandé mieux que de se substituer à lui : Hugues, Robert... Oui, surtout Robert, fieffé coureur de dot, qui eût été plus à son aise que lui dans ce rôle redoutable où il s'enlisait. Aliénor n'allait-elle pas le trouver risible avec son nez trop long, brûlé par le soleil, ses cheveux trop courts (il les avait fait couper quelques heures avant son départ), son menton rasé qui lui donnait un air benêt ? A la moindre trace d'ironie sur son visage, il tournerait les talons et reprendrait le chemin de Paris.

Maintenant, on entendait distinctement le son des cloches, on distinguait les lions dorés ornant les grandes bannières qui flottaient autour des monuments.

Louis sentit une chape de plomb peser sur ses épaules.

*
* *

Au donjon de l'Ombrière il y avait des visages à toutes les fenêtres, des tapisseries sur les murailles extérieures, des jonchées de fleurs et de feuillages qui sentaient l'été, des tables mises un peu partout dans la cour, nappées de lin blanc, pour la soif des chevaliers de France. L'air était plein d'ailes, de pennons et de musiques de paradis.

Louis s'avança dans une pièce froide qui s'ouvrait au bout d'un bel escalier ouvragé. Il se sentait des jambes de flanelle. D'un regard il s'assura qu'on le suivait toujours ; sans la présence de Suger, de Thibaut, de Geoffroy et de Raoul, il eût perdu la tête.

— Sire, dit un baron, la duchesse Aliénor et tous ici vous souhaitent la bienvenue.

Elle s'était levée si précipitamment qu'entravée dans sa robe elle avait failli tomber. Une dame de compagnie poussa un petit cri, deux pages s'élancèrent. Cramoisie, Aliénor balbutia quelques paroles que le prince ne comprit pas.

Dans le fond de la salle, Constantin de Born et Raoul de Vermandois se poussaient du coude en se mordant les lèvres. Depuis l'autre nuit passée à Hautefort, ils n'avaient cessé, l'un comme l'autre, de songer à cet instant. L'eau et le feu... Pour l'heure, il eût été difficile d'affirmer qui était l'eau et qui le feu.

Tandis que Raymond de Poitiers tenait un petit discours au prince et aux barons de France, Louis observait Aliénor à la dérobée. Elle paraissait nerveuse ; pas la moindre trace de sourire n'avait effleuré ses lèvres. Ses yeux obstinément baissés, ses joues rouges de confusion, ses doigts qui jouaient avec un gros anneau d'or orné d'un chaton bleu-vert disaient assez combien elle eût préféré se trouver loin de là. De temps à autre, elle entrouvrait les paupières, glissait un regard vers la pointe de ses souliers qu'elle faisait aller et venir sous sa robe et le bas du manteau vert à orfrois d'argent de Raymond, comme pour s'assurer qu'il était toujours là. A tout prendre, cette attitude n'était pas pour déplaire à Louis : elle l'autorisait à imaginer qu'il imposait à la demoiselle. Aliénor ne lui déplaisait pas trop : elle était moins grande que lui, mince, un peu austère, avec de petits gestes brusques trahissant une vivacité naturelle ; le visage se disposait en lignes un peu sèches mais le front était haut et noble ; quand elle bougeait la tête, ses deux nattes glissaient comme deux couleuvres sur sa poitrine. Aliénor devait penser à des choses tristes.

Elle pensait à des choses terribles.

Dimanche, sur la place de Belin. On a disposé les quilles bariolées. Chacune a l'aspect de ces hommes debout devant elle. La première, c'est ce pâle avorton à figure de moine, au grand nez pelé par le soleil comme une échalote, qui se dandine d'un pied sur l'autre. Elle prend une boule plus grosse, plus lourde que les autres et l'envoie rouler dans le tas...

Raymond avait achevé son compliment. La lumière faisait bouger des reflets dans les orfrois de sa robe, sur l'escarboucle de ses souliers de cuir blond. Les yeux d'Aliénor ne poussaient pas plus avant. Un unique regard avait suffit pour lui permettre de juger le garçon qu'elle allait épouser. Elle gardait son image en elle, outrait ses défauts. « Il est certainement puceau », se dit-elle, et cette idée faillit lui arracher un sourire. On ne pouvait dire qu'il fût laid mais, eût-il été beau comme un buste romain, qu'elle l'eût trouvé exécrable. Il lui tardait que la cérémonie prît fin.

Tout ne faisait que commencer.

*
* *

Le dîner fut si animé que nul ne prit garde à l'attitude prostrée du prince, à la réserve de la jeune duchesse. Bien que placés côte à côte, ils n'échangèrent pas une parole durant tout le repas. Raymond de Poitiers et Robert de Dreux, le frère de Louis, tentèrent à plusieurs reprises de les dérider : ils s'adressaient à des sourds.

Peu avant la fin du repas, Aliénor bâilla avec ostentation et demanda la permission de se retirer.

*
* *

Quand Raymond entra dans sa chambre et qu'il eut posé sur la table la couple de chandelles, il laissa échapper un juron.

Aliénor était assise sur le lit, les bras croisés sur ses genoux, mordillant un coin de son voile de samit. Il entra dans une violente colère, prit à témoin tous les saints du Bordelais et quelques-uns de l'Aquitaine que sa nièce était devenue folle et demanda qu'il lui soit pardonné s'il allait faire un malheur.

— Pourquoi te mettre dans cet état ? dit tranquillement Aliénor. Outre que tu risques d'ameuter les domestiques, tu sais que tes paroles et tes violences ne me feront pas bouger d'un pouce.

Raymond bredouilla :

— Mais c'est impossible !

— Pourquoi donc ? Avant-hier encore...

— Avant-hier, ce n'était pas la même chose. Louis n'était pas encore arrivé. Et c'est lui, je te le rappelle, que tu dois épouser !

Elle secoua sa main au-dessus de sa tête. De grandes ombres bougèrent sur la tapisserie.

— Epouser cet avorton ? N'y compte pas ! J'ai bien refléchi durant que vous acheviez de banqueter.

Raymond porta la main à son front.

— Tu ne penses pas ce que tu dis. Demain, tu auras changé d'avis. En attendant décampe !

Elle secoua la tête et ses nattes s'envolèrent de chaque côté de son front. Quand la grande ombre de Raymond s'avança vers elle Aliénor eut un léger recul. Il se pinça la lièvre inférieure entre le pouce et l'index et s'assit sur la courtepointe.

— Bien ! Admettons que tu maintiennes ta décision. Que se passe-t-il ? Louis repart pour ses domaines d'Ile-de-France et, au printemps prochain, nous le voyons réapparaître, non plus avec une escorte de barons et d'évêques, mais avec une armée.

Il prévint une objection en avançant sa main ouverte vers Aliénor.

— Le prétexte ? Il n'en manquera pas. Ses grands barons se hâteront de souscrire à cette décision. Et alors...

— Et alors ?

Raymond s'anima.

— En quelques mois, nos troupes sont défaites, nos chevaliers réduits à merci et nous, contraints de fuir.

Elle lui saisit la main au vol. Son visage rayonnait.

— Nous fuirons ensemble et tu m'épouseras !

Il laissa retomber la main sur sa cuisse et se leva, découragé. Debout devant la fenêtre, il écarta un rideau. Des lumières de torches montaient de la cour où chantaient des buveurs attardés. Il observa :

— Ces gens ne savent pas boire.

Il se retourna, fit claquer sa langue.

— Dieu que j'ai soif !

— Et tu m'épouseras... répéta Aliénor.

— Tu te trompes. Jamais je n'y consentirai. A-t-on jamais vu un oncle épouser sa nièce ? Tu comptes sans les lois de l'Eglise et sans la promesse que j'ai faite à mon frère.

— Tu ne m'aimes pas ! C'est cela, n'est-ce pas ? Alors pourquoi...

Elle s'était dressée sur ses genoux et froissait nerveusement la courtepointe. Il l'interrompit sèchement.

— Non, je ne t'aime pas. Du moins pas comme tu l'entendrais. J'ai eu des faiblesses coupables à ton égard mais je sais me dominer quand il le faut. Ceci dit, va-t-en ! Ici, il n'y a pas de chenil à fermer, comme à Belin.

— Garde-moi cette nuit encore. Seulement cette nuit. Demain, oui demain, je réfléchirai, c'est promis...

Il soupira :

— C'est bien.

Puis il s'allongea au pied du lit, sur la peau d'ours qui servait de tapis. Aliénor se fâcha.

— Non ! ce n'est pas le jeu.

Puis, lui tournant le dos, la tête penchée en avant :

— Veux-tu m'aider à dégrafer ma robe ?

*
* *

La matinée avait des ardeurs tempérées. Certaines rues où le soleil ne plongeait pas encore avaient même des fraîcheurs de source. Louis demanda à diverses reprises le nom des monuments à Aliénor qui lui répondait sans raideur. Il s'arrêta devant un mont-joie où brûlait une petite lampe à huile et se signa ; la Vierge de bois peint était fleurie de giroflées et de grandes marguerites.

— Vous ne connaissez pas Bordeaux ?

Il avoua qu'il n'était pour ainsi dire jamais sorti de Paris et moins encore du domaine royal, mais regretta presque aussitôt son aveu, tant la surprise teintée d'ironie de la demoiselle le peinait. Elle énuméra quelques villes qu'elle avait visitées. Une année, elle était même allée en pèlerinage au Puy avec la dame Philippia, au fort de l'hiver, alors que les montagnes d'Auvergne étaient couvertes de neige. Une autre année, au début de l'été, elle avait suivi son oncle à Bayonne et avait pêché en mer. L'année d'après...

Louis ne l'écoutait plus. Il songeait aux heures tristes passées dans la mansarde du palais de la Cité, à écouter les cris des choucas qui peuplaient les combles et les appels des « marchands de l'eau » qui remontaient ou descendaient le fleuve avec les mouettes, porteurs de poisssons salés et de gros barils de craspois taillés dans le flanc des baleines.

Ils traversèrent un quartier très animé, au nord de Saint-André. Les banniers qui assuraient la police urbaine allaient devant, en grande tenue, sur deux files, écartant les badauds et les gorets en quête d'ordures.

Ils entrèrent dans une ruelle pittoresque. Presque chaque demeure arborait une enseigne figurant une gourde, un baril, un hanap. Aliénor fit observer que l'on buvait dans ces tavernes le meilleur vin de toute la Guyenne. Louis fit la grimace ; on était un samedi, jour où il avait coutume de jeûner, et la seule odeur du vin lui soulevait le cœur. Des crieurs, debout au seuil des tavernes, vantaient les crus uniques, les hypocras aromatisés de romarin, d'hysope ou d'absinthe. Le vacarme des ateliers de tonnellerie se mêlait aux cris des banniers qui réclamaient le passage à travers une foule de plus en plus dense. Un fleuve de lumière et de feu coulait par-dessus les hautes façades à lambourdes. Un vol de pigeons passa, traînant à sa suite une lourde volée de cloches.

— Mon père venait souvent ici, dit Aliénor. Il s'asseyait à une de ces tables et se faisait servir les vins qu'il aimait.

Louis n'en croyait pas ses oreilles. Ces Aquitains n'avaient pas fini de le surprendre. Il imagina le roi attablé dans un de ces ignobles bouchons des bords de Seine qui puent l'huile de friture et le mauvais vin.

Les alentours de Saint-Seurin étaient plus calmes. Les arbres bien alignés se renvoyaient des vols de moineaux. Au long des quais longeant le canal de la Devèze, autour de la colossale porte navigère, l'animation reprenait près des hautes nefs figées dans la chaleur du proche midi.

Par les ruelles à peu près désertes qui entouraient l'abbaye de Sainte-Croix, ils gagnèrent la chapelle et, laissant les banniers et les chevaliers dans le jardin du cloître, grimpèrent jusqu'à la pointe du clocher.

Aliénor prit familièrement la main de Louis et tous deux se penchèrent à travers les étroites ouvertures ogivales.

— Vois comme mon pays est grand.

Elle le tutoyait sans s'en rendre compte et il n'en parut pas choqué. Aliénor tenait toujours sa main et il ne savait pas s'il en éprouvait du plaisir ou de la gêne.

Au-delà des bâtiments conventuels et du mince cordon d'entrepôts, sur l'autre rive de la Gironde, s'étendaient de vastes espaces de landes et de prairies où campaient la suite du prince et la foule chaque jour accrue des chevaliers aquitains venus des contrées les plus éloignées du duché. Des mâts se dressaient un peu partout dans les avenues du camp, où flottaient des bannières multicolores. Des soldats qui pêchaient dans une barque amarrée au rivage firent un signe de la main. Aliénor se tourna vers Louis.

— Prête-moi ton épée !

Elle noua à la pointe de la lame un coin de son voile et se mit à l'agiter, debout sur le rebord de l'ouverture, le corps dangereusement penché sur le vide. Louis prit peur soudain.

— Il suffit ! De toutes manières, on ne vous voit pas.

Il agrippa ses jupes. Plus il tirait, plus elle se penchait. Il tira si fort qu'ils tombèrent à la renverse sur le plancher blanchi de fientes. Aliénor resta un moment étourdie, la nuque meurtrie par l'arête d'une poutre. Louis lui secouait le visage. Il était si risible avec ses yeux affolés, son nez hérissé de petites peaux, qu'elle pouffa de rire derrière ses mains.

— Qu'est-ce qui vous amuse ? Vous vous moquez de moi, demoiselle ?

— Oh ! non... J'ai cru... j'ai cru un moment que tu allais m'embrasser.

Il se leva, furieux, remit l'épée dans son fourreau, jeta le voile aux pieds d'Aliénor et, avant qu'elle ait pu se lever, il s'engouffrait dans l'escalier.

*
* *

Le mariage eut lieu une semaine plus tard, le dimanche du Précieux-Sang. Les draperies funèbres suspendues aux murailles des églises à l'annonce de la mort en Galicie du duc Guillaume avaient été remplacées par des tapisseries somptueuses, d'immenses voiles de lin blanc et des oriflammes qui donnaient des ailes à ces vénérables monuments.

Aliénor et Louis paraissaient écrasés par tant de solennité. Ils n'échangèrent ni un regard, ni un sourire, et le comte Raymond de Poitiers, qui s'était placé derrière eux, devait leur souffler les gestes qu'ils avaient à faire durant l'office. Quand ils eurent échangé les anneaux, alors seulement ils se regardèrent. Aliénor avait envie de pleurer.

Ces trois denières nuits qu'elle avait passées seule, sans Pernelle, sans la nourrice, elle n'avait fait que penser à Raymond. Parfois, elle se levait, se promenait comme une ombre, se cognant aux meubles, les mains plaquées sur ses seins, sur son ventre, retenant des plaintes au fond de sa gorge. Elle ouvrait la fenêtre donnant sur le verger qui sentait la framboise, cherchait la fenêtre de Raymond, la troisième sur la gauche, dans cette plaie blanche qu'avait laissée le lierre fraîchement arraché : une ouverture sombre soulignée d'une arête bleuâtre. Elle l'avait appelé, d'abord à voix basse, puis plus fort. Une fenêtre s'était ouverte, mais ce n'était pas celle de son oncle et elle avait reculé vivement. Depuis quelques jours, Raymond l'évitait ; il se contraignait à des détours dont elle eût été, en d'autres circonstances, la première à rire. Dans les réunions, dans les repas, il se tenait derrière elle, loin d'elle, de manière que leurs regards ne pussent se croiser. Il faisait en sorte de couper à toutes les promenades. Quand elle le faisait mander, il était absent. Il l'obligeait à faire l'apprentissage de la séparation.

Peu à peu, la lassitude s'était emparée d'Aliénor. Elle en venait à considérer son mariage avec Louis le Jeune sous un jour plus favorable. Il lui tardait que tout fût consommé et que, pour Raymond comme pour elle, l'atmosphère s'éclaircît. Elle était revenue en partie sur ses préventions : elle n'aimait pas les jeunes gens, mais celui-ci, avec sa maturité, son sérieux, faisait exception à la règle ; quand il ne s'avisait pas de se vêtir comme un templier, il était acceptable ; il montait assez bien à cheval et, quand l'interlocuteur lui plaisait, il avait la conversation facile.

La cérémonie achevée, le reste de la journée passa comme un tourbillon. Quelques semaines plus tard, Aliénor n'en gardait que l'image d'un grand troubadour gascon vêtu de rouge, qui se démenait dans la salle haute de l'Ombrière toute fleurie de roses et de lys, une cithare à la main, chantant les poèmes de l'aïeul Guillaume :

Jamais, quels que puissent être
Les ennuis qu'elle me cherche
Je ne pourrai me défaire
Du doux lien qui nous unit...

Le soir, aux torches, tandis que le bon peuple de Bordeaux chantait et dansait autour des bûchers, Aliénor suivit son époux jusqu'au quai de la Gironde où l'attendait une petite galée aux mâtures garnies de lampions multicolores. Cette nuit encore, elle resterait seule après cette promenade sur le fleuve. Plus que jamais, elle le devinait, sa solitude allait lui peser.

Elle ne s'endormit qu'à la pique du jour. Prime avait à peine sonné qu'elle s'éveilla sous la poigne solide de Mauberge. Elle ouvrit les yeux, rencontra le visage de la nourrice, un visage gris d'inquiétude, aux chairs flasques remuées par l'émotion.

— Ma belette ! Mon chichon ! Eveillez-vous !

— Quand cesseras-tu de m'appeler de ces noms ridicules ? Et pourquoi m'éveiller si tôt ? Y a-t-il le feu à l'Ombrière ?

— A l'Ombrière, non. Mais au Palais de Poitiers !

Aliénor se dressa brusquement, rejeta d'un geste ses cheveux dans son dos. C'est alors seulement qu'elle constata la présence de Raymond. Il avait revêtu une tenue de voyage et paraissait nerveux.

— Quelle est cette histoire, Raymond ?

— Rien de grave, je l'espère. Une sédition menée sans doute par quelques bourgeois. Je dois partir sans tarder.

— Pourquoi ont-ils fait cela ?

Raymond eut un geste vague.

— Je suppose qu'ils craignent que le duché ne soit intégré purement et simplement au domaine royal. Peut-être ne leur avons-nous pas donné suffisamment l'assurance qu'il n'en serait rien.

— Les imbéciles !

— Peut-être aussi considèrent-ils comme une brimade le fait que l'on ait choisi Bordeaux pour y célébrer ton mariage. De plus, ils doivent estimer perdus ces droits communaux que nous leur avions promis. Quoi qu'il en soit, rien n'est très grave et l'odre est rétabli.

— Alors, pourquoi pars-tu ?

Raymond parut embarrassé.

— Une autre affaire m'appelle à Poitiers. Le sire de Talmont a levé une troupe et marche sur la ville. Je dois l'arrêter à tout prix. Tu sais que ton peuple est prompt à s'enflammer.

— A-t-on prévenu le prince ?

— Il est prêt mais ne veut partir sans toi. Ne le fais pas trop attendre.

*
* *

Le soir tombait comme Aliénor et Louis, harassés par une journée passée à chevaucher à vive allure sur les routes de Saintonge, parvenaient en vue de la Charente. Un soir oppressé par des nuées d'orage montant de la mer et qui, depuis Saintes, menaçaient de crever. Les chevaux étaient fatigués et nerveux. A l'arrière, les roncins chargés de bougettes, de tonnelets de vin hâtivement chargés, traînaient sur une lieue.

Des hommes appartenant au sire de Taillebourg, Geoffroy de Rançon, les attendaient au bord du fleuve. Louis observa qu'ils paraissaient inquiets, mais il ne put en tirer aucune conclusion.

Le repas au château de Taillebourg fut bref. Louis bâillait. Aliénor mangeait du bout des dents. L'atmosphère était pesante et le sire de Taillebourg ne faisait rien pour l'alléger et la rendre plus agréable. De temps à autre, il quittait sa place sans un mot en se grattant la barbe et allait ronger un os devant la fenêtre. Au-dehors, tout était calme. De lointains éclairs éclaboussaient de phosphore les murs et les tentures sombres.

Quand le repas fut achevé, Louis et Aliénor, se tenant par la main, gagnèrent leur chambre à travers des corridors pleins d'hommes d'armes couchés en long et en travers, qui n'avaient pu trouver place dans la salle de garde et les écuries. Thibaut de Champagne demeura seul avec Raoul de Vermandois et Geoffroy de Rançon dans la grande salle. Peu avant le repas, alors que les dernières clartés du jour traînaient sur la plaine, ils s'étaient avancés jusqu'au rempart dominant la Charente verte et immobile. Geoffroy avait tendu le doigt vers une ligne de futaies épaisses et noires. Un parti de cavaliers en sortait, se dirigeant vers un hameau, plus au nord.

— Je reconnais ces cavaliers, dit Geoffroy. Ce sont des hommes de troupe appartenant à Hugues de Talmont. Voilà trois soirs que je vois les mêmes hommes rôdailler autour de mon repaire.

Thibaut s'était gratté la barbe.

— Je n'aime pas du tout cela, Geoffroy, dit-il.

Aliénor embrassa Mauberge du bout des lèvres.

— Tu peux partir, nourrice.

Elle commença à se dévêtir dans la pénombre, puis s'avança vers Louis qui était demeuré immobile sur un escabeau, au pied du lit, tout habillé, et lui sourit.

— Sire, il faut vous apprêter pour la nuit.

Il n'osait la regarder. Son regard s'arrêtait au niveau des genoux d'Aliénor, mais il devinait à travers ses paupières le rayonnement de sa nudité qui l'attirait et le repoussait en même temps. Il se méfiait de sa gaucherie et craignait l'ironie d'Aliénor. Il l'eût sans remords tuée de ses propres mains pour pouvoir abuser d'elle. Ses poings pendant entre ses genoux, il hésitait à répondre. Elle s'avança. Il recula comme elle tendait la main vers lui, et dit d'une voix étranglée :

— Je crois... je crois que je vais dormir là.

Il désignait le tapis en peau de loup.

— Comme vous l'entendrez ! répondit-elle sèchement.

Aliénor se coucha sans ajouter un mot. Louis commença à se dévêtir. Quand, à son tour, il se trouva demi-nu, il souffla la chandelle, s'allongea sur le tapis et, presque aussitôt, se mit à grelotter. Son manteau était insuffisant pour le tenir chaud. S'il demeurait dans cette posture toute la nuit, il s'éveillerait glacé, courbatu et serait bien incapable de remonter à cheval. De plus, la pensée d'Aliénor le torturait et il ne pouvait plus se défendre de la désirer. Alors il se leva, tremblant de froid et de crainte, écarta les fourrures, se glissa dans le lit. Le petit point rouge de la chandelle brillait encore et il lui semblait qu'il le fixait comme un œil ironique. Pour cacher son trouble, il partit d'un rire niais.

— Me voilà. J'ai craint de prendre froid...

Il tendit le bras vers Aliénor, toucha une chair moite, souple, fondante, murmura :

— Aliénor... Aliénor... il faut me pardonner, je...

Aliénor s'était endormie.

Il y eut quelques méchants grondements d'orage dans le lointain, mais ni Thibaut, ni Raoul, ni Geoffroy ne les entendirent à travers l'épaisseur des murs de Taillebourg. Par intermittence, un souffle d'air descendait par la cheminée et faisait voltiger un peu de cendres. Un des dogues courtauds dont Geoffroy ne se séparait jamais levait la tête et grondait sourdement. Puis tout retombait dans le calme.

Un cri déchirant venu des remparts les éveilla. Ils se levèrent d'un seul élan, se prirent les pieds dans les escabeaux et se bousculèrent pour ouvrir la fenêtre. La nuit était calme et sentait la pluie. Geoffroy poussa un juron. Il venait d'apercevoir un long corps d'homme affaissé dans un créneau, cinquante pieds plus bas. Au même moment, des formes se glissaient par une poterne à l'intérieur de la forteresse. Un second cri partit quelques instants plus tard, venant des corridors.

— Ores à eux !

Le sire de Taillebourg se mit à hurler comme un possédé.

— C'est Hugues de Talmont ! Malheur, malheur !

Des torches s'engouffraient en tourbillonnant dans l'ombre des cours. Des bruits de galopades retentissaient dans les corridors où tous les hommes qui y étaient étendus quelques instants auparavant se débandaient comme des rats. Au créneau, les archers tiraient au jugé sur tout ce qui remuait. On entendit la voix de Thibaut :

— Faites garder les issues vers la chambre du prince !

Affolé, Geoffroy tournait sur place, jetait des ordres qui se perdaient dans le tumulte, donnait du pied, à toute volée, dans les tibias des escogriffes courant à tort et à travers à la poursuite de fantômes. Plus avisé, Raoul de Vermandois s'était précipité vers la chambre des jeunes époux, entraînant une dizaine de bougres mal éveillés. Il y arriva en même temps qu'un petit parti d'assaillants qui dégringolaient d'une fenêtre et se mit d'emblée à tambouriner des pieds et des poings contre la porte de Louis. Comme il se retournait, il reçut à pleins bras un de ses hommes, le crâne fendu d'un coup d'épée, qui vomit du sang sur sa broigne. Il se mit à crier à l'aide.

On se battait à l'étage supérieur. On se battait dans la cour. Taillebourg tout entier était la proie d'une bataille multiple. Raoul de Vermandois taillait ferme de l'épée, sans très bien savoir où et comment, rompait pour aller décocher un violent coup de pied dans la porte qui demeurait obstinément close. Comme il retournait au combat, il reçu au gras de l'épaule un coup de dague si violent qu'il s'affaissa sur place et perdit connaissance.

Louis se dressa brusquement sur son séant.

— Qui a crié ? Aliénor, éveillez-vous !

Il tendit la main vers son épouse. Une lumière de torche balayait la chambre, promenait sur les vitres des lueurs d'incendie. Louis sentait son cœur battre dans sa gorge.

— Il doit y avoir le feu au village ou au château.

— Sûrement pas ! Ce sont des torches. On se bat tout près. Une chandelle, vite !

Tandis que Louis, grelottant de froid et de crainte, battait le briquet sans parvenir à faire jaillir une étincelle, des coups violents ébranlèrent la porte. Une voix priait instamment le prince de se lever. Aliénor l'entendit gémir. Elle eut un mouvement d'impatience.

— Cessez de geindre et allumez cette chandelle, je vous en conjure !

Elle s'habilla à tâtons. La flamme de la chandelle grandit enfin. A sa grande stupeur, Aliénor vit le prince jeter un manteau sur ses épaules, s'agenouiller et se mettre en prière.

— Sire ! Le moment est mal choisi...

— Que faire de mieux ?

— D'abord vous habiller. Moi je vais ouvrir la porte. On nous appelle de nouveau.

Il supplia :

— Attendez un peu ! Demandons d'abord assistance à Dieu et à la Vierge.

Elle haussa les épaules. A peine avait-elle tourné le dos qu'une des fenêtres donnant sur la cour volait en éclats sous la poussée d'une grosse épaule noire. Un homme sauta dans la chambre. D'autres suivaient, montant par une échelle appliquée au mur. Une voix autoritaire retentit :

— Ne bougez pas ! Ne criez pas ! Surtout, ne chercher pas à fuir, nous ne vous voulons pas de mal.

La voix chevrotante de Louis lui répondit :

— Sainte Mère de Dieu, protégez votre humble sujet...

— Toi, le moine, cesse tes prières. Personne, pas même la mère de Dieu, ne saurait t'entendre dans un tel vacarme !

Louis se retira en maugréant dans le fond de la pièce.

Une voix monta de la cour :

— Pressez-vous !

L'homme s'avança vers Aliénor, lentement, comme s'il cherchait à la prendre au piège. Il tenait dans une main le long morceau d'étoffe qui servirait de bâillon, et répéta d'une voix qu'il s'efforçait de maîtriser :

— Nous ne vous ferons pas de mal. De grâce, suivez-nous sans résistance.

Aliénor recula insensiblement jusqu'à sentir dans son dos les froides ferrures de la porte. Sa main chercha le verrou, le trouva. Elle tira de toutes ses forces.

La porte s'ouvrit, libérant une grappe de soldats qui se ruèrent dans la chambre, balayant tout devant eux. Bousculée, foulée aux pieds, roulée par le torrent, Aliénor parvint à trouver refuge derrière un fauteuil. La chandelle décapitée d'un coup d'épée, les hommes de Geoffroy, de Thibaut et ceux du sire de Talmont s'étripaient au jugé. Un homme cloué au chambranle par un coup d'épée se démenait pour tenter d'arracher l'arme. Un autre vint rouler aux pieds d'Aliénor, se blottit contre elle en l'appelant « Mère de Dieu ». Elle eût voulu quitter cet enfer, mais des gens entraient et sortaient par grappes, tant et si bien que la chambre se mit bientôt à grouiller d'hommes d'armes qui se tâtaient et se regardaient sous le nez avant de se décocher un mauvais coup. Enfin, un homme plus avisé (Aliénor crut reconnaître la voix de Thibaut de Champagne), s'écria :

— Montjoie ! Saint-Denis ! Groupez-vous près de la porte...

Il y eut un moment d'accalmie. Un reflux ramena les hommes vers le fond de la chambre. Thibaut cria encore :

— Portez des torches !

Quand elles arrivèrent, on constata qu'il n'y avait personne de vivant, du côté opposé. Puis, en regardant bien, on aperçut un homme qui se tenait debout devant la fenêtre. Il avait cherché à s'enfuir, mais on avait tiré l'échelle trop tôt. Il se mit à jurer puis, les bras écartés, fit face. Pour toute arme, il n'avait qu'un escabeau. Avant que Thibaut ait pu donner un ordre, tous se jetaient sur lui et il disparut sous l'avalanche.

Aliénor ne portait que des contusions bénignes. On dénicha Louis sous le lit d'où il sortit sain et sauf, couvert de poussière et de toiles d'araignée comme un vieux rat.

Il tenait encore à la main le crucifix qu'il avait pris le temps de rafler sur l'armoire avant de disparaître.

*
* *

Aliénor s'avança vers le prisonnier et se retourna vers les hommes groupés devant lui.

— Laissez-nous seuls. Il est inoffensif, à présent.

De fait, Hugues de Talmont paraissait plus mort que vif. On l'avait installé dans un réduit contigu à la grande salle. Le sire de Taillebourg était un homme sans méchanceté : la seule geôle qu'il possédât était une cave trop encombrée de futaille pour y caser le moindre prisonnier. On avait attaché Hugues à un crochet fixé dans un joint de la muraille, après lui avoir lié pieds et mains. Assis, le dos au mur, à même le parquet, il paraissait dormir.

Quand tous se furent retirés, Aliénor demeura immobile et silencieuse en face du prisonnier. Elle eût aimé voir son visage mais il gardait la tête baissée.

— Hugues ! Hugues, m'entendez-vous ?

Hugues ne répondit pas. Elle s'approcha, lui souleva la tête et le devina, à la résistance qu'il lui opposait, plus vif qu'il ne paraissait.

— Je ne vous veux pas de mal, dit-elle. Voyez ! Nous sommes seuls et je n'ai point d'armes. Voulez-vous boire ?

Il hocha la tête. Elle approcha de ses lèvres une coupe pleine de vin.

— Buvez sans crainte.

Il vida la coupe et se mit à gémir.

— Vous souffrez beaucoup ?

Hugues ne répondit pas. Il portait au cuir chevelu une large estafilade où s'était coagulé un sang noir. C'était un homme dans la trentaine, chétif d'apparence, mais au visage énergique et non sans beauté. Il tenait une vaste baronnie sur le rivage de l'océan. Son repaire était un vieux donjon perdu dans les forêts et les marécages où les ducs d'Aquitaine allaient souvent chasser le cerf et le cochon. Il passait pour un homme épris de justice, quoique assez chatouilleux sur le chapitre de l'honneur et prompt à tirer l'épée pour les causes qui lui tenaient au cœur. Aliénor s'assit sur un tonnelet renversé et attendit. Hugues releva la tête et lui décocha un regard sans aménité.

— Que me veux-tu ? Pourquoi restes-tu là à me regarder comme un bête en cage ?

— A la bonne heure ! Le vin vous a délié la langue. Une autre coupe ?

Hugues secoua la tête.

— Pourquoi avez-vous pris les armes contre moi ? poursuivit Aliénor. En vouliez-vous à ma vie, à celle de mon époux ?

Hugues sourit.

— Ni l'un ni l'autre. J'avais simplement l'intention de te donner une leçon.

— Une leçon ? Et qu'eussiez-vous fait de moi si vous étiez parvenu à vos fins ?

— Je t'aurais menée dans un de mes repaires et placée sous bonne garde afin de t'apprendre ce qu'il en coûte de trahir.

— Trahir ?

— Comment appelles-tu le fait d'abandonner un duché pour le plaisir d'orner sa tête d'une couronne royale ? Depuis des siècles, l'Aquitaine est une terre libre qui ne doit de comptes à personne. Ton père et tes ancêtres ne l'envoyaient pas dire aux rois et aux pontifes...

— Vous ne m'apprenez rien et, de plus, vous vous trompez sur ma personne et sur mes intentions. Où avez-vous pris que je faisais abandon de l'indépendance du duché au profit de la couronne ? Quel acte ai-je commis, quel décret ai-je signé qui ait pu vous donner à penser cela ? Je serai reine de France sans cesser d'être duchesse d'Aquitaine, et Louis portera les mêmes titres que moi.

Hugues prit le parti de ne pas répondre. De temps à autre, il détendait avec une grimace ses membres engourdis. Aliénor soupira :

— Vous doutez de ma parole ?

— Je ne peux pas te croire, s'écria Hugues. Même si tu dis vrai en ce moment, tu changeras d'avis d'ici peu sous la pression du roi et de ses ministres. Quand tu seras installée à Paris, tu n'auras nul souci de l'Aquitaine. Et que pourras-tu faire lorsque les armées royales commandées par des capitaines flamands ou champenois seront envoyés dans nos villes et nos baronnies ?

Il ajouta en changeant de ton, avec un pauvre sourire :

— Je ne sais pourquoi je prends la peine de te raconter tout cela. Demain, tu me feras exécuter...

— Non !

Elle eut conscience d'avoir réagi avec trop de spontanéité et se reprit.

— Il se peut que je réfléchisse. Je t'emmènerai à Poitiers pour te faire juger et il est possible que tu sois gracié. Mais à une condition : que tu fasses acte de soumission et cesses de me considérer comme une écervelée.

— Puis-je te croire ? Quelles raisons aurais-tu de m'épargner après le mal que je t'ai fait ?

— Faut-il ajouter que votre courage me plaît, baron ? Attaquer avec moins de cent hommes une place comme Taillebourg pour y enlever une future reine de France, voilà un projet qui ne saurait germer que dans le cerveau d'un homme au-dessus du commun ou d'un fou.

— Qui te dit que je n'ai pas perdu la raison ?

— Si vous acceptez ma proposition, ce sera le signe que vous êtes sain d'esprit.

Il y eut un court silence. Hugues dit d'un ton méfiant :

— Quel sort a-t-on réservé à mes compagnons ?

— Une bonne part a péri dans la bataille. Quant aux autres, le prince leur a fait couper le poignet.

— Je n'attendait pas moins de cette bête fauve. Comment veux-tu, après cela, que...

— Je n'y suis pour rien ! s'écria Aliénor.

— Me juges-tu assez naïf pour te croire ?

Elle se leva, le visage empourpré de colère.

— Il suffit, baron ! Je comptait passer l'éponge sur votre félonie. Je me repens de vous avoir fait confiance !

— C'est trop d'honneur que tu me faisais...

— En attendant que vous deveniez plus raisonnable, je vais vous faire délier. Mais gardez-vous bien d'essayer de fuir. D'ailleurs, les issues sont bien gardées.

Il eut un petit rire sec.

— Pour cela, je puis vous faire confiance.

Le soir, Aliénor dit au roi :

— J'ai fait délier Hugues de Talmont. Cet homme est un peu fou, mais il est d'une hardiesse à toute épreuve. Nous l'épargnerons, j'y tiens. Il pourra nous être utile quand il sera assagi.

— Vraiment ? Et lorsqu'il sera devenu plus raisonnable, vous lui donnerez le titre de comte, je suppose ?

— Pourquoi pas ? Je ne vous cache pas que cet homme me plaît.

*
* *

Matines avait à peine sonné et le jour se levait quand Hugues de Talmont entendit la clé grincer dans la serrure. Il venait de s'endormir et trouvait amer d'être ainsi réveillé. La lueur crue d'une torche l'aveugla.

— Debout, Hugues de Talmont, dit d'une voix. Suivez-nous sans un mot.

— Nous partons déjà ?

Un homme étouffa un rire.

— J'ai dit « sans un mot » ! ajouta la voix.

Il se laissa lier les mains par un gros homme qui était un soldat de la suite du roi. D'autres personnages se tenaient debout dans l'entrée. Ils avaient tous des trognes mal éveillées.

— C'est bon. J'ai compris où vous me menez. Pourrais-je avoir un prêtre ou un moine pour m'assister ?

— Pourquoi pas l'archevêque de Bordeaux ? Nous n'avons pas le temps.

Un garçon blond, à l'air un peu falot, dont le nez était tout pelé par le soleil, se dressa devant lui.

— Qui vous dit que nous ayons l'intention de vous pendre ?

— Merci de l'aveu, dit Hugues. Il m'évite une pénible surprise. Mais je crains que vous n'ayez à encourir la colère d'Aliénor, soit dit sans intention de vous faire changer d'avis.

— Aliénor est au courant, dit le blondinet.

— J'aurais dû m'en douter. Tu pourras lui dire qu'elle a bien failli me convaincre de sa bonne foi.

— Allez-vous vous taire ! souffla le gros homme.

Hugues franchit la porte en bousculant le jeunot au nez pelé. L'air vif du petit matin lui glaça agréablement la gorge. La silhouette d'un guetteur se dessinait sur le rempart du nord, contre le ciel qui virait au bleu. Hugues marchait si rapidement que l'homme qui le précédait devait presque courir.

Il n'y avait pas de potence à Taillebourg. On pendit Hugues de Talmont dans le verger, à la maîtresse branche d'un gros poirier. Quand on se fut assuré qu'il était bien mort, un soldat le coucha en travers de sa selle et alla le jeter dans la Charente.

La nouvelle de l'exécution du baron de Talmont avait devancé le couple princier.

A leur arrivée à Poitiers, Louis et Aliénor trouvèrent une ville fiévreuse. De forts détachements se tenaient aux remparts. Des banniers et des gardes veillaient aux carrefours. Malgré l'heure avancée, la plupart des fenêtres étaient closes et il n'y avait pas une boutique ouverte. Au palais, où ils se rendirent directement, Louis et Aliénor trouvèrent des cordons d'archers sur le qui-vive.

Aliénor n'avait jamais vu la ville sous un jour aussi sinistre, même quand les cloches de la cathédrale et de Sainte-Radegonde sonnaient le glas de quelque illustre personnage. Une odeur de tristesse et de mort montait du pavé mouillé par une récente averse.

Raymond les attendait dans la grande salle, penché à une fenêtre dominant les campagnes qui bordaient le Clain. Il se retourna quand il les entendit, s'adossa à l'embrasure, les bras croisés sur sa poitrine, l'air grave. Il salua distraitement Louis, effleura des lèvres le front de sa nièce.

— Que se passe-t-il ? interrogea Aliénor. La ville est-elle en état de siège ? Quel ennemi la menace : la peste ou les Angevins ?

La voix de Raymond vibrait d'une colère mal réprimée.

— Il se passe, ma nièce, que ce matin un groupe de bourgeois est venu chanter matines devant ma porte et que des rixes sanglantes se sont produites aux quatre coins de la ville. Il se passe que, sans l'intervention des banniers et des gardes, nous aurions des centaines de morts à déplorer ce soir. Tout cela parce que vous avez fait exécuter Hugues de Talmont, un des barons les plus populaires de toute l'Aquitaine. Etes-vous fous ? Qu'est-ce qui vous a poussés à ce geste stupide ?

Louis se rebiffa sèchement.

— Cette exécution était pleinement justifiée. J'en porte seul la responsabilité.

— Justifiée ? Peut-être. Mais pas dans les circonstances où nous sommes. Vous auriez décidé de provoquer une levée en masse de toute l'Aquitaine que vous n'eussiez pas agi autrement. Ignoriez-vous que, par tout le duché, bon nombre de barons sont prêts, comme Hugues, à se soulever au premier signe d'un champion de l'indépendance, que nombre de villes sont toutes disposées à leur prêter main-forte ?

Il se détacha du mur pour laisser libre cours à sa colère.

— Si vous avez dessein de traiter l'Aquitaine en pays conquis, alors, prenez garde de n'y pas séjourner avec cinq cent hommes de troupe. Partez dans vos domaines et revenez avec plusieurs armées !

Il marcha vers Aliénor, lui prit le bras.

— Comment as-tu pu lui laisser commettre cette sottise ?

— J'avais décidé de gracier Hugues. Mon époux jugé bon d'agir autrement.

Thibaut de Champagne s'approcha.

— Si vous permettez, Raymond...

Raymond l'écrasa d'un regard lourd de mépris et poursuivit :

— Louis, quand vous serez duc d'Aquitaine, vous agirez à votre guise. Pour l'heure, je ne vous considère ni en âge ni en raison capable de vous conduire en maître. Continuez à négliger nos conseils et vous verrez ce qu'il vous en coûtera.

Il y eut un murmure dans le rang des chevaliers alignés au fond de la salle. Plusieurs s'avançèrent vers le comte de Poitiers et Raymond crut un instant qu'il allait avoir à se défendre contre eux.

Louis s'était installé dans un fauteuil, les jambes croisées, et avait fait abandon de ses airs arrogants. Ses mains, qu'il tenait cramponnées aux accoudoirs, laissaient saillir leurs tendons. Il avait pâli et son expression disait clairement qu'il se dominait pour ne pas laisser éclater sa mauvaise humeur ou faire amende honorable. Depuis leur départ de Taillebourg, Aliénor, après une scène où elle avait menacé de quitter son époux, n'avait pas desserré les dents. Aux avances du prince, elle répondait par un mépris glacé. Et voilà qu'en arrivant à Poitiers il se heurtait à l'hostilité du comte. Il n'eût pu dire ce qui l'emportait en lui de la lassitude, de l'ennui ou de la colère. Raymond de Poitiers avait de nouveau saisi le bras d'Aliénor et l'obligeait à lui faire face.

— Il t'appartient, et à toi seule, de me donner raison ou de réprouver mon attitude.

Aliénor détourna son regard.

— Comment pourrais-je te désavouer ? Tu connais mon peuple mieux que tous ces gens, mieux que je ne le connais moi-même.

Je pense que nous devons lui donner les apaisements qu'il attend, lui dire que nous n'avons pas monnayé l'indépendance de nos provinces et qu'il peut toujours compter sur notre vigilance.

— Voilà qui est parler sagement. J'espère que ton époux n'ira pas contre ta volonté.

— Je l'espère aussi, dit Aliénor.

Des cris montèrent de l'extérieur, puis un murmure profond qui venait d'au-delà les murs du palais. Quelques instants plus tard, un lieutenant du prince faisait irruption dans la salle pour annoncer qu'on avait tiré des flèches sur les derniers détachements de la suite royale. La demeure d'où étaient parties les flèches avait été cernée et les occupants contraints de se rendre. Peu après, une cohorte de bourgeois, clergé en tête, tentait de barrer la route aux derniers arrivants. Il y avait eu des coups échangés, du sang versé.

— Que pensez-vous de ces faits ? dit ironiquement Thibaut de Champagne. Vous voyez bien que les provocations ne viennent pas de nous !

— Ce que j'en pense ? répondit Raymond.

Il ouvrit grandes les fenêtres en faisant claquer les battants contre l'ébrasement.

— Voilà ma réponse ! Ecoutez !

La rumeur de la foule s'amplifia. On distinguait le nom du sire de Talmont, repris par des centaines de voix.

— Etes-vous satisfaits, messeigneurs ? Hugues de Talmont ! Hugues de Talmont ! A l'heure qu'il est, des dizaines de milliers de nos sujets ont ce nom sur les lèvres. Vous avez voulu déshonorer cet homme : vous en avez fait un martyr et vous avez donné à notre peuple le droit de laisser éclater sa colère !

Louis bondit hors de son siège.

— C'en est assez ! Thibaut, faites fermer ces fenêtres. Nos hommes rendront coup pour coup et disperseront ces boutiquiers braillards à la pointe de leur lance.

La voix d'Aliénor domina le tumulte.

— Je m'y oppose. Quiconque tentera d'user de violence envers mon peuple sera emprisonné ou exécuté !

Il y eut un brouhaha mais personne ne bougea. Seul, Louis trépignait, menaçait, jetait des ordres si contradictoires que personne n'y obéissait. Raymond glissa quelques mots à l'oreille d'Aliénor. Elle étendit la main pour réclamer le silence.

— Croyez-moi, dit-il, si je vous affirme que la violence est dangereuse. Dans l'état où sont les esprits, nous ne pouvons que résister passivement. Dès ce soir, nous édicterons une proclamation commune pour donner tous apaisements à nos bourgeois. Je vous promets que, d'ici demain, tout sera rentré dans l'ordre.

*
* *

Aliénor prit Pernelle par la main, l'entraîna à travers les couloirs vers la chambre qu'elles partageaient avant le mariage d'Aliénor. Depuis des mois, elles n'étaient pas revenues au palais. Des odeurs connues les frôlaient au passage ; ici, on avait changé une vieille tapisserie ; là, c'était la même marche qui grinçait ; il y avait toujours dans l'escalier à spirale, ces dartres d'humidité nées d'une ancienne lézarde.

Elles s'assirent dans l'embrasure de la haute fenêtre qui donnait sur les eaux grises du Clain et les jardins appartenant aux moines de Montierneuf, qui s'alignaient sur la pente opposée. Aliénor se cacha le visage dans ses mains.

— Je n'en peux plus. Je déteste cet homme auquel on m'a unie malgré moi. Il est lâche, cruel, fourbe...

— ... et tu aimes toujours Raymond ?

— Comment as-tu deviné ?

Pernelle eut un sourire entendu.

— Tu allais trop souvent fermer le chenil avant l'arrivée de Louis. Une nuit, je t'ai suivie.

Aliénor eut un mouvement de lassitude.

— Eh bien ! Oui, je l'aime et rien ne pourra m'empêcher d'être à lui de nouveau. Petite sœur, ne me juge pas trop sévèrement : tu ne sais pas encore ce qu'est aimer.

Pernelle se troubla. Elle ne put dissimuler sa rougeur subite et ses larmes. Aliénor fronça le sourcil.

— Comment ! Toi, petite sœur, toi que je croyais pure !

Pernelle repartit avec un peu de vivacité :

— Est-ce être impure que d'aimer ?

— Non, certes. Dis-moi qui tu aimes. J'espère au moins que cet homme est digne de toi.

— Il l'est. Tu le connais d'ailleurs. C'est ce chevalier qui a été blessé par les hommes d'Hugues de Talmont en défendant les approches de ta chambre, à Taillebourg : Raoul de Vermandois.

— Raoul ! Tu ignores donc...

— Non ! Je sais que Raoul est marié. Mais qu'y puis-je ? Crois bien que j'ai lutté contre lui, contre moi-même. Mais il n'y a pas de raison au monde qui puisse me faire renoncer à cet amour.

— Sotte que je suis ! Dire que c'est moi qui t'ai demandé de prendre soin de cet homme...

— Ne regrette rien. Il fallait que cela fût. Je ne sais si je serai heureuse ou malheureuse, mais ce dont je suis sûre, c'est que cet amour m'est nécessaire.

Aliénor secoua la tête.

— Cela ne te mènera à rien.

— Cela m'a menée où je suis et je ne m'en plains pas. Je ne demande rien d'autre. Si Raoul devait retourner en Vermandois, je ne souffrirais guère plus que j'ai pu souffrir et tout le bonheur que j'ai eu de lui continuerait de me chauffer le cœur.

— Tu crois cela ! Si demain Raoul devait retourner dans ses terres, tu t'accrocherais à la selle, et toutes tes belles résolutions fondraient en un instant. Mais il me sied mal de te juger...

Aliénor vint s'asseoir près d'elle, la prit aux épaules, lui embrassa les tempes.

— T'a-t-il respectée, au moins ?

Pernelle eut un mouvement de recul.

— Qui est la femme de Raoul ? poursuivit Aliénor.

— Elle se nomme Gerberte. La nièce de Thibaut de Champagne.

Aliénor se mordit les lèvres.

— Voilà qui n'arrange rien, petite sœur.

***

Raoul éclata d'un bon rire en s'asseyant dans son lit.

— Tu me vois traité comme un prince. On me transporte en basterne, on me cajole, on place des fleurs à mon chevet. Louis vient chaque jour s'informer de ma santé.

Constantin de Born s'assit familièrement sur le bord du lit. Les draps frais sentaient la lavande.

— Quand pourras-tu remonter à cheval ?

— Dans moins de trois jours. La blessure est moins grave que je ne pensais.

Il soupira largement, parcourut la chambre du regard. De grandes tapisseries recouvraient les murs, où l'on voyait des forêts de Fables pleines de fleurs et d'oiseaux confondus, de bêtes étranges au long corps effilé.

— Je me plais beaucoup ici, dit-il. Quand tu redescendras, prie la demoiselle Pernelle de ne pas m'oublier. Il est temps de changer mon pansement.

Constantin se frotta la bouche du plat de la main pour effacer un sourire.

— Tu ne pouvais trouver mieux pour te soigner. On m'a rapporté que la demoiselle veillait sur toi chaque nuit. On dit même que Thibaut de Champagne aurait pris ombrage de tant de zèle.

— On dit cela ? Et quoi encore ?

— On va même jusqu'à prétendre que toi et Pernelle... Il faudra dès que possible te laver de ces accusations. Il pourrait t'en coûter la protection de Thibaut.

— Je le ferai sûrement ! Mais à toi je puis bien l'avouer : tout ce qu'on dit est vrai et ce n'est pas Thibaut qui pourra y changer quelque chose.

Constantin feignit la surprise.

— Tu m'effraies.

Raoul ne parut pas l'entendre.

— J'ai l'impression de n'avoir jamais aimé auparavant. La jeunesse de Pernelle est passée dans mon sang. Il me suffit qu'elle soit là pour découvrir en moi des possibilités de puissance, d'audace, de plaisir.

Il renversa la tête en arrière contre le bois du lit.

— Te souviens-tu de cette nuit où nous avons partagé le même lit, dans ton repaire d'Hautefort ! Cette nuit-là j'ai rêvé d'une fille vêtue de ténèbres. Elle entrait par la fenêtre avec des odeurs d'herbes et de rivière, des chants de grillons et de rossignols. Elle venait se glisser entre nous deux et je sentais contre moi la chaleur de sa peau. Je sais maintenant que c'est Pernelle qui venait à moi par les chemins de la nuit...

Constantin posa sa main sur celle de Raoul.

— Tu as trop écouté les troubadours. Ils t'auront troublé l'esprit. Il n'y a pas si longtemps, tu prétendais qu'il n'était aucune femme différente des autres.

Raoul lui prit violemment le poignet.

— J'avais tort. Il en est une, au moins. Entre elle et Gerberte, il y a un monde.

Constantin eut un mince sourire. Il revoyait l'épouse de Raoul : une femme sans visage et sans corps, moins que laide, inexistante ; quand elle souriait, ses lèvres minces découvraient des dents vertes. Comment Raoul qui était bien fait, quoique un peu frêle, avait-il pu consentir à épouser ce laideron ? C'était une histoire banale.

La famille s'était ruinée dans les guerres et les équipées outre-mer ; elle cherchait une héritière bien nantie et d'un lignage honorable. On avait poussé sous le nez du père de Raoul cette demoiselle Gerberte qui, proche de la trentaine, avait découragé bien des partis. Le mariage fut conclu durant une absence de Raoul et, quand il revint, les choses étaient trop avancées pour rompre sans s'attirer les pires ennuis du côté de la Champagne.

Constantin hocha la tête. Les paroles de Raoul se heurtaient à lui comme à un mur. Il se leva.

— Prends garde ! Rien de bon ne peut sortir de cette aventure. Si tu en crois ma vieille amitié, tu renonceras à Pernelle.

— Tu me parles raison, Constantin. N'as-tu donc jamais aimé pour imaginer que je puisse céder ?

Constantin lui tourna le dos.

— As-tu songé à Pernelle dans cette affaire ? Elle est jeune et sans défense. L'amour est égoïste et tu ne fais pas exception à la règle.

Raoul sursauta.

— Non, Constantin ! Ce sont les autres qui le sont. Et ils n'ont pas d'excuses !

*
* *

Un air rare coulait des fenêtres ouvertes sur la nuit d'août avec l'odeur de fumée d'un incendie qui consumait un quartier de la ville basse où des banniers rebelles et quelques gardes du palais s'étaient retranchés. Le repas traînait en longueur. Quelques barons du Nord s'étaient enivrés et menaient grand bruit, tandis qu'à la table haute s'alignaient des convives quasi muets. Louis mangeait avec la hâte fébrile qui trahissait chez lui une vive contrariété. Thibaut goûtait aux plats d'un air distrait et laissait passer les vins. Suger et Geoffroy de Chartres dialoguaient à voix basse. Pernelle songeait à Raoul. Aliénor à Raymond.

Elle avait besoin de le voir, de lui parler, de le toucher. Ce n'était plus un simple désir : tout son être tendait vers cette pensée. Si elle acceptait de rester près de Louis, c'est qu'il lui suffisait de tourner la tête pour apercevoir son oncle assis entre deux dames opulentes et fardées. Leurs regards se rencontraient parfois par dessus la table, tellement lourds de signification qu'ils leur faisaient l'impression d'un contact charnel.

Avant la fin du repas, prétextant un malaise, Aliénor se retira.

En passant près de Raymond, elle se pencha pour lui parler à voix basse. Peu après, ils se retrouvaient sous les arcades d'une petite galerie, au seuil du verger donnant sur le Clain par un mur orné de treilles. Aliénor était moite d'impatience. Raymond la prit dans ses bras, l'embrassa fougueusement.

— Raymond, dit-elle, il faut que je te voie cette nuit.

— Ce ne sera pas facile.

— Plus que tu ne le penses.

Elle mentait. Louis avait le sommeil léger et elle devrait s'entourer de mille précautions. Mais rien n'eût pu le dissuader d'agir. Elle eût passé à travers les flammes pour rejoindre Raymond. Il dit précipitamment :

— Ce que nous faisons là est insensé. Pour ma part, je sais que j'en aurai du remords, mais rien ne pourrait m'empêcher de te rejoindre. Nous sommes ensorcelés, Aliénor. Quelle est cette force qui nous pousse l'un vers l'autre et pourquoi est-ce que j'éprouve tant de plaisir à ta seule présence ?

Elle sentit la bouche brûlante de Raymond fouiller son épaule et deux mains qui lui faisaient mal broyer ses reins. Il murmura :

— Ce soir, oui. Je t'attendrai ici. Auparavant, je donnerai trois coups de sifflet espacés sous tes fenêtres.

Le sommeil commençait à la prendre lorsqu'elle entendit le sifflet de Raymond. Elle demeura un moment figée, une jambe hors du lit. Le souffle de Louis était régulier et profond, mais elle n'avait pas la certitude qu'il dormait. Il lui avait avoué la veille qu'il passait ses nuits entre veille et sommeil. Ce sommeil de poisson, près d'elle, lui causait un malaise : l'impression d'être observée et traquée jusque dans ses rêves. Elle appela dans un souffle :

— Louis.

Louis ne répondit pas. Elle se leva résolument, chercha à tâtons sa cape de laine qu'elle avait déposée la veille sur un escabeau. Les mains en avant comme une somnambule, pieds nus, elle parvint jusqu'à la porte qu'elle ouvrit sans bruit.

La lumière froide de la lune baignait la galerie qui donnait sur les vergers. Elle tendit l'oreille, avança avec précaution, puis pressa l'allure. Quand elle parvint au couloir du rez-de-chaussée, elle courait presque. Une marche avait craqué et elle avait eu soudain l'impression que ce bruit s'était répercuté dans tout le palais. Quand Raymond la reçut contre lui, elle était sur le point de défaillir.

Il la souleva sans effort et la porta dans ses bras comme un enfant endormi.

Les odeurs du verger composaient une nuit un peu sauvage mais amicale. La cape d'Aliénor s'étant entrebâillée, il respirait cette autre odeur qui montait de la chair nue, moite encore de sommeil. Il foulait une terre souple comme un lit, cherchant à travers la tiède lunaie un arbre touffu, une niche d'herbes où déposer son fardeau. La même phrase rythmait sa marche pesante : « C'est une folie... Une folie... », mais les mots restaient au fond de sa gorge et ses lèvres frémissaient à peine.

Aliénor paraissait endormie, avec ses bras, ses jambes à l'abandon, ses cheveux dénoués qui frôlaient les herbes. Raymond la déposa au pied d'un prunier, dans l'herbe pleine de fruits éclatés. Il écarta sa cape, y coucha son fardeau, s'allongea près d'Aliénor dont la main se glissa sous sa nuque, dont la bouche cherchait la sienne et tâtonnait autour du menton. Après, il y eut une nuit violente, faite d'orages muets, de vertiges immobiles. Le plaisir les rejeta sur une grève obscure, épaves séparées balancées encore d'un rythme insensible. Leurs mains se cherchèrent. Un moment, les yeux clos, ils écoutèrent un grillon qui chantait sous eux et, insensiblement, se laissèrent aller au sommeil.

Aliénor s'éveilla la première. Elle avait rêvé que la terre s'entrebâillait sous elle. Quand elle ouvrit les yeux, elle ne vit que les étoiles qui scintillaient à travers les arbres, avivées par l'approche de l'aube. Une cloche teinta au fond de la nuit, au bout du monde. Elle ferma les yeux de nouveau et se blottit contre Raymond, parce qu'elle avait froid. Un froissement de feuilles la tira de son engourdissement. Elle rouvrit les yeux. Une silhouette se dessinait contre le ciel, immobile. Une statue.

— Aliénor, dit Louis, levez-vous et suivez-moi.

*
* *

— Une dernière fois : pourrais-je voir mon oncle ?

Louis secoua la tête.

— Je vous répète que vous ne le reverrez plus, dit-il. Demain il quittera Poitiers pour ne plus reparaître en Aquitaine ni en un point quelconque du royaume.

— Où ira-t-il alors ?

Louis haussa les épaules.

— Je ne lui impose aucune résidence. C'est de lui-même qu'il a choisi de quitter la France. Je crois savoir qu'il compte s'embarquer dans quelques semaines à Aigues-Mortes pour la Terre sainte. Antioche a besoin d'un chef énergique. Raymond a accepté le commandement de cette principauté menacée par les Turcs. Ce sera une vie à sa convenance.

Aliénor répéta d'une voix sans timbre :

— Antioche...

— Y trouvez-vous à redire ? Convenez que je ne fais pas preuve d'une excessive sévérité. Il m'était loisible de faire enfermer votre oncle et même de le faire exécuter en cachette.

— Je vous aurais haï toute ma vie.

Louis sourit tristement.

— Pour l'amour que vous me donnez...

Il se leva en proie à une sourde nervosité, fit quelques pas rapides à travers la pièce, et, s'arrêtant devant Aliénor, fit bouger son soulier comme s'il écrasait un insecte. Le surcot rouge, les braies collantes dégageaient sa silhouette et lui conféraient une autorité à laquelle Aliénor se montrait sensible. Il poursuivit d'une voix lente, qui incrustait les mots dans la tête d'Aliénor.

— Je ne vous cache pas que mon intention, ce matin, était de me montrer inexorable. Je suis vif, apprenez-le, et prompt aux décisions. Il n'a tenu qu'à l'intervention de mon ministre, Suger, que le pire soit évité. Vous resterez dans cette chambre jusqu'à demain. N'essayez point de fuir : vous seriez vite rattrapée. Ne tentez pas de communiquer avec Raymond : je ferai exécuter quiconque sera trouvé porteur d'un message pour lui. Vous voilà prévenue...

Aliénor laissa aller sa tête contre le dossier du fauteuil. Les paroles de Louis l'eussent fait bondir en d'autres circonstances. Elles la blessaient mais ne suscitaient en elle aucune réaction : des pierres jetées dans un gouffre... Quelque chose la paralysait, une morne indifférence. Au fond d'elle, rien ne remuait. Etait-elle sûre de regretter le départ de Raymond et de l'aimer encore ? Une telle indifférence l'effrayait. Il lui semblait porter en elle comme un organe mort, un vide que toute la joie du monde ne pourrait combler.

*
* *

Un pain aux raisins, une coupe de lait chaud, un cube de beurre, une petite jatte de miel, cela ne suffit pas à composer le décor d'une matinée. Le rayon de soleil oblique qui fait sourdre des teintes chaudes dans la tapisserie, les bruits d'eau remuée, le hennissement des chevaux sous l'étrille des palefreniers, le roucoulement d'une colombe sur le toit de la chapelle, cela ne saurait donner une idée de la continuité des jours. Pour Aliénor, le temps s'est arrêté. Le vide qu'elle sentait hier en elle s'est durci et elle le porte comme le noyé sa pierre. Elle demeure immobile, ni vive ni morte, et le temps ne l'emporte plus.

— Ton lait va refroidir, ma belette...

Tuer Mauberge. Un coup de ces gros chandeliers de bronze sur sa tête de laie. Aliénor savoure ce plaisir aigre. « Si elle dit encore un mot, si elle me nomme encore sa « belette », je l'assomme ! »

— Mauberge, fais appeler Pernelle. Si elle n'est pas encore levée, qu'elle vienne en chemise.

— Le prince a interdit...

— Fais ce que je te dis !

L'attente. Dans quelques minutes, Raymond sera en selle, prêt au grand départ. Pas de bannières, ni de hérauts porteurs d'enseignes, ni de sonneurs de trompes. Raymond partira avec seulement quelques chevaliers. La porte de l'Orient, ce sera pour lui cette vallée bouchée par les dernières brumes de la matinée. Il partira, non avec l'insigne des croisés cousu sur l'épaule droite, mais avec cette honte que le temps et la distance seront longs à effacer.

Pernelle entre en coup de vent, s'agenouille au chevet du lit.

— Pernelle, il faut que tu m'aides, dit Aliénor.

— Je le ferai si je le puis.

Elle a dû se vêtir en hâte : deux boutons de son gorgerin ont été oubliés, ses cheveux ne sont pas nattés. Les mains qu'elle vient de poser sur le bras d'Aliénor sont celles, molles et brûlantes, d'une dormeuse à peine éveillée.

— Il faut que tu voies Raymond. Ce ne sera pas facile, je le sais, car Louis fait étroitement surveiller ses approches. Essaie tout de même. Tu lui diras...

Elle hésite, réfléchit. Il faudrait que ces derniers mots rapportés à Raymond lui demeurent dans l'esprit et dans le cœur tant qu'il vivra. Elle les sent bouger en elle comme des graines dures.

— Tu lui diras que je ne l'oublierai pas, que je ne regrette rien, que je n'aimerai jamais d'autre homme que lui. Va vite, et prends bien garde.

Sa sœur partie, Aliénor sent se délier une part d'elle-même qu'elle croyait paraylsée. Cette pierre qui pesait de tout son poids mort au creux de sa chair, se met à bouger et à vivre. Un goût de larmes l'envahit.

Raymond flatta la ganache de sa monture puis se tourna en souriant vers Pernelle.

— Tu lui diras que rien ne pourra jamais effacer son nom de mon cœur. Tu ajouteras...

— Pressez-vous ! dit le garde. Messire Louis peut sortir de la chapelle d'un moment à l'autre. Je risque ma vie.

— Tu ajouteras que je regrette ce qui s'est passé entre nous. Je crains que le prince ne lui en garde rancune toute sa vie et qu'elle soit malheureuse avec lui. Pour toi non plus je crains que tout n'aille pas au mieux. Quand Raoul sera guéri, il devra sûrement repartir pour ses terres du Vermandois où l'attend la dame Gerberte.

— Il ne repartira pas, mon oncle.

Raymond secoua la tête sans cesser de sourire et releva du bout de l'index le menton de sa nièce.

— Ne t'attache pas trop à lui. Si tu l'aimes vraiment, tu devrais plutôt le laisser partir.

Pernelle se détourna d'un air boudeur. Raymond se mit à rire.

— Après tout, c'est toi qui as raison. Fais comme il te plaira, et au diable la sagesse !

Il lui déposa deux baisers sonores sur les joues et sauta en selle.

Aliénor interrogea Pernelle.

— Et maintenant ?

Il se dirige vers le porche. Quelques cavaliers l'escortent. Constantin de Born, Hugues de Lusignan, Geoffroy de Taillebourg, Vulgrain d'Angoulême. Ils l'accompagneront jusqu'au Clain. Thibaut de Champagne et l'évêque Geoffroy le regardent partir du fond de la cour.

— Que fait Louis ?

— Je ne le vois pas.

Aliénor était demeurée assise, le dos tourné à la croisée d'où Pernelle observait les derniers préparatifs du départ. Elle redoutait trop l'image de Raymond fuyant comme un proscrit. La porte venait de s'ouvrir. Louis entra.

— J'avais interdit à quiconque d'entrer ici sans ma permission.

Aliénor ne parut ni le voir ni l'entendre. Elle dit, de la même voix blanche :

— Et maintenant ?

Pernelle demeura muette en face de Louis :

— Fermez cette fenêtre ! dit-il.

Aliénor répliqua sans colère :

— Non. Laisse cette fenêtre ouverte.

— Ne m'obligez pas à des décisions que je regretterais !

Aliénor interrogea tranquillement :

— Et maintenant ?

— Pernelle ! Mauberge ! sortez d'ici ! s'écria Louis.

Aliénor se leva lentement.

— N'en faites rien. C'est moi qui sortirai.

— Je vous le défends !

Elle marcha vers Louis, l'écrasa du regard et soudain relevant ses jupes, elle envoya ses babouches voler contre le mur et s'engouffra dans le couloir, poursuivie par la voix furieuse de Louis. Un garde lui interdisait l'issue des escaliers ; elle le souffleta avec tant de vigueur qu'il laissa choir sa lance. Dans la cour, les hommes la regardèrent passer, bouche bée. Louis s'égosillait à la fenêtre, demandant que l'on arrêtât cette folle. Lorsque ayant avisé un cheval tout sellé près de l'abreuvoir, Aliénor l'enfourcha, un baron tenta de l'arrêter. Thibaut de Champagne.

— Descendez ! ordonna-t-il.

Il se tourna vers les cavaliers qui l'observaient :

— Aidez-moi, vous autres !

Les barons s'avancèrent sans se presser.

— Arrière ! Prenez garde ! cria Aliénor.

Elle tira violemment sur la bride, pressa de ses pieds nus les flancs de la bête qui se cabra et se mit à tourner sur place en hennissant. Thibaut faillit être renversé. Un baron parvint à saisir le mors, un autre tenta de sauter en croupe. Louis ne soufflait mot. Le visage décomposé, les poings crispés sur le rebord de la fenêtre, il observait la scène avec une inquiétude grandissante. Il vit soudain le cheval s'enlever puissamment, coucher le groupe comme une javelle et foncer sous le porche.

Aliénor descendit en trombe les ruelles au risque de se rompre le cou. Fort heureusement, Raymond et sa suite n'étaient pas loin. Elle les aperçut alors qu'ils allaient franchir le pont sur le Clain. Quand elle fut à portée de voix, elle appela Raymond. L'escorte s'arrêta. Elle vit Raymond se détacher, revenir en arrière, descendre de cheval et rejeter sur ses épaules les pans de sa cape. Il lui parut plus grand que d'ordinaire, un peu austère dans ses vêtements de feutre gris. Elle arrêta son cheval, essaya de prononcer quelques mots, mais n'y parvint pas. Un cerne noir se rétrécissait autour de son oncle, le dévorait peu à peu. Elle se sentit attirée sur le côté, tenta de se rattraper à la bride, mais ses mains étaient sans force.

Après, ce fut une nuit pleine de galops forcenés.

La première chose qu'elle reconnut fut le visage de Louis penché sur elle, un visage qui suait l'inquiétude. Puis elle distingua Pernelle, Constantin de Born, la face rogue de Thibaut de Champagne. Derrière Thibaut, la route s'allongeait après le pont, blanche de poussière, jusqu'à une muraille de forêts limitant l'horizon.

Louis effleura Aliénor d'un baiser sans haleine. Elle baissa les yeux, fléchit insensiblement le genou.

— Je vous attends à Paris pour le dimanche avant l'Assomption, dit-il.

Louis resta encore un instant devant elle. Aliénor devina qu'il eût aimé lui dire quelques mots encore et non plus sur ce ton glacé. De son côté, elle se sentait partagée entre une rancune tenace et le désir de la dominer. Ils se séparèrent sans rien ajouter.

Aliénor s'avança jusque sous le porche. C'était par là que, quelques jours auparavant, Raymond avait quitté Poitiers. De là que, six mois auparavant, par un petit matin glacé de mars, elle avait vu la haute silhouette grise de son père, le duc Guillaume, s'effacer dans un brouillard de pluie. Elle-même, dans quelques jours... Une main chercha la sienne: Pernelle. La petite se mordait les lèvres pour ne pas éclater en sanglots: Raoul de Vermandois suivait Louis en Ile-de-France.

Le premier soin d'Aliénor, quand elle fut remontée dans sa chambre, fut de s'installer devant son miroir.

Elle désirait ardamment savoir quel visage avait la nouvelle reine de France.

C'était un visage plein de surprises.

Elle s'étonnait que la mort, à Paris, d'un homme qu'elle n'avait jamais vu, auquel ne l'attachait aucun lien d'affection spontanée, ait pu la changer à ce point en une nuit. Qui était ce roi défunt?

Elle avait longtemps pensé qu'il devait rappeler, par la corpulence, la bonne Mauberge; on l'appelait «Louis VI le Gros», mais Raoul de Vermandois lui avait rapporté qu'il n'était plus qu'une sorte de grand squelette miné par la dysenterie. Aliénor, malgré cela, ne pouvait l'imaginer que sous les traits d'un homme pesant, tout gonflé d'humeurs malsaines.

Aliénor sourit pour tenter de retrouver sur ce visage de reine le reflet de la sauvageonne de Belin. C'est à peine si, dans le regard, elle conservait cette lumière verte qui faisait dire à Raymond qu'il y voyait se lever une aube de printemps. L'angle du menton paraissait alourdi, que Raymond aimait prendre dans sa grosse main. Un voile de deuil cachait la chevelure, cette chevelure que Raymond...

Quand Louis avait deviné qu'elle ne cherchait plus à fuir, qu'elle renonçait à cette passion impossible, à ce caprice, il avait relâché sa surveillance. Où aurait-elle bien pu se rendre si elle avait décidé de quitter le prince? A Belin, auprès de la dame Philippia qui emplissait la forteresse de ses promenades sans fin, de ses cris de folle? Elle ignorait où se trouvait Raymond et personne n'eût pu le lui apprendre. Il avait parlé un jour de s'embarquer sans retard; une autre fois, il avait émis le désir de se rendre à Saint-Jacques-de-Compostelle; peut-être était-il encore à Bordeaux où il avait obtenu de séjourner, le temps d'obtenir quelque crédit des Juifs...

Peu à peu, dans sa solitude que l'affection distraite de Pernelle ne parvenait pas à alléger, elle en était venue à considérer le roi comme son seul soutien et son rôle de reine de France comme la seule perspective piquante.

S'était-elle trompée sur son époux? La relative mansuétude dont il l'entourait l'inclinait à le croire.

Deux jours après le départ de Raymond, à l'heure du couvre-feu, il était monté jusqu'à la chambre de son épouse. Aliénor venait juste de s'endormir, fatiguée d'avoir fait de la toile tout le jour au coin de la fenêtre. A travers son demi-sommeil, elle avait vu cette ombre s'approcher du lit dans la lumière d'une couple de chandelles. Il s'était assis au pied du lit, sans un mot, et Aliénor avait pu distinguer à travers ses cils, un visage triste et gris, immobile et fermé. Elle avait craint qu'il ne vînt animé de mauvaises intentions. Ces mains crispées sur la fourrure de la courtepointe, ce regard traversé par instants d'une étrange lumière l'inquiétaient; l'odeur d'encens qu'il portait sur lui (il devait venir de la chapelle), ne la rassurait nullement. On l'avait prévenue qu'il était sujet à de dangereuses impulsions, qu'il laissait transpirer des instincts brutaux; chez les clercs de Notre-Dame, il s'obligeait à subir le fouet et la pénitence pour désarmer en lui les forces mauvaises. Ils s'étaient longuement observés à travers l'ombre, sans un mot, sans qu'un trait de leur visage trahît leurs sentiments. Puis Louis avait baissé la tête et, les yeux perdus dans la haute laine du tapis, avait murmuré:

— Aliénor, pourrons-nous jamais oublier ce qui s'est passé?

Elle eût dû, elle eût aimé répondre, mais continua de faire semblant de dormir, et ne cilla nullement quand Louis déclara:

— Je sais que vous ne dormez pas. Pourquoi refusez-vous de me répondre?

Il s'était agenouillé pour effleurer d'un baiser la main pendante.

Le visage d'Aliénor n'est pas celui d'une morte. La peau est chaude. Une petite veine bat près de la tempe et, lorsque Aliénor y applique la pointe de l'index, elle sent une petite pulsation obstinée. A seize ans, on ne meurt pas d'un chagrin d'amour. Surtout quand on est reine. Reine de France.

Elle ferme les yeux, se compose un visage à la fois grave et serein. Quand elle se cherche de nouveau au fond du miroir, elle se retrouve différente. Elle cligne des paupières: à la place de ce voile noir, c'est une couronne qui la coiffe; à l'endroit où elle portait ce mince collier, c'est une grosse torque d'or ou une croix pectorale ornée de pierres vertes et grenat qui se dessine; un riche samit couvre ses épaules. Elle s'avance sous les hauts portiques du Palais de la Cité, parmi les vapeurs de l'encens et du benjouin, dans un brouhaha de musiques et de chants; une main prend la sienne pour la conduire vers ses beaux-frères. Henri le moine, Robert de Dreux, le guerrier turbulent, Hugues, Pierre, Philippe... La reine mère Adélaïde sourit et l'embrasse sur le front.

— Mon besson, cesse de te regarder dans le miroir et de pleurer. Tu vas gâter tes yeux.

— Je ne suis plus ton «besson», nourrice. Cesse, une fois pour toutes, de m'affubler de ces noms ridicules! Je contemplais le visage de la nouvelle reine de France. Et je ne pleure pas. Tiens, regarde!

*
* *

Du premier gîte d'étape, à quelques lieues de Loches, où il avait été contraint de s'arrêter pour la nuit à cause d'un gros orage, Louis mandait à Aliénor :

Pour la première nuit que je passe loin de vous, je me sens seul et perdu. On dit qu'Orléans s'est soulevé, que les grands vassaux de la couronne chevauchent sur Paris, la lance contre la cuisse, décidés à montrer leur force et à imposer leur volonté avant que je ne puisse faire usage de l'une et de l'autre. Il n'est pas jusqu'à Thibaut de Champagne et quelques autres barons qui ne suscitent des factions contre moi. Je n'éprouve de sentiment de sécurité qu'en présence de Suger, mon cher ministre, et de Raoul de Vermandois dont les conseils me sont précieux. Priez, dame, pour que Dieu m'assiste dans les épreuves qui m'attendent et aussi pour qu'Il ramène entre vous et moi la paix et l'amour.

Le courrier parvint à Aliénor alors qu'elle était en selle. Elle le lut les larmes aux yeux. La pitié qu'elle éprouvait pour Louis rejoignait en elle un sentiment plus profond qu'elle hésitait à nommer amour.

La cour du palais, dominée par la silhouette blanche de la tour Maubergeonne semée à son faîte d'un grainetis de pigeons, était pleine d'une foule bigarrée de chevaliers et de dames d'Aquitaine montées sur des haquenées aux selles ornées de galons et de grelots. Tout ce monde jacassait et paradait avec grâce autour de la reine sous le chaud soleil de la matinée.

Ce voyage en Ile-de-France se présentait comme une joyeuse partie de campagne. La randonnée serait harassante? On sacrifierait plus de temps au repos. Dangereuse? Il y avait en suffisance de jeunes cavaliers bien armés qui sauraient tenir en respect les bandes qui écumaient les grands chemins. Monotone? On avait prévu des fêtes, à chaque étape.

Un jeune cantador en surcot grenat prit la tête du cortège, entre deux chevaliers bannerets, et c'est aux sons d'une viole et aux accents d'une chanson de guerre que s'ébranla le cortège. L'évêque Geoffroy de Chartres et Constantin de Born se tenaient de chaque côté de la reine vêtue d'une ample cape rouge et d'une robe verte à bissettes dorées. Pernelle suivait à quelques pas derrière.

La reine donnait le ton. On n'hésitait pas à faire un détour de plusieurs lieues pour visiter la fauconnerie ou le chenil de quelque riche baron du Poitou ou de Touraine. La nuit, on se dissipait un peu et de mystérieux va-et-vient animaient les couloirs. Le jeune cantador allait toujours devant et, une dame de Saintonge l'ayant honoré de sa protection, il trouvait chaque jour des motifs nouveaux pour ses chansons.

Il faisait un beau temps clair. Le vent chaud de l'ouest palpitait sur les forêts.

Une fin d'après-midi, on vit s'étaler à l'horizon les toitures rousses d'une grande ville et poindre la flèche d'une cathédrale. Constantin s'approcha de la reine.

— C'est Orléans, madame. Ce soir, toute votre suite couchera dans de bons lits.

La ville était calme, trop calme au goût d'Aliénor. Elle apprit d'un sergent d'armes qu'un soulèvement des bourgeois s'était produit lors du passage du roi. Ils réclamaient la reconnaissance de leurs droits communaux. Louis, qui s'était promis d'être conciliant, s'était énervé, avait fait lâcher quelques flèches et quelques moellons sur la foule qui se pressait aux portes de sa résidence.

Peu après Orléans, le domaine royal commençait. On entrait dans d'immenses étendues de landes, de prairies, de forêts. On traversait les villages de la Beauce sous des arceaux de feuillages, aux accents de musiques champêtres. On s'arrêtait pour boire, danser la carole au son des tambours et des chalemelles. On ne parlait pas la même langue, mais les cris des paysans, leurs « Noël » et leurs « Hosannah » touchaient le cœur de la reine.

Une lieue avant Etampes, la reine vit s'avancer dans un nuage de poussière une troupe arborant les écus de France et des pourpoints marqués de la fleur de lys. Un homme se détacha et courut vers l'escorte de la reine. Pernelle ne put retenir un cri de joie en reconnaissant Raoul. Elle se lança à ses devants.

— Dame Aliénor, dit Raoul, rayonnant, le roi vous souhaite la bienvenue sur ses terres.

On avait passé de peu l'heure de none et la chaleur sèche d'août pesait sur le chemin de la Beauce. Au crépuscule, la colline de Montmartre se profila sur l'horizon.

Une ville grise

Constance se pencha vers la reine.

— Qu'avez-vous, madame ? Vous sentez-vous mal ?

Aliénor ne répondit pas et la sœur du roi n'eut garde d'insister. La reine tenait ses mains crispées sur le rebord de la loge des dames d'où pendaient de grandes draperies rouges semées de lys d'or et d'argent. Elle concevait mal que Constance pût demeurer maîtresse de ses nerfs après une joute qui avait échauffé toute l'assistance. Elle détestait son champion, cet Aïol le Bègue qui, à la troisième passe, avait vidé les arçons sous les huées de la foule ; elle détestait ce Bertrand de Toulouse, fils d'Alphonse Jourdain, le vainqueur ; elle maudissait ces vieilles pies qui ne cessaient de jacasser, de battre des mains, de rire comme des ribaudes avinées ; elle méprisait Constance.

Maintenant, on hissait au mât un écu aux armes de Toulouse et les bannières de la maison d'Alphonse Jourdain claquaient dans le vent tiède. Un ménestrel de viole vêtu comme un perroquet se pavanait devant la loge des dames, chantant :

En si bonne compagnie
Doit-on bien joie mener ?

Aliénor mourait d'envie de lui envoyer son soulier à la figure. Une « bonne compagnie », ces dames de France et d'Aquitaine qui unissaient leurs vivats et leurs compliments à l'adresse de Toulouse ? Ne comprenaient-elles pas que la reine ressentait durement la défaite de son champion ? Elle était seule à assumer le déboire. Seule avec Aïol, mais il ne valait pas une noix sèche. Pernelle paraissait absente, toute son attention requise par la présence aux abords de la lice, de Raoul qui allait combattre dans quelques instants ; elle lui souriait bêtement et lui faisait de petits signes avec son écharpe.

Tandis que les garçons achevaient de déblayer le terrain, Aliénor gardait les yeux fixés sur un homme de petite taille qui se tenait près de Bertrand de Toulouse à peine descendu de cheval : Alphonse Jourdain. Il portait une courte barbe noire semblable à celle des cavaliers d'Allah, une cape violette, et attirait l'attention par ses gestes vifs et son verbe sonore.

Le comte de Toulouse ne vivait pas en bonne intelligence avec le duc d'Aquitaine. Le père du dernier duc, pour récompenser Raymond Saint-Gilles de ses exploits aux croisades, lui avait abandonné le comté de Toulouse que lui-même tenait de son épouse ; en réalité, il le lui avait cédé contre de l'or ramené d'Orient en omettant d'exiger l'hommage. Guillaume le Chanteur était mort près de ses coffres garnis, mais les ducs avaient irrémédiablement perdu d'immenses territoires qui jouxtaient les marches d'Espagne et de Provence. Le père d'Aliénor avait eu beau réclamer l'hommage, le comte de Toulouse faisait la sourde oreille et, quand Guillaume le menaçait trop ouvertement, il en appelait au roi et tout rentrait dans l'ordre. Alphonse Jourdain jouissait d'une immense popularité dans ses domaines et d'une profonde estime au-delà. « Il possède la noblesse du lion », disait de lui Louis le Jeune. Aliénor ne lui concédait que la ruse du renard. Alphonse Jourdain tenait sa province d'une main ferme et il n'était pas trop de la noblesse du lion et de la ruse du renard pour la défendre contre la convoitise des grands voisins.

Un des premiers soins de la reine installée à Paris avait été, en bonne héritière des Guillaume, d'ébranler cette puissance qui déséquilibrait le duché. Louis s'était d'abord insurgé contre les prétentions de son épouse, mais il s'était vite rangé à son opinion. Toulouse joint à l'Aquitaine représentait une puissance qu'il ne pouvait dédaigner.

Alphonse Jourdain s'était abstenu d'assister aux cérémonies du sacre. Il arriva un beau jour à Paris, tout clinquant de pennons et d'écus, pour les grands tournois de l'Ascension. On le voyait parader sans vergogne dans le camp des barons, sous les murs de Saint-Germain-des-Prés crépis de neuf, sous les remparts de la forteresse du Louvre et, de leurs fenêtres, le roi et la reine pouvaient voir défiler ses couleurs.

Alphonse avait rompu du bois et du fer avec des chances égales dans de petites joutes préliminaires. Il se ménagea jusqu'à ce jour où Bertrand de Toulouse venait de faire mordre la poussière à cet Aïol le Bègue, champion de la reine, à cette brute qui, en apparence, ne devait faire qu'une bouchée de son adversaire.

*
* *

Un coup de buccine tira la reine de sa torpeur. Les hérauts crièrent les enseignes des prochains adversaires qui débouchèrent au même instant dans la lice : Champagne et Vermandois.

Aliénor sentit une main moite se poser sur la sienne. Elle lut une angoisse dans le regard de sa sœur et la rassura.

— Ne crains rien. Les hommes de Thibaut sont sortis avec une réputation ébréchée des dernières joutes. Par amour de toi, Raoul accomplira des prodiges. Où se tient-il ? Je ne le vois point.

— Je le distinguerais entre mille, même sous le froc et la capuche d'un moine. C'est ce cavalier à caparaçon vert et à huque jaune qui monte un cheval ferrant. Il se détache justement sur la gauche.

— Un bel homme ! constata Constance.

Un concert d'admiration éclata dans les rangs des dames.

— Quelle allure !

— Il n'y a que lui pour tenir la lance avec autant de fermeté et d'élégance.

— Paix ! dit Aliénor.

Le ménestrel de viole vint à nouveau faire le beau sous la loge des dames. La reine lui intima l'ordre de se taire. On criait les enjeux. Après, il y eut un silence. Le soleil qui descendait sur l'horizon allongeait l'ombre des chevaliers sur la lice. On entendit au loin tinter les cloches de Saint-Germain-des-Prés. Saint-Sulpice et Saint-Thomas du Louvre lui firent écho. Une odeur fraîche d'herbe foulée roula sur la lice. Quand on retournerait le sablier, ce serait le crépuscule, mais on continuerait peut-être aux flambeaux.

Le signal ayant retenti, une clameur sauvage monta des palissades.

— Ores à eux ! Frappez aux heaumes ! Donnez de la lance !

— Champagne ! Champagne !

— Vermandois, à la charge ! Combrez ferme !

Dix chevaliers s'ébranlèrent de part et d'autre. On entendit le choc sur les hauberts des grandes lances, l'éclatement sec du bois rompu, le hennissement des chevaux cabrés. Des hommes roulèrent lourdement sur le pré, ramassés sur eux-mêmes pour se protéger des bêtes affolées qui tourbillonnaient autour d'eux. Un haubert dégoujonné par la violence du choc avait roulé à dix pas : on vit l'homme, un du Vermandois, en huque de soie mauve, faire plusieurs cabrioles et détaler vers les palissades, talonné par un baron de Champagne.

Raoul parvint à maîtriser son ferrant qui avait pris un rude coup à l'épaule et dont le caparaçon pendait. Il le laissa galoper jusqu'aux loges et le ramena au pas vers le centre, d'où il ordonna à ses hommes de se retirer vers leurs arrières.

Au troisième assaut, plus violent que le précédent, trois hommes de Champagne et deux de Vermandois vidèrent les arçons. Un baron de Château-Thierry parvint à arracher un lambeau du caparaçon de Raoul. Il le fit tournoyer au bout de sa lance et alla triomphalement le porter à Thibaut de Champagne, assis dans la loge du roi.

Le cheval de Raoul était mal en point. Une lance brisée lui avait ouvert le flanc droit. Il rompait nerveusement de droite et de gauche, renâclait sous la morsure des éperons et menaçait de jeter bas son cavalier dès qu'il voyait fondre sur lui quelque assaillant.

Pernelle grignotait nerveusement un coin de son écharpe et sentait l'angoisse s'installer en elle. L'enjeu matériel de cet engagement était de poids, mais l'enjeu moral le dépassait. C'était en fait son amour pour Raoul qui luttait contre les prétentions de Thibaut. Le comte de Champagne n'avait pu accepter l'idée que sa nièce, Gerberte, épouse de Raoul, fût ainsi bafouée. Il s'était plaint au roi à diverses reprises, mais Louis tenait davantage à l'amitié de Raoul qu'au soutien de Thibaut qui, d'ailleurs, avait trahi le précédent souverain.

Toute l'assemblée se dressa dans un cri.

Un rude coup de lance à la tête venait de surprendre Raoul comme sa monture fléchissait des jarrets et qu'il tentait de lui faire reprendre son aplomb. Aliénor s'écria :

— C'est un exploit de Manessier de Reims, j'en jurerais. Il pouvait le tuer, de la manière dont il y est allé. On devrait le bannir. Juges !

Raoul gisait sur le ventre, la tête pleine de cloches. Il n'était pas mort, mais fort mal en point. La visière de son heaume avait été à demi arrachée et le col défoncé l'empêchait de respirer. Dès qu'il eut repris conscience, il s'acharna à libérer sa tête sans y parvenir. Manessier appelait à la rescousse pour qu'on transportât le blessé hors des barrières, de manière à le faire prisonnier. Ce fut bientôt, autour de Raoul, une mêlée tournoyante, une tempête de cris, de chocs d'écus et d'armes, d'appels et de jurons. Raoul prit son parti de la situation et se contenta de se protéger la tête du mieux qu'il put en attendant que la mêlée fût calmée.

Pernelle se mit à gémir.

— Où est-il? Je ne le vois plus!

— Ne crains rien. Je l'ai vu bouger. Il s'en tirera et reprendra le combat.

Les Champenois redoublaient d'ardeur, rendaient deux coups pour un. Ils combattaient encore à huit, tandis que, dans le camp opposé, cinq hommes seulement étaient encore en selle et valides. Insensiblement, les Vermandois s'attachaient à déplacer la mêlée pour permettre à Raoul de se dégager. Dès que la place fut libre, on le vit se dresser lentement, faire en titubant des efforts désespérés pour arracher ce maudit heaume qui lui comprimait la gorge et lui coupait le souffle. Il finit par prendre son parti de cet inconvénient et, s'étant étiré pour éprouver l'état de ses os et de ses muscles, il dégaina sa courte épée et s'avança, les jambes écartées, vers le centre de la bataille.

Un de ses hommes ayant culbuté, il prit son cheval et se mit à pousser des cris stridents, comme s'il était soudain possédé par le diable. En quelques instants, il coucha deux hommes sur le pré et en désarçonna un troisième. Partout où elle passait, son épée faisait des ravages. Il cherchait Manessier, mais Manessier trouvait toujours quelque autre adversaire à affronter. Raoul lançait son nom à tous les échos.

— Manessier! Manessier, fils de porc! Où es-tu?

Le sire de Reims se gardait bien de répondre.

Aliénor martelait du poing le rebord de la loge.

— Raoul l'aura, c'est certain. Il est dans un état où pas un homme ne pourrait lui résister. Je ne connais qu'un chevalier qui le vaille: c'est Raymond.

Autour de Thibaut, où l'on se préparait à hisser l'écu et les bannières de Champagne, l'exaltation avait fait place à l'inquiétude. Le roi observait de biais son vassal qui se grattait la barbe avec une sourde frénésie. Une rixe avait éclaté sous la tente des juges entre des hérauts qui se battaient à coups de trompettes et d'escabeaux.

Sur le terrain, six hommes demeuraient encore, plus un malheureux à demi assommé dont on n'eût pu dire s'il était de Champagne ou de Vermandois, tant il était pitoyable à voir avec son harnois cabossé et le sang qui giclait à travers les mailles de son gorgerin.

Moins que jamais, Manessier de Reims paraissait disposé à se mesurer à Raoul qui le poursuivait de sa hargne, inlassablement. Ils étaient tous deux assez ardents, somme toute, mais on devinait qu'ils ne pourraient longtemps encore continuer à se dépenser de la sorte.

Raoul réussit à se débarrasser d'un adversaire un peu jeunot mais plein de fougue, qu'il abandonna, les reins à demi rompus, agenouillé au milieu de la lice comme pour la prière. Il tournoya sur lui-même, poussa un cri rauque quand il aperçut Manessier à quelques pas de lui, occupé à réajuster son écu, dont une bride avait cédé. Il se courba, le nez dans la crinière de son cheval, et fondit sur son rival. La rencontre fut d'une violence telle que les deux adversaires culbutèrent ensemble et se retrouvèrent étourdis par la chute, côte à côte. Toujours étendus, ils s'observèrent un moment en silence, haletants, se demandant s'ils devaient en demeurer là. C'est ce à quoi ils se fussent résolus d'un commun accord si Manessier, pris d'une rage soudaine, ne s'était rétabli sur ses coudes en crachant des injures à l'adresse de Raoul.

— Païen! Débaucheur de filles!

Piqué au vif, Raoul ramassa son épée et, trébuchant dans l'herbe, tiré en avant par le poids de son arme, s'avança vers Manessier.

— Fils de porc! Je vais te faire rentrer tes paroles dans la gorge!

Il assena un coup formidable sur le haubert de Manessier, qui poussa un cri déchirant. Puis il se laissa lui-même choir sur sa victime.

Aliénor respira largement, se laissa aller en arrière pour détendre ses reins crispés.

— Pour un beau combat, c'est un beau combat.

Elle tapota la main que lui avait abandonnée Pernelle. La petite paraissait dormir. Aliénor lui secoua l'épaule.

— Qu'as-tu, sœurette? Pernelle! Pernelle!

Maintenant, Pernelle est près de Raoul. Un peu pâle mais souriante. Elle prépare des compresses, bouscule les chevaliers, pose le linge brûlant sur la plaie. Raoul fait la grimace, se cambre, puis il regarde Pernelle et lui sourit. «Ceux-là, pense Aliénor, le monde pourrait être englouti par un nouveau déluge, ils flotteraient sur leur arche de solitude.» Elle les aime de se donner tant d'amour. Leur bonheur est un peu son œuvre. Sans elle, sans les pressions exercées sur le roi pour contrecarrer les protestations de Thibaut de Champagne défendant l'honneur de sa nièce délaissée, Raoul aurait, depuis plusieurs semaines, repris la route du Vermandois.

Pernelle est un bijou rose et blanc serti du plus bel or. C'est ce que disent les troubadours, et ils disent vrai. Elle porte hardiment des seins hauts de chasseresse; sa taille est svelte et cambrée sous la ceinture rouge qu'elle laisse pendre jusqu'à terre sur le devant de sa robe. Elle est faite pour aimer et l'amour lui va bien. «Même le déluge», songe Aliénor. Oui, même le déluge les laisserait indifférents. Leur amour est de ceux qui s'accommodent de la solitude la plus stricte, de l'indifférence la plus absolue pour ce qui n'est pas eux. Il est de ceux dont peuvent naître les catastrophes. Aliénor a parfois envie de leur crier de se réveiller, de les mettre en garde contre les obstacles du chemin où ils marchent les yeux fermés. Elle se contente de secouer de temps à autre sa sœur, quand elle la voit, l'aiguille piquée dans la toile, suivre de l'œil le vol d'une mouette sur la Seine ou les jeux du soleil dans la brume bleutée qui coiffe la colline de Montmartre. Pernelle se contente de sourire, de soupirer, et la colère d'Aliénor tombe.

Aliénor quitta la tente de Raoul comme un ménestrel de vielle faisait son entrée pour chanter de geste la gloire du vainqueur. Ces chants, ces vivats, cet enthousiasme lui donnaient la nausée. Elle pensait à Bertrand de Toulouse et à sa malheureuse victime, cet Aïol le Bègue qu'elle avait fait combattre avec un harnois d'une grande richesse, maintenant la propriété de son adversaire, Elle se tourna vers la duchesse d'Angoulême et la comtesse de Foix.

— Suivez-moi!

Précédées d'un valet porteur de flambeaux, elles traversèrent le camp des Champenois soulevé par des rumeurs de mécontentement: les juges avaient donné la victoire aux Vermandois, alors qu'un résultat nul eût semblé plus équitable. Raoul avait failli, alors qu'on le transportait hors de la lice, se faire écharper par les hommes de Thibaut. L'inquiétude relative à l'état de Manessier, sur lequel les médecins ne pouvaient encore se prononcer, n'était pas faite pour rasséréner l'humeur des chevaliers de Champagne. Un grand écuyer roux cracha sur le passage de la reine.

Par contre, dans le camp de Toulouse, c'était la fête. Avec les bois des lances rompues, les garçons avaient fait un feu de joie an centre duquel ils avaient hâtivement planté un mai qui brûlait en libérant une colonne de fumée blanche. On menait tout autour un branle effréné.

La reine chercha la tente d'Aïol. Elle était adossée à une bordure de hêtres. La lueur d'une minable chandelle de suif filtrait par les ouvertures. «Il est mort», songea Aliénor, sans éprouver nul regret. Quand elle fut entrée, elle constata que son champion avait eu plus de peur que de mal. Il dormait pesamment, le ventre à l'aise, ses jambes immenses déployées sur toute la largeur du lit, la bouche grande ouverte dans sa barbe jaune. Il portait à l'épaule droite un pansement autour duquel bourdonnaient quelques mouches. Un écuyer chétif s'avança, un doigt sur les lèvres.

— Mon maître a demandé qu'on ne l'éveille pas.

Aliénor le repoussa durement, saisit au chevet du blessé un seau plein d'une eau rosâtre et en envoya le contenu sur Aïol. Puis, avant que le champion ait pu articuler une parole, elle souleva le lit et le fit basculer.

Les deux années qui suivirent le couronnement de Louis et d'Aliénor furent étonnamment calmes. Les clercs se plaisaient à proclamer que cette paix était un don du ciel et, pour le ménage royal, un signe faste.

Cependant, au nord, au sud, à l'est, les princes n'écoutaient guère la voix de Dieu. En Angleterre, la guerre des «Deux Mathilde» s'achevait et un homme sur trois restait en vie. En Allemagne, Conrad avait arraché à Lothaire le sceptre de l'Empire après d'épouvantables batailles où la chevalerie teutonne avait laissé ses plus belles illustrations. En Espagne, sévissait une guerre endémique entre roitelets, l'or et le sang menant leur ronde à travers les sierras sous l'œil froid des cadis musulmans.

L'épicentre de ce cataclysme général était la France. Elle s'épanouissait comme une rose sous le soleil de la paix, immobile et rayonnante. Impressionnés par l'audace un peu brouillonne du jeune roi, les grands vassaux se tenaient tranquilles dans leur fief. L'Eglise édifiait des sanctuaires, les moines poussaient la charrue dans les terres vierges tandis que, vers le sud, des prédicateurs extirpaient l'hérésie qui refleurissait dans le clergé et gagnait le peuple. Saint Bernard imposait en chaire silence au doux Abélard.

Louis n'avait pas vingt ans. Il avait laissé repousser ses cheveux, mais se refusait obstinément à porter la barbe. Il jouait assez bien son rôle de roi et savait imposer sa volonté, mais il était parfois la proie de dangereuses impulsions que son Premier ministre, Suger, jugulait tant bien que mal.

Suger approuva sans réserve Louis quand celui-ci décida de passer outre, désormais, à l'autorité maternelle. La reine Adélaïde pinça ses lèvres minces et se retira sans murmurer. A quelque temps de là, on apprit qu'elle était partie un matin pour le repaire du connétable Mathieu de Montmorency qu'elle avait dessein d'épouser.

*
* *

Quand elle songeait à Raymond, Aliénor avait l'impression que s'allumait en elle une lampe dont la flamme était de jour en jour plus pâle. Elle éclairait un visage dont les contours s'estompaient. Mais la lampe ne se décidait jamais à mourir, comme si une source secrète l'alimentait.

Parfois, la nuit, au souvenir de son amour perdu, une chaleur sourde l'envahissait. Elle se mordait le poignet pour étouffer un gémissement. Son ventre la torturait. Le vide brûlait les paumes de ses mains. Le jour, quand surgissait la clarté de la lampe secrète, le temps s'arrêtait, les choses et les personnes se figeaient et il fallait un bruit, un contact pour reprendre le fil. Au début de leur séparation, elle se répétait que le départ de Raymond était une absurdité, qu'il eût dû l'emmener avec lui en Terre sainte ou ailleurs. Elle eût dû refuser d'épouser ce prince qu'elle connaissait mal, qu'elle n'aimait pas et ne pourrait jamais aimer, elle qui attachait tant de prix à l'amour. Prise en faute, elle avait accepté la loi de son époux, parce qu'un fugace sentiment de culpabilité l'avait effleurée. Elle haïssait cette part d'elle-même trop vite soumise et s'était juré de ne plus jamais céder.

Aliénor avait besoin de petites victoires pour lui faire oublier sa grande défaite. Le jeu l'avait amusée un temps. Un jeu cruel de jeune chatte, dont le roi faisait les frais. Mais la facilité même de ces compensations avait fini par la rebuter. Faire proscrire une dame qui lui déplaisait, remplacer un chambellan auquel le roi était attaché, obtenir le recours en grâce d'un baron d'Aquitaine révolté contre l'autorité royale, autant de petites satisfactions qui, à la longue, perdaient toute saveur.

Elle avait pris en horreur cette odeur d'encens que le roi portait sur lui. Il la rejoignait le soir, ayant macéré des heures durant au cours de la journée dans ce fumet divin. « Votre odeur de sainteté », disait-elle avec une ironie qu'il ne discernait pas. Chaque soir, Aliénor partageait la couche d'un saint Antoine débauché et se prenait pour une de ces princesses bibliques que l'ermite apercevait s'avançant vers lui à travers les sables d'Arabie. Elle le voyait égrener son rosaire dans la lumière de la chandelle, à genoux sur un coussin, devant la Vierge de bois grossièrement sculptée qui avait, depuis des générations, recueilli les prières des rois et des reines. Elle entendait le clappement léger des lèvres et les soupirs qu'il poussait, sa prière achevée. Il vouait à la Vierge un culte morbide, lui demandant un peu de cette affection maternelle dont il avait été sevré et que son épouse refusait de lui donner.

Chacune de ses prières s'achevait sur le même vœu : ouis désirait un fils. Chaque mois, il interrogeait la reine et elle secouait la tête. Louis redoublait de ferveur envers la Bonne Dame et d'ardeur auprès de son épouse. L'une demeurait sourde. L'autre stérile. Il était très malheureux.

*
* *

Au printemps de l'an 41, à contrecœur, Louis leva une armée, alla prendre, selon la coutume, sur l'autel de Saint-Denis, l'oriflamme bleue à lys d'argent et s'engagea sur le chemin de Toulouse. Aliénor avait fini par le convaincre de la nécessité d'exiger l'hommage d'Alphonse Jourdain. Ses prétentions légitimes lui faisaient, prétendait-elle, obligation de gagner à la couronne ce fief qui manifestait trop ouvertement son indépendance ; mais la victoire indécente de Bernard de Toulouse, lors d'un certain tournoi, n'était pas étrangère à cette détermination. Pour faire lever les ultimes hésitations du roi, elle lui dit un soir :

— Sire, donnez-moi Toulouse et je vous donnerai un fils.

Il n'en fallut pas davantage pour décider le roi à convoquer le ban de ses vasseaux. Beaucoup se récusèrent. A la tête d'une armée dérisoire composée des mêmes éternels guerroyeurs et de quelques compagnies de mercenaires indisciplinés, il s'embarqua pour cette singulière aventure.

A quelques lieues de Paris, les arrières commençaient déjà à s'effilocher. A partir d'Orléans, voyant fondre ses effectifs, le roi prit des mesures sévères. Il renforça les cadres et punit les traînards.

Lorsque l'armée entra dans les domaines des seigneurs quercynois relevant du comté de Toulouse, les choses se gâtèrent. On pénétrait dans un pays d'accès difficile, parsemé de repaires imprenables d'où les barons narguaient le roi. Il chevauchait, impavide, très droit sur son destrier, étranger aux quolibets dont il ne comprenait d'ailleurs pas un traître mot. Les dernières paroles de la reine le soutenaient : « Partez en confiance. A votre retour, je vous dirai la bonne nouvelle. »

Tout allait de mal en pis. Alphonse Jourdain avait joint à ses troupes les milices des capitouls, si bien que, lorsque le roi parvint en vue des remparts de briques d'où émergeait le clocher tout neuf de Saint-Sernin, il vit grouiller aux créneaux des casques et des écus peints de couleurs vives en nombre deux fois supérieur à celui de ses propres forces. Il fut sur le point de tourner bride, mais il craignait davantage le ridicule que la perspective d'une défaite. Il essaya, tandis qu'on montait le camp, de trouver dans les origines de cette aventure des raisons de croire à la cause qu'il défendait.

Le soir, il demeura seul sous la tente. Le jour baissait. Un soleil rouge s'accrochait à la toile de son tref comme une araignée écrasée. Le bruit des masses frappant les piquets des tentes répondait aux appels des ingénieurs occupés à édifier une balise. Le pépiement des martinets donnait les dimensions du ciel d'été où le clocher de Saint-Sernin s'enfonçait d'un élan profond. Un instant, Louis eut le sentiment que cette aventure avait quelque chose d'irréel, qu'elle s'apparentait à un mauvais rêve. Qui était-il ? Que faisait-il sur cette terre lointaine, en face de cette ville inconnue, de ces hommes qu'il ne haïssait pas ? Lorsqu'il était intervenu dans la guerre des « Deux Mathilde », en Normandie, il savait quelles raisons le poussaient. Aujourd'hui, rien de tel. Pour la première fois depuis son départ de Paris, il éprouvait les atteintes de la fatigue et un besoin incoercible de sommeil.

Il s'éveilla en sursaut une heure plus tard. Une masse frappait sur les chevilles de bois d'une machine, non loin de là. Il eut l'impression d'avoir parlé dans son sommeil et crié il ne savait quoi. Son visage ruisselait de sueur. Il se sentait au cou comme un carcan de fer.

Quelle croix était-on en train de clouer ?

*
* *

Le roi s'éveilla à l'aube dans de meilleures dispositions. Le sommeil lui avait purgé l'esprit des doutes dont il souffrait la veille. Il assista à la messe, communia et réunit ses capitaines.

Constantin de Born était d'avis de tenter des négociations. Ce n'était pas l'avis de Raoul de Vermandois ; on était parti pour faire la guerre et non pour négocier avant les premiers engagements ; il ajoutait que Toulouse était une ville opulente et que les coffres du comte passaient pour être bien garnis.

— Je ne suis pas venu chercher de l'or ! dit le roi.

Ils parlementaient encore lorsqu'on annonça une sortie des troupes du comte. On distinguait un grouillement de fourmis autour d'une balise et d'une tour roulante. Les enseignes de Toulouse flottaient sur la mêlée, et les cris de « Tolosa ! Tolosa ! » jaillissaient. Le roi fit sonner aux armes. C'était un mauvais moment ; tierce à peine sonnée, le camp des Français était plein d'hommes demi-nus qui pansaient leurs montures, faisaient leur toilette ou prenaient leur matinel à l'ombre des tentes. La stupeur avait été générale quand, le pont-levis brusquement abaissé, on avait vu une puissante unité de cavalerie se ruer sur les machines et les tours encore chargées d'ingénieurs en train de cheviller les derniers éléments. La panique fut telle que les assaillants, ayant anéanti le groupe de fantassins qui protégeaient les machines, purent opérer en toute tranquillité.

Tandis que son écuyer ajustait le heaume sur la cotte de mailles qui enveloppait étroitement sa tête, Louis considérait ce gros hérisson acharné après ses engins ébranlés par la gigantesque pesée. Ses ingénieurs s'étaient réfugiés au sommet et appelaient à l'aide, tandis que, des remparts, des flèches bien ajustées en faisaient un grand carnage. Une des tours oscilla sur sa base, s'inclina vers les remparts et soudain, au milieu d'un concert de vociférations et de vivats, s'abîma dans les douves.

La surprise cloua le roi sur place. Un corps de cavaliers conduits par Raoul fonçait éperdument vers le pont-levis pour couper la retraite aux assaillants. Les gens de Toulouse se replièrent en hâte, et quand Raoul fut à pied d'œuvre, le pont-levis s'était déjà relevé.

— Il y avait ceci devant votre tente, sire.

Louis se leva, arracha des mains de l'écuyer la quintaine qu'il lui présentait. C'était une de ces grandes poupées de bois peint, tournant autour d'une hampe, qui servent de cible aux lances des cavaliers. Celle-ci était revêtue d'une défroque bariolée composée de vieilles étoffes mangées aux mites. Un écriteau cloué sur la poitrine portait un nom : *Aliénor*.

Le roi congédia l'écuyer et s'assit au bord du lit, regardant l'épouvantail comme s'il attendait qu'il se métamorphosât en créature de chair. Puis il se plia en deux et partit d'un petit rire sec. Constantin entra à ce moment, suivi d'un valet portant sur un plateau une coupe de lait chaud et des pains de raisin.

— Savez-vous, dit le roi, quelle enseigne servira de pendant à l'oriflamme de Saint-Denis ? Celle-ci. Est-elle de votre goût ?

Interloqué, Constantin se garda de répondre. Le roi poursuivait :

— Nous la hisserons à la pointe du donjon de Toulouse. Je veux que, d'ici deux jours, toute la ville défile devant elle et lui rende les honneurs. Ces Gascons se croient gens d'esprit : nous ferons la preuve qu'en ce domaine, nous pouvons leur en remontrer.

Son exaltation tombée, le roi déjeuna de bon appétit. Messe dite, la bouche pleine encore de *kyrie eleison* qui sentaient le pain frais, il alla caracoler à cheval autour d'un boqueteau, s'amusa à regarder une ribambelle de jeunes paysans se baigner dans la Garonne, alla inspecter les travaux effectués au pied des remparts. Durant la nuit, une compagnie avait travaillé à combler en divers endroits les douves avec des fascines et de la terre. Une balise était entrée en action et son tir précis avait démantelé la crête du rempart, enfoncé des hourds de bois avec des boulets de cinquante livres. On tirait encore quelques flèches des archères, mais sans conviction.

Quand tout fut en état, le roi fit corner l'assaut.

Il n'avait pas compté sur une telle fougue de la part de ses mercenaires. Ils se ruaient en grappes sur les ponts de fascines, gueulant des chansons, la « miséricorde » au poing, escaladant les échelles comme des singes et, agglutinés dans les brèches, se frayant des chemins de sang à travers les rangs des défenseurs qui dégringolaient avec leurs écus peints dans les douves comme de gros papillons morts.

De temps à autre, le roi tournait ses regards vers le pont-levis où, pour prévenir toute sortie, il avait massé quelques compagnies de Laon, de Soissons et du Ponthieu.

Aux remparts, la décision tardait à venir. Les rangs des soudoyers se dégarnissaient avec une rapidité déconcertante. Leur élan n'avait rien perdu de sa puissance, mais ils se battaient comme des bêtes, mordus par une hargne stérile. Parvenus aux derniers échelons, ils étaient accueillis par de petits groupes de Gascons qui, eux, savaient se battre et frappaient à coup sûr. Des tourelles qui flanquaient les remparts, archers et arbalétriers les prenaient pour cible et en tuaient beaucoup. Le roi décida de faire corner la fin de l'assaut.

— Demain, nous ferons donner les béliers, et c'est bien le diable si nous ne parvenons pas à ouvrir une brèche dans cette mauvaise brique.

Le comte de Ponthieu ne l'entendait pas ainsi.

— Pourquoi tant de précipitation, sire ? On n'enlève pas en trois jours une place comme Toulouse, où tant d'armées se sont usé les dents.

— J'ai dit : demain. Nous ne viendrons jamais à bout de cette cité avec de la patience pour toute arme. Il y faut de l'audace et j'en ai en suffisance !

Les béliers roulants travaillèrent tout le jour et une bonne partie de la nuit, aux torches, en trois points des remparts. On avait écorché quelques bœufs, dont les peaux servaient à recouvrir la galerie où s'abritaient les hommes et à les protéger des jets de feu grégeois. Les chocs obsédants de ces mastodontes de bois et de fer se répercutaient à travers la nuit sillonnée de torches. Le roi ne pouvait trouver le sommeil. Il s'était couché nu en travers de son lit et, dès qu'il commençait à s'endormir, un coup plus puissant l'éveillait en sursaut. Il écoutait le sifflement des pas dans l'herbe haute, des voix tantôt proches, tantôt lointaines lui parvenaient comme le murmure d'une inquiétante prière. Dans la lumière dansante du chaleil de bronze qui pendait au mât central, il distinguait l'effigie grotesque d'Aliénor, que les souffles de vent glissant au ras de l'herbe animaient par instant. Il avait besoin de cette image pour croire encore à la légitimité de son entreprise. Il clignait des yeux et retrouvait en lui, en même temps que l'image de la quintaine, un chaud brandon de colère. Il voulait voir la ville demander grâce par mille bouches et venir baiser la quintaine, évêque, capitouls et bourgeois en tête. Cette victoire lui suffirait. Il ramènerait à Paris, sur un coussin rouge, les clés du palais comtal et les déposerait aux pieds de la reine. Il lui devait cette ville, puisqu'elle la lui avait demandée. Que ne lui devait-il pas pour la remercier de l'amour qu'elle lui avait donné et la promesse d'un enfant ? Il se sentait pour elle capable de prodiges, parce qu'il devinait que l'amour qu'il lui vouait n'avait pas de limites.

Quand Louis s'éveilla dans le bruit des trompettes, un des béliers avait lézardé un mur. Il fit aussitôt mettre en position, en face de la lézarde, un corps de fantassins du Vermandois et du Vexin commandés par Raoul en personne. Quand la brèche lui parut suffisamment large, on y fit passer quelques têtes chaudes, des gaillards cuissardés de mailles fines, armés comme la Tarasque, qui firent du bon travail. Le reste des piétons s'engagea à leur suite.

De longs moments passèrent. Les hommes entraient et ne ressortaient pas. Louis attendait en se rongeant les ongles que le pont-levis s'abaissât. Comme il demeurait obstinément levé, le roi lança un assaut aux échelles. Il échoua. Des hommes de confiance, chargés d'ouvrir une poterne où ils le pourraient, avaient tous été massacrés. Les Gascons les exposaient sur les remparts, les pendaient par la tête ou par les pieds, leur tranchaient les membres avant de les précipiter dans les douves, où ils soulevaient des gerbes d'eau. Il attendit une sortie des Toulousains pour leur opposer la redoutable cavalerie de ses barons d'Ile-de-France, qu'il avait postée derrière un boqueteau de hêtres. La sortie ne se produisit pas. Il ne tenait plus en place, parcourait le camp, donnait des ordres de sa voix grêle, mais nul ne paraissait s'apercevoir de sa présence. Des hommes le bousculèrent, d'autres le prièrent sèchement de se tenir à l'écart pour ne pas gêner le va-et-vient des chariots alimentant en moellons une balise qui avait repris sa danse de mort. Qui était-il ? Que faisait-il ici ? Qu'était devenue son autorité ?

Désemparé, il gagna le boqueteau qui jouxtait le camp et s'allongea au pied d'un hêtre, dans l'ombre fraîche. Il leva la visière de son casque. Des larmes de tristesse et de dépit lui brouillaient la vue.

Une odeur de roussi le tira de sa prostration. Il se leva, sortit en courant. A travers les nuages de fumée qui roulaient sur la prairie dont l'herbe sèche brûlait par places, il aperçut des cavaliers qui couraient en criant très fort, des hommes de pied qui paraissaient lutter avec un ennemi invisible, et il se retrouva au milieu d'eux, essayant d'en retenir quelques-uns.

— Que se passe-t-il ? Répondez-moi ! Je suis le roi !

Les hommes passaient près de lui sans le voir et sans l'entendre. Il se trouva sans savoir comment au milieu d'une rixe brutale entre des fantassins gascons et les débris de ses compagnies de mercenaires. La crainte qu'il éprouvait tourna à la panique. Il se retourna pour chercher du secours, appeler à l'aide la réserve de cavalerie qui n'avait pas attendu son ordre pour intervenir, quand il se heurta à un mur de soldats toulousains. Il n'eut que le recours de tirer son épée, dont il se mit à mouliner à tour de bras en criant :

— Je suis le roi ! Je suis le roi ! A l'aide ! Montjoie ! Montjoie !

Il se sentait baigné d'une sueur brûlante. Des gouttes piquaient ses yeux, le forçaient à cligner des paupières. Il ne distinguait devant lui qu'une sorte de buisson secoué par un souffle violent, dont se détachaient des fruits rouges qui pleuvaient dans l'herbe. Une force pesait contre ses reins, chacun de ses pas ouvrait une brèche dans ce buisson plein de cris. Il vit bientôt se dessiner en face de lui, à travers des flocons de fumée, une muraille hérissée de lances et plaquée de targes rouges. Il continua d'avancer, mais il n'avait plus de voix pour crier. Derrière lui, il devinait la présence d'une autre muraille d'hommes qui soutenait son élan. Bientôt, il n'y eut plus devant lui que du gazon brûlé, un édifice de poutres sur lequel était cloué un grand corps d'homme qui bougeait encore. Il s'appuya à son épée, essaya de se raccrocher à des odeurs, à des bruits, à des visions bien réelles. Il entendit des cris joyeux : « Montjoie ! Montjoie Saint-Denis ». La bannière bleue à lys d'argent passa devant ses yeux, pareille à une flamme.

Après, ce fut comme s'il s'endormait dans de grands draps rouges.

Ce n'était pas une victoire, mais une de ces glorieuses défaites qui coûtent fort cher.

Ses barons étaient là, sauf quelques-uns, dont Raoul. On ne savait ce que le comte de Vermandois était devenu. Il s'était enfoncé dans la brèche avec ses hommes. Peu après, le mur s'était écroulé derrière eux.

Ils échangeaient de rares paroles et paraissaient mal à l'aise. Qu'auraient-ils pu reprocher au roi ? D'être un chef médiocre ? Ce n'était que trop évident. Mais il avait, par son ardeur et son courage, renversé une situation désespérée. « Demain, songeait le roi, j'enverrai une députation à Alphonse Jourdain. Nous réglerons cette affaire au mieux et nous reprendrons dès que possible la route de Paris. » Il dit d'une voix étouffée :

— Il faut en finir. Nous avons laissé trop d'hommes et de matériel dans cette aventure.

Un sergent d'armes entra dans la tente.

— Sire, un homme vient de sortir de la ville. Il est seul. Que doit-on faire ?

Le roi fronça le sourcil.

— Allons voir cela de plus près.

Un homme s'avançait en effet vers le camp, à cheval. Quand il aperçut le roi et ses barons qui venaient à sa rencontre, il leva une main, s'immobilisa un instant, puis continua de progresser. Il paraissait désarmé et doté de bonnes intentions. Le comte de Ponthieu s'avança vers le roi et lui glissa à l'oreille :

— Je crois reconnaître ce cavalier. C'est Alphonse Jourdain. Par Dieu ! Que vient-il faire dans ces parages ?

C'était bien Alphonse Jourdain. Un visage de marbre patiné par les chevauchées dans le soleil. Un corps d'une taille inférieure à la moyenne mais droit et râblé. Une redoutable détermination soutenait son regard sombre. Il s'inclina devant le roi après être descendu de cheval.

— Relevez-vous, comte, et soyez le bienvenu. Votre visite nous surprend, mais votre confiance nous honore.

— Entre chevaliers, sire, cela va de soi.

Louis sentit un petit frisson agréable dans la nuque. Ils s'installèrent sous la tente.

— Sire, dit Alphonse, je vous ai vu vous battre, ce matin, et j'ai failli envoyer contre vous mon fils Bertrand.

— C'eût été beaucoup d'honneur. Je connais la valeur de Bertrand. Un des meilleurs guerriers du pays, et qui n'a pas son pareil pour les joutes et les tournois.

Jourdain sourit dans sa barbe noire.

— Je ne vous le cache pas, sire : si un de mes hommes eût accompli le quart de vos exploits de ce matin, je lui eusse donné une baronnie sans crainte d'avoir à le regretter. Aussi votre attitude a-t-elle dicté la mienne. J'ai pensé que cette guerre pourrait s'achever autrement que par les armes et qu'avec un roi aussi valereux que vous l'êtes, il pouvait y avoir d'autres accommodements.

Louis rougit de plaisir. Alphonse eut un bref sourire.

— Je pense, sire, que vous ne me tenez pas rigueur de la facétie de l'un de mes barons qui fit planter à mon insu devant votre tref une grossière effigie de la reine Aliénor ?

Le roi affirma que l'incident était oublié ! Il détendit ses jambes bourrelées de fatigue. Une petite brise qui annonçait la nuit jouait à travers les saules et les oseraies avec des odeurs paisibles. Un brandon mal éteint dégageait une fumée blanche pareille à celles qui, le soir, montent des hameaux. Des martinets passèrent en sifflant à ras de terre.

— Maintenant, Alphonse, causons, voulez-vous ?

Jourdain fit en sorte, malgré son avantage, de paraître traiter d'égal à égal avec le roi. Louis discuta à peine. D'ailleurs, les prétentions du comte de Toulouse étaient des plus modérées. Il demandait que le roi retirât ses troupes de la province et s'engageait à renouveler son hommage à la couronne, puisque l'Aquitaine, qui exigeait cet hommage, y était incluse.

— Qu'est devenu Raoul de Vermandois ? demanda Louis.

Le comte le tenait en captivité, sain et sauf, dans une chambre du palais.

Le roi fit servir du vin. Au fur et à mesure qu'il buvait en écoutant distraitement le comte, il songeait à la colère de la reine quand il lui apprendrait qu'il n'avait pas écrasé les armées gasconnes, rasé les remparts, exigé le retour de la couronne ducale dans les possessions aquitaines. Peut-être, en ce moment où il laissait échapper une occasion de reconquérir la reine, Aliénor portait-elle cet enfant qu'elle lui avait promis ?

Quand Jourdain se leva pour prendre congé, il eut envie de tout remettre en question. Il se détestait autant qu'il détestait le comte.

La reine eut un sourire ironique.

— Ne vous confondez pas en excuses, sire. Vous n'avez pu tenir votre promesse, je n'ai pu tenir la mienne. Nous sommes quittes.

— Vous m'en voulez. Je le devine à vos airs et au ton de votre voix.

— Tout autant que vous pouvez m'en vouloir. C'est dire que vous êtes pardonné.

— Je ne puis vous croire tout à fait. Ce n'est pas votre faute si l'enfant que vous portiez n'est pas venu à terme, tandis que moi...

Il se détourna vers le jardin qui flambait, à travers les croisées grandes ouvertes, de toutes ses fleurs. Une odeur un peu lourde montait des parterres où se poursuivaient des écuyers et des filles de barons.

— C'était... c'était bien un mâle, n'est-ce pas ?

— Oui, sire, un beau petit mâle bien conformé.

Louis sentit un mauvais frisson parcourir ses épaules. Il avait l'impression d'une irrémédiable défaite. Après cette expédition manquée sur Toulouse, après la nouvelle de la mort de ce fils qu'il attendait avec tant d'impatience et d'amour, il se trouvait comme désarmé. Il n'avait jamais senti beaucoup d'affection en Aliénor, mais s'ils échouaient, même lorsqu'il s'agissait d'échanges concertés, comment ne pas désespérer de leur union ?

Le roi se laissa tomber sur les coussins qui recouvraient les rebords de pierre de l'une des croisées.

— Aliénor, venez près de moi.

Elle s'assit à sa droite et lui abandonna ses mains sans qu'il les cherchât. Elle l'entendit murmurer :

— J'aime vos mains. Elles sont froides et dures, pareilles à des armes, mais je ne puis me défendre de les aimer.

Il regarda Aliénor. La lumière découpait la ligne dure de son profil et donnait à sa chair une rose transparence ; le nez un peu aigu dépassait ; le sourcil plongeait d'un jet pur vers la tempe.

— Pourquoi ne répondez-vous pas ? Vous me détestez, je le lis sur votre visage.

Elle secoua la tête comme pour chasser une pensée importune.

— Si mes mains sont pareilles à des armes, du moins les avez-vous en votre possession.

Il répliqua d'une voix un peu traînante mais chargée d'irritation :

— Ce n'est pas cela que je veux ! Je sais que ces mains peuvent être autre chose. Une fois, une seule fois hélas ! je les ai senties souples et vivantes, chaudes à brûler contre ma peau. C'était ce soir d'il y a deux ans, comme nous revenions de la chasse. Souvenez-vous. Vous avez servi un vieux sanglier blessé d'un coup d'épieu par un veneur, et le sang a giclé sur vos mains. Nous nous sommes arrêtés au crépuscule dans un pavillon de chasse, en pleine forêt de Lions. Vous souvenez-vous ?

Aliénor n'eut pas la cruauté de lui avouer que, ce soir-là, elle avait pensé à Raymond. Elle secoua la tête, chercha à se dégager.

— Comme vous savez mal mentir ! dit-il.

Elle eut un court instant envie de lui dire qu'elle ne le détestait, pas, mais qu'elle ne l'aimait pas davantage. Et de tout lui dire. De lui avouer que ces mains, il y avait quelques jours à peine, se fondaient en caresses sur la peau d'un autre homme et l'avaient fait crier de plaisir. « Souvenez-vous ! souvenez-vous ! » insistait Louis. Elle se souvenait et n'avait pas grand effort à faire. Mais ce n'était pas de cette stupide partie de chasse.

*
* *

Il se nommait Elie. Elie de Cornil. Il venait d'une petite baronnie perdue dans les vertes collines du bas pays limousin. Son père lui avait interdit la porte de sa demeure après une dispute, et le garçon était parti vers le nord avec un mauvais cheval, un maigre pécule et une grande soif de vivre. Il était beau autant que timide ; le regard d'une femme suffisait à lui mettre le feu aux joues.

Aliénor l'avait rencontré un jour qu'elle partait sous la pluie pour entendre la messe à Saint-Denis en compagnie de Suger. Elle avait d'abord cru, en voyant cette forme sale recroquevillée au pied d'un ormeau qu'il s'agissait d'un vagabond ordinaire. Comme la basterne de la reine passait près de lui, il avait dressé la tête et elle avait vu ses yeux. C'étaient des yeux très tristes et très profonds, couleur de châtaigne. Aliénor s'était émue et avait failli faire arrêter l'équipage, mais Suger, assis près d'elle, tassé dans sa pelisse de renard, eût mal pris qu'elle s'abouchât avec un rustre, qu'il eût ou non de beaux yeux.

Elle avait oublié sa rencontre, quand, descendant de sa basterne, aux portes du Palais de la Cité, elle avait revu l'homme aux yeux de châtaigne, debout sous la pluie, grelottant de froid au milieu de la chaussée. Elle avait laissé s'éloigner le ministre avant de s'approcher de l'homme.

Qui était-il ? Que faisait-il là ? Elle apprit qu'il était de bonne famille mais que, s'étant ruiné au jeu, il en était, depuis des semaines, à chercher le sourire de la chance. Il avait eu l'impression, en voyant le visage de la dame, que c'était la chance en personne qui lui faisait signe de nouveau.

Elle avait saisi un pan humide et froid de son manteau et ne pouvait détacher son regard de celui d'Elie. Il ne devait pas avoir plus de vingt ans, malgré l'épaisse barbe noire qui mangeait la moitié de son visage ; des boucles s'évadaient en désordre d'un vilain bonnet de feutre gris. Autant qu'elle put en juger, il devait être mince mais vigoureux. Elle aimait cet air de noblesse un peu sauvage qui transpirait de sa misère. Et surtout ses yeux — oh ! ses yeux.

— Je n'ai pas le droit de vous abandonner. Elie. Suivez-moi.

Ils traversèrent des cours désertes sous la pluie qui redoublait, parvinrent devant une bâtisse fort sombre d'où venaient des odeurs de soupe froide : le réfectoire des gardes.

— Restaurez-vous selon votre appétit. Je vais vous faire préparer une chambre. Une servante viendra vous chercher pour vous y conduire.

C'était une chambre exiguë mais confortable, située dans une aile du petit Palais de la Cité donnant sur la Seine, le Grand-Pont et un doux horizon de collines de blé et de vigne. Quand la reine rendit visite à son protégé, elle le trouva en train de jouer aux dés avec un sergent de la garde qui se retira.

— Votre chance est-elle revenue ? demanda la reine.

— Voyez plutôt !

Il aligna sur la table, d'un coup de pouce adroit, un rouleau de sols d'argent du Parisis.

— J'ai là de quoi m'acheter un bon cheval et une épée. D'ici peu, je reviendrai chez mon père riche comme Crésus...

— ... ou pauvre comme Job.

— Ne dites pas cela. J'ai horreur de la misère. Quand vous m'avez repêché hier, j'étais sur le point de m'ouvrir les veines.

Aliénor éclata de rire.

— Comment eussiez-vous fait ? Vous n'aviez pas même un canif !

Il prit le parti de rire avec elle, puis il reprit son air sérieux.

— Si je me suis brouillé avec mon père, c'est qu'il avait la prétention de nous faire vivre comme des serfs, mes frères et moi. Nous n'avions le droit de nous vêtir convenablement que les jours de fête et ceux où il recevait l'envoyé du vicomte de Turenne.

Il ajouta en faisant sauter une pièce dans sa main.

— C'est vous qui m'avez fait retrouver ma chance. Désormais elle ne me quittera plus.

— A condition de ne pas trop vous passionner pour les dés. Elie, puis-je vous avouer que vous me plaisez ?

Il posa un genou en terre avec une emphase comique.

— Je suis votre serviteur, madame. Disposez de ma vie.

— Je ne vous en demande pas tant !

C'est vrai qu'il était beau. La huque de soie mauve moulait son torse musclé. Des cheveux noirs bouclaient abondamment sur sa nuque. Une main fine s'accrochait à son genou fléchi, en épousait la courbe.

— Elie, je veux faire beaucoup plus pour vous. Savez-vous vous battre ?

Il se leva d'un jet, le teint coloré.

— Madame, avez-vous des ennemis ?

— Bien sûr, Elie, mais...

— Nommez-les moi, de grâce ! Quels qu'ils soient, rois ou archevêques, je leur fendrai le crâne jusqu'aux épaules !

— Là ! là ! Comme vous y allez. Mon idée était simplement de faire de vous un officier des gardes. Vous pourrez tout à loisir gagner aux dés de quoi faire pâlir de jalousie vos frères demeurés en Limousin. Cela vous convient-il ?

Pour toute réponse, Elie s'agenouilla de nouveau, baisa avec une ferveur qu'Aliénor, sans déplaisir, jugea un peu trop démonstrative, la main qu'elle lui tendait. Elle résistait mal au désir de laisser son regard se noyer dans celui d'Elie. Ses yeux avaient la profondeur ambrée des petits étangs limousins.

— Levez-vous, Elie. Venez me retrouver ce soir. J'offre un dîner à mes dames de compagnie.

Il était venu décidé à plaire et y réussit. Il semblait qu'il n'eût jamais vécu que dans l'entourage des princes. D'instinct, il savait se tenir fort convenablement à table et s'exprimer devant les dames. Aliénor craignait qu'il ne commît une grave faute de convenance et qu'elle fût accusée de mal choisir ses relations. Elie fut parfait en tous points et les dames, averties d'être indulgentes pour le fils du baron de Cornil, s'extasièrent sur la courtoisie de ses manières et la qualité de son parler.

— Vous nous aviez caché cela, madame !

— Nous attendions un rustre et c'est un gentil seigneur qui nous arrive.

— Et quel bel homme !

— Avez-vous remarqué la couleur de ses yeux et comme il sait regarder ?

Les deux frères du roi : Robert et Pierre, paraissaient auprès de lui, l'un une brute sans distinction, l'autre un adolescent timoré. Ils souriaient de la pointe des lèvres à ses boutades et au récit de ses aventures qu'il émaillait de mille détails imaginaires, mais, dans le fond de leur cœur, ils lui vouaient une inimitié fort noire.

Les dames n'avaient d'attention que pour ce beau parleur. Aliénor elle-même sentit qu'il lui échappait. Pour son premier soir à la cour, l'ingrat négligeait sa bienfaitrice. Il se penchait sur le gorgerin échancré de la dame de Thouars, enveloppait de sa faconde la comtesse de Lusignan, buvait des yeux la petite duchesse d'Angoulême. Tout en parlant, il faisait valoir la pâleur et la finesse de ses mains et, sur la casaque de velours violet, les laissait jouer avec un médaillon d'or portant un bel émail. La petite duchesse d'Angoulême s'extasia.

— Le beau bijou que vous portez ! Est-ce une œuvre de Limoges ?

Un nuage de tristesse passa sur les traits d'Elie de Cornil.

— C'est un cadeau de ma mère. Elle me l'a remis avant mon départ et j'ai juré de ne jamais m'en séparer.

Aliénor faillit pouffer quand elle l'entendit conter la vie de la dame de Cornil. Celle qu'Elie lui avait représentée comme une vachère alourdie par les maternités, épuisée par l'ouvrage, devenait un personnage de légende. Elie lui inventait des origines italiennes, la faisait vivre dans un décor de souvenirs dorés. Les dames et les demoiselles s'exclamaient. « Sottes ! », pensait Aliénor. Elle avait envie de leur crier que tout cela n'était que mensonges et que ce garçon se jouait d'elles. Ce qui la retenait, c'était la certitude qu'Elie croyait fermement à ce qu'il inventait. Il jouait sans réserve le jeu de la séduction. Aliénor le sentait possédé par un désir longtemps comprimé de briller et de plaire. Quand elle eut conscience de ce fait, elle s'en amusa un instant. Puis le jeu l'ennuya. Elle bâilla et annonça qu'elle se retirait.

De ce moment, Elie de Cornil cessa, comme un faisan mort, de briller de tout son lustre.

— Je crains d'avoir offensé la reine ou, qui pis est, de l'avoir ennuyée, dit-il. Je vais me retirer de même.

Les dames protestèrent à hauts cris et lui demandèrent ce poème de Jaufré Rudel qu'il avait promis de chanter.

— Je ne sais si je le puis. Il est malséant de poursuivre sans la reine.

La petite comtesse d'Angoulême se récria.

— Nous avons si peu souvent l'occasion d'entendre de vraies chansons et de vrais poèmes ! On n'a de goût, dans cette ville, que pour les trouvères, et ils ne savent parler que chevauchées et batailles. De grâce, dites-nous ce poème de Jaufré : *Amour de la terre lointaine.*

Elie s'exécuta à contrecœur.

Quand l'eau claire de la source
S'éclaircit dès le printemps
Avec la fleur d'églantine,
Quand le chant du rossignol
Sur la branche...

Robert de Dreux se leva brusquement en faisant gémir son siège sur le parquet.

— Permettez que je me retire. Je vous souhaite la bonne nuit.

Pierre se leva à son tour.

— Je vous suis, mon frère.

Quand les deux frères du roi se furent retirés, Elie, blême de colère, se laissa tomber sur son siège, la tête dans ses mains. La comtesse de Lusignan s'indigna.

— Ces gens-là ne savent pas vivre. Ils se conduisent comme... comme...

Elle était près d'éclater en sanglots. La dame de Thouars posa sa belle main grasse sur l'épaule du garçon.

— Continuez, Elie ! Personne ne nous importunera plus, à présent.

Elles étaient cinq autour de lui à jouer des mains et de la voix pour le consoler et l'encourager. Il respirait leur parfum, se laissait caresser, goûtait avec un amer plaisir la douceur de leur voix. Peu à peu, cependant, il eut conscience du grotesque de sa situation. Le futur sergent des gardes royales livré aux femmes pour sa deuxième nuit au palais et récitant des poèmes ! Il se leva et déclara qu'il se retirerait à son tour. Médusées, elles le laissèrent aller.

A peine était-il entré dans sa chambre qu'il entendit toquer à sa porte. Il ouvrit. C'était la petite comtesse d'Angoulême. Elle lui tendait un poignard gainé de cuir vert.

— Vous avez oublié ceci, dit-elle.

Il ne comprenait pas comment ce poignard avait pu se détacher de sa ceinture et bredouilla quelques excuses. Des boucles s'agitaient sur son front comme de petits serpents affolés. Ils s'observèrent un instant en silence.

— C'est donc là votre chambre ? dit la comtesse.

— C'est ma chambre. Elle est modeste, mais on s'y sent à l'aise. S'il vous plaît d'entrer...

La comtesse ne se fit pas prier. Elle poussa le verrou derrière elle, posa le chandelier sur un coffre. Quand elle se tourna vers Elie, elle avait cessé de sourire. Il ne voyait rien d'autre que ses yeux où bougeait une petite flamme cruelle.

— Voulez-vous de moi, Elie ? demanda-t-elle.

Elle délaça le haut de sa cape et, d'un souple mouvement d'épaules, la fit glisser sur le parquet.

Aliénor encouragea Elie d'un sourire.

— Continuez ! Que jouiez-vous là ?

Il fit un geste vague, replaça dans sa casaque la petite flûte de buis. Aliénor le trouvait souvent assis de la sorte, les jambes croisées sur un coussin, en face de la fenêtre où se découpait un lointain paysage de collines bleuies par l'été. Elle l'écoutait un moment après être entrée en silence et, les yeux clos, adossée à la porte, elle laissait la grêle musique de la flûte la pénétrer, faire rayonner en elle une chaleur subtile, éclater comme un fruit mûr. Il ne paraissait jamais surpris de la voir. Ni ravi non plus. Elle avait l'impression qu'il supportait sa présence plus qu'il ne la souhaitait. La déception d'Aliénor était d'autant plus vive qu'elle passait, avant de lui rendre visite, une bonne heure aux soins de sa toilette, tâchant d'effacer les traces de sa grossesse, se corsetant serré, se parfumant à outrance. Se doutait-il seulement des précautions qu'elle devait prendre pour venir le retrouver ? Elle redoutait par-dessus tout que Suger, dont la petite silhouette grise trottinait par tous les couloirs, se trouvât sur son chemin. Elie se montrait parfois loquace. Le plus souvent, son mutisme laissait entendre à la reine qu'elle l'importunait. Elle n'insistait pas et se retirait.

— On m'a rapporté, dit-elle, que vous aviez renoncé à jouer. La chance vous aurait-elle trahi de nouveau ?

— Je n'ai nullement renoncé, dit-il, mais je ne trouve plus personne à qui me mesurer. Vos gardes sont des hommes réfléchis. Il n'est guère qu'à l'exercice où ils puissent me rendre des points.

Elie essaya de rire, mais cela sonnait faux. Il alla s'asseoir dans l'embrasure de la croisée. La pointe de Saint-Lenfroi perçait une petite flaque de brouillard, au-delà de la Seine. Les trompes des bateliers montaient du fleuve, pareilles aux cris des bêtes blessées que l'on saignait dans le quartier des équarrisseurs. Aliénor s'approcha d'Elie, lui posa la main sur l'épaule, perçut un insensible mouvement de recul. Elle dit, durement :

— Elie, qu'avez-vous contre moi ? Si je vous importune, je puis me retirer.

— Non, je vous en prie, ne partez pas !

Il lui saisit la main, la porta à ses lèvres.

— Je ne vous reconnais plus, Elie ! Qui a pu vous changer ainsi ? Une femme ?

Elie hocha la tête. Aliénor blêmit, tâcha d'affermir sa voix.

— Une dame de ma suite ?

— Oui.

— La comtesse d'Angoulême ?

— La comtesse d'Angoulême.

Elle lui prit les cheveux à pleines mains, l'obligea à se tourner vers elle. Elle détestait ces traits veules, ces yeux qui avaient perdu leur éclat, où l'on ne voyait traîner que des lueurs mortes. Il dit précipitamment :

— Je n'aime pas cette femme, je vous le jure ! Quand elle entre ici, j'ai envie de l'injurier, de la frapper, autant que de la coucher sous moi !

— Cela suffit ! Comptez-vous m'apitoyer sur votre sort ? Est-ce ainsi que vous me remerciez de tout ce que j'ai fait pour votre bien ?

Elie se tourna brusquement vers la reine avec une expression d'égarement. Le regard Aliénor, brouillé de larmes, croisa le sien. Elle se détourna pour fuir. Comme il tentait de la retenir par la manche, elle le souffleta violemment.

— Es-tu sûr qu'il soit passé par là ? En es-tu bien sûr ?

Le garde entreprit de donner de nouveau une description du personnage qu'il avait vu franchir la porte du palais dans la direction du Petit-Pont. Il avait fort bien reconnu Elie de Cornil.

Aliénor s'engagea au pas dans la large avenue qui conduisait à Saint-Eloi et aux berges de la Seine. Dès qu'elle fut hors de vue du palais, elle brocha sa monture d'un coup sec et fonça vers le Petit-Pont. Le cheval galopait d'un pas mal assuré sur le pavé inégal, dispersa un groupe de gamins qui jouaient à la guerre, faillit renverser un vieux colporteur qui traversait la chaussée ; un attelage de bœufs traînant un fardier chargé de lourdes pierres eut tout juste le temps de se ranger. Aliénor s'arrêta au pont, répéta sa question aux gardes. Elie était passé depuis quelques minutes. Elle n'en écouta pas davantage et s'engouffra dans la rue de Garlande. Les boutiques filaient de chaque côté à une allure de cauchemar. D'aussi loin qu'ils entendaient les sabots du cheval, les passants se rangeaient le long des boutiques. Un bannier tenta de lui interdire le passage et faillit être balayé par l'ouragan.

Il y avait une heure environ qu'Elie avait quitté le palais. Une servante avait trouvé sa chambre vide, les vêtements que lui avait donnés la reine bien rangés dans la penderie, tandis que les vieux vêtements qu'Elie portait lors de son arrivée au palais avaient disparu. La servante prévint la reine.

— Il faut que je le rattrape. Je pars tout de suite.

Pernelle avait essayé de l'en dissuader.

— Ce garçon ne mérite pas que tu l'aimes. Il a abusé de l'hospitalité que tu lui as offerte un peu à la légère.

Aliénor avait fait la sourde oreille quand Pernelle lui avait lancé :

— Cette course ne te vaudra rien. Pense à l'enfant que tu portes !

Aliénor traversa en trombe la place Maubert, hésita à un carrefour, à peu de distance de là, entre les rues menant à la porte Saint-Victor et celle conduisant à la porte Saint-Marcel, puis se décida pour la première, sans savoir au juste pourquoi.

Des masures s'alignaient sur les berges pourries du canal de Bièvre où vivait une pègre remuante. D'aussi loin qu'ils l'apercevaient, des gosses en guenilles se massaient sur son passage. Certains armèrent leurs frondes pour l'accueillir. L'un d'eux toucha aux naseaux le cheval qui fit un écart et faillit renverser la cavalière. Après, jusqu'à la porte Saint-Victor, l'avenue de misère était déserte, mais Aliénor savait qu'Elie ne pouvait plus être loin. Elle courait non seulement après Elie de Cornil mais après un bonheur inachevé ; elle fuyait les murs gris du palais, le froid des hautes pièces, les nuits de solitude, l'œil pénétrant de Suger ; chaque bond du cheval la détachait de ce monde qui collait à sa vie comme ces mauvais rêves que l'on ne peut jamais oublier tout à fait, de ces mois passés à attendre une de ces passions qui transfigurent l'existence et lui donnent un sens nouveau. Depuis qu'elle avait recueilli Elie, misérable et mouillé comme un chien sur le bord du fossé, elle avait compris que le cercle d'ennui qui se refermait sur elle pouvait être brisé. Elle ne pouvait renoncer à cette promesse ; elle ne pouvait renoncer à vivre.

Aliénor déboucha dans un quartier de jardins paisibles étalés entre le canal de Bièvre et l'avenue menant à la porte Saint-Victor. Son cheval n'en pouvait plus ; des paquets d'écume se détachaient de ses naseaux et volaient autour d'elle. Aliénor sentait contre ses cuisses la peau brûlante de la bête. Une douleur lancinante lui tenaillait le ventre.

Elle passa la porte Saint-Victor et se trouva devant une étendue de champs et de landes écrasés par la chaleur de juillet. Un souffle chaud l'enveloppa comme pour l'inciter à retourner. Elle fonça en avant.

A quelques toises de là, à l'endroit où la route fait un coude et s'infléchit vers le sud, peu avant les arènes, elle poussa un cri. Un homme marchait au milieu de la route blanche de poussière, seul sur le vert profond d'une forêt, entre deux murettes de blé. Ce ne pouvait être qu'Elie. C'était Elie. Elle l'appela de toutes ses forces et se cramponna à la bride de son cheval pour ne pas perdre l'équilibre. Quelque chose venait d'éclater en elle, libérant une douleur fulgurante.

Il s'était arrêté dès qu'il avait entendu le galop du cheval et aperçu le bouquet de poussière qui signalait l'approche de la monture. Adossé au tronc d'un chêne, il attendit. Une voix de femme criait :

— Elie ! Elie, attends-moi !

Il se précipita, parvint à hauteur du cheval comme Aliénor, à bout de forces, allait se laisser glisser de la selle. Il l'aida à descendre, la conduisit contre le talus où subsistait une flaque de fraîcheur, glissa l'orifice de sa gourde entre les lèvres d'Aliénor et la força à boire quelques gouttes de vin. Elle étouffait. Il dégrafa le col de sa robe, écrasa quelques feuilles de menthe entre ses paumes et lui frictionna le visage. Elle rouvrit les yeux.

— C'est toi ! C'est bien toi, Elie !

— Quelle folie ! Pourquoi ne m'avez-vous pas laissé partir ?

— Parce que je t'aime.

Il secoua la tête.

— Vous vous trompez. Vous avez été abusée par mes propos, ma jeunesse, mon désir de briller. Je ne mérite pas votre amour. Laissez-moi retourner en Limousin.

Elle tendit vers lui ses lèvres sèches et crispées.

— Embrasse-moi, Elie. J'ai si mal.

Il l'embrasse furtivement sur le front. Elle se cambra, porta les mains à son ventre, le souffle bref, le visage soudain couvert d'une sueur glacée.

— Qu'avez-vous ma reine ?

— Va ! Va chercher du secours ! Vite, sinon je vais mourir !

Elie s'affola. Il inspecta l'horizon. Derrière le champ de blé, il y avait une ferme basse. Il sauta sur le cheval, partit au galop. Quand il fut de retour, suivi à peu de distance par un chariot attelé d'une couple de bœufs, quelques personnes entouraient déjà Aliénor. Il reconnut Pernelle. La sœur de la reine s'avança vers lui, menaçante.

— Vous ! Toujours vous ! Ce qui arrive est de votre faute !

Elie baissa la tête et ne répondit rien. Il parut effrayé en voyant une large tache rouge mouiller la robe d'Aliénor à hauteur des cuisses. La reine avait perdu connaissance. Sa tête reposait, très pâle, sur son coussin de selle ; ses lèvres décolorées laissaient passer un souffle court et brûlant. Pernelle maugréait :

— Vous paierez pour tout le mal que vous lui avez fait.

On installa la reine sur une paillasse placée au fond du chariot qui s'ébranla en direction de la ferme sans qu'elle ait repris connaissance.

Ils s'aimèrent deux longs mois.

Aliénor avait décidé de prendre quelques semaines de repos. Elle choisit la forteresse du Louvre, située en dehors des remparts, en bordure de la Seine et de la route de Chaillot, face à un paysage de grandes forêts. Elie vint la rejoindre en cachette.

La solitude leur était légère. Ni l'un ni l'autre ne regrettait les journées brillantes de la cour, le chatoiement des étoffes, les musiques, les rumeurs à l'heure de vêpres, quand tous se retrouvent dans la grande salle pour le dîner. Pour toute compagnie, ils avaient celle des vieux serviteurs, des gardes qui logeaient au rez-de-chaussée du donjon, des cerfs et des biches qu'ils voyaient passer au secret des clairières. Il n'était pas une journée qui resemblât aux autres. L'été leur offrait chaque matin comme une page vierge un beau ciel neuf où ils écrivaient l'aveu de leur bonheur et le désir de le voir s'éterniser. Leur amour donnait à chaque jour sa couleur et sa densité. Dès les premières heures où ils s'étaient retrouvés dans cette solitude, ils avaient dépouillé, elle son passé de reine, lui ses souvenirs de misère, pour se retrouver nus et se refondre au même creuset. Aliénor retrouvait chez son amant la passion exclusive qu'elle avait jadis vouée à Raymond de Poitiers. Raymond avait simplement changé d'apparence : il empruntait la tête fine d'Elie, ses épaules un peu tombantes, sa taille mince, mais sa voix disait des mots que Raymond n'eût jamais prononcés. Raymond était loin. Par les rares messages qu'il faisait parvenir à la cour de France, Aliénor avait appris son mariage avec Constance d'Antioche, fille d'Alix et de Bohémond — un riche parti.

Cette éternité de bonheur dura jusqu'au jour où Suger annonça sa visite à la reine et précisa qu'il désirait la rencontrer « seule ».

Aliénor pria Elie de partir sans elle pour la chasse, prétextant une soudaine indisposition.

Dès qu'elle vit l'abbé de Saint-Denis descendre de basterne et se diriger vers la grande porte de son petit pas pressé de marionnette, les yeux rivés au sol, elle devina qu'il lui apportait de mauvaises nouvelles et que, peut-être, c'en était fini de son bonheur.

Ils s'installèrent dans un petit cabinet tendu de tapisseries où régnait une chaleur douce et une amère odeur de lierre. L'abbé toussa sèchement et se laissa choir au creux d'un fauteuil, une de ses mains sèches agitée d'un bref mouvement vertical, comme s'il agitait une sonnette. Il se leva pour aller fermer la fenêtre et, revenu à son fauteuil, il se mit à parler.

On le comparait volontiers à Cicéron et il s'attachait à ne pas faillir à sa réputation. De temps à autre, il tirait d'une poche enfouie dans des épaisseurs d'étoffes, qu'il atteignait d'un geste vif et précis, un drageoir d'or, en extrayait une dragée au miel qu'il croquait en parlant. Il avait le goût des préliminaires. Celui qu'il servit à la reine était un chef-d'œuvre du genre : il enveloppait la pensée du ministre comme la toge romaine le buste d'un tribun. Cette astuce oratoire ne trompait pas la reine. Dès les premiers mots, elle savait le motif de cette visite et se figea dans un mutisme que Suger parut apprécier.

Le roi annonçait son retour. Il se reposait à Bordeaux des fatigues de la campagne. Les différends entre la couronne et le comte de Toulouse se trouvaient réglés, non par une grande victoire, mais par une sage négociation. Aux dires de Suger, il était préférable de faire d'Alphonse Jourdain un allié libre qu'un vassal rancunier. Jourdain avait consenti à prêter hommage au roi. Suger comptait bien que la reine n'irait pas faire à son époux grief de cette demi-victoire. Le roi s'était bien battu. C'est son courage qui avait incité Jourdain à lui proposer la paix.

Aliénor bâilla discrètement. Suger goba une quatrième dragée, essuya sur sa manche ses lèvres violettes et se recueillit un instant avant de poursuivre.

— Madame, vous savez l'amour que vous porte votre époux. Après Dieu et la Vierge, c'est vous qu'il aime le plus. Il a dû lutter contre son orgueil de toute la force de son amour et de sa raison quand il s'est agi d'effacer le souvenir de votre malencontreuse liaison avec Raymond de Poitiers.

Il prévint d'un geste le mouvement d'humeur de la reine.

— Laissez-moi achever, de grâce. Ne donnez pas au roi un autre motif de vous chercher querelle. Je connais bien Louis pour avoir veillé à son éducation. Si vous le déceviez une nouvelle fois, s'il venait à apprendre vos nouveaux... écarts, il se résoudrait aux pires extrémités. Ne cherchez pas le scandale, il ne profiterait à personne, pas même à vous, et la paix du royaume serait compromise.

Voudriez-vous d'un bonheur fallacieux que vous devriez à la guerre et à la misère des peuples ?

Suger parla longtemps encore. Le claquement sec du drageoir d'or refermé ponctuait ses périodes. Aliénor se sentait sans force et sans volonté. Les paroles de Suger lui parvenaient de très loin, mais aucune ne lui échappait. Elles semblaient prendre vie dès qu'elles s'échappaient des lèvres du ministre, tapisser les murs du cabinet, se substituer aux hautes tentures vertes et rouges qui chantaient l'amour et la chasse. Elle sentait s'édifier autour d'elle des murs gris où bougeaient des êtres de cauchemar. Par la croisée que l'abbé avait fermée, ne coulait plus qu'une lumière de crépuscule. Le froid de la pierre était partout.

— Renoncez à ce faux amour. Retournez à Paris où est votre place. Je vous en prie au nom du roi, au nom de nos peuples, au nom de cet enfant mâle que Dieu n'a pas voulu vous laisser. Je me fie à votre sagesse.

Il poursuivit avec vivacité :

— Je sais que je vous demande beaucoup ! Mais c'est à de tels sacrifices qu'une reine montre sa grandeur.

La reine se raidit dans son fauteuil. Elle pensait : « Qu'ai-je à faire de cette grandeur ? Me faudra-t-il, jusqu'à ma mort, renoncer à tout bonheur contraire à la raison d'Etat ? » Elle sentait gronder en elle une révolte qu'elle ne pourrait exprimer par des mots. Cette chaleur de vie qui s'irradiait en elle, jamais elle ne pourrait la communiquer à ce petit homme gris et sec ; un seul sourire de ses lèvres violettes suffirait à détruire les objections qu'elle eût pu formuler. L'abbé poursuivit :

— Nous célébrons l'Assomption dans une semaine. Vous plairait-il d'être présente ?

Aliénor hocha la tête.

— Dieu soit loué ! madame. Je ne me trompais en vous faisant confiance. Je puis me retirer à présent.

Comme ils arrivaient dans la cour, Elie revenait de la chasse, portant autour du cou un faon de quelques semaines qui bêlait lamentablement. Elie le déposa aux pieds d'Aliénor.

— J'ai voulu le ramener vivant. Voyez comme il est beau !

Elle prit le couteau qu'Elie portait à sa ceinture, se baissa vers la bête, lui releva la tête et embrassa son museau froid. Sa main tremblait quand elle glissa la lame entre les pattes grêles. Ses liens tranchés, le faon se dressa maladroitement sur ses sabots, se mit à lécher le sang qui coulait d'une blessure occasionnée par une flèche du chasseur, et soudain, par petits bonds rapides, il s'éloigna de guingois vers la forêt.

— Elie, crois-tu qu'il guérira ?

— Je le crois, madame.

Il déboucla l'épaisse ceinture de cuir où étaient pendus son carquois et son coutelas. Il n'aimait pas l'expression du vieil abbé, cet air de chevêche irritée, il n'aimait pas cette brume de larmes dans les yeux d'Aliénor ni le tremblement de ses mains quand elle avait tranché les lanières. Il se retira sans un mot.

Aliénor ne le revit pas avant le repas du soir.

Il avait dû marcher longtemps sur les berges du fleuve, tout près de l'eau, car ses bottes étaient maculées d'une boue grisâtre quand il pénétra, à la nuit tombante, dans la salle à manger où Aliénor l'attendait depuis un moment. Durant tout le repas, ils n'échangèrent pas une parole, touchèrent à peine aux plats. La fraîcheur du crépuscule entrait à pleines fenêtres dans la haute pièce avec les odeurs d'eau et de verdure montant du fleuve et de la forêt. Des souffles plus profonds faisaient vaciller la flamme des chandelles et gonflait les tentures. L'énorme bâtisse pesait sur eux de tout son poids de nuit et de silence. La lune qui venait de se lever détachait, tout au fond des jardins, à l'orée de la futaie, un plan d'arbres taillés dans la pierre.

— Je me coucherai tôt ce soir, dit Elie. Je suis las. Permettez-moi de me retirer.

Comme il passait près d'elle, Aliénor le retint.

— Elie, pourquoi ce silence ?

Il eut un pâle sourire.

— Vous le savez mieux que moi, madame.

Elle lâcha le poignet du garçon, l'entendit gravir l'escalier, ouvrir une porte, la refermer. Le bruit de ses pas tourna un moment sur sa tête. Elle se sentit soudain enfermée dans une coquille douloureuse, incapable de remuer ses membres. Les yeux clos, elle savoura une amère impression de solitude irrémédiable. Elle n'entendit pas le serviteur qui levait la table, ne vit pas sa nourrice, la bonne vieille Mauberge, qui venait lui souhaiter la bonne nuit. Quand elle rouvrit les yeux, elle constata que les chandelles avaient brûlé plus qu'à moitié et se leva péniblement, engourdie de froid et de sommeil.

Aliénor prit un chandelier et monta jusqu'à sa chambre.

Elie dormait-il ? Faisait-il semblant ? Elle se dévêtit en silence, se peigna longuement devant le miroir, comme elle le faisait chaque soir à la même heure, puis se frotta le corps d'eau de violette avant de se glisser dans le lit.

A peine était-elle étendue, les yeux ouverts sur l'ombre où dansaient des flammes blanches, qu'elle sentit la main d'Elie se tendre vers elle. Aliénor lui abandonna la sienne et ils restèrent un moment unis par ce simple contact d'où semblait couler une source chaude.

— Aliénor...

— Non, Elie, ne dis rien !

Les mots leur feraient mal, elle le savait. Il n'est qu'une chose qu'elle eût tolérée : l'entendre jouer de sa petite flûte de buis. Elle l'imaginait près de la fenêtre, dans le bleu de la lune d'été, assis sur un coussin, les jambes croisées, nu comme un faune.

— Non, Elie, demain...

Elle l'entendit répéter « demain » avec un souffle bref des narines, comme si c'était dérision que de penser au lendemain. Il se détourna brusquement vers elle et elle le reçut avec un gémissement de plaisir.

Cette nuit-là, ils s'aimèrent comme ils ne s'étaient jamais aimés. Quand il se laissa retomber à côté d'elle, encore tout frémissant, Aliénor songea qu'elle aurait moins de regret à la pensée que, s'ils avaient vécu longtemps ensemble, jamais plus ils n'eussent atteint une telle félicité.

Aliénor dormit peu. Elle s'éveilla comme sonnaient matines à Saint-Thomas du Louvre. C'était encore la lueur de la lune qui bleuissait la tour de guet, et non celle du jour. Elle paraissait dormir. En étendant la main, elle pouvait toucher sa peau brûlante sans qu'il bougeât et, en prêtant l'oreille, elle pouvait entendre le rythme de son souffle paisible. Mais elle savait déjà qu'il ne lui appartenait plus.

Une heure à peine s'était écoulée quand elle le sentit bouger. Il s'étira lentement, écarta les draps, sortit du lit. Couchée comme elle l'était, Aliénor ne pouvait le voir. C'est à peine si elle l'entendait aller et venir sur la pointe des pieds. La corne d'un chaland meugla, loin, dans le brouillard de la Seine. A mi-hauteur de la tour de guet, une lueur s'alluma, clignota un moment à travers un fenestron et s'éteignit. « Je ne puis le laisser partir, songeait Aliénor. Qu'il se prépare. Lorsqu'il sera sur le point d'ouvrir la porte, je l'appellerai, je le retiendrai et il ne résistera pas, je sais qu'il ne résistera pas. »

Elle serra les poings et mordit le drap quand elle entendit

crisser les bottes, quand lui parvint le bruit du loquet qu'il poussait lentement, lentement, pour ne pas le faire grincer. Puis plus rien, plus rien que l'appel des chalands, que la chanson étouffée d'un garde dans la cour, qu'un murmure imprécis comme celui de la mer, qui était le bruit de Paris au réveil.

L'archidiacre Philippe, frère du roi, s'arrêta au pied du grand escalier du palais pour souffler. Il venait de traverser la cour d'honneur sous une bourrasque de pluie. Ses jambes étaient mouillées jusqu'au genou et le bas de sa soutane s'y collait désagréablement. Quand on l'eut introduit auprès du roi, il soupira d'aise en apercevant la cheminée où pétillait une flambée.

— Mon frère, dit-il, j'ai de mauvaises nouvelles à vous apprendre. Mais, avant toute chose, faites-moi servir un vin chaud.

Il ajouta, après avoir parcouru du regard la vaste salle :

— Etes-vous seul, au moins ?

— Vous pouvez parler en toute sécurité. La reine vient de regagner ses appartements, et je ne vais point tarder à la rejoindre.

Philippe se posta devant le feu, releva sa soutane, les épaules secouées d'un frisson de plaisir. Il portait une grosse tête striée de couperose, sur un corps souffreteux. Son intelligence était assez vive, quoique bornée. Entre autres manies, il avait celle de fureter en tous lieux comme un vieux rat, ce qui le mettait à même de connaître avant le roi lui-même les nouvelles importantes.

— Cela ne pouvait pas attendre ? maugréa le roi.

— La reine patientera. J'étais tout à l'heure chez notre frère Henri, au moment où on lui annonçait que le pape Innocent venait de franchir les Alpes.

Louis, qui puisait avec un godet de vermeil dans un récipient de vin chaud pour remplir les coupes, faillit tout lâcher.

— Que dites-vous là ?

— Vous m'avez fort bien compris. Le pape se dirige vers Bourges. Il y vient animé des plus fermes intentions...

Philippe n'était pas peu fier des prérogatives et de la considération que lui valait son rôle implicite d'arbitre entre le roi et le clergé réformiste, que dominait un homme redoutable : Bernard, abbé de Clairvaux, que l'on nommait déjà saint Bernard. Philippe, grâce à son frère Henri, moine à Clairvaux, qui s'était brouillé avec Louis, était fort au courant de toutes les intentions de Bernard ; quant au roi, il ne lui cachait pratiquement rien. Ces confidences qu'il recueillait de part et d'autre le rendaient redoutable.

Le roi tendit à Philippe une coupe de vin chaud, parfumé au poivre et à la cannelle, et l'invita à s'asseoir. Lui-même se renversa dans un fauteuil et avala à petites gorgées le liquide brûlant. Toutes les malchances l'assaillaient à la fois et il se sentait devant elles faible et désarmé.

A diverses reprises, Louis s'était trouvé en conflit avec saint Bernard. C'était l'affaire de Langres, où le roi avait fait élire à l'évêché, contre la volonté de Bernard, un religieux de Cluny. C'était l'affaire de Reims où le roi, pour combattre l'influence envahissante du clergé, encourageait la constitution d'un régime communal. Quelques années plus tard, il s'ingérait dans les affaires de l'abbaye de Morigny. A chacun de ces actes qu'il jugeait arbitraires, le terrible abbé de Clairvaux répliquait par des missives où il s'en prenait habilement à l'entourage du roi : Aliénor, son épouse, Joscelin, son conseiller. La reine surtout excitait la colère de l'abbé.

Cette année-là, à deux reprises, Bernard s'était mis en travers de son chemin. A Poitiers une première fois, pour une de ces sempiternelles affaires d'intronisation épiscopale qui avait amorcé un nouveau soulèvement des peuples d'Aquitaine. A Bourges ensuite... De Clairvaux, Bernard tonnait : « Malheur à la terre dont le prince n'est qu'un enfant. » Une main sur la Bible, l'autre refermée sur un faisceau de foudres, il jetait l'anathème sur cette cour de Paris où se développaient les racines d'une nouvelle hérésie.

Une courte rafale de pluie crépita contre les volets de bois, bénit les bûches qui se mirent à chanter.

Bourges... Il était trop tard pour retirer le candidat que Louis avait opposé pour le siège épiscopal à celui de Bernard et du pape Innocent. Il était trop tard mais, de toutes manières, Louis n'eût pas consenti à une dérobade qui pût donner le signal de nouvelles prétentions. Le roi se souvenait mot pour mot de la déclaration qu'il avait faite au début de cette affaire : « Je laisse le peuple de Bourges libre de choisir son candidat, à condition que ce ne soit pas Pierre de La Châtre. » Pierre était le candidat de Clairvaux ; il avait été élu malgré le roi, contre Cadurc, chancelier de la chapelle royale. Louis avait juré que, lui vivant, jamais Pierre de la Châtre n'entrerait dans la ville, et Pierre attendait aux portes de Bourges, en selle sur sa mule. Dans la ville, les partisans de Cadurc et ceux de Pierre menaçaient de faire éclater une guerre civile.

Le roi constata avec amertume :

— On essaie de mettre en cause ma jeunesse et mon amour qu'on dit « immodéré » pour la reine. Il est vrai que j'ai tout juste vingt ans, mais vous savez mieux que tout autre combien la modération et la sagesse inspirent mes actes. Qui pourrait affirmer que l'amour que je porte à mon épouse a étouffé ma foi ?

Cela, Philippe pouvait en témoigner en toute sincérité. Il n'y avait pas, dans tout le palais, même parmi les religieux, plus dévot que le jeune roi. Il ne prenait aucune décision importante sans avoir au préalable passé une bonne partie de la nuit à genoux dans la chapelle ; il manquait rarement une messe, jeûnait chaque samedi, prenait en toute occasion conseil de Suger, son fidèle ministre.

— Que va faire le Saint-Père ? poursuivit le roi.

Philippe renversa la tête vers le plafond aux caissons peints où les flammes ranimaient de fauves couleurs.

— Le premier de ses actes sera de sacrer de ses mains, à Bourges, le candidat de Bernard. Il n'est pas question de lui interdire l'accès de cette ville. C'est un affront qu'il ne vous pardonnerait pas et qui vous rendrait suspect à toute la chrétienté. Pour ce qui vous concerne, je pense qu'il n'ira pas jusqu'à l'excommunication. Cependant...

— Cependant ?

— Le moindre mal serait qu'il décide de jeter l'interdit sur vos domaines. Vous savez quelle importance le Saint-Père attache à l'élection de Pierre de la Châtre, frère de son propre chancelier.

— S'imagine-t-il que je vais imiter les princes d'Allemagne et en passer par toutes ses volontés ?

Ces paroles dépassaient sa pensée. Aliénor eût pu les prononcer. Pas lui. Louis se leva, fort mécontent de lui et de son frère.

— Je vous sais gré de vos informations, Philippe. Mais vos conseils me seraient plus utiles.

— Vous n'en tiendriez aucun compte ! Suger lui-même a renoncé à vous amener, dans cette affaire, à davantage de modération et j'ai sur vous moins de pouvoir que lui. Pardonnez à ma franchise, mais je crois que vous écoutez trop votre épouse et pas assez vos ministres.

Louis se contint de riposter. Il fit mine d'accepter avec bienveillance une telle critique pour mieux pénétrer les intentions de Philippe qui savait sûrement plus de choses qu'il n'en laissait percer.

— Peut-être avez-vous raison, peut-être ai-je tort de trop écouter Aliénor.

— C'est cela même ! répondit Philippe d'un ton tranchant. On trouve singulier que, pieux comme vous l'êtes, vous vous opposiez avec tant d'intransigeance à la volonté du pape et de Bernard. On vous juge mal, mais c'est en définitive votre épouse que l'on rend responsable des changements qui s'opèrent en vous. De toutes parts, on s'étonne que la reine tienne tant de place dans un gouvernement qui, de tous temps, a été l'affaire des rois.

Louis se planta derrière son frère.

— Parlez ! Je veux tout savoir, Philippe, tout... Que me reproche-t-on encore ?

— Cela ne vous suffit point ?

Louis se cramponna au dossier de Philippe et laissa son front s'appuyer sur l'une de ses mains. Une voix répétait en lui : « Cela ne vous suffit pas ? ». Il fut sur le point d'assener par-derrière un coup sur la grosse nuque de Philippe qui luisait entre ses doigts, de le contraindre à avouer que tout cela était faux, qu'il inventait, que les peuples, les barons, étaient plus attachés à leur roi qu'à un moine aigri par les tortures physiques, qu'à un pontife pourri d'ambition. De tous temps, l'Eglise avait pris l'avis des rois. L'Eglise cherchait à profiter de la jeunesse, du manque de maturité politique du souverain pour rogner sur ses prérogatives. « Si vous n'y prenez garde, ils formeront un royaume dans le royaume et vous n'y ferez plus la loi. » Qui avait dit cela ? Aliénor. La veille même. Aliénor ne pouvait se tromper. Il n'y avait qu'une femme digne de lui être comparée : la Bonne Dame qu'il vénérait depuis sa plus lointaine enfance et qui l'avait toujours conseillé en sagesse.

Louis s'arracha au dossier, revint s'asseoir près de son frère.

— Philippe, à vous je peux bien l'avouer : ceux qui proclament ma sujétion à la reine ne mentent ni ne se trompent. Sa volonté est la mienne. Ses désirs sont des ordres pour moi. Je me sens capable, pour la défendre, de me battre contre une armée. Comment expliquer cela ? Quand elle me prend dans ses bras, j'y retrouve l'amour et l'autorité d'une mère...

— Je ne puis en entendre davantage ! s'écria Philippe. Louis, je vous plains. Je pensais m'adresser à un homme mûr, et c'est un enfant que j'ai devant moi. Je me félicite d'avoir été seul à vous entendre. Mais je vous préviens que, désormais, je me refuse à prendre fait et cause pour vous. Ni contre vous, d'ailleurs, puisque Dieu a voulu que nous fussions frères.

— Retirez-vous, Philippe ! dit posément le roi.

Il ne sentait pas de colère en lui. Simplement une grande lassitude. La cloche de la chapelle venait de sonner complies qu'il était encore prostré dans son grand fauteuil de bois, les yeux rivés aux derniers tisons, la bouche amère, la tête pleine des derniers mots de Philippe qui s'y étaient durcis comme un ciment et lui faisaient mal. Deux coups sourds ébranlèrent soudain le plafond. Aliénor s'étonnait qu'il ne vînt pas se coucher malgré l'heure tardive.

Il se leva péniblement et, à travers les couloirs déserts et glacés, monta rejoindre la reine.

*
* *

On ne s'ennuyait pas, à la cour de France, malgré la tournure que prenaient les événements.

L'interdit jeté sur le royaume par Innocent avait été atténué par l'intervention de Suger et de Bernard de Clairvaux, mais les offices religieux avaient cessé partout où se trouvait le roi. Ces églises silencieuses et vides qu'il trouvait sur sa route à l'heure des offices impressionnaient fortement Louis. A Paris, les grandes basiliques comme les petites chapelles demeuraient de même vides et muettes. La capitale paraissait au roi morne comme un désert. Mais, dès qu'il entrait dans le palais de la Cité, c'était un monde bruyant et coloré qui l'accueillait.

Ici, tout n'était que chants et musique. La reine le voulait ainsi. Un concert de harpes, de flûtes, de citoles accompagnait sa démarche légère et vive, si bien qu'elle paraissait, en marchant, danser la carole ou le branle de mai.

Jamais on ne la vit aussi coquette que cet hiver-là. Elle prit goût aux étoffes somptueuses et rares. Il y avait presque chaque matin dans son antichambre quelque Abner ou quelque Benedetti porteur de coupons, dans l'attente de son réveil. Son heure favorite pour le choix des étoffes était celle où, ayant pris son bain, l'achemeresse chargée de sa coiffure congédiée, elle prenait un léger matinel composé de confitures d'oranges ou de citrons, vêtue d'une chaude dalmatique de laine. Tout en croquant ses tartines de pain grillé, elle choisissait parmi les coupons un samit chatoyant, un ciglaton moiré, un diapre broché, les caressait du poignet, les soupesait, les frottait contre sa joue.

Elle n'aimait rien tant que ce murmure qui s'élevait dans l'assistance quand elle traversait une enfilade de salles, une main posée sur celle de Louis qui, auprès d'elle, paraissait vêtu de souquenilles. Quand elle donnait le signal du branle, tous les regards convergeaient vers elle comme si elle allait s'envoler dans ses grandes ailes d'étoffe.

La reine Aliénor paraissait heureuse comme elle ne l'avait jamais été. Quelques dames seulement parmi son entourage savaient qu'elle ne l'était pas.

Cette vie ne faisait que l'étourdir. Elle s'y adonnait avec une sorte de désespoir, comme si elle n'en attendait rien d'autre que la guérison d'un mal secret. Dans les jours qui avaient suivi le départ d'Elie et le retour du roi, elle avait pensé que toute joie lui serait à jamais refusée. Naïvement, Louis attribuait la mélancolie qu'il lisait sur les traits de son épouse à la mort de leur enfant et à son échec devant Toulouse. Il n'ignorait pas que la moindre contrariété pouvait avoir des conséquences fâcheuses sur l'humeur de la reine ; aussi s'attachait-il, en toutes choses, à entrer dans ses vues avec une mansuétude qui se muait sans peine en conviction. Son propre bonheur, son véritable repos résidaient dans le bon plaisir de son épouse.

Aliénor trouvait un goût de revanche au fait d'imposer sa volonté au roi et paraissait se satisfaire de cette médiocre compensation. Elle eût préféré, pour lui faire oublier cet époux timoré, dont la vénération l'agaçait, pour lui faire supporter le triste décor du palais et le morne déroulement des jours, la présence d'Elie de Cornil ou de quelque autre amant. Mais Elie était loin, et, pour ce qui était de se rabattre sur une autre aventure, elle n'y songeait pas : Suger la tenait à l'œil et, depuis l'épisode de Raymond de Poitiers, la vigilance du roi, que sa passion n'était pas parvenue à mettre tout à fait en sommeil, s'excerçait toujours sur l'entourage d'Aliénor.

Un soir de mars, à travers les derniers champs de neige de l'hiver, Aliénor revenait d'une chasse au cerf dans la forêt de Lions, près de l'abbaye de Saint-Denis. La nuit venait à peine de tomber quand elle franchit la porte du palais. Des groupes allaient et venaient dans la neige boueuse de la cour où des serviteurs promenaient des lanternes. Il y avait des lueurs aux fenêtres du premier étage d'où venaient des bruits de voix.

De mauvaises nouvelles venaient d'arriver de Lagny où un concile avait annulé le divorce entre Raoul de Vermandois et Gerberte de Champagne. Aliénor courut jusqu'à la grande salle où s'agitaient des groupes confus. Elle chercha sa sœur du regard. Pernelle n'était pas là. Aliénor bondit à l'étage où elle trouva non seulement Pernelle, mais Raoul, Louis et deux des frères du roi : Robert de Dreux et Pierre. Un grand vieillard qu'elle connaissait bien vint à sa rencontre : Joscelin, évêque de Soissons, un des conseillers du roi, qui l'accueillit avec une mine tragique.

— C'est un malheur, madame, un très grand malheur. Il faudra beaucoup de courage à votre sœur pour le surmonter.

Pernelle était assise au coin de la cheminée, sur un coussin, la tête sur le genou de Raoul. Une longue trace de larmes brillait sur sa joue. De temps à autre, un gros sanglot la secouait.

Aliénor s'approcha de sa sœur, releva ses cheveux pour embrasser la tempe brûlante.

— Las ! Las ! Petite sœur, ne pleure plus. Nous n'accepterons jamais une telle décision.

Comment eussent-ils pu l'accepter ? Un premier concile d'évêques légalement constitué, avait abouti à proclamer la nullité du mariage entre Raoul et Gerberte. Peu après, Raoul épousait Pernelle. Gerberte était alors allée pleurer dans la barbe de l'oncle Thibaut qui cria à l'outrage. On en appellerait au pape s'il le fallait, mais Gerberte obtiendrait réparation. Bernard de Clairvaux l'y poussa. Les choses ne traînèrent guère. Il y avait une heure à peine que Joscelin était revenu de Lagny, porteur de la fâcheuse nouvelle. La reine le prit à part, avec le roi.

— Nous considérons la décision du concile comme nulle et non avenue. Thibaut, une fois de plus, a voulu se jouer de l'autorité du roi. Mais cette fois-ci, il est allé trop loin. Sire, je pense que vous êtes de mon avis ?

Une telle décision à travers Raoul et Pernelle visait le roi, l'écrasait. Il lui faudrait une nuit de réflexion pour adopter une attitude, mais Aliénor ne doutait pas de le convaincre.

— Votre refus, dit Joscelin, sera transmis au concile. Mais je crains qu'il ne contribue à renforcer la position des évêques. Le légat du pape a été formel : au cas où Raoul et Pernelle refuseraient de se soumettre, les terres du comte de Vermandois, y compris sa capitale, Saint-Quentin, seraient frappées d'interdit.

Aliénor partit d'un rire grinçant.

— Ne riez pas, madame, dit Joscelin, cela peut aller plus loin que vous ne l'imaginez.

— Vous ne voulez pas dire...

— Si, madame : jusqu'à l'excommunication.

Ils avaient chevauché à travers les vastes espaces crayeux de la Champagne, dans la grosse chaleur de juin. La poussière blanche montant de la piste surchauffée leur piquait la gorge. A chaque hameau, ils s'arrêtaient pour faire boire les chevaux. Les hommes en profitaient pour se désaltérer eux-mêmes, se blottir dans l'ombre des courtils plantés de pommiers et respirer à l'aise, la ceinture débouclée, une touaille humide sur le front. Quand ils aperçurent les hautes murailles de Reims sur l'horizon où moutonnaient les vagues des blés et les alignements des vignes, Louis savait depuis longtemps qu'il ne trouverait pas de résistance devant cette ville. Il n'eut pas un mouvement de satisfaction quand son frère, Robert de Dreux, le torse nu orné d'une grosse médaille sous la chemise largement ouverte, vint lui annoncer que les éclaireurs avaient trouvé ville ouverte.

— Que penses-tu que nous puissions faire, Robert ?

Robert eut un sourire cruel en posant la main sur le pommeau de son glaive.

— Dans de telles circonstances, Thibaut n'eût guère hésité. Il eût fait avancer ses troupes jusqu'aux ponts avec des démonstrations d'amitié puis se fût rué dans la ville avec ceci en guise de croix.

Il tira son glaive et le plaça devant son visage en tenant la lame à pleine main. Il grimaçait dans sa barbe broussailleuse. La fatigue avait marqué son visage large et carré de grandes rides où coulait une sueur grise. Une chassie blanchâtre s'était accumulée aux coins de ses paupières. Il poursuivit :

— Tu sais combien j'exècre ce faux dévot. Laisse-moi faire et, avant ce soir, je te ramène sa tête.

— Non, Robert. Il y a mieux à faire. Ce n'est pas la tête de Thibaut qu'il me faut mais son repentir. Ne t'es-tu pas assez battu ces jours derniers ?

Robert haussa les épaules et cracha son mépris.

— Tu appelles cela se battre ? Nous ne trouvons devant nous que des milices armées comme pour une battue au sanglier, des troupes de gueux qui sentent le fumier et ne savent guère battre que le blé.

— Tu ne peux nier qu'ils se sont défendus courageusement.

Robert fit claquer sa langue qu'il avait sèche comme du bois et gratta sa poitrine mamelue couverte de grands poils roux.

— Ils seront bien avancés quand il ne restera plus un homme vivant dans toute la Champagne ! Fort heureusement, nous serons prêts quand il s'agira de repeupler cette province. D'après ce que j'ai pu voir depuis Châlons, les filles ne sont pas toutes faites comme Gerberte...

Louis battit en retraite avec dégoût. Le paysage s'ouvrait comme une page tournée. Reims était là devant, au flanc de sa « montagne », dressée dans la blancheur de ses remparts. Robert eut une exclamation.

— Tudieu ! Tant de blancheur me donne soif. On dit qu'à Reims les auberges sont bonnes.

Les paupières mi-closes, Louis cherchait à distinguer sur la masse écailleuse des toitures le château de Thibaut. Dans son souvenir, Reims avait d'autres dimensions. La dernière image qu'il en gardait lui restituait une vaste métropole bourdonnante de cloches et de cantiques. Il y était entré la veille de Noël, par un crépuscule de neige, sous un ciel bas, tapissé de lueurs de vitrail. Il avait entre dix et douze ans. Son père l'avait pris en croupe. Ils avaient longé des rues étroites où soufflait un vent sauvage. Dans les boutiques ouvertes où brûlaient de mauvaises chandelles, on tuait à la chaîne des porcs et des volailles. Des odeurs de marrons grillés, de gaufres rissolées, montaient des petits éventaires dont les toiles claquaient au vent. Il gardait encore dans l'oreille la voix aigre d'un grand jongleur dépenaillé, qui chantait sous le porche de Saint-Rémy la complainte de la Résurrection, le visage éclairé par la lumière d'une torche :

C'est la plus belle forme d'homme
Que oncques jamais de mère nasquit.

Thibaut les attendait sous un grand porche noir, battant la semelle dans la neige piétinée par le passage des chevaux. La messe était dite par un officiant souffreteux qui toussait entre deux « répons » : Bernard de Clairvaux. Ensuite, ç'avait été le réveillon dans la salle décorée de branches de houx et de sapins où résonnait le sonore « Ecce stella » des pastours.

Un des mauvais souvenirs que Louis gardait de ce voyage était le baiser que lui avait donné le comte Thibaut. Il y avait dans l'aspect de cet homme quelque chose de faux qui lui avait déplu. Il frottait à tout bout de champ ses mains l'une contre l'autre, comme un marchand qui se réjouit d'une bonne affaire.

Robert de Dreux faisait de grands gestes.

— Je ne puis m'expliquer pourquoi Thibaut nous oppose si peu de résistance ! Après toutes les provocations qu'il nous a infligées, il devait bien s'imaginer que nous n'entrerions pas dans ses terres pour y faire assaut de courtoisie. A moins qu'il nous prépare un piège...

— Je ne le pense pas. Thibaut est plus pauvre que le dernier de ses barons. Il a fait don de toutes ses richesses aux moines, et l'espoir du paradis est tout ce qui lui reste à présent. Je plains ses héritiers.

Comme l'armée s'approchait des remparts, Louis vit le comte Thibaut s'approcher entre deux haies de moines, descendre de cheval à quelques toises des avant-gardes du Vermandois commandées par Raoul. Il passa sans voir ce dernier et ne s'arrêta que lorsqu'il fut arrivé près du roi.

— Sire, dit-il, je vous souhaite la bienvenue dans ma capitale.

Le roi descendit de cheval et s'avança la main tendue vers son vassal.

C'est alors que l'on vit Robert de Dreux cracher par-dessus la tête de son cheval et tourner bride d'un air dédaigneux.

Thibaut et Louis parvinrent en devisant sans contrainte sur le seuil d'une longue pièce où régnait une chaleur étouffante et une odeur de vieux cuir. Les dorures des antiques tapisseries datant des premiers comtes de Champagne traçaient le long des murailles plongées dans l'ombre d'étranges graffiti. Nulle autre lumière que celle d'une grosse chandelle de cire jaunâtre. Un personnage que Louis ne reconnut pas tout de suite était assis à une table massive, et sa tête était à tel point inclinée que le roi pensa qu'il devait dormir. Le comte appela doucement :

— Bernard !

Thibaut dut appeler plus fort pour que le vieillard relevât la tête. Louis comprit alors qu'il écrivait. Sa main sèche, qui venait de quitter le papier, continuait à animer la plume. Il avait de pauvres yeux rouges et larmoyants, démesurément ouverts, une barbe clairsemée qui découvrait, la flamme de la chandelle brillante au travers, un menton osseux et des joues creuses. Bernard de Clairvaux avait de peu passé la cinquantaine, mais il s'était tant usé à la défense de l'Eglise qu'il en paraissait quatre-vingts. Louis l'entendit demander d'une voix puissante et d'un beau timbre :

— Est-ce vous, Thibaut ?

— C'est moi, l'abbé. Et voici Louis de France qui m'accompagne.

Le roi crut que Bernard se mettait à rire. Il clignait simplement des yeux pour tâcher de voir le nouveau venu. Louis s'approcha davantage et parvint si près de Bernard que le saint saisit brusquement la manche de sa huque pour l'attirer vers lui.

— Louis... C'est donc toi ? Approche ! Je te vois mal. Ma vue baisse et je ne pourrai bientôt plus écrire ni voir la lumière du jour. Ce sera ma pénitence.

Il serrait le poignet du roi par petites pressions à travers l'étoffe et le dévorait des yeux.

— C'est bien toi, je te reconnais. Mais je m'attendais à te voir harnaché de mailles, le glaive au côté, comme un vrai guerrier. N'as-tu pas pris la ville d'assaut ? Thibaut n'est-il pas ton prisonnier ?

— Mon Père ! s'exlama Louis.

— Eh ! quoi... N'étais-tu pas venu dans cette intention ?

Bernard parut mâchonner quelque chose. Il déglutit laborieusement, puis, soulevant la feuille couverte de sa grande écriture en coups de griffes, il eut un petit rire.

— Sais-tu à qui s'adresse cette lettre ? A Geoffroy d'Auxerre. Cela ne te dit rien ?

Louis revit ce jour de mai — il y avait deux ans : en l'an 1140. Bernard s'était rendu à Paris sur les instances de l'évêque Guillaume de Saint-Thierry pour y répondre aux ouvrages et aux sermons schismatiques d'Abélard et d'Arnaud de Brescia. Dans l'école même que ce dernier a fondée sur la montagne Sainte-Geneviève, Bernard arrive, juché sur sa mule. Accueilli par les huées des écoliers il en repart ayant fait une vingtaine de néophytes. Dont Geoffroy d'Auxerre.

— Une belle âme, mon fils, mais qui a trop longtemps macéré dans l'hérésie pour que les écailles de l'orgueil lui tombent des yeux aussi vite que Dieu le voudrait. Ah ! l'orgueil, mon fils, l'orgueil ! Il arme la main des princes et jusqu'à l'esprit des gens d'église. Le monde périra de ce péché.

Il murmura précipitamment dans sa barbe quelques mots de latin puis, les yeux mi-clos, parut se recueillir. Le roi ne souffla mot. La chandelle dégageait une odeur âcre. Bernard parut soudain revenir à lui. Il se frotta énergiquement le front. Des larmes de fatigue coulaient de ses yeux malades. Il éclaircit sa voix dans un bruit de buccine et dit brusquement, comme s'il s'adressait à des intrus :

— Que me voulez-vous ?

— Le roi et moi, dit Thibaut, sommes convenus d'une entente. Mais la paix ne pourra se faire sans que vous nous y aidiez. L'origine de cette guerre est l'excommunication majeure qui pèse sur

Raoul de Vermandois et sa nouvelle épouse. Que cette excommunication soit rapportée et cette vilaine querelle cesse du même coup. Thibaut se frottait mollement les mains. Bernard, d'un ton sec, le pressa de continuer.

— En toute humilité, je reconnais avoir eu tort en intervenant auprès du Saint-Père pour qu'il prononce cette mesure. Mais il m'est impossible de rien tenter pour la faire lever. Peut-être que vous, mon Père...

Bernard s'était levé à demi dans son fauteuil. Une mauvaise sueur perlait à son front.

— Prenez-vous les décisions du Saint-Père pour une monnaie d'échange ? cria-t-il. Thibaut, il fallait réfléchir davantage avant de prendre le pape comme arbitre du différend qui t'oppose au roi. Qui t'autorise, orgueilleux Thibaut, à souhaiter que l'Eglise épouse tes querelles et reconnaisse tes erreurs comme siennes ? Raoul a-t-il renoncé à vivre dans le péché ? Non ? Alors, allez au diable !

Il se laissa retomber dans son fauteuil et répéta plusieurs fois le même mot :

— Orgueil... Orgueil...

Il se retourna vers le roi, l'index pointé.

— Toi, Louis, qui as encouragé le péché pour complaire à ton épouse, toi qui, depuis des années, ne cesses de braver notre Mère par la parole et par le geste, de quel droit viens-tu aujourd'hui réclamer mon soutien ?

— Vous ne pouvez pas refuser de nous aider dans une œuvre de paix, dit le roi.

L'abbé se dressa à demi et cria :

— Chantage ! Il suffirait, Louis, que tu fasses acte d'humilité, que tu invites ton épouse à plus de modération, ton protégé à plus d'humilité, pour que cesse cette guerre stupide !

Louis était devenu très pâle. C'était là une de ces fameuses colères de Bernard de Clairvaux qui avait bien des fois ébranlé les trônes et les chaires.

— Est-ce votre dernier mot, mon Père ? dit-il.

Bernard ne répondit pas. Il paraissait plongé de nouveau dans cette absence où on le voyait souvent s'abîmer. Il devait songer à des choses terribles, car ses mains s'ouvraient et se refermaient comme s'il broyait des brindilles de bois mort.

Louis réitéra sa demande et n'obtint pas davantage de réponse.

Bernard ne voyait rien, n'entendait rien. Le roi se retourna vers Thibaut qui paraissait confondu.

— Thibaut, vous m'avez abusé en prétendant que Bernard était tout disposé à céder. Je vous retire ma confiance !

— Patientez jusqu'à demain. Je crois que je pourrai le fléchir. Il a trop d'affection pour moi, il me doit trop de reconnaissance pour me refuser son aide.

— C'est bon. J'attendrai. Mais pas plus tard que demain. Sinon, je ne réponds pas de mes décisions.

Thibaut passa la moitié de la nuit auprès du saint. Robert de Dreux, qui couchait dans la chambre voisine, les entendit à travers la cloison tour à tour supplier, pleurer, tonner. Quand Thibaut repartit, il était trempé de sueur et exténué comme s'il venait de se colleter avec un archange. Mais il avait réussi : Bernard consentait à intervenir.

Quand Louis et ses troupes se retrouvèrent aux portes de Paris, la reine les attendait avec Pernelle, l'air radieux. Le roi fronça le sourcil.

— Sire, dit Raoul, je me demande ce que votre messager a bien pu raconter à nos épouses qui les ait à ce point ravies.

— Je me le demande aussi. Mais il faut faire comme si aucun doute ne subsistait quant aux résultats de la démarche de Bernard. Nous ne les persuaderons que petit à petit que rien n'est encore fait, de manière qu'elles ne soient pas trop déçues, au cas où...

Il sourit à la reine. Un frisson lui traversa les reins à la pensée de tout l'amour qu'elle allait lui donner.

La reine lui donna tant d'amour qu'il décida d'ajourner ces résolutions et finit par les oublier. Raoul fit de même.

Louis s'éveillait parfois en sursaut au milieu de la nuit, moite de sueur. C'était toujours le même rêve. Un vieillard au visage tragique chevauchait une mule dans un sombre défilé des Alpes sous une rafale de neige. Il avançait malgré la bourrasque qui plaquait ses vêtements sur son corps. Bernard revenait de Rome. Innocent avait refusé.

Ce cauchemar s'effaçait dès que le roi retrouvait le sourire d'Aliénor. Il y eut un bel hiver bien paisible. Louis nageait dans une félicité dont il remerciait chaque jour le Ciel. Il aimait Aliénor et Aliénor l'aimait.

Leur amour ne devait rien à un contrat. Ils avaient oublié les mains sèches qui les avaient poussés l'un vers l'autre quand ils étaient encore des enfants, la conjonction d'intérêts qui avait présidé à leur union, alors que le roi tremblait pour la France au seuil de la mort et que le duc Guillaume partait pour Compostelle dans le brouillard de mars. Ils aimaient jusqu'aux défauts qui les avaient dressés l'un contre l'autre. Louis jugeait que les enthousiasmes puérils de la reine, l'originalité de ses goûts, sa spontanéité, apportaient à la cour l'animation et la gaieté. Quant à la reine, la modération de son époux, les sentiments religieux qui l'animaient, sa timidité et sa réserve, loin de la décevoir, apportaient un élément d'équilibre dans une existence brillante et désordonnée. Ils vivaient leur printemps et ce printemps durait.

Les nouvelles de Rome étaient tantôt bonnes, tantôt mauvaises. Thibaut de Champagne faisait à la cour de fréquents séjours, mais le roi le tenait à l'écart de son entourage pour ne pas avoir, le cas échéant, à revenir sur des relations d'amitié. Raoul avait emmené Pernelle à Saint-Quentin, au cœur du Vermandois. Ils donnaient peu de nouvelles. L'amour les rendait muets.

Un matin, le roi apprit que Thibaut venait de quitter précipitamment Paris. La veille au soir, il avait reçu de Rome une missive alarmante de Bernard de Clairvaux. Ce départ précipité, Louis, sans en avoir la certitude, en devinait la raison. Thibaut n'ignorait pas qu'en cas de refus du pape de rapporter les mesures d'excommunication prononcées contre Raoul et Pernelle, le roi, qui tenait le comte de Champagne pour responsable des malheurs de ses protégés, pénétrerait de nouveau en Champagne, bien décidé cette fois à jeter le comte sur la route de Rome.

Louis lui envoya missive sur missive pour tâcher d'en obtenir des lumières. Thibaut atermoyait habilement. Il passait ses jours à parcourir ses baronnies pour relever les énergies endormies et rassembler le ban, priant pour qu'à son retour Bernard infirmât les nouvelles qu'il avait envoyées. Thibaut dut déchanter. Le saint s'était dépensé en multiples arguments pour fléchir le Saint-Père, mais Innocent était resté de marbre.

De nouveau, c'était la guerre. Bernard posa sa main sèche sur l'épaule de Thibaut.

— Pas encore.

Sans prendre le temps de secouer la poussière de la route, il tournait bride vers Paris. Le roi l'attendait.

— Si vous venez nous annoncer, dit-il, que le Saint-Père a

renoncé à nous poursuivre de sa colère, soyez le bienvenu. Mais si vous avez échoué dans votre démarche, sachez que nous nous montrerons inflexibles.

Bernard lutta comme il n'avait jamais lutté. Il déploya brillamment toutes les ressources de son éloquence, supplia, menaça, jeta au visage du roi des chapitres entiers de la Bible et des Evangiles. Il trouva chez Louis la même attitude intransigeante que chez Innocent et s'avoua vaincu.

Derrière la résolution du roi, il n'avait aucune peine à deviner celle d'Aliénor.

A peine Bernard avait-il quitté la capitale, que le roi convoquait ses barons.

*
* *

Chaque matin, en s'éveillant, la première chose que Louis avait sous les yeux en écartant le rideau de sa tente, c'était la porte aux ferrures géantes qui constituait l'entrée principale de la petite cité de Vitry-en-Perthois. Il campait juste en face, sur la rive du Saulx. Rudement ébranlée par la première volée de boutoirs, un de ses gongs à demi arraché, elle tenait encore. Les défenseurs avaient dû la maintenir à l'aide de fardiers chargés de pierres de taille. A chaque assaut, le bélier rebondissait, comme s'il s'attaquait à une montagne.

Chaque nuit, le roi faisait le même rêve.

La Dame aux voiles bleus déposait son enfant sous la tente royale et s'avançait à pas lents vers les remparts. Parvenue à quelques pas de la porte, elle s'arrêtait. Les flèches, les moellons, déviés de leur course, jonchaient le sol autour d'elle. Elle levait une main, simplement, et la porte de Vitry volait en éclat. Chaque matin, en ouvrant sa tente, Louis avait le même regard angoissé : la porte était toujours debout.

A l'intérieur de la forteresse, cependant, les ruines s'accumulaient. Sans relâche, jour et nuit, deux énormes balises crachaient leurs boulets par-dessus les remparts. Les soldats les avaient surnommées « Aliénor » et « Pernelle ». On entendait le choc mat du butoir, le feulement des projectiles et le craquement d'os des toitures défoncées.

Le roi, parfois, montait jusqu'au sommet d'une de ses tours roulantes. Vitry présentait de là-haut l'aspect d'une ville ravagée. Les rues et les places étaient quasi désertes. Les Champenois devaient vivre terrés dans les caves comme des rats. L'église, au centre, était intacte. C'était un édifice aux nobles proportions, blanc et doré, d'une construction assez récente. On pouvait distinguer sur le tympan un éventail de martyrs et de saints groupés autour de la majestueuse effigie du Christ.

Sous l'influence de Robert de Dreux, cette guerre, très vite, avait pris un caractère de violence inusitée. Le frère du roi baignait dans un plaisir trouble qui le transfigurait. D'ordinaire taciturne, discret, solitaire, dès qu'il avait le cul en selle pour aller tailler du cuir, il sentait des instincts de sauvagerie s'éveiller en lui. Il menait les attaques avec une folle brutalité et n'épargnait rien ni personne dès qu'il posait le pied dans une ville prise d'assaut.

Un matin, le roi le vit venir à lui encadré de deux filles outrageusement fardées qu'il avait ramenées d'un village voisin. Louis était en train de prendre un léger matinel avant d'aller inspecter le camp. Il fronça le sourcil.

— Où as-tu trouvé ces deux filles ?

— Sur le revers d'un talus. Dis-moi s'il est possible de passer devant ces deux fleurs de Pâques sans les cueillir et les respirer.

Il embrassa dans le cou les filles, qui gloussèrent de plaisir. Le roi détourna la tête avec une grimace de dégoût. Robert sentait à dix pas la sueur et le vin. Il renvoya les filles avec une grosse claque sur la croupe et se laissa tomber dans l'herbe près du roi.

— Louis, tu as mauvaise mine. Tu ne bois jamais de vin, tu n'emmènes jamais de filles sous ta tente. C'est une vie de moine et non de guerrier. Tu penses trop à Aliénor.

Louis avala une gorgée de lait, beurra une tartine. La réflexion de Robert le laissait indifférent.

— A quelle heure penses-tu que nous devrions attaquer ? dit-il.

Robert haussa les épaules, arracha à la volée quelques brins d'herbe dont il fouetta ses bottes.

— Dans un sens, Louis, tu as raison de croire que ce siège ne nous mènera à rien. Ces gens ont la tête aussi dure que la pierre de leurs remparts. Voilà qu'ils font combattre à présent des enfants et des femmes. Aux échelles, hier, nos hommes se sont trouvés en certains points face à face avec des gosses de quatorze ans qui se battaient comme des diables. Une fille m'a décoché un trait qui m'a passé à un doigt de l'oreille.

— Puis-je en conclure que tu serais partisan de lever le siège ?

— Pas exactement. Je commence à m'ennuyer ici et je ne suis

pas le seul. Mais je ne partirai pas sans avoir rasé cette ville, l'église y compris.

Louis sentit un mauvais frisson lui courir dans la nuque. Il revit l'église et son peuple de saints, debout dans le soleil tendre de mai.

— J'ai en tête un plan qui devrait réussir, poursuivit Robert. J'y songe depuis quelques jours. Aujourd'hui il est au point.

Robert se leva, s'assit en face de Louis, les coudes largement écartés sur la table.

— C'est très simple. Ecoute plutôt...

L'attaque de nuit dont Robert de Dreux avait soumis le plan au roi avait réussi. Maintenant, le jour se levait sur le mont de Fourche dominant la bourgade. On se battait férocement à l'intérieur. Chaque demeure ou ce qui en restait était changé en forteresse où les défenseurs se barricadaient pour lutter jusqu'à leur dernier souffle, avec tout ce qui leur tombait sous la main.

Au-dessus des toitures qui vomissaient flammes et fumées, dans un demi-jour traversé de lueurs fauves, Louis vit soudain se dresser la masse blanche et dorée de l'église où les cloches sonnaient à toute volée pour inviter les défenseurs de la ville à se replier dans ses murs. Sur le flanc du clocher qui lui faisait face, il distinguait, à l'abri d'une niche, une statue que les reflets de l'incendie paraissaient animer, et qui était celle de la Bonne Dame faisant un geste de paix. Il se sentit tout à coup saisi par un sentiment de honte, plongé à plein corps, à pleine âme dans l'iniquité. Il s'avança en titubant, le visage brûlé par l'haleine du sinistre, suffoqué par d'âcres bouffées de fumées qui jaillissaient de boutiques attenant à l'église. Il s'écria :

— Cessez ! Eteignez ces flammes ! Retirez-vous !

Des barons qui l'entouraient le considérèrent avec surprise. Le roi venait de s'élancer dans une ruelle noyée de fumée où bougeaient les formes sombres des soldats. Il appelait Robert de Dreux et Robert ne répondait pas. Il revint sur ses pas et finit par le découvrir près de l'église, à la tête d'un petit groupe de lanciers qui essayaient de forcer un rideau de Champenois, luttant pied à pied derrière leurs boucliers pour conserver une ligne de repli aux assiégés refluant vers l'église.

— Je t'ordonne de cesser ce massacre ! cria-t-il. Par la Vierge, Robert, m'entends-tu ?

Robert fit la sourde oreille, le temps de se débarrasser d'un colosse qui n'arrêtait pas de lui cracher des injures au visage. Puis il se tourna carrément vers Louis. Il s'apprêtait à riposter mais resta bouche bée. Le roi avait levé la tête et regardait fixement le mur du clocher qui dominait le parvis. Robert tourna la tête à son tour et ne vit rien que la façade éclaboussée de lueurs dansantes, la niche où une statue paraissait bouger.

— Que regardes-tu, Louis ? Réponds-moi !

Louis avait reculé de quelques pas. Il parvint difficilement à articuler quelques mots, le bras tendu vers le clocher.

— Elle a bougé ! Je te dis qu'elle a bougé !

Il tomba à genoux, tira son épée qu'il jeta au loin. Quand Robert s'avança pour lui secouer l'épaule, il s'écroula, privé de sens, une écume blanche aux coins des lèvres. Robert fit signe à quelques archers qui passaient, leur donna l'ordre de transporter le roi sous la halle toute proche et de prendre soin de lui.

— Quand il reprendra ses sens, quoi qu'il dise, quoi qu'il fasse, maîtrisez-le. Je crains que le spectacle ait porté atteinte à sa raison.

Le soleil n'était qu'un gros œil blanc dans le ciel de fumée. Quelques hommes du comte de Champagne se faisaient encore massacrer un à un par les archers du Ponthieu qui, perchés dans les arbres entourant le sanctuaire, leur lâchaient des traits imparables quand, sur un signe de Robert, les attaquants faisaient le simulacre de se replier. Il n'y eut bientôt plus un homme valide à opposer aux troupes royales. Mais Robert n'était pas au bout de ses peines. Ses hommes hésitaient à s'attaquer à l'église. Ils tournaient autour comme des loups affamés, donnant rageusement des coups d'épaule et de poing dans la lourde porte cloutée et ferrée.

Robert vit soudain la porte de l'église s'ouvrir pour livrer passage à un prêtre et se refermer aussitôt. Le prêtre s'avança de quelques pas, les bras en croix. Il était jeune, imberbe, d'aspect assez chétif. Robert songea qu'il avait dû soigner les blessés, car sa soutane était souillée de traînées humides. Quelques murmures s'élevèrent en face de lui, puis des rires, puis des injures. Il leva la main pour faire signe qu'il avait l'intention de parler.

— Je me nomme Pierre, et voilà mon église. Je voudrais parler au roi.

Robert s'avança vers lui d'une démarche mal assurée.

— Je suis le roi. Tu peux parler librement.

Pierre le dévisagea. Puis il secoua la tête.

— Non ! tu n'es pas le roi !

Robert s'apprêtait à riposter vertement quand il entendit le sifflement d'une flèche suivi d'un choc mat. Le prêtre s'affaissa, une flèche fichée dans le côté.

— Qui a tiré ? cria Robert.

Personne ne souffla mot. Les vitraux de l'église venaient de voler en éclats et les défenseurs tiraient dans la masse des assaillants, tandis que, de la nef, montait un grondement d'indignation et de stupeur. Au même moment, un chant de mort montait des ogives du clocher, garnies de citadins en armes.

Robert pris d'une rage subite, fit avancer une catapulte et bouillir de la poix à pleins bassins. Pendant ce temps, abrités par le tablier d'un chat-chasteil, des hommes amoncelaient des fagots contre les portes. Des barons du Parisis tentèrent d'arrêter Robert.

— Vous n'allez pas mettre le feu à l'église ? Le roi s'y opposerait sûrement.

Robert les écarta brutalement.

— Le roi est malade, cria-t-il et c'est moi qui commande à sa place. Si vous craignez pour vos âmes, retirez-vous !

Quelques instants plus tard, une véritable pluie de feu s'abattit sur le toit de l'église.

La toiture venait d'éclater comme une pigne sèche. Une fusée d'étincelles jaillit jusqu'à la pointe du clocher, tandis qu'une clameur affreuse s'élevait. Eveillé en sursaut, Louis essaya de se lever, mais deux poignes solides le maintinrent cloué au sol. Il se débattit furieusement, criant comme un possédé, appelant tour à tour Robert, ses comtes, ses barons, injuriant et menaçant. Puis il se tut, écrasé par le sentiment de son impuissance et l'incoercible lassitude qui alourdissait ses épaules.

Des paroles apaisantes résonnèrent à ses oreilles. Une main toucha son front, puis il sentit un linge humide courir sur son visage. Alors quelque chose éclata en lui et il se mit à pleurer.

Le printemps de Vézelay

Le jongleur fit sauter le marc d'argent qui brilla comme un petit soleil, le rattrapa au creux de sa paume avant de le faire glisser d'un geste rapide dans sa ceinture.

— Vous me demandez pour qui je chante ? Pour ceux qui espèrent en des amours impossibles. Pour vous peut-être, madame. Pour moi sûrement.

Aliénor fit effort pour garder son sérieux, avant d'interroger :

— En quel amour impossible espères-tu ?

Il fronça le sourcil, eut un imperceptible haussement d'épaules.

— Ne m'avez-vous pas entendu tout à l'heure ?

Quand les jours allongent en mai
J'aime le doux chant des oiseaux
Et quand je cesse de l'entendre
Je revis un amour lointain...

— C'est très beau. Mais cela ne me dit pas le nom de celle pour qui tu as composé cette chanson.

— Sachez seulement que c'est une dame de haut rang et qu'elle demeure sur la terre syrienne. Elle possède un immense palais. Quand elle regarde le nord, elle voit la mer ; quand elle regarde le sud, elle voit une ville toute blanche et les sables du désert. Les galères de France accostent à ses quais. Elle attend les messages que je lui envoie quand cela m'est possible...

— Et elle y répond ?

Le jongleur rougit, se mordit les lèvres.

— Jamais.

— Où l'as-tu rencontrée ?

— Chaque nuit, à l'heure du sommeil, j'ai rendez-vous avec elle. Le jour, je la sens encore près de moi. Elle ne me quitte pour ainsi dire jamais. En ce moment où je vous parle, elle est là, près de vous, elle m'écoute, et elle sourit.

Pernelle étouffa un rire derrière sa main. La reine, elle, ne riait pas.

— Comment est-elle ? Peux-tu me la décrire ?

Le jongleur posa une main à plat sur sa poitrine et dit à voix basse, en descendant une marche de l'église :

— J'ai là son portrait que j'ai peint moi-même.

Quelques écoliers qui assistaient à l'entretien se mirent à brocarder sans pitié le pauvre garçon qui ne parut pas les entendre.

— Le portrait ! Le portrait !

— Ohé ! jongleur, montre-la donc, cette face de Carême !

— Hou ! l'horreur !

Le jongleur tira de dessous sa chape de bure bleue un rouleau de parchemin qu'il déplia précautionneusement avant de le présenter à la reine. Aliénor faillit crier d'indignation. Ce garçon se moquait d'elle, ou il était vraiment fou. Le « portrait » n'était qu'un ignoble bariolage où se dégageaient vaguement des traits qui paraissaient figurer un mufle de tarasque. Quelques vers d'une chanson en langue d'oc étaient barbouillés au bas du parchemin. Le garçon guettait avec une visible inquiétude la réaction de la reine. Autour d'eux fusaient des rires auxquels il paraissait insensible. Il tournait entre ses doigts fébriles l'onglet de corne de la cithare qu'il portait en bandoulière dans son dos. Un gros annel d'or brillait à sa dextre, et, sur la boucle de sa ceinture figurait une couronne vicomtale.

La reine demanda :

— Ce portrait est-il ressemblant ?

Il répondit avec le plus grand sérieux :

— Je le crois. Mais comment en jugerais-je, puisque le modèle m'est inconnu ?

— Tu te moques de moi ?

Il croisa les mains sur sa poitrine et s'inclina d'un air contrit.

— Comment oserais-je, madame ? J'ai composé ce portrait jour après jour, le détruisant cent fois pour cent fois le recommencer. Chaque pèlerin retour d'Orient qui a connu ma dame m'en a fait une description différente. Un jour elle était blonde, l'autre châtain. Ses yeux étaient tantôt gris, tantôt violets. Elle avait le nez bref, puis long et noble. Elle est si parfaite en sa beauté que ceux qui l'approchent en sont éblouis et ont de la peine à se rappeler sa véritable apparence. Il y a dans ce portrait mille femmes en une seule. Il y a les mille regards qui l'ont admirée. Il y a les printemps d'Orient que je ne connaîtrai point, la mer couverte de nefs et de mouettes. Il y a le lys de la Vierge et le cœur saignant de Jésus. Il y a le chant du rossignol solitaire et les larmes de ceux qui n'espèrent plus...

Les écoliers poussèrent des cris stridents :

— En prison, le fol !

— Hou ! Hou ! A la Seine !

La reine leur imposa silence.

— Fais-le donc venir au palais, dit Pernelle. Il nous divertira.

— Comment te nommes-tu ? demanda la reine.

— Jaufré Rudel, madame. Comte de Blaye près Bordeaux.

Il monta quelques marches à reculons, ramena sa cithare devant lui d'un mouvement d'épaules.

Jaufré était laid, mais d'une laideur émouvante. Un large front fuyant et dégarni, des cheveux raides et jaunes comme un vieux chaume, un visage osseux et un cou extraordinairement maigre où bougeait sans arrêt un noyau de pêche. Une verrue déparait son œil droit d'une larme de chair. Il avait la prunelle triste mais le regard profond. Quand il chantait, on entendait passer dans sa voix des souffles d'orgue. Debout sous le tympan où le soleil de septembre faisait jaillir des fresques d'anges jouant du psaltérion autour des tombes entrouvertes du Jugement, il paraissait transfiguré. Son visage, qui avait pris durant quelques instants une dureté de métal, parut soudain s'animer. Il s'assit, posa sa cithare sur son genou et regarda la reine en souriant.

— Madame, je vais jouer pour vous et pour vous seule.

Il joua, dans un silence que les écoliers eux-mêmes n'osaient troubler, un air très doux et très triste. Aliénor devina sans peine ce qu'évoquait cette musique. Jaufré avait pris pour thème un vieil air d'Aquitaine. Quand il s'en évadait pour une improvisation, c'était comme un rideau qui s'ouvrait sur un paysage de vignes où pesait la chaleur de juillet, de marais où couraient les chevaux sauvages du vent de mer.

— Jaufré, dit la reine, tu te présenteras demain au palais.

*
* *

Un soir d'octobre, à quelques semaines de l'expédition champenoise, Aliénor s'apprêtait pour sa toilette et dénouait ses cheveux. La servante venait de déposer dans le grand lit deux pierres chaudes enrobées d'étoffe, une à droite, l'autre à gauche, car les soirées se faisaient fraîches. La reine, qui chantonnait à sa coiffeuse, n'entendit pas entrer le roi. Elle perçut seulement un souffle rauque et vit un visage blafard s'encadrer dans le miroir. Elle ouvrit la bouche pour crier, mais se retint en reconnaissant son époux.

— Vous m'avez fait peur, messire. Vous ne tenez donc pas conseil, ce soir, comme prévu ?

Elle posa son miroir sur la table et se retourna avec un geste vif de la tête pour rejeter ses cheveux dans son dos. Louis porta la main à ses yeux et recula en chancelant.

— Louis ! Etes-vous malade ? Est-ce la coupe de vin que vous avez bue ce soir ?

— Pardonnez-moi, dit le roi.

Il se laissa tomber dans un fauteuil, la tête inclinée sur l'épaule. Aliénor prit le chandelier, s'approcha de son époux. Avec son teint pâle, ses traits crispés, il paraissait sortir d'un cauchemar. De grosses gouttes de sueur coulaient sur son visage pétri dans la pâte molle de l'angoisse, sillonnaient ses joues creuses.

— Allez-vous m'expliquer ? dit la reine.

Il n'osait pas la regarder. Il ne le pouvait point. Ces longs cheveux d'un blond roux qui entouraient le visage d'Aliénor d'un nuage de feu, ces larges yeux verts où dansait une lumière étrange, cette fossette volontaire entre les sourcils, ce nez bref dont les narines, au moindre mouvement d'humeur, rosissaient comme un coquillage, il ne pouvait en supporter la vue. Il ferma les yeux et tenta de retrouver une Aliénor dépourvue de cette ensorcelante beauté. Il s'acharnait sur son image, la lacérait, mais elle demeurait semblable à ce qu'elle était ce soir et il retrouvait, au fond de sa gorge, le goût de fer froid de son désir. Il se souvenait de cette brûlure qu'il avait éprouvée, sous les lilas de l'Ombrière lorsqu'il lui avait pris la main. Il n'y avait guère prêté attention alors. Aujourd'hui, il savait. Cette fille du feu, cette descendante d'une race de mécréants, portait en elle les marques évidentes de la sorcellerie. Pourquoi chercher ailleurs la raison de l'étroite sujétion dans laquelle cette femme le tenait ? Toutes ses décisions, tous ses actes de ces dernières années, c'est elle qui les lui avait inspirés, qui les lui avait dictés, et il n'avait guère à se louer de leurs résultats. Si les grands vassaux se rendaient de moins en moins à Paris, si le roi était la risée, depuis Toulouse, des barons du Midi, si le pape le tenait enfermé dans le cercle impitoyable de son interdit et laissait planer sur lui la menace de l'excommunication, c'est Aliénor qui en était responsable. Il avait confusément deviné cela à travers la vitre opaque que son amour interposait entre le monde et lui, le jour où il avait vu l'église de Vitry s'abîmer dans les flammes avec les quinze cents malheureux qui y avaient cherché refuge. C'était devenu une évidence depuis ce matin où il avait écouté, dans la basilique de Saint-Denis, le sermon d'un cistercien envoyé par Bernard de Clairvaux ; le moine avait fustigé les « créatures de Satan qui, sous le couvert de la jeunesse, de la beauté, s'attachent à pervertir le cœur des humains et à les inciter au crime ». L'allusion était claire.

Le roi sursauta au contact d'une main qui lui touchait l'épaule. Il eut l'impression d'avoir grimacé et dit des paroles incohérentes. Aliénor se penchait sur lui. Une mèche de cheveux lui touchait le dos de la main.

— Buvez ceci. Enfant que vous êtes, ignorez-vous que le vin ne vous réussit pas ?

Il se mit à trembler, comme saisi d'un accès de fièvre. Soudain, d'un revers de main, il envoya rouler à terre le gobelet d'argent que lui tendait la reine. Une odeur de mélisse monta du tapis. Louis se leva, hors de lui, partagé entre la crainte d'effleurer Aliénor et le besoin brutal de la frapper.

— Sorcière ! Que contenait cette tasse ? De quel nouveau philtre as-tu décidé de m'abreuver ? Crois-tu que je puisse indéfiniment demeurer dupe de tes machinations ? Démon ! Succube !

Aliénor venait à son tour de se laisser tomber dans le fauteuil que Louis avait quitté. Il tournait autour d'elle, à distance respectueuse, s'arrêtant pour lui aboyer des injures dans la nuque. Cette danse de haine se poursuivit tant qu'Aliénor garda le visage dissimulé derrière ses mains. Quand elle le découvrit, quand il le vit ruisselant de larmes, la bouche frémissante d'émoi plus que d'indignation, il s'arrêta et se mit à la considérer curieusement. Elle dit, d'une voix où perçait une grande lassitude :

— Qui vous a mis ces idées en tête ? Êtes-vous devenu fou, soudain ? Je reconnais là l'inspiration de ceux qui s'obstinent à nous désunir, à détruire l'union de Pernelle et de Raoul. J'imaginais bien qu'ils feraient tout pour y parvenir, mais je me refusais à croire que vous pousseriez la crédulité jusqu'à vous dresser contre moi.

Louis eut un geste de désespoir.

— Tout ce que j'ai entrepris depuis que je suis roi, tout, oui, tout a échoué !

— Allez-vous m'en rendre responsable ? Vous avez agi en toutes choses de votre plein gré. Si je vous ai incité à tenir tête à l'Église, c'est que l'arrogance de ses représentants, leurs exigences, m'ont paru dangereuses. Si votre résistance a en partie échoué, c'est la faute de votre faiblesse. Vous ne faites preuve d'autorité qu'en face des faibles. Souvenez-vous de ces petits barons rebelles auxquels vous avez mené la vie dure jadis, en Aquitaine. Vos adversaires d'aujourd'hui iront jusqu'au bout, quitte à vous briser.

— J'ai abattu Thibaut.

— Vous l'avez vaincu grâce à votre frère Robert. Lui, au moins, ne remet pas chaque matin en question la légitimité de sa cause. Qui donc, sinon lui, est venu à bout de Château-Thierry, de Reims, de Vitry ?

— Non ! Ne me parlez pas de Vitry. C'est pour moi une honte dont je ne pourrai jamais me laver.

— Eh ! vous n'y êtes pour rien...

— Vous me reprochiez à l'instant ma faiblesse... Si j'avais tenu ma place, ce crime ne se serait pas produit. Et dire que l'on a appelé cela une victoire...

Louis se laissa tomber aux pieds de la reine et abandonna sa tête sur ses genoux. A travers l'étoffe, Aliénor sentait la chaleur de sa joue fiévreuse. Elle promena sa main dans la chevelure blonde et frisée.

— Il faut oublier cette campagne malheureuse, messire. Votre repos, la sérénité de votre âme sont à ce prix.

— A vous, je puis bien l'avouer, je ne dors plus depuis mon retour à Paris. Si d'aventure le sommeil m'effleure, je m'éveille en sursaut et le même cauchemar s'empare de moi : je vois des flammes et je ne puis rien pour les éteindre. Alors, je m'éveille et j'attends l'aube en priant.

— Vous avez dû beaucoup souffrir.

— Je souffre beaucoup. Vous seule pouvez m'aider, Aliénor.

— Je le voudrais, messire. Mais l'accepteriez-vous ?

*
* *

Jaufré Rudel avait sauvé de la longue faillite qu'avait été son existence, ce bien inaliénable dont il se prévalait à l'égal d'un second titre de noblesse : l'espoir. L'espoir était sa raison de vivre. Jaufré était, sous les apparences les plus humbles, mille fois plus heureux que ces barons du Nord ou de l'Aquitaine, visages rouges et carrures athlétiques, que l'on croisait dans les couloirs. Il était mille fois plus beau, malgré sa disgrâce physique, que les jeunes écuyers pommadés portant aiguillettes d'or et rubans de soie, qui, dans les assemblées, ne quittaient pas la reine des yeux dans l'espoir qu'elle les remarquerait. Aliénor reprochait parfois à Jaufré son manque de coquetterie dans une cour où chacun s'attachait à briller. Il répondait : « Je suis larve et larve je demeurerai tant que le printemps ne sera pas venu me délivrer. » Aliénor n'insistait pas. Ce printemps, il était clair qu'il naîtrait du regard de cette princesse lointaine dont rêvait le troubadour. La reine le laissait promener sa vieille robe de bure, ses souliers rafistolés de corde, son vieux calot d'un vert délavé. Comment aurait-elle pu lui tenir rigueur de ces détails futiles ? Elle l'avait pris en amitié dès le premier jour et Jaufré ne l'avait pas déçue. Dans le chatoiement factice de la cour, il apportait la lumière blanche de la vraie joie ; dans la tristesse et l'inquiétude qui envahissaient la reine, il faisait ruisseler la source intarissable de l'espoir.

Parfois, elle le mettait à l'épreuve.

— Jaufré, tu ne crois pas à ta princesse lointaine, pas plus que je n'y crois moi-même. C'est une fable que tu inventes et à laquelle tu fais semblant de croire. Cela n'a pas de sens ! Une femme que tu n'as jamais vue, qui ne te connaît pas, dont l'existence même n'est pas prouvée...

Il la considérait de son gros regard étonné.

— Madame, je n'ai jamais vu la Vierge et elle ne m'a jamais vu. Et pourtant, pouvez-vous nier qu'elle existe ?

— Nul ne songe à nier son existence, Jaufré. Mais ta dame, tu es seul à y croire !

— D'autres l'ont vue. Si vous connaissiez son nom, vous sauriez qu'elle a autant de réalité que vous et moi. Est-il besoin, pour se persuader que l'on aime, de toucher l'objet de son amour ? Les yeux de l'âme ne sont-ils pas aussi fidèles que ceux du corps ?

Un jour, il lui avoua :

— Si j'apprenais un jour que ma dame est morte, je n'en continuerais pas moins à l'aimer et à l'attendre. La vie n'est qu'une étape. Un jour ou l'autre, ici ou ailleurs, nous nous retrouverons.

Courant juin, ils furent ensemble, accompagnés de quelques dames, à la chasse au renard dans la forêt de Lions, non loin de l'abbaye de Saint-Denis. Aliénor, prétextant la fatigue, arrêta sa jument près d'une source, à l'orée d'une sommière et alla s'allonger dans les fougères. De la petite butte de noisetiers où elle se trouvait, on pouvait distinguer, dans la plaine où pesait le lourd silence de la matinée, le clocher massif de l'abbatiale et, plus loin, dans l'épaisse verdure, un castelet crépi à blanc. La forêt sentait la mousse fraîche. Dans la sommière, le soleil creusait un puits de feu.

Aliénor demeura un moment silencieuse, les mains croisées sous la nuque. Elle rêvait d'une autre forêt, des chaudes pinèdes de Guyenne, d'un homme à barbe brune, haut et carré comme un dieu païen, dont elle aimait les paumes brûlantes, l'odeur de cheval et de cuir neuf. Elle murmura d'une voix rauque et lointaine qui ne lui appartenait plus :

— Jaufré, approche-toi et parle-moi de ta princesse inconnue.

Il ne se fit pas prier. Tout en parlant, il faisait tourner entre ses doigts une plume de geai rose et bleue, irisée de lumière, qu'il avait cueillie sur une feuille. Aliénor l'interrompit soudain.

— Jaufré, je t'ai caché un grand secret. Nous sommes fous, l'un comme l'autre. J'aime un prince qui, lui aussi, habite très loin, dans les domaines d'outre-mer. As-tu entendu parler de Raymond de Poitiers, le frère de mon père ?

— Je me souviens l'avoir vu lors de votre repas de fiançailles, au donjon de l'Ombrière. Un bel homme, bien fait et courtois. Vous ne voulez pas dire, madame, que Raymond...

La reine poussa un soupir profond. L'ouverture de son corsage souffla une riche odeur. Elle hocha la tête.

— Si, Jaufré.

— J'ai entendu dire qu'il avait épousé la fille de Bohémond d'Antioche : Constance, et qu'il avait hérité de la principauté. Raymond doit être, à l'heure qu'il est, le prince le plus fastueux de tout l'Orient chrétien...

— Je sais tout cela, mais je ne puis me déprendre et je sais qu'il en est de même pour lui.

— Vous êtes donc demeurés en relation ?

— Comment sais-tu que ta princesse t'attend ? Te l'a-t-elle écrit ?

Jaufré sourit, ébouriffa sa plume de geai.

— C'est vrai. Il est des rêves qui valent toutes les certitudes.

— Pour moi, ce n'est pas un rêve. Nous avons mis tant de force à nous aimer qu'il n'est pas possible qu'il n'en reste rien. Chaque souvenir qui me remonte à l'âme a force de vie. Je garde dans un coffret un gros anneau orné d'un chaton d'émail où figure le protrait de Raymond. Et ce portrait est comme une graine : il attendra dans la nuit le temps qu'il faudra, puis un jour, Jaufré, un jour...

Une onde de vent brassa les hautes ramures et se tapit dans l'espace libre de la forêt comme au creux d'un nid. Une minuscule chenille était tombée sur la main de Jaufré. Il crut tout d'abord à un petit fruit vert. Mais la chenille se mit à danser une sorte de ballet. Jaufré la chassa de l'ongle. Il murmura gravement :

— Oui, un jour vous retrouverez Raymond et vous aurez l'impression de sortir d'une longue nuit. J'ai vécu mille fois l'instant où je me trouverai en face de ma princesse, et cette seule pensée suffirait à me donner le courage de supporter son absence. Me croirez-vous si je vous dis que je lui parle, n'importe où, à n'importe quel moment ?

La reine éclata de rire.

— Si je te crois, Jaufré ! Mais le jour de l'octave de saint Denis, souviens-toi, tu t'es mis à parler seul, durant le repas du soir, au bout de la table, et tout le monde s'est tu pour t'écouter. On a pensé que tu avais trop bu, et le roi t'a interrompu pour te prier de te retirer.

Jaufré rougit et baissa la tête.

— Je me souviens. Qu'ai-je bien pu dire ?

— Entre autres choses, tu priais une certaine Hodierne, princesse de Tripoli, d'accepter je ne sais quel présent que tu prétendais indigne d'elle. Si tu avais pu voir ta tête, mon pauvre Jaufré !

— Si j'ai parlé d'Hodierne, j'ai trahi mon plus cher secret.

Aliénor posa la main sur celle du troubadour.

— J'ai prétendu que tu parlais d'une femme qui n'était en rien ta princesse lointaine dont je suis seule à connaître le nom, et qui est morte. On a cru mon histoire. Je suis encore la seule à savoir ton secret. Mais veille à ne plus t'endormir à table...

Aliénor se renversa sur l'herbe. Elle se sentait tout à coup étonnamment légère, comme délivrée d'une présence qui l'indisposait. A travers les feuillages des noisetiers, elle voyait des nuages traverser le ciel de juin profond comme la mer. La terre parut tanguer lourdement sous elle, tandis que la source léchait à petits bruits de lèvres la coque du navire. Elle ferma les yeux. Un soupir grelotta au fond de sa gorge.

— Je reverrai Raymond. Tu verras Hodierne de Tripoli. L'espoir est plus fort que tout.

Il y eut dans le lointain un son de trompe, un bruit de branches brisées, les abois d'une meute sur la piste du renard.

— La guerre s'est rallumée en Orient, Jaufré. Les Turcs ont pris Edesse. A l'heure présente, ils doivent assiéger Antioche. Raymond est en danger, je le devine, je le sens. Si nous n'allons pas à son secours, il est perdu.

Jaufré reprit avec une animation singulière :

— Oui, il est perdu. Il faut partir, madame. Partir dans un mois, dans une semaine. Demain !

Aliénor sourit.

— Comme tu y vas ! Nous partirons sûrement, mais pas avant des mois, peut-être des années.

Le tumulte de la chasse se rapprochait. L'appel d'une dame qui devait être Pernelle ricocha jusqu'à eux. Aliénor s'approcha sur ses coudes plus près encore de Jaufré.

— Cette offensive des Turcs est bien faite pour servir nos intérêts. Après le massacre de Vitry, le roi en est à un point où il partirait vêtu de bure et pieds nus pour Jérusalem. Il ne voit partout que flammes et passe des heures à demander pardon à la Vierge de ses crimes. Bernard de Clairvaux ne s'y est pas trompé. Cette attitude lui est apparue comme le prélude d'une volonté d'abandon et d'humilité. Il a envoyé à Paris quelques moines qui tournent dans le palais, flairant le vent. L'un d'eux, l'autre dimanche, en chaire, à Notre-Dame de la Cité, a lancé l'idée d'une croisade. Juste un mot glissé dans le sermon, mais le roi a tendu l'oreille et j'ai bien senti que cette graine allait germer dans son esprit. Il ne m'en a pas reparlé depuis, mais je l'ai trouvé l'autre jour penché avec Raoul et Constantin sur une carte de l'Orient.

— La croisade... Est-ce possible ?

Jaufré souffla la plume qu'il tenait depuis un moment. Son regard la suivit dans la profondeur des feuilles. Un geai s'échappa d'un buisson d'églantiers, gagna les hautes ramures. Jaufré ne vit qu'un éclair bleu.

Ils détachèrent leurs chevaux et partirent à travers la forêt à la recherche de la chasse. Jaufré paraissait surexcité. Il lançait par à-coups sa monture, puis rendait la main sans raison. Il chantait :

Amour de la terre lointaine
Mon cœur dolent est plein de vous
Je n'y trouverai point remède
Si je n'écoute votre appel...

Aliénor l'attendait :

— Çà ! Il fait bon vivre, Jaufré.

— Il fait bon vivre et chanter, madame, et l'amour vaut bien une croisade.

Ils riaient ensemble, faisaient des gestes désordonnés, reprenaient en chœur la chanson de Jauré. La futaie ouvrait devant eux ses profondeurs glauques. Au loin, dans une trouée, le castelet voisin de Saint-Denis se détachait sur un ciel couleur d'orage.

*
* *

La salle était basse et fraîche, pleine d'une odeur de lilas qui pénétrait par la croisée large ouverte avec la lumière éclatante de mai. Des ombres de feuilles jouaient comme des mains sur le dallage vernissé par le cuir des sandales de moines.

Louis et Aliénor s'avancèrent à pas lents. Le frère portier s'inclina avant de s'effacer. Ils étaient l'un et l'autre à tel point intimidés qu'il leur prenait envie de se tenir par la main comme des enfants.

Bernard de Clairvaux les regardait s'approcher du fond de la salle. Il était assis dans un fauteuil d'osier, les jambes étendues dans le soleil, les pieds reposant sur un coussinet de velours. Suger désigna deux fauteuils. Bernard souriait en tournant entre ses doigts les grains d'un lourd chapelet d'ambre orné d'une croix qui sautait sur ses genoux comme un insecte à carapace brillante.

— Pardonnez à votre indigne serviteur de demeurer assis, dit-il. Mes jambes ne peuvent plus me soutenir.

Suger, qui s'était absenté, revint précédant un moine porteur d'un cruchon et de verrerie fine.

— Du vin blanc de nos vignes. Il est frais à point.

Il s'assit en face d'Aliénor qui se demandait lequel, de Bernard ou de Suger, elle détestait le plus. A la puissance brutale, souvent immodérée, de Bernard, s'opposait la finesse insidieuse, la cautèle redoutable de l'abbé de Saint-Denis. La verve brouillonne du premier complétait à merveille la souplesse du second. Entre ces deux piliers de l'Eglise, le vaisseau de l'Etat avait maintes fois tangué lourdement.

Aliénor demeurait de glace. Elle trempa ses lèvres dans le vin qui lui parut excessivement sucré. Louis commençait à se dérider. Depuis la mort du pape Innocent, depuis que Thibaut avait signé le traité de Vitry, il paraissait offrir plus de prise aux volontés de Bernard. La massacre de Vitry n'y était pas pour rien. Aliénor le devinait mûr pour tous les renoncements, pour toutes les lâchetés. Qu'allait-on exiger de lui ? Pourquoi Bernard les avait-il convoqués ensemble ?

Le saint avait posé son chapelet sur la table, mais ses mains fines et agiles ne cessaient de bouger au creux de sa robe comme s'il égrenait du maïs. Aliénor le sentait partagé entre le souci de ne pas déplaire aux souverains et celui de mener jusqu'au bout sa mission.

Il parla du nouveau pape qu'il avait rencontré à Rome et, brusquement, comme s'il jugeait qu'il avait assez tergiversé, il fit claquer ses mains sèches sur les accoudoirs et dit à brûle-pourpoint :

— Vous ne sauriez mieux faire, sire, en guise de bienvenue, que de lui promettre la séparation de Raoul de Vermandois et de Pernelle d'Aquitaine. Une levée d'interdit de toutes les terres du royaume suivrait, et l'excommunication serait annulée de même.

Aliénor sentit peser sur elle le regard de feu de Bernard. C'était donc à cela qu'il voulait en venir après ces préludes faits de compliments sucrés, de sourires mielleux, de circonlocutions habiles ! Comme elle avait eu raison de se défier de ces deux personnages qui s'arrogeaient le droit de gouverner les cœurs ! Aliénor devina qu'elle aurait à lutter seule. Le bonheur de Pernelle lui tenait au cœur. Elle aimait cet amour au nom de tout ce dont elle-même avait dû faire abandon, et elle le défendrait comme son bien propre.

Suger intervint à son tour.

— Madame, vous savez les divergences qui m'opposent à Bernard de Clairvaux. Vous reconnaîtrez que, durant des années, alors qu'il avait pris parti pour Thibaut, je n'ai cessé de vous soutenir. Aujourd'hui que la concorde règne entre France et Champagne, il serait regrettable de laisser subsister cette menace de discordes.

— Que puis-je vous promettre ? répondit Aliénor. Il est des problèmes que tous les arrêts, toutes les bulles ne sauraient résoudre. Raoul et Pernelle refusent plus que jamais de se séparer. Je ne puis, pour ma part, imaginer Pernelle sans Raoul, pas plus que je ne puis concevoir un rapprochement entre Raoul et Gerberte.

Bernard l'interrompit sèchement.

— Je suis sûr des sentiments de Gerberte. Elle n'a pas cessé de souhaiter le retour de son époux.

— L'esprit de vengeance, la cupidité l'animent seuls. Gerberte a l'âme plus sèche qu'un bois mort. Elle n'est pas pour rien la nièce de Thibaut !

— Madame !

Ils s'étaient récriés tous trois ensemble, comme si la reine venait de blasphémer la Sainte Trinité. Louis dit d'une voix incertaine :

— Madame, ce ne sont point des paroles honnêtes !

Aliénor n'avait pas fini de l'étonner. Il considérait avec une impression d'égarement cette créature mince et d'apparence fragile, ce visage aigu et décidé, comme s'il la voyait pour la première fois. Deux nattes sages coulaient du voile de lin vert, et il lui semblait qu'elles allaient soudain se transformer en serpents de feu. Il se rappelait ce soir où il l'avait injuriée, la rendant responsable des malheurs du royaume. Aliénor n'était jamais telle qu'il attendait qu'elle fût : jamais tout à fait femme, jamais tout à fait serpent.

Il y eut un silence épais. Suger arpentait la salle, les mains dans le dos, une gibosité de soucis arrondissant ses épaules. Bernard parla le premier.

— Cessons de nous quereller. Nous n'avons rien à y gagner. Ce que nous attendons de vous, ce n'est pas que vous obligiez Raoul et Pernelle à se séparer mais que vous cessiez de les soutenir et de vous opposer de force à l'exercice de l'interdit et de l'excommunication.

Suger renchérit.

— Laissez Raoul et Pernelle porter seuls le poids de leur péché. Après tout, cette affaire ne vous concerne pas directement.

Aliénor laissa s'écouler le flot et passa une main sur ses yeux. On entendait le sifflement d'un merle dans les lilas du courtil. Suger reprit.

— Sire, dites quelque chose. La paix dépend de votre réponse et de celle de votre épouse.

Louis soupira et dit doucement :

— Aliénor, il nous faut céder sur ce point.

La reine se crispa. La lâcheté de son époux lui apparaissait monstrueusement évidente. Elle eût pu lui pardonner d'adopter une attitude contraire à la sienne ; mais cette instabilité lui paraissait incompatible avec la puissance de la race dont Louis était issu.

Il n'était qu'une supplique tendue vers elle. Elle le retrouvait tout entier dans ce regard veule collé à ses lèvres. Il pesait sur elle d'un poids mort, comme pour étouffer un refus éventuel. Les trois hommes attendaient sa réponse comme un décret du ciel ; elle pouvait, à sa convenance, affronter la chrétienté, faire qu'en ce siècle où les schismes naissaient sur le vieux tronc de l'Eglise comme une lèpre fongueuse, la couronne de France révoquât en doute l'omniscience pontificale. Le jeu était passionnant mais il menaçait de devenir dangereux. De plus, cette lutte l'exténuait : il lui manquait un partenaire à sa taille. Elle accepterait, oui, elle se rendrait mais, auparavant, elle se donna l'amer plaisir d'écouter Bernard développer, visiblement sans espoir d'aboutir, les conséquences d'un refus et les menaces qu'il ferait peser sur le royaume. Aliénor leva la main pour l'interrompre.

— Nous acceptons, mon Père. Croyez bien, cependant, que les menaces que vous venez de proférer ne sont pour rien dans notre détermination.

Le roi répéta :

— Nous acceptons.

— Je prierai pour vous de toute mon âme, dit Bernard. S'il est un souhait pour lequel je puisse modestement intercéder auprès du Ciel, vous n'avez qu'à le formuler.

— Un souhait ! dit le roi. Certes. Priez, je vous en conjure, la Bonne Dame de nous donner un rejeton mâle.

*
* *

— Ai-je eu tort de céder, Jaufré ? demanda Aliénor.

— Raoul et Pernelle ne pourront rien vous reprocher. Vous les avez défendus de tout votre pouvoir.

— Et je continuerai. D'ici quelques mois, ils partiront pour le château de Belin où ils demeureront tant que Bernard et le pape persisteront dans leur volonté.

La soirée était chaude. Un parfum d'herbe venait de l'île Notre-Dame où flottaient encore les étendards d'une récente fête champêtre, par-dessus la croûte verdâtre des masures où vivait un peuple de pêcheurs et de passeurs d'eau. Au-delà, sur l'étendue du fleuve où tournoyaient quelques mouettes, les marais de Saint-Paul exhalaient une brume étouffante. Ils traversèrent le Grand Pont surchargé de boutiques minuscules.

Parvenus tout au bout, ils tournèrent dans la direction du quartier de la Grève.

Le petit port manifestait une animation intense. Entre les flotilles des barques de passeurs qui allaient et venaient entre la place de Grève et les débarcadères de la cité, des hommes, des femmes se baignaient nus avec une sereine impudeur, se livraient dans le cours du fleuve à mille facéties qui amusaient beaucoup les familles de marchands assemblées aux fenêtres. Egalement nus, des gosses se pourchassaient, roulaient en grappes sur le pavé gras et se jetaient à l'eau comme des grenouilles. Une puissante péniche descendit le fleuve, un homme agrippé au gouvernail, une femme à l'avant, poussant des cris de bœuf égorgé pour prévenir les passeurs. Vers le sud, une haute galée anglaise repliait sa voile rouge à croix jaune.

— Avez-vous parlé de la croisade, madame ? demanda Jaufré.

— Nous en avons parlé. L'idée a séduit Bernard, mais Suger s'est montré réticent, sous prétexte qu'il est ennemi de la violence, en réalité parce qu'il craint pour le trésor de Saint-Denis et les finances du royaume.

La péniche passée, de fortes vagues battirent le quai, firent danser la flotille de barques. Un gamin faillit se noyer. On le ramena par les cheveux.

— Quand aura lieu le départ ? insista Jaufré.

— Il faudra attendre des mois. Peut-être des années. Vers Noël, Louis convoquera le ban et l'arrière-ban de ses vassaux. Puis il faudra envoyer des ambassadeurs au-delà des frontières. Bernard est persuadé que l'empereur d'Allemagne, Conrad, ne pourra faire moins que de participer en personne à l'expédition.

— Tolérera-t-on votre présence ?

— Je l'espère bien ! Je compte même emmener avec moi les dames d'Aquitaine et de France.

— Oui, c'est cela ! Il faut que nous parvenions sous Byzance non caparaçonnés de mailles comme des bêtes d'enfer, mais drapés de riches étoffes et en musique. Imaginez l'étonnement de Raymond d'Antioche et du Basileus Manuel en voyant arriver sous leurs murs cette joyeuse compagnie ! Quant aux Turcs et aux

Arabes, j'irai en personne devant leurs repaires, comme Orphée, les charmer d'un air de cithare et, par Dieu ! tous les ponts se baisseront d'eux-mêmes et je vous conduirai ces païens comme un troupeau de moutons !

Aliénor rit de bon cœur et prit familièrement le bras de Jaufré.

— Sais-tu à quoi je pense ? Tu devrais composer pour cette croisade une chanson qui nous ferait trouver les étapes moins longues sur les routes de Hongrie.

— C'est comme si elle était composée. Je puis même vous la chanter sur-le-champ.

Il s'écarta, les bras tendus, le visage levé vers le ciel. Pris d'une soudaine inspiration, il courut jusqu'à la fontaine publique, sauta sur la margelle. Aussitôt, les gosses qui jouaient alentour, quelques cagots qui claudiquaient dans la poussière, des marchands qui respiraient au bras de leur épouse la première fraîcheur du crépuscule, s'attroupèrent autour de lui.

Les bras écartés, Jaufré semblait vouloir prendre son vol. Il demeura un moment immobile, les yeux clos, le menton animé de brèves contractions. Le jeu n'eût pas déplu à la reine, mais elle jugea que le lieu était mal choisi. Elle haussa les épaules, murmura : « Grand fou ! » et s'éloigna en écartant la foule d'où fusaient des quolibets et des trognons de choux. Comme elle parvenait au fond de la place, elle entendit la voix puissante de Jaufré dominant le tumulte.

— Ecoutez ! gens de la Grève, de la Tannerie et d'ailleurs, le chant d'amour et de guerre de la croisade que notre reine et notre roi vont conduire en Terre sainte !

Cent mille et plus s'en sont allés
Gens de France et gens d'Allemagne...

L'irritation et le plaisir se disputaient dans l'esprit d'Aliénor. Elle grinçait des dents et riait à la fois. C'était bien de Jaufré ! Il paraissait calme, raisonnable, et soudain, il s'abandonnait à d'étranges folies. La voix puissante se tut. La foule protesta.

— Encore ! Une autre chanson !

Jaufré ne se fit pas prier.

Dès le troisième dimanche de l'Avent, les seigneurs de France et d'Aquitaine commencèrent à affluer dans Bourges. Louis avait décidé d'attendre Noël pour annoncer à ses vassaux son intention de prendre la croix.

Il y eut une période de beau temps clair, étonnamment doux. On vit, dans les jardins de l'évêché, fleurir quelques roses que l'archevêque Pierre de la Châtre fit porter solennellement sur l'autel de la Vierge.

Louis ne quittait plus le château du comte. Il avait assez à faire à recevoir ses vassaux. Thibaut de Champagne vint le premier ; il avait beaucoup vieilli ; son visage s'était ridé comme une pomme d'hiver ; ses cheveux avaient blanchi et sa barbe, qu'il se refusait à couper, lui descendait à la ceinture. Alphonse Jourdain vint à son tour ; celui-là était demeuré très jeune, le poil noir, l'œil brillant malgré la cinquantaine passée ; il présenta au roi son fils, Raymond, un garçon de douze ans, timide et un peu frêle mais beau comme une fille. Suivirent de peu Geoffroy d'Anjou, duc de Bretagne et de Normandie, qui portait un brin de genêt brodé sur le feutre de son bonnet ; c'était un homme haut et rouge, à la mâchoire puissante, au regard fixe ; il était accompagné de son fils aîné, Henri, un robuste garçon de teize ans, hardi en diable et aussi rouge de visage que son père.

Aucun des grands et des petits barons qui se retrouvèrent à Bourges n'eût pu dire avec certitude pourquoi il se trouvait là au lieu de chasser le sanglier et le loup dans ses terres.

Bernard avait prévenu le roi qu'il ne pourrait assister à cette assemblée. Inquiet tout d'abord sur l'issue de son entreprise, Louis avait retrouvé sa confiance quand sonnèrent les cloches de Noël. Lorsqu'il entra dans la grande salle du palais, en face de tous ses feudataires, vêtu, sous le peliçon d'hermine, d'une robe violette agrémentée de passementeries d'orfroi, la taille prise dans une large ceinture d'or semée de pierres de toutes tailles et de toutes couleurs, et que l'assemblée, debout, le vit s'avancer dans le soleil qui inondait les dalles, un murmure d'émerveillement s'éleva. En guise de sceptre, il portait une fleur de lys en argent niellé et ivoire, dont il avait fait l'emblème de la royauté.

La première nouvelle qu'il annonça — il comptait sur elle pour affermir son assurance — causa une sensation profonde : la reine attendait un enfant. Tous les regards convergèrent vers Aliénor. Elle écouta, le cœur serré d'émotion, cette joie qui grondait, où elle reconnaissait, dominant le tumulte, le vieux chant de guerre des ducs d'Aquitaine.

La seconde nouvelle eut moins de faveurs. Le roi avait pourtant trouvé des mots éloquents pour persuader ses sujets de la nécessité de courir au secours des chrétiens de l'Orient et du tombeau du Christ. Il se trouva péniblement quelques jeunes seigneurs du domaine royal pour crier leur enthousiasme. Les anciens se taisaient. Louis vit s'avancer un homme qu'il ne connaissait pas mais qui se nomma :

— Herbert de Pommiers, vassal du vicomte de Turenne.

C'était un grand vieillard imberbe, au visage recuit, svelte encore, les jambes arquées par l'habitue du cheval. Quand il eut écarté sa cape, Louis vit qu'il lui manquait un bras.

— Un coup de cimeterre sous les murs de Qonya, en l'an 1101, alors que je combattais aux côtés de votre aïeul Guillaume, madame.

Lentement, Herbert de Pommiers défit le haut de sa casaque, écarta sa chemise sur une plaie affreuse qui béait comme une bouche à travers les poils blancs.

— Ça, c'est un souvenir des plateaux d'Anatolie. Nous errions sans nourriture, assoiffés, assaillis sans relâche par la cavalerie turque. Une lance m'a traversé la poitrine et je suis resté pour mort. Mais ceci n'est rien. De mes trois fils qui s'étaient embarqués avec moi, pas un n'est revenu. Ils ont été écorchés vifs et jetés aux chiens. J'étais riche quand je suis parti. Au retour, j'ai trouvé mon domaine ruiné par les usuriers et mon épouse à demi folle d'inquiétude. Aujourd'hui, je vis seul avec un domestique, n'ayant pour tout bien que les quatre murs de mon château et quelques arpents de terre. S'il fallait repartir pour délivrer le tombeau de Notre-Seigneur, par Dieu, je n'hésiterais pas ! Mais si c'est pour porter secours à ces porcs qui se nomment princes d'Edesse, d'Antioche ou de Jérusalem, si c'est pour disputer d'illusoires butins ou faire un hachis de Turcs, alors, je dis que c'est pure folie !

Le roi pâlit et se mordit les lèvres.

— Herbert de Pommiers, tu es un brave et tu as tant donné à la cause du Christ que je ne puis me permettre de relever tes insolences publiquement. Dis-toi bien, cependant, que le temps des folles entreprises est révolu. Nous ne partirons pas à l'aveuglette, comme ceux qui nous ont précédés.

— Je connais par cœur toutes ces belles paroles, mais j'ai vu comment les choses se passent dans la réalité. Je vous le dis, messire : tant que je vivrai, je clamerai la vérité envers et contre tous !

Il se tourna vers l'assistance et sa voix profonde roula sous les voûtes basses.

— Mes seigneurs, mes amis, cette croisade est une duperie !

Le roi et la reine s'étaient dressés d'un même élan. L'assistance partagée grondait. Entre elle et les marches où se tenaient les sièges royaux, Herbert de Pommiers continuait de vitupérer ceux qui envoyaient inconsidérément à la mort la fleur de la chevalerie française. Il fallut les gardes pour l'obliger à se taire. En sortant, il eut le temps de crier :

— Je préfère voir les lieux saints profanés par les Turcs que souillés par les orgies des princes qui se disent chrétiens.

On traîna dehors le vieillard qui s'entravait dans sa cape défaite. On l'entendit encore s'égosiller dans l'antichambre. La reine demanda :

— Qu'allez-vous en faire ?

— Cela me regarde.

— Le courage de cet homme me plaît. Epargnez-le, je vous prie. Je me fais forte de le ramener à la raison.

— Ce rustre compromet nos projets, injurie le Christ dans la personne de ses défenseurs, et vous voudriez que je le laisse libre de poursuivre ? Cet homme est pire que la peste, madame ! Voyez le beau gâchis ! Tous sont contre nous, à présent !

Aliénor songeait au malheureux seigneur de Talmont que le roi avait fait pendre, il y avait quelques années, dans un accès de colère.

Le roi fit cependant relâcher Herbert de Pommiers. Le vieux baron quitta Bourges aux yeux de tous, à deux jours de là, seul, sans un écuyer, comme il était venu. Il parlait, mais ce devait être à son cheval. Le baron partait sans un regard, digne et muet. Le roi n'avait pas osé le faire exécuter durant la trêve de Noël.

Une heure plus tard, deux cavaliers, des sergents d'armes du roi, quittaient Bourges en direction du sud. Peu avant le bourg de Saint-Florent, ils aperçurent Herbert de Pommiers qui chevauchait lentement. Ils s'approchèrent, bandèrent leur arc et tirèrent. Une flèche toucha le baron entre les épaules. Il n'eut pas un cri, à peine un léger recul et sa monture continua du même pas paisible. Les deux hommes le suivirent longtemps. Herbert était couché sur l'encolure de son cheval qui marchait avec précaution, comme lorsque son maître dormait en selle.

Ils le suivirent encore, la sueur au front. Comme les toitures rousses de Saint-Florent se dessinaient à travers les branches rosâtres des saulaies, ils virent le cavalier vider les arçons et tomber pesamment.

*
* *

L'échec de cette assemblée donna au roi le sentiment qu'il n'était pas mûr pour les tâches qui l'attendaient. Cette inexpérience des choses de la politique lui pesait comme une seconde virginité dont seuls de grands événements eussent pu venir à bout. Ces événements, il les attendait de cette aventure qu'était la croisade. Mais, au retour de Bourges, il lui apparaissait que cette entreprise était menacée par le manque d'enthousiasme des grands vassaux. Bernard de Clairvaux se faisait fort de donner au plus entêté de ces mécréants l'envie de partir pour la Terre sainte. Il eût fallu, en fait, pour remuer cette masse inerte, que Dieu lui-même leur montrât le chemin de l'Orient.

Durant tout l'hiver, Louis s'enferma en compagnie d'Aliénor enceinte dans les murs de la Cité. Il interdisait à son épouse les moindres déplacements, la contraignait à garder le lit.

La reine ne protestait pas. Passé Noël, Paris devenait une ville morte. Grâce à Jaufré, le temps lui parut moins long. Tapi au coin du feu comme une marmotte, le troubadour laissait durant des heures son imagination vagabonder en Terre sainte. Il en rapportait des récits prodigieux. Aliénor voyait surgir de la mer et des sables des cités éblouissantes.

Ils aimaient se retrouver le soir, à l'heure où le crépuscule teinte de vert, au-delà des jardins, l'eau du fleuve. Ils s'asseyaient sur les rebords de pierre, de chaque côté de la fenêtre, les pieds posés sur le même coussinet de velours. Jaufré prenait sa cithare et jouait les airs qui lui passaient par la tête et qu'ils reprenaient ensuite à mi-voix. Son visage à la fois doux et rude, où les rêves et la misère avaient laissé leur empreinte, semblait s'animer d'une vie étrange. Il était très malade et, bien qu'il refusât de l'avouer, Aliénor lui avait proposé de le faire examiner par son médecin, mais Jaufré avait refusé. Dans ces instants où il laissait ses mains de moine, toujours soignées, courir sur les cordes de la cithare, une onde froide passait sur son visage qui prenait une vie singulière, comme s'il était plongé soudain dans l'eau d'un torrent. Il semblait à ce point détaché de lui-même, prisonnier de forces si puissantes, que la reine s'en effrayait. Elle n'osait parler ni remuer, de crainte de le voir soudain s'affaisser comme un somnambule.

Un soir, cependant, elle effleura de la main le genou de Jaufré. Il s'arrêta de jouer, comme si ce contact venait de détraquer un mécanisme subtil. Quand la dernière note eut fini de vibrer, il leva vers elle ses yeux tristes.

— Qu'as-tu, Jaufré ? J'ai l'impression de te perdre, parfois.

Elle l'entendit murmurer :

— ...Trois marches encore... La lumière est au bout... Un portique de marbre sur la mer... Puis une autre lumière, plus pure, plus belle, une lumière d'étoile... Et Hodierne paraît...

— Jaufré ! Que dis-tu ?

Il parut surpris en regardant au-dehors. A travers les petits carreaux liés de lamelles de plomb, il voyait, comme s'il les découvrait, les pentes légères des Petits-Champs, couvertes d'une neige qui bleuissait avec le soir, le ciel crémeux, chargé de lourdes peaux ridées qui s'effilochaient en traînées sales sur la colline de Montmartre où clignotaient les lumières du couvent et, plus loin, sur les vastes paysages brûlés de l'hiver.

Il pinça une corde de sa cithare.

— Madame, ne m'en veuillez pas, mais je ne puis plus rester à Paris.

— Tu t'ennuies, Jaufré ?

— Madame ! Qui s'ennuirait en votre compagnie ? Ce n'est pas cela. Chaque hiver qui passe m'éloigne davantage de celle qui m'attend. J'ai l'impression, parfois, que je ne parviendrai jamais à la rejoindre.

— Tu me laisserais seule !

— Il le faut. Je ne veux pas mourir sans l'avoir vue.

— Pauvre Jaufré ! Tu n'arriverais jamais, malade comme tu l'es, et seul.

— Détrompez-vous ! Je me porte à merveille.

— Attends quelques mois encore. Au printemps, nous retournerons en Aquitaine où je dois retrouver Pernelle et Raoul. Après, nous partirons pour l'Orient. Quelques mois, Jaufré, ce n'est pas long !

— Pour moi, c'est l'éternité.

— Et pour moi, donc ! Ah ! Jaufré, cette pensée est sacrilège, je le sais, mais j'ai parfois le sentiment que cet enfant que je sens bouger en moi est comme la graine de mon premier amour qui recommence à germer.

— Vous paraissez assurée que ce sera un mâle. Quel nom lui donnerez-vous ?

— Je l'appellerai Raymond, malgré le roi qui voudrait l'appeler Philippe. Oui, Jaufré, ce sera un fils, je le devine...

Ce fut une fille. On la baptisa Marie. La promesse de Bernard de Clairvaux ne s'était réalisée qu'à demi.

Louis marcha vers Aliénor qu'un écuyer aidait à descendre de cheval. Il la prit par la saignée du bras pour la conduire jusqu'à une haie d'aupébines qui clôturait un petit champ d'orge vert. Ils s'assirent à l'ombre, contre le talus fleuri de pervenches. Aliénor délaça le haut de son gorgerin et passa un fin mouchoir parfumé de citronnelle dans le sillon de ses seins.

— J'ai chaud, Louis, et je n'en puis plus.

— C'est la dernière étape. Une lieue à peine nous sépare de Vézelay. Voyez ! Il semble que l'on puisse toucher la ville des doigts.

Il tendit le bras et Aliénor vit l'index du roi toucher la pointe de la tour Saint-Antoine d'où un vol de pigeons ou de choucas s'envola dans le ciel de Pâques. Le roi prit plaisir à l'entendre rire. Elle portait un ravissant bonnet de soie verte très moulant, bordé de fils d'or ; une languette triangulaire avançait sur le front large et rond, terminée par une opale et accusait, avec la guimpe qui resserrait le menton, l'aigu du visage.

Quand elle eut retiré le mouchoir de son gorgerin, elle le chiffonna et, s'inclinant vers Louis, lui essuya le front et les ailes du nez.

Louis dit quelques mots à un écuyer qui revint avec une gourde de vin de Clamecy coupé d'eau. Ils burent à même la gourde. Louis arrosa le haut de sa tunique et faillit s'étrangler. Aliénor s'amusa beaucoup.

— Allez ! je vous apprendrai. Dans les déserts de Judée, vous n'aurez pas toujours, pour étancher votre soif, des gobelets de vermeil.

Il y eut un gros bruissement de vent d'ouest qui sentait la résine et la violette. Un silence de citerne lui succéda. Le ciel vibrait comme une cloche de cristal.

— Oh ! Sire, regardez !

L'ombre d'un nuage venait de recouvrir Vézelay. Un moment, ce fut comme si une nappe de cendres eût dissimulé la ville. L'ombre se retira comme un drap et la reine poussa un petit cri de surprise. Une vague de terre haussait la ville sainte contre le ciel tendre d'avril. Elle jaillissait d'un double écrin : les prairies suintantes d'eaux vives et le gris rosé des remparts. La basilique de Sainte-Madeleine surgissait sur le sommet, crépie à blanc, éblouissante, chamarrée de draperies rouges et d'étendards qui l'animaient comme un arbre sous le vent. Un moment, la crête de cette vague étincela d'une blancheur d'écume.

— On vient à nos devants, dit le roi. Voyez-vous ces gens qui sortent de la ville en brandissant les étandards de France ?

Ils entendirent sonner une fanfare. Aliénor put distinguer une troupe d'une trentaine de cavaliers qui venaient de franchir la porte du Barle, une des sept entrées de la ville, qu'ornaient de grosses touffes de lilas et de giroflées sauvages.

— Il faut partir, dit le roi. Nous les rejoindrons au pont de la Cure.

Ils plongèrent dans la vallée par la route qui serpentait à travers les orges bleu vert, les arbres en fleurs, les sapins et les bruyères. C'était un paysage à la fois sévère et doux. Dans le creux des taillis, le soleil étalait ses rayons comme de grosses gouttes d'huile.

La troupe les attendait sur le pont. Un sergent s'avança pour souhaiter la bienvenue aux souverains. Des enfants aux jambes nues, qui caressaient sous l'arche le ventre des truites, se groupèrent, bonnet en mains, au bord de la route. La reine leur jeta quelques piécettes.

Vézelay bourdonnait comme une ruche. Après les places exiguës où des barons et des pèlerins dormaient encore à plate-terre, enroulés dans leurs couvertures, sous le ventre de leur cheval ou de leur mule, ils entrèrent dans le vif de la cité par un dédale de rues tortueuses qui sentaient la lessive et la verdure frais coupée dont on avait jonché le pavé et décoré les demeures. Ils parvinrent, étourdis par les vivats, les chansons, la fanfare, à l'hospice qui se situait peu après l'église de Saint-Pierre-le-Haut. La reine se tourna vers le sergent qui l'accompagnait.

— Qu'est ceci ?

Deux robustes échelles étaient appliquées contre le mur de l'hospice et fléchissaient sous deux guirlandes d'hommes et de femmes qui montaient d'un côté et descendaient de l'autre dans un mouvement insensible. Il y avait là des stropiats, des cagots, des lupeux. Une femme portait contre sa poitrine un gros enfant au visage calotté de croûtes saigneuses. Un malheureux, soutenu aux fesses par un aveugle, brandissait un moignon de bras enveloppé de touailles pourries. Une fillette au visage écorché par un énorme lupus s'accrochait d'une main à un enfant monstrueux, plus difforme qu'un cep de vigne, qui brandissait un grossier crucifix de bois en geignant une prière d'une voix nasillarde. Un sergent du guet chassa à coups de pied un lépreux qui voulait prendre place au pied de l'échelle. A chaque malade qui se présentait au dernier échelon, une main décharnée sortait de la fenêtre, traçait un rapide signe de croix, palpait la chair malade et congédiait avant de s'essuyer à un linge blanc qu'on lui tendait.

— C'est Bernard de Clairvaux, madame. Ces malheureux viennent lui demander l'imposition des mains jusque sous sa fenêtre. Il est à ce point affaibli par le mal qu'il ne peut se déplacer.

On avait réservé aux souverains la chambre de l'abbé, une haute pièce noire qui sentait le salpêtre. Aliénor fit la grimace. On avait, il est vrai, une belle vue sur la vallée et la basilique habillée de draperies et d'étandards.

Soutenu par deux solides bénédictins, Bernard de Clairvaux vint saluer le roi et la reine. La cordelle ceignait une taille plus mince que celle d'un enfant. La main qu'il avança pour bénir le couple royal n'était qu'un paquet de nerfs, d'os et de tendons. Mais la voix gardait son timbre et sa fermeté. Il dit :

— La misère me suit comme une ombre, où que j'aille. Elle se colle à moi. C'est mon martyre et ma joie la plus profonde. Ecoutez-les !

Une rumeur montait de la rue. On réclamait le saint. La grosse voix d'un vigile domina un instant le tumulte. Les cannes, les béquilles, les poings martelaient les portes de l'hospice.

— Quelle pitié ! Vivrai-je assez longtemps pour faire se fermer les plaies, rendre la vue aux aveugles et l'ouïe aux sourds ?

On était à deux jours du dimanche des Rameaux et il n'y avait plus dans la ville une pièce libre. Des seigneurs d'Allemagne, qui arrivèrent peu après les souverains français, trouvèrent asile dans les caves de l'abbaye que l'on tapissa de paille fraîche. Geoffroy Plantagenêt, comte d'Anjou et duc de Normandie, suivi de son fils Henri, descendit à l'hospice aux premiers souffles du crépuscule et, le plus naturellement du monde, réclama une chambre. Quand on lui eut indiqué une soupente attenant aux cuisines, il se mit en colère. Le roi lui proposa un cabinet contigu à sa propre chambre. Aliénor prit mal l'initiative de son époux. Geoffroy passait à juste titre pour ne s'embarrasser guère de convenances. Il installa ses coffres et ses bougettes dans la chambre du roi et fit un tel déballage que la reine, excédée, quitta les lieux avec son fidèle Constantin de Born.

L'animation n'avait pas décru avec l'approche de la nuit, bien au contraire. Des rondes de garçons et de filles coiffés de rameaux et de fleurs croisaient, sous les grandes torches de résine qui flambaient au coin des rues, des groupes sévères et muets de pèlerins qui regagnaient leur gîte. Au seuil des tavernes se tenaient des filles fardées, nues sous leur gonelle qu'elles entrouvraient dans un éclair de chair blanche sur le passage des barons et des soldats. Un écuyer vomissait du vin, la tête contre un mur.

Malgré la cape de laine dont la capuche lui descendait au ras des yeux, Aliénor ne passait pas inaperçue et Constantin avait assez à faire à écarter les solliciteurs qui se plantaient devant elle, le bonnet de travers, et l'invitaient à vider un pot à la « Grande Gertrude » et autres mauvais lieux. Sur le parvis de la basilique, à la lueur d'un bûcher, on donnait le mystère de *Tancrède et Bohémond,* où l'on voyait deux cavaliers d'Allah sautiller d'une manière risible devant les longues épées de bois peintes en rouge que brandissaient d'énormes croisés bourrés de touailles. Aliénor et Constantin fendirent la foule, descendirent une ruelle obscure où patrouillaient des vigiles, avant de se retrouver au pied des remparts, dans un vaste espace herbu qui sentait la paille fraîche et l'odeur alcaline des chevaux, où des pèlerins étaient étendus en tous sens, comme après une bataille. Ils grimpèrent jusqu'au chemin de ronde. Aliénor s'assit sur la pierre froide, dans l'échancrure d'un créneau. Une odeur de lilas montait de la muraille. De petits jardins s'étendaient après les douves, où les grenouilles poussaient leur plainte amoureuse.

Quand Aliénor retourna à l'hospice, Louis dormait profondément. Aidée d'une servante, Aliénor commença à se dévêtir. Elle était à demi nue quand elle poussa un cri de surprise.

Une paillasse était installée dans le fond de la chambre. Les mains sous la nuque, Henri, fils de Geoffroy, la contemplait avec un sourire béat.

*
* *

Où qu'elle allât, en quelque assemblée qu'elle se trouvât, elle le rencontrait. Il ne se passait pas une heure qu'elle n'eût à affronter son regard posé sur elle. Il la suivait comme son ombre et elle ne pouvait s'en défaire. Même la nuit. A croire qu'il veillait du crépuscule jusqu'à l'aube ! Elle avait battu le briquet à diverses reprises et allumé une chandelle. Geoffroy ronflait allégrement dans le cabinet ; Louis dormait aussi, mais à la manière des anges. Elle se levait, se dirigeait sur la pointe des pieds vers la paillasse. Henri était couché comme un mort aux yeux ouverts, les mains croisées sous la nuque, son sourire effronté aux lèvres. La première fois, il avait tenté d'agripper les jambes d'Aliénor et ce geste avait découvert ses reins massifs. Depuis, elle se méfiait et se gardait d'approcher. Une nuit, elle avait été éveillée par la course légère d'une main contre son ventre. Au cri qu'elle avait poussé, Louis avait bondi et s'était rué vers les chandelles. Tout était calme. Geoffroy ronflait, Henri dormait ou faisait semblant.

Ce n'était qu'un enfant, mais avec des désirs d'homme. A quatorze ans à peine révolus, il en paraissait dix-huit. La hardiesse de son regard avait fini par imposer à ses traits une mâle assurance. La guerre l'avait mûri trop vite. Geoffroy, de bonne heure, lui avait fait humer l'odeur du sang et de la chair soumise. Henri savait ce qu'est la guerre et ce qu'on peut en attendre.

Ce regard qu'il fixait sur elle, c'était comme s'il la possédait contre son gré. Elle sentait la brûlure légère d'un fer rouge approché de sa peau à l'endroit où il fixait son regard. Elle n'avait plus aucun moment de solitude. Il lui suffisait d'ouvrir la porte de la pièce où elle se réfugiait : il était là, l'épaule appuyée au chambranle, les pouces passés dans son ceinturon, une jambe repliée sur l'autre, son éternel sourire de défi aux lèvres. Elle dit un jour au roi :

— Je ne puis plus supporter la présence de ce garçon dans notre chambre. Chassez-le, ou bien c'est moi qui m'en irai.

Louis avait haussé les épaules. Henri n'était qu'un enfant, bien inoffensif sous ses allures de brute. Les servantes n'avaient à se plaindre de sa part d'aucun geste déplacé.

— De plus, je ne veux pas risquer de mécontenter Geoffroy. Il est le plus puissant de mes vassaux. Et susceptible en diable depuis qu'il est duc de Normandie et roi d'Angleterre...

Se pouvait-il que Louis fût à ce point aveugle ? Aliénor eût voulu lui exprimer en détail ses griefs, mais la crainte du ridicule la retint. Une idée germa dans son esprit, qu'elle repoussa d'emblée : se donner une bonne fois à Henri, moyennant quoi elle lui arracherait la promesse de la laisser en paix. Elle ne pouvait songer sans un sentiment de trouble à ces reins épais et nerveux qu'elle avait entrevus l'autre nuit, à cette main brûlante qui l'avait effleurée dans son sommeil. Elle ne pouvait s'empêcher de comparer les embrassements timides de son époux, avec leur arrière-goût de vertu forcée, à l'étreinte sauvage que lui promettait le regard du garçon.

Le feu aux joues, elle imaginait un lit immense comme une lice, bouleversé par la recherche haletante du plaisir.

Un jour qui était le vendredi d'avant les Rameaux, à deux jours du prêche, une estafette annonça un fort détachement de barons d'Allemagne délégués par l'empereur Conrad, qu'un accident de chasse empêchait de se déplacer en personne.

Il était tôt encore. Le jour bleuissait à peine le verger de l'hospice. Louis se leva en hâte, pria la reine de ne pas trop tarder à l'imiter. Elle s'habilla, aidée d'une servante, derrière le paravent qu'elle avait fait installer à la tête de son lit, devant la cheminée où on avait jeté un fagot. Geoffroy était parti en même temps que le roi et Henri avait suivi de peu. Il y eut un brouhaha dans la cour. Un son de trompettes éclaboussa les murs du bâtiment.

— Hâtons-nous, Mahaut. Ils vont être là dans un instant. Cherche ma robe de kakeli rouge qui est au fond du coffre, mon bonnet vert et ma guimpe.

On frappa à la porte. Mahaut alla ouvrir. On la réclamait aux cuisines.

— Va donc ! dit la reine. J'achèverai seule.

Elle était à demi vêtue quand elle entendit gémir les gonds de la porte. Elle glissa un œil par une fente du paravent et hoqueta de surprise. Henri se glissait dans la chambre sur la pointe des pieds, mordant sa lèvre inférieure, le visage écarlate. La porte refermée, il considéra avec une stupeur comique le lit vide, la pièce déserte. Son visage s'éclaira quand il aperçut, sur l'écran diaphane du paravent, le corps de la reine qui se découpait en ombre sur le brasier. Elle lui intima l'ordre de se retirer, mais il ne parut pas comprendre. Il s'avançait vers elle de son allure un peu lourde. Il s'arrêta au pied du lit et, débouclant son ceinturon, le laissa glisser sur la courtepointe. Puis il ouvrit sa casaque de haut en bas.

— N'avancez pas ! Sinon, je jure que je vais ameuter toute la maisonnée.

Il avait une poitrine bardée de muscles saillants que commençait à duveter une toison rousse. Une de ses mains s'abattit sur le paravent, qu'il fit basculer.

— Goujat ! Rustre ! cria Aliénor.

Elle saisit le tisonnier, frappa le crâne du garçon qui grogna, mais n'eut pas un mouvement de recul. Il la dépassait de la tête. A la manière dont il avançait vers elle, Aliénor pouvait croire sa dernière heure venue.

— Je rendrai compte au roi et à votre père de votre attitude ! dit-elle.

Henri était contre elle, sa poitrine contre la gorge demi-nue de la reine. Tandis qu'il lui serrait la taille d'un bras, il lui arrachait le tisonnier de sa main libre et l'envoyait à toute volée dans le foyer.

— Méchant garçon ! murmura-t-elle.

Aliénor ne tenait plus au parquet que par une épaisseur élastique qu'elle sentait ployer sous elle. Si Henri ne l'avait pas tenue, elle se serait effondrée sur place. Recroquevillée sans défense sur les larges mamelles de Henri, elle eut la présence d'esprit d'interroger :

— As-tu poussé le loquet ?

Il hocha affirmativement la tête. Depuis qu'il était entré, il n'avait pas articulé une parole.

Aliénor se sentit soulevée de terre, jetée au travers du lit. Un ongle lui égratigna la pointe d'un sein. Un genou de fer força ses jambes à se dessouder. Elle gémit :

— Monstre !

Les chevaliers d'Allemagne chantaient au milieu de la cour de l'hospice dans le tonnerre cuivré des buccines et le hennissement des chevaux. Un chant sourd, scandé, qui prenait possession du monde. La reine les imagina, dressés sur leurs destriers massifs, derrière leurs écus et leurs boucliers barbouillés de couleurs éclatantes, la lance contre le genou. Ils s'avançaient vers elle et la piétinaient dans un halètement de marée.

*
* *

Louis pencha sur Aliénor un visage inquiet.

— Madame, que se passe-t-il ? Les gens d'Allemagne sont arrivés depuis près d'une heure. On vous attend pour la messe. Je monte et voilà que je vous trouve demi-nue, les cheveux défaits, dans un beau désordre ! Etes-vous souffrante ? Alors, gardez le lit ce matin. Vous viendrez à vêpres si vous vous sentez mieux.

*
* *

C'était comme une forêt qui descendait par les rues principales, une forêt de rameaux où des rubans accrochaient des ailes multicolores, une longue coulée de verdure qui déferlait sous un orage de carillons, dans le frémissement sourd des cantiques. Le roi allait devant, précédé de la bannière bleue et blanche de Saint-Denis et d'une foule de pennons et d'oriflammes de différentes abbayes. Il marchait d'une allure un peu raide, comme s'il observait rigoureusement un rythme intérieur, beau de cette beauté qui irritait parfois la reine, parce qu'elle était faite surtout d'austérité, de morgue et de froideur ; il ressemblait à son propre gisant ; les grands cierges qui brûlaient autour de lui veillaient ce mort sans regard et sans voix. En ce moment où elle marchait près de son époux, Aliénor se sentait plus émue qu'il ne devait l'être lui-même. Etait-ce la solennité du défilé, la foi qui animait cette foule et dont elle se sentait pénétrée ?

Derrière venait Bernard de Clairvaux. Il marchait péniblement, appuyé à deux cannes, le corps brisé, le visage crispé par la souffrance. De temps à autre, ses pieds nus s'entravaient dans les jonchées de genêts et, quand les moines s'avançaient pour lui porter secours, il les rabrouait rudement. Tous les dix pas, il devait s'arrêter pour écarter la foule des lépreux, des cagots, des écrouelleux, des infirmes qui s'accrochaient à sa cape en grappe puante. Il les bénissait et, quand les moines les avaient dispersés, reprenait sa route.

La théorie dorée des évêques le suivait, mitre en tête, resplendissant dans leur pallium comme des soleils. Les grands vassaux venaient ensuite, puis la foule qui reprenait les cantiques lancés par un chœur de moines, et qui s'écoulait sans fin, des portes de la basilique où le soleil faisait resplendir les effigies des saints et des martyrs, à la porte Sainte-Croix dont on venait de pousser les battants.

Maintenant, la tête du cortège suivait une route de campagne, bordée de fougères et de menthes où le soleil faisait s'évaporer des odeurs végétales.

Aliénor avait à la fois envie de pleurer, de rire et de chanter. Cette procession lui rappelait celles de la fête Dieu, à Belin. Elle ne pouvait se défendre d'aimer ces chants d'église montant dans la chaleur de juin entre les blés. Aujourd'hui, c'était la même impression de ferveur profonde qui la soulevait, sauf qu'une brise coupante lui glaçait les yeux et qu'elle sentait une crampe à la main gauche reposant sur le poing du roi.

C'était une prairie en pente, inondée de pâquerettes. Une tribune de planches, décorée de guirlandes de rameaux, surmontée d'une immense croix taillée de frais dans un hêtre, occupait une plate-forme naturelle. Le roi et la reine y prirent place, suivis de Bernard, de quelques évêques et barons, dont Geoffroy d'Anjou, sans son fils qui avait quitté la ville.

Quand la foule se fut massée dans l'espace libre, en face de l'estrade, Bernard parla.

C'était une voix extraordinaire. On attendait une source, et c'est un torrent qui déferlait. On se pressait au pied de la tribune en tendant l'oreille et on avait tout à coup la tête pleine de tonnerre. Cette voix semblait à la fois jaillir de terre et descendre du ciel.

C'est alors que là, sous des milliers de regards, s'opéra le miracle. Tandis que la voix de l'abbé gagnait en amplitude et en assurance, une transformation s'opérait en lui. Il laissa d'abord échapper une de ses cannes qui paraissait inutile, puis l'autre, dont il ne se servait que pour fendre l'air et lutter contre l'invisible armée des Turcs en marche vers le Saint-Sépulcre. Sa taille s'était redressée. Dans les gestes dont il accompagnait ses paroles, son manteau rejeté dans le dos lui faisait comme de grandes ailes grises, ondulantes. On s'attendait à le voir quitter les planches, disparaître en jetant des éclairs et en exhibant les Tables de la Loi, tel Moïse sur le Sinaï.

A plusieurs reprises, il s'interrompit. Un silence de désert planait sur la multitude. A certaine période de son prêche, il s'arrêta pour regarder un vol de pigeons passer à faible hauteur et se signa avant de reprendre, comme si Dieu venait de lui faire un signe d'intelligence. Sa voix, ses gestes, prolongeaient les dimensions de son être jusqu'à lui conférer l'apparence d'une statue surnaturelle. Dans le souffle de Dieu, il se faisait tronc, il se faisait arbre, et l'arbre vibrait de toutes ses ramures, et le souffle de Dieu paraissait sortir de toutes ces bouches tendues vers Bernard.

Aliénor n'en croyait ni ses yeux ni ses oreilles. C'était donc là le vieillard qui, ce matin encore, se faisait porter par deux solides moines, de l'hospice à la basilique, la mine défaite, les yeux rongés par l'insomnie, replié dans sa coquille de détresse physique qui se resserrait de jour en jour ? Bernard, arbre de Dieu... Il avait suffi d'un souffle, de l'intuition d'une présence divine, pour que cet arbre mort se remît à fleurir. Aliénor se sentait bouleversée. Elle n'avait jamais aimé Bernard. Ses violences verbales, son autorité exclusive, l'austérité dont il avait fait sa règle lui déplaisaient.

Bernard pérorait :

— ...Prenez l'emblème de la Croix et vous obtiendrez par là le pardon de tous vos péchés, de toutes vos fautes avouées et regrettées. A l'achat, ce lambeau d'étoffe coûte peu ; mais pour l'épaule qui le portera, son prix est le Royaume des Cieux !

Bernard s'arrêta subitement. Sa tête tomba sur sa poitrine. Il resta un moment les bras détachés du corps, oscillant, déraciné, abandonné, semblait-il, par la force qui avait permis ce prodige. Les deux grands moines se précipitèrent pour le reconduire jusqu'à son siège, tandis qu'une immense clameur s'élevait de la vallée.

— La croix ! La croix !

— Dieu le veut !

— *Alleluia ! Hosannah !*

Le roi se leva, pâle comme un marbre, se jeta aux genoux du saint.

Bernard lui attacha sur l'épaule droite, d'une main tremblante, une croix d'étoffe. La reine se présenta ensuite et Bernard fronça les sourcils.

— Vous aussi, mon enfant ? Avez-vous bien réfléchi ?

— Je dois suivre mon époux, irait-il aux portes de l'enfer.

Elle se releva. Louis la prit par la main pour la mener jusqu'au bord de l'estrade. Il essaya de prononcer quelques paroles, mais elles se perdirent dans la rumeur. Ils regagnèrent leur siège tandis que commençait le défilé des barons. La quantité de croix préparées se révéla insuffisante. Bernard se débarrassa spontanément de son manteau et les ciseaux taillèrent dans son étoffe de quoi orner une centaine d'épaules.

Par-delà toutes ces têtes ployées, cette foule qui s'écoulait lentement, derrière le rideau de saules longeant la rivière, Aliénor voyait un bouquet de routes, de chemins, de pistes fuir vers le levant dans un brasillement de soleil neuf.

L'année s'acheva dans la fièvre, comme elle avait commencé. Les grands chemins du royaume, passés les travaux de l'été et de l'automne, virent un incessant défilé de barons sillonnant leur domaine en quête des fonds nécessaires à la croisade.

Les flambées de Vézelay étaient loin dans leur mémoire. Le sillon de feu que la voix du moine de Clairvaux avait tracé dans leur esprit se refermait sur de la cendre. Cette croix qui avait été leur fierté, ils l'avaient rangée dans un coffre, entre deux draps.

La plupart se rabattaient sur l'idée de la grande aventure qui se préparait. Ils en parlaient dans l'odeur des fenaisons, des vendanges et des flambées d'hiver. Les pèlerins qui passaient, traînant le bourdon et la panetière, alimentaient ces rêves. Les anciens, qui avaient participé à la croisade de Guillaume de Nevers ou étaient partis seuls pour Jérusalem expier quelque forfait, mâchonnaient les souvenirs qu'ils avaient ramenés de ces terres cruelles. Quand ils s'avisaient de donner leur avis sur la stupidité de cette entreprise, on les faisait taire : cette fois-ci, ce ne serait pas la même chose...

Bernard parcourait l'Europe. Conrad avait réclamé la croix. Personne ne résistait à la parole du saint. Dans chaque ville où il s'arrêtait, c'est comme si Dieu lui-même était présent. Les masses se pressaient sur le parvis de l'église pour écouter sa grande voix clamer la guerre sainte et une forêt de mains se tendait vers les croix d'étoffe qu'il distribuait.

Aux premiers jours de l'an 1147, il revenait chanter le *Salve Regina* sur les dalles de Clairvaux et, les larmes aux yeux, regardait passer à travers le verger le petit frère jardinier qu'il avait été jadis.

*
* *

— Comprends-moi, Pernelle, et tâche de ne pas me juger trop sévèrement.

Assises dans la même basterne portée par de solides roncins, les deux sœurs venaient de passer la porte de Saint-Denis. La campagne s'étendait autour d'elles, couverte d'une neige si épaisse qu'on entendait à peine le pas des chevaux.

— Je voudrais te juger que je ne le pourrais pas, dit Pernelle.

Leurs mains se cherchèrent sous la fourrure d'hermine qui leur couvrait les genoux et ne se déprirent pas.

— Sais-tu, Pernelle, pourquoi j'ai décidé d'accompagner le roi en Terre sainte ?

— Il me semble que la pensée de revoir Raymond ne doit pas être étrangère à cette décision...

— Tu as deviné juste. Mais ce n'est pas si simple. C'était la seule raison, il y a quelques mois, mais, depuis, il s'est passé bien des choses. J'étais à Vézelay quand Bernard y prêchait la croisade. Te l'avouerai-je, petite ? J'ai vu Dieu vivant qui prêchait devant moi. Quand Bernard eut fini de parler, on eût dit un arbre foudroyé en pleine force. Le roi et moi pleurions comme des enfants.

— Toi, Aliénor !

— Moi, Pernelle. Cela t'étonne ? Ce n'est pas tout. Au soir de ce même jour, j'ai vu des aveugles recouvrer la vue, des écrouelleux montrer une peau d'enfantelet, des infirmes danser comme des possédés. Il n'y avait pas, semblait-il, de miracle que Bernard ne pût accomplir. Pernelle, j'ai vu un homme donné pour mort par les médecins la veille au soir ressusciter sous mes yeux. Nous avons passé la nuit en prières dans la basilique encombrée de pèlerins, Louis et moi, et nous ne sentions ni le froid ni le sommeil.

Il y eut une secousse brutale. Le cheval de tête s'était couronné un genou. La marche cahotante reprit à travers la forêt blanche où le soleil prolongeait des perspectives profondes. Aliénor reprit :

— Depuis, c'est comme si je portais Dieu en moi. Dieu et Raymond. Je les sens parfois me déchirer le cœur comme s'ils se colletaient pour trois doigts de banquette. Je crois bien que je ne puis vivre sans l'un ni sans l'autre et l'un et l'autre sont ennemis.

— Es-tu certaine d'aimer Raymond ?

— Sœurette ! C'est à toi que je dois le répéter ?

La main de Pernelle eut un petit mouvement vif d'irritation dans celle d'Aliénor.

— Mais Elie de Cornil et ce garnement, Henri d'Anjou, dont tu me parlais la semaine passée ? Le roi lui-même... Peux-tu nier les avoir aimés ?

— C'est vrai. Mais en chacun d'eux, c'est Raymond que je retrouvais. J'aimais en eux une parcelle de Raymond. Il les résume tous. Il a l'insouciance et la douceur d'Elie, la fougue de cette petite brute d'Henri Plantagenêt. Il n'est que le roi à ne rien lui emprunter. Si j'ai pu éprouver pour Louis quelque sentiment, je m'en repens comme d'un adultère. Nos étreintes ont toujours eu ce goût de revanche. Nous ne nous sommes jamais aimés dans la joie.

Les ongles de Pernelle pénétrèrent dans la chair d'Aliénor.

— Crois-tu ? Es-tu certaine que le roi n'éprouve pas pour toi un amour véritable ? Tout paraît l'indiquer. Jusqu'à cette passion qu'il porte à l'enfant que tu lui as donnée.

— Le roi est naïf. Il eût aimé de la même manière le pire laideron en remerciant Dieu de le lui avoir accordé. Mais nous sommes trop dissemblables pour qu'une passion véritable nous unisse. Au début de notre union, j'ai pu espérer le changer, lui ôter le goût des robes grises, des chansons tristes, des prières interminables, des jeûnes inconsidérés. Mais je ne pourrai jamais changer en lui quoi que ce soit et j'ai trop de fierté pour me plier aux exigences de sa nature.

Aliénor observa un court silence avant de reprendre :

— Le matin, il m'arrive de le regarder dormir. Il est beau, bien qu'il se refuse à porter la barbe, mais je ne puis effacer l'image d'un moine coulé dans la cire. Il porte sur lui cette odeur d'encens et de cierge qui me soulève le cœur...

La piste longeait des marécages semés de petits étangs gelés sur lesquels tournoyaient des vols de grues et de colverts. Les chevaux avançaient dans un bruit de succion, et des odeurs pourries montaient sous leurs sabots. L'homme juché sur le cheval de tête fit claquer son gros fouet à manche de cuir pour activer l'allure. Aliénor regardait d'un œil absent les huttes de charbonniers fumer dans une loinaine clairière. La main de Pernelle s'était détendue. Celle d'Aliénor reposait au creux de sa paume comme un oiseau tué mais encore chaud.

— Je te plains, Aliénor. D'autant que tu n'es nullement assurée des sentiments de Raymond. Son épouse, Constance, lui a donné de beaux enfants et...

— Raymond n'a cessé de penser à moi !

— Qu'est-ce qui t'autorise à l'affirmer ?

— Une lettre qu'il m'a fait parvenir la semaine passée. Nous nous retrouverons dans quelques mois à Antioche. J'ai défendu ton amour pour Raoul et j'ai eu raison puisque le pape a levé l'excommunication. Je défendrai de même celui que je porte à Raymond.

— Il est des luttes qu'une reine de France ne peut livrer pour son propre compte. D'ailleurs, je ne puis croire à la sincérité de Raymond. S'il t'avait vraiment aimée, il ne t'aurait pas laissée épouser Louis.

— Raymond avait une mission sacrée à accomplir. C'est un homme d'honneur. S'il m'a oubliée, alors je me retournerai vers Dieu. Il y a tant de passion dans mon cœur qu'un jour ou l'autre, de toutes manières, celle de Dieu finira par triompher. Ce n'est pas la plus vive, mais c'est la plus profonde.

La main d'Aliénor avait repris vie et serrait avec force celle de Pernelle. Aliénor dit, mi-amusée, mi-sérieuse :

— Sœurette, quelque chose me dit que je finirai ma vie dans un couvent.

— Je n'en crois rien. Il y a trop de vie en toi pour la clore entre les quatre murs d'une cellule, trop de passion pour une seule foi.

*
* *

Le roi prenait fort au sérieux les préparatifs de la croisade. Il était rare qu'il ne trouvât pas la reine disposée à le seconder. Elle était de tous les conseils, de toutes les assemblées.

Le bruit s'était rapidement propagé qu'elle avait pris la croix à Vézelay et qu'elle accompagnerait le roi, entourée des dames de la Cour, jusqu'aux avant-postes de Zenghi, le terrible atabeg de Mossoul. Cette décision avait été diversement accueillie. On refusait aux barons le droit de se faire suivre de leur meute et de leur fauconnerie et l'on autorisait cette chienlit ! De grands feudataires jetèrent leur croix aux pieds du souverain. D'autres, au contraire, estimaient que la présence des dames serait pour le reste de l'armée un soutien précieux. Les chevaliers se battent-ils plus mal, au cours d'une joute, d'avoir des dames pour les admirer ?

Durant les quelques semaines qui précédèrent le départ, le roi tint, par esprit de mortification, à visiter les léproseries de la capitale et des alentours. Il passait d'un malade à l'autre avec l'œil froid et le geste ferme d'un praticien. Un jour, un moine qui assumait la garde d'une léproserie aux confins des Petits-Champs, lui avait ouvert la porte d'une sentine. Il avait vu ramper vers lui un être qui paraissait issu d'un cauchemar. Son visage n'était qu'une plaie dévorée par des purulences aux blancheurs de sel. Les yeux n'existaient plus, la bouche s'ouvrait démesurément et il en sortait une sorte de râle. Des bubons gonflaient la poitrine. Les bras n'avaient plus de mains ; les jambes plus de pieds. Le malheureux avançait par petits bonds, comme un crapaud blessé hors de sa bauge, traînant son fumier derrière lui.

— Voilà, dit le moine, tout ce qui reste d'un guerrier devant qui les Turcs ont tremblé. Moins qu'une bête : un peu de boue.

Le moine vit le roi s'agenouiller et se signer largement.

— Homme, mon frère, dit-il, quel que soit le crime qui t'a valu ce châtiment, je me battrai bientôt pour que tu regagnes le sein de Dieu.

Le soir, quand le roi retournait au palais, à l'issue d'une de ces visites, Aliénor se détournait de son époux. Elle respirait sur lui une odeur de cadavre.

*
* *

Les arbres des vergers royaux avaient perdu leurs fleurs et commençaient à verdir quand un jeune chevalier saxon arriva d'Allemagne, portant un bref de Conrad. L'empereur venait de quitter

Nuremberg pour prendre, à petites étapes, la route de l'Orient, suivi d'une armée de plus de cent mille soldats.

A quelques jours de là, un courrier arriva de Nantes. Une centaine de navires anglais et flamands, auxquels s'étaient jointes quelques nefs d'Allemagne et de France, avaient mis le siège devant Lisbonne occupée par les Sarrasins, que don Rodrigue de Bivar et un jeune comte français assiégeaient déjà par terre.

C'étaient les signes qu'attendait le roi.

Une semaine plus tard, passées les fêtes de Pentecôte, il partit rejoindre le gros de son armée qui campait à Metz.

Les terres de Dieu

Louis avait rejoint Conrad peu avant Ratisbonne, où ce dernier l'attendait. Les deux armées se suivaient de près. De si près qu'elles pouvaient passer pour une seule armée. Quand elles atteignaient une ligne de crête, les avant-gardes françaises pouvaient apercevoir au loin, dans le fond des vallées, une sorte de fleuve aux éclats de métal qui était les arrière-gardes de Conrad, avec leurs miroitements de casques et d'armures.

Ratisbonne sur le Danube...

Les soldats des deux armées campées de chaque côté de la ville gardaient le souvenir des souverains chevauchant cuisse à cuisse par les grandes avenues des camps, rayonnant tous deux de jeunesse et d'enthousiasme : l'un, Louis, d'apparence mince et frêle sous la cotte de maille et la tunique grise, l'autre, Conrad, trapu et puissant, revêtu d'un haubert aux mailles annelées et d'une longue tunique de cuir roux.

Durant les quelques jours où les deux chefs étaient demeurés en présence pour déterminer l'ordre de marche, l'euphorie n'avait cessé de régner. D'un camp à l'autre, on faisait assaut de courtoisie, on échangeait le vin de Bourgogne contre la bière de Hambourg. Les filles de camp qui suivaient les deux armées se partageaient indifféremment les faveurs des Français et celles des Allemands.

Le sérieux, la courtoisie un peu guindée du roi plaisaient à l'empereur ; Louis ne pouvait, de son côté, se défendre d'un sentiment d'admiration pour la puissance de Conrad, sa volonté impulsive, ses élans fougueux. Les préventions qu'ils avaient nourries l'un contre l'autre se révélaient sans fondement. Un même sentiment religieux les animait, plus réfléchi chez Louis, plus spontané chez Conrad.

Quand il fut question de se séparer, ils s'embrassèrent et se firent promesse de ne déchoir dans l'estime l'un de l'autre en aucune circonstance.

Louis resta quelques jours de plus à Ratisbonne et, quand le dernier chariot, les derniers groupes de pèlerins, de filles et de vagabonds eurent disparu, il fit sonner le rassemblement et déployer à la tête de son ost la bannière de Saint-Denis.

Tout alla pour le mieux tant que les Français suivirent le Danube. Le pays était riche et, grâce à l'amitié du roi de Hongrie, Geïsa, le ravitaillement en fourrages et en vivres fut facile.

Rien ne pressait. On progressait par petites étapes pour ne pas fatiguer les pèlerins et les dames. Celles-ci s'étaient groupées autour de la reine à quelque distance de l'avant-garde, afin de ne pas respirer la poussière qui stagnait comme un nuage sur des lieues. Elles étaient montées sur des haquenées puissantes et dociles et vêtues de même que la reine : robe blanche à larges plis, ceinture portant un mince coutelas, souliers de cuir rouge, voile flottant pour protéger leur tête du soleil. Elles babillaient sans arrêt. Conrad et ses barons faisaient les frais de ces interminables entretiens. La petite duchesse d'Angoulême trouvait que, malgré sa prestance, l'empereur manquait de conversation et d'esprit — il est vrai qu'il parlait fort mal le français. Au goût de la comtesse de Blois, Frédéric de Souabe avait la plus belle barbe des deux armées. Pour Sibylle de Flandres, qui chavauchait, droite et fière, un peu à l'écart, aucun des barons allemands ni l'empereur lui-même n'égalaient en rien le roi. On souriait avec indulgence : nul n'ignorait que Sibylle aimait en secret le roi de France.

Les chaleurs de l'été se firent cruelles. Sur les grandes plaines hongroises, le soleil de juin faisait rouler une marée de feu d'un bout à l'autre de l'horizon.

L'ost de France avançait lentement. On levait le camp peu avant prime, dans la rosée du matin. Il semblait alors que Constantinople fût tout proche. On partait dans l'allégresse. Durant quelques heures, le babil des femmes répondait aux chansons que Jaufré Rudel et Saldebreuil lançaient à pleine voix. Dès tierce, l'enthousiasme baissait d'un ton. Quand sonnait la halte de sexte, alors le soleil blanchoyait au zénith dans un ciel de craie, l'armée présentait l'aspect d'une grosse couleuvre morte allongée dans les blés. On dressait rapidement de grands auvents pour le repas des barons et des dames, mais l'atmosphère y devenait à ce point étouffante que la plupart des convives s'en allaient finir leur repas à l'ombre d'un fourré ou sous le ventre de leur cheval. On repartait après la sieste, dans la torpeur et la mauvaise humeur. On digérait mal les grossières cuisines préparées à la hâte, les vins tièdes, les bières aigres. Le rythme lancinant du cheval, le bourdonnement de feu qui montait des terres, l'immensité incandescente qui n'en finissait plus, plongeaient les croisés dans une mauvaise somnolence. Ce n'est que passée l'heure des vêpres, quand le roi donnait le signal de la halte, que l'on se reprenait à vivre.

De nouveau, Constantinople paraissait proche.

Parfois, le soir, Jaufré se glissait sous la tente de la reine où elle se retirait avec quelques-unes de ses compagnes. Il s'asseyait à même le sol et laissait sa tête s'infléchir sur sa poitrine.

— Qu'as-tu, mon beau Jaufré ? demandait la reine. Est-ce la fatigue qui te fait cette mine ?

Jaufré secouait la tête.

— Je suis las, madame, affreusement las. Il n'est qu'une chose qui me soutienne et me force à vivre : l'espoir. Lorsqu'il me quitte, c'est comme si je mourais. Cette horrible chose continue à me fouiller le flanc sans que je puisse, non plus que vos médecins, lui donner un nom. La nuit, je me réveille en hurlant comme si je recevais un coup de poignard au côté droit...

— On ne soupçonnerait rien, à t'entendre chanter.

Jaufré sourit tristement.

— Un jour, madame, j'ai trouvé dans un chêne-liège, tout près de mon château de Blayes, une cigale qui chantait. Elle avait pourtant la moitié du corps emportée par un coup de bec...

Le regard de Jaufré se fixait sur la lampe juive d'où pendait une mèche enflammée que les souffles de la nuit et du fleuve faisaient vaciller. Il avait perdu sa bonne mine et jusqu'à cette étincelle qui animait son regard. Il flottait dans ses vieux vêtements.

— Je sens bien que je ne pourrai pas tenir jusqu'à Tripoli. Encore heureux si j'atteins Constantinople. De plus en plus j'en viens à considérer que cette histoire n'est qu'une folle invention de mon esprit. Qui sait seulement si cette dame Hodierne existe, si on ne m'a point abusé ?

— Elle existe et je te défends bien de t'abandonner au désespoir. Je ne tiens pas à être privée d'un aussi agréable compagnon. Demain, si tu cessais de chanter, nous serions cent mille à le regretter.

Jaufré se levait et Aliénor entendait craquer sa grande charpente d'os. Il grimaçait en portant la main à son côté.

— Tu pars déjà, Jaufré ?

— Il le faut, madame. Le duc de Montferrat m'a prié d'aller distraire sa soirée et celle de ses Italiens.

Tout alla sans trop de déboires jusqu'aux Portes de Fer, aux marches du territoire bulgare.

L'été se faisait plus doux. Un vent frais descendait des monts du Banat couverts de hautes forêts où vivaient des peuplades à demi sauvages de pasteurs et de bûcherons. Les courriers de France apportaient des nouvelles rassurantes. Suger gouvernait, secondé par Raoul de Vermandois à qui le roi avait confié la haute main sur l'armée. La plupart des grands barons s'étant ralliés à la bannière du Christ, les guérillas avaient pratiquement cessé. C'était la paix, mais une triste paix, et le roi se souvenait parfois de ce que lui écrivait Bernard de Clairvaux : *On ne rencontre partout que des veuves dont les maris sont encore vivants.*

Les difficultés commencèrent lorsqu'on entra dans le pays des anciens Bulgares, les Pincenaires. Les épaisses chaleurs de l'été hongrois avaient fait place à un temps vif et capricieux. Certains matins, des vents glacés descendaient des pentes. Les dames étaient de fort mauvaise humeur. Les tenues blanches et rouges des amazones étaient souillées de poussière, de boue et si mal ravaudées que les ribaudes qui suivaient l'armée n'avaient plus rien à leur envier pour l'apparence. Sybille et Aliénor, seules de toutes les dames, conservaient leur énergie intacte. Jaufré Rudel ne chantait plus. Saldebreuil pas davantage.

Ce fut bien pis quand on éprouva les premières difficultés de ravitaillement.

Les hautes vallées où sinuaient des pistes menant vers le Sud n'étaient guère peuplées que d'ours et de sangliers. Quand les ravitailleurs qui devançaient l'armée pénétraient dans un des misérables hameaux qui accrochaient aux pentes pierreuses leurs cassines de boue séchée, les villageois leur faisaient la même réponse :

— Nous n'avons plus rien. Les Allemands ont tout emporté !

Que maudits soient Conrad et ses Teutons ! Combien on avait

eu tort de se fier à leur parole ! Ils avaient forcé l'allure et leurs équipes de ravitailleurs raflaient tout, razziaient des troupeaux entiers, pillaient les moindre cabanes des villages. On retrouvait leurs campements, les foyers où avaient cuit des quartiers de viande, les ossements et les peaux décomposées dispersés tout autour. Pour se venger, les hommes de Louis corrigeaient sévèrement les traînards, leur coupaient le nez et les laissaient repartir nus vers le nord.

Les gouverneurs bulgares barricadaient leurs cités. Il eût fallu donner l'assaut, mais le roi s'y refusait. On tentait de difficiles négociations. Un jour, Robert de Dreux, aidé d'une poignée de fortes têtes, enleva une bourgade, massacra la population mâle et vida les moindres bahuts.

Le roi était fou de rage.

— Misérables ! Ne savez-vous pas que, depuis l'aube, nous sommes sur le territoire de Byzance ?

Il réunit son armée et lui servit une harangue. Le moindre vol serait désormais puni de mutilation ; au moindre crime, le roi répondrait par le châtiment suprême. Robert grogna :

— Autant se laisser mourir de faim. Nous n'aurons pas même le souci d'enterrer nos morts, tant il y a de loups et de vautours dans ces montagnes !

— Nos rapports avec le basileus Manuel Comnène ne sont pas suffisamment amicaux pour que nous allions les compromettre davantage par des excès de toutes sortes.

Robert cracha entre les pieds du roi.

— Qu'il crève !

Ce gaillard-là ne voyait pas plus loin que le bout de son épée. Le roi se promit de l'avoir à l'œil. Non : il ne fallait pas mécontenter Manuel. Louis avait reçu a Ratisbonne deux ambassadeurs de Byzance : Démétrios Makrembolitès et Jean Doukas, deux beaux parleurs qui avaient autant d'esprit dans leurs propos que d'or sur leur uniforme. Manuel se montrerait accueillant pour Louis, à condition que le roi ne laissât pas ses troupes commettre d'excès sur son territoire. Si Louis avait refusé l'aide du roi Roger de Sicile lui proposant de conduire les croisés par mer jusqu'à Tripoli, c'est qu'il savait l'hostilité qui opposait les deux princes. Que demandaient encore les envoyés du basileus ? Que Louis abandonne en fief à Byzance ses futures conquêtes en terre turque. Le roi réserva sa décision. Il était convenu avec la reine que ces conquêtes éventuelles profiteraient surtout à Raymond d'Antioche. Cette dernière clause était demeurée dans l'esprit du roi comme un os en travers du gosier. L'amitié de Manuel était bien exigeante. De plus, il y avait Conrad, et l'empereur ne paraissait pas vouloir s'en laisser compter.

La puissante armée impériale écrasait tout sur son passage. Mécontents des gouverneurs byzantins, les Allemands répondaient à la malveillance par le sang et firent de grands carnages. Robert de Dreux les approuvait :

— Conrad a raison ! Ces gens nous vendraient aux Turcs s'ils le pouvaient.

— L'amitié de Manuel m'est plus précieuse que l'aide de Conrad, répliquait le roi.

Aliénor avait assez à faire sans s'occuper de ces querelles. Elle s'employait, avec l'aide de Sibylle de Flandres, à soutenir ses compagnes. Jaufré lui donnait beaucoup de soucis. Un jour, il avait cessé de chanter et suivait depuis dans un chariot avec les éclopés. La reine sentait que, s'il disparaissait, c'est une part d'elle-même dont elle devrait faire abandon. Ce voyage était « leur » voyage. Ils ne croyaient à leur amour réciproque que parce qu'ils se donnaient mutuellement la force d'y croire. Si Jaufré disparaissait, Aliénor devrait renoncer à Raymond.

Un soir, lors d'une halte près de Sofia, au pied d'un cirque de montagnes très noires, Jaufré écrivit un poème et le lut à Aliénor. Ils pleurèrent ensemble.

— C'est mon dernier poème, dit Jaufré. Désormais, je n'attends plus rien que de voir Hodierne une seule fois avant de mourir.

Aliénor retint dans sa gorge un petit cri de surprise, approcha sa monture de celle de Sibylle qui venait elle-même de s'arrêter au détour d'un bois de cyprès. La comtesse de Flandres accueillit joyeusement la reine.

— Nous sommes arrivés, madame ! Voyez comme c'est beau !

Aliénor prit la main de Sibylle et ferma les yeux. Elle sentit la brûlure d'une larme au coin de sa paupière et laissa l'éblouissement d'azur et d'or lui chauffer le cœur.

De vieux soldats, des vétérans d'autres croisades avaient mis pied à terre et, le doigt tendu, lançaient des noms aux syllabes chantantes.

— A l'est, c'est le groupe des palais impériaux des Blaquernes. Plus loin, Philopation. Ce gros dôme doré comme une pomme, c'est Sainte-Sophie. Ce grand espace rond, c'est le Cirque.

Deux mains avaient saisi celle qu'Aliénor laissait pendre contre le cuir de sa sambue. Une bouche s'y colla, tandis qu'un sanglot d'homme montait jusqu'à elle.

— Jaufré, dis-moi que nous ne rêvons pas !

— Non, madame, nous sommes bien arrivés, puisque je sens de nouveau l'envie de vivre et de chanter.

Alors elle ouvrit les yeux.

Le paysage frémissait comme une draperie clouée à l'est par le soleil. Des collines vertes et dorées inclinaient doucement leurs pentes semées de jardins et de villas jusqu'aux murailles de Théodose qui ceinturaient la gigantesque métropole des Comnène, étincelant sous la brume légère du matin. Une petite brise apportait jusqu'à l'armée la rumeur des faubourgs grouillant de populace et des cloches de tierce sonnant à la basilique et aux églises dont les coupoles, pareilles à des grenades, s'arrondissaient sur la masse des toitures et les entablements de marbre des palais. Le Bosphore d'un bleu profond frémissait au passage de milliers de caïques aux voiles blanches et rouges et de nefs de haut bord portant la croix de Byzance, celle du royaume français de Jérusalem ou le croissant du Prophète. Au loin, vers l'ouest, le détroit s'élargissait et l'on devinait à de blanches traînées de sel les îles de la mer de Marmara.

La reine respira profondément.

— Je meurs d'envie de me trouver à Antioche, mais, par Dieu ! je ne serais pas fâchée de rester quelques jours ici. Qu'en ditesvous, Sibylle ?

— Nous ferons ce que le roi décidera, madame ! répliqua Sibylle.

Aliénor songea qu'elle ne se ferait jamais une amie de cette fille un peu farouche. Elles avaient, durant tout le trajet, partagé la même tente, couché dans le même lit de camp, mais, malgré les avances de la reine, tout ce qu'elles avaient réussi à échanger, ç'avait été un peu de chaleur, les nuits où la montagne bulgare refermait sur le camp ses murs de glace. Elles se tenaient enlacées sous les épaisses fourrures, tempe contre tempe, mêlant leurs cheveux et leur souffle, tandis que le vent descendait à travers les avenues du camp et criblait d'averses froides les pans de toile. La retenue de Sibylle, sa pudeur, avaient une cause qu'Aliénor n'ignorait pas : la passion secrète qu'elle portait au roi. Ce n'était encore entre elles qu'une hostilité, à peine perceptible, mais qui n'attendait qu'une occasion pour se révéler. Le comte des Flandres, un énorme vieillard couturé de rides comme un chêne centenaire, se moquait bien des soucis sentimentaux de sa jeune épouse. Quant au roi, il était trop occupé par les questions qui se posaient à lui chaque jour pour prêter attention aux mouvements de cœur que suscitaient sa prestance physique et sa qualité de roi.

Louis parcourut l'horizon du regard et se frotta le menton.

— Une chose m'inquiète, dit-il. Qu'ont bien pu devenir Conrad et ses Allemands ?

*
* *

Le tintamarre de l'étrange cité bourdonnait encore aux oreilles des souverains quand, après avoir traversé des immensités de jardins composés avec art, chantants de fontaines, ils pénétrèrent sous les voûtes froides des grands vestibules aux lambris dorés, aux parquets de mosaïque, qui précédaient les appartements du roi.

Les jardins comme les vestibules étaient pratiquement déserts, à cause, peut-être, de l'heure matinale ou des jeux du cirque et de l'hippodrome. De grands nègres vêtus comme des dignitaires gardaient chaque porte. L'escorte conduite par Jean Doukas et un détachement de gardes impériaux croisaient de singuliers personnages devisant au bord des fontaines et qui devaient être ces princes barbares des pays du nord et de l'est : Scythes, Khazares ou Magyars, dont le basileus recherchait l'alliance et l'amitié.

Malgré le sourire affable de Jean Doukas et la sénérité des lieux, le roi ne pouvait se défendre d'un sentiment de crainte qui frisait l'angoisse. Tout était trop calme. L'arrivée du basileus eût été annoncée en Ile-de-France, qu'en moins d'une heure le palais eût été transformé en ruche défoncée. Ici, rien de tel. Les dignitaires khazares ou magyars tournaient à peine sur le passage du roi leurs yeux sombres. On disait que Manuel, après la guerre impitoyable qui l'avait opposé au sultan turc de Qonya, recevait dans son palais ses ennemis de la veille ; on allait même jusqu'à prétendre qu'il avait pactisé avec les Turcs pour faire échouer la croisade qui lui portait ombrage. Des bruits couraient, selon lesquels les guides byzantins fournis par Manuel à son beau-frère Conrad (lequel, le roi venait de l'apprendre, avait pris les devants au lieu d'attendre les Français) avaient conduit l'armée allemande par de fausses pistes à travers les plateaux d'Anatolie.

Tandis qu'ayant mis pied à terre le roi s'avançait avec Aliénor sous les galeries ruisselantes de dorures et de chaudes étoffes, les paroles des évêques de Toul et de Metz lui revenaient en mémoire : « Méfiez-vous de Manuel ! Cet Homme est Judas Iscariote en personne sous des apparences séduisantes. »

Que cachaient ces draperies ? Où menaient ces couloirs déserts ? Qui était ce personnage drapé de blanc comme un sénateur de la Rome antique, aux allures efféminées, qui cachait un mince sourire derrière la rose qu'il venait de cueillir ?

Une porte s'ouvrit soudain au pied d'un large escalier de marbre. Le roi eut un recul qui n'échappa point à Jean Doukas.

— Sire, ne vous impatientez pas ! Nous sommes arrivés.

Ils pénétrèrent dans d'immenses salles où paraissaient être accumulés tous les trésors de l'Orient. Des luminaires d'or et d'albâtre pendaient des hauts plafonds incrustés de mosaïques somptueuses. Des meubles ornés de sculptures d'un travail délicat rompaient par leur diversité la monotonie de l'ensemble. Ces salles portaient des noms que Jean Doukas énumérait :

— Salle de la Rose d'Or, salle de la Reine de Samarkande, salle des Patriarches...

La reine allait de ravissement en ravissement. Elle s'arrêtait pour frôler de la main une tapisserie de Mossoul, caresser l'orfroi d'un siège, soulever une statuette chinoise taillée dans l'opaline ou l'ivoire.

Une dernière porte s'ouvrit enfin, et Jean Doukas s'effaça pour laisser passer le roi et la reine.

*
* *

Manuel riait de si bon cœur et si fort que Jean Doukas dut répéter :

— Voici messire Louis, roi de France, et sa royale épouse Aliénor.

Le rire décrut et s'arrêta. Manuel, qui était couché sur un tapis et jouait avec un ourson qu'une fillette tenait dans ses bras, se leva et s'avança vers les souverains.

— Dieu soit loué ! Vous voici enfin... Louis, Aliénor. Je bénis ce jour. Permettez, Louis, que je vous embrasse et vous, madame, donnez votre main à baiser à votre indigne serviteur. Vous ne pouvez imaginer quelle joie me cause votre venue !

Le roi s'éclaircit la voix.

— Nous...

Manuel ne le laissa pas achever. Il poursuivit avec une étourdissante volubilité.

— Ah ! Louis, avec quelle impatience je vous attendais ! (Il se tourna vers la fillette.) N'est-ce pas Théodora ? Je craignais qu'il ne vous soit arrivé quelque événement fâcheux. Dites-moi qu'il ne vous est rien arrivé !

Louis avait sagement pris son parti de ce débordement de faconde. Les souverains se laissèrent conduire jusqu'à un siège garni de velours jaune, près d'une baie d'où l'on découvrait le vaste panorama de la Corne d'Or et le bras de mer sillonné de milliers de caïques. Louis ne répondait plus que par des signes et des monosyllabes aux protestations d'amitié du basileus. La scène amusait beaucoup Aliénor. De temps à autre, elle cachait son visage derrière son voile et se pinçait les lèvres pour ne pas éclater de rire.

Manuel était un bel homme. Il accusait sensiblement le même âge que le roi : la proche trentaine. Aliénor observa qu'il refrénait difficilement un besoin assez maladroit de plaire : ses mains délicates dont il jouait comme pour caresser une harpe invisible et posait à tout instant, étincelantes de grosses pierres, sur l'avant-bras ou sur le genou du roi, ce geste par lequel il rejettait derrière lui les pans de son manteau d'intérieur pour faire valoir le collier pectoral portant en sautoir un énorme diamant taillé en rose double, ce mouvement de la tête pour faire onduler sur ses épaules qu'il avait un peu voûtées une crinière brune où jouaient des reflets bleus...

Aliénor s'attachait à définir le personnage. Etait-il courageux, généreux, fraternel comme le représentaient ses ambassadeurs ? Etait-il veule, avare et faux, ainsi que le dépeignaient certains croisés ? Elle n'eût pu le dire encore. Le basileus ne faisait pas autre chose que jouer et, à en juger par la mine embarrassée du roi, les regards complices que Manuel décochait à Aliénor, il prolongeait le jeu tout à loisir. « Le plus intelligent des hommes, prétendait Geoffroy de Langres, mais d'une rare cruauté. » Cette intelligence, cette cruauté plaisaient à Aliénor. Elle voyait Manuel sous les apparences d'un de ces beaux poignards orientaux d'une extrême finesse, gainés de velours.

Quand Théodora eut fini de jouer avec l'ourson, elle se leva pour aller s'asseoir aux pieds du basileus. C'était une grande fille souple comme une liane, au visage aigu de criquet. Ses yeux larges, qu'elle tenait mi-clos, paraissaient ne rien voir. Elle était coiffée à l'égyptienne de cheveux épais et noirs qu'Aliénor prit d'abord pour une perruque. Elle adressa en grec quelques mots à Manuel qui lui pinça les reins, et fit écho à son rire un peu lourd.

La reine faillit pouffer quand elle vit Théodora poser sans façon l'ourson sur les genoux du roi qui parut fort embarrassé et eut un sourire contraint.

— Il faut pardonner à ma nièce, Louis. Que ces familiarités ne vous offusquent pas. Elle n'y ajoute pas malice.

Le roi toussa poliment, rendit l'ourson à la fillette qui le repoussa en secouant la tête. Manuel confirma le refus de Théodora.

— Il est à vous, Louis. C'est un ours que le père de Théodora, mon frère, a ramené d'une expédition en Colchide. Savez-vous quel nom lui a donné ma nièce ? Conrad !

Manuel partit d'un petit rire crispé qui s'arrêta brusquement lorsque Théodora, se levant pour passer devant lui, il pressa de ses deux mains ses hanches souples. Il soupira, entre deux fusées de rire :

— Pauvre Conrad !

Le roi s'enquit de son allié. Manuel leva les yeux au ciel.

— Où est mon beau-frère ? Comment le saurais-je ? Nous ne nous sommes pas quittés dans les meilleurs termes. Conrad n'a cessé de répondre à mon amitié par le mépris et l'insulte. Je hais les gens brutaux et grossiers. Les paroles qu'il m'a dites, Louis, vous eussiez été incapable de les concevoir. Il est persuadé que j'ai monté mon peuple contre lui. Moi, son beau-frère ! Pour un de ses soudards qu'un misérable a tué près d'Andrinople, il a mis le feu au couvent et massacré cent moines.

— Et vous ignorez réellement où il peut se trouver ?

— Sur mon âme, Louis ! Sur ces quinze années de vie délicieuse que m'ont promises les astrologues ! Un beau jour, Conrad a exigé que je lui fournisse des guides. Il a passé le détroit avec « mes » navires pour se porter en Chalcédoine. Il avait, je crois, l'intention d'aller à travers le plateau d'Anatolie pour braver le sultan de Qonya.

Louis sursauta.

— A travers l'Anatolie ! Mais c'est d'une folle imprudence ! Il va s'y perdre corps et biens. Il eût dû longer la côte sous la protection de vos forteresses...

— C'est bien ce que je lui ai répété sans pouvoir vaincre son entêtement.

— Je dois aller le secourir, dit Louis.

Petit rire fêlé de Manuel.

— A quoi bon ? Il vous recevrait très mal. Cet homme n'a aucune amitié pour vous. Ne vous leurrez point. Conrad n'aime personne. Il est pourri d'égoïsme et d'orgueil.

La main de Manuel vola dans un éclair d'améthyste jusqu'aux genoux du roi.

— Il est persuadé que nous lui voulons du mal, que l'univers entier s'est ligué contre lui.

La moitié de la matinée passa de la sorte, sans que le roi et la reine eussent à se mettre en frais de conversation.

Conrad s'était endormi sur les genoux de Louis, une patte sur sa main. Agenouillée près de la reine, Théodora fredonnait de sa voix un peu grave. Aliénor, amusée, la laissait jouer avec les plis de sa robe, lui ôter ses bagues qu'elle essayait à ses doigts. Elle avait une manière un peu crispante de caresser la main que la reine lui abandonnait, de laisser ses lèvres les effleurer d'un souffle chaud de petit animal. Manuel glissait vers elle des regards tendres et indulgents.

Aliénor ne prêtait qu'une oreille distraite aux propos de Manuel. Des noms revenaient sans cesse sur les lèvres du basileus : « Conrad... Mashoud... Roger de Sicile... Raymond d'Antioche... ». Manuel expliquait qu'une bonne entente entre Louis et lui-même pouvait seule assurer le succès de cette croisade. Sans le concours d'Alexis Comnène, la première eût échoué. De puissantes armées étaient moins indispensables pour vaincre les Turcs qu'une connaissance parfaite du pays et beaucoup de prudence. Que le roi fasse confiance à Manuel ! Le basileus demandait peu de choses en retour : simplement que les territoires reconquis fussent placés sous sa suzeraineté.

Louis déposa Conrad à terre et se leva pour prendre congé. Aliénor devina la déconvenue du basileus dans le geste qu'il fit de repousser l'ourson qui venait renifler ses bottines.

— Nous aurons l'occasion de nous entretenir de ces questions. Doukas vous a fait préparer quelques appartements au Philopation pour vous et vos barons.

— Nous nous reverrons, Manuel. J'ai l'intention de laisser mes troupes au repos durant quelques semaines.

*
* *

Les jours passaient. Conrad ne donnait pas signe de vie.

Un jour de novembre, la garnison grecque de Nicée, sur les marches du territoire turc d'Anatolie, envoya au basileus qui, lui-même, les adressa à Louis, deux chevaliers de l'ost impérial, que l'on avait découverts gémissant sous une porte de la ville. L'un avait la langue arrachée, l'autre les yeux crevés. Ce dernier expliqua ce qui était advenu à Conrad.

L'empereur avait effectivement quitté Nicée pour Qonya, capitale du sultan Mashoud, en plein cœur du plateau anatolien. Cette ville fascinait Conrad. Il pensait y briser d'un seul élan la puissance turque et faire ample récolte d'or. Une nuit, les guides de Manuel prirent la fuite. Abandonné au milieu d'une contrée sauvage et inconnue, Conrad était allé de désastre en désastre. Dans un seul coup de filet, les terribles cavaliers de Mashoud avaient fait cinq cents prisonniers. Deux d'entre eux, abandonnés au bord de la route, étaient parvenus à rejoindre Nicée.

Les deux rescapés levèrent les bras au ciel et se prirent à gémir. Celui qui avait conservé l'usage de la parole s'écriait :

— Les Grecs nous ont trahis !

Le roi les écouta gravement. Il secoua la tête.

— Ces hommes ont perdu la raison. Après les épreuves par lesquelles ils ont passé, cela n'a rien de surprenant.

Il fit la sourde oreille aux protestations de Robert de Dreux qui tenait pour évidente la perfidie de Manuel. Il fit soigner les rescapés avant de leur assigner comme résidence l'enceinte que l'on réservait aux malfaiteurs, aux lépreux possédés par le diable et aux déments.

*
* *

Jaufré leva la tête comme on entrait dans le tumulte du port. Sibylle de Flandres le força à la reposer sur l'oreiller et essuya le front ruisselant.

— Restez en paix. Le médecin a dit qu'il ne fallait surtout point vous agiter si vous voulez débarquer en bonne santé à Tripoli.

— Dites-moi où se tient la reine ! Je veux la voir tout mon saoul avant de quitter la ville.

— Enfant ! Elle est là, derrière.

Sibylle fit signe à Aliénor qui poussa son alezan contre le chariot dont les bâches de cuir avaient été relevées sur un côté pour donner de l'air au malade, tout en le protégeant, de l'autre, d'un soleil furieux qui animait des spectres de poussière dorée. Sibylle se toucha le front et Aliénor répondit à son geste par un mouvement de tête. Jaufré se leva sur ses coudes.

— Aliénor ! Ma reine...

— Me voici, mon bon Jaufré. Je ne te quitte point.

Il ferma un moment les yeux, gardant vivante contre sa rétine l'image de l'amazone vêtue de velours vert, dont les cheveux roux ondulaient sous la brise du Bosphore mêlés au voile de gaze s'échappant du petit chapel rouge, lentement balançée au rythme de l'alezan dont l'encolure gentiment rouée faisait plaisir à voir. Elle avançait dans une gloire de soleil et de vent, un peu raide sur sa sambue, plus reine que femme. Devant elle, s'apaisait le gros tumulte du quai. Qu'elle décide de pousser jusqu'à Chalcédoine et les eaux du Bosphore s'écarteraient pour lui livrer passage. Jaufré la vit progresser entre deux murailles d'eau, sur un fond de mer plein d'algues et de roches aux couleurs vives. Un murmure venu de très loin frappa son oreille, une lente modulation dont il essaya de deviner le rythme, les paroles aussi, puisqu'une voix se dégageait de ce brouillard sonore. Ce n'était plus Aliénor qu'il voyait chevaucher près de lui mais une autre femme dont les traits lui revenaient en mémoire : Hodierne, princesse de Tripoli. Elle avait tourné bride et c'est vers lui qu'elle venait à travers des collines d'algues rousses, des prairies d'anémones de mer, par des chemins de sel. Il essaya de prononcer son nom. Sibylle lui toucha l'épaule un peu rudement.

— Pour l'amour de Dieu, cessez donc de raconter des sottises.

Elle écarta les cheveux gris collés aux tempes qu'elle frotta d'un linge humide.

— Je n'arriverai jamais, Sibylle. Ce voyage est trop long pour moi. Si Hodierne m'aime comme elle le prétend, elle devrait m'épargner ce voyage et venir elle-même.

— Vous n'y pensez pas ! Une dame de sa condition... Fou que vous êtes !

— Si je n'arrivais pas vivant à Tripoli, vous lui diriez que je désire reposer en ses jardins et qu'elle suspende ma cithare au-dessus de ma tombe afin que le vent et les oiseaux fassent résonner ses cordes. Qu'elle vienne me saluer de temps en temps. Elle sentira à travers la pierre le rayonnement de mon amour.

— Allez-vous vous taire ! Milon de Chevreuse, qui doit vous escorter jusqu'à Tripoli n'aura pas ma patience. Si vous continuez à vous agiter, pour sûr, vous n'arriverez pas vivant. Voyez, Jaufré ! Le navire est à la voile !

C'était une petite galéasse à deux mâts aux formes un peu lourdes mais embellies d'un tillac haut comme un sein de pucelle. Jaufré souleva légèrement sa tête.

— C'est un beau navire. Il doit bien tenir la mer par gros temps. Il me rappelle les galées espagnoles qui remontaient la Gironde jusqu'à mon repaire de Blayes.

On hissa sur le pont, lentement, la litière de Jaufré. Aliénor monta à son tour, puis Sibylle et Milon de Chevreuse que la reine prit par le bras.

— Je serais très contrariée d'apprendre que Jaufré est mort avant d'avoir vu Hodierne de Tripoli. Tu sais que la lettre qu'il a reçue de la princesse, c'est moi qui l'ai dictée à l'une de mes femmes ? Tu sais aussi que j'ai fait parvenir à Hodierne, dès notre arrivée à Constantinople, un pli pour la prévenir de l'arrivée de Jaufré et la prier de ne pas lui ôter brutalement tout espoir ?

Un cri déchirant traversa le pont. Jaufré, la main au côté, se démenait dans sa litière.

— Il souffre atrocement, dit Sibylle. Je doute fort qu'il puisse...

— Non ! taisez-vous, dit la reine. Faisons-lui bon visage.

Elle se pencha vers Jaufré. Sibylle lui posa une main sur la poitrine.

— Il est mort.

— Non ! Il n'est qu'évanoui. Laissons-le, à présent. Adieu, Milon ! Tiens-moi au courant de votre voyage.

Quand elle fut descendue sur le quai, Aliénor se sentit envahie par une terrible impression de solitude. Jaufré était le compagnon des heures noires où l'espoir lui refusait son recours, où le souvenir de Raymond la fuyait.

— Sibylle, dit-elle, nous ne resterons plus longtemps à Constantinople. Dès ce soir, je parlerai au roi. Nous ne sommes pas ici, que je sache, pour prêter l'oreille aux belles paroles de Manuel ? Nous fêterons Noël à Antioche, je vous en donne ma parole.

— Qu'avez-vous ? dit le roi. Pourquoi pâlissez-vous soudain ? Des nouvelles de France ?

— Non, sire, c'est un bref de Milon de Chevreuse.

— Je gage que votre troubadour est mort.

— Oui, sire. Dès son arrivée. Nos hommes venaient de le descendre sur le quai. Le temps de prévenir Hodierne, et il entrait dans l'agonie. Lorsque la princesse s'est penchée sur lui, il a pu articuler quelques mots avant de mourir et nul, sauf la princesse, n'a pu comprendre le sens de ses paroles.

— Cette Hodierne de Tripoli est-elle semblable à ce qu'attendait Jaufré ?

— Milon dit qu'elle est très belle. La princesse a beaucoup pleuré et prié Dieu qu'il ressuscite Jaufré afin qu'il n'ait pas souffert en vain. On lui avait parlé de lui et elle connaissait ses chansons et ses poèmes. Elle l'attendait et il n'en savait rien. Ah ! Louis, tout ceci est merveilleux et absurde à la fois.

*
* *

La rumeur s'enflait, décroissait pour renaître quelques instants plus tard, quand la bourrasque descendue de la montagne jetait des paquets de pluie contre les murs du palais de Constantin. Manuel et Louis quittèrent leur siège et s'avancèrent sous la galerie, suivis de quelques convives.

— Manuel, dit le roi, pensez-vous qu'il s'agisse encore d'une échauffourée entre vos gardes et mes troupes ?

— Je ne crois pas qu'il puisse s'agir d'autre chose. J'avais pourtant donné des ordres très sévères. Il est possible que la population elle-même ait pris quelques-uns de vos hommes à partie, comme la semaine passée.

— Manuel, il est grand temps que nous nous séparions. De tels incidents risquent de gâter notre amitié.

— Vous parlez sagement, Louis. J'aurais mauvaise grâce à vous retenir. Mais vous me trouverez toujours prêt à vous venir en aide. Ne défendons-nous pas la même cause ?

— Me donnerez-vous ces guides que vous m'avez promis ?

— Ils sont à votre disposition. Le ravitaillement de votre armée sera assuré où que vous décidiez de faire étape.

Le roi inclina la tête, les yeux sur la pointe de ses bottines, et se gratta le menton.

— Je quitterais votre capitale d'un cœur plus léger si j'avais la certitude que Conrad a traversé le territoire des Turcs dans de bonnes conditions. Or, hier au soir, un de mes barons a rencontré l'un des guides de Conrad, Etienne. N'avait-il pas été convenu qu'Etienne accompagnerait l'empereur jusqu'aux frontières de vos possessions, au sud de l'Anatolie ?

Manuel répondit nerveusement.

— Si fait ! Si fait, mon frère ! Etienne a rempli sa mission et venait m'en rendre compte. J'avais justement l'intention de vous en parler. Rentrons, voulez-vous ? Ce vent est de glace.

La haute silhouette voûtée de Manuel s'effaça pour laisser passer le roi.

A peine avaient-ils repris place au bout de l'immense table recouverte de vaisselles de grand prix, à peine la musique eut-elle repris, et les danses des filles d'Asie, et la procession des valets portant les plats, qu'un bruit de voix suivi d'un piétinement se fit entendre dans la pièce voisine. La porte s'ouvrit, et le grand nègre qui en avait la garde roula jusqu'aux pieds des premiers convives, la gorge tranchée. On entendit glapir les dames, tandis qu'une voix puissante tonnait dans la salle :

— Manuel, fils de putain, où êtes-vous ?

La même voix puissante tonna :

— Vos dogues ont les dents longues, Comnène, mais nous avons de quoi répondre !

Louis et Aliénor poussèrent le même cri :

— Robert !

Robert de Dreux s'avança, rouge et dépoitraillé, soutenu par quelques coutilliers fort hargneux et prêts à bondir. Il tenait d'une main une dague rouge de sang frais et, de l'autre, un Grec maigre et chauve, qui suait la peur. Il demanda, d'une voix où éclatait une joyeuse ironie :

— Avez-vous fait un bon repas ? Je m'excuse d'apporter le trouble dans cette aimable assemblée, mais l'homme que voici a des révélations à vous faire.

Manuel fit un pas vers le Grec.

— Arcadius !

— Vous le connaissez donc ?

— Qu'as-tu révélé, Arcadius ? poursuivit Manuel. Prends bien garde à ne pas conter de sornettes.

Robert de Dreux mit sa dague sous le nez de Manuel.

— N'ayez crainte, j'ai de quoi lui faire cracher la vérité. Parle, Arcadius ! En grec, d'abord, pour l'aimable assistance. En français, ensuite.

Le Grec ne broncha pas. Il joignit les mains, se signa et se mit à prier d'une voix rapide. Robert lui hurla aux oreilles :

— Vas-tu te décider ?

Comme Arcadius ne paraissait pas décidé à parler, Robert l'enfourcha de ses cuisses de pierre, lui mit la dague sur le cou, la pointe pénétrant la chair. Le Grec gémit d'une voix étranglée :

— De grâce, cessez ! Je parlerai...

Il dévida sur un rythme précipité une sorte de litanie en grec qui ne parut pas être du goût de Manuel. « Il en tient ! », pensa Robert. Manuel n'attendit pas la fin du discours. Il se rua sur Arcadius et, d'un coup de pied en plein visage, l'envoya rouler sous une table. Le roi parut fort étonné.

— Qu'a-t-il dit ?

— Des mensonges ! Cet homme a cédé aux menaces de votre frère pour m'accabler de médisances. Est-il une seule personne dans cette assemblée qui puisse croire de telles inepties ?

Personne ne souffla mot. On entendit la voix grinçante d'un singe savant que les baladins arabes exhibaient l'instant précédent, puis le rire énorme de Robert de Dreux qui aidait le malheureux Arcadius à se relever.

— Viens çà, mon mignon ! A quel maître t'es-tu vendu ? Qu'il est brutal sous ses apparences de femmelette !

Manuel s'égosilla.

— Gardes !

— Patience, basileus de mon cœur. Et vous, mon frère, écoutez la version en français. Va ! mon bonhomme. Chante-nous ta chanson !

Arcadius parlait un français zézayant et pompeux. De temps en temps, il torchait d'un revers de poignet, avec une moue de dégoût, son nez qui pissait le sang. Robert l'encourageait de la main, avec des mimiques paternes de montreur d'ours, le bousculait d'un coup de heuses quand il s'arrêtait pour respirer ou chercher un mot. C'était au tour du roi de changer de mine. Aliénor venait de s'asseoir et pianotait nerveusement des doigts sur ses genoux. Robert s'exclama :

— C'est bien, bonhomme ! Ton discours n'est pas des plus clairs, mais je devine qu'il a été fort bien compris.

Robert avait mis à la torture un des Grecs capturés lors de l'émeute qui avait éclaté au début de l'après-midi. L'homme avait révélé le nom du meneur : Arcadius, un marchand d'étoffe des alentours de la Porte d'Or. Robert s'était hâté de mettre Arcadius à la question sans lésiner sur les moyens. Le Grec avait avoué. C'est le basileus lui-même qui fomentait les émeutes ; il venait de le répéter en deux langues.

Manuel se démenait comme un diable livré à ses propres flammes. Sa crinière brune, sa cape de velours vert volaient autour du roi qui, imperturbable, un index sur le menton, gardait le silence.

— Louis ! allez-vous croire ces mensonges ? Votre amitié pour moi est-elle fragile au point de ne pouvoir résister à d'aussi maladroites attaques ?

Robert s'était assis à cheval sur une chaise, ses deux mains aux ongles carrés, ourlés de crasse, posées à plat sur ses cuisses.

— Réponds ! Louis, puisqu'on t'y invite avec tant de feu !

Louis se gratta le menton.

— Manuel, je...

Il n'acheva pas sa phrase. Un grand Arménien venait de se détacher d'un groupe de convives et se précipita aux pieds du basileus, embrassant avec effusion le bas de sa robe.

— Qu'as-tu, fidèle Ataxa ? Qu'as-tu, mon ami ?

— Je ne suis plus votre ami, monseigneur ! Je confesse une faute dont je ne puis vous voir accabler. C'est moi qui ai fomenté ces troubles en votre nom et sans y être autorisé par votre auguste personne.

Un rayonnement de joie passa sur le visage de Manuel, effacé aussitôt par un afflux de colère.

— Misérable Ataxa en qui j'avais placé toute ma confiance ! Je ne sais ce qui me retient de te faire égorger sur-le-champ !

— Ah ! Seigneur. Je ne mérite pas moins.

Manuel eut un beau geste dramatique. Il posa une main sur l'épaule de Louis, y laissa s'appesantir son front et soupira :

— Ah ! Louis, Louis, mon frère ! Je suis environné de mauvais serviteurs. On me trahit, on dénature mes décisions. Voilà ce qu'il en coûte de faire preuve de mansuétude. Mais, à dater de ce jour, cela va changer !

Il tourna vers l'assistance un regard de César courroucé et lança :

— Au cachot, Ataxa ! Tu répondras sur ta vie de cette félonie !

Robert s'était levé lentement, le visage gris de désappointement et de colère. Il balaya le siège d'un coup de pied et passa les pouces dans son ceinturon.

— Bien joué, Manuel ! Mais vous auriez tort de vous priver d'un tel serviteur. Il vient, fort opportunément, de vous rendre un service sur lequel vous ne comptiez sûrement pas. Toi, Louis, je te plains. Cette croisade a mal commencé. Si tu continues à te laisser duper par des ruses aussi grossières, cette expédition tournera vite à la catastrophe et il nous arrivera ce qui est arrivé à Conrad.

Le roi sursauta.

— Qu'est-il arrivé à Conrad ? Personne n'en sait rien !

Robert recula d'un pas, contempla le roi d'un regard de pitié.

— Aveugle, sourd, plus écervelé qu'un rat, voilà ce que tu es. J'ai honte d'être ton frère !

Manuel revint à la charge, toutes griffes dehors.

— Sortez ! Il ne sera pas dit que je laisserai dans mon palais, en ma présence, insulter mon meilleur ami.

Robert dégaina sa dague et s'avança, menaçant, vers Manuel, encadré par la sa suite de coutilliers. C'est alors qu'Aliénor qui, jusque-là, avait assisté à la scène sans un mot, s'interposa entre les deux hommes.

— Pas de sang ici ! Robert, rengainez et quittez ces lieux. Cette affaire se règlera entre Manuel et Louis. Et sûrement pas au poignard. Nous ne sommes pas entre ribauds !

Robert grogna en secouant à coups d'épaules le manteau de colère qui semblait l'envelopper.

— C'est bon ! Je me retire puisque vous me le demandez. Mais je vous préviens, Manuel, attendez-vous à des surprises...

L'atmosphère se détendit après le départ de Robert. Les musiciens reprirent leurs instruments, le montreur de singe enchaîna, précédant des danseuses de Colchide, minces et nerveuses, harnachées d'or et de pierreries.

Louis demeurait taciturne. Il tenait trop à l'amitié, et surtout à l'aide du basileus pour le juger sur des arguments somme toute assez imprécis.

Cette fin d'après-midi fut assez morne. L'atmosphère paraissait s'être congelée autour de Manuel, malgré les tentatives de la petite Théodora qui se glissait à quatre pattes entre les jambes des danseuses, leur arrachait quelque ornement qu'elle rapportait à son oncle.

Aliénor grignotait sans plaisir une tarte aux amandes. « J'ai honte d'être votre frère ! », avait dit Robert, et Louis n'avait pas eu un mouvement de protestation. Elle le méprisait pour cette dérobade dont elle portait le poids comme un remords et une honte. Le silence de Louis le condamnait implicitement ; il laissait deviner une collusion entre lui et le basileus. Elle s'expliquait mal les mobiles de Manuel et les buts qu'il poursuivait, mais une chose était certaine : il pouvait faire échouer la croisade. Le ferait-il ?

Une nouvelle rumeur lui fit dresser l'oreille. Elle paraissait venir des remparts du nord au-delà desquels étaient campées les troupes royales. Une nouvelle fois, les convives se portèrent sur la galerie d'où l'on découvrait les jardins et la ville. L'air était glacé. A travers les voiles de fumées et de brumes qui montaient autour des dômes dorés de Sainte-Sophie et de Saint-Démétrios, une fumée plus épaisse s'élevait sur l'horizon gris bleu des montagnes de Thrace où coulait le crépuscule de novembre.

Un garde fit irruption sous la galerie. Les Français venaient d'attaquer le quartier de l'Hippodrome. Ils avaient massacré les gardiens, mis le feu aux entrepôts de fourrages et aux écuries avant d'en ouvrir les portes.

C'était toucher Manuel au point sensible : sa passion des chevaux. Lâchés à travers la ville, crinière au vent, les cavales affolées y semaient la panique. On avait beaucoup de peine à les rattraper. Manuel se prit la tête à deux mains et se mit à tourner en rond comme s'il avait perdu l'esprit. Louis disparut. Aliénor l'entendit crier, dans la grande salle :

— Je reconnais la manière de Robert. C'en est trop, cette fois !

Une porte claqua. le roi se ruait à travers les corridors, suivi de Sibylle et des barons, laissant Manuel gémir :

— Mes chevaux ! Chacun valait une fortune ! J'ai mis des années à les réunir.

Aliénor posa la main sur l'épaule du basileus.

— Vos bêtes seront retrouvées.

Il leva vers elle un regard étonné.

— Que dites-vous là ? Autant jeter au feu un coffret plein de joyaux. Dans quel état va-t-on les retrouver ? Et cette course qui devait avoir lieu demain entre mes chevaux et ceux du gouverneur de Bithynie. Ah ! Robert, Robert...

Ils étaient seuls sous la galerie où passaient des souffles glacés. L'air sentait la fumée et le roussi. L'incendie avait dû gagner quelques dépendances de l'Hippodrome, car c'était maintenant comme un bouquet de fumées léchées d'éclats de cuivres qui montait derrière Sainte-Sophie.

Manuel prit la main qu'Aliénor avait laissée sur son bras et la porta à ses lèvres.

— Vous au moins, vous me comprenez, dit-il. Seule une femme peut comprendre que l'on puisse attacher autant de prix et une sorte de tendresse à ces bêtes. Dites que vous me comprenez, Aliénor !

— Je vous comprends, oui. Maintenant, rentrons.

— Auriez-vous froid ? Alors, abritez-vous sous mon manteau.

Avant qu'Aliénor ait pu répondre, Manuel l'enveloppait de son épais manteau de laine et lui entourait l'épaule d'un bras.

— Il serait plus simple et plus convenable de regagner la grande salle.

— Voyez ! Elle est déserte. Tout le monde est parti aux nouvelles. La ville doit être en révolution.

— Alors, que faites-vous ici ? En ce moment, Français et Grecs sont peut-être en train de s'entre-tuer...

— Croyez-vous ? Pauvre Louis ! Il va passer une bien mauvaise nuit. La veille de son départ...

— Laissez-moi, à présent. Je dois partir.

— Non ! attendez. N'êtes-vous pas bien auprès de moi ? Nous sommes seuls, Aliénor. Seuls dans un palais désert, en face d'une ville qui, peut-être, tout à l'heure, va brûler tout entière. Oui, c'est cela : la ville, ses habitants, mes chevaux, vos Français... Dans quelques heures, à l'aube, il ne restera autour de nous que cendres et squelettes de pierre...

— Vous êtes ivre, Manuel !

— Les premières flammes qui atteindront le palais seront pour nous. Elles se communiqueront à votre voile, à mon manteau. Nous serons nus l'un contre l'autre, Aliénor, comme au commencement du monde...

Aliénor sentait deux mains moites posées sur son épaule nue pétrir sa chair et lui communiquer leur fièvre. Elle se répéta qu'elle détestait cet homme, qu'il puait la fausseté, l'ignominie, le stupre. Un seul être comptait pour elle et elle allait le revoir dans quelques semaines, à Antioche. Mais les deux poings qu'elle tenait entre elle et Manuel n'étaient qu'un rempart dérisoire ; ils laissaient même entre leurs deux poitrines couler un fluide qui les tenait soudés. Elle eut un vertige. Manuel était tout chaleur, douceur et force. Une odeur d'Orient et d'été montait de sa tunique entrebâillée. L'étreinte d'un homme lui procurait toujours une sensation inconnue, révélait en elle une autre femme. Celle de Manuel était une chose unique et inoubliable. Elle s'y retrouvait cousue de désirs atroces et délicieux.

— Vous êtes belle et craintive, dit Manuel, comme ces chevaux qui galopent en ce moment à travers la ville, crinière au vent.

Il peigna de la main la longue chevelure rousse, attira la tête vers son visage en pressant doucement la nuque fraîche. Des lèvres brûlantes entrouvrirent celles de la reine.

— Venez, Aliénor.

Ils se retrouvèrent dans un pavillon, au fond d'un jardin inconnu. C'était une pièce exiguë où flottaient des parfums un peu lourds. Allongée, les yeux mi-clos, sur un lit bas, Aliénor voyait se dessiner dans la clarté dansante de la lampe juive un plafond constellé de mosaïques rouges et dorées où s'entrelaçaient des dieux et des déesses barbares, des tapis de Perse aux tons chauds comme ceux de vins vieux. Un petit brasero de bronze que Manuel venait d'allumer chauffait à la brûler une de ses mains pendant au bord du lit. Où était Manuel ? Que faisait-il ? Elle tournait la tête quand elle vit une ombre voûtée se pencher vers elle. Elle disparut dans la nuit des lourdes épaules nues, tandis qu'une main impatiente la dévêtait.

La lueur de l'incendie éclaboussa le chambranle. Aliénor entendit le hennissement d'un cheval forcé à grands cris par les gardes au coin d'une rue proche.

Puis elle se laissa aller dans le plaisir.

Maintenant, le roi savait. Manuel aurait beau faire des effets de mains, protester de son ignorance, accuser le sort, la vérité avait fini par éclater : Conrad avait été défait avant même d'arriver à Qonya. Défait sans rémission. Ecrasé. Parmi les cadavres que l'ennemi avait abandonnés en se retirant, les hommes de l'empereur avaient découvert des soldats grecs portant les armes de Manuel.

Frédéric de Souabe était là, dans ce camp de Nicée où le roi se trouvait depuis quelques jours. Louis l'avait vu arriver un matin, suivi d'une troupe d'une cinquantaine d'hommes loqueteux et maigres comme des chacals, leurs pieds blessés entourés de linges pourris ; leurs écus étaient à ce point tailladés par les pointes des flèches et des lances qu'ils suffisaient à peine à les abriter du vent. Le roi pâlit à maintes reprises au récit que lui fit Frédéric. Il le serra dans ses bras et jura sur la Vierge qu'il s'emploierait à venger Conrad.

On était bien, à Nicée. Le site était agréable. Le gouverneur devait avoir reçu l'ordre d'interdire aux Français l'entrée de la ville, car les portes, malgré les exhortations de Louis, demeuraient closes.

Autour du lac, les montagnes descendaient en gradins couverts de forêts et de cultures. Aliénor et ses femmes passaient leurs journées à chasser aux faucons (un cadeau du basileus) avec quelques barons, le roi à se faire du souci. Les ravitailleurs laissés à Chalcédoine avec une centaine de chariots tardaient à rejoindre l'armée. Toutes les cinq heures, le roi envoyait des émissaires qui, toutes les cinq heures, revenaient bredouilles à Nicée : les entrepôts byzantins de Chalcédoine demeuraient fermés. Sans vivres, l'armée ne pouvait poursuivre son chemin. On allait avoir à traverser des régions désertiques et, jusqu'à Antioche, il ne faudrait guère compter qu'avec les réserves.

Manuel se manifesta enfin. Ce fut pour réitérer ses exigences. Le roi lui promit la suzeraineté sur les territoires reconquis et les chariots purent quitter Chalcédoine. Le basileus y avait joint quelques corbeilles de roses pour la reine.

Avant même le départ, les difficultés commencèrent.

Un soir, les pluies s'abattirent sur le campement avec une puissance diluvienne. Le lac se gonfla, inonda une partie des prairies où campait l'armée, tandis que des torrents descendus des pentes ravageaient les trefs qui restaient encore debout. Les chevaux et les hommes pataugeaient dans une boue glacée pour transporter sur les pentes ce qui avait pu être sauvé de vivres et de matériel.

Une aube couleur de soufre se leva sur la montagne de Nicée. Aliénor avait trouvé abri sous une roche légèrement surplombante. Elle avait passé la moitié de la nuit à chercher le sommeil, l'autre à le fuir, craignant de se réveiller paralysée par le froid. Quand elle eut ouvert les yeux, elle chercha autour d'elle et eut un hoquet de surprise en reconnaissant des filles à soldat mêlées à quelques pèlerins.

La nuit paraissait encore collée à la terre par mille filaments de pluie. Malade de froid, trempée jusqu'aux os, Aliénor se dirigea vers l'endroit où le roi, lui dit-on, avait trouvé refuge : une cabane de berger, véritable tanière, dont le toit se confondait avec les broussailles.

Le roi venait de partir. L'intérieur de la cahute était sombre comme un fond de marmite. Quelques braises au creux d'un brasero entretenaient une apparence de chaleur à laquelle la reine fut sensible. Elle ajouta quelques brindilles qui firent une petite flamme claire. C'est alors qu'elle aperçut, tout au fond, une paillasse de fougères où une femme achevait de s'habiller hâtivement. Aliénor se retint de marquer de la surprise en reconnaissant Sibylle. Elle dit sans colère :

— Vous êtes arrivée à vos fins. Le roi ne vous a-t-il point déçue ? Avez-vous passé une nuit telle que vous la rêviez ?

Sibylle s'était levée. Elle avait des pieds très blancs, faits pour la danse et le marbre du bain et non pour cette terre battue qui suait une eau noire.

— Il vous sied mal de faire de l'ironie, madame. Que pourriez-vous nous reprocher, alors que la semaine passée, vous et Manuel...

— Vous saviez cela ?

— Toute l'armée le sait.

— Le roi aussi ?

— Le roi, non. Ou du moins il n'y paraît pas. Il vous porte trop haut dans son estime et dans son amour pour vous croire capable de vous donner comme une chienne au premier venu.

Aliénor emprisonna un peu de chaleur au creux de ses paumes comme une arme. Elle sentit une onde de colère monter le long de ses bras ; quand elle lui toucha le cœur, il était trop tard pour qu'elle éclatât. D'ailleurs, il ne lui déplaisait pas qu'il en fût ainsi. Cela dissipait entre elles toute ombre d'hypocrisie.

— Vous aimez le roi, Sibylle ?

— Oui.

— Il vous aime ?

— Non. Et, depuis ce matin, il me déteste. Avant de partir, il s'est lavé de la tête aux pieds. Puis il est resté un long moment en prière et m'a suppliée de retourner en France. J'ai refusé.

— Le roi a l'âme noble. Vous eussiez dû accepter. Il a sûrement pris ombrage de votre refus et vous n'y gagnerez rien.

— Que gagnerais-je en partant ?

— Le souvenir, je suppose, d'une nuit incomparable. Vous le gâcheriez en restant puisque, de toutes manières, vous ne pouvez espérez davantage.

— Peut-être. Mais je veux rester.

Aliénor balaya la flamme de ses mains, pétrit un peu de chaleur entre ses doigts gourds. Sibylle l'entendit soupirer. Dehors, les chevaux impatients et fatigués recommençaient à hennir et à s'agiter. La montagne tout entière paraissait frémir et gronder de sabots foulant le roc et la terre.

— Vous devriez plutôt me supplier de rester, madame.

— Vous supplier de...

— Dans quelques semaines, nous serons à Antioche. Le roi se méfiera de Raymond, en doutez-vous ?

— Non. Le roi n'a pas oublié.

— Il vous observera le jour et la nuit. Vous ne pourrez faire un pas sans qu'il vous suive du regard. Vous regagnerez la France sans avoir pu donner à Raymond des preuves de votre amour.

— Où voulez-vous en venir ?

— Je pourrais distraire l'attention du roi.

— Lui ferez-vous boire un breuvage magique ou comptez-vous sur un nouveau déluge ? Sibylle, vous avez perdu l'esprit. Le roi a fauté par accident. Cela ne se reproduira pas.

Sibylle s'avança fièrement vers la reine. Elles étaient maintenant l'une en face de l'autre. La flamme du brasero leur sculptait un visage terrible.

— Cela se reproduira, madame.

— Dieu vous entende, Sibylle !

— Ne mêlez pas Dieu à cette aventure.

— Alors, allez au diable ! Après tout, que vous restiez ou que vous preniez le prochain courrier pour la France m'importe peu.

Restée seule, Aliénor demeura un moment sur le pas de la porte à regarder Sibylle s'éloigner. La pluie se remit à tomber et les remparts fondirent dans le brouillard.

« Quelle étrange fille », songeait Aliénor. Elle ne pouvait tout à fait l'aimer ni la détester tout à fait. Elle rentra dans la cabane, referma la porte. Ses vêtements humides lui faisaient comme une carapace où elle se sentait prisonnière d'un monde de misère, de solitude, d'ennui. Elle demeura un instant devant le brasero et dut se faire violence pour ôter ses vêtements. Elle les étendit sur un coffre marqué du lys royal pour les faire sécher, jeta une poignée de brindilles sur le feu et se coucha.

La litière était chaude encore. Elle s'y allongea avec délices, ramena les peaux sur elle et sombra dans le sommeil.

Louis ouvrit d'un violent coup de pied la porte du casseau. Son ombre se projeta dans une flaque de soleil jusqu'au pied de la litière. Il toucha l'épaule nue d'Aliénor.

— Il faut vous lever. Vous devrez être à Nicée lorsque Conrad arrivera.

— Conrad ?

— Il est à trois lieues dans la montagne avec ce qui reste de son armée.

— Mes vêtements ne sont pas secs.

— Vos coffres sont en sûreté à Nicée où nous avons enfin pu pénétrer ce matin. Vous pourrez vous changer là-bas et vous restaurer. Je vous ai fait préparer une collation.

Le roi ne se décidait pas à partir. Il tournait en rond dans la cahute, poussant du pied les feuilles sèches qui parsemaient le sol, s'arrêtant pour regarder, à travers l'étroit fenestron, le paysage inondé de soleil. La reine s'impatienta.

— Voulez-vous me laisser seule quelques instants ? J'ai hâte de quitter cette renardière.

— Je pars. Mais, auparavant, il faut que je vous dise : Sibylle est restée près de moi, cette nuit...

— Sibylle ? Vraiment ? Et savez-vous où moi j'ai passé la nuit ? Avec des filles de camp, sous un rocher. Allez ! il y avait, hier au soir, un tel désordre, que nous sommes bien excusables !

— Je n'ai pas achevé.

— Vous achèverez en confession. Cessez de vous tortuer pour si peu et laissez-moi.

*
* *

Conrad tardait à paraître.

Peu avant l'heure des vêpres, Aliénor se fit conduire aux remparts, près de la porte de Jefké et monta sur l'une des deux cent cinquante-trois tours qui font à la ville une ceinture de brique. Le gouverneur, un Grec très gras, aux cheveux blancs, soufflait derrière elle.

Aliénior découvrait la ville et le lac Ascanius vers le sud. Au nord, les chaînes du Karmaly Dagh et du Gok Dagh s'enlevaient gracieusement, couvertes de forêts d'où s'élevaient les fumées de quelques hameaux. Le Grec pointa son index vers un point de la montagne.

— Conrad arrivera par-là.

C'était une faille où la nuit, déjà, s'enfonçait comme un coin. La montagne commençait par cette puissante levée des crêtes qui dansait sur le ciel de l'est. Après, c'étaient les profondeurs sauvages des hauts plateaux, les déserts de Phrygie. Le Grec prétendait que, par temps calme, on pouvait entendre comme un murmure d'abeille, le fleuve Sakaria. Aliénor ressentait un frisson désagréable.

— Je tremble devant les épreuves qui nous attendent, nous qui venons après tant d'autres payer le tribut du sang. Dieu n'aura-t-Il pas pitié de Ses soldats ?

— Dieu, madame, est grand comme ce lac, et nous sommes plus infimes qu'une goutte d'eau.

Il se tourna vers le lac Ascanius. Le soleil s'enfonçait derrière une citadelle de nuages couleur de fer. D'une rive à l'autre, l'eau avait pris une teinte de sang.

Aliénor s'en détourna vivement, comme d'un présage.

Conrad n'eut pas un sourire quand la reine s'inclina devant lui. La barbe avait envahi son visage et poussé en tous sens. Il portait à l'épaule droite, à l'endroit où jadis on avait cousu la croix, un linge souillé de sang. Son regard jetait une flamme de souffrance et d'orgueil blessé.

La troupe qui l'escortait comptait peu de chevaux et ce n'étaient que des ombres auprès de ceux des Français. Aliénor se souvenait de ce soir de juin où elle avait atteint le sommet d'une haute butte de forêt dominant la vallée du Danube. La totalité de l'armée impériale lui était apparue, fleuve d'hommes et de chevaux roulant vers les premières levées de nuit, toute la force de la Germanie en marche vers l'Orient dans le scintillement des casques et des armures, sous le frisson aquatique des bannières et des gonfanons. Aujourd'hui, l'Orient avait mordu à belles dents, comme un loup, dans ce grand corps plein de vie.

*
* *

— Qu'avez-vous, Conrad ? dit le roi. Depuis que je vous ai accueilli, vous n'avez cessé de m'opposer un visage de bois. Que me reprochez-vous ? En quoi ai-je pu vous manquer ?

— Vous me le demandez, Louis ! Est-ce crauté ou naïveté de votre part ? J'ai retardé autant que j'ai pu, hier au soir, mon entrée dans Nicée, de façon à passer inaperçu, et je trouve vos barons et vos dames assemblés comme pour une parade !

— Conrad, vous me peinez. Croyez-moi, au nom de l'amitié sincère que je vous porte : il n'y avait chez les miens aucune malice.

Conrad, s'assit pesamment. Sa haute taille se voûta. Il frappait son genou du poing comme une enclume.

— Croyez-vous que je n'aie pas vu leurs sourires ? S'ils avaient pu entonner une de ces chansons dont ils nous brocardent, s'ils avaient pu me traîner en place publique pour me brûler comme une dépouille de carnaval, ils l'eussent fait de bon cœur !

— Rien ne vous autorise à penser cela. Voyons, Conrad, vous savez en quelle estime je vous tiens. J'ai idée que, l'un sans l'autre, nous n'aurions pu mener à bien cette expédition.

— Je vous crois vous, Louis. Les vôtres, non. Je vous répète que tous ces sourires qui me suivaient m'ont empêché de dormir.

Le roi dit sèchement :

— Des noms !

— Serez-vous satisfait si je vous dis que la reine...

Le roi bondit.

— Quelle idée ! Si la reine a souri, ce ne pouvait être que par amitié pour vous. Je vous assure qu'elle a de la peine pour vous et votre armée.

— De la pitié ! C'est pire.

Louis soupira.

— C'est bon ! Je vois que vous avez réponse à tout. Votre orgueil seul vous torture et vous fait voir le mal partout. Vous m'obligeriez en cessant ces enfantillages. Donnez-moi la main, Conrad.

Conrad demeura impassible, les mâchoires crispées. Louis faillit s'emporter.

— Vous êtes incorrigible !

Il poursuivit d'une voix âpre.

— Après tout, je pourrais, moi aussi, vous reprocher bien des choses. Entre autres de ne m'avoir pas attendu à Constantinople comme nous en étions convenus. Votre légèreté eût pu faire échouer la croisade.

— Avec des guides sûrs, j'aurais réussi. Ceux de Manuel m'ont trahi, je ne vous apprends rien. Si le basileus avait tenu sincèrement à nous aider, aujourd'hui c'est moi qui vous attendrais à Qonya, sur le trône d'or de Mashoud !

— Oui, mais cela n'est pas... Il fallait attendre à Constantinople.

— Non ! Il fallait frapper vite et fort !

— Je vois bien que vous êtes buté. Mais l'essentiel est que vous soyez là et qu'à nous deux nous puissions accomplir de grands exploits au nom du Christ. Ne me refusez pas la main, Conrad. Si j'ai pu vous offenser en quoi que ce soit, je m'en repens.

Conrad tergiversa et finit par tendre une main de bois. Louis respira largement.

— Voilà qui me plaît, Conrad. Je vais annoncer la bonne nouvelle à nos barons qui attendent à côté.

La longue table placée au centre de la pièce était à demi recouverte d'une carte reproduisant le plan des régions s'étendant de la Thrace au Sinaï. Les forteresses y étaient représentées par de petites tours : celles des chrétiens surmontées d'une croix latine ; celles des Turcs d'un croissant ; celles de Byzance d'une croix grecque. Le roi se pencha sur la carte, y laissa courir sa main.

— Voici les lieux où nous aurons à faire triompher nos armes. Des épreuves terribles nous attendent, mais il y aura beaucoup d'honneur et de profit à gagner. L'Orient tremble devant nos armées comme jadis devant celles de Godefroid et de Tancrède. C'est la plus puissante des armées chrétiennes. Ce sera la plus glorieuse. Il faudra, quand nous quitterons cette terre, que les ennemis du Christ soient dépourvus à jamais du désir de reprendre les armes contre nos frères. Sur la poignée de mon épée qui contient les reliques de saint Denis, je jure que la loi de Dieu régnera désormais sur la terre de Dieu.

Satisfait de cet exorde, Louis remit son épée au fourreau. Ses barons paraissaient le suivre dans son enthousiasme, mais ceux de Conrad, à qui l'on avait traduit le discours, considéraient le roi d'un regard empreint de peu d'aménité. Ils se concertèrent et se mirent à parler tous à la fois, si haut et si fort que Louis crut en avoir le tympan fêlé. Conrad expliqua au roi :

— Ils prétendent qu'ils se sont assez battus.

— Dites-leur que, désormais, nous serons à leurs côtés et que de tels désastres ne se reproduiront pas.

Il y eut encore des murmures. Odoacre de Styrie partit dans un discours interminable dont le ton allait crescendo. Lebfeld de Bohême et Bernhardt de Carinthie firent chorus. Le roi tendait vainement l'oreille.

Quand Conrad eut expliqué qu'ils désiraient s'en tenir là, Louis eut un geste de désespoir. Il s'apprêtait à répliquer quand il vit le gros Thierry de Flandres, qui parlait couramment la langue allemande, bondir dans le groupe des chevaliers teutons et, pourpre de rage, leur cracher au visage quelques arguments qui ne parurent pas être de leur goût. Louis n'eut pas le temps de s'interposer entre ses barons et ceux de Conrad. Il agrippa la manche d'Enguerrand de Courcy qui le repoussa violemment, tenta d'écarter le jeune Henri de Champagne qui s'expliquait furieusement avec Frédéric de Souabe, supplia Guillaume de Courtenay de cesser de proférer des insultes dans la barbe du duc de Wurtemberg.

— Cessez les uns et les autres ! s'écria-t-il. Ce n'est point l'heure ni le lieu...

Il reçut comme un boulet de baliste la tête d'Odoacre de Styrie en plein sternum, alla rouler avec le comte aux pieds d'un coffre et se releva la tête bourdonnante de colère, quand Aliénor parut.

— Que se passe-t-il ? dit la reine. Etes-vous devenus fous ?

En un instant, la rixe se défit comme une hydre morte. Les barons reculèrent jusqu'au fond de la salle, ahanant de fureur. La reine s'avança jusqu'au milieu de la salle.

— Eh bien, vous n'êtes pas d'accord, à ce qu'il paraît ! Louis, voulez-vous m'expliquer ?

Le roi s'avança vers elle, lui tendit la main et la conduisit devant Conrad. L'empereur s'inclina avec un sombre sourire. Quand le roi eut conté l'affaire à Aliénor, elle s'exclama :

— Conrad ! Que me dit-on ? Vos chevaliers refuseraient de se battre ? Ils nous ont accoutumés à plus de bravoure. Est-ce qu'un revers de fortune suffirait à abattre la fleur de la chevalerie teutonne ? Laissez-nous l'honneur d'achever seuls cette croisade, et vous verrez ce qu'on dira de vous et de votre armée dans tout l'Occident !

— Traduisez, Conrad ! dit impérieusement Louis.

L'empereur s'exécuta, tête basse, l'air d'un lion dompté. Quand il eut achevé, les Allemands se regardèrent puis se concertèrent à voix basse. Frédéric de Souabe finit par déclarer dans un mauvais français :

— Madame, nous nous en remettons à la décision de notre empereur.

L'accord se fit rapidement. Les deux armées marcheraient de conserve sous le double commandement de Louis et de Conrad. Les terres hostiles de l'intérieur seraient évitées. On se rabattrait sur la côte où les forteresses byzantines constituaient un abri efficace. L'index de Louis suivait une ligne ponctuée de villes aux noms étranges : Lopadion, Esseron, Adramitas, Pergame, Smyrne, Ephèse, Laodicée...

— La route est longue, observa Conrad.

— Elle sera sûre. Si Dieu le veut, nous fêterons Noël à Antioche.

Aliénor sentit comme une pierre chaude peser dans ses entrailles.

*
* *

— Sibylle, dit Aliénor, pensez-vous que nous serons pour Noël à Antioche ?

Sibylle haussa les épaules. Aliénor l'entendit croquer un biscuit.

— Je crains que non. Tant que nous serons en montagne avec cette neige, il ne faut pas compter faire plus de huit à dix lieux par jour.

— Je sais, Sibylle. Les hommes et les chevaux sont harassés. Et puis, il y a ces soldats qui disparaissent et ces traces de sang dans la neige, le matin...

— Regretteriez-vous d'être partie ?

— Je ne regrette rien. Vous savez mieux que quiconque que je poursuivrais ce voyage seule s'il le fallait. Et vous Sibylle ?

— Où ira le roi, j'irai, vous le savez bien.

La rumeur des voix s'apaisait autour d'elles. La duchesse de Rancon se plaignait tout haut que la paille fût pleine de bestioles. Le rire de la petite duchesse d'Angoulême sonna clair.

— Sotte ! Ecervelée ! Qu'avez-vous à craindre ? Il n'y a rien d'autre que des punaises. Et, comme elles ont le choix, elles s'attaquent aux plus tendres d'entre nous !

La rude vie qu'elles menaient depuis Ratisbonne leur donnait des manières de filles de camp. Aliénor bâilla. Elle s'était adossée au mur de terre et ne se décidait pas à se coucher tout à fait. Elle ne pourrait s'endormir, malgré la fatigue, avant les trompettes du matin.

A peine eut-on soufflé le lumignon, la lune se leva, découpa sur le sol les ombres étendues, une masse confuse qui remuait et soupirait. Aliénor prit la main de Sibylle et Sibylle la suivit. Elles enjambèrent les corps allongés, respirèrent de fortes odeurs humaines et se retrouvèrent sur le seuil du casseau, dans la pureté de la nuit. En prêtant l'oreille, on entendait craquer les glaces du torrent et un léger murmure qui devait être celui de l'eau emprisonnée.

— Les Turcs ne viendront pas cette nuit, Sibylle. Le temps est trop clair.

Elles s'adossèrent au mur. Sous leur épais manteau doublé de fourrure et leur capuche baissée, elles sentaient à peine le froid.

— Oh ! regardez...

Aliénor montrait un point, très haut dans le ciel. La montagne était là, devant, pareille à une muraille, avec les taches sombres des sapinières, des failles qui soufflaient la peur. Un véritable bloc de neige et de nuit qui murait la vallée. Tout au-dessus, un pic d'une pureté d'opale, fin comme une pointe de lance, se détachait si nettement de la montagne, de la nuit et du ciel qu'il paraissait, ainsi que la lune elle-même, appartenir à quelque autre univers. Pour y accéder, il fallait franchir des défilés, escalader des falaises, se battre contre la peur, le froid, les Turcs et les fauves, se perdre dans les forêts, risquer mille fois la mort. Et, au moment d'atteindre cette cime, qui sait si l'on ne se trouvait pas devant une muraille inaccessible ?

— Les Turcs appellent cette montagne « La Fiancée ». Un des guides de Manuel en parlait ce soir. Nul n'est jamais parvenu jusqu'à son sommet et il est probable que nul n'y parviendra jamais. Les génies crachent des jets de pierre sur ceux qui s'y aventurent. Croyez-vous aux génies, Sibylle ?

Sibylle secoua la tête.

— Si ceux qui sont partis à la conquête de la « Fiancée » n'ont pas réussi, c'est qu'il leur manquait la patience, le courage et la foi.

— Je le crois aussi. Il n'y a ni bons, ni mauvais génies : il y a l'espoir et le désespoir. Ou alors, il faut tout renier, accepter de suivre les chemins tracés, coucher sur la paille des chevaux.

— Oui ! coucher sur la paille des chevaux.

Sibylle tourna la tête vers l'endroit où était plantée la tente du roi : une tache blafarde sur la neige. Aliénor chercha la main de sa compagne.

*
* *

Les dames faisaient preuve de beaucoup de courage. On les voyait quitter leur abri, le matin, le visage gris d'insomnie, les membres lourds, demeurer un instant debout sur le seuil, battant la semelle comme des statues de bois articulées.

Il s'en trouvait toujours une ou deux pour donner le signal de la bonne humeur et secouer les geignardes. On ramassait de la neige à poignée pour s'en frotter le visage et dissiper les brumes du mauvais sommeil. Quand le temps était clair et calme, il suffisait que l'une d'elles — c'était presque toujours la petite duchesse Taillefer d'Angoulême — coiffât de neige une de ses compagnes pour qu'une bataille s'engageât. Les hommes y assistaient en sellant leurs chevaux et il se trouvait parfois quelque écuyer ou quelque baron pour s'y mêler.

Conrad et Louis se retrouvaient chaque soir sous la tente, autour d'une bassine de vin chaud. Louis parlait de ce Noël à Antioche comme d'une certitude.

— Vous comptez sans les Turcs, cousin ! répliquait Conrad. D'Ephèse à Adalia, ils sont chez eux, bien que ce territoire appartienne à Byzance. Et même si nous arrivions dans les délais prévus à Adalia, nous ne trouverions pas suffisamment de navires pour traverser en une seule fois.

— J'ai la parole de Manuel.

— On voit bien que vous n'avez pas pris avec nous la route de Qonya !

— Vous l'avez bien voulu, Conrad !

Les rapports s'envenimaient pour d'autres raisons.

Les Français ne perdaient pas un occasion de brocarder les hommes de Conrad, si pesamment harnachés qu'ils parvenaient non sans peine à tenir le rythme pourtant ralenti de la marche. Il s'ensuivait des rixes qui se terminaient parfois par mort d'homme. Louis et Conrad en parlaient, le soir, l'un avec regret, l'autre avec amertume.

Les montagnes s'abaissèrent. On allait à la rencontre de la mer. Le golfe d'Adramytion n'était plus qu'à quelques lieues. Un matin, on aperçut, entre deux hautes collines d'oliviers, une ligne bleue. Des bouquets de cyprès, des terrasses blanches s'étageaient par-dessus les remparts de briques. Adramytion. On s'y reposa une journée.

Quand il fut question de repartir, Conrad déclara tout net qu'il avait décidé de s'arrêter là. Dans une ou deux semaines, il repartirait pour Byzance et attendrait l'été pour se rendre à Jérusalem. Le roi se mit en colère et Conrad céda une fois encore.

On demeura trois jours pleins à Ephèse. Les armées campaient dans une palmeraie, en dehors des remparts, face au golfe semé d'îles où croisaient les caïques des pêcheurs et les nefs byzantines.

Au matin du troisième jour, une estafette fit irruption dans l'appartement du roi qui n'était point encore levé. Les Allemands pliaient bagage. Un important détachement, à la faveur de la nuit, avait déjà pris la route du nord, sous la direction de l'empereur. Quand le roi et la reine arrivèrent sur les lieux, les derniers convois allemands disparaissaient derrière une falaise. Le roi parut durement frappé.

— Dieu m'est témoin, soupira-t-il, que j'ai fait tout ce qui était en mon pouvoir pour les retenir.

*
* *

De nouveau la montagne. De nouveau les jours de fatigue, les nuits d'épouvante.

Si la côte appartenait aux Byzantins, les massifs de l'intérieur paraissaient être le domaine des Turcs, bien que leurs frontières fussent beaucoup plus à l'est. Ils se faisaient de jour en jour plus agressifs. Ce n'étaient jusque-là que des bandes de maraudeurs voleurs de chevaux, mais il fallait s'attendre à une attaque précipitée.

Un soir de la mi-décembre, alors que l'armée chevauchait paisiblement le long du Méandre, la cavalerie de l'avant-garde se rabattit brusquement vers le roi. A un quart de lieue, à l'endroit où les guides avaient indiqué un gué, les burnous éclatants des cavaliers de Mashoud venaient d'apparaître. Massés sur la pente, ils attendaient les croisés. Le roi ne manifesta aucune hésitation.

— Nous passerons, messeigneurs, mais pas avant l'aube.

On planta les tentes dans les prairies moelleuses qui s'étendaient sur la berge nord du fleuve. Il n'y avait pas de neige et la température était douce. Devinant que les croisés n'attaqueraient pas ce soir-là, les Turcs s'étaient retirés dans une châtaigneraie, laissant un corps d'archers dans les oseraies et les saulaies de la rive.

La nuit fut des plus paisibles. Tandis que le camp des croisés, sur lequel veillaient de forts cordons de sentinelles postés aux abords du fleuve, sombrait dans le sommeil, les Turcs dansaient sur l'autre rive autour de grands feux.

Aliénor sortit seule de sa tente, traversa la première rangée de gardes, poussa jusqu'aux avant-postes. Un homme était assis sur une pierre, derrière une touffe d'osier. La pointe de sa lance brillait dans l'ombre. Il grignotait un oignon dont l'odeur se mêlait à celles de l'eau et de la montagne.

Aliénor écarta les osiers. Les danses continuaient devant les feux, dans le grondement des tambours et le grincement des guitares. les guerriers tournaient sur eux-mêmes, inlassablement, et il semblait à Aliénor que la montagne, la nuit, les feux, participaient à cette giration envoûtante. Les pieds nus, minces comme des sarments, dépassaient à peine les amples burnous et frappaient la terre comme pour l'obliger à faire écho aux râles aigus des danseurs. L'un des guerriers, qui paraissait être le chef, se détachait parfois des groupes, avançait, secoué par le rythme de la danse, et ses pieds nus faisaient voler autour de lui le sable de la berge. Aliénor le vit alors tirer son sabre courbe, faire mine de faucher l'herbe autour de lui, le faire remonter en féroces moulinets le long de son corps jusqu'au-dessus de sa tête. Elle dit :

— Je distingue mal ce qu'il porte à sa ceinture.

— Ce sont des trophées de guerre. Quand les Turcs font un prisonnier, ils lui écorchent le visage après lui avoir tranché la tête.

Le guetteur mit une main à plat contre son cou et fit le geste de couper. Aliénor entendit un petit bruit de langue significatif.

L'homme au trophée réintégra la danse. Aliénor se leva, une nausée aux lèvres. Autour d'elle, la nuit tourna jusqu'au matin, pleine de visages écorchés.

A l'heure de prime, la rive sud du fleuve était déserte.

— Je ne comprends pas ! dit le roi. Ils ont dû s'envoler.

Les guetteurs avaient vu les feux s'éteindre un à un, les Turcs se coucher à même l'herbe. Quand la lune avait disparu derrière une crête, on n'avait plus distingué que l'éclat mort du fleuve.

— De toutes manières, poursuivit le roi, ils étaient en trop petit nombre pour nous attaquer. Leur intention devait être de nous effrayer et de nous inciter à retourner sur nos pas.

La traversée du premier détachement de cavalerie s'opéra sans encombre. L'eau était peu profonde et mouillait à peine la sous-ventrière. Thierry de Flandres et Guillaume de Mâcon avaient tout juste pris position sur la rive opposée que la ligne de faîte, jugée par Thierry « peu franche », se crêtait soudain de cavaliers turcs.

Les Francs se déployèrent en toute hâte. Le jeune Henri de Champagne eut tout juste le temps d'exécuter la manœuvre pour laisser la place libre à la masse des cavaliers qui suivaient le roi, Robert et Evrard.

Les premiers Turcs avaient enfoncé le flanc de Thierry et débordaient les premières avancées de Guillaume, que le roi avait à peine eu le temps de former en carré sa puissante cavalerie. Les lignes avancées furent fauchées d'un seul élan. L'armée tout entière en parut ébranlée. On vit le cheval du roi tournoyer sur lui-même, une flèche plantée dans l'œil. La bannière bleue et blanche de Saint-Denis disparut un moment dans un tourbillon, reparut peu après au-dessus d'un groupe de Turcs.

La traversée devenait périlleuse. Les assaillants s'étaient avancés dans le fleuve, un peu en amont, et tiraient de l'arc sur les arrière-gardes d'Evrard. Cependant, Henri de Champagne, mis de mauvaise humeur par la prise de l'emblème de Saint-Denis, avait réussi à bloquer un parti d'infidèles contre la berge et à les anéantir. Leur faiblesse en armes défensives rendait les Turcs incapables de contenir un véritable assaut. Un autre groupe de Champenois parvint à reprendre la bannière à fleurs de lys. Ce fut, pour les Français, le signal d'une nouvelle poussée d'ardeur. On s'activa au passage du gué, on donna de l'éperon dans le flanc des chevaux. Les fantassins s'ancrèrent au sol derrière leurs hauts boucliers en amande. Bientôt, les Turcs, affolés, se mirent à tournoyer dans un cercle dont le bord se refermait sur eux. Les extrêmes pointes de Thierry et de Guillaume talonnaient durement leurs arrières, taillant de l'épée et de la hache dans cette masse nerveuse et vulnérable.

Les Turcs se regroupèrent et, ramassés en un bloc compact, brisèrent l'étreinte de Guillaume et se ruèrent le long du fleuve en direction de la citadelle.

A peine les avant-gardes avaient-elles pris conscience de leur victoire qu'un cri déchirant partit de la rive opposée. Un autre groupe de Turcs attaquait en force. Mettant à profit la forte déclivité du terrain, ils fondaient sur les arrière-gardes confiées aux frères Gui et Renaud de Nevers.

La petite duchesse d'Angoulême se mit à grelotter de peur.

— Nous sommes perdues ! Saint Pierre, saint Ausone, saint Cybard, priez pour nous !

La reine la secoua.

— Cessez de gémir ! Nous ne sommes pas là pour invoquer les saints de l'Angoumois, mais pour défendre la Terre sainte. Suivez-moi !

Sibylle de Flandres et la puissante comtesse de Béarn se rangèrent aux côtés de la reine. Les autres suivaient par petits groupes espacés. Elles n'avaient pour se défendre, que leurs épées d'un acier de bonne trempe, de minces coutils et un petit bouclier que le roi les avait contraintes à porter depuis que l'armée était entrée dans les montagnes dangereuses. La voix de la reine ricocha par-dessus le tumulte.

— Dames d'Aquitaine et de France, à l'épée !

Elle arracha d'un coup d'éperons le cuir de sa haquenée qui s'enleva dans un galop féroce, longeant la file des pèlerins et des filles de camp qui refluaient en rampant vers le fleuve, pressés par un cordon de fantassins. La reine se retourna. Une cinquantaine de dames la suivaient, auxquelles se mêlaient quelques barons. Elle serra avec plus de force l'endeure de son épée et, quand elle vit se dessiner à quelques pas devant elle les premiers burnous, elle pressa entre ses cuisses les flancs de sa monture comme pour se nouer à elle.

Dès lors, tout se passa comme dans un long vertige. Un tourbillon de neige et de sang s'enroula autour d'elle, la fit tournoyer, la rejeta dans un mouvement irrésistible. Des lueurs d'épées fusaient devant ses yeux sur un fond de têtes grimaçantes. les cris de ses femmes frappaient sa nuque : « Pour Dieu ! Pour la reine ! ».

Un cri atroce déchira son tympan. Elle ne put deviner si c'était une de ses femmes ou elle-même qui l'avait poussé. Tout chavira dans la nuit et le silence. Elle sentit une fraîcheur d'herbe et de rosée sous sa main.

*
* *

Les guides de Manuel avaient pris la fuite. Il n'en restait qu'un : Makarios. On l'avait arrêté par son fond de culotte alors qu'il se glissait dans les roseaux du fleuve à la faveur de la nuit. On le tenait sous bonne garde. C'était un petit homme sec, au visage mince et brun comme une banane trop mûre.

La marche reprit. Après la riante vallée du Méandre, on entrait dans la montagne du Baba-Dagh, une contrée de terribles solitudes, truffée de défilés sans issues, de plateaux désertiques où pâturaient des troupeaux de chèvres sauvages. Un vieux templier prétendit connaître la région aussi bien que son coin de Touraine. Il fallut déchanter. Seul le guide Makarios pouvait mener l'armée à Adalia. Elle était à sa merci.

La marche devint très vite pénible. L'étroitesse des pistes resserrées entre la montagne et l'abîme ne permettait souvent que le passage de deux hommes de front.

Le roi se dépensait pour Aliénor en touchantes attentions. Il s'arrêtait pour l'attendre, lui offrait du lait de chèvre, des figues sèches. Un jour, la reine le vit se diriger vers elle, tenant entre ses mains un bouquet de petites plantes sexatiles. Ces attentions la touchaient et l'irritaient à la fois. Elle se refusait à rebuter son époux, mais craignait de l'encourager. Au fur et à mesure que l'on approchait d'Antioche, le souvenir de Raymond se faisait plus insistant.

L'ost royale progressait dans une atmosphère d'orage. Le ciel était bas et lourd. Des nuages gorgés de neige s'accrochaient aux rocailles où ils demeuraient suspendus sans pouvoir crever. Les Turcs étaient tout près. On les devinait. Parfois, des blocs de pierre se détachaient d'une pente, fauchaient un groupe de soldats ou de pèlerins, et les cavaliers de Mashoud apparaissaient sur une ligne de crêtes.

Où aller ? Quelle direction prendre ? Le guide grec avait mystérieusement disparu, et le templier, le seul homme à connaître le pays, avait été tué lors d'un terrible engagement qui avait failli coûter la vie au roi.

On prit au jugé la direction du nord-est. A la fin de la journée, on était parvenu au creux d'une vallée bornée par une infranchissable falaise. La nuit se passa dans l'attente des Turcs : ils ne se montrèrent pas. A l'aube, on rebroussa chemin. Durant des jours, ce fut le même manège épuisant. Puis les vivres manquèrent et il fallut tuer les mulets.

Un matin, peu après le départ dans une aube brumeuse où soufflait un vent de neige, le soleil qui venait de naître sur l'épaule d'une montagne fit courir au sud une longue ligne miroitante. La mer ? On n'y crut pas, tout d'abord. Puis ce ne fut qu'un cri par toute l'armée.

Quand se dessinèrent les remparts d'Adalia, il ne fut plus question de retenir les hommes en ordre de marche. Ils se répandirent sur les flancs du Boz-Dagh en brandissant leurs armes et en jetant des cris éperdus. Aliénor s'écria :

— Retenez-les, sire ! Ils vont se faire massacrer...

Ils trouvèrent simplement portes closes.

Une bonne houle sans malice soulevait le navire quand le cortège du roi atteignit le quai. Le vent brassait des odeurs d'algues et de goudron, un petit vent capricieux d'ouest, qui sautait de la ville au port après avoir dévalé les pentes d'oliviers.

Depuis ce matin, les douze galères byzantines étaient embossées aux quais d'Adalia. La moitié de ce qu'avait promis le gouverneur Landolf.

Louis partait avec un doute. Il laissait dans le camp établi parmi des jardins abandonnés, hors de la ville, des blessés graves, une multitude de pèlerins, et Sibylle, cette femme étrange dont le souvenir ne le quitterait plus, Sibylle qu'il ne pouvait s'arracher du cœur tout en refusant d'admettre qu'il l'aimait. Il laissait un important corps de cavalerie sous le commandement de l'époux de Sibylle, Thierry de Flandres, et d'Archambaud de Bourbon. D'autres navires viendraient sous peu procéder à un nouvel embarquement. Les Turcs n'étaient pas loin de la ville. Ils attendaient le moment favorable.

Le roi se retourna une dernière fois vers Landolf, un homme de haute taille, mince, dont le visage respirait à la fois l'intelligence et la félonie.

— Landolf, écoutez-moi. Au nom de ce Dieu que nous vénérons, sachez que vous ne gagnerez rien à trahir vos engagements et qu'en nous desservant, c'est la volonté de Dieu que vous contrariez.

Landolf ne parut pas s'émouvoir. C'est une leçon qu'il avait entendue dix fois depuis que Louis avait pris pied sur son thème de Cilicie.

Aliénor et Sibylle n'en finissaient plus de s'embrasser et de se parler à voix basse. Le roi en conçut une pointe d'irritation. Il n'aimait pas l'amitié de ces deux femmes, ces confidences équivoques dont il était exclu. Une fois sur le pont, il fit un geste d'adieu. Quelques barons seulement y répondirent en levant leur épée. Mais tous gardèrent le silence. Le roi en eut le cœur serré. Il se refusait à penser que cette armée qu'il laissait à Adalia était livrée aux Turcs et condamnée. Que faire d'autre ? Il refusait de se présenter à Antioche avec des éclopés et des pèlerins.

Le navire se mit à bondir vers l'est. C'est alors qu'un homme s'avança jusqu'au bord du quai, les mains tendues vers le navire.

— Sire ! Sire ! Ne nous abandonnez pas ! Nous sommes perdus ! Nous sommes perdus !

Thierry de Flandres et Archambaud de Bourbon le remirent brutalement sur pied. L'homme criait toujours mais sa voix se perdait dans le vent.

*
* *

Aliénor avait entendu que Raymond vivait au milieu d'un faste digne d'un potentat arabe, qu'il s'habillait à l'orientale, prenait ses repas assis à même un tapis, les jambes croisées. Tout cela devait être faux. Raymond n'avait pu changer à ce point. Elle ne pouvait l'imaginer que vêtu négligemment de culottes de cuir, de casaques et de capes, comme à Belin, comme à Bordeaux ou à Poitiers. L'imaginer différent était trop facile. Aliénor défiait l'évidence, détruisait le décor de sa vie présente, niait Constance, l'épouse de Raymond, les deux fillettes qu'elle lui avait données. Raymond était seul dans une ville grise et froide et il l'attendait, et il n'attendait qu'elle.

Chaque aube dessinait sur la mer des côtes bleues et dorées qui n'étaient pas celles d'Antioche. Les jours de gros temps ou de vent contraire, on s'arrêtait dans de petits ports murés de remparts.

Parfois, la reine cherchait le regard de son époux afin de pénétrer ses pensées. Jamais, depuis le départ de Raymond, ils n'avaient parlé de lui. Louis avait-il oublié ? Antioche n'était-elle qu'une étape sur la route de Jérusalem et Raymond un de ces « poulains » qu'il était urgent de secourir pour éviter l'effondrement de la puissance chrétienne ?

Un jour de mars, passée une matinée pluvieuse, alors que l'on approchait de la terre, il se produisit une accalmie. Une large bande de ciel se déchira à l'orient. Aliénor poussa un cri.

— Sire ! est-ce que je me trompe ? Voyez, là-bas, cette ligne sombre...

Elle n'eut pas achevé que le guetteur posté dans la dunette se mit à se démener et à lancer des appels. Un vol de mouettes ramait dans le vent.

— Nous sommes arrivés, Aliénor. Dieu soit loué.

Il tomba à genoux sur le pont, les bras en croix, le menton sur la poitrine.

Aliénor s'accrocha à la rambarde, immobile et droite comme une figure de proue. Le sel des embruns se mêlait sur ses lèvres à celui des larmes.

*
* *

Il est là, devant elle, haut et droit. Elle ne voit de lui que son dos et ne voit pas autre chose. Le roi qui chevauche à côté paraît frêle et timide comme un écuyer, et il parle beaucoup pour cacher son émotion.

Aliénor ne voit pas le roi. Ni les dernières demeures du port de Saint-Siméon où une populace maigre et déguenillée acclame le cortège. Ni la haute porte couronnée d'archers en casaques rouges. Raymond est devant. Il a abandonné sa cape et son écu entre les mains d'un écuyer. Un surcot de soie verte recouvre la cotte de mailles un peu collante — il a gardé le goût des vêtements très ajustés. Un chapel en poils de chameau couvre sa nuque où ondule une ample chevelure encore brune.

Depuis qu'il l'a prise dans ses bras, à la descente du navire, depuis qu'il a posé sur ses joues deux baisers sonores, Aliénor se sent privée de force. Contrainte de marcher, elle ne saurait faire dix pas, Par moments, la joie l'étouffe et elle a envie de crier. Tout à l'heure, quand il a desserré son étreinte, elle a pâli et détourné les yeux. « Dieu veut qu'il ne me regarde pas trop, qu'il ne m'oblige pas trop à le regarder. » Déjà, ce cerne noir entourant le champ de sa vue, déjà ce roulement de tambour contre son tympan. « Quand, dévoré par la soif, avait expliqué un vieux templier, à

Chalcédoine, vous arrivez à un point d'eau, gardez-vous bien de vous désaltérer d'abondance. Vous en mourriez sûrement. » Aliénor serait morte de trop regarder Raymond.

La vieille voie romaine suit l'Oronte aux eaux boueuses. Dans les terres basses, inondées par la crue, émergent des têtes de buffles emmêlées d'herbes et de feuilles. Les roues gigantesques des moulins tournent avec un bruit de crécelle.

Après vingt jours de mer, Aliénor, peu à peu, se sent revivre. La rumeur des sabots cliquetant sur le pavé, les chants de l'armée déroulée sur une lieue, l'enveloppent et la bercent. Une journée de marche à peine, et ce sera Antioche. Elle a rêvé durant des jours de toucher de la terre et des pierres. Maintenant, elle pourrait descendre de cheval et poser ses mains sur des choses stables et dures.

Si elle le désirait, elle pourrait voir le visage de Raymond : il lui suffirait de dire son nom à voix basse ; il se retournerait aussitôt. Mais elle ne veut pas.

D'abord, épuiser l'émotion du premier regard.

Antioche

— Viendrez-vous avec nous, madame ?

Aliénor secoua la tête.

— Vous êtes bonne, Constance, mais je me sens toujours aussi lasse.

Elle regarda s'approcher la femme de Raymond et la même question lui monta comme chaque fois à l'esprit : « Est-elle belle ? » On le disait. Aliénor la jugeait insignifiante. Quand elle en parlait avec ses dames, elle disait : « Otez-lui ses toilettes, ses bijoux, vous n'aurez plus qu'un mannequin de cire. » Aliénor était injuste et elle s'en rendait compte. Il eût fallu faire abstraction du rayonnement chaleureux que dégageait la petite personne de Constance, de cet air d'intelligence qui rendait expressive la moindre de ses mines. « Après tout, pensait Aliénor, qu'importe qu'elle soit ou non séduisante, puisque Raymond ne l'aime pas. » Elle était sûre de cela. Raymond l'avait épousée parce qu'elle était l'héritière de la principauté d'Antioche. C'était bien de lui. D'ailleurs, nul ne l'ignorait, Raymond n'aimait au monde que lui-même.

Constance eut une moue de dépit.

— Vous m'en voyez navrée. Nous étions convenus de faire le tour des remparts à cheval. Cela vous aurait divertie. Savez-vous ce que j'ai demandé à Raymond ? Qu'il donne votre nom à l'une des plus importantes parmi les quatre cents tours d'Antioche.

— C'est très aimable à vous. Je regrette de ne pouvoir vous

suivre. Mais ce serait peu prudent de ma part. Je suis encore trop lasse. Dans quelques jours, je vous promets de ne plus jouer les solitaires.

— Comme il vous plaira. Mais nous comptons sur vous pour nous suivre jusqu'aux jardins de Daphné, dimanche.

*
* *

De la terrasse où elle se tient allongée, elle aperçoit un coin de place sous la basilique de Saint-Pierre dont les coupoles dorées étincellent au soleil de mars. Une foule de Syriaques et d'Arméniens s'y écoule lentement, fleuve bigarré que fendent des groupes de croisés à cheval et des patrouilles de Turcoples. De l'unique promenade qu'elle ait effectuée dans cette ville, Aliénor n'a ramené qu'une impression de solitude, la plus déprimante qui soit : celle qui naît d'une foule étrangère où l'on se sent perdu, d'une multitude où l'on se trouve noyé. Une seule présence lui eût suffi pour l'éveiller au charme de cette cité : celle de Raymond. Et Raymond, ce jour-là, n'avait pu accompagner ses hôtes.

Depuis, la reine se dérobe aux sollicitations de ses dames qui hantent tout le jour les bazars pour en ramener d'invraisemblables bibelots, assistent pour s'amuser, mêlées à la foule des « katolikos » arméniens, aux rites singuliers de l'Eglise orientale, s'égarent dans les auberges de la rue du Saint-Sauveur, où elles se gorgent d'écœurantes pâtisseries au miel et de cédrats confits. Rien ne la tente ; elle sait que tout la décevrait. Cette ville, elle n'acceptera de la parcourir qu'à côté de Raymond, seule avec lui.

Arrivée au palais, elle était bien décidée à oublier en quelques jours les semaines de misère et de souffrance qu'elle venait de vivre. Et voilà qu'elle devait y renoncer.

Elle savait qu'elle y renoncerait depuis ce jour où Raymond entra dans l'appartement des souverains, alors que le roi assistait à un office religieux dans la petite église circulaire dédiée à la Vierge.

Raymond avait paru surpris puis contrarié de l'absence du roi. Aliénor le reverrait toujours debout au milieu de l'antichambre, dans un splendide burnous blanc brodé d'or qui, entrebâillé, laissait entrevoir le pommeau d'une épée constellée d'énormes rubis et une tunique de soie rouge. Un moment, Aliénor crut qu'il allait faire demi-tour. Elle demeura figée sur place à quelques pas de lui, décidée à ne pas faire un geste, à ne pas prononcer une parole si elle n'y était invitée. Elle s'installait avec un amer délice dans l'idée que Raymond devait se faire d'elle : il ne pouvait manquer d'observer combien le négligé de soie verte enveloppé de gaze, largement décolleté, faisait valoir son teint de rousse et la plénitude de sa chair. Elle nota que Ryamond évitait de porter les yeux sur elle.

— J'apportais au roi des nouvelles des vôtres demeurés à Adalia, dit-il. Ce qui reste de cette armée, c'est-à-dire peu de chose, rejoint Antioche par la côte.

Dans un éclair, Aliénor pensa à Sibylle, aux journées d'épouvante qu'elle avait dû vivre au milieu d'une armée fondant de jour en jour, attaquée par les Turcs, repoussée par les Grecs. Puis elle ne vit plus rien que Raymond qui s'approchait d'elle et ne pensa à rien d'autre qu'à ce qui allait survenir et qu'elle appelait de toutes ses forces.

— Aliénor, dit-il, je sais que ce n'est pas raisonnable, mais il faut que je te dise : depuis ton arrivée, je ne vis plus. J'erre sans raison dans ce palais. Vingt fois le jour, je me trouve devant ta porte sans savoir comment j'y suis arrivé, espérant te trouver seule, et je repars sans me décider à entrer. Si cela devait continuer, je deviendrais fou. Aliénor, je n'ai pas cessé de t'aimer. Pas un jour, pas une heure...

Il mentait. Il mentait mal. L'un et l'autre s'en rendaient compte, mais c'était pour l'un comme pour l'autre si bon à entendre ! C'étaient de ces mensonges qui préparent d'éclatantes revanches à la vérité. Il allait aimer Aliénor ; il lui donnerait des jours de bonheur et des années de souvenirs heureux. Cela, c'était certain. Elle hasarda un reproche.

— Pourquoi parais-tu me fuir ? Si près que tu sois de moi, je te sens inaccessible.

Raymond laissa tomber ses mains puissantes sur les épaules nues d'Aliénor et gronda contre son visage comme un gros chat en colère :

— « Il » est toujours là. « Il » nous épie. Crois-tu donc qu'il ait oublié ? J'ai remarqué son expression, le jour de ton arrivée, quand je t'ai prise dans mes bras. J'aurais voulu mettre dans ce baiser toute la force de mon amour, te communiquer ce feu qui me brûlait jusqu'à la pointe des doigts, mais quand j'ai vu son regard posé sur nous, j'ai compris qu'il se méfiait et qu'il ne nous lâcherait plus. Le prends-tu pour plus naïf qu'il n'est ?

Elle protesta.

— Non ! Tu te trompes. Nous n'avons plus jamais parlé de cette aventure depuis que tu as quitté Poitiers.

Elle sentait deux aiguilles brûlantes sourdre des mains de Raymond et pénétrer sa chair. Quand il l'eut enveloppée de ses bras, elle ferma les yeux et se sentit fondre doucement comme une poupée de cire. Elle était à l'abri d'un grand arbre, dans la chaleur de l'été ; la terre la portait comme une nacelle. Elle avait traversé un continent, des mers, des montagnes, des déserts, pour cette étreinte qui donnait des limites précises à son désir.

— Raymond, j'ai froid dans ce palais. Cette ville m'effraie. Les gens m'ennuient. Je vois partout ton image et tu n'es nulle part.

— Nous nous reverrons. Sois patiente. Très patiente.

Il s'était détaché d'elle, s'était éloigné à reculons, lentement, comme si des fils invisibles les liaient encore.

Cette attente, pour Aliénor, est pire que toutes les épreuves subies, pire que les nuits d'angoisse, les vêtements mouillés, les mains gelées sur la bride. Il y avait alors, au fond de ce puits de misère un rond de lumière. Aujourd'hui, elle avait atteint le fond du puits ; la lumière s'était éteinte et le puits demeurait clos.

Aliénor se lève péniblement et se dirige vers la galerie dominant la ville et les jardins profonds sillonnés de canaux où barbotent des essaims d'enfants. Tout est lumière et chaleur. Ses yeux habitués à la clarté tamisée de la chambre ne distinguent tout d'abord qu'un écran éblouissant sur lequel se dessinent en lignes bleues, rousses et dorées, la montagne et la ville. Elle peut suivre l'enfilade des remparts coupés de tours massives, qui épousent le mouvement des contreforts, se perdent au creux de vallées étroites, remontent d'un jet sur une crête, se noient dans un brouillard de chaleur, à la limite des forêts, au sommet du mont Silpius d'où, par beau temps, on peut apercevoir la mer et le port de Saint-Siméon. Une odeur de seringas et de cyprès monte des jardins du palais nichés dans les alvéoles de cette ruche massive et sans beauté.

Un bruit de sabot crépite au fond de la ruelle. Une petite troupe de chevaliers et de dames, fringants comme pour la parade d'une joute, descendent une venelle pavée en direction de la porte Saint-Georges. Elle ne voit que les têtes : un joli grainetis de chaperons et de voiles qui tanguent comme des fleurs de blé. Elle a été stupide de refuser de les suivre. Toutes les raisons qui ont dicté son attitude de bouderie, comment les justifier, sinon par un coupable abandon à l'impatience ? Elle a un joli mouvement de colère ou de défi en se détachant de la balustrade. Une de ses servantes est là.

— Vite ! ma tunique, mes bottines vertes...

Elle pourrait encore les rejoindre. La servante, à peine éveillée de sa sieste, s'empêtrait dans les rubans, nouait les aiguillettes de travers. Aliénor la gifla, l'embrassa, s'envola avant d'avoir fait lacer ses bottines. Elle se précipita dans la galerie, haletante, faillit renverser un écuyer arménien à demi endormi, se perdit dans un dédale de couloirs, se retrouva dans une cour déserte, inondée de soleil, ouvrit une porte au petit bonheur. Et soudain...

— Où allais-tu si vite ?

— Raymond ! Toi ici ! Je te croyais...

— J'ai réfléchi au dernier moment. Une affaire importante. Tu ne devines pas laquelle ?

Il se tenait à mi-chemin d'un escalier qui aboutissait à un jardin. Une lumière verte l'enveloppait, détaillait ses boucles brunes, donnait leur volume exact aux épaules puissantes. Deviner ? Qu'y avait-il à deviner ? Raymond était là. Seul. Autour d'eux, le palais désert. Le fifrelis d'une flûte montait droit comme un if, de très loin, du bout de la ville. Elle le regarda un instant sans mot dire. Le porche qu'il venait de franchir lui faisait une coquille dorée de lumière. Elle descendit quelques marches, se blottit dans les bras de Raymond.

Ils parcoururent un jardin en se coulant entre des buissons de roses, longèrent des couloirs qui n'en finissaient pas, un bâtiment à odeur alcaline qui était les écuries, des jardins encore. Elle ne lui posa aucune question. Raymond tenait sa main et lui faisait mal à crier.

Ils pénétrèrent enfin dans une sorte de boyau verni par des sueurs d'eaux secrètes, se retrouvèrent dans une salle basse, pleine d'odeurs, aux murs tapissés, pour autant que la clarté louche venant d'une imposte permettait d'en juger, par des tapis d'Orient aux couleurs terreuses. Il y avait quelques meubles bas, un divan étroit. Une lampe juive au bec noirci de fumée pendait au plafond.

« On ne trahit que ceux qu'on aime », pensait Aliénor. Elle ne pensa pas à autre chose pendant que Raymond, penché sur elle, la dépouillait de ses grosses mains brûtales. Quand elle fut nue, il recula de quelques pas en s'essuyant le front. Où lui avait-elle déjà vu cet air hagard ? Elle chercha dans sa mémoire, écarta une épaisseur de forêt. Au milieu d'une sommière, à deux lieues de

Talmont, Raymond s'acharnait sur un sanglier qui l'avait blessé au mollet. L'épaisseur végétale se referma. Une grande masse noire recouvrit Aliénor.

Rien n'est aussi simple que de vivre. Elle n'eût jamais pensé que cela pût être aussi simple. Il suffit d'une main de servante tirant un rideau et le jour est là, et la vie saute à pieds joints au milieu de la chambre dans un éventail de rayons. Après, il n'est plus que d'attendre.

Tout vient sans effort, les petits bonheurs fugaces comme la grande joie. D'abord, le choix de la robe (elle changera dix fois de couleur en quelques instants). Ensuite l'attente du courrier de France (il y en a presque chaque jour) et la toilette (elle a l'impression de se voir par les yeux de Raymond et se fait belle autant qu'elle peut).

La grande joie, c'est quand elle retrouve Raymond. Chaque fois, la qualité de cette joie est différente parce que Raymond n'est jamais le même. A Bordeaux, elle s'asseyait sur un carrelet d'étoffe posé à même la pierre du foyer, quand le grand froid faisait éclater le cœur des arbres au plus noir de la nuit. Raymond se tenait immobile entre ses grands chiens. Elle le regardait sans qu'il parût s'en apercevoir. Il était chaque soir différent. Les flammes donnaient une vie inquiète à ce masque d'ennui qui se posait sur ses traits, mais c'était toujours une expression nouvelle qu'elle retrouvait sur les lignes de ce visage qu'elle connaissait par cœur. Il n'y avait pas deux secondes où il fût semblable. Elle aimait cette mobilité : elle donnait du charme à ce visage, de la nouveauté à son amour.

La grande joie, c'est quand il paraît, où que ce soit. La présence du roi ne parvient plus à gâter cette émotion. Que ce soit au cirque, à la messe sous les coupoles dorées de Saint-Pierre, au théâtre, dans un festin ou un tournoi, la passion d'Aliénor annule tout autour de ce visage, et c'est comme s'ils étaient seuls. Louis ne compte plus. Constance moins encore. Quant aux concubines de Raymond, ces filles aux reins de chatte, Grecques, Turques, Arméniennes, Arabes, elles sont autant de bibelots anodins qu'il ne regarde même plus. Qu'y a-t-il eu dans leur existence jusqu'à l'heure où ils se sont retrouvés, sinon des êtres de brouillard ? Il n'y avait rien. Aujourd'hui, il y a tout. Des choses solides, des êtres bien réels, qui ne sont, qui ne vivent qu'en fonction d'eux-mêmes.

Ils se retrouvent plusieurs fois par jour sous les prétextes les plus divers. S'ils restent quelques heures éloignés l'un de l'autre, Aliénor s'assied au soleil, sur la terrasse, entre deux haies d'orangers et de citronniers chargés de fruits lourds et savoure le souvenir de leurs derniers instants.

Il y a cette promenade dans les jardins de Daphné, à quelques lieues de la ville. Ils s'y rendirent un dimanche de soleil et de vent où Antioche bourdonnait de carillons, suivis de tout un cortège de chevaliers et de dames créoles précédant un chariot rempli de victuailles. Ils avaient déjeuné dans une vaste clairière, au bord de l'Oronte, parmi d'antiques marbres brisés, des buissons de roses et de seringas. Raymond et Aliénor avaient réussi à s'échapper. Ils avaient longtemps chevauché sous les branches basses et s'étaient arrêtés au bord d'un torrent. Raymond l'avait prise à même l'herbe, dans une brume d'eau où le soleil accrochait des arcs-en-ciel.

Il y a ce matin où elle se promenait, seule avec une servante et un écuyer dans le quartier du port. Au détour d'une ruelle à arcades, elle s'était trouvée nez à nez avec son oncle en train de parlementer avec un armateur grec. Raymond l'avait amenée dans une taverne, près du marché d'esclaves, où résonnaient à longueur de jour d'invraisemblables concerts de flûtes, de tambours et de guitares, mêlés aux aigres appels des négriers et aux chants des esclaves soudanais. Ils s'étaient allongés sur un grabat de prostituée, dans une salle tapissée d'ignobles graffiti où pesait une chaleur de plomb.

Le roi ne se doute de rien. Du moins rien, dans son attitude, ne laisse supposer qu'il sait. Et pourtant, comment n'eût-il pas été surpris de la rapide transformation qui s'était opérée en son épouse ? Est-ce aveuglement ou indifférence ? Plus simplement, tout ne va pas pour le mieux entre lui et Raymond.

Ils ont fréquemment de longs entretiens dont Raymond sort le teint coloré par de brutales colères, le roi verdâtre et la joue agitée de tics nerveux. Raymond estime qu'il y aurait urgence à reprendre aux Turcs le comté d'Edesse, Alep et Hama, à leur infliger une défaite qui leur ôterait une fois pour toutes l'envie de revenir caracoler sur la terre des Chrétiens. Louis ne l'entend pas ainsi. Son intention en entreprenant cette croisade, n'était nullement de faire la guerre aux Turcs mais de se rendre en pèlerinage à Jérusalem. On avait perdu suffisamment d'hommes et de matériel dans les montagnes d'Anatolie.

Tout le monde ne partageait pas l'ignorance du roi. Aliénor avait des raisons sérieuses de penser que, dans son entourage, le secret de ses rapports avec Raymond avait dû être éventé. Elle le devinait aux sous-entendus, aux sourires complices des dames. La reine ne s'inquiétait pas outre mesure. L'Orient avait agi de la même manière sur beaucoup de compagnes d'Aliénor et nul n'ignorait que, si la petite duchesse Taillefer d'Angoulême avait fait l'acquisition d'un gigantesque esclave soudanais, ce n'était pas seulement pour lui servir de garde du corps ; que la comtesse de Béarn mettait à profit les sommeils sans faille de son chétif mari pour se glisser dans la couche d'un petit prince de Colchide ; que la comtesse de Blois se consolait de l'indifférence de son époux avec un écuyer créole...

Il y avait plus grave.

L'évêque Godefroid de Langres vint trouver la reine un matin, au saut du lit.

C'était au lendemain d'un festin qui s'était prolongé fort avant dans la nuit. Maussade, Aliénor reçut le personnage sans aménités superflues : elle se doutait bien que l'évêque ne lui avait pas demandé audience de si bonne heure pour lui porter sa bénédiction. Elle lui avait toujours voué une solide aversion. C'était un petit homme mal bâti, aux joues pendantes et rouges comme des caroncules ; sa voix donnait un avant-goût des trompettes du Jugement ; la façon qu'il avait de s'incliner faisait plutôt penser à une charge en avant.

Il y eut un échange d'aigres politesses, mais l'évêque n'avait pas le don des circonlocutions. Il se trouva si bien entortillé dans ses ficelles qu'il s'en dégagea comme un taureau mal entravé.

— Pour parler franc, on conte sur vous et sur votre oncle des choses qui me comblent de confusion et auxquelles je me suis toujours refusé à accorder crédit... Jusqu'à hier au soir...

— Quelle faute inexpiable ai-je bien pu commettre ?

— Vous ne vous souvenez vraiment pas ?

En toute bonne foi, elle ne se souvenait que de la saveur ardente de mets assaisonnés de poivre noir, de muscade et de girofle qui lui tapissaient encore l'estomac de sinapismes. Et puis, oui, cela lui revenait à présent : elle avait bu quelques coupes de vin de Chypre et tout s'était mis à tournoyer. Elle parvint encore à se souvenir que Raymond avait quitté la salle à manger pour reparaître quelques instants plus tard, chevauchant un petit alezan à robe noire avec lequel il avait sauté sur la table et fait le tour complet des convives, renversant autour de lui les vaisselles et les verreries fines. En passant près d'Aliénor, Raymond s'était penché vers elle et... Aliénor blêmit. Elle se souvenait à présent. Raymond l'avait prise en croupe et ils avaient achevé ensemble le tour de la table avant de s'éloigner. Ensuite ? Ensuite, les écuries, l'odeur de paille fraîche, la lumière de la lanterne sourde se balançant dans le courant d'air au-dessus de leur tête. Mais peut-être n'était-ce qu'un rêve...

Elle dit sèchement :

— Je ne me souviens de rien.

— Il me faudra donc vous rappeler votre inconduite !

L'évêque narra la scène. La reine l'écouta avec une feinte indifférence.

— Si j'ai fait ce que vous dites, affirma-t-elle sèchement, c'est que je n'avais plus toute ma raison. Je ne suis pas accoutumée à ces vins et ils m'ont rendue malade. Y a-t-il là de quoi vous inciter à d'aigres reproches ? Le roi, que j'ai vu ce matin au saut du lit, ne m'a fait, lui, nulle remontrance.

— Il s'est absenté un moment et n'est revenu qu'après votre sortie. Il s'est d'ailleurs étonné de ne pas vous retrouver. La duchesse d'Angoulême lui a répondu avec beaucoup d'à-propos que vous vous étiez retirée dans vos appartements.

Le prélat frappa du poing l'accoudoir de son fauteuil d'osier qui émit une plainte.

— Une fois encore vous avez échappé à la révélation de votre inconduite, mais un jour ou l'autre le roi se rendra compte, et alors...

— Que voulez-vous dire ?

— Je n'irai pas par quatre chemins. Voilà des semaines que vous entretenez des rapports coupables avec votre oncle. Tout le monde est au courant. Tout le monde, sauf le roi. Pourquoi pensez-vous que la princesse Constance ait quitté Antioche l'autre semaine ? Elle en avait assez d'être bafouée. Pourquoi croyez-vous que le templier Ithier de Montclar se soit brouillé avec le roi ? C'est qu'il avait tenté de l'éclairer sur vos débordements et que Louis s'est permis de le souffleter.

Godefroid se renversa sur son siège qui gémit une longue plainte d'os brisés.

— Vous ne répondez rien, madame ? Qu'auriez-vous à répondre, d'ailleurs ?

— Qu'attendez-vous de moi ?

— Votre promesse de rompre ce manège qui ridiculise le roi.

Sinon, je me verrai contraint de le prévenir. Et j'ai des arguments qui le convaincront. J'ajoute que je ne me contenterai pas d'une fausse promesse. Jusqu'à votre départ de cette ville, je vous ferai surveiller.

— Rien ne vous autorise à m'arracher cette promesse !

— Rien non plus ne m'oblige à me taire. Vous réfléchirez à ma proposition, dit-il en se levant. Demain, je reviendrai.

Il s'inclina. Aliénor eut un recul.

— Je vous prie, conclut-il, de ne pas vous imaginer que je vous veux du mal. J'ai tant de passion pour les lys de France que je ne puis supporter de les voir souillés de la moindre trace de boue.

Aliénor se laissa tomber devant sa coiffeuse. Le miroir lui renvoya un visage décomposé. La colère qui l'avait soutenue devant l'évêque faisait place à une impression de faillite totale. Lui parti, Aliénor s'effondrait. Elle écouta le crépitement sourd du siège d'osier qui se détendait peu à peu.

De tout autre que Godefroid, elle eût pu penser à une manœuvre de chantage. Mais elle avait appris à connaître ce petit homme ambitieux, brouillon, au point qu'il n'hésiterait pas à déclencher une catastrophe pour faire triompher ses conceptions de la justice et de la vertu.

Elle n'aimait pas le visage qu'elle avait ce matin ; il lui ôtait toute confiance en elle ; elle pouvait y déchiffrer des signes de veulerie, de tristesse, d'abandon. Le visage que l'on doit avoir quand on sait son amour frappé à mort. Le sentiment de son impuissance la submergea. Qu'aurait-elle pu faire ? Sibylle n'était pas là pour la soutenir ; Jaufré était mort. Seul, Raymond...

Elle crut se souvenir qu'il assistait aux manœuvres de sa garde dans les prairies de Talenki, au bord de l'Oronte.

Raymond se laissa tomber sur une souche, jeta son sabre dans l'herbe et s'essuya le visage. Une brutale odeur de sueur montait de la casaque entrebâillée qui laissait mousser une toison grisonnante.

— Cet évêque ne m'inspirait aucune confiance. J'avais dans l'idée qu'un jour ou l'autre je le trouverais sur mon chemin.

Autour de lui, l'exercice continuait. Des hommes rangés en lignes s'affrontaient au sabre et à la dague. A chaque charge, on entendait fuser des cris. Un groupe de cavaliers passa ventre à terre dans le martèlement sourd des sabots, la lance en avant, couchés sur l'encolure de leurs petits chevaux.

— Raymond, il faut faire quelque chose et le faire vite. Godefroid n'a pas proféré de menaces gratuites. Il parlera puisqu'il l'a décidé.

— Eh bien, qu'il parle !

Raymond se leva, faucha du pied quelques touffes de graminées, les poings enfoncés dans les poches de ses braies collantes.

— Es-tu fou ?

— C'est vrai, je ne sais plus ce que je dis. Le mieux serait que j'aie un entretien avec cet évêque. Je ne désespère pas de le faire revenir sur sa décision. Crois-tu qu'il serait sensible à une bourse bien garnie ?

Aliénor eut un petit rire désabusé.

— Je vois bien que tu ne le connais pas ! Godefroid est ce qu'il y a de plus incorruptible.

— Alors il faudra trouver autre chose. Où crois-tu que je pourrais le rencontrer seul à seul ?

— Il doit se rendre cet après-midi à vêpres dans la chapelle du Silpius.

— Seul ?

— Le roi ne pourra le suivre.

Le visage de Raymond se rasséréna. Un sourire fit éclater sa denture.

— Alors nous avons gagné !

— Explique-toi.

— Je ne puis rien te dire pour le moment, mais tu peux me faire confiance.

— Fais bien attention, Raymond ! Le roi prendrait fort mal un geste malveillant envers un prélat qui a toute son estime.

Il rit bruyamment, frotta amicalement la ganache de son cheval avant de sauter en selle d'un bel élan.

— Veux-tu que je te ramène au palais ?

Aliénor secoua la tête. Il était devant elle, avec sa peau luisante de sueur, sa carrure d'athlète, comme un dieu de bronze. Il lui faisait peur.

— Raymond, promets-moi…

— Quoi donc ? De ne pas lui faire de mal ? C'est juré. Mais cela dépendra surtout de lui.

Aliénor attendait, glacée, dans l'appréhension d'un malheur.

Elle vit apparaître le roi. Il dit d'une voix courte :

— Une fâcheuse nouvelle. L'évêque Godefroid a disparu.

— Que dites-vous là ?

— Disparu... Il officiait à la chapelle du Silpius, dans les murs de la citadelle, quand un parti de Turcs est entré en force et l'a capturé. Les gardes dormaient, paraît-il. Tout cela me semble invraisemblable.

Il répéta à plusieurs reprises : « Invraisemblable. »

— Pourquoi l'évêque Godefroid ?

— C'est ce que je n'arrive pas à comprendre. Peut-être les Turcs supposaient-ils que je me trouvais en sa compagnie. C'est la seule hypothèse valable. Ils vont sûrement demander une rançon. Tout cela n'est pas clair. Il faut que je demande des comptes à Raymond.

La reine jeta étourdiment :

— Raymond n'y est pour rien !

Il la considéra d'un regard étonné.

— J'en suis persuadé ! Mais il est tout de même responsable de la mauvaise garde des lieux. Une citadelle réputée imprenable...

Le roi s'était à peine retiré que Raymond se présentait à son tour devant Aliénor. Il paraissait agité mais satisfait.

— Tout a été pour le mieux. Nous voilà débarrassés de cet évêque de malheur. J'ai déguisé quelques-uns de mes Turcoples en chevaliers de Nouradin et les ai fait pénétrer dans la citadelle. Mes gardes étaient prévenus. Ils se sont si mal défendus contre mes Turcs que pas une goutte de sang n'a été versée. L'enlèvement s'est opéré avec une telle rapidité que Godefroid n'a pas eu le temps de reprendre ses esprits.

— Vous l'avez brutalisé ?

— Si peu... Tandis qu'on donnait l'alerte, selon mes consignes, nous avons battu en retraite. J'ai regagné la cité par la porte de Saint-Paul alors qu'un détachement conduisait notre prélat vers une petite forteresse que je possède sur les pentes du djebel Keserik. Ses futurs gardiens sont prévenus d'avoir à l'œil ce demi-fou dangereux qui se prétend évêque de Langres. Réjouissons-nous, Aliénor !

Elle s'écarta brusquement.

— Nous réjouir ? Vraiment ? Faut-il que tu sois naïf pour penser que le roi se résoudra à accepter sereinement l'idée que son meilleur conseiller a pu aînsi disparaître. Il sort à peine d'ici. A l'heure qu'il est, il doit attendre dans ton antichambre que tu sois de retour pour te demander des comptes.

— Je lui en fournirai. Au moment où se déroulait cette opération, j'étais à Talenki. Cent hommes pourront en témoigner !

— Il trouve singulier que les Turcs aient pu pénétrer aussi facilement dans cette citadelle.

— Tout peut arriver ! Les hommes de garde dormaient. Le portier avait omis de faire tomber la grande herse. C'est simple.

— Trop simple !

— Louis pensera ce qu'il voudra. Il est bien improbable qu'il découvre la vérité.

Aliénor se tourna vers Raymond. Une brume de feu passait sur ses larges yeux verts. Elle le regarda un instant, un pli amer à la commissure des lèvres, puis elle baissa la tête et dit à mi-voix :

— Un jour ou l'autre il saura, j'en ai le pressentiment. Et ce jour est proche.

Aliénor nouait et dénouait nerveusement les liens de son corsage. Elle ajouta :

— Ce matin, en passant rue du Saint-Sauveur, j'ai vu défiler le cortège funèbre d'un katolikos arménien. Un vol de corneilles traversait le ciel au même moment. Avant-hier, dans le quartier des Amalfitains, j'ai vu trois lépreux qui...

Il l'interrompit d'un grand rire.

— Superstitieuse ! Toi, Aliénor ! Voilà qui est nouveau. Je ne désespère pas te voir consulter les astrologues syriens.

— Ne plaisante pas, Raymond ! J'ai la quasi-certitude de ce que j'avance. D'ailleurs, d'ici une semaine ou deux, nous devrons nous séparer et nous ne pourrons qu'accepter cette séparation et nous dire adieu à jamais.

Elle s'assit, les jambes coupées. Une petite galée vénitienne appareillant sur l'Oronte lâcha un son de trompe prolongé. Ils se rencontraient rarement sans que la conversation revînt sur leur séparation. C'était pour eux un perpétuel sujet de dispute. Raymond éludait le problème à tout coup. Il arrêtait les mots sur les lèvres d'Aliénor, mais les instants qui leur restaient à passer ensemble étaient gâchés. Le rire de Raymond était un beau défi à l'avenir, mais l'avenir triompherait à la fin du compte, et Aliénor devrait suivre le roi à Jérusalem dans une quinzaine au plus tard. A moins que le prince ne parvienne à convaincre Louis de la nécessité d'une expédition vers l'est, contre les Turcs de Nouradin, ce qui demeurait bien improbable. Ses genoux devaient fourmiller d'impatience. Raymond le méprisait de ce qu'il tenait pour une dérobade et il n'était pas mécontent de ce sentiment : tromper le roi avec

Aliénor lui faisait l'effet d'une vengeance bien sentie et l'exemptait de tout remords.

Raymond s'était arrêté à quelques pas d'Aliénor et grapillait quelques dattes dans un fruitier.

— On jurerait que tu n'as pas d'autre pensée. Crois-tu donc que je n'aie pas, moi aussi, réfléchi à toutes ces questions ?

Il se rapprocha de la jeune femme, s'agenouilla devant elle et, lui ayant relevé le menton, l'embrassa. Ses lèvres avaient un goût de sucre. Il parla doucement, et les mots paraissaient s'accrocher à sa barbe.

— Que dirais-tu si nous allions tout révéler à Louis ?

Elle eut comme un hoquet.

— Je dirais que tu es fou à lier ! Après avoir fait disparaître Godefroid, tu voudrais...

Raymond balaya l'évêque d'un revers de main.

— Nous lui dirons tout : que nous nous aimons, que tu refuses de le suivre à Jérusalem, que tu demanderas le divorce...

Elle parut atterrée. Ses yeux s'étaient agrandis. Sa bouche s'ouvrait pour prononcer des mots qui se refusaient à passer. Maintenant, Raymond parlait précipitamment ; un écheveau de mots sans suite. Elle avait envie d'endiguer le flot, de lui crier au visage qu'il était ivre.

Elle se sentait folle de bonheur et d'angoisse.

*
* *

Le roi écuma fort consciencieusement les environs, envoya des troupes dans les terres dangereuses, au nord et à l'est, les força à s'enfoncer profond dans des montagnes qu'il savait être parcourues par des bandes armées. Il y laissa des hommes et des chevaux, mais ceux qui revinrent traînaient derrière eux quelques dizaines de burnous gris de poussière. C'est ce que voulait le roi.

Durant des jours, les caves du palais résonnèrent de cris épouvantables qui tiraient la reine de son sommeil. Le roi, lui, avait autre chose à faire qu'à dormir. Assis sur un tabouret, dans les salles basses, il interrogeait sans répit les prisonniers. L'odeur de sang, d'excrément, de chair grillée lui levait parfois le cœur ; il avait envie de détourner la tête quand le tourmenteur faisait gicler le sang sous le couteau, craquer les os sur la roue, arrachait les ongles ou appliquait le fer rouge, mais il tenait à honneur de montrer une parfaite insensibilité. Louis faisait son métier de roi.

Aucun des suppliciés ne sut dire ce qu'était devenu ce petit homme rougeaud qui avait nom Godefroid et auquel le roi paraissait tant tenir. Quand l'un d'eux aboyait quelque parole arrachée par la souffrance, il donnait du coude dans le flanc de l'interprète, un sergent turcople, qui s'endormait à son côté.

— Il dit, sire, que la malédiction d'Allah est sur les chiens d'infidèles.

Le roi bâillait.

— Continuez.

Tout cela l'ennuyait et lui déplaisait, mais il croyait que personne mieux que lui ne saurait tirer cette affaire au clair. La moindre parcelle de vérité lui était précieuse et il n'hésitait pas à plonger ses mains dans le sang pour la ramasser.

Quand le supplicié paraissait prêt à rendre l'âme, il faisait poser à voix basse par le Turcople la même question :

— Raymond d'Antioche est de connivence avec Nouradin, n'est-ce pas ?

Si l'homme disait non, on le délivrait des tourments d'un coup de poignard sans bavures. S'il opinait, on le gardait pour le lendemain.

Au bout de deux jours, le roi remonta en titubant jusqu'à sa chambre, s'effondra tout habillé sur son lit et dormit vingt heures d'affilée.

Il n'avait rien pu tirer de ses victimes.

Un matin, alors que le jour n'était pas encore levé, Aliénor et Raymond firent sceller leurs chevaux par un goujat aux cils collés par le sommeil et quittèrent la résidene princière.

Saint-Siméon commençait à peine à s'éveiller. Des lumignons rouges tremblaient sur le débarcadère et sur le tillac des grandes nefs noires embossées le long des entrepôts. Une fumée blanche montait comme un fil du phare que l'on venait à peine d'éteindre. Passées les étendues de marécages sur lesquels commençaient à s'animer des colonies d'échassiers, ils se trouvèrent sur le bord d'une longue plage solitaire. Raymond tendit le bras vers l'horizon.

— Nous pousserons si tu veux jusqu'à cette falaise. Elle est à une lieue à peine.

Les chevaux allaient d'une allure souple. Il n'y avait pas de brise, rien que de chaudes et brèves haleines qui se levaient des marécages. Des mouettes s'envolaient lourdement sous les pas des chevaux, tournaient avec des cris aigres avant d'aller se poser sur les vagues.

Depuis des jours, Raymond et Aliénor n'avaient pu réussir à se retrouver seuls. Le roi devait se douter de quelque chose. Son regard ne les quittait plus, au point qu'ils n'osaient lever les yeux l'un sur l'autre, comme si le moindre de leur regard eût constitué un aveu. Il faisait en sorte, à chaque repas, à chaque occasion où ils se trouvaient réunis, de les tenir tous deux dans le champ de sa vue et de ne pas avoir à tourner la tête pour les observer l'un puis l'autre. Ce détail n'avait pas échappé à la reine. Raymond ne croyait pas que cette attitude fût concertée : il tenait le roi pour un être incapable d'un tel manège.

Aliénor avait néanmoins accepté le rendez-vous de Raymond. Elle ne pouvait plus supporter ce jeu cruel et épuisant. Il viendrait un moment où l'un ou l'autre se trahirait. Le roi se levait tôt pour assister à la première messe et ne revenait bien souvent qu'en fin de matinée. C'étaient là des habitudes contractées à Antioche. Il paraissait vraisemblable qu'il n'y dérogerait pas à Saint-Siméon.

L'air de la plage était épais, traversé de courants tantôt froids, tantôt chauds, selon qu'ils naissaient de la mer ou du marais. Le soleil n'avait pas encore dépassé la crête lointaine de l'Amanus, mais la mer se colorait de traînées rosâtres et une île de nuages, très loin, était déjà habitée par le jour et rayonnait d'une croûte dorée de lumière. La mer respirait paisiblement. Aliénor et Raymond se taisaient. Chaque pas de leur monture les détachait d'un monde de compromissions, d'hypocrisie, de lâcheté. Il était bon de croire à cette rupture et tout incitait à y croire. Ils foulaient une terre nouvelle dans une lumière nouvelle. La falaise qui bordait l'horizon de la grève se dressait comme un battant de porte qui, tout à l'heure, allait s'ouvrir et leur proposer des espaces vierges, un temps sans limite où ils ne sentiraient plus le poids redoutable de leur amour.

Raymond poussa jusqu'aux premières vagues où il entra, suivi d'Aliénor. Elle marchait à quelques pas et ne parvenait pas à détacher son regard des épaules dont elle devinait la puissance sous l'étoffe épaisse du manteau, comme ce matin de janvier où elle était entrée dans Antioche par la Porte des Jardins, dans le tonnerre des « hosannas ». Elle avait alors compris qu'elle allait avec Raymond vers un avenir d'amour et de lutte, de bonheur et de misère auquel il ne lui appartenait plus de renoncer.

Raymond se retourna et lui sourit. Il fit claquer sa langue, battit de la bride l'encolure de la bête qui prit un galop enlevé dans une gerbe d'eau qui lui mouillait la sous-ventrière. Aliénor le regarda s'éloigner puis talonna elle-même sa monture. Ils galopèrent longtemps ainsi. Quand ils s'arrêtèrent, la falaise se dressait devant eux, haute et dorée, et le jour était là. La mer arrondissait autour d'elle un gouffre vert où frissonnait l'ombre des roches englouties. Ils ne pouvaient pousser plus loin.

Raymond attacha les chevaux à une souche d'olivier blanche comme un os, qui dépassait du sable. Ils escaladèrent quelques degrés massifs à travers la falaise et se trouvèrent dans une anfractuosité tapissée d'herbes rêches d'un vert fané. Raymond défit son manteau, l'étendit par terre et ils s'allongèrent dessus en silence. Le bruit de leur respiration leur suffisait. Ils goûtaient un bonheur paisible d'où tout désir paraissait exclu.

— Aliénor, es-tu bien ?

— Divinement bien. Je voudrais que le jour ne se lève jamais.

— Cela sera, si tu le veux.

— Je le veux de toutes mes forces, Raymond, tu le sais. Mais le jour, tôt ou tard, finit par se lever et les choses redeviennent ce qu'elles sont, et la laideur, de nouveau, s'attache à elles comme une gale.

— Je puis faire que ce jour ne se lève jamais.

Elle sourit, approcha sa tête de celle de Raymond. Que ne pouvait-il accomplir ? Elle le retrouvait géant et magicien, comme dans son enfance. Il était le dernier et le plus glorieux descendant des ducs d'Aquitaine. Il y avait en lui, assemblés en gerbe insolite, la majesté, la courtoisie, le courage, mais aussi l'ambition, la futilité, l'insouciance. Le meilleur et le pire. Il éblouissait, mais on eût dit qu'il s'acharnait comme à plaisir à détruire ce rayonnement qui venait de ce qu'il avait de meilleur en lui, pour ne laisser apparaître que la tourbe. Aliénor le connaissait bien ; son amour avait rarement réussi à l'aveugler. Elle lutterait jusqu'au bout, contre elle-même s'il le fallait, pour conserver cette lucidité. Elle dit d'une voix tranquille :

— Fais donc, si tu le peux, redescendre la nuit sur la ville !

Une coulée de lumière jaillissant d'une haute vallée de l'Amanus venait de se répandre sur Saint-Siméon. Un dôme arrondissait un gros fruit vert au-dessus de la ville basse où flottaient des fumées.

— Laisse, laisse donc... Si tu veux me croire, je te promets qu'il y aura mille autres matins semblables à celui que nous vivons.

— Peut-être, Raymond. Mais le mille et unième se lèvera dans la brume et la pluie. Ah ! tout n'est pas simple...

— Tout est simple, au contraire ! Ecoute !

En se retournant, ses lèvres rencontrèrent l'oreille petite et rose d'Aliénor qu'il dégagea sous les mèches de cheveux.

— Ecoute ! Nous n'aurons plus beaucoup d'occasions de nous voir et de parler comme ce matin. J'ai acquis une grande expérience de la vie, au point que nul homme ne peut se vanter d'être plus riche que moi en ce domaine. J'ai vécu des centaines de vie en l'espace d'une seule. Je suis entré dans la peau de milliers de personnages divers. J'ai joué mille comédies. Quand on est prince d'Antioche, il faut avoir des dispositions pour la mascarade. Mais j'ai reçu aussi des leçons. Tant de leçons qu'aujourd'hui je puis me permettre d'en donner. Et d'abord à la vie. De temps à autre, il me plaît de l'aborder à visage découvert, un visage où les masques n'ont pas laissé d'empreinte. C'est pourquoi, petite fille, je te dis : la vie ne vaut d'être vécue que par ce qu'on lui arrache de plaisir. La grande sagesse, c'est de n'en point trop avoir et de se donner parfois permission d'être fou.

— C'est ce que je me dis depuis que nous nous sommes retrouvés. C'est même ce que je me disais parfois avant, pour ne rien te cacher. Nous avons été fous de longues semaines durant. N'es-tu pas satisfait ?

Il lui pouffa dans l'oreille et elle sentit un vide tout chaud se creuser dans sa tête. C'était comme s'il venait de souffler sur de petites idoles sévères soudain réduites en cendres.

— Il faut aller jusqu'au fond de son désir. Tant pis si le monde s'écroule autour de toi. Le jeu est difficile, d'autant plus difficile que tu es reine de France et moi prince d'Antioche. Il n'en est que plus passionnant.

— Ainsi, pour toi, notre amour est un jeu ?

— Qu'est-ce qui n'est pas un jeu, Aliénor, de ce qu'on fait avec passion ? Nouradin joue le jeu de la guerre. Manuel mène un double jeu. Louis lui-même, en ce moment, joue inconsciemment la comédie de la foi. Oui, l'essentiel est de se passionner.

Elle sentit le poids d'une épaule contre la sienne et frémit. Raymond poursuivit :

— Dès demain, nous parlerons à Louis.

— Non ! Je n'en aurai jamais le courage.

— Que crains-tu ? Il ne t'aime pas et tu le détestes. Là encore, c'est un jeu que vous jouez, mais quel jeu stupide ! Nous n'avons qu'une vie, Aliénor. Aussi faut-il la multiplier. A l'heure de notre mort, nous ne serons riches que du souvenir de nos plaisirs et de nos joies.

Elle se donna à lui sans enthousiasme. Il s'en rendit compte mais il ne fit rien pour éveiller ses sens. Raymond ne parlait que de plaisirs et en parlait trop. Le plaisir mûrit trop vite l'amour. Elle eût aimé que, ce matin justement, il l'épargnât. Ils vivaient un de ces moments où une étreinte peut tout remettre en question. Aliénor tenta de sauver ce qu'elle put du gâchis. Elle désirait préserver de toute souillure, de toute lassitude, ces quelques jours qu'il leur restait à vivre ensemble. L'épreuve passée, elle se retrouva intacte et pleine d'indulgence pour Raymond. Que ne lui eût-elle pardonné ? Même son égoïsme, qui menaçait de tout compromettre, lui paraissait anodin. Mais souvent n'avait-il pas compris que ces quelques instants qu'ils avaient arrachés à la vigilance du roi, ils devaient les dédier non à leur corps mais à leur cœur ?

Elle caressait le visage brûlant de Raymond.

La joue gauche qui avait reposé sur la terre, était incrustée de graviers. Une trace de salive luisait au coin de ses lèvres. Comme elle l'aimait ! Comme il lui était facile de lutter pour sauvegarder ce qui pouvait l'être encore de leur amour ! Comme elle se sentait forte ! Aurait-elle le courage de parler à Louis ? Ses doigts se raidirent contre le front de son oncle. Oui, elle aurait ce courage. Elle acceptait le défi. Demain, elle affronterait le roi. La semaine ne passerait pas sans qu'elle eût un entretien avec lui. Elle ne se dissimulait plus que sa présence lui devenait odieuse. Quand elle se trouvait en face de lui, elle avait maintenant l'impression de se parjurer à l'égard de Raymond, de trahir ses sentiments véritables, le meilleur d'elle-même. Leur union avait été et demeurait un défi à la logique. Si le roi l'avait aimée, s'il continuait à l'aimer, elle avait deviné, depuis les débuts de leur union, qu'elle ne pourrait jamais lui donner qu'une part d'elle-même. Rien ne pouvait les unir profondément. La passion de vivre d'Aliénor, la joie sourde qui la soulevait devant les promesses de la vie ne pouvaient que s'opposer aux sentiments statiques de Louis qui s'appliquait à sa vocation de roi, d'époux, de fils aîné de l'Eglise avec un zèle immuable et méthodique qui excluait toute véritable sincérité. L'amour qu'il témoignait à Aliénor confinait au devoir. Avec Raymond, tout était différent. Sa présence élargissait le temps, l'espace, régénérait les êtres et les choses, donnait une nouvelle virginité à toutes les heures de la vie. Son égoïsme même le portait garant de sa sincérité.

Elle dit dans un souffle.

— Je palerai au roi, et qu'importe ce qui arrivera !

— Je te reconnais ! Nous sommes de la même race. Je n'aurais jamais dû accepter de me séparer de toi. Mais à présent, rien ne nous séparera plus.

Ils descendirent sur la plage inondée de soleil, dépouillèrent leurs vêtements et pénétrèrent dans la mer éblouissante et tiède. Ils nagèrent longtemps, contournant la falaise pour découvrir de nouvelles étendues de plages, des lointains fondus dans une légère brume bleue qui donnaient le goût de l'aventure, un petit village de pêcheurs que ralliaient de longs caïques à rames. Ils se séchèrent au soleil sur une avancée de roches dominant le gouffre où passaient des bancs tantôt sombres, tantôt luisants de poissons.

Comme ils se rhabillaient, Aliénor poussa un cri. Elle venait d'apercevoir un cavalier qui fuyait à la crête d'une butte de sable en direction de Saint-Siméon.

*
* *

On frappa à la porte de la reine peu avant le repas du soir, alors qu'elle se faisait décoiffer par Mahaut pour la nuit. C'était le roi. Aliénor ne l'avait pour ainsi dire pas vu de la journée.

Il fit le tour de la chambre tandis que les servantes se retiraient, regarda les murs de haut en bas, en sifflottant d'un air distrait, comme s'il y cherchait la trace d'une issue secrète. Debout devant la fenêtre large ouverte sur le lointain de la mer, il respira profondément, les pouces dans la ceinture de cuir rouge serrant à la taille une longue robe de laine verte à manches pendantes, qui laissait juste dépasser la pointe de ses bottines. Puis il saisit une couple de chandelles et s'approcha d'Aliénor qui achevait de se peigner.

— Madame, je vous trouve une mine radieuse. L'air de la mer vous réussit. Dommage que nous ne puissions rester davantage à Saint-Siméon. L'armée d'Adalia arrive demain par la côte, et nous irons à sa rencontre. Sibylle doit vous manquer...

— Elle me manque, en effet.

— Nous resterons une semaine seulement à Antioche avant de descendre sur Jérusalem. Vous devez mourir d'impatience de vous agenouiller sur la tombe du Sauveur.

— Je meurs d'impatience. Vous l'avez deviné.

Il l'observa en silence tandis qu'elle se peignait. Elle s'irritait sur une mèche nouée :

— Permettez, madame.

Il s'agenouilla, fouilla des doigts la masse souple.

— Ce n'était rien : une brindille d'herbe.

Aliénor sentit contre son cou, à l'endroit où se posait le regard de son époux, un froid de glace. Elle se leva à son tour, lui fit face. Il dit dans un soupir :

— Voilà. Maintenant, avec votre permission, je vais me coucher.

Elle lui sourit le plus aimablement qu'elle put et eut l'impression d'avoir grimacé. Louis demeurait devant elle, muet, grattant d'une main, lentement, sa joue glabre. Un de ses yeux cillait nerveusement. Il paraissait indécis. Il dit enfin, d'une voix aux intonations voilées :

— Ma reine, il y a bien longtemps que nous n'avons partagé le même lit.

— Oui, sire, bien longtemps.

— Si je vous demandais, ce soir...

— Sire, je suis lasse.

— Suis-je sot ! Après une telle équipée en pleine montagne, seule avec un écuyer, il est naturel que vous aspiriez au sommeil.

Se moquait-il ? Etait-il sincère ? Elle n'aurait pu le dire. Elle se raidit malgré elle quand il lui posa les mains sur les épaules et que ses mains brûlantes descendirent le long des bras. Il articula péniblement quelques mots dont elle eut du mal à saisir le sens.

— Ma reine, laissez-moi rester ce soir près de vous. Je ne gênerai nullement votre sommeil.

Quand les deux mains furent contre sa taille, elle recula vivement.

— Retirez-vous, de grâce...

Le roi se laissa tomber sur l'escabeau de la coiffeuse, prit sa tête entre ses mains. Aliénor, croyant qu'il pleurait, s'avança vers lui, posa une main sur son épaule.

— Pardonnez-moi si je vous fais souffrir.

Louis releva brusquement la tête. Il éclata franchement de rire.

— Souffrir ! Souffrir, dites-vous ! Voilà qui me paraît cocasse.

Il cessa brusquement de rire, la regarda bien en face avec une expression de haine mal contenue et dit d'un ton ferme et glacé :

— Désormais, je sais ce que je voulais savoir.

— Et que savez-vous donc, s'il vous plaît ?

— Ce que, depuis des mois, je pressentais sans en avoir la

certitude. Fallait-il que je sois naïf pour n'avoir pas deviné que vous reviendriez à vos anciennes amours comme un chien à sa vomissure ! Faut-il que le cœur des femmes me soit étranger pour que j'ignore les ressources de turpitude qui s'y cachent ! Depuis des semaines, vous me trompez avec votre oncle, avec le frère de votre père, avec votre propre sang, et ce n'est que depuis quelques jours que des doutes me sont venus, et ce n'est que depuis ce matin que je connais la vérité. Un homme vous a épiés, alors que vous étiez sur la plage avec Raymond.

— Alors, autant que vous sachiez ce qui vous reste à apprendre : j'aime Raymond depuis que j'ai l'âge d'aimer et je n'aimerai jamais que lui.

Louis haussa les épaules et partit du même rire insupportable.

— Sotte ! Votre amour a le goût du fruit défendu, de la trahison. C'est ce qui vous fait croire que vous aimez votre oncle !

— Si j'ai trahi quelqu'un, ce n'est pas vous, mais Raymond. Je l'ai trahi en acceptant de vous épouser pour accéder à la volonté de mon père.

— Voilà qui est plaisant ! Vous renversez les rôles, ma jolie ! Ainsi, vous trompiez votre amant avec votre époux ? C'est beaucoup d'honneur que vous me faites. Mais je ne vous en saurai aucun gré, ne vous en déplaise.

Elle le considéra d'un air sombre.

— Riez, sire ! Vous rirez sûrement moins quand vous connaîtrez ma décision.

— Qui plus est, vous prenez des décisions ! Daignerez-vous m'en informer sur-le-champ ?

— Vous auriez appris de toutes manières dès demain. Je refuse de vous suivre à Jérusalem. Je refuse de continuer à vivre avec vous.

Il appuya sur elle un regard profond, un peu hébété. Puis il toussa, lui tourna le dos et se dirigea vers la fenêtre où il demeura un moment, appuyé d'une épaule contre le volet intérieur. La lumière du phare, au bout de la jetée, plongeait dans la mer comme un sabre brisé. Dans la cour de la résidence, quelques pas de chevaux sonnèrent sur le pavé. Une chanson paisible montait avec des éclats de rire d'un jardin proche.

Quand Louis revint vers Aliénor, il la trouva adossée au montant du baldaquin, très pâle dans sa longue chemise et la devina à bout de force, prête malgré tout à se défendre, à s'accrocher désespérément au sentiment de liberté que lui avaient acquis ses dernières paroles. Il ne sentait plus en lui ni colère ni la moindre trace d'ironie. Seulement une grande lassitude.

— Enfant, cette passade vous a tourné la tête. Au fond, je ne puis vous en vouloir. Votre oncle seul est à blâmer. J'ai la certitude que, dans cette affaire, son but véritable a été de me nuire. Vous savez quel différend nous oppose ?

Il s'interrompit, regarda de droite à gauche, passa sa belle main blanche sur ses yeux d'un air las.

— Bonsoir, ma reine.

Il s'éloigna, revint sur ses pas, posa une main sur l'avant-bras d'Aliénor.

— Il faut que je vous dise, car je ne pourrais plus vivre désormais avec ce mensonge sur le cœur : je vous ai trompée moi aussi. Une fois.

— Vous m'en avez dit suffisamment, le lendemain, à Nicée. Mais je ne vous en ai pas voulu.

— Vous ignorez combien j'ai souffert. Durant des semaines, j'ai porté le cilice, passé des nuits entières à genoux dans les églises, à crier le nom de la Vierge. Maintenant, j'ai oublié. Mon âme, de nouveau est pure. Un mot encore, ma reine : je vous aime toujours autant.

— Et moi, sire, je ne vous aime plus.

La horde qui arrivait par la route côtière du cap Rosicus et, passé Séleucie, s'avançait à la rencontre du roi de France et du prince d'Antioche, ne méritait pas le nom d'armée.

Thierry de Flandres s'accrochait à une sangle de sa selle pour ne pas tomber. Ses yeux brûlés d'ophtalmie paraissaient cerclés de sang. Louis s'était précipité vers lui, vers Henry de Champagne et quelques autres parmi ses barons qu'il serrait contre sa poitrine en pleurant. Il semblait qu'il n'eût pas assez de ses deux bras et de toutes ses larmes. On le vit tomber à genoux devant la litière où reposait une grande femme aux cheveux gris de cendres et au regard fixe qui était Sibylle de Flandres.

— Elle s'est battue comme les plus courageux de nos soldats, dit Henry. Mais ces jours et ces nuits d'épouvante lui ont fait perdre la raison.

Pas plus qu'elle n'avait reconnu le roi, Sibylle ne reconnut Aliénor. La reine la quitta pour tâcher de retrouver quelques-unes de ses compagnes. Hâves et déguenillées, elles s'étaient étendues à même les talus de la piste comme elles faisaient à chaque halte.

Quelques-unes s'étaient endormies, tandis que les autres se jetaient sur la nourriture qu'on leur tendait. Une de ces malheureuses, en qui Aliénor crut reconnaître une sœur d'Henry de Champagne, l'accueillit par d'aigres paroles, lui reprochant de les avoir abandonnés lâchement à Adalia et pratiquement livrés aux Turcs et aux Byzantins.

Aliénor ne vit pas souvent le roi dans les jours qui suivirent. Dès son retour à Antioche, il s'était mis en quête de chevaux et d'équipements pour le corps de troupe de Thierry. Il paraissait pris d'une fièvre subite, comme si le sol d'Antioche lui brûlait les semelles.

Raymond avait accompli d'ultimes démarches en vue de convaincre Louis que son départ pour Jérusalem équivalait à une dérobade et que, dans le camp des Turcs, on allait pavoiser. Le roi ricana, montra les dents. Il avait assez bataillé ; il était las ; il voulait se rendre à Jérusalem.

Un soir, il vint trouver son épouse pour lui annoncer que le départ avait été fixé irrévocablement au dimanche qui suivait. Aliénor répondit :

— Faites comme vous l'entendrez, mais souffrez que je reste. Ce voyage ne me tente nullement.

— Non, madame, vous me suivrez.

Ils ne parlèrent plus de ce départ. La veille, le roi entra chez son épouse avec quelques valets, tandis qu'elle était absente, fit embarquer dans des coffres de voyage ses objets personnels, sauf quelques vêtements, si bien que la reine, lorsqu'elle revint dans son appartement, le trouva pratiquement vide.

Le soir, il tomba une petite pluie chaude qui rendit l'atmosphère irrespirable. La chaleur collait à la peau. Aliénor, en attendant le retour de ses serviteurs partis à la recherche du roi, regardait la ville s'enfoncer dans une laine grise. La citadelle s'estompa tout d'abord, à la crête du Silpius. Puis les remparts. Puis les jardins. Les dômes dorés de la basilique Saint-Pierre, balayés par une molle averse, disparurent à leur tour. Quand les premières gouttes griffèrent les carreaux en losanges, Aliénor savait qu'elle ne partirait pas. Le roi aurait beau faire, rien ne pourrait la persuader. Sa vie, désormais, était à Antioche. Elle aimait ses places brûlées de soleil, ses souks recouverts de clayons de roseaux, l'animation qui, dès l'aube, lui donnait une vie intense. En quelques pas, au cours de ses promenades, elle côtoyait dix pays et trois continents ; toutes les races du monde grouillaient dans les quartiers populaires. La longue théorie des caravaniers arabes et persans croisait les groupes de matelots vénitiens, cypriotes ou génois escortés ou précédés de filles aux voiles flottants. Chaque jour qui se levait sur Antioche promettait d'être différent du précédent. Mais cette ville était surtout la ville de Raymond. Le dernier rejeton mâle de la race des ducs d'Aquitaine, en qui survivait le goût des existences riches, larges, pleines de risques et d'imprévu, s'y sentait à l'aise, et Aliénor devinait confusément qu'elle était faite, elle aussi, pour cette vie-là. En demeurant auprès de Raymond, elle n'aurait aucun lien douloureux à rompre. Elle laisserait ses territoires en garde à Pernelle, à Raoul, à sa fille, Marie.

Mahaut entra dans la pièce.

— Le roi vous attend, madame.

Aliénor s'engouffra dans les corridors déjà sombres où stagnaient des flaques d'air frais. Attablé, Louis relisait le courrier adressé à Suger, qu'il venait de dicter à son secrétaire. Un homme drapé dans un ample manteau bleu se tenait tout au fond, devant la fenêtre ouverte d'où venait par bouffées un air humide et lourd qui sentait la douve et le cachot. Une silhouette qu'Aliénor connaissait sans pouvoir lui donner un nom. Le roi leva à peine la tête.

— Faites vite, madame. J'ai fort peu de temps à vous accorder.

— De quel droit avez-vous fait déménager mes bagages ?

— Du droit que je suis votre époux et que nous partons demain à l'aube.

— Ne vous ai-je pas dit mon désir de rester à Antioche ?

— Je n'ai pas jugé bon d'accéder à ce nouveau caprice.

— Sire, ma décision est irrévocable.

L'homme debout devant la fenêtre bougea à ces mots. Le roi dit d'une voix tranquille :

— Herbert, prenez ce pli et portez-le au capitaine de la *Bonne Etoile.*

Le roi soupira insensiblement, prit une nouvelle liasse que lui tendait le secrétaire, un moine de Saint-Pierre-le-Vif.

— Que disiez-vous, madame ?

— Vous avez fort bien entendu. Nous ne pouvons plus vivre ensemble. A quoi bon s'obstiner ? Vous êtes déçu dans votre affection et je suis lasse de vous. Désormais, plus rien ne peut nous unir. Par Dieu ! ne faites pas celui qui ne veut pas entendre.

Une onde de colère l'animait des pieds à la tête. Elle criait presque. Le roi reposa brutalement sur le bureau la missive qu'il lisait et laissa son poing s'abattre dessus.

— Je vous ai dit, madame, que j'avais à faire. Laissez-moi, je vous prie. Vous me suivrez à Jérusalem. Au retour, nous reparlerons de tout cela.

— A votre aise. Vous apprendrez sans tarder ce qu'il en coûte de me traiter en esclave. Vous oubliez trop souvent que vous me devez votre puissance !

Le roi serra les dents, prêt à éclater, mais se tut. La reine tourna les talons, se ravisa, dit à voix basse :

— Qui est cet homme, là, contre la fenêtre ? Il me semble le connaître.

— Pardieu, oui, vous le connaissez ! Monseigneur Godefroid, vous plairait-il de saluer la reine ?

L'homme se retourna et la reine put le voir en pleine lumière. L'évêque s'inclina sèchement devant la reine. Elle le croyait à des lieues de là, dans cette forteresse du djebel Keserik où Raymond l'avait fait enfermer. Le roi se forçait visiblement à l'ironie. Sa paupière gauche battait.

— Vous paraissez surprise, madame ! J'ai envoyé des hommes dans toutes les forteresses de la principauté, me doutant bien que Raymond n'irait pas jusqu'à faire périr monseigneur. J'ai fini par apprendre où se trouvait notre prisonnier et l'ai fait évader la nuit passée. Rassurez-vous, il n'y aura nul éclat. Godefroid a été traité selon les règles de l'honneur. N'est-ce-pas, monseigneur ?

— Nous ne soufflerons mot de cette affaire, sire. Vous avez ma parole.

— Voilà qui est bien ! Bonsoir, madame ! Couchez-vous tôt. Demain, la route sera longue...

*
* *

C'était la première fois qu'elle entrait dans la chambre de Raymond. Le serviteur syrien s'effaça, tandis que Raymond s'avançait vers elle.

— Toi ici !

Il arracha son petit bonnet de soie blanche et remit précipitamment la chaussette qu'il venait d'ôter. Il était torse nu et portait un petit caleçon mauve moulant à plâtre la chair un peu molle. Aliénor fit le tour de la pièce du regard, parut s'intéresser à des statuettes hindoues de bronze doré posées sur un bahut, qui figuraient des accouplements de dieux et de déesses. Un parfum douceâtre de pommade se mêlait à une odeur puissante où elle reconnaissait celle de Raymond. Elle caressa de la main le métal froid d'une statuette, le cuir tiède d'un fauteuil.

Raymond avait eu le temps de réenfiler ses braies et une chemise qu'il laissa largement échancrée sur sa poitrine velue.

— Es-tu certaine que personns ne t'a vue entrer ?

— Qu'importe que l'on m'ait vue, puisque, désormais...

— Désormais quoi ?

— J'ai dit à Louis que je refusais de le suivre.

Raymond parut embarrassé.

— Bon ! Bon ! Et alors ?

— Alors, me voici. Je viens te demander asile pour cette nuit. Notre première nuit, Raymond !

Elle s'approcha de lui en souriant, écarta les pans de la chemise et, se haussant sur la pointe des pieds, posa ses lèvres entre les deux mamelles.

— Tu ne dis rien ?

— Tout cela est si imprévu, Aliénor, que je n'ose y croire.

— Il faut y croire, Raymond, et croire plus que jamais à notre amour. Nous aurons besoin de certitudes pour le combat que nous allons avoir à mener.

Il parut désemparé.

— Le combat ? De quel combat veux-tu parler ?

Elle se détacha de lui, le considéra avec gravité.

— Crois-tu que le roi acceptera ma décision de gaieté de cœur ? Il a décidé de ne pas partir sans moi et tentera l'impossible pour faire avorter ma détermination.

Elle ajouta à mi-voix, avec nuance de coquetterie :

— Il se peut même qu'il te tue ou, du moins, qu'il essaie de le faire...

Raymond partit d'un rire grossier qui se brisa net.

— Assez de sottises ! Tu as décidé de passer la nuit ici ? Soit ! Voici mon lit. Couchons-nous !

Aliénor ne put retenir un mouvement de surprise et de déception.

— Raymond, que se passe-t-il ? Tu n'es plus le même. Je te sens indifférent, hostile. As-tu perdu confiance en notre amour ? Penses-tu n'être pas assez fort pour l'aider à triompher ?

— Pardonne-moi. Je suis las. J'ai appris il y a quelques

instants que l'évêque de Langres s'est évadé. Cette vieille pie a sûrement tout raconté au roi, et...

— Ce n'est que cela ? Vois comme j'attache peu d'importance à la chose : je le savais et j'omettais de t'en entretenir.

Raymond eut un sursaut.

— Vraiment ! Tu le savais et tu ne m'en parlais pas !

— Rien ne transpirera de l'attentat commis contre Godefroid. J'ai la promesse de l'évêque et le roi n'ira pas s'en vanter, tu le comprends bien.

— Comment peux-tu croire à une telle promesse ? Si tu refuses de suivre ton époux, l'affaire sera révélée au grand jour et je serai perdu aux yeux de l'Eglise et de mes vassaux. Raymond d'Antioche a osé porter la main sur un évêque ! Il l'a séquestré ! J'entends déjà l'antienne. Ne devines-tu pas quelle arme la révélation publique de cet acte peut être entre leurs mains et qu'ils n'hésiteront pas à s'en servir contre moi ?

Il avait saisi l'avant-bras d'Aliénor et la secouait comme pour l'éveiller. Elle se dégagea, frotta son poignet.

— C'est bien ce que je redoutais. Tu ne m'aimes plus puisque tu refuses de lutter pour notre amour.

Il lui tourna le dos après lui avoir adressé un regard désemparé, s'éloigna en balançant les épaules, les deux mains à plat sur sa tête. Il s'assit au bord du lit, balayant une poussière à larges gifles sur sa cuisse. Puis il finit par déclarer d'une voix qui martelait les mots :

— Comment peux-tu avoir une telle pensée, alors que je t'ai donné mille et une preuves de mon attachement ? Tout d'abord, en acceptant le départ de Constance et de mes enfants. Ensuite en risquant de mécontenter ton époux et de me priver sans recours de son aide. Enfin, en bravant les lois de l'Eglise. Que te faut-il de plus ?

Aliénor était à ses pieds. Elle lui embrassait les genoux.

Ils s'aimèrent fiévreusement. Chacune de leurs étreintes leur laissait une saveur d'incendie sur les lèvres. Ils cherchaient avec une sorte de frénésie les moindres replis frais du lit, y étalaient leurs membres parcourus de mauvais frissons. A chaque bruit, ils tressaillaient. Leurs moindres instants de somnolence étaient coupés de brusques accès d'angoisse qu'ils éprouvaient simultanément, comme s'ils avaient eu une même tête, un même corps.

Sur la mi-nuit, il y eut des bruits de pas, des chuchotements dans le corridor. Peu après, ce furent de sourds cliquetis d'armes venus ils ne savaient d'où. Jusqu'à l'aube, ils demeurèrent couchés sur le dos, les jambes et les mains mêlées, les yeux ouverts sur le rectangle bleuâtre de la croisée. Ils n'avaient pas prononcé une parole.

L'aube éclata alors qu'ils glissaient insensiblement vers le sommeil. Ils sursautèrent quand un coup violent ébranla la porte. L'instant d'après, ils perçurent des gémissements, un bruit sourd de lutte, le choc mat d'un corps. Raymond sauta sur le parquet.

— « Ils » ont sûrement abattu mes deux gardes soudanais. Voilà tes vêtements. Habille-toi et sauve-toi par cette porte qui donne sur la chambre des enfants !

Elle le considéra avec surprise.

— Pourquoi me sauverais-je ?

Il répondit d'un ton rogue :

— Je ne veux pas que le roi te trouve ici !

Il titubait, tremblant de froid, demi-nu, dans l'aube suintant des petits carreaux. Elle répliqua :

— Nous n'avons plus rien à cacher désormais. Je reste !

Il lui jeta ses vêtements au visage.

— A ton aise ! Mais au moins, habille-toi !

Une voix éclata derrière la porte.

— Ouvrez ! La reine est ici, je le sais. Raymond, ne m'obligez pas à pénétrer chez vous de force !

Raymond alla tranquillement tirer le verrou et revint du même pas s'asseoir dans un fauteuil. Le roi entra sans hâte. Il était vêtu d'une tenue de voyage en gros drap terne. Aliénor l'entendit articuler avec effort.

— Madame, veuillez me suivre.

— Je ne partirai pas. Vous connaissez ma décision.

Le roi se tourna vers Raymond.

— Raymond, j'ai peine à croire qu'avisé comme vous l'êtes, vous puissiez vous rendre complice d'une telle folie. Votre silence est d'ailleurs un aveu.

Il revint vers la reine.

— Une dernière fois, madame...

Aliénor s'était dressée lentement. Sa chemise entrebâillée laissait apparaître un sein rond, blanc comme du lait, que caressait une boucle. Elle dit d'une voix altérée :

— Raymond, pourquoi ne dis-tu rien ? As-tu oublié tes promesses ?

Raymond haussa les épaules, cacha son visage dans ses mains

qui formaient comme deux œillères contre ses tempes. Le roi triomphait.

— Là ! Vous voyez bien qu'il n'est pas d'accord avec vous.

Il s'avança délibérément vers le lit, saisit le poignet d'Aliénor qui résista. Raymond s'était redressé lentement.

— Laissez-la, Louis ! Retirez-vous. Nous nous verrons dans la matinée.

Il se leva, s'avança sans colère vers le roi, en proie à une lutte sourde. Sur le point de céder, il était touché par la détresse d'Aliénor.

Le roi recula de quelques pas, sortit de sa cape un petit sifflet d'argent dont il tira un son aigre. Un groupe d'hommes déboucha dans la chambre. Aliénor reconnut Robert de Dreux, l'évêque Godefroid, armés de pied en cap. Ils étaient suivis de quelques soldats. Robert cria un ordre :

— Pas un geste !

Il banda son arc à deux pas de Raymond qui s'immobilisa. Le roi se tourna vers ses hommes.

— Norbert ! Gaucher ! Saisissez-vous de cette femme et menez-la à la porte du Pont où vous m'attendrez !

Raymond tenta de s'interposer entre la reine et les deux brutes. Il réussit à les repousser, mais une flèche tirée par Robert l'atteignit à la cuisse. Tandis qu'il faisait des efforts pour l'arracher, Robert l'assomma du plat de son épée. Il fallut ensuite maîtriser Aliénor. Sa colère faiblit peu à peu, ses forces la trahirent. Elle se laissa porter par les deux hommes sans opposer la moindre résistance.

La masse grise de l'armée bougeait devant elle, grossie sans relâche de nouvelles compagnies qui sortaient dans un piétinement sourd de la porte du Pont dont les pilastres grossiers se détachaient mal dans le petit jour. On n'avait pas déplié les étendards ; les vêtements chamarrés des barons et des chevaliers disparaissaient sous la cape qui les enveloppait jusqu'aux talons.

Un radeau chargé de bois descendait l'Oronte. Sur l'échine trapue de la tour de la Mahomerie dressée sur une colline abrupte, de l'autre côté du fleuve, des lumières traçaient un pointillé de feu ; une petite troupe en descendait par un chemin enfoui dans les bosquets d'oliviers et de dattiers. De l'autre côté, vers le levant, la dentelle des remparts et des tours crénelait le ciel jaune. L'écuyer qui tenait la bride du cheval d'Aliénor commençait à s'impatienter. La reine sourit en le voyant souffler dans ses doigts gourds.

Une main se posa sur sa cuisse. Elle se retourna. Sibylle. Elle se tenait debout, soutenue par deux servantes. La comtesse dit d'un ton empreint de reproche amical :

— Vous m'oubliez, madame ! Voilà quatre jours que vous ne m'avez rendu visite et vous partez sans même me dire adieu !

— Il faut me pardonner, Sibylle. J'ai eu tant de soucis durant ces quelques jours. Si vous saviez.

Sibylle sourit et hocha la tête.

— Je sais, madame...

Le retour

A Jérusalem, on accueillit le roi de France comme un véritable libérateur. Les palmes que la foule agitait sur son passage dans la poussière jaune avaient des lueurs d'épées ; il traversa la porte de David sous un faisceau de lances, dans le flamboiement des étendards.

Il avait, sur le chemin qui séparait Antioche de la Ville sainte, subi les sollicitations des princes chrétiens désireux de l'entraîner dans leurs querelles avec les Turcs.

Louis ne voulait pas se battre. Il voulait prier.

En apercevant le roi Baudoin de Jérusalem, Louis conçut l'espoir qu'il ne serait plus l'objet des mêmes sollicitations. Le visage ouvert, aux larges yeux clairs, l'air affable et sage de ce garçon de dix-sept ans lui causèrent une impression favorable. Mais il comprit très vite en quelle sujétion sa mère le tenait. Mélisende ne le quittait pas des yeux quand il parlait à Louis et ses lèvres bougeaient à l'unisson, comme pour lui dicter ses paroles.

Une heureuse surprise attendait le roi. Conrad était à Jérusalem. Ils s'embrassèrent joyeusement. L'empereur n'avait pas voulu quitter la Terre sainte sans se rendre sur le tombeau du Sauveur. Il éclatait de santé et d'enthousiasme.

*
* *

— Jamais ! C'est mon dernier mot. Permettez-moi, à présent, de me retirer.

Le roi s'épongea le front et respira profondément avant de se lever. Baudoin et Mélisende se levèrent à leur tour, surpris d'une telle véhémence. Le grand maître du Temple, Robert le Bourguignon, Philippe de Naplouse, Hélinand de Tibériade, Balian le Vieux et tous les assistants les imitèrent. Le roi s'inclina sèchement et disparut.

Il arpentait nerveusement les couloirs, accompagné de deux de ses barons : Thierry de Flandres et Hugues de Luzignan. De temps à autre, il laissait sa colère se débonder. Thierry se permit de lui toucher l'épaule :

— Nous nous égarons, sire !

Le roi se méprit sur le sens de ces paroles et éclata.

— Vous prenez donc leur parti ! Vous croyez, vous aussi, qu'il n'y a pas eu assez de sang versé sur cette terre ?

— Sire, je voulais dire simplement que nous avions pris le mauvais chemin pour retrouver nos appartements.

— Bien ! bien ! Je crois en effet qu'il faut prendre ce couloir-ci. Suivez-moi ! Ce palais est un labyrinthe puant.

Ils traversèrent un boyau humide, marchèrent sur des choses gluantes avant de se trouver devant une porte aux ferrures rouillées, vaguement éclairée par une imposte. Ils la poussèrent et aboutirent à la chapelle du château. Le roi gémit :

— Quand je vous le disais ! Un labyrinthe ! Laissez-moi, à présent. J'ai besoin d'être seul.

Il fit le tour du déambulatoire d'un pas brisé d'homme ivre, se cognant aux piliers, et finit par tomber à genoux sur un prie-Dieu, les yeux clos.

Il n'en pouvait plus. Cette discussion l'avait épuisé. Durant des heures, il avait tenu tête à la meute des « poulains », à cette Mélisende qui sentait le crime et le péché, au grand maître Robert de Craon dont la voix grasse de soudard collait encore à sa peau, à Balian le Vieux, sire d'Ibelin, un énorme vieillard goutteux qui n'avait aux lèvres que des mots de guerre. Qu'avaient-ils tous ? Quelle frénésie de meurtre les inspirait ? Après Raymond, Josselin. Après le comte de Tripoli, Mélisende. Ils répétaient tous la même litanie : l'armée royale devait partir en guerre contre les Infidèles ! Elle devait agrandir le royaume du Christ ! Elle était l'arme vengeresse, l'épée de Dieu ! Et quoi encore ? Ils avaient tous eu l'air offusqué quand le roi avait répété qu'il n'était pas venu à Jérusalem animé de sentiments belliqueux.

Le roi pria longtemps. Il allait se retirer quand il vit s'avancer un vieillard corpulent et podagre en qui il reconnut Onfroid, sire de Toron, seigneur franc de Palestine, qu'il avait remarqué tout à l'heure dans la salle du Conseil. Le jeune écuyer qui le guidait l'aida à s'asseoir. C'est alors seulement que le roi s'aperçut que le vieillard était aveugle. Il portait une barbe très blanche qui descendait jusqu'au milieu de la poitrine, ornée d'un pectoral d'or rouge figurant l'image du Christ en majesté. Il soufflait très fort et geignait à chaque mouvement. Louis l'entendit avec étonnement murmurer :

— Sire, j'ai craint de troubler votre recueillement, mais ce que j'ai à vous dire est important.

Le vieillard demeura un moment silencieux. Ses grosses lèvres très rouges remuaient vaguement dans sa barbe et le roi comprit qu'il priait. Quand il eut terminé, il s'éclaircit bruyamment la voix.

— Hum ! Je crois bien être le seul de toute l'assemblée à n'avoir pas été surpris de votre véhémence. Je me doutais bien qu'après avoir refusé d'intervenir au profit de Raymond d'Antioche, de Josselin d'Edesse et de Raymond de Tripoli, qui avaient grand besoin de votre appui, vous n'alliez pas mettre votre armée, de gaieté de cœur, à la disposition du royaume de Jérusalem qui, en apparence, n'en a que faire !

— En apparence, dites-vous ?

Onfroid posa familièrement sa belle main grasse sur le genou du roi et sourit.

— Ne vous offensez surtout pas de mes paroles. Je comprends les raisons qui ont dicté votre attitude. Elles vous honorent. Mais cependant, l'essentiel du problème vous a échappé.

Le vieillard toussa, sa poitrine s'anima d'une respiration profonde. Il reprit :

— Voyez-vous, sire, c'est une loi cruelle qui régit ces terres de Dieu. Il a coulé trop de sang depuis des siècles, pour que la source s'arrête subitement, parce qu'un jour vous êtes venu en pèlerinage à Jérusalem. Aujourd'hui, la source paraît tarie, et c'est en effet parce que vous êtes là avec votre armée. Mais, dès votre départ, elle recommencera à couler et ne s'arrêtera que lorsque tout le pays, d'Edesse à Jérusalem, sera purgé des ennemis du Christ, de tous ces chiens de Musulmans qui souillent de leurs excréments le parvis de nos temples. Des armées s'amassent déjà à la limite des sables. Demain, elles seront sous nos murs. Pauvre terre ! Ceux qui en ont la garde ne peuvent vivre en bonne intelligence. Chacun s'accroche égoïstement à sa citadelle. Ah ! Sire ! Sire ! vous seul pouvez nous sauver. De grâce, agissez ! Ne vous laissez pas endormir dans une foi satisfaite et stérile. C'est sur des hommes tels que vous que les défenseurs du Christ doivent pouvoir compter.

La voix brouillée s'arrêta. Le roi perçut un reniflement puissant une toux sifflante. Onfroid reprit.

— Ne croyez pas de ma part à une haine irréfléchie. On vous dira que les Turcs m'ont capturé, il y a quelques années, qu'ils m'ont arraché les yeux et broyé les pieds, traîné à la queue d'un cheval jusqu'à ce que mon corps ne soit plus qu'une plaie. On vous dira encore que mon fils aîné a été pris alors qu'il combattait dans les murs d'Edesse. Les Turcs l'ont décapité et pendu à un crochet de boucherie. On vous dira sans doute aussi que je hais les Musulmans, toute cette chiennaille d'infidèles. Et c'est vrai, sire ! Mais ma haine est un sentiment raisonné. C'est celle du berger qui tire à l'arc l'aigle qui vient dévaster son troupeau.

Onfroid passa prestement son gros poignet sous son nez. Le roi tourna la tête vers lui et vit une larme liserer la fente collée des paupières, perler à un cil. Le vieillard s'ébroua comme un gros chien. Sa main, de nouveau, se posa sur le genou du roi.

— Ne me répondez pas. Oubliez l'homme qui vous a parlé, mais n'oubliez pas ses paroles.

Avant que le roi ait pu faire un geste pour le retenir, le vieil homme s'éloignait, appuyé des deux mains sur les dossiers des chaises.

Quand, à son tour, Louis voulut quitter la chapelle, il était si ému qu'il s'entrava dans son épée et faillit s'abattre sur les dalles.

*
* *

Un navire avait quitté Césarée en direction de la France, sous la direction de Robert de Dreux que le pacifisme de son frère avait fini par lasser. Il emportait de grands blessés qui n'avaient pas voulu quitter la Terre sainte sans voir Jérusalem et gratter de l'ongle le tombeau du Sauveur. Il emportait aussi quelques parcelles de la vraie Croix à l'intention de grandes abbayes, quelques dames lasses de cette expédition et des pèlerins.

Raymond n'était plus, dans le souvenir de la reine, qu'une image floue, dépourvue elle aussi de chaleur et de vie. A peine se souvenait-elle l'avoir aimé. Les souvenirs qui affleuraient parfois à sa mémoire ne suscitaient en elle qu'une impression de lassitude et de dégoût. Elle admettait une seule présence à ses côtés : celle de Sibylle de Flandres, qui était venue rejoindre l'armée.

La comtesse se remettait lentement de ses terribles fatigues. Elle revenait de si loin qu'elle s'étonnait d'avoir pu arriver vivante à Antioche. La reine la surprenait parfois plongée dans ses souvenirs. Elle se figeait progressivement, ses yeux prenaient de la gravité puis une expression de terreur muette. Elle voyait des choses qu'Aliénor ne pouvait distinguer ; elle entendait des cris qui ne pouvaient toucher les oreilles de la reine. Son profil aigu tourné vers la lumière prenait une fixité de marbre, tandis qu'une de ses mains passait et repassait machinalement sur les deux lèvres roses d'une plaie qu'elle portait à la nuque. Quand ces absences se prolongeaient, la reine murmurait le nom de Sibylle ou posait la main sur le genou de son amie.

— A quoi pensiez-vous encore ?

Sibylle avait trop de pudeur pour révéler à qui que ce soit le récit de ses souffrances. Ce que la reine en avait appris, elle le devait à des témoins du drame. Elle-même, d'ailleurs, ne se livrait pas volontiers. Toute confidence lui apparaissait vaine et stérile. Elles se contentaient de mettre en commun, tacitement, leur solitude et leur ennui.

Sur la mi-juin, le roi fut à Saint-Jean-d'Acre pour y présider les assises des princes chrétiens d'Orient et d'Occident, en vue de déterminer l'orientation à donner à la croisade. Sibylle et Aliénor demeurèrent seules dans un hôtel quasi désert. Jérusalem cuisait à feu doux sous ses toitures rousses. Des vents desséchants se levaient parfois des solitudes brûlantes du désert de Judée où l'on voyait se dessiner, le matin et le soir, des caravanes de Bédouins. A certaines heures, la chaleur devenait si intense que la mince silhouette de la tour de David, dressée à l'ouest, paraissait vibrer et prête à s'effondrer comme une colonne de scories. Elles se retrouvaient aux premières heures chaudes de la matinée dans l'étroit jardin du palais qu'occupait en grande partie une piscine à moitié envahie par les herbes où elles se baignaient à l'abri des regards.

Aliénor était persuadée que le roi se refuserait à entreprendre une campagne contre les infidèles. Ce n'était pas l'avis de Sibylle : elle espérait fortement que le roi se laisserait convaincre ; elle n'en parlait pas sans qu'une lueur cruelle brillât dans ses yeux froids.

Louis décida de céder. Il fut convenu que les armées royale et impériale, appuyées par celles des princes d'Orient, iraient mettre le siège devant Damas. Pourquoi Damas ? La cité était gouvernée pas un paisible vieillard : Muinaldin-Unur, qui avait été, autrefois, l'ami et l'allié du roi Foulques, père de Baudouin. Unur était inoffensif. Mieux : il entretenait les meilleurs rapports avec les barons chrétiens. Aliénor s'étonna de cette décision.

— Je ne comprends pas ! Il existe un seul ennemi réel, Nouradin, qui menace les provinces du Nord. Et on s'attaque à ce paisible vieillard...

Sibylle répliqua :

— Il n'y a rien d'étrange. Unur se transformera tôt ou tard en une hyène aussi féroce que Nouradin.

Les armées se regroupèrent à Tibériade. Sur la fin de juillet, les immenses jardins de la Ghuta, qui font à Damas une verte ceinture, apparaissaient sur l'horizon des montagnes brûlées.

Conrad posa ses deux grandes mains sur les épaules du roi avec une telle force que ce dernier faillit perdre l'équilibre.

— Que cela continue ainsi quelques semaines encore et, par Dieu, ce sont ces chiens de Damasquins qui nous assailleront ! Qu'attendons-nous pour agir ?

— C'est une étrange guerre, Conrad, je n'en disconviens pas. La Ghuta est immobile, paisible. Si ce n'étaient ces deux tours de guet et ces feux de campement sur les terrasses de l'est, qui pourrait dire que l'on se bat sous ces arbres ?

— Vous appelez cela se battre ! On s'assassine mutuellement, voulez-vous dire !

De la clairière entourée de citronniers, de palmiers dattiers et d'eucalyptus, ouverte sur le flanc du djebel Kasyoun où se dressaient les trefs du roi et de l'empereur, on découvrait les jardins de la ville. Le roi disait vrai : les jardins de la Ghuta n'avaient nullement l'aspect d'un champ de bataille. Et pourtant, dans ce fouillis d'arbres où se mêlaient les essences, sous cette croûte de verdure dans laquelle se creusaient des espaces étroits de champs de blé et de prairies, la guerre faisait rage.

— Tout cela ne durera pas, Conrad. J'ai la certitude que, d'ici peu, nous pourrons nous rendre maîtres de ces maudits jardins.

— En attendant, nos forces s'amenuisent et il est probable qu'à l'heure présente Nouradin s'est mis en marche afin de nous prendre à revers.

— Non. Pas encore. Nouradin interviendra peut-être, mais il attendra sûrement que cet âne bâté de Muinaldin-Unur soit à bout de forces. Ils se détestent comme chien et chat.

Les Chrétiens avançaient pied à pied dans l'étouffante chaleur de juillet. Baudouin avait exigé qu'ils conservent leur cotte de maille, et les soldats suaient sang et eau, se traînaient dans la fournaise avec des mouvements d'hommes ivres, s'arrêtant à chaque canal d'irrigation pour s'arroser le visage et le corps.

Ils arrivèrent jusqu'à Mezzé Rahwé au prix d'énormes sacrifices. Restait à franchir le Barrada, le torrent qui alimentait la ville et constituait une redoutable défense naturelle. Les Damasquins défendirent le fleuve comme ils eussent fait du seuil d'une mosquée. Baudoin renouvela ses attaques, de nuit comme de jour. Un matin, après une charge particulièrement meurtrière, où lui-même faillit être tué, Baudouin vit accourir les Allemands, l'empereur en tête. Conrad les toisa, goguenard, du haut de son cheval. Le jeune roi de Jérusalem ne se laissa pas démonter. Il dit calmement :

— Votre place n'est pas ici, Conrad. Il a été convenu que vous et Louis resteriez à l'arrière-garde. Nous passerons cette nuit, je vous en donne l'assurance.

— Ou à la Saint-Sylvestre ! J'ai délogé de plus féroces ennemis que vos Damasquins à travers mes torrents de Bavière ou du Hartz qui sont autre chose que ce ruisselet.

— Vos hommes se feront massacrer en pure perte.

Conrad éclata de rire, ajusta son écu aux aigles noires et tira son épée en poussant une clameur qui fit se glacer le sang du jeune roi. L'armée allemande s'ébranla dans un désordre indescriptible, fonça comme un ouragan à travers les prairies. Des gerbes d'eau jaillirent sous les sabots des destriers.

— Laissez-les faire, dit Louis.

— Il va se faire massacrer !

— Peut-être. Mais ces hommes ont une envie dévorante de se battre. Ils ont sur le cœur, depuis trop longtemps, les revers que les Turcs leur ont infligés dans les montagnes d'Anatolie. Il importe pour eux de montrer qu'ils peuvent passer où vous avez échoué.

Conrad passa dans un élan furieux. Il semblait, du seuil de la tente où se tenaient Louis et Baudouin, que toute la Chrétienté et tout l'Islam se fussent affrontés en une seule bataille. Un homme arriva, le visage ravagé de joie. Perché dans un arbre sur la rive, il avait vu Conrad affronter un grand diable de Damasquin :

— L'épée de Conrad l'a tranché en deux. Elle a taillé depuis l'épaule gauche jusqu'au pis droit et l'homme est tombé en deux pièces.

Louis avala sa salive et sentit à ses yeux un petit picotement de plaisir. Un bruit de galop le fit se retourner. Une flamme blanche passa devant lui comme un éclair. Sibylle. Il cria :

— Par la Vierge, il faut arrêter cette femme !

Quatre ou cinq cavaliers se lancèrent à sa poursuite. Ils l'avaient rejointe sur la rive du Barrada quand elle se retourna, l'épée au clair, vive comme une abeille. Sibylle bondit à travers le torrent, se joignit aux Allemands.

Le soir même, les croisés et les Francs palestiniens campaient face aux premiers retranchements de Damas.

Sibylle revint du Conseil le visage illuminé d'un sourire. Aliénor la considéra avec surprise.

— Damas est à nous. Baudouin et votre époux me l'ont donnée en fief. J'y régnerai désormais avec Thierry et ne quitterai plus ce pays.

— Je pensais que vous le détestiez, que vous désiriez ragagner l'Europe au plus tôt.

— C'est possible. Mais j'ai trop souffert, j'ai trop donné de moi pour partir si vite. Il faut que cette terre me rende en plaisir tout ce qu'elle m'a arraché de souffrances. Et j'ai beaucoup souffert, vous le savez.

— Il faudra d'abord prendre la ville. Et, je vous le répète, ce n'est pas encore fait.

Piquée au vif, Sibylle réagit un peu trop vivement.

— Que dites-vous là ! On voit bien que cette guerre vous est étrangère ! Unur erre sur les remparts en s'arrachant les poils de la barbe.

— On dit aussi que les cavaleries de Nouradin et de Saïfaldin sont arrivées à Homs et qu'elles s'apprêtent à voler au secours du vizir. Vous voyez, je me tiens au courant !

Sibylle ne parut pas entendre.

— Dans moins d'une semaine, Damas sera tombée. Thierry m'a promis la tête d'Unur. Il me la présentera sur un plat d'or.

Les Damasquins contre-attaquèrent presque chaque jour. Des guerriers s'étant de nouveau infiltrés dans le dédale de la Ghuta, autour de la Place Verte où les Chrétiens avaient installé leur campement, les coups de main se répétaient avec une sauvagerie accrue.

Un jour, Baudouin décréta :

— Nous ne prendrons décidément jamais la ville de ce côté. Replions-nous au sud, vers Bab-el-Saghir et Bab-el-Sherki.

Louis accepta passivement. En l'espace de quelques jours, il avait perdu plusieurs de ses barons.

En se retirant de la Ghuta, on avait abandonné la certitude d'un ravitaillement facile. Bab-el-Saghir était une terre désertique ; point de jardins ni de prairies ; les remparts étaient plus solides qu'on ne l'escomptait : l'échec des premiers assauts menés par Conrad en fit foi.

Aliénor ne voyait pas sans tristesse Sibylle se détacher d'elle peu à peu. La comtesse prenait part aux Conseils, assistait à la moindre attaque, suivait les colonnes qui se rendaient au fourrage dans les prairies dangereuses de la Ghuta. Sibylle finit pas s'aliter sous le coup d'une fièvre bénigne, et ne se guérit que grâce aux conseils d'un mage syrien. Elle conçut une lourde déception lorsque, guérie, elle se vit refuser le commandement d'un corps de lanciers alsaciens qu'elle avait sollicité. Elle ne cachait guère son mépris pour la reine qui restait dans le jupon de ses femmes à savourer les couplets des troubadours dont Saldebreuil était le plus drôle.

La reine avait cessé de s'ennuyer. Chaque heure apportait des nouvelles capitales.

Un émissaire arriva de l'est sur les derniers jours de juillet, porteur d'un message de Nouradin et de Saïfaldin. Les deux alliés n'étaient qu'à une journée de marche de Damas avec une armée toute fraîche.

*
* *

Un matin, Sibylle fit irruption dans la tente de la reine. Aliénor dormait encore, en compagnie de ses servantes. Sibylle lui secoua l'épaule.

— Eveillez-vous ! Nous levons le siège. On délibère sous la tente du roi depuis déjà un moment. De nouveaux envoyés de Nouradin et de Saïfaldin sont arrivés aux dernières heures de la nuit. Ils ne sont plus qu'à quelques heures d'ici.

— C'est la solution la plus sage, dit Aliénor. Toute possibilité de conquérir cette ville est perdue.

Sibylle laissa retomber ses bras le long de ses flancs maigres et ne trouva rien à répondre. Dehors, c'était le bruit habituel du camp qui s'éveille. Des palefreniers menaient boire les chevaux qui caracolaient gentiment dans la rosée.

Quand Sibylle eut disparu, la reine resta un moment immobile.

Un vent glacé descendu des montagnes glissait sous les murs de toile et faisait claquer le fanion du mât. La coupole rose de la grande mosquée des Omeyades brillait sourdement sous les premières fumées des bas quartiers. Aliénor grava cette image dans son esprit. C'était celle d'une ville pareille à toutes les villes qu'elle avait vues s'éveiller à l'aube, à Paris qui naissait au jour alors que, pieds nus sur les dalles froides, elle l'interrogeait sur la somme de soucis et de joies qu'elle allait lui apporter. Elle ne pouvait haïr véritablement cette ville, pas plus qu'elle haïssait Paris. Elle ne pouvait haïr ce pays ni les hommes qui l'habitaient. Elle l'abandonnait à son existence, refusait les vaines effusions de sang. Pour la première fois, elle se sentait solidaire de Louis qui, jusqu'au bout, avait refusé cette expédition honteuse et ridicule. Elle fut prise soudain d'une envie violente de le voir, de le serrer dans ses bras. Elle l'aperçut près d'un chariot où l'on était en train de charger son tref et l'interpella. Le roi s'avança à sa rencontre, s'étonna de la voir encore en tenue de nuit.

— Allez donc vous habiller, madame. Dans moins d'une heure, il faut que la place soit nette.

Aliénor lui sourit, le prit par le poignet et l'attira vers elle, les lèvres offertes.

Il la repoussa doucement.

Un jour de chaleur

— Mère ! Mère ! dit Marie, arrêtons-nous ici.

C'est partout la même chaleur : elle semble monter de la terre, à grosses bouffées. Quand le soleil éclate entre deux bouquets de pins ou d'érables, il libère du plomb fondu. Même les cigales paraissent souffrir de la canicule : on les entend à peine ; quant aux mouettes et aux courlis, ils ne se hasardent plus dans le ciel, et les solitaires que l'on voit passer rament désespérément dans un air pareil à de la poix. Tout à l'heure, un aspic a traversé la piste presque sous les pas des chevaux, s'est arrêté dans une flaque de soleil, la tête dressée, avant de se glisser dans les broussailles, laissant derrière lui, dans le sable, un léger sillage.

— Mère ! Laissez-moi, je vous prie, aller jusqu'à l'océan.

— Non ! Reste près de moi. Si tu traversais la plage, le soleil te tuerait certainement.

Marie s'approche de sa mère, s'assied près d'elle, l'œil brillant de curiosité.

— Mère, est-il vrai qu'en Palestine le soleil tue qui se hasarde à traverser une rue sans chapeau ?

Aliénor sourit. Puis ses traits reprennent leur gravité.

La mer Morte. Ils avaient quitté Jéricho et progressaient à travers la montagne vers le krak de Moab, une citadelle perdue dans la montagne brûlée, à la limite des grands déserts de Judée. Elle avait vu un jeune écuyer, à l'étape, descendre à travers les ravins vers le rivage. Les chevaux grattaient du sabot la terre fendillée comme pour en faire jaillir des sources. Garnier. Elle l'aimait bien ;

il venait souvent chevaucher à ses côtés et lui raconter des histoires sur les Arabes des grandes tentes que l'on voyait parfois passer sur la ligne d'horizon, en marche pour les ports du Sud. Il prétendait que l'eau de la mer Morte était tellement salée que l'on flottait à la surface sans faire le moindre mouvement. Parvenu sur une avancée de roches, Garnier s'était écroulé. On n'avait pu le ranimer.

— En Palestine, oui, le soleil peut faire mourir. Mais aussi à Oléron. Reste donc près de moi, Marie, et abstiens-toi de bouger, tu te mettrais en eau. Vois ! ta chemise est déjà toute mouillée.

La petite paraît rêver un moment. Puis elle se met à chantonner, s'arrête et se penche sur les genoux de sa mère.

— Que brodez-vous là ?

— Une nappe pour la chapelle du château.

— C'est très beau. J'aimerais savoir broder, moi aussi. Vous m'apprendrez ?

— Je puis te donner ta première leçon aujourd'hui même.

— Non, mère ! Aujourd'hui, il fait trop chaud.

Marie s'allonge sur le dos, la tête sur les genoux de sa mère. Puis elle se redresse vivement, tend l'oreille.

— Quel est ce grondement ?

— Ce n'est rien. Seulement Mahaut qui ronfle.

— Comment peut-on dormir avec une chaleur pareille ?

Elle se laisse aller en arrière de nouveau, incline la tête pour voir l'océan ourlé d'écume racler les platins verdâtres à l'horizon et rouler sous les nuées orageuses de l'ouest. Un rayon de soleil plonge comme une épée dans les scories violâtres qui étagent à l'horizon d'étranges cités mortes. Marie observe rêveusement :

— Les pêcheurs ne sortiront pas cette nuit. La mer est trop mauvaise. Mère, avez-vous essuyé beaucoup de tempêtes à votre retour de Palestine ?

— Tu le sais bien ! Je te l'ai raconté dix fois déjà.

— C'est vrai. Mais j'aimerais tant vous entendre de nouveau.

La reine pose son ouvrage, laisse aller sa nuque contre le tronc du pin.

— Non, ma petite fille. Aujourd'hui, je suis lasse.

Le roi avait voulu fêter Pâques à Jérusalem. Le roi avait voulu visiter tous les lieux saints où le Christ avait posé le pied. Le roi avait voulu imprimer dans son esprit l'image de tous les coins de Jérusalem où la grande ombre paraissait encore frôler les murs et le sol. Il ne pouvait s'arracher à cette terre. Le soir, en se déchaussant, il baisait la pointe de ses souliers et traçait une croix sur le voile de poussière qui les ternissait. Au cours de leurs promenades, la reine le voyait souvent descendre de sa mule, s'arrêter pour frôler de la main une colonne où, peut-être, s'était appuyée l'épaule du Sauveur, s'agenouiller au milieu d'un chemin poussiéreux où, selon le guide, un moine de Saint-Etienne, le Christ était passé, s'asseoir au pied d'un olivier où il s'était reposé dans la grande chaleur. Les uns après les autres, les barons le quittaient pour retourner en France. Lui restait. Suger, pourtant, lui écrivait des lettres pressantes : Robert de Dreux complotait, les seigneurs, retour de l'expédition en Terre sainte, s'autorisaient violemment à toutes les prétentions.

La reine lui disait : « Sire, il est temps de retourner en France ! Ces longs mois ne vous ont pas suffi ? » Le roi répondait : « Une vie ne suffirait pas. » Aliénor n'ignorait pas qu'il avait écrit à son ministre pour lui exposer son intention de faire annuler son mariage, et que Suger lui avait recommandé d'attendre le retour pour donner suite à ce projet.

Les jours d'été s'écoulaient à Jérusalem dans une chaleur étouffante. Odon de Deuil, le chapelain du roi, écrivait son histoire de la croisade dans une cellule nue et fraîche du monastère de Saint-Jacques. Sibylle et Thierry s'étaient retirés au fin fond des sables, dans une citadelle perdue : le krak de Montréal, où ils guerroyaient contre des bandes pillardes de Bédouins, dans l'espoir d'agrandir le territoire du Christ.

— Mère, racontez-moi quand vous avez quitté Jaffa.

Aliénor revoit la fine galée aux voiles rouges, à la proue agressive, qui l'attendait dans le port, un matin d'avril plombé de lourds nuages. La mer était couverte de pustules vertes, grosse d'une tempête qui remuait dans les fonds comme un gros enfant impatient de naître.

Louis était arrivé le premier à Reggio. La galère d'Aliénor tardait à paraître. Bloquée dans un port par des pirates, elle avait peu après subi des avaries à la suite d'un gros temps. Le roi l'attendait à Reggio depuis trois semaines. Ils remontèrent ensemble vers le nord, suivis de leur petite armée et de quelques fidèles.

Une main fraîche se pose sur celle de la reine.

— Mère, qu'avez-vous ? Pourquoi ne répondez-vous pas ? Avez-vous sommeil comme Mahaut ?

Aliénor secoue la tête.

Durant la marche harassante à travers les campagnes torrides de Calabre, de Campanie et du Latium, le roi ne lui avait pas adressé dix fois la parole, mais elle le surprenait à l'observer comme s'il la soumettait à une interrogation muette. Il paressait en proie à des pensées obsédantes. La première visite du roi à Rome fut pour le pape Eugène III. Durant une semaine, il ne vit guère que le pontife. La paix paraissait se réinstaller en lui. La reine le surprit même à plaisanter avec Odon de Deuil. Un matin, elle fut tout étonnée de le trouver à sa porte, son bonnet à la main, comme un valet. Il lui expliqua qu'il avait découvert une petite chapelle sous le Pincio et désirait l'y conduire. La chapelle était fraîche. Jusque dans ses moindres recoins, elle était peinte et dorée comme une châsse de Limoges. Des odeurs de jasmin se mêlaient entre ses murs clos à d'autres, plus composites : encens, chandelle et cire fraîche. Quand ils furent sortis, le roi dit à Aliénor, sans la regarder : « Le Saint-Père désire nous voir demain, à l'heure de tierce. Veillez à ne pas le faire attendre. »

C'était un homme riche de bonté et de sagesse. Il avait une façon de parler, les yeux levés vers le plafond, qui laissait penser qu'il prenait conseil de Dieu pour la moindre de ses paroles. A l'écouter, la reine sentait renaître en elle un sentiment aigu de bonheur qui se traduisait à la longue par une plénitude heureuse, un goût de vivre qu'elle n'avait pas ressenti depuis longtemps. Quand le pape eut terminé, elle se sentit oppressée par ces mois de solitude et de tristesse qui voulaient sortir d'elle comme une humeur. Le pape avait parlé de réconciliation. Le roi la regardait avec un de ces sourires qu'elle ne lui avait jamais revus depuis l'Ombrière et les tentures de feuilles des épousailles. Elle sourit à son tour et tendit sa main au roi. Le pape rayonnait.

— Pourquoi souriez-vous à présent ? Mère, vous vous moquez de moi ! Je ne vous aime plus.

Marie se détache d'Aliénor et se met à découper à petits coups d'ongles prestes une tige d'herbe. Aliénor pose son ouvrage près d'elle, attire la petite contre sa poitrine et Marie s'en écarte avec une moue.

— Marie, ma petite fille, il faut me pardonner. Je suis lasse et mes idées sont ailleurs, très loin.

— Aussi, pourquoi vous fatiguer à visiter les pêcheurs, à leur poser des tas de questions ? Leur existence vous intérese donc beaucoup ? Moi, je les déteste. Ils ont de grosses mains noires, de vilaines manières et sentent mauvais. Mahaut m'a dit hier que vous écriviez un livre sur eux.

Aliénor rectifie :

— Un livre *pour* eux. J'en connais plus d'un qui, pour le cœur et le courage, valent beaucoup de nos barons. J'ai appris à les connaître et à les aimer. Je veux les défendre, car leur vie est pénible et dangereuse. As-tu songé à ceux qui partent pêcher la morue et la baleine dans les mers du septentrion ?

— Non. Mais aussi, pourquoi vont-ils courir au loin ? Il ne manque pas de poissons autour de l'île.

La petite lève soudain la tête, bat des mains.

— Le soleil s'est caché. Je puis aller jouer sur la plage, à présent ?

Aliénor la regarde partir, courant parmi les bruyères hautes que balaie un souffle chaud chargé de l'odeur âcre et poivrée des immortelles. A treize ans, Marie en paraît quinze. Aliénor se retrouve dans les yeux clairs et le teint chaud de l'enfant, mais elle a le visage trop long de son père et ses oreilles trop courtes. La petit Alix, elle, sera le portrait vivant d'Aliénor. La veille de sa naissance, dans le Palais de la Cité, des odeurs de terre humide montaient des jardins étroits, et la reine, les yeux clos, les tempes en sueur, rêvait qu'une graine bougeait au creux de son ventre et qu'une fleur allait naître de sa chair tourmentée. Ce serait sûrement un gros garçon blanc comme lys, vif et plein de santé. Ce fut une fille. On la baptisa Alix.

A l'heure qu'il est, Alix doit dormir. La fenêtre du château est ouverte sur la mer, du côté de la fraîcheur et des vergers, du côté de la France dont on aperçoit les côtes dessinées d'un trait d'encre.

Une mouette tourne sur la plage avec des cris aigres, lutte contre les bourrasques qui se lèvent maintenant avec violence. Un navire est passé tout à l'heure. Une de ces lourdes galées d'Angleterre qui amènent vers la grande île des chargements de vin et de résine embarqués à Bordeaux. Aura-t-il le temps de rallier le port le plus proche avant la tempête ? Aliénor pense à ces hommes qui doivent interroger le ciel et le vent, pour lesquels elle a entrepris de rédiger ce livre qui règlemente leur travail. Aliénor ne peut détacher son regard de l'horizon marin. Pourtant, c'est vers la terre qu'elle devrait se tourner. Vers cette trouée dans la pinède par où, tout à l'heure, paraîtra l'homme qu'elle attend, l'homme qui lui dira…

*
* *

— Madame, un messager est arrivé de France.

La reine sursauta. L'homme était là, derrière elle, près de Mahaut qui se frottait les yeux. Elle se leva précipitamment.

— Quelle est la réponse ?

— Il n'a rien voulu dire, madame.

— Mon cheval, vite !

La reine s'avança vers la plage. Le vent plaquait sa robe contre elle, dessinait ses formes sveltes et pleines. Les mains en porte-voix, elle appela Marie, et la petite accourut, les jambes fouettées par le nuage de sable qui courait au ras de la plage comme un drap agité.

— Viens vite ! Nous rentrons tout de suite. L'orage menace. On doit commencer à s'inquiéter au château.

Ce fut d'abord une bénédiction de grosses gouttes qui claquaient contre le tronc des pins et des ormeaux comme de petites balles d'argile. Des éclairs incendiaient le ciel de bout en bout sur l'horizon plat de l'île où des pignons blanchis à la chaux éclataient sur les verdures grises. Une odeur aigre montait des salines rouillées. Bientôt, l'orage se déchaîna sur toute la superficie de l'île, alors que le petit groupe venait de quitter les dernières lignes de pins de Vert-Bois. Par chance, Mahaut avait pensé à emporter les manteaux. Marie riait sous le capuchon qui lui tombait sur les yeux. Son visage se crispait de plaisir à chaque éclair qui rebondissait sur la plaine, et Aliénor l'entendait chanter derrière elle.

A cette heure, tout Paris et une bonne partie de la France devaient savoir. A cette heure, Aliénor n'était peut-être plus reine de France.

Elle se sentait lasse, à bout de souffle, à bout de nerfs, comme si elle avait longtemps couru dans les dunes plantées d'oyats, comme aux temps de sa jeunesse. De temps à autre, elle cherchait sous sa cape la place de son cœur pour comprimer ses battements.

Comment avait-elle pu espérer qu'ils continueraient à vivre ensemble ? La réconciliation obtenue par le pape Eugène n'avait été qu'un feu de paille. Les sénéchaux de France que le roi avait placés en Aquitaine étaient accourus pour lui présenter leurs doléances. Ces maudits Aquitains n'entendaient être gouvernés que par des Aquitains. Le sang, de nouveau, coula. Il y eut de véritables batailles, des villes prises d'assaut et saccagées. La reine, qui s'était à maintes reprises élevée contre de telles méthodes, posa un jour ses conditions.

— Sire, rappelez vos troupes et laissez à mon peuple le droit de choisir ses représentants. Sinon, nous nous séparerons !

Le roi feignit de prendre la menace à la légère. Mais à quelque temps de là, alors que la reine se trouvait en Aquitaine, elle apprit que Louis avait décidé de convoquer un vaste synode d'évêques qui devait se tenir à Beaugency pour établir l'inconduite de la reine en Terre sainte et la consanguinité des deux époux.

La pluie tiède crépitait dans les guérets, faisait se lever des brumes chaudes qui couraient vers les pinèdes de la Côte Sauvage. Un attelage de bœufs longeait d'une allure pressée une mince langue de terre entre les salines déchirées par l'averse. La pensée d'Aliénor alla vers l'homme qui l'attendait au château. Elle s'avoua incapable de réfléchir aux conséquences de la réponse qu'il apportait. Elle se séchait devant un bon feu de sarments, et l'homme, auprès d'elle, parlait comme on voit les êtres parler quand on rêve : sans entendre leur voix.

Les hautes murailles du château exsudaient une sueur noire. Les grenouilles chantaient dans les douves comme aux approches du soir. La première enceinte, la cour, les escaliers étaient déserts. Aliénor monta directement jusqu'à sa chambre. Alix dormait encore. Elle avait un sommeil agité. La nourrice l'avait entendue parler. L'orage. Aliénor se changea, s'installa devant la cheminée où un domestique venait d'allumer un feu de bruyère, et fit appeler le messager de France.

Il arriva quelques secondes plus tard. C'était un homme de qualité : Guy de Garlande, un des familiers du roi. Il ne paraissait ni gai ni triste. Simplement ennuyé. Son pourpoint bleu, semé de fleurs de lys, qu'il avait dû revêtir en attendant l'arrivée de la reine, s'ornait d'une croix massive portant un Christ d'émail violet. Aliénor répondit à son salut, le considéra un instant puis tourna ses regards vers l'âtre. Elle entendit une voix très lointaine qui disait :

— Madame, je suis chargé par le roi d'un pénible message...

Elle n'en entendit pas davantage. La foudre crépita brutalement contre les remparts, cracha du soufre, ricocha dans la cour et, durant quelques fractions de seconde, la chambre baigna dans une lueur de phosphore. Aliénor mit ses mains devant ses yeux, les mâchoires crispées, pressant son front. Quand ses mains retombèrent sur ses genoux, elle contempla Guy de Garlande d'un œil étonné, comme si la foudre venait de le déposer au milieu de la pièce. Elle dit d'une voix blanche :

— Asseyez-vous près de moi, messire, je vous écoute.

Mais la petite Alix gazouillait dans son berceau, et c'est elle qu'Aliénor écoutait.

DEUXIÈME PARTIE

Rosamonde

Le fleuve d'une opacité de marbre coulait entre deux berges plantées où le petit matin effilochait ses brumes. On vit une gabarre pesamment chargée de bois pointer dans une traînée vaguement lumineuse indiquant un tournant du fleuve, virer à plusieurs reprises sur elle-même, reprendre son équilibre en chaloupant.

— Ils n'iront pas jusqu'à Tours, dit Raoul de La Faye.

Aliénor serra nerveusement la bride de son cheval.

— Priez Dieu que nous y arrivions nous-mêmes sans encombre. Je m'attends d'un moment à l'autre à voir surgir les hommes de Thibaut. Nous n'aurions pas dû nous arrêter à Blois, mais plutôt chez quelque modeste baron. A votre avis, Raoul, pourquoi Thibaut a-t-il voulu s'opposer à notre départ ?

La fausse naïveté de la reine fit sourire le sénéchal.

— A « votre » départ... Il ne faut pas être fin clerc pour deviner que Thibaut se sentait tout disposé à prendre la succession du roi après votre divorce. Vous n'ignorez pas que l'ambition dévore ce jeune homme et qu'il ne renonce pas à vous voir lui échapper.

— Je m'en doutais. Mais il se trompe.

Il tomba un peu de pluie. La piste suivait le fleuve. Par endroits, elle se perdait sous des nappes d'eau boueuse d'où les sabots des chevaux faisaient lever des odeurs pourries. Ailleurs, elle contournait la rive noyée, glissait sous de petites falaises crayeuses et des cailloux roulaient sous les pas des montures qui s'énervaient.

— Raoul, pensez-vous qu'ils nous rattraperont avant Tours ?

— S'ils nous retrouvent, je crois qu'ils hésiteront à employer la force pour nous ramener à Blois. C'est trop risqué. Thibaut est ambitieux et téméraire. Il n'est pas fou.

Une longue bande de prairies coupée de ruisseaux dégorgeant une eau blanchâtre s'étirait jusqu'à la prochaine falaise qui paraissait murer la berge. Au moment où les premiers cavaliers s'y engageaient, la reine poussa un cri.

— Raoul ! Regardez ! Là-haut...

Elle désignait du doigt une butte de terre dénudée où, entre deux arbres morts, se dessinaient sur le ciel blafard de l'aube quelques silhouettes de cavaliers apparaissant à mi-corps. Raoul jeta un ordre :

— Arrière !

Ils se replièrent rapidement sous un couvert de jeunes saules et mirent pied à terre. A travers les branches basses, Raoul vit les cavaliers quitter leurs positions.

— Croyez-vous qu'ils nous aient aperçus ? demanda Aliénor.

— Je le crains. Il nous sera difficile de leur échapper. Pas question de longer cette falaise dont la base est submergée. Nous serons contraints de suivre ce sentier à flanc de colline. Mais rassurez-vous, Thibaut est trop galant homme pour entrer en contact avec nous sans vous avoir saluée au préalable.

La dame songea que Thibaut avait la galanterie un peu rude. Elle portait encore contre sa peau l'odeur louche des mauvais réveils et des départs hâtifs et ses ongles étaient liserés de gris. On lui avait assuré que Thibaut, à jeun, était bien moins entreprenant que lorsqu'il était ivre. Ce dont elle doutait. L'ivresse donnait de l'élan à ses résolutions, mais, à l'état normal, elles prenaient tout leur poids.

Quelques instants passèrent. L'eau glissait avec un bruit de gros serpent au milieu des herbes. Raoul s'avança.

— Allons-y maintenant.

Ils ne trouvèrent personne là-haut et prirent, à travers des champs où le blé commençait de germer, le chemin de l'ouest qui, à quelques portées de flèche, s'enfonçait dans un bois de hêtres. L'escorte y avait pénétré depuis quelques instants quand une dizaine de cavaliers débouchèrent devant elle. Thibaut s'avança, une main tendue. Raoul fit reculer son cheval jusqu'à celui d'Aliénor.

— Nous allons nous occuper d'eux. Dès que la voie sera libre, filez avec Aymeri. Arrêtez-vous à une lieue d'ici, dans une ancienne cabane de charbonniers d'où l'on aperçoit le clocher de Chouzy.

Vous nous y attendrez. Je préviens Aymeri. Avancez vers Thibaut mais gardez vos distances.

Aliénor s'avança comme le lui avait dit Raoul.

— Il ne fallait pas vous déranger, Thibaut, dit-elle. Nous nous étions dit adieu hier au soir.

— J'ai la mémoire courte, madame, il faut me pardonner.

— Voilà qui est fait. Maintenant, permettez-nous de poursuivre.

— Vous me connaissez bien mal si vous croyez que je me tiens quitte pour si peu. Revenez à Blois avec nous. Nous ne nous sommes pas dit la centième partie de ce que nous avions à nous dire.

— Nous nous écrirons, Thibaut. Maintenant, laissez-nous passer.

Thibaut secoua mollement la tête.

— Thibaut, je ne suis pas de celles qu'on épouse de force.

— Vous êtes de celles que je puis épouser, répliqua Thibaut. Cela me suffit. Donnez l'ordre à vos hommes de nous suivre.

Aymeri s'avança jusqu'à hauteur d'Aliénor. Puis Raoul de La Faye, puis Hugues de Lusignan. Quelques autres se tenaient derrière. Il y eut un cliquetis d'armes.

— Ecartez-vous ! cria Raoul.

Comme personne ne bougeait, il lança son cheval contre celui de Thibaut. Aymeri fit signe à Aliénor.

— A nous, madame !

Ils s'élancèrent. Une main agrippa le manteau d'Aliénor. Elle le délaça vivement, le laissa aux mains de l'agresseur puis brocha durement sa monture et partit dans un galop d'enfer à la suite d'Aymeri. Un cavalier de Thibaut, qui les poursuivait, s'écroula, une flèche dans les épaules.

Maintenant, c'était le plein jour. Le ciel de l'ouest était tout blanc d'aube sur la vallée. Aymeri et Aliénor se trempèrent dans la paix rassurante d'un village traversé au pas. Chouzy n'était plus loin. Peu après c'était l'Aquitaine. Aymeri fit un maigre feu dans la cabane des charbonniers. Ils mangèrent en silence en attendant les autres.

*
* *

Ils furent à Saint-Maure tôt dans l'après-midi. Un homme les attendait dans une auberge, près du pont sur la Manse, à la sortie de la ville. Il était envoyé par Geoffroy Plantagenêt, comte d'Anjou. Aliénor fronça le sourcil.

— Que me veut Geoffroy ?

— Vous offrir l'hospitalité à Port-de-Piles où il réside depuis Noël.

Aliénor se tourna vers Raoul qui haussa les épaules. Elle donna un cinglon de bride à son cheval.

— C'est bon, dit-elle, nous vous suivons.

Ils arrivèrent trempés à Port-de-Piles. Le castelet de pierres grises dressait sa masse sans beauté au-dessus de la bourgade morte aux jardins inondés par les eaux jaunâtres de la Creuse. Ils virent arriver vers eux deux cavaliers engoncés à tel point dans leur manteau à la capuche rabattue que pas un trait de leur visage n'apparaissait. Parvenus à quelques pas d'Aliénor, ils baissèrent ensemble leur capuche. L'un d'eux, un adolescent au visage épais encadré d'une légère barbe jaune, dit :

— Bienvenue, madame. Je suis Geoffroy d'Anjou et voici mon frère Henri.

Henri inclina sèchement le front et Aliénor le reconnut. L'espace d'une minute, tandis que les deux jeunes cavaliers la précédaient sur la rampe, elle vit se dessiner une chambre du monastère de Vézelay, dans l'aube fiévreuse des prises de croix. Des chevaliers allemands chantent dans la cour, sous les ormes d'où monte une rosée odorante. Elle est seule, du moins elle le croit. Et soudain, un paravent s'écroule, un visage de jeune brute apparaît, un torse puissant se plaque contre son torse, une odeur de printemps violent enveloppe sa peau. Elle résiste, elle appelle. Une grosse main aux ongles sales s'applique contre sa bouche. Les chevaliers allemands. Elle résiste. Des cris gonflent sa gorge. Elle est sur le lit. Crucifiée. Haletante. Quelque chose se déchire en elle...

Elle devinait le mouvement souple des hanches à travers la cape, la cadence légère du corps rivé à l'échine du palefroi, les épaules déjà un peu lourdes et voûtées. C'était un adolescent à l'époque, c'est un homme à présent. Elle n'avait pu se défendre d'éprouver une sorte de plaisir trouble quand il l'avait prise. Il lui était resté de cette étreinte un goût dangereux de péché, une saveur âpre mais tenace.

Ils traversèrent une cour qui sentait le purin, montèrent des escaliers humides. Geoffroy poussa une porte, entra dans une chambre éclaboussée par les reflets d'un feu de bois, ouvrit les volets d'une haute fenêtre, prit sur un bahut une couple de chandelles qu'il alluma à même la cheminée. Aliénor demeura sur le seuil.

— Votre chambre, dit-il. J'ai fait préparer les étuves. Une servante vous y conduira.

Geoffroy parlait peu. Il fit à pas lents le tour de la chambre et prit congé d'un simple hochement de tête.

Aliénor éprouvait la même crainte que lorsqu'elle avait pénétré dans l'appartement que lui avait réservé Thibaut de Blois, ces pièces somptueuses donnant sur la Loire gonflée par les eaux boueuses de ce triste printemps. Où étaient Raoul, Aymeri et les autres ? Les reverrait-elle avant le repas du soir ? Elle se dévêtit lentement, posa sa cape gorgée de pluie contre le dossier d'un fauteuil, devant les flammes, et l'étoffe se mit à fumer.

Elle revêtit un plaid de grosse laine qu'elle tira de son coffre, resta un moment debout devant la flambée, son vêtement grand ouvert pour laisser la chaleur la pénétrer.

Elle ouvrit de nouveau le coffre, en tira un mince poignard qu'elle glissa en frissonnant contre sa peau.

La veillée fut brève. Il vint un troubadour médiocre qui jouait fort mal de la cithare et s'arrêtait toutes les minutes pour tousser et cracher dans la cendre de l'âtre. On fit semblant de l'écouter, puis Henri le congédia. Il proposa à Raoul de La Faye une partie d'échecs et quelques chevaliers se groupèrent autour de la table de jeu.

Aliénor s'assit près du feu. Geoffroy ne tarda pas à la rejoindre. Il étendit une longue jambe jusqu'aux chenets ornés de têtes de lions, passa les pouces dans sa ceinture et se mit à gratter sa barbe en la frottant contre le haut de son bliaut rouge. De temps à autre, il arrêtait son mouvement et Aliénor sentait son regard peser sur ses pantoufles de cuir qu'elle portait.

— Vous resterez bien quelques jours à Port-de-Piles ? dit Geoffroy. Le pays n'est pas gai par ce temps, mais, avec le soleil, il est très agréable. Hum... je pourrai organiser une partie de chasse en votre honneur.

Aliénor sourit. Thibaut de Blois n'avait pas choisi une autre entrée en matière. Elle répondit qu'elle était au regret de devoir quitter le repaire des Plantagenêts dès le matin, car elle était attendue à Poitiers.

Qu'avait-elle de si urgent à faire à Poitiers ? Ne pouvait-elle se donner un peu de bon temps après les événements qui avaient bouleversé sa vie ces derniers mois ?

Elle répondit d'un ton assez sec :

— Il me sera facile d'oublier. Croyez-vous que le gouvernement d'un territoire comme l'Aquitaine me laissera loisir de m'attendrir sur mes propres soucis ? Vous n'ignorez pas, malgré votre jeunesse, que l'on ne doit rien attendre de sérieux que de ses propres décisions.

— Sans vous mésestimer, je crois que ce n'est pas le rôle d'une femme.

— Ce sera mon rôle. Il ne m'appartient pas de me dérober. Puisque désormais je suis seule, il faudra que je gouverne seule.

— Ce qui vous appartient, c'est de ne plus l'être.

Il approcha son siège, se pencha vers le feu. Ses mains pétrissaient la bonne chaleur.

— J'ai beaucoup pensé à vous ces temps derniers. Je savais que vous passeriez par ici et j'ai fait en sorte que ma parenté se transporte dans ce fief pour lequel nous vous devons hommage. Je ne puis vous laisser partir sans vous dire...

Elle avait l'impression d'entendre ces paroles pour la centième fois, bien qu'elle ne les eût entendues, à quelques variantes près, que de la bouche de Thibaut. Mais ce que lui avait dit Thibaut, ces propos brefs mais impératifs, tournaient comme un manège dans sa tête depuis deux jours, sans trouver la faille par où s'échapper. Thibaut n'avait pu réussir à la convaincre. Et son pouvoir de persuasion était autrement dangereux que celui dont faisait preuve le petit Plantagenêt. Elle était armée pour résister à Geoffroy mieux qu'elle ne l'avait été pour faire front aux prétentions de Thibaut. Elle ne sentait plus le froid de son poignard ; il semblait faire corps avec sa chair.

— Vous voulez m'épouser, vous aussi, dit-elle, comme Thibaut. comme, demain, tel ou tel comte ou duc désireux d'agrandir ses domaines.

— Vous vous méprenez sur mes intentions.

Aliénor eut un mince sourire.

— Vous savez bien que non. Vous avez dix-sept ans à peine et moi trente. Ce ne serait ni un mariage d'amour, ni un mariage de raison. Ne parlons plus de cela, voulez-vous ?

— C'est comme vous l'entendez, dit-il. Permettez seulement que nous reparlions de tout cela demain.

Aliénor eut un mouvement de lassitude.

— Croyez-vous que cela soit nécessaire ?

Quand elle se retourna pour prendre congé, elle rencontra le regard de Henri, un regard pesant et froid qu'elle ne put soutenir.

— Voyez, dit-il comme elle passait auprès de lui, je viens de prendre la reine de Raoul. Il n'en est pas encore revenu.

Il tenait dans sa grosse main couverte de poils roux une petite pièce d'ivoire. Il la tint un instant à bout de doigts puis la fit disparaître au creux de sa paume d'un rapide mouvement. Aliénor vit les phalanges se contracter et elle en éprouva comme un malaise physique.

La duchesse dormit mal. Des rats couraient, griffaient la nuit de petits bruits insolites. En prêtant l'oreille, elle pouvait les entendre couiner. Au cœur de la nuit, il y eut un craquement suivi d'un tumulte d'appels et de cris. Aliénor se leva et, à travers les petits carreaux de sa fenêtre, elle vit des lueurs de torches courir le long de la berge noire. La force du courant était telle que la roue du moulin avait cédé. Il tombait une pluie fine mais tenace. Le brouillard d'eau qui noyait le monde s'insinuait partout, pénétrait la profondeur des murailles et, quand Aliénor eut plaqué sa main contre l'ébrasement, elle la ramena humide et froide. La rumeur profonde de la rivière maintenait une note basse qui finissait par habiter l'oreille comme la sonorité lointaine d'un orgue.

La duchesse se recoucha. Elle allait s'endormir quand elle entendit le parquet grincer près de sa porte. Une main frôlait les panneaux de chêne, pesait sur la poignée. Une voix murmura son nom. Elle ne bougea pas, ne répondit rien. Avant de s'endormir, elle avait vérifié les verrous et constaté que nulle autre porte ne donnait dans sa chambre, sinon celle d'un petit cabinet encombré de vieilleries. La voix répéta deux fois encore son nom, la main essaya une nouvelle fois d'ouvrir la porte.

Une bonne heure passa avant qu'elle pût trouver le sommeil. Deux visages tranchés à vif dans la nuit, deux têtes coupées répétaient tour à tour : « Aliénor. » Henri et Geoffroy. Elle en vint à se demander lequel des deux elle eût préféré trouver devant sa porte si elle avait cédé à cet appel. Elle se refusa à choisir.

Ce n'est que lorsque le sommeil commença de la prendre que ses lèvres formèrent le nom de Henri.

*
* *

Geoffroy soupira d'un air excédé.

— Je ne puis vous retenir de force, madame. Mais, s'il vous plaît, montez avec moi jusqu'au donjon.

Aliénor céda de mauvaise grâce et Geoffroy la précéda jusqu'au sommet.

— Convenez, madame, dit-il, qu'il serait imprudent de quitter Port-de-Piles aujourd'hui.

Aussi loin que portait le regard, ce n'étaient que champs de brume dont les déchirures laissaient apparaître des nappes d'eau grise. Un petit iris de lumière tremblait à l'est. Le soleil. Un vent frais s'était levé du nord et jetait contre la tour de grosses vagues molles de crachin.

— Me croyez-vous maintenant ?

Aliénor hocha la tête d'un air résigné. Geoffroy rabattit sur ses épaules les pans de sa cape et prit le bras d'Aliénor.

— Venez, à présent, dit-il.

Elle se dégagea.

— Regardez, on a repêché la roue du moulin.

Deux chevaux peinaient dans un marécage, traînant avec de l'eau jusqu'au garrot l'énorme roue posée à plat. Des hommes, derrière, la dégageaient à l'aide de leviers. Aliénor sentait la poitrine de Geoffroy peser dans son dos. Elle sentait, à travers l'étoffe la boucle de son ceinturon. Une main du garçon épousait sa nuque. Son souffle chauffait ses tempes. Ce souffle se fit voix pour murmurer :

— Si vous vouliez, madame...

— Allez-vous me laisser, Geoffroy ? Nous nous sommes tout dit, hier au soir. J'ai cru que vous aviez été assez raisonnable pour comprendre...

— Est-ce manquer de raison que vous aimer ?

Une voix calme se superposa à celle, haletante, de Geoffroy. Ils se retournèrent ensemble. Appuyé de l'épaule contre le pilier du tambour, Henri les observait.

— Geoffroy, es-tu sourd ? dit-il. On te demande aux écuries.

Geoffroy lui dédia un mauvais regard et le cingla au passage d'un pan de sa cape.

— Venez, dit Henri.

Il prit le bras d'Aliénor et la poussa dans l'escalier.

— Cette nuit, dit-elle, c'était vous ?

Il ne marqua pas une hésitation.

— C'était moi.

Aliénor passa une partie de la journée à dicter du courrier à son secrétaire, Pierre de Blois. C'était une manière assez sûre de lutter contre l'ennui. Pierre répétait ses phrases en écho et elle avait l'impression de dialoguer avec elle-même face à une assistance invisible. Cela lui donnait encore le sentiment d'être maintenue à la surface de la vie par une multitude de liens ténus faits d'affection, d'amour ou d'amitié. Chaque lettre qu'elle signait consolidait l'équilibre de son existence un moment ébranlée par son divorce d'avec le roi. Les boucles de son nom frémissaient comme des étendards quand elle les dessinait d'un coup de plume.

Henri vint la rejoindre au milieu de l'après-midi alors qu'elle achevait de dicter une lettre au roi d'Aragon.

— Je ne vous dérange pas ? demanda-t-il.

— Nullement. J'en aurai terminé dans peu d'instants.

Il s'installa près du feu de manière à suivre d'un œil, discrètement, les allées et venues de la duchesse. Elle était vêtue d'un long bliaut orné de plis concentriques aux genoux, à la poitrine et aux hanches. Le rouge du velours donnait de la chaleur à son teint. Ses nattes galonnées de fils d'or descendaient jusqu'à la pointe de ses seins.

Quand elle eut terminé, elle congédia le secrétaire et s'avança vers la cheminée. Debout contre le jambage, la tête appuyée sur son bras replié le long du linteau, elle parut absorbée par la contemplation du tronçon de souche qui s'engloutissait insensiblement dans un lac de feu.

— Etes-vous lasse ? dit Henri. Je puis vous laisser.

— Non, ne partez pas.

Ce garçon la déconcertait. Elle hésitait à croire que c'était le même qui, à Vézelay, avait abusé d'elle avec une telle insolence. Henri n'était pas loquace, mais il avait appris à parler. De nombreux voyages en Angleterre où sa mère, Mathilde, fille de Henri Ier Beauclerc, disputait le royaume à Etienne de Blois, l'avaient affiné. Il avait encore cette allure gauche, ces gestes brutaux, cet air effronté qui avaient déplu à Aliénor, mais il s'y superposait une certaine noblesse et il avait le désir et la volonté de se montrer courtois.

Aliénor ne voyait de lui que le bas d'une tunique de futaine assez grossière bordée de mauvaise fourrure, des braies de cuir de mouton épousant les jambes épaisses et des souliers de gros cuir, effilés du bout pour dissimuler les dimensions du pied. Le reste, elle l'imaginait. On ne pouvait oublier une fois qu'on l'avait vu ce visage aux traits durs et figés, entouré de poils et de cheveux roux. Ce visage avait des moments de parfaite immobilité et ne paraissait habité par rien de vivant. Mais, dès que Henri parlait, l'expression de ses traits le livrait sans réserve.

— Pensez-vous que je pourrai partir demain matin ? demanda Aliénor.

— Nul ne vous empêche d'essayer. Au pire, vous risquez de tourner en rond dans des terres inondées et de vous retrouver pour passer la nuit dans un hameau épargné par les crues. De toutes manières, vous ne ferez guère plus de deux lieues.

— J'ai besoin de partir.

— Vous savez bien que je ne puis m'opposer à votre départ.

— Vous, peut-être, mais Geoffroy ? Vous savez l'aventure qui m'est arrivée avec Thibaut ?

— Vous n'avez rien à redouter. Geoffroy s'est mis en tête de vous épouser, mais il n'est pas suffisamment hardi pour vous faire violence.

— Pourquoi veulent-ils à tout prix m'épouser : Thibaut, Geoffroy ?

— Ils sont très ambitieux. Mais leurs projets n'ont aucune chance de réussir. Ils comptaient trouver une faible femme diminuée par la solitude et ils se sont trouvés en présence d'une amazone fière et courageuse armée jusque sous la dentelle...

Avant qu'Aliénor ait pu esquisser un mouvement, Henri se jetait sur elle, plongeait la main dans l'ouverture du bliaut et en retirait le petit poignard.

Aliénor poussa un cri.

— Allez-vous m'expliquer ?

Après coup, Henri paraissait confus de son audace. Il jeta l'arme sur un bahut comme si elle lui brûlait les doigts, et s'assit de nouveau près du feu, son regard fuyant celui de la duchesse.

— Pardonnez-moi, dit-il. Je ne sais ce qui m'a pris, quelle folle impulsion... Je n'aime pas que l'on porte en ma présence des armes cachées.

— J'aime la folie, Henri. Pas la brutalité. Il y avait de la folie dans votre geste, lorsque vous m'avez prise, à Vézelay, mais aussi de la brutalité. Si bien que son souvenir s'est toujours nuancé de plaisir et de rancœur. Etes-vous ainsi toujours ?

— Je suis toujours ainsi. Raisonnable comme un patriarche ou fou jusqu'à la cruauté.

Il frappait du poing contre sa paume creusée. Ses bagues faisaient un bruit sec. Il poursuivit :

— J'ai essayé vainement de m'amender, mais je n'en ai jamais eu vraiment le désir. L'an passé, par dépit, j'ai mis le feu à une petite église, en Angleterre. J'étais fou mais conscient de ma folie. A peine le feu avait-il commencé à ronger les poutres que je me précipitais à l'intérieur pour tâcher de sauver les reliques et la croix de l'autel. Je suis ressorti avec les mains brûlées.

Il tendit brusquement vers Aliénor ses mains où se marquaient de larges traces rosâtres.

— Après, je me suis fait attacher à la croix et flageller de ronces par mes soldats. J'aspire à gouverner et je redoute le moment où je devrai le faire. Il faudrait auprès de moi une âme mieux trempée que la mienne et je ne puis supporter aucun conseil, aucun reproche. Je me sens à jamais condamné à la solitude. D'ici peu, quand le royaume d'Angleterre viendra à m'échoir, je serai plus seul encore. En ai-je refusé, des partis ! M'en a-t-on présenté de ces filles trop timides ou trop hardies, trop soumises ou trop arrogantes, trop sottes ou trop avisées !

Il parlait à voix basse et Aliénor avait dû, pour mieux l'entendre, s'approcher insensiblement. Trop près du feu, les longs souliers de Henri dégageaient une odeur de cuir chaud.

— Aliénor, poursuivit-il, vous êtes la seule femme qui puisse partager ma vie, me comprendre et m'aider. Je ne vous demande pas de m'aimer : personne ne le pourra jamais car je suis trop égoïste et trop exigeant, mais simplement de donner quelque équilibre à mon existence et d'éviter que mes immenses domaines de demain ne sombrent dans l'anarchie.

— Mais vous-même, Henri, pourriez-vous m'aimer ?

Il secoua la tête comme aveuglé par une lumière trop vive. Puis il tendit les mains vers la duchesse, lui pressa la taille et l'attira vers lui.

— Vous ne m'avez pas répondu, Henri.

— Que voulez-vous que je vous réponde ?

Elle devina le sens de ces paroles plus qu'elle ne les entendit : Henri parlait doucement, la bouche contre l'étoffe, et les mots entraient en elle plus qu'ils ne touchaient ses oreilles. Il ajouta :

— Que voulez-vous que je réponde ? Je n'ai jamais aimé personne.

Les grosses mains commençaient à dénouer la ceinture de velours, à chercher la chaleur vivante de la chair sous la robe, quand Aliénor entendit des bruits de sabots dans la cour.

— Geoffroy !

Elle se dirigea vers la fenêtre. Geoffroy et quelques hommes descendaient de cheval. Une masse terreuse était posée en travers d'une monture. Aliénor reconnut un sanglier. Les chevaux comme les hommes avaient les membres cuirassés de boue pour avoir longtemps erré dans les morasses profondes. La pluie s'était arrêtée, mais le plafond de nuages continuait à peser sur les collines et une frange noirâtre, à l'est, annonçait le crépuscule. Le cri d'une mouette perdue déchira le silence épais. Geoffroy venait de rompre les liens qui tenaient le sanglier. Aidé d'un valet, il tira la bête à la corde jusqu'aux cuisines, suivi de trois dogues gris, aux oreilles courtes, aux reins puissants, qui léchaient le pelage ensanglanté.

— Belle bête, grogna Henri.

Il se tenait derrière Aliénor, tout contre elle, ses deux mains appuyées à la saignée de la taille. Elle essaya mollement de se dégager.

Henri éclata de rire et desserra un peu son étreinte.

— Ne craignez rien de la part de Geoffroy. Ses volontés tournent court. Moi, au contraire, quand j'ai décidé quelque chose, il n'est rien qui puisse m'arrêter.

Aliénor se retourna, un sourire de défi aux lèvres.

— En êtes-vous sûr ?

— Vous ne tarderez pas à en faire l'expérience. Ce soir, je frapperai à votre porte.

— Inutile, Henri. J'oublierai de pousser le loquet...

*
* *

— Mère ! Mère ! Cette fois-ci, ce sont eux. J'ai reconnu l'étendard d'Angleterre. Raoul dit qu'ils sont plus de deux cents.

Aliénor laissa la petite Alix aux mains d'Agathe, la gouvernante, se pencha sur le berceau où dormait Guillaume et soupira d'aise en constatant qu'il avait meilleure mine que le matin. Si Henri trouvait son fils pâle et maussade, il les accuserait, elle et la gouvernante, de n'avoir pas pris soin de lui.

— Marie, mon enfant, dis plutôt à Raoul de veiller à ce que tout soit en ordre. Qu'il n'oublie pas de faire sonner les cloches et de déployer les pavillons. Auparavant, passe aux cuisines et veille à ce que Enguerrand mette la bière au frais.

Marie s'engouffra dans la porte. Le bruit de ses talons résonna dans le couloir où se croisaient les domestiques. Aliénor songea qu'elle ne serait jamais prête. Depuis l'aube, elle courait à travers Poitiers pour veiller à ce que les rues que devait emprunter l'escorte du roi fussent pavoisées et ornées de verdure et de fleurs. A son retour au palais, elle avait constaté que les préparatifs traînaient en longueur. La tour Maubergeonne présentait encore une façade nue. Des couffins de victuailles s'entassaient près des cuisines. Maintenant, tout paraissait à peu près en ordre, mais la reine n'était pas prête. Elle s'assit à son miroir, les jambes sciées par la fatigue et le mauvais sommeil. En un tournemain, Agathe la dépouilla de ses vêtements, lui fit enfiler la chemise que l'on avait mise à réchauffer devant la cheminée.

— Agathe ! tu me fais mal, gémit Aliénor.

La gouvernante laçait la taille d'une poigne de soldat. Elle marmonna quelques paroles indistinctes en arrangeant les plis du dos.

— Tu peux me laisser à présent, dit la reine.

Elle étouffait. Cette ceinture la serrait trop, mais lui faisait une taille aussi fine que celle de Marie, avec des hanches plus rebondies et une poitrine épanouie. Un peu trop épanouie à son gré. Depuis que le roi était en Angleterre, Aliénor menait une existence partagée entre les soucis du ménage et ceux de l'Etat. Elle s'était découvert pour la cuisine d'Adam, son chef, un goût qu'elle s'était juré de mater à l'occasion, tant elle détestait se sentir prisonnière d'un penchant.

Elle se farda en un tournemain, s'enveloppa le visage d'un béguin, se jugea affreuse et choisit un simple bandeau. Il venait par la fenêtre, avec le bourdon des cloches, des bouffées d'air chaud et de lilas de mai. Quand elle fut prête et que l'on eut habillé le petit Guillaume d'un nuage d'étoffes légères, elle descendit dans la cour, suivie d'Alix, de Marie et d'Agathe, qui portait le petit.

Le soleil éclaboussait le pavé, donnait des reflets de pierre aux bouquets d'herbe et de renoncules au pied des murailles. La reine était heureuse. C'était un sentiment nouveau pour elle : il la gonflait et l'allégeait, donnait aux êtres et aux choses une douceur de plume. Elle descendit lentement vers le pont qui disparaissait sous des arcs de feuillages et s'arrêta peu avant, sur une placette où Raoul de La Faye et le comte de Foix l'avaient précédée. En se dressant sur la pointe de ses chaussures, elle parvint à distinguer, par-dessus la tête des curieux qui se pressaient autour d'elle, un défilé chatoyant, une masse mouvante d'hommes et de chevaux vêtus et harnachés de couleurs vives. Alix tirait depuis un moment sur les jupes de sa mère ; elle finit par pleurer et la reine dut la prendre dans ses bras pour lui montrer la foule qui s'écartait maintenant devant le roi.

Il avançait, seul en tête du cortège, saluant d'un geste bref de sa main gantée. La reine ne vit que lui. Il était vêtu d'une tenue sobre et la poussière du chemin, qu'il avait négligé d'essuyer, ternissait ses heuses de cuir souple. Il ne souriait pas et le geste de son avant-bras saluant la foule avait la régularité automatique d'un balancier. Il ne sourit pas davantage quand il aperçut la reine. Il l'embrassa sans qu'un pli de son visage eût bougé.

— Avez-vous emmené Guillaume ?

— Le voici. Voyez comme il est beau. Raoul dit qu'il ressemble à la duchesse Mathilde, votre mère.

Elle tremblait de joie en écartant les voiles légers qui abritaient le sommeil de Guillaume et en le déposant dans les grosses mains de Henri. Le roi eut un sourire de triomphe. L'enfant ne pesait pas plus qu'un fétu et Aliénor suivit avec anxiété le geste du roi l'élevant à bras tendus vers la foule qui s'épanouit en vivats. Avant de le rendre à la gouvernante, il le tâta sans ménagement, comme il eût fait d'un poulain, puis il se retourna vers Aliénor.

— C'est un bel enfant. Louis va crever de jalousie, lui qui n'a pu avoir de vous que deux filles.

C'est à peine s'il regarda Alix et Marie. Marie se tenait près de la reine ; elle était presque aussi grande que sa mère, mais elle avait les traits plus réguliers et une grâce plus sensible. Alix s'était avancée vers le roi et, plantée devant lui, les mains dans le dos, la tête levée, attendait effrontément qu'il s'intéressât à elle. Henri lui toucha simplement la tête de la main pour l'écarter. Sans mépriser les filles de Louis de France, il feignait de les ignorer. Comment eût-il pu en être autrement ? Le passé d'Aliénor ne comptait pas pour cet homme tourné vers l'avenir.

— Avez-vous fait bon voyage, sire ? N'êtes-vous point fatigué ?

Il répliqua d'un ton bourru :

— Ne me posez jamais de telles questions. Je fais toujours bon voyage et ne suis jamais fatigué.

Aliénor rougit, mais se tut. Quand Henri la prit par le bras pour la mener vers la rue qui montait au château, elle se raidit. En descendant, elle avait l'impression de marcher sur des pelouses d'herbe haute ; maintenant elle trébuchait sur les cailloux et chacun d'eux la blessait. Elle avait espéré beaucoup de ce retour. Quand, après leur mariage, ils avaient pris ensemble la route de Limoges, où devait avoir lieu le couronnement, elle avait compris que la vie avec cet homme ne serait pas de tout repos. Le présent n'était pour lui qu'un tremplin ; il l'écrasait et se tendait tout entier vers le lendemain. Aliénor n'avait vu dans cette attitude que l'expression d'une ardeur de vie qui brûlait les étapes, d'une liberté qui refusait de s'encombrer de sentiments. Mal accueilli à Limoges, il avait fait décapiter quelques notables, sans haine mais sans hésitation. A quelques jours de là, ayant appris que Louis de France et Geoffroy d'Anjou, son propre frère qui ne lui pardonnait pas de lui avoir ravi Aliénor, s'étaît ligués pour l'attaquer, il avait quitté son épouse un matin, sans un mot d'adieu, et, à marches forcées, était allé défaire les conjurés sur la Loire.

Il quittait son épouse deux mois plus tard pour l'Angleterre. Le vieux roi Etienne allait vers sa fin. Son fils était mort et Mathilde, la mère de Henri, lui avait arraché, après une bataille victorieuse, la promesse que son fils lui succéderait. Henri recueillit, avec le dernier soupir du vieux lion, l'héritage du royaume et n'en parut nullement écrasé. Rien, dans le message à son épouse, qui trahît la moindre fierté. Tout lui était naturel. Cet immense royaume qui lui tombait du ciel, on devinait qu'il l'avait attendu sans impatience depuis qu'il avait appris à maîtriser un cheval.

Comme ils arrivaient sous la façade de la cathédrale, Henri se tourna brusquement vers Aliénor :

— Vous ne paraissez pas heureuse de me revoir. Pourquoi ne souriez-vous pas ? Pourquoi ne dites-vous rien ?

— Vous m'avez fait attendre plus d'un an votre retour... Et vos lettres étaient si froides, si brèves. Mais vous-même, Henri ?

Il répliqua sèchement :

— Il n'est pas question de moi, mais de vous. Aujourd'hui je veux que vous souriiez. Pour moi, cela n'a pas d'importance. Le peuple me jugera sur mes actes et non sur mes sourires. Allons, qu'attendez-vous ?

Aliénor assura sa démarche et sourit.

*
* *

La reine prétexta la fatigue pour se retirer. Henri ne lui avait pas adressé dix fois la parole durant cet interminable repas et c'était chaque fois pour lui demander si les impôts rentraient bien en Guyenne, si le comte d'Angoulême se tenait tranquille dans son fief, si les bourgeois de Limoges payaient le cens sans rechigner. Au début du repas, il avait reproché assez durement à la dame de faire servir de l'ale au lieu de vin : les barons anglais qu'il avait emmenés dans sa suite n'étaient pas des barbares et n'aimaient pas qu'on les traitât comme tels. Il avait appelé le boutillier et indiqué lui-même les vins que l'on servait pour chaque plat. Aliénor en fut mortifiée.

Longtemps encore au cœur de la nuit, elle entendit chanter et discourir les chevaliers. Les servantes poussaient des cris de volailles plumées vives. La voix du troubadour Saldebreuil monta, profonde, durant quelques minutes, puis il fut interrompu par une querelle accompagnée de bruits de verres brisés. Qui étaient ces hommes qui se mirent à dialoguer soudain ? Ce Thomas Becket plein de morgue ironique qui n'avait cessé de la dévisager ? Ce Malcolm d'Ecosse, mince et blanc comme un bouleau, sensible comme un cheval sauvage ? Ce Guillaume de Mortain qui possédait plus de cent châteaux en Angleterre et s'habillait avec une simplicité monacale ? Ce Jean de Salisbury, jeune seigneur blond et timide ?

Chacun de ces visages cachait une existence qu'elle eût aimé connaître. Peu à peu, ils se confondirent puis disparurent.

Elle n'eût pu dire l'heure qu'il était quand elle sentit près d'elle le poids d'un corps et de grosses mains qui cherchaient sa chaleur. Elle resta éveillée un moment, se refusant aux caresse de Henri, à cette voix qui l'appelait dans une odeur de vin. Il finit par se lasser et s'endormit pesamment.

Au matin, la place était vide à côté de la reine.

*
**

Il y avait les mots autorisés et les mots proscrits. Ce que l'on ne pouvait prononcer qu'à voix basse et en certaines circonstances où ils ne risquaient pas de provoquer un drame. Il y avait des mots que Henri n'entendait pas et ceux qu'il entendait trop. Et encore ceux qu'il espérait entendre et qui ne venaient pas.

Avec les enfants et les personnes sans importance, les impairs passaient sans éclat : un froncement de sourcil et c'était tout. Avec Aliénor, il n'en allait pas de même. Elle avait fini par ne plus parler aussi qu'à voix basse, dans l'espoir qu'il n'entendrait pas...

Elle s'arma de courage et lui dit un jour :

— Henri, je ne vous reconnais plus. Qu'est-ce qui a pu vous changer ainsi ? Votre bonne fortune ? La fatigue ? Ou alors ai-je perdu votre affection ?

Elle avait accumulé inconsidérément des mots interdits et s'attendait qu'il lui répondît sur le ton dominateur qu'il prenait volontiers lorsqu'elle lui posait des questions embarrassantes. Elle fut toute surprise de constater qu'il ne relevait pas son audace. Il parut simplement contrarié.

— Ce que vous appelez ma bonne fortune, dit-il, m'impose une attitude. Si parfois je vous parais odieux, dites-vous bien que ce n'est pas de gaieté de cœur que je suis ainsi. Quand on est à la fois roi d'Angleterre, comte d'Anjou et duc d'Aquitaine, maître d'une nation qui va des mers du ponant aux Pyrénées, on ne peut laisser place dans son existence à la moindre faiblesse.

— Mais je suis votre femme, Henri.

— Vous êtes la reine. D'ici Noël, je vous ferai couronner à Westminster. Ne me demandez pas davantage.

— Nous sommes donc, l'un pour l'autre, désormais des étrangers ?

— Vous me suivrez partout où j'irai. Je ne me séparerai jamais de vous plus de quelques mois, car je veux que vous me donniez des enfants. Beaucoup d'enfants. Il faut que notre race se perpétue dans les siècles, qu'elle prenne pied dans toute l'Europe, qu'elle pousse des racines jusque dans les Cours les plus éloignées. A nous deux, nous bâtirons pour des siècles.

— Henri, vous ne m'aimez plus, soupira Aliénor.

Le mot le fit cabrer. Il recula d'un pas, chercha où poser son regard.

— Je ne vous aime pas de la même façon, mais, par Dieu ! ne mettez jamais en doute l'affection que je vous porte. Je vous en donnerai des preuves.

— Vous avez vingt ans, j'en ai trente. Vous me trouvez vieille et fanée. Je sens que je vous échappe.

— Vous vous trompez. L'âge ne change rien entre nous. Ne parlons plus de cela, voulez-vous, plus jamais.

— J'aimerais, au contraire, que nous en parlions. Je sens que les occasions nous échapperont désormais. Nous ne nous verrons plus beaucoup, n'est-ce pas ?

— Nous poursuivrons la même œuvre. C'est l'essentiel.

— Qu'est-ce qui est essentiel ? Etre puissant ou être heureux ?

— Je trouve mon bonheur dans la puissance.

— Votre bonheur... Je sens bien que je ne serai jamais pour vous qu'une épouse soumise et dévolue au rôle de faire des enfants.

— Vous le dites un peu crûment mais ce n'est pas pour me déplaire.

Il tourna le dos à son épouse et son regard se perdit dans l'espace bleu de l'été tranché net, perpendiculairement, par l'arête de la tour Maubergeonne.

— Je vous ai prévenue que ces conversations ne pouvaient que nous nuire. Nous nous blesserons mutuellement chaque fois que nous essaierons de tirer ensemble la leçon de mes actes. Mes actes n'ont pas besoin de leçons. Ils se suffisent à eux-mêmes. Que tout cela soit très clair entre nous.

Il soupira.

— Tout ce que je souhaite, c'est que vous vous inspiriez de l'exemple de ma mère. La comtesse Mathilde, lorsque mon père l'épousa, n'avait en tête que l'amour. Lorsque mon père s'absentait pour une campagne, elle se morfondait en l'attendant. Elle pleurait quand elle n'avait pas de nouvelles de trois jours. Mais la vie s'est chargée de lui faire une cuirasse contre ces sentiments ridicules. Sur la fin de sa vie, c'est elle qui dressait les plans de bataille quand elle luttait contre Etienne. C'est elle qui menait les armées. C'est elle qui dictait ses conditions. Puissiez-vous aussi bien servir notre cause.

Aliénor faillit s'insurger violemment contre le fait qu'il pût lui proposer comme modèle ce soudard femelle, cette fille de camp qu'avait été la comtesse Mathilde. Des mots qu'elle ne prononcerait pas lui brûlaient les lèvres et se nouaient dans sa gorge.

Henri se tourna vers elle. Il souriait.

— N'allez surtout pas vous imaginer que je suis las de vous. Votre présence m'est indispensable. Et puis... vous m'avez donné un fils.

Aliénor éprouva soudain le désir de le blesser. Elle dit :

— Combien de temps vivra-t-il ? Il est atteint d'un mal qui ne peut se guérir.

Elle lui tourna le dos brusquement. Quand elle se retourna pour laisser retomber la tenture de velours rouge, elle constata qu'il n'avait pas bougé.

A son tour, maintenant, il s'appuyait à la table.

*
* *

A peu de temps de là, Henri rentra, fort préoccupé, d'une partie de chasse dans le Talmondois. Des courriers l'avaient rejoint à Saintes. De nouveau, Louis s'agitait. Il avait massé des troupes aux frontières de la Normandie et s'infiltrait dangereusement dans les campagnes. Il n'avait pas pardonné à Henri d'avoir épousé Aliénor sans le consentement que son devoir de féauté lui imposait. Cette coutume avait paru à Henri absurde et vexatoire. Il avait passé outre. De nouveau, la lance contre la cuisse, le roi de France lui demandait raison.

Aliénor était dans le verger avec trois dames de sa compagnie quand Henri revint à Poitiers. Il poussa le portillon de bois et vint au-devant des dames en fauchant l'herbe haute de ses grands souliers de cuir. En deux mots, il lui conta l'affaire, l'embrassa sur le front et disparut. Aliénor s'attarda un peu à respirer l'air du soir sous les branches des pruniers. Quand elle décida de rejoindre son époux, il avait disparu. Il courait à franc étrier vers le nord, fonçait à travers la nuit d'été, jurant le saint nom de Dieu lorsque la lune se cachait.

Aliénor le vit reparaître deux mois plus tard. Il avait écrasé les troupes royales avec une facilité qui tenait du prodige. Des officiers racontèrent qu'il lui suffisait de paraître à la tête de ses troupes pour qu'un vent de panique soufflât sur l'ennemi.

Cette fois, il resta plus longtemps. On entrait dans les ides d'octobre et les vendanges étaient belles. Henri décida de pousser jusqu'à Bordeaux pour intensifier les accords commerciaux entre son royaume d'Angleterre et ses fiefs du continent.

Ils partirent un matin, au premier chant de l'alouette. Henri aimait ce chant qui était le signal d'une longue journée, et les journées n'étaient jamais assez longues à son gré. Henri chevauchait devant Aliénor, seul comme il ne détestait pas le demeurer à certaines heures qu'Aliénor se gardait de troubler. Dès qu'il entendait, au ras des terres givrées ou dans le ciel jaune la petite fontaine de cristal, il dressait la tête, ralentissait le pas de son cheval et cherchait autour de lui jusqu'à ce qu'il eût découvert cette poussière de vie qui chantait la promesse des heures chaudes. Aliénor ne se fût pas hasardée à le distraire : Henri était secret jusque dans ses moindres joies et refusait de les partager avec qui que ce fût.

Des groupes commençaient à s'animer dans les vignes. Au bord des chemins, des chariots attelés de bœufs étaient arrêtés, entourés de comportes vides, noircies par le jus, et de gosses emmitouflés d'épaisses gonelles rapiécées. Aux abords des fermes, l'odeur des vendanges foulées se mêlait à celles de la soupe et du feu de sarments.

Au soir, alors que la nuit tombait, la petite escorte arriva dans un village du nom de Pérignac, à quelques lieues d'Angoulême.

— Je suis lasse, dit Aliénor. Arrêtons-nous ici, je vous prie.

Henri fit la grimace. Il n'aimait pas ces gîtes de hasard. Quitte à chevaucher fort avant la nuit, il couchait toujours à l'étape qu'il s'était fixée. Dès qu'il eut mis pied à terre, il demanda le baron. On lui désigna une vilaine tour entourée de bâtiments de ferme. Dans le plus vaste de ces bâtiments, un lumignon animait un singulier ballet de fantômes. Des hommes foulaient la vendange en silence, les braies retroussées jusqu'au genou sur des jambes vineuses. Les hommes n'arrêtèrent pas leur manège quand il entra. Henri vit venir à lui un fort gaillard guère mieux vêtu que tous les autres qui se planta devant lui en essuyant son front noir de callosités.

Le baron s'estima flatté que le roi daignât s'arrêter dans sa modeste demeure. Il appela son épouse, Gerberte, pour qu'elle s'occupât du logement des chevaliers.

— Nous dînerons dans peu de temps, dit-il. S'il vous plaît de partager notre repas...

Gerberte était une femme bien en chair, avenante et propre malgré la rude journée qu'elle avait traversée. Henri pénétra avec elle dans une petite pièce sombre qui sentait la pomme et la cire fraîche. Une petite vierge de bois parut s'animer au-dessus du lit dans la lueur de la chandelle.

— Ce sera votre chambre, messire, dit Gerberte. Pardonnez-nous de n'avoir pas mieux à vous offrir.

Henri fit sans un mot le tour de la pièce et ouvrit en grand la fenêtre comme il le faisait toujours.

— Cela me conviendra, dit-il.

Il prit la chandelle des mains de Gerberte, la posa sur un haut bahut funèbre et poussa la porte d'un coup de pied.

— Ton nom est Gerberte, n'est-ce pas ?

— Oui, messire.

Il murmura à plusieurs reprises :

— Gerberte... Gerberte...

Comme la baronne reculait, il lui saisit vivement le poignet et l'attira contre lui.

— Sais-tu que j'ai rêvé tout le jour d'une femme qui sentirait les vendanges ? Et tu es là, contre moi, vivante et fraîche. Non ! ne dis rien, ne bouge pas.

Il la sentait glisser entre ses mains, s'appuyer au mur pour le repousser.

— Cessez ou j'appelle le baron !

Il lui appliqua une main sur la bouche, fouillant de l'autre dans la ceinture de la jeune femme. Elle le mordit cruellement sans qu'il émît une plainte. Il réussit à la traîner jusqu'au lit et à défaire, en les arrachant, les lanières du corsage. Un sein lourd jaillit comme un fruit sous sa main. Il gémit en renversant Gerberte.

Un grincement lui fit dresser la tête. Au-dessus du lit, la Vierge bougeait de nouveau dans la lumière.

Aliénor demeura un instant dans l'encadrement de la porte, le visage durci par la lumière de la chandelle qu'elle tenait au-dessus de sa tête. Elle fit effort pour articuler:

— Messire, on s'inquiétait de vous en bas. Pardonnez-moi...

Puis elle referma la porte. Gerberte geignait:

— Je suis perdue.

— Ne crains rien, tout cela s'arrangera.

Il se coucha de nouveau sur elle.

— Vous m'en voulez beaucoup, n'est-ce pas?

Aliénor détourna vivement la tête. On venait d'allumer le bûcher. Une fumée blanche bouillonna à ras de terre puis une haute flamme claire jaillit. Des filles crièrent.

— Pourquoi me demandez-vous cela? dit-elle. Je suppose que mon avis vous importe peu. Vous n'aimez pas que l'on vous juge.

Il rit d'un air embarrasé et prit le bras d'Aliénor qui se dégagea.

— C'est vrai, mais, pour une fois, je vous autorise à me dire ce que vous pensez de mon attitude. Il faut que tout soit net entre nous.

— Tout n'est donc pas net entre nous?

— Tout le serait avec n'importe quelle autre femme. Ce n'est pas le cas.

— Où voulez-vous en venir? A ce que je vous avoue le dégoût que vous m'inspirez?

— Oui, si c'est cela que vous ressentez.

— Du dégoût, oui, mais aussi de l'indifférence et celle-ci, de jour en jour, est plus forte que celui-là.

La vive lueur du feu se plaqua soudain sur Henri, l'enveloppa des pieds à la tête. Aux derniers mots d'Aliénor, il eut un tressaillement. Il tourna les yeux vers elle et Aliénor soutint son regard avec une pointe de défi. Elle était assise sur un escabeau, très droite, les mains à plat sur les genoux. La petite agrafe d'or qui maintenait sa coiffe brillait comme une étoile du matin. Elle était belle d'une beauté sévère de Madone castillane et le fond noir de la nuit, où bougeaient des reflets vagues d'arbres et de murs, lui allait bien. Henri bougonna:

— De l'indifférence? Que voulez-vous dire?

Il s'allongea à demi sur les bottes de paille fraîche répandue à même le sol autour de la flambée.

— Je veux dire, précisa Aliénor, qu'à la longue l'abjection suscite l'indifférence et qu'il m'importe peu, maintenant, que vous forciez d'autres femmes à subir vos instincts. Cela aussi est très clair, il me semble ?

Il croisa ses jambes et se tourna carrément vers le feu qui lui sculptait un visage net de tout mystère. Il paraissait dépouillé de sa peau, à vif de la racine des cheveux au nœud de la glotte. Sa barbe lui dévorait les joues de flammèches dorées.

— Cela serait très clair si vous disiez la vérité. Mais je sais qu'aucun de mes actes ne vous laisse indifférente. En ce moment, vous souffrez. Vous tenez à cacher cette souffrance et vous n'hésitez pas à me blesser pour que ma souffrance réponde à la vôtre. Moi, je souffre et je vous aime. Je n'hésite pas à vous l'avouer.

Le visage d'Henri criait sa vérité. La nuit qui assiégeait la petite place du village semblait le pousser vers le feu comme vers un miroir. Aliénor eut un mouvement de lassitude.

— Si vous souffrez, c'est bien de votre faute.

— Je ne vous demande pas de me plaindre.

— Dieu me garde de vous plaindre, Henri! C'est assez que vous me demandiez de vous juger. Mais je vous le dis: vous ferez tant que je me détacherai de vous tout à fait.

— Je voudrais que vous compreniez...

— Allez-vous essayer de vous justifier?

— N'accumulez pas les malentendus. Je voudrais vous dire que je ne suis pas un homme comme tous les autres hommes. Vous ne m'auriez pas épousé sans cela, et moi je n'aurais pas cherché à vous épouser, vous qui n'êtes pas une femme commune. Alors tâchez de concevoir que mes désirs, mes ambitions, mes appétits ne peuvent s'accommoder de la commune mesure. Il faudra que vous vous fassiez à cette idée ou que vous renonciez à me suivre...

— Vous êtes très exigeant, Henri, mais je le suis autant que vous. Vous savez ce que j'ai demandé à la vie avant de vous connaître? Je me réserve de lui demander davantage encore si vous m'y incitez par votre exemple.

Elle observa un court silence.

— Henri, je ne serai jamais soumise à vos volontés. Vous ne

me trouverez au retour de vos voyages que si moi-même j'ai plaisir à vous revoir. Nos enfants seront à vous autant qu'à moi. J'ai trop apporté dans notre union pour abdiquer de mon indépendance à votre profit. Cela, je l'ai décidé depuis un mois. Depuis que je sens cet autre enfant bouger en moi.

— Un autre enfant?

— Oui, Henri. Il naîtra en février si Dieu le veut.

Henri se leva brusquement, posa ses deux mains sur les épaules d'Aliénor.

— Vous me faites une grande joie. Venez!

Avant qu'elle ait pu esquisser un mouvement, il l'entraînait par la main dans la ronde qui venait de se nouer autour du bûcher.

Les murs du petit repaire de Barfleur dégageaient un ennui insoutenable. Les poutres rongées d'humidité ployaient dangereusement et, des plafonds fendillés, pleuvaient des particules de plâtre vert. En collant l'oreille à la pierre des murailles, on entendait le sourd travail de la mer, les coups de béliers dont elle assaillait les récifs de cette pointe extrême du continent. La nuit, quand le vent galopait sur le chemin de ronde et bouillonnait au fond des cours, il n'était pas nécessaire de prêter l'oreille pour entendre le craquement des hautes charpentes à demi pourries.

Dès qu'Henri ouvrait un œil, il courait pieds nus à la fenêtre et revenait invariablement la tête basse: c'était toujours le même temps gris, le même vent violent, la même mer mauvaise.

Cela allait faire trois semaines qu'il attendait là, avec Aliénor et sa suite, qu'une éclaircie lui permît de prendre la mer. Quand il interrogeait les vieux pêcheurs, ils levaient la tête, la lippe humide de cidre, et grognaient:

— Il faudra bien compter une semaine à dix jours de gros temps.

On était aux ides de décembre et Henri voulait être à Londres avant le début des calendes où devait avoir lieu le couronnement.

Henri et Aliénor ne quittaient leur chambre que tard dans la matinée, fatigués de sommeil et d'amour. L'air vif, le vent âpre leur faisaient du bien. Ils chevauchaient mélancoliquement, sans échanger une parole, jusqu'à l'heure du repas. L'après-midi, ils se livraient à d'interminables parties d'échecs dans une salle d'auberge qui sentait la fumée et le graillon: le seul endroit quelque peu animé du village. Il traînait là, autour des pots de cidre, des pêcheurs oisifs avec qui Aliénor aimait converser. Henri et Aliénor parlaient peu. Ils s'observaient. Cette paix entre eux n'était qu'une trêve en vue des batailles futures.

Aliénor savait qu'elle aurait à mener une dure lutte. Elle le savait depuis qu'elle avait entendu, prononcé étourdiment par Owen de Galles, un nom de femme que, depuis, elle n'avait pu oublier: Rosamonde Clifford.

Elle avait essayé d'en savoir davantage sur cette femme, interrogeant avec beaucoup d'habileté des barons anglais et des écuyers. Elle n'avait pu obtenir de lumières, mais combien équivoques, que de Thomas Becket. Celui que l'on donnait pour le futur chancelier d'Henri avait pris avec humour la question de la reine.

— Rosamonde Clifford? C'est la plus belle femme d'Angleterre, madame. Mais elle ne le demeurera pas longtemps puisque vous allez vivre quelque temps chez nous.

— L'avez-vous souvent vue au palais, Thomas?

— Elle y venait parfois, madame.

Le sourire narquois de Becket avait désarmé Aliénor et elle avait cessé de poser des questions. Ce qu'elle avait appris, d'ailleurs, pouvait lui suffire pour asseoir ses soupçons et en tirer certaines conjectures. Elle était sûre de trouver en elle une ennemie.

Aliénor s'avançait, seule, enveloppée d'un ample manteau de pluie, sur la jetée de Barfleur. La mer s'acharnait contre les énormes blocs entassés, près de cent ans plus tôt, par les armées de Guillaume le Conquérant lorsqu'il s'embarqua pour la conquête de l'Angleterre. Elle remarqua un pieu verdi par l'eau, à demi recouvert de coquillages, où avaient dû s'enrouler les filins des drakkars. Un instant, elle imagina le va-et-vient fiévreux de l'aïeul d'Henri au milieu de ses troupes en train d'embarquer pour la grande aventure avec leurs braies mouillées, leur casque pesant d'un poids glacé sur la nuque.

Elle poussa jusqu'à la pointe extrême de la jetée où se dressait une tour de feu, au sommet coiffé d'une coquille de verre. Le vent et la mer l'entouraient d'un tumulte qui se transformait en une sorte de chant duquel, peu à peu, naissait un rythme. Elle voyait les drakkars de Guillaume, remplis d'hommes et de chevaux, bondir sur les vagues.

Elle tressaillit quand une main se posa sur son épaule. Henri paraissait essoufflé.

— J'ai couru pour vous rattrapper, dit-il. Je vous ai appelée et vous n'avez pas entendu. Une bonne nouvelle, Aliénor! Nous partons demain à l'aube.

— Que dites-vous?

— Nous partons demain.

— Malgré le temps?

— Il se lèvera cette nuit. Les pêcheurs sont formels. Voyez cette lumière argentée, à l'ouest. Il paraît qu'elle annonce toujours un temps calme. Aliénor, êtes-vous contente d'aller en Angleterre?

Elle fit la moue et ne répondit pas.

— Vous vous y plairez, j'en suis certain.

Elle entendit parler des épaisses forêts du Wessex où il possédait plusieurs pavillons de chasse, des prairies couvertes de narcisses et de jacinthes sauvages, des landes de genièvre et des falaises de craie. Et Aliénor voyait, au milieu des prairies, des landes et des forêts, danser la silhouette de Rosamonde Clifford. Henri poursuivait:

— Dans les débuts, Londres pourra vous paraître une ville froide et noire et vous aurez l'impression, certains jours, de vivre dans une île cernée de brouillard. Mais le palais est confortable. Quant à la campagne, ne la jugez pas sur une première impression. Elle est moins sévère qu'il n'y paraît et les châteaux ne sont pas les prisons qu'ils semblent être.

— Merci de m'en avertir. Mais croyez bien que je ne m'attendais pas à trouver là-bas une autre Palestine. Si je m'ennuie, je demanderai à Raoul de La Faye de m'envoyer quelques troubadours.

Ils revinrent à pas lents vers le port, sautant au-dessus des flaques d'eau de mer que les vagues avaient laissées sur la jetée.

— Je suis inquiète au sujet de notre petit Guillaume, dit-elle. Il supporte mal le froid. Peut-être ai-je eu tort de ne pas le laisser à Poitiers.

— Allons donc! Il est d'une santé de fer. Je l'observais l'autre jour alors qu'il jouait avec un des lévriers du château. Il a failli étrangler cette pauvre bête.

Une lueur froide se réverbéra sur l'étendue de la mer. A l'ouest, à l'endroit où Henri, tout à l'heure, avait lu la promesse du beau temps, un faisceau de rayons plongeait dans la profondeur grise. L'horizon parut se soulever et rejoindre le ciel dans un bouillonnement de métal. Une île noire de nuages se détacha, déchiquetée de crêtes, sur un ciel de gelée rosâtre.

— Rentrons, dit Aliénor. Je ne me sens pas bien.

*
* *

Dès qu'elle eut posé le pied en Angleterre, Aliénor tâcha de se rapprocher de Thomas Becket et de gagner son amitié et sa confiance. Il en savait plus long qu'il ne voulait le dire sur cette Rosamonde Clifford, et Aliénor n'avait pas de peine à deviner que ce qu'il lui cachait valait d'être connu. Elle avait oublié l'incident du village charentais parce qu'il n'avait pas laissé la moindre trace dans la mémoire de son époux lui-même ; elle oublierait demain d'autres passades, car elle s'était prémunie, non sans peine, d'une cuirasse contre les infidélités passagères de son époux et avait accédé à une notion plus large de leur union. Mais Rosamonde était autre chose qu'une passade.

Aliénor pensait que Rosamonde comme la nef royale arrivait en vue des falaises de l'île de Wight et du petit port de Ventnor dont les maisons blanches s'étageaient au-dessus de la darse. Elle y pensait alors que le navire longeait à quelques encablures la côte du Wessex et ses vastes forêts couleur de rouille où pointaient, par endroits, les bâtiments blancs des monastères, les clochers des églises, les tours des châteaux. Elle ne pensait pas à autre chose lorsque les boues de la Tamise se mêlèrent contre l'étrave aux vagues de la mer.

Elle ne tarda pas à se rendre compte qu'elle avait fait, en cherchant l'amitié de Becket, un choix judicieux. Becket était pourri d'ambition et la reine devina qu'en lui procurant quelques avantages, elle lui rendrait la monnaie de ses confidences.

C'était un singulier personnage. Sa mère était une princesse arabe d'une grande beauté. On racontait que le père de Thomas, un obscur chevalier saxon, l'avait aimée alors qu'il guerroyait en Terre sainte, puis abandonnée en lui promettant de la faire venir en Angleterre. Lasse d'attendre en vain, la princesse avait frété une nef. En débarquant à Londres, elle ne savait que deux mots d'anglais. « Londres » et « Gilbert » (le nom de son séducteur). A force de recherches, elle finit par trouver Gilbert Becket et déposa dans ses bras un paquet de langes d'où sortaient les vagissements d'un nouveau-né. Gilbert n'était pas un mauvais homme. Vêtue à l'occidentale, sa princesse pouvait passer pour une chrétienne acceptable. Il l'épousa.

Le paquet de langes avait grandi à l'ombre d'un monastère et joué très tôt à la croisade et à la guerre dans les rues de Londres. La part de son être qui regrettait les palais blancs et les tentures dorées avait suscité en lui une ambition qui se précisait d'année en année ; il faisait sa cour à l'existence avec une patience toute saxonne. Sa mère lui faisait chanter en cachette des chants qui sentaient le désert brûlé, tandis que son père lui faisait réciter à haute voix des actions de grâce. Il avait de grosses épaules saxonnes bien carrées et un teint de miel sauvage.

Les premiers jours où elle fut à Londres, la reine le mandait souvent dans sa chambre. Elle savait ses goûts et le faisait asseoir dans un riche et confortable fauteuil capitonné de coussins si moelleux que l'on avait l'impression d'être suspendu entre ciel et terre comme Dieu en personne. Elle s'asseyait sur un humble escabeau, dans l'attitude d'une écolière attentive et le laissait parler en souriant du sentiment de fierté qui rayonnait en lui.

Du chancelier au plus humble shérif, du plus gros banquier juif au plus minable tenancier de maison de bière, Becket connaissait Londres sur le bout du doigt. Il intéressa beaucoup Aliénor en lui racontant les potins de la cour et ceux de la rue. Elle le laissait parler mais, peu à peu, l'emmenait à l'instruire de Rosamonde. Thomas se faisait un peu tirer la bride, comme un cheval à qui l'on fait traverser un marais, éludait les questions trop précises, s'engageait avec réticence sur ce terrain mouvant où une parole pouvait le perdre. La reine s'amusait de ses terreurs. Plus d'une fois, elle le vit essuyer un peu de sueur froide sur sa tempe, délicatement, de la pointe de l'index. Elle en vint à savoir des relations entre Rosamonde et Henri ce qu'en savait Thomas lui-même. C'est-à-dire tout.

Henri avait eu un enfant de Rosamonde. Durant le premier séjour qu'il avait fait en Angleterre et qui avait duré plus d'un an, Rosamonde paraissait peu à la cour et toujours encadrée de son père et d'une gouvernante qui paraissaient la protéger mieux que l'eût fait une forteresse. Mais cette forteresse, Henri en possédait la clé. Une clé dont il avait payé fort cher le droit de se servir (le père de Rosamonde aimait les chevaux et Henri avait une écurie dont il comptait se débarrasser).

Aliénor prenait ces révélations avec beaucoup de détachement. Elle en souriait comme de choses sans importance. Mais la nuit, elle se réveillait en sursaut et mordait les draps pour ne pas pleurer.

A trois jours du couronnement, elle dit à Becket :

— Savez-vous si le roi a revu cette créature ?

— Je ne le pense pas. Mais la gouvernante est venue au palais l'autre jour et elle a eu un court entretien avec le roi.

— Pensez-vous que Rosamonde assistera au couronnement ?

Becket avait marqué une hésitation.

— Je le crois, madame, mais sans pouvoir l'affirmer.

— Moi, Becket, je crois pouvoir l'affirmer. Rosamonde doit rêver, depuis qu'elle connaît Henri, de me rencontrer. Je ne vous cache pas que, de mon côté, je la verrai sans déplaisir siéger parmi les dames de la cour, à Westminster, lors du couronnement. Je ne me suffis plus des portraits d'elle que l'on m'a présentés.

Aliénor eut l'impression d'avoir trop précisé sa pensée. Elle lut une inquiétude dans les yeux de Becket et lui sourit.

— Vous savez comment nous sommes, nous autres, femmes, et combien nous attachons d'importance aux choses futiles. Cette Rosamonde me gêne comme un bouton à la lèvre.

Elle ajouta à voix basse :

— Et le bouton passe avec la fièvre.

*
* *

Un flux d'orgue passa sur le cortège dès qu'on eut ouvert les grandes portes noires. La reine posa sa main glacée sur celle du roi ; quelques flocons de neige se posèrent dessus ; ils fondaient lentement et laissaient à leur place de petites gouttes très claires. Malgré ses épais souliers doublés de renard gris, la longue robe et le manteau d'hermine, Aliénor grelottait. A travers l'écran d'eau froide qui brouillait son regard, elle voyait vaciller la cathédrale et les saints d'Angleterre danser sous le porche.

— Avancez ! souffla Henri.

Elle avança de deux pas et faillit se heurter à Jean de Salisbury qui portait avec beaucoup de raideur, sur un coussin de velours violet, un glaive au fourreau d'or.

— Souriez, dit Henri.

Elle sourit. Ils avançaient dans la nef avec une extrême lenteur, enveloppés par le grondement de l'orgue. L'atmosphère était douce. Une petite brume de chaleur montait des réchauds de bronze disposés dans les nefs latérales, entre les piliers ornés de draperies et d'oriflammes multicolores. En se haussant sur la pointe des pieds, Aliénor put distinguer, par-dessus l'épaule de Jean de Salisbury, l'étendue du cortège : les clercs vêtus d'étoles blanches porteurs d'eau bénite, d'encens et de croix d'or. Au milieu d'une théorie d'évêques, d'abbés et de prieurs en robe pourpre, quatre barons d'Angleterre et d'Aquitaine portaient des candélabres. Venaient ensuite deux comtes qu'Aliénor ne put reconnaître : l'un portait le sceptre royal, l'autre un bâtonnet surmonté d'une colombe. D'autres seigneurs venaient ensuite, porteurs de coussinets arborant les insignes de la royauté, les glaives à fourreau d'or, les habits d'étoffe somptueuse où ruisselait la lumière de milliers de cierges.

Aliénor, durant quelques instants, ferma les yeux. Limoges. A quelques semaines de leur mariage, ils s'étaient fait couronner duc et duchesse d'Aquitaine dans la basilique de Saint-Martial. L'or était rare, les cierges chichement distribués. Dehors, dans la matinée orageuse de juin, la foule grondait et des cordons de soldats avaient de la difficulté à la contenir. L'image se fondit insensiblement dans une nuit ponctuée de petites lumières dansantes. Elle revoyait une autre cérémonie de couronnement et près d'elle se tenait un adolescent frêle et timide qui n'osait pas la regarder et dont la main tremblait sous la sienne : Louis de France.

Aliénor sentit une douleur aux entrailles. Elle porta vivement la main à sa ceinture gonflée. Henri se tourna vers elle.

— Qu'avez-vous ?

— Ce n'est rien. J'ai dû prendre froid.

Comment pourrait-elle reconnaître Rosamonde dans ces deux files compactes de barons et de dames qui s'alignaient le long des nefs latérales ? « La plus belle femme d'Angleterre », avait dit Becket. Sous leurs pelisses de loutre, de renard ou de sable, leurs diadèmes et leurs voiles, elles avaient toutes des grâces de jeunes filles. Blondes ? Elles l'étaient pour une bonne moitié. Minces et frêles pour les deux tiers. Toutes regardaient le roi avec dans le regard quelque chose qui ressemblait à de la passion. Aliénor renonça. Son ventre la torturait. Elle sentait, à l'endroit où sa ceinture la serrait, de petits coups têtus.

Le reste de la cérémonie se déroula pour elle dans un brouillard. Elle prêta serment avec le roi sur les saints Evangiles et les reliques des martyrs, se laissa dépouiller de son manteau pour revêtir les vêtements royaux glacés, tandis que, sous les voûtes sévères de la basilique d'Edouard le Confesseur, l'assemblée criait ses « hosannas ».

La reine prétexta un malaise pour quitter Henri et monter se recueillir dans ses appartements. Elle avait besoin d'être seule un moment, de se laver, par quelques minutes de solitude, de tous ces regards attachés sur elle.

Elle se rendit ensuite dans la pièce surchauffée où l'on tenait le petit Guillaume. A dix-huit mois, il avait du mal à se tenir sur ses jambes courtes et frêles et n'arrivait pas à prononcer un mot. Seule, peut-être, Aliénor savait qu'il n'avait plus pour longtemps à vivre. Les médecins assuraient que, s'il passait l'hiver, il serait sauvé. Mais Guillaume mourrait avant le printemps. Aliénor le savait.

Elle relut la dernière lettre de Marie. Le comte de Champagne l'avait demandée en mariage et elle avait fait le voyage de Reims. Au retour, elle avait séjourné chez son père, à Paris. Louis venait de se remarier avec la fille du roi de Castille, Constance, une femme très pieuse. L'Aquitaine était calme. A Poitiers, on préparait Noël. Au bas de la lettre, la petite Alix, qui allait sur ses cinq ans, avait tracé d'une main malhabile un gribouillis représentant un cheval qui ressemblait à un chien et une dame qui était la reine.

Quand Aliénor redescendit, la grande salle bourdonnait de mille voix autour des tables vêtues de grandes nappes blanches marquées de lions. Elle demanda Becket.

— Thomas, Rosamonde est-elle invitée au repas?

— Elle est invitée, madame.

— Où est-elle?

— Avec le roi, sous la tapisserie à la licorne. Voulez-vous que je vous accompagne?

— N'en faites rien.

Elle s'avança hardiment à travers des groupes de barons et de dames qui, sur son passage, s'inclinaient avec des grâces d'épis. Elle marchait sans rien voir, sans répondre aux murmures que suscitait son passage, sans dévier sa marche d'un écart, avec une vivacité un peu ostensible et une sévérité d'abbesse. Rosamonde lui tournait le dos. Elle vit une nuque d'une grâce infinie qui portait une tête d'enfant coiffée d'une toison riche et souple, et eut une envie morbide de frapper, de souiller la blancheur de cette nuque, d'entendre cette peau crisser sous la lame. Elle se tint un moment derrière Rosamonde, prête à bondir malgré son ventre lourd, écoutant la haine et le désespoir cliqueter en elle comme les maillons d'une même chaîne. Le regard du roi se posa sur elle et lui redonna conscience du lieu et du moment. Elle vacilla un peu. Quelque chose la poussa en avant et elle fut soudain, les oreilles sonnantes, au milieu du groupe.

Henri ne paraissait pas le moins du monde embarrassé. La présence de la reine semblait, au contraire, le stimuler. Il fut à deux ou trois reprises spirituel et même brillant. Cette situation ne paraissait pas lui déplaire ; il était sur une position inconfortable, mais elle lui procurait une vue originale. Il en jouait comme un saltimbanque qui danserait sur des pointes d'épées.

La reine se reprit vite. Quelque chose s'était durci en elle. Peut-être le sentiment de se trouver en face d'une rivale redoutable qui saurait exploiter la moindre de ses défaillances. Après quelques propos assez conventionnels, elle avait acquis la certitude que cette Rosamonde, belle comme une aurore boréale, était sotte comme une oie. Elle en conçut une amère satisfaction. Rosamonde , avec ses yeux larges mais vides, son front très pur mais petit et fuyant dans une courbe d'ogive, son charme anonyme de statue grecque, ne lui faisait plus peur. Elle crut même sentir en elle quelque compassion pour cette créature que le roi, après en avoir épuisé tout le suc, rejetterait comme une peau d'orange.

Elle lui prit le bras.

— Rosamonde Clifford, vous êtes plus belle encore que je ne le pensais. J'espère que vous me rendrez souvent visite à la cour. Y avez-vous un appartement ?

Rosamonde secoua la tête. Elle ne quittait guère les environs de Woodstock, où sa famille possédait un repaire ni très beau ni très confortable. Aliénor parut choquée.

— Dès demain, je ferai le nécessaire. Vous demeurerez ici le temps qu'il vous plaira d'y demeurer.

— Comment pourrais-je vous remercier, madame ?

— En venant souvent me retrouver dans ma chambre. Vous y rencontrerez quelques dames d'Aquitaine qui me tiendront compagnie jusqu'au printemps et de jeunes troubadours qui arriveront bientôt de Poitiers et d'ailleurs.

Aliénor insista pour l'avoir en face d'elle au repas. Lorsque Henri apprit de son épouse l'invitation qu'elle avait faite à Rosamonde de demeurer auprès d'elle, il se fâcha :

— Vous savez combien nous sommes à l'étroit au palais. Et vous donnez un appartement à cette fille ?

Aliénor lui répondit avec un clin d'œil narquois :

— Eh ! quoi, Henri, ne seriez-vous plus sensible à la beauté ? Soit dit sans vous offenser, ce palais est très triste. On y voit trop de shérifs, de clercs, de marchands et de capitaines.

A Becket qui lui faisait observer qu'elle avait introduit le loup dans la bergerie, elle répliqua :

— Je ferai de ce loup un chien docile et le tiendrai en laisse. Je n'agis jamais inconsidérément, même lorsque je me laisse guider par un sentiment de vengeance.

Elle avait pris le bras de Becket, le pinça en riant, et lui dit à voix basse :

— Becket, ce chancelier est décidément trop vieux et plus riche qu'une armoire cistercienne. Nous veillerons à le remplacer d'ici peu. Je vous vois très bien sous son hermine...

*
* *

La reine accoucha en février d'un enfant mâle qu'on prénomma Henri. Il était bien conformé, avec des rondeurs de fruit et des gestes vifs. A dix jours de sa naissance, il souriait, tirait la barbe du roi et se permit un jour de le souffleter. Henri organisa de grandes fêtes. Il voulait qu'un tonnerre de joie secouât l'île.

A peine tues les cloches du baptême, mourut le petit Guillaume. Aliénor fut à peu près seule à le pleurer. Henri s'émut à peine : il ne s'occupait guère de Guillaume depuis que cet autre fils lui était né.

Joie ai de lui...

Durant une bonne partie de l'été, Aliénor et Henri se livrèrent un duel épuisant.

Rosamonde passait la plupart de ses jours à la tour Blanche et répondait aux avances étudiées de la reine par une déférence où il était aisé de lire la contrainte. Il y avait entre la reine et la jeune fille un écran de malentendus, de gêne qui s'épaississait au fur et à mesure que se précisaient leurs rapports. Leurs efforts pour le dissiper ne faisaient que le rendre plus opaque. Par contre, elles s'étudiaient à la dérobée, s'épiaient de près et de loin. Des serviteurs de Rosamonde rendaient compte de ses faits et gestes à la reine et Rosamonde possédait, dans l'entourage de la reine, des intelligences qui la prévenaient des desseins de son adversaire.

Seul, au début, le roi ne se doutait de rien. Il mettait l'affection de la reine pour sa protégée sur le compte d'un de ces mouvements naturels du cœur dont la reine était coutumière. Il allait sur la pointe des pieds de l'une à l'autre, haussant les épaules aux inquiétudes que manifestait Rosamonde et dédaignant de sonder les desseins de son épouse.

Aliénor avait pris soin de choisir elle-même l'appartement de Rosamonde. Il se situait dans la tour Blanche, à quelques pas du sien et donnait sur un couloir qui se terminait en cul-de-sac, de telle façon qu'elle pût surveiller les allées et venues du roi. Henri n'éventa nullement le piège. Il avait trop à faire avec ceux que Louis et son frère Geoffroy tramaient sur le continent en son absence.

Un soir, le plus naturellement du monde, il se présenta chez

Rosamonde qui eut bien du mal à le persuader de rebrousser chemin. Un autre jour, elle le trouva installé dans sa chambre alors qu'elle revenait de jouer aux tables chez la reine ; ce jour-là, il se montra intraitable ; avant de se retirer, il fit promettre à Rosamonde de tout faire pour obtenir de la reine la permission de se retirer quelques jours à Woodstock, chez son père.

Aliénor ne put refuser cette faveur. Rosamonde quitta le palais un jour de mai. Le lendemain, Henri annonça à Aliénor son intention d'aller chasser le renard.

— Partez, sire. J'aurais plaisir à vous accompagner, mais dans la situation où vous me voyez, je ne puis sans risque monter à cheval.

Aliénor, de nouveau, était enceinte et les premières chaleurs la tourmentaient. Elle assista aux préparatifs de l'expédition, tendit au roi rayonnant une joue glacée et le suivit des yeux tandis qu'il s'engageait avec sa suite sur la route que Rosamonde avait prise la veille. A peine Henri eut-il disparu, qu'elle se reprocha de l'avoir laissé partir. La vanité de ses atermoiements lui apparut. A quoi rimaient ces lentes approches, cette patiente accumulation de preuves, sinon à confirmer des certitudes éclatantes ! Le problème se présentait trop clairement pour qu'elle cachât plus longtemps ses armes. Chaque jour qui passait l'accablait d'un nouveau fait d'outrages. Elle se retenait, lorsqu'elle entendait le roi longer le couloir qui conduisait à la chambre de Rosamonde Clifford, d'ouvrir sa porte et de l'appeler. Certains soirs, alors que les grosses pattes d'ours du roi se posaient sur son ventre et la pétrissaient dans l'ombre, elle devait étouffer sur ses lèvres le cri qui montait en elle. Comment ne le percevait-il pas à travers son silence ? Etait-il donc aveugle et sourd ?

Elle se disait qu'elle eût fait preuve de plus de logique en luttant pour défendre son amour. Mais elle luttait pour détruire Rosamonde. Sa vengeance manquait de cette chaleur du cœur et des entrailles qui lui eût assuré une victoire rapide. La défense de sa dignité lui imposait des calculs ; la défense de son amour lui eût donné une plus vive impulsion.

Le roi était parti pour une semaine environ. Trois jours avaient passé quand la reine décida de le rejoindre. Elle n'en pouvait plus. Ses dames de compagnie l'ennuyaient de leur caquetage et l'irritaient par leurs insinuations. Elle avait surpris des regards narquois chez quelques barons qui lui demandaient des nouvelles de son époux, et avait failli envoyer un chandelier à la tête de l'archevêque de Canterbury qui faisait un sermon sur les devoirs d'une reine. Elle ne supportait personne. Pas même Becket. Becket savait trop de choses. Son regard la fouillait. Elle décida de partir. Vite.

*
* *

On approchait de Woodstock. La forêt s'ouvrait comme un manteau de velours devant l'équipage et embaumait dans l'épaisse chaleur. Des houblonnières s'étendaient au flanc des collines bien exposées, alternant avec des vergers. A la pointe des moindres buttes de terre, surgissait une épaule de craie.

Le château des Clifford était une bâtisse singulière. Il paraissait construit par un architecte dément. Au corps central, un gros donjon carré datant du Conquérant, bâti d'énormes blocs jaunâtres, s'accolaient des tours mal disposées, de formes diverses et d'autres bâtiments sans grâce.

— Cela n'est rien, dit un chevalier qui accompagnait la reine. L'intérieur tient de la termitière et du labyrinthe. J'ai failli m'y égarer, il y a quelques années, en cherchant les cabinets. Le baron est avare à un point tel qu'il a renvoyé presque tous ses gens et que sa maisnie se réduit à trois ou quatre vieux domestiques. Vous pourriez vous promener des heures durant dans les couloirs sans rencontrer un chat.

De près, le château était plus sinistre encore. Les intempéries avaient endommagé le crépi jaune qui, tombant par plaques, laissait apparaître la pierre. Tout entière, la bâtisse paraissait écorchée vive. Des fenêtres sans volets bâillaient sur des intérieurs très noirs. La pluie avait pourri le bois des hourdis et des planches pendaient lamentablement le long des murailles. Mal curés, les fossés répandaient une odeur de végétaux pourris.

Avant de s'engager sur le pont crevé par places et vert de moisissures, Aliénor se tourna vers un jeune capitaine.

— Toi, reste devant le pont. Place des hommes autour du château de façon que personne ne sorte ni n'entre tant que je n'aurai pas donné de nouvelles consignes.

Elle passa dans une cour boueuse où barbotaient des canards. Quand elle eut sur elle le froid de la pierre, quand elle vit le jour décroître au bout du couloir où la précédait un chevalier, elle songea qu'elle eût peut-être dû s'armer. Le chevalier appelait et rien ne répondait, malgré les roulements de tonnerre que sa voix déclenchait sous les voûtes humides. Elle revint en arrière, ouvrit une porte qui donnait sur un logement de domestique. Un homme vêtu sobrement se présenta.

— Je suis l'intendant. Que désirez-vous ?

— Où est Rosamonde Clifford ?

Aliénor fut déçue. Rosamonde était seule avec une servante. Elle fit un geste si brusque, lorsqu'elle vit la reine s'encadrer dans la porte que le pupitre où était posée sa toile se renversa.

— Pardonnez-moi, madame. Votre présence me cause une telle surprise...

— C'est moi qui m'excuse Rosamonde.

Elle fit du regard le tour de la pièce, demandant, semblait-il, une révélation aux meubles et aux objets, une confirmation de son inquiétude, un détail qui attestât qu'elle n'était pas venue pour rien. Elle vit enfin l'objet qu'elle désirait trouver, et parut soudain se détendre.

— Vous vous demandez pourquoi je suis ici, Rosamonde ?

— Je ne vous demande rien, madame. Vous êtes ici chez vous. Mettez-vous à l'aise. Sylviane ! aide la reine à se dévêtir et laisse-nous seules.

Sa cape enlevée, la reine apparut dans une robe légère, d'un gris de perle, avec de petits parements de quatre feuilles d'or.

— Avez-vous fait bon voyage, madame ?

Aliénor ne répondit pas. Elle parut s'absorber quelques instants dans la contemplation des rideaux du lit.

— Excellent, merci, malgré mon état. Où est le roi ?

Rosamonde avait noué autour de son poignet la ceinture de soie verte qui descendait dans le sillon de l'aine, se nouait sur le pubis avant de plonger jusqu'aux pieds. La reine observa qu'elle blêmissait. Une certaine pâleur lui conférait du charme, une fragilité de vase ; en excès, elle lui donnait un visage de morte.

— Comment le saurais-je ? demanda Rosamonde.

— Il y a longtemps que vous ne l'avez vu ?

— Depuis que j'ai quitté Londres.

Un sentiment de triomphe facile envahit Aliénor. Pauvre Rosamonde ! Elle s'enlisait dans ses piètres mensonges avec une navrante gaucherie. La reine aurait pu jouer ainsi des heures avec elle, se gausser de sa timidité, de sa maladresse, avant de lui assener un démenti ou même de la laisser se contredire. Mais elle n'avait pas envie de jouer ; elle s'avouait même une propension à l'indulgence, née du sentiment de sa supériorité et de son bon droit.

— Sotte que vous êtes ! Voyez comme vous savez mal dissimuler : le roi était ici ce matin même.

Elle se dirigea vers le fond de la pièce, en ramena une épaisse ceinture de cuir appartenant au roi. En revenant vers la jeune femme, elle ramassa une paire de pantoufles d'une taille très audessus de la normale, et jeta ces objets sur la table, devant Rosamonde

— Voulez-vous une autre preuve ? Je joue mon âme que, derrière les rideaux de ce lit il y a deux oreillers.

Elle tira les rideaux d'un geste vif.

— Que vous avais-je dit ?

Rosamonde s'était laissée choir sur une chaise. Sa gorge très blanche mais un peu maigre se gonflait spasmodiquement. Elle passait une main tremblante sur sa tempe. Son regard fuyant celui de la reine. Elle bredouilla :

— Que voulez-vous que je vous dise ?

— Je ne vous demande rien, Rosamonde. J'étais au courant de votre liaison avant même d'aborder à Londres. Je sais aussi que vous avez deux enfants du roi. Où sont-ils ?

— Avec lui, à la chasse.

— Loin d'ici ?

— Non : ils chassent le canard à l'affût à un quart de lieue à peine. Comptez-vous attendre leur retour ?

— Non. Je quitterai Woodstock d'ici quelques minutes. Je sais ce que je voulais savoir. Mais je veux que le roi ignore tout de ma visite. J'ai réfléchi. Il ne faut pas risquer de compromettre notre union en le heurtant de front. C'est à travers vous que je l'attendrai. Rosamonde, pouvez-vous me promettre de repousser les avances du roi, de le contraindre, dès demain, à rejoindre Londres, de le fuir ?

Rosamonde eut un piètre sourire.

— Je ferai tout ce qu'il faut pour cela. Mais vous comptez sans lui.

La reine avait fait le tour du siège qu'occupait Rosamonde. Elle posa ses mains sur le dossier, fascinée par l'éclat de cette nuque où, lors de leur première entrevue, elle avait senti qu'elle aimerait planter une lame. Le même désir trouble l'envahit et elle se renversa un peu en arrière, les yeux clos, résistant à un vertige, mais incapable de faire que ce qu'elle pressentait ne se fit pas. Elle avança une main tremblante et, de l'ongle du pouce, rapidement, égratigna la chair. Rosamonde poussa un cri et se dressa en face de la reine.

— Si j'avais dix ans de moins, dit Aliénor, je vous aurais tuée. Et j'aurais frappé à cette place. Mais je vous préviens, Rosamonde, que ma patience à des limites. Faites que le roi se détache de vous ! Chassez-le, humiliez-le, dérobez-vous à lui. Ne me poussez pas à accomplir des gestes que je regretterais. Soyez plus forte, plus tenace que lui ! Vous serez seule à lutter. Ne comptez pas sur moi pour vous aider en quoi que ce soit. Ne comptez sur personne. Je veux que vous me donniez votre victoire. Ce sera le prix des humiliations que j'ai subies par votre faute.

— Ce que vous me demandez là...

— Je sais ! C'est l'impossible que je vous demande. Mais si vous échouez, prenez garde !

Aliénor arracha du fauteuil sa cape poussiéreuse et la jeta sur ses épaules. Avant de pousser la porte, elle se retourna vers la jeune femme dont le visage s'était durci.

— Un mot encore, Rosamonde : ne comptez pas me berner. Il me sera d'autant plus facile de déjouer de telles intentions que le roi ignorera tout de notre contrat. Et vous n'irez pas le lui révéler, j'y compte bien !

*
* *

Les jours qui vinrent n'apportèrent rien à Aliénor. Henri était revenu de Woodstock, la tête basse, l'air rogue. A quelques jours de là, il levait une armée dans le Kent et, au début de l'été, fonçait vers le nord où des tribus d'Ecossais s'étaient insurgées. Il fit flamber des villages, raser des châteaux, exterminer des populations, traquer les montagnards dans les « highlands ».

Il reparut un mois plus tard.

En chemin, il s'était arrêté à Woodstock.

Dans les jours qui suivirent, Aliénor put suivre sur le visage du roi et dans son comportement le drame qu'il vivait. Il revenait de ses voyages le dos courbé, l'œil sombre, la lèvre amère, comme au retour d'une mauvaise chasse ou d'une expédition décevante. Rosamonde résistait. Agissait-elle par crainte, par sympathie pour la reine ou parce qu'elle était lasse de ce butor qui la forçait comme une biche ? Aliénor l'ignorait.

Henri voyait peu la reine. Quand il venait la rejoindre, le soir, elle ne le repoussait pas. Ils s'étreignaient sans une parole, cherchant un plaisir difficile : Henri pensait trop à Rosamonde et Aliénor en repoussait l'image. Une fois seulement Aliénor prononça son nom pour éprouver le roi. Il se sépara d'elle brusquement, comme si quelque chose venait de se rompre en lui.

Elle pouvait croire sa victoire désormais assurée. Mais un doute ultime l'incitait à penser que, tant que le roi prendrait la route de Woodstock, la partie n'était pas gagnée. Ses craintes ne tardèrent pas à se confirmer.

Un jour, au début de l'automne, il entra en coup de vent dans la chambre d'Aliénor. Il y avait là une bonne quinzaine de dames. L'air sentait l'étoffe propre et le benjoin. On jouait au « Roi qui ment », au « Pèlerin » et à « Prêtre à confesse ». Des jeux innocents mais dont les dames raffolaient. La reine fronça le sourcil.

— Vous voilà déjà de retour ? Avez-vous tué tous les renards du Wessex ?

Henri se dirigea vers la reine, enjambant les dames allongées sur le tapis, lui baisa la main et se mit à rire.

— A la bonne heure ! dit la baronne de Talmont. Le roi a retrouvé son rire.

Henri parut surpris.

— L'avais-je perdu ?

Les dames pouffèrent toutes ensemble. Un petit air de fête passa sur l'assemblée. En quelques instants, Henri fut entouré d'une troupe caquetante et rieuse.

— Sire, dites-nous ce qui vous rend si joyeux.

— Une histoire de chasse, sûrement. Racontez !

Aliénor intervint sèchement.

— Laissez donc le roi en paix. Vous savez bien qu'il n'aime pas raconter des histoires.

Il y eut quelques rires étouffés. La dame de Pierre-Buffières pinça une corde de sa cithare et la sonorité aigre créa un malaise. Dans le silence revenu, la reine murmura :

— Nous jouons au « Roi qui ment », sire. Voulez-vous vous joindre à nous ? Vous excellez à ce jeu, il me semble.

Henri s'ébroua, remonta sa ceinture et y plaqua ses mains avant de répliquer avec autorité :

— Le roi ne ment jamais. Et même s'il lui arrivait de mentir, il ne permettrait à quiconque de le reprendre.

La cithare de la dame de Pierre-Buffière égrena une gamme. Les dernières notes étaient d'un aigu acide.

— C’est bien, dit la reine. Nous continuerons à jouer entre nous.

Une jeune effrontée lança étourdiment :

— Et nous ferons mentir le roi tant qu’il nous plaira.

Henri s’éloigna, écrasant sous ses heuses grises de poussière les robes étalées en corolles sur le tapis. Quand il eut claqué la porte, Aliénor se leva :

— Continuez sans moi. Je descends jusqu’au fleuve. Un peu d’air me fera du bien.

Elle fit seller sa jument et s’éloigna vers la Tamise. Seule. Le pont de bois qui reliait la tour Blanche à la rive opposée grouillait d’une foule de matelots et de marchands. C’était une énorme bâtisse de bois aux arches extrêmement étroites, où les navires avaient de la peine à s’insinuer. Un dicton affirmait que les sages passaient par-dessus, les fous par-dessous. A maintes reprises, Aliénor avait vu des galées s’engager sous l’une de ses arches et rebrousser chemin parce que la coque refusait de passer. Les maisons à encorbellement s’y entassaient, et il y avait même, au beau milieu, une chapelle de bois si vétuste que l’on n’acceptait pas plus de cinquante fidèles à la fois. Aliénor s’y était rendue à une seule occasion, par curiosité, avec Becket. A travers les planches disjointes du parquet, on voyait couler la Tamise. A chaque messe, des polissons se glissaient sous le pont et comparaient les dessous des dames.

Un long moment, Aliénor se laissa entraîner par la foule. Le grondement diffus qui montait des ruelles étroites répondait à celui, étouffé, qui s’était levé en elle dès qu’elle avait passé le pont-levis. De la colère ? Pas encore. Une déception brutale, plutôt, qui cherchait à se cristalliser autour d’une image. Celle de Rosamonde ? Celle du roi ? Dès ce soir, elle saurait. Elle connaissait un jeune écuyer saintongeais qui avait accompagné le roi à Woodstock. Elle l’interrogerait.

Aliénor s’engagea sur la route de Westminster à travers l’interminable faubourg qui reliait la Cité à l’abbaye. La brume du soir commençait à monter de la petite vallée du Fleet et des fraîcheurs d’eau vive venaient par bouffées des berges où s’alignaient des masures de pêcheurs, de mariniers et des jardins très verts où poussaient toutes les fleurs de la saison.

Peu avant la lourde bâtisse des Templiers dont les jardins baignaient dans le fleuve, au niveau de la basilique de Saint-Paul, elle vit un groupe joyeux sortir d’une auberge sordide où étaient placardés des écriteaux vantant un ale à bon marché. C’étaient de jeunes gens vêtus de costumes aux couleurs voyantes. Elle pensait qu'il devait s'agir d'écoliers en goguette, mais, au fur et à mesure qu'elle s'approchait d'eux, il lui semblait les reconnaître. A leur tête marchait un grand diable aux oreilles en manille de van, mince comme un fût de colonne mais épanoui aux épaules : Saldebreuil. Un de ses meilleurs capitaines et troubadour génial quand il se sentait le courage de composer une chanson, ce qui lui arrivait rarement. Derrière lui, quatre autres garçons portant en bandoulière le rebec ou la cithare, en qui elle reconnut les jeunes troubadours que sa fille, Marie, et son sénéchal, Raoul de La Faye, lui avaient envoyés d'Aquitaine.

Dès qu'il eut reconnu la reine, Saldebreuil se planta au milieu du chemin, immobile, un bras tendu pour faire barrière à ceux qui le suivaient. Ils se rangèrent le long du fossé pour faire passer la reine.

— Vos bonnets, chuchota Saldebreuil.

Ils se découvrirent et s'inclinèrent. Pas trop bas pour ne pas quitter la reine des yeux. Elle s'arrêta au milieu du chemin et répondit à leurs saluts par un bref mouvement de tête et un sourire affable. Elle les connaissait tous, sauf un. Il y avait Gaucelm Faydit, un jeune homme un peu fort, aux longues moustaches blondes, qui venait d'Uzerche en Limousin et chantait avec passion sa forêt natale ; Marcabru, petit Gascon vif et brun qui se prévalait de sa qualité d'enfant trouvé, d'élève du grand Cercamon et d'ennemi juré des femmes ; Bertrand de Born se tenait entre eux deux : celui-là avait un regard effronté, un sourire railleur et des cheveux qui partaient dans tous les sens, comme un champ de blé ravagé par l'orage ; il était le fils de Constantin qu'Aliénor avait bien connu aux débuts de son premier mariage. Celui qui se cachait derrière Saldebreuil, la reine ignorait son nom. Elle savait tout au plus qu'il avait compromis l'épouse d'un vicomte limousin et qu'il avait l'imagination aussi prompte que fertile. La reine lui demanda de s'approcher. Il mit son doigt sur sa poitrine et se tourna vers les autres en rougissant, comme si la reine avait pu s'adresser à quelqu'un d'autre. Ses compagnons le poussèrent en avant.

— Oui, toi... Comment te nommes-tu ?

— Bernard ! Bernard de Ventadour, madame...

Les yeux baissés, il essorait son bonnet de laine rouge et creusait la poussière du chemin avec le talon de sa chaussure. Il était aussi mal peigné que les autres, aussi mal rasé, mais ses cheveux bouclaient dru et descendaient avec une grâce de vague jusqu'au col de sa casaque de cuir râpé.

— Bernard... On dit que tu as mis la discorde dans la maison du sire de Ventadour.

Cette fois, Bernard prit une mine effarée. Son regard n'osait écheler au-delà de l'étrier sur lequel reposait la jolie pantoufle brodée de la reine. Il joua des épaules et sourit d'un air embarrassé. Il est vrai que la vicomtesse avait eu pour lui quelques faiblesses... oh ! pas ce que la reine pouvait penser... Il montait souvent dans sa chambre, en l'absence du vicomte, mais seulement pour gratter la viole et lui dire des aubes et des pastourelles... Un jour de mai, alors que les odeurs de la forêt entraient par la fenêtre ouverte, elle l'avait embrassé... Il en avait fait une chanson et cette chanson, le vicomte l'avait entendue par hasard. Voilà. C'était tout...

— Bavard, dit la reine. Tu ne pouvais pas garder pour toi cette faveur ?

Bernard prit le parti de sourire.

— Si tu fais ainsi avec toutes les femmes, elles te fuiront bientôt comme la peste noire ! Te souviens-tu de cette chanson ?

— Je dois m'en souvenir. Mon cœur n'a pu l'oublier, mais je ne saurai plus la dire, je ne saurai plus, non. Je crois qu'elle porte malheur.

Les autres, qui s'étaient approchés, riaient de bon cœur. La reine se contenta de sourire.

— Pauvre Bernard, soupira-t-elle.

Bernard se ferma sur lui-même et recula pour se fondre au groupe. La reine demanda.

— Comment se nomme cette auberge ?

Les grandes oreilles de Saldebreuil remuèrent.

— Chez « Margaret », madame.

— La bière est-elle bonne ?

Saldebreuil fit la grimace.

— On en trouve de meilleures à Londres. Mais « Margaret » a d'excellents vins d'Aquitaine. Ses médocs, en particulier...

— Vraiment, Saldebreuil ? Sais-tu que j'ai très soif ? Lequel de vous offrira à boire à la reine ? Viens-tu Bernard ?

Il secoua la tête. On l'attendait à la tour Blanche. Marcabru le traita de rustre et de capon.

*
* *

— Approche, Guiraud ! dit la reine.

Elle lui désigna un siège. En bas, dans le verger, les troubadours apprenaient aux dames des chansons qui parlaient de fleurs de pommier. La reine ferma la fenêtre et, les mains serrées au creux de sa jupe, le buste penché en avant, parut se recueillir.

— Il va falloir faire la preuve de ton dévouement, dit-elle. Tu étais avec le roi quand il est parti pour Woodstock ?

— J'y étais, madame.

— Le roi a rendu visite à Rosamonde ?

Guiraud marqua une hésitation avant de répondre affirmativement.

— Que s'est-il passé ?

— Madame, je...

— Tu n'as rien à craindre, Guiraud. Cet entretien restera entre nous. J'aurais pu acheter un quelconque des chevaliers normands qui accompagnaient le roi... J'ai préféré avoir ton aveu à toi, un aveu librement consenti. Si tu peux ou ne veux rien dire, alors retire-toi et nous ne parlerons plus de cette affaire.

Comme Guiraud gardait le silence, elle ajouta :

— Je sais que Rosamonde a cédé au roi. Mais ce qu'il m'importe de savoir, c'est si elle y a ou non été contrainte et de quelle manière.

— Elle y a été contrainte, dit Guiraud.

Il parlait d'une voix sourde, heurtée, avec des silences, comme s'il devait s'arracher à lui-même les aveux qu'il proférait.

Le roi avait fait irruption sans prévenir dans l'appartement de Rosamonde et congédié d'un geste le père Clifford et les deux enfants. Guiraud se tenait dans le corridor avec cinq autres chevaliers. Ils avaient entendu le bruit d'une discussion. Le roi menaçait et les paroles de Rosamonde s'étaient vite muées en gémissements. Les chevaliers entendirent des coups puis des cris, enfin une course et le bruit de sièges renversés. Guiraud avait voulu intervenir, mais les autres l'avaient retenu. Rosamonde avait crié : « Non, plus jamais ! » Henri ouvrit la porte. Il portait sur son visage l'expression d'une colère extrême. « Entrez ! Entrez tous ! », avait-il ordonné. Ils étaient entrés tous les six. Aidé de deux de ses chevaliers, le roi avait arraché les vêtements de Rosamonde. Quand il ne lui resta plus qu'une pauvre chemise de lin, il mit la jeune femme en demeure de choisir entre lui et les six hommes. Comme elle se taisait, il ordonna à l'un de ses chevaliers d'enlever lui-même le dernier obstacle et de se satisfaire.

Guiraud respira profondément :

— Dès que mon compagnon l'eut touchée, Rosamonde perdit connaissance. Le roi alors nous fit sortir et nous demanda de l'attendre dans la cour. Il ne tarda pas à redescendre et nous repartîmes. Voilà...

A travers la fenêtre fermée, la reine entendit la voix de Bernard. Elle montait dans le silence du jardin clos avec le son d'une viole, grimpait le long du mur comme un lierre, effleurait les vitres et Aliénor la sentait bouger contre son oreille avec une légèreté de feuille. Cette voix qui parlait de printemps au cœur de l'automne, d'amour dans sa solitude, de chair dans un univers de pierre et de bois, Aliénor la recevait comme une promesse. Elle regarda curieusement Guiraud. Que faisait-il là ? Quelle était cette fable qu'il lui avait racontée ? Lorsqu'elle vit le jeune chevalier se lever pour prendre congé, il lui sembla qu'il emportait avec lui des jours, des semaines, des mois d'angoisse ; quelques instants plus tard, elle doutait même qu'il fût venu.

Henri était retourné chez Rosamonde, cela, c'était une certitude. Mais cette autre certitude importait seule : Aliénor était dans la tour Blanche et, en bas, dans le verger, Bernard chantait.

*
* *

Il lui rappelait ce jeune baron qu'elle avait aimé jadis : Elie de Cornil. Mais c'était une ressemblance toute superficielle. Elie était plus grand ; il avait de beaux yeux sauvages. Les yeux de Bernard étaient quelconques, mais, quand on s'y plongeait, ils pouvaient révéler des profondeurs attirantes. Aliénor aimait comparer Elie, instable, tourmenté, indépendant, à Bernard qui se révélait passionné, fidèle, docile.

Ils convenaient ensemble, à mots chuchotés, de leurs rendez-vous. Bernard rejoignait la reine à cette heure vide qui séparait la tombée de la nuit et le repas du soir, et ils en faisaient l'heure la plus délicieuse de la journée.

Leurs rapports demeuraient purs. La reine attendait un enfant pour le début de décembre et refusait de se donner à Bernard, aussi assidu, aussi entreprenant qu'il fût (il avait bien changé). Il s'asseyait sur un coussin, aux pieds de la reine et, durant une heure, jouait avec la main qu'elle lui abandonnait, sans cesser de parler. Cette main paraissait le fasciner. Un ongle ébréché, une engelure, une bague oubliée : rien n'échappait à son attention. Elle n'aimait pas quand il lui brûlait la paume de son souffle, par jeu, et c'est un jeu qu'il renouvelait souvent ; il savait qu'alors il lui communiquait une sorte de fièvre : ce souffle gagnait le cœur d'Aliénor et y faisait fondre des glaces oubliées.

Elle le rabrouait :

— Comment oses-tu faire la cour à la femme laide que je suis devenue ? Pourquoi cherches-tu à me pousser à bout ? Tu sais que rien ne me fera céder.

— Je sais qu'au printemps vous cèderez.

— Présomptueux !

Elle l'écoutait non sans un plaisir trouble lui assurer qu'il ne pourrait jamais s'éprendre d'une femme laide, aussi puissante fût-elle. Il lui donna en exemple une dame du pays basque, nommée Sancha, dont l'époux était mort et qui lui donnait la moitié de ses terres pour qu'il demeurât quelques mois auprès d'elle. C'était un marché de dupe. Aux maigres terres à moutons de la dame Sancha, il préférait l'immensité du monde, les terres toujours nouvelles, les routes qui n'en finissaient pas ; à la dame aux fesses de pouliche, au visage de corroyeur, il préférait les promesses d'aventures qui s'offraient à lui. D'ailleurs, le souvenir de la dame de Ventadour était encore trop présent : il la voyait surgir des clairières, il la respirait dans une odeur de lilas, elle lui parlait encore à travers les chansons qu'il se répétait jusqu'au milieu de son sommeil. Elle était mieux qu'un souvenir : une présence.

— Et maintenant ? demandait Aliénor.

Maintenant, ce n'était plus une présence mais un souvenir. Marguerite était morte pour lui. Il ne la reverrait jamais. Il ne reverrait jamais le vicomte Eble, qui savait si bien chanter, son père, qui chauffait le four du château, les rudes collines où la dame, recluse, n'irait plus chevaucher à la reverdie. Il irait promener sa viole ici et là et, au premier signe de lassitude, se retirerait dans un monastère où il avait passé un jour : Dalon, une petite vallée entre Périgord et Limousin, non loin d'Hautefort.

Aliénor lui secouait l'épaule et riait.

— Cela ne te va pas de parler ainsi. Il faudra beaucoup d'hivers pour étouffer cette flamme que je vois dans tes yeux.

— Si vous la regardez bien, vous verrez que c'est la flamme d'un cierge et qu'elle brûle au creux d'une crypte.

— Ne plaisante pas, Bernard. C'est ainsi que je finirai moi-même : entre quatre murs de pierre froide, à Fontevrault.

— Plaisanter ? Je suis aussi sérieux que vous pouvez l'être. J'aime trop la vie pour ne pas en épuiser en quelques années toutes les promesses. J'aime trop chanter pour ne pas me retrouver un jour avec ma viole aux pieds du Christ.

Leurs entretiens n'étaient pas toujours tissés du même gris. Les amours de Gaucelm Faydit avec une dame saxonne peu farouche, ses démêlés avec le mari jaloux qui soupçonnait le troubadour sans avoir la preuve de sa culpabilité, la misogynie de Marcabru, mal servie par un physique attirant qui le mettait en butte à bien des entreprises féminines difficiles à décourager, les exploits de Bertrand de Born et de Saldebreuil dans les tripots de Londres où ils gagnaient des fortunes et les perdaient avec la même facilité, nourrissaient leur conversation de mille anecdotes singulières.

D'autres soirs, ils restaient quasi muets, osant à peine se regarder et se toucher, laissant passer des minutes vides où ils vivaient chacun dans leur alvéole de silence et de nuit sans trouver où et comment se rencontrer. C'étaient les soirs où le désir creusait cruellement son nid dans leur chair au point que la moindre parole, le moindre contact eussent pu les embraser.

Elle ne lui accorda ses lèvres qu'une seule fois, furtivement, parce qu'il paraissait vraiment trop triste et qu'elle n'aimait pas le voir ainsi.

Un soir, ils faillirent se brouiller. Bernard avait trouvé une chanson où la reine était si bien dépeinte que toute la ville de Londres eût pu la reconnaître. Au lieu de la garder pour lui, il était allé la chanter à un repas de chevaliers. Saldebreuil avait essayé de le faire renoncer, mais Bernard, qui avait abusé de la bière du Wessex, était très triste et, quand il était triste, rien ne pouvait l'empêcher de chanter. Quand la dame apprit la chose, elle rougit d'indignation et prit les dispositions nécessaires pour que Bernard quittât l'Angleterre par le prochain courrier. Averti de cette décision, Bernard pleura, jura qu'il était ivre et que cela lui servirait de leçon. Aliénor se montra sévère, le traita de mauvaise langue, de vieille pie. Il lui envoya sa viole brisée, les cordes arrachées. Elle lui en acheta une autre le jour même : un instrument somptueux, incrusté de nacre.

Le lendemain, elle lui donnait son second baiser.

*
* *

La reine accoucha, le troisième dimanche de l'Avent, d'une fille que l'on appela Mathilde, comme la mère du roi. On baptisa l'enfant à quelques jours de Noël, dans la petite chapelle de Saint-Jean située dans l'enceinte du palais. Une mince couche de glace recouvrait la cuve baptismale et l'enfant, transie de froid, faillit prendre mal. Le petit Henri, lui, se portait comme un charme. On l'avait habillé d'un peliçon de gris et il gazouillait dans les bras de la bonne Agathe.

A quelques jours de là, ce fut la grande flambée de Noël. La Cité, à travers la brume, resplendissait de mille feux. Aliénor monta avec Bernard au dernier étage de la tour Blanche. Quand ils arrivèrent là-haut, ils étaient pleins d'une même joie et d'un même espoir. Tout en bas, au pied de la tour, il y avait un carré de pelouse d'un vert tendre qui annonçait le printemps.

La reine était lasse mais heureuse. Ce soir-là, Becket toqua à sa porte. Il apportait une nouvelle redoutable.

Rosamonde avait reparu au palais.

Cette année 1156 commençait tragiquement. La colère de Dieu parut s'apesantir sur l'Angleterre. Une nuit, tout un quartier de la Cité brûla comme une meule de paille. Une émeute éclata parmi les sinistrés qui réclamaient un abri. On en fit décapiter quelques-uns, exposer leurs têtes sous un préau de bois réservé à cet usage à l'entrée du pont et tout rentra dans l'ordre. C'est alors qu'éclata une épidémie de variole. De grands bûchers brûlaient sur le Strand, entre Westminster et la Cité, où l'on incinérait les cadavres.

Le printemps éclata sur une ville morte.

Au palais, l'épidémie n'avait fait que peu de victimes. On craignit pour le « jeune roi », le petit Henri, qui se réveilla un matin avec le corps couvert de pustules qui passèrent au bout de quelques jours.

Rosamonde avait quitté Londres pour Woodstock. Les chasses de printemps avaient repris pour le roi.

*
* *

Aliénor ne voyait pour ainsi dire plus son époux. Quand il entrait dans la chambre de la reine, c'était pour s'informer des enfants.

Bernard était pour Aliénor un mauvais confident. Les propos qu'elle lui tenait trouvaient le chemin de son cœur, mais il s'avérait incapable d'en tirer une conclusion utile. Il acceptait tout, mais ne donnait rien en échange, plus par incapacité que par indifférence. Elle comprit qu'elle ne pouvait plus compter que sur elle-même pour vaincre Rosamonde.

Elle s'y décida dans les derniers jours de janvier. Le roi parlait de revenir sur le continent dès le printemps. Il fallait qu'il partît avec la certitude de ne plus jamais revoir Rosamonde.

Aliénor se présenta devant Woodstock un matin de février. Le château était encore enveloppé d'une brume épaisse montant de la retenue d'eau du moulin que l'on entendait chuinter à travers les vannes de l'écluse, et seule la pointe d'une tour se dorait d'un beau soleil neuf. La reine se sentait du plomb dans les membres et de la glace dans le cœur. A travers sa cape de laine verte constellée de rosée, elle grelottait de froid et d'inquiétude : aurait-elle le courage de pousser jusqu'au bout son entreprise ? Derrière elle, les hommes parlaient à voix basse. Ils étaient cinq, plus un vieux capitaine de routiers repenti mais qui sentait encore la corde : Gauvain le Borgne. Le fait que la reine eût acheté leur silence à prix d'or ne les rassurait pas. Les quelques livres qu'elle leur avait promis leur pesaient comme une mauvaise nourriture.

Tout paraissait dormir dans le château. Le pont-levis devait être baissé car une tache noire se dessinait au niveau des fossés.

— Allons ! dit la reine.

Une odeur de purin froid les accueillit. La cour était déserte. Gauvain aida la reine à mettre pied à terre. Son visage était dur et fermé et son œil unique parut interroger la reine.

— Gauvain, vois-tu cette fenêtre, là-haut, la dernière avant la tour d'angle ? C'est là que nous allons. Il ne faut pas que nous donnions l'éveil avant d'y être parvenus. Dis à tes hommes de se ranger avec les chevaux sous l'appentis du four et de surveiller cette fenêtre d'où leur viendra le signal. L'un d'eux connaît le chemin pour se rendre à cette salle. Il conduira les autres.

Elle n'avait pas achevé qu'un homme sortit du couloir : l'intendant. Il écrasait du pouce un morceau de lard sur une tranche de pain. Entre deux bouchées, il demanda :

— Qui êtes-vous ? Que voulez-vous ?

La reine garda son capuchon baissé et fit un signe. L'intendant recula quand il vit s'avancer vers lui Gauvain, les mains en avant. Avant qu'il eût pu proférer une plainte, Gauvain lui assenait un formidable coup de poing au menton.

— Y a-t-il encore des domestiques ? demanda Gauvain.

Aliénor l'ignorait. La maisnie du sire de Clifford se résumait à peu de choses. Lui-même était absent et, s'il possédait quelques gardes, il devait les avoir emmenés avec lui.

— Ne nous attardons pas, Gauvain. Suis-moi.

Leurs pas retentissaient sous les voûtes basses des couloirs, dans les escaliers déserts, et les échos multiples répercutaient un piétinement d'armée jusqu'aux combles.

— C'est ce couloir, Gauvain. Non : cet autre.

Aliénor se fourvoya à plusieurs reprises. Elle pensait pouvoir se souvenir de la disposition des lieux mais cette vieille bâtisse était un véritable labyrinthe. Au détour d'un couloir, Gauvain aperçut une forme humaine qui se montra un instant et disparut. Il se jeta à sa poursuite et revint, penaud. L'apparition avait dû se fondre dans la muraille. Il ne restait qu'une solution : redescendre, reprendre le chemin qu'ils avaient déjà parcouru.

— Cette demeure est ensorcelée, dit Gauvain. Par Dieu, madame, nous n'en sortirons pas si nous poussons trop loin.

Ils s'étaient arrêtés sur un palier ouvrant sur trois corridors semblables où coulait une lumière grise, quand le bruit d'une porte refermée et des pas précipités leur firent dresser l'oreille. Cela venait de l'étage inférieur. Ils s'y rendirent en courant et se trouvèrent de nouveau devant trois couloirs identiques et désespérément vides.

— Nous n'avons pourtant pas rêvé, Gauvain !

Ils restèrent quelques instants, le souffle suspendu, guettant le moindre bruit. Seul montait à eux le craquement sec de la roue du moulin. Soudain, le regard de Gauvain fut attiré par un objet brillant posé au milieu du couloir central. Il le ramassa. C'était une pantoufle petite et fine, piquée de perles. Rosamonde avait dû la perdre en courant. Aliénor ouvrit la première porte qui se présentait.

Elle était dans la chambre de Rosamonde. A travers la pénombre, elle reconnut le mobilier, un parfum qui était comme une présence vivante et redonna du poids à sa colère. Il était inutile de chercher. Rosamonde était loin. Aliénor ouvrit la fenêtre, ordonna aux hommes de surveiller les alentours du château. Elle regrettait de n'avoir pas amené une troupe d'une trentaine d'hommes.

— Gauvain, il ne nous reste plus qu'à fouiller chaque pièce en commençant par le bas.

C'était une entreprise insensée. Les pièces s'imbriquaient les unes dans les autres, communiquaient entre elles de plain-pied et souvent d'un étage à l'autre par des échelles et des trappes. Les unes étaient nues, d'autres sommairement meublées, quelques-unes enfin, réservées à des hôtes de marque comme les compagnons de chasse du roi, dotées de mobilier somptueux. Des portes ouvraient sur de petits cabinets, d'autres donnaient sur des corridors aménagés dans l'épaisseur de la muraille. Aucune logique apparente n'avait semblé présider à la construction de cette bâtisse, si ce n'est la logique supérieure, peut-être, d'un magicien ou d'un architecte démoniaque.

— A quoi bon continuer ? dit Gauvain en s'asseyant sur un coffre, près d'Aliénor. Vous voyez bien que c'est inutile ! Autant chercher une fourmi dans une forêt.

Il sentit la main de la reine se poser sur sa cuisse. Aliénor murmura :

— Gauvain, ne fais pas un geste. On nous observe. Une porte s'est ouverte au fond du couloir de droite et j'ai vu une ombre bouger.

— Sang du Christ ! souffla Gauvain. Allons-y, madame.

Ils se relevèrent lentement. La porte s'était refermée. Derrière régnait un silence de crypte. Ils convinrent que Gauvain resterait à guetter dans le couloir tandis qu'Aliénor inspecterait les pièces. Elle commença par celle du fond, dont le parquet était couvert de pommes reposant sur une couche de paille. Une porte ouvrait sur un vaste placard où traînaient un écu rouillé et quelques fusées de lances rompues. La pièce voisine était entièrement vide, mais il y régnait une odeur qu'Aliénor ne fut pas longtemps à identifier. Son cœur se mit à battre très fort au point qu'elle dut s'adosser à la cloison. L'oreille collée au plâtre froid, elle perçut, dans la salle voisine, un chuchotis accompagné de frôlements et de légers bruits de pas. Rosamonde... Elle était là. Il suffirait à Aliénor d'ouvrir cette porte. Cette fois-ci, elle ne lui échapperait pas. Elle respira profondément, posa sa main sur le loquet, tira.

— Gauvain !

Le cri de Rosamonde répondit à son appel. La jeune femme s'engouffra à la suite d'un valet dans le couloir et Aliénor se heurta à la porte refermée. Quand elle l'eut rouverte, elle se trouva devant Gauvain qui grognait comme un ours en colère, la tête contre le mur du couloir. Elle lui secoua l'épaule et, lorsque Gauvain se retourna, elle vit qu'il tenait son ventre à deux mains. Il arracha le poignard qui y était fiché et le laissa tomber. Il eut le temps de murmurer :

— Ils sont descendus... par-là... suivez-les...

Aliénor se rua dans l'escalier, volant plutôt qu'elle ne courait.

Un claquement indéfiniment répercuté sous les voûtes l'enveloppait, l'attirait dans son orbe sonore et l'y maintenait comme un aimant. Elle sentit qu'elle pourrait courir ainsi pendant des heures. C'était une sorte d'ivresse de chasseur pendant l'hallali qui la possédait et dont elle ne se sentirait libérée que par la capture du gibier poursuivi. Elle cria pour alerter ses hommes. Il se passa peu d'instants avant qu'elle n'aperçût le groupe qui fuyait devant elle. Il y avait Rosamonde, sa servante, Sylviane, et un jeune valet qui tenait deux enfants par la main. Elle était sûre, maintenant, qu'ils ne lui échapperaient pas.

Ils allaient déboucher dans le couloir du rez-de-chaussée quand Aliénor vit trois de ses hommes s'interposer, l'épée au clair. Alors elle s'accrocha à la rampe, se laissa glisser sur les marches. Une joie sauvage luttait en elle contre l'épuisement.

Le jeune valet gisait sur les dalles, la gorge ouverte. Sylviane et les enfants pleuraient.

Rosamonde se tenait adossée contre la muraille, pareille à un gisant. Elle regardait fixement Aliénor et Aliénor la regardait. Cette confrontation silencieuse dura quelques instants. Rosamonde avait son visage de morte mais elle se reprit vite et articula dans un souffle :

— Finissons-en. Que me voulez-vous ?

— Vous le savez bien, sinon vous n'auriez pas pris la fuite à mon approche. Vous m'aviez promis...

Rosamonde l'interrompit violemment :

— J'ai promis, je ne le sais que trop ! Mais croyez-vous que je n'aie pas tout fait pour décourager votre époux ? Je me suis enlaidie, je me suis faite de marbre dans ses bras. Mais quand il s'avançait vers moi avec son sourire cruel, son odeur de cheval, ses mains dures comme une écorce, je devinais que cette comédie ne servirait de rien, qu'il trouverait bien un jour moyen de me faire céder. Savez-vous ce que ce monstre a inventé ?

— Je le sais, Rosamonde. De vous deux, c'est lui que je déteste le plus. Mais je vous l'ai déjà dit : je veux l'atteindre à travers vous, que la séparation vienne de vous et surtout qu'il n'en sache rien, jamais.

Rosamonde laissa tomber sa tête sur sa poitrine. Aliénor l'entendit murmurer :

— Il n'en saura jamais rien. Mais dites vite : que dois-je faire ?

— Renoncer au monde. Définitivement. Vous retirer dans un monastère de votre choix. Je n'ai pas de haine pour vous, je vous le répète, mais je veux que vous cessiez d'exister pour le roi.

— Vos conditions...

Aliénor l'interrompit sèchement.

— Elles sont terribles je le sais, mais vous devez vous y soumettre. Précédez-moi. Nous allons jusqu'à la chapelle.

Un bruit la fit se retourner : Gauvain descendait les marches à pas lents. Il tenait toujours son ventre à deux mains et le sang avait mouillé ses braies jusqu'aux genoux. Le jeune valet n'avait pas non plus cessé de vivre.

— Occupez-vous d'eux. Soignez surtout Gauvain. Il sera peut-être possible de le sauver.

Aliénor se tourna vers Rosamonde :

— Ne trouvez-vous pas qu'il y a déjà trop de sang entre nous et le roi ?

La chapelle était petite et noire. Le salpêtre pourrissait la base des lourds piliers normands et des toiles d'araignées feutraient les jambes et les dossiers des sièges. Aliénor trouva une vieille Bible datant de la Conquête dans la sacristie. Elle la posa sur une marche de l'autel, prit dans sa main la main glacée de Rosamonde et lui dit, d'une voix dont elle tâchait d'atténuer la dureté :

— Agenouillez-vous, posez les mains sur cette Bible et jurez à haute voix de ne plus jamais céder au roi et de faire don à Dieu de votre personne.

Elle fit placer les deux enfants de chaque côté de Rosamonde. C'étaient deux beaux garçons aux traits nets qui rappelaient ceux du roi. Ils se regardèrent d'un air intrigué quand leur mère, la voix mal assurée, prononça son serment.

— C'est bien, dit Aliénor. Où comptez-vous vous retirer ?

— Au monastère de Gostow. La prieure est une de mes parentes.

Aucun chagrin ne se lisait sur le visage de la jeune femme. Elle paraissait accepter avec résignation le sort qui lui était fait. Elle avait lutté jusqu'au bout pour échapper à Henri comme à Aliénor. Entre ces êtres exigeants et volontiers cruels, un jour ou l'autre, elle aurait fini par succomber. Mieux valait pour elle que tout drame fut écarté : elle n'y aurait rien gagné. Henri lui avait promis qu'il se libérerait d'Aliénor, mais Rosamonde savait ce que valent de telles promesses.

Elle resta un moment immobile et silencieuse, face à l'autel. Un rayon de soleil échappé d'une déchirure de la toile huilée qui servait de vitraux chauffait ses mains croisées sur son ventre. Le printemps bourdonnait autour de la bâtisse, se collait aux pierres tendres comme une chair et tiédies par le soleil matinal. Rosamonde ne connaîtrait pas ce printemps-là. Elle avait projeté avec Henri, sans trop y croire, un voyage en Ecosse, Pâques venues, et voilà que ce voyage, maintenant, elle y pensait comme à une certitude abolie ; elle le regrettait comme si elle n'avait jamais douté qu'il eût lieu. Ce projet avorté, elle en ferait l'essentiel de sa peine, elle se raccrocherait à lui, elle le vivrait jusqu'à la fin de ses jours en l'enrichissant de souvenirs imaginaires. Sa tête blonde s'inclina sur sa poitrine et Aliénor crut qu'elle pleurait. Elle s'approcha, toucha le bras de la jeune femme qui planta ses yeux secs dans les siens.

— Laissez-moi maintenant, madame, laissez-moi prier. Vous n'avez plus rien à craindre de moi.

*
* *

Le jour du départ approchait avec le temps de Pâques. Le roi était pris de mouvements d'impatience et d'humeur que la reine attribuait indifféremment à la proximité de l'embarquement pour les terres continentales de Normandie et d'Aquitaine où se tramaient de louches alliances, et à la disparition de Rosamonde. Ils ne parlaient jamais de la jeune femme, mais la reine savait que son époux lui attribuait la responsabilité de cette conclusion précipitée. Certains soirs où ils se retrouvaient seuls avec les enfants et quelques familiers, dont Thomas Becket, la reine devinait qu'Henri portait sa colère et sa rancune à fleur de peau. Mais il n'en dit rien. Il avait trop chevillé au corps le sentiment de la justice et comprenait que son épouse avait agi comme une reine se devait d'agir.

Aliénor vécut ce printemps dans une molle indécision de sentiments. Bernard la pressait de succomber et, si elle s'y refusait, c'était moins par souci moral — elle savait la vanité de ces scrupules — que pour s'éviter les complications sentimentales qu'elle avait connues jadis avec Elie de Cornil, ou, mieux encore, la grande aventure redoutable avec son oncle, Raymond de Poitiers. Bernard n'était pas de taille à supporter ces hautes vagues ; il lui fallait, pour alimenter son inspiration une nourriture d'oiseau ; un baiser le faisait chanter durant des jours ; une passion eût causé sa perte, et celle de la reine. Ce qui irritait Aliénor et la plongeait dans la mélancolie, c'était la crainte de vieillir sans connaître de nouveau une de ces passions cruelles dont elle gardait la nostalgie. Elle n'avait que trente-quatre ans, sa beauté n'avait subi aucune atteinte, s'était même épanouie, sa santé et sa force étaient intactes ; elle se sentait au meilleur de sa condition de reine et de femme, mais elle y étouffait et cette passion inemployée se consumait en elle inexorablement.

Elle finit par se donner à Bernard, mais elle le regretta aussitôt. C'était un piètre amant et, de plus, un amant dangereux. A posteriori, son lyrisme devenait bavard ; il tenait du roi Midas cette douloureuse contention du secret ; il ne confiait ses confidences qu'à sa viole et au parchemin où il écrivait ses aubes et ses pastourelles, mais c'étaient là des confidents peu discrets.

Aliénor le sermonnait inlassablement. Si le roi apprenait la nature de leurs rapports, c'est la corde qui attendait le troubadour. Bernard, sous le coup de l'inquiétude que lui causaient de tels avertissements, inclinait au repentir, mais cela ne durait pas : s'il était poète, ce n'était pas pour garder en lui des émotions d'une telle qualité.

Aliénor eût aimé pourtant qu'il fût selon son désir et qu'aux grandes flambées de passion dont elle se sentait capable, il répondit par autre chose que des feux follets. Il était beau comme ces dieux de marbre que l'on déterrait de l'humus, dans le temple de Gallien, à Bordeaux. Les traits réguliers et doux de son visage, sensibles à la moindre émotion, son corps sans muscles mais fin et lisse d'adolescent, son allure souple et gracieuse laissaient espérer autre chose que ces étreintes rapides, égoïstes, qui laissaient Aliénor insatisfaite, et ne faisaient qu'exacerber son désir. Bernard, lui, donnait tous les signes d'un bonheur sans faille. Il s'enchantait à contempler le corps de sa royale maîtresse, à caresser ses cheveux, découvrant de nouvelles voluptés légères et multipliées dans le moindre contact de leur chair. Mais c'était un bonheur de poète : un sentiment brillant mais fugace, une belle lumière qui continue à impressionner la rétine quand la paupière s'est fermée.

Il restait avec elle jusqu'au matin. Et c'est cette heure hésitant entre l'aube et le plein jour qu'elle aimait surtout. Bernard cessait de jouer aux amants vainqueurs et redevenait lui-même, quêtant l'affection plus que l'amour. C'est ces moments-là qu'il choisissait pour lui parler de Marguerite de Ventadour et des terres sauvages et douces du Limousin, à laquelle il l'assimilait. Il parlait, les mains sous la nuque, la jambe droite croisée avec la gauche d'Aliénor comme celles de deux initiales liées. Les paroles qu'il trouvait au fond de lui étaient les plus agréables qu'Aliénor eût jamais entendues. Bernard inventait mais il inventait bien. C'était son rôle et il s'y tenait en toutes circonstances, au lit comme en face du public de cour. Si Dieu lui avait donné l'imagination, ce n'était pas pour autre chose que pour « trouver ». Aliénor se contentait de cette affection bavarde, à défaut du grand amour silencieux qu'elle rêvait. De toutes manières, cela la changeait des étreintes d'Henri, dont elle sortait moulue.

A ces moments-là, Bernard ne cachait rien à la reine. C'est ainsi qu'Aliénor apprit qu'il était amoureux d'une jeune demoiselle du palais. Elle n'eut pas de peine à lui faire avouer ce dont elle se doutait sans en avoir acquis la preuve, mais elle ne put savoir le nom de l'élue. Il avait composé des chansons pour elle et, le plus naturellement du monde, les chantait à Aliénor :

Je puis aller sans vêtement
Et tout nu dessous ma chemise
Un amour loyal me protège
Contre la bise et le temps froid...

A la prudence qu'il mettait dans l'évocation de celle qu'il nommait Aziman, Aliénor pouvait reconnaître le signe qu'il l'aimait vraiment et qu'il tenait à ne pas la perdre par un de ces bavardages lyriques dont il s'était rendu si familier. Elle n'en ressentit qu'une peine légère. Allait-elle jamais éprouver autre chose pour Bernard de Ventadour qu'une tendresse nourrie de plus de poésie que de réalité ?

Un soir, elle lui refusa sa porte et il partit, tête basse. Il ne revint plus, sauf, parfois, dans la journée, quand il ne courait pas les tripots de Londres en compagnie de ses compagnons, ou qu'Aziman le délaissait.

Aliénor pensait au départ. Des collines de narcisses et d'oseille sauvage doraient les alentours de Londres dès que le soleil chassait les dernières brumes du printemps. Il faisait un temps de plumes tièdes. Pâques était proche.

Un matin, une haute nef portant les armes d'Aquitaine vint s'embosser dans le port. Aliénor monta à bord avec Henri.

Avant le départ, ils grimpèrent ensemble sur le château arrière tandis que la corne du capitaine résonnait aigrement sur le pont. Ils parcoururent du regard le port grouillant de barques de passeurs, de chalands, de lourds navires scandinaves, et l'animation était telle qu'Aliénor eût pu se croire revenue sous les murs d'Antioche ou de Sidon. Mais, au lieu des palais éblouissants, des terrasses et des jardins croulant de verdure, c'est la tour Blanche, la ceinture sinistre des remparts romains qu'elle apercevait.

Quand la nef eut mis à la rame pour descendre la Tamise, elle sentit la main du roi se poser sur la sienne.

— En avant ! cria Richard.

Il arracha l'étendard des lions fiché entre deux pierres, tira de l'autre main son épée et s'engagea sur la pente dangereuse au-devant de ses troupes. Il faillit s'écrouler en escaladant le premier rocher qui se présenta et s'arracha un ongle en voulant le rattraper. Des larmes lui vinrent aux yeux, il resta un moment hébété, à regarder son index ourlé de sang. Comme on le poussait dans les reins, il repartit en avant, la gorge asséchée par une angoisse délicieuse, la tête pleine du ronronnement de la colère.

Les aigles se défendaient mal. Leurs têtes dépassaient seules de la ligne de remparts qui allait supporter le premier assaut. Ils avaient posé de lourds moellons à portée de la main, mais hésitaient encore à les lancer.

— Lâches ! hurla Richard.

Il chancela sous un coup de javelot qui atteignit son casque et le fit dévier de telle manière qu'il lui tomba sur les yeux. Il y eut un grondement de triomphe sur le rempart. Richard grinça des dents. Il sentit qu'on ne le suivait plus et se retourna pour crier :

— Avancez, capons ! Poules mouillées !

Il se retrouva seul sous la muraille, essuya une tempête de coups de masses d'armes, mais parvint à se hisser sur le rempart, furieux de n'avoir pas été suivi. Repoussant des épaules les quelques malingres qui s'acharnaient après lui, il bondit vers le porte-drapeau des aigles.

— Tu es pris ! cria-t-il, rends-toi. L'étendard, vite !

Pour toute réponse, l'autre lui cracha sur les pieds et tira une épée plus longue que lui et large de tout le plat de la main.

— Viens le prendre.

Ils roulèrent dans la poussière, se bourrant de coups impitoyables. La hargne aveuglait Richard autant que son casque qui lui retombait sur les yeux à chaque instant. Ils parvinrent ainsi jusqu'au rempart, entourés d'une ceinture de spectateurs. Aigles et lions, après un bref échange de coups, s'étaient réunis pour assister à l'échauffourée. Les deux adversaires continuèrent un moment encore à se porter des horions, mais la fatigue les gagnait. Ils finirent par ne plus bouger du tout. C'est alors qu'un grand rire éclata au-dessus d'eux.

— Ça suffit! Relevez-vous morveux!

Une poigne solide agrippa le fond de culotte de Richard, le souleva de terre pour le poser sur la pierre du rempart. Il avait la lèvre fendue, une balafre à la joue et le sang coulait des narines. L'envie de pleurer le prenait de nouveau, mais c'était parce que des graviers avaient pénétré sous sa paupière. L'autre s'était relevé lentement sur ses coudes et secouait la tête comme un bœuf mal assommé.

— Où est mon frère? demanda Richard? Où est Henri?

Henri s'avança. Il portait sur sa poitrine, attaché par des lanières, un carré d'étoffe où était peint grossièrement un gros lion rouge. Richard renifla.

— Approche. Plus près.

Henri était de près de trois ans l'aîné de Richard, il était moins puissant, mais Richard le considéra sans indulgence.

— Pourquoi n'as-tu pas suivi?

— J'ai suivi, mais une de mes chaussures s'est perdue.

Richard montra ses pieds nus souillés de poussière et de crasse.

— Est-ce que j'avais des chaussures, moi? Si je ne peux plus compter sur mes capitaines... Nous allons nous battre.

L'homme accrocha l'épaule de Richard.

— Eh là! Tu n'es pas en état de te battre, petit.

Richard s'essuya les narines d'un revers de poignet.

— De quoi vous mêlez-vous? Et d'abord, qui êtes-vous?

L'homme se raidit et dit d'une voix militaire qui fit impression sur la bande:

— Je me nomme Mercadier. Capitaine de routiers au service du roi Henri, votre père. Vous êtes le prince Richard, n'est-ce pas?

Le sourire railleur du capitaine déplut à Richard.

— Comment le savez-vous?

— Je vous ai vu hier au palais, pour la messe du matin. Vous paraissiez vous ennuyer. Votre mère, la reine Aliénor, vous a même giflé parce que vous bougiez sans arrêt.

Richard grogna.

— C'est faux. Vous m'avez mal vu.

Mercadier éclata de rire. Il s'assit près de Richard, arracha un brin de fétuque qu'il se mit à sucer.

— Tu sais que tu t'es bien battu, petit? Comme un lion, oui, comme un lion. Mais, si les lions sont braves, ils se servent davantage de leur force et de leur instinct que de leur intelligence. Pourquoi as-tu foncé droit, tout seul, au lieu de tourner l'ennemi? Dans un assaut véritable, tu n'en aurais pas réchappé!

— Qu'en savez-vous?

— C'est mon métier, petit.

Après avoir secoué ses vêtements, Richard essuya son visage avec ses mains et se trouva entièrement barbouillé de sang et de boue. Le capitaine lui prit le bras.

— Tu ne vas pas rentrer au palais dans cet état? Viens. Il y a une fontaine tout près.

Mercadier s'assit sur le rebord de la fontaine en sifflotant, son brin de fétuque entre les dents. Richard, la tête plongée dans le bassin, soufflait des nuages rosâtres et s'ébrouait comme un chien. A l'aide de sa chemise, il essuya sa chevelure courte et raide, d'un brun roux, son visage et son torse. Mercadier admirait les attaches fines mais musclées, les membres longs, les mamelles bien dessinées.

— Aussi beau que courageux! souffla-t-il.

Richard remit sa casaque et tourna la tête, cherchant quelqu'un du regard.

— Je sais pourquoi il n'a pas voulu se battre.

— Qui: «il»?

— Mon frère Henri. Marguerite doit arriver demain.

— Qui est Marguerite?

Richard regarda Mercadier d'un air étonné et haussa ses belles épaules dorées.

— La fiancée de Henri. Elle est la fille de Louis VII de France. Jolie fille, mais un peu trop grasse à mon goût...

Ils laissèrent le groupe des aigles et des lions et partirent vers le palais. Mercadier avait posé une main paternelle sur l'épaule nue de Richard.

— Et toi, quand te marie-t-on?

Ce fut au tour de Richard de rire.

— Vous tombez des nues, capitaine! Il y a neuf ans, on m'a promis en mariage à Bérangère, fille du comte de Barcelone. Bérangère est venue habiter au palais, mais nous ne pouvions pas nous entendre. Un jour, son père est venu la reprendre.

— Te voilà débarrassé à présent.

— Détrompez-vous, capitaine. On vient de me promettre en

mariage à la petite Ælis de France. Elle n'a pas dix ans. Mais j'en ai à peine douze.

Ils arrivèrent au palais par les rues étroites et fraîches d'une fin de matinée de printemps gorgée de soleil. Dans un nuage de poussière blanche, des maçons et des sculpteurs travaillaient en sifflant et en chantant à la façade de Notre-Dame la Grande. Un saint de pierre, si blanc que les détails de ses traits et les lignes de son manteau se diluaient dans le soleil, montait au bout d'une corde dans un grincement de treuils et de poulies. Des maîtres d'œuvre, le compas en main, discutaient autour d'un énorme bloc de calcaire sur lequel étaient posés des plans maintenus à plat par des pierres.

La tour Maubergeonne pointait au-dessus des toitures. Un garde était accoudé aux créneaux, la tête dans ses mains, attentif à l'effort des aides ployés, torse nu, sur les cabestans.

— Tu devrais aller te changer, dit Mercadier.

Richard le regarda d'un air narquois.

— Vous parlez comme Agathe, ma nourrice, capitaine Mercadier.

Le capitaine toussa d'un air embarrassé. Ils passèrent dans le verger.

— Ecoutez! dit Richard.

Des sons de viole et une belle voix d'homme venaient d'une partie du jardin close de hauts murs recouverts de vigne vierge à peine feuillue. Ils s'accoudèrent au portillon de bois peint en vert. Des bouffées d'odeur venaient de cette partie-là: herbe chaude et lilas fleuri. Il y avait, tout au fond de la pelouse, une vieille tour désaffectée où nichaient pêle-mêle pigeons et corneilles et que le lierre commençait à étouffer. C'est de là que venait le chant.

— Allons-y, capitaine, dit Richard. Avez-vous assisté à des cours d'amour?

Mercadier avoua qu'il était peu familier de ce genre de réunions. Il savait parler le langage des camps mieux que celui des joutes galantes.

— D'homme à homme, Richard, nous pouvons bien reconnaître que ces cours d'amour ont un but bien précis: donner à la femme un ascendant sur l'homme, faire que le plus redoutable guerrier, lorsqu'il frôle une jupe, devienne plus soumis qu'un agneau de Dieu (que Dieu me pardonne!).

— C'est bien mon avis, dit Richard, en se grattant la joue comme il avait vu faire à son père, le roi Henri.

Des chevaliers appuyés de l'épaule à la porte de la tour s'effacèrent pour laisser passer. Une trentaine de dames, d'écuyers, de jeunes barons étaient alignés en cercle comme des santons dans leur crèche de Noël. Une douce pénombre verte, un jour tamisé par un écran de feuillage voilant les ouvertures, faisait contraste avec la vive clarté du midi. Richard cligna des yeux. Au fond de la pièce, dans l'attitude d'une vierge à l'enfant, la mère de Richard: la reine Aliénor. Elle se tenait très droite; ses deux bras arrondis sur ses genoux tenaient un rameau de lilas et elle souriait. Le jeune Henri se tenait près d'elle, assis sur un escabeau, près de Marguerite de France, rose et boulotte sous le voile disgracieux qui lui tombait au ras des sourcils. Ils se tenaient par la main et se souriaient niaisement. Quelques dames étaient debout derrière Aliénor. De chaque côté de la reine, le long des murs tendus de claires draperies et de rameaux, le reste de l'assistance, les dames et les demoiselles adossées à la muraille, les garçons assis, jambes croisées, sur les jonchées d'herbe odorante, menthe et mélilot, qui tapissaient le sol. Au milieu, un troubadour. Il était vêtu d'une ample robe rouge serrée à la ceinture par une tresse dorée et portait en bandoulière une viole incrustée de motifs en bois précieux. Ses regards s'arrêtèrent un instant sur Richard. Il sourit et Richard baissa les yeux, se mordant les lèvres pour ne pas rougir. Il chantait une complainte d'amour un peu triste, une aube dédiée, à ce que Richard crut comprendre, à une «douce créature» que l'aube surprenait en compagnie d'un chevalier. A la fin de chaque couplet, le troubadour faisait vibrer une corde déchirante et, après un instant de silence où la sonorité de la viole ronflait comme une abeille, il reprenait d'une voix plus forte.

Hélas! j'entends le guetteur
Crier: debout et en selle
Je vois le jour s'avancer
Sur les pas de l'aube claire...

Il s'arrêta, les yeux clos, laissant mourir la dernière note au fond de sa gorge, ses mains blanches de moine plaquées sur les cordes de la viole. Richard vit l'aube verte se lever sur la tour; il sentit le froid piquant du petit jour, entendit des pas de chevaux. Les deux mains de Mercadier s'appuyaient par-derrière sur ses épaules nues et les serrait à petites pressions rapides.

— Richard ! dit la reine.

Mercadier le libéra et il bondit à travers la piste que le troubadour venait de quitter.

— Richard ! dans quel état t'es-tu mis ? Pourquoi cette lèvre fendue, cette joue déchirée ? Tu t'es encore battu ?

Richard s'assit aux pieds de la reine, ramassa quelques fleurs de mélilot qu'il écrasa dans ses paumes. C'était l'odeur même des matins de printemps, quand les chevaux piaffent au seuil des écuries et que le guetteur crie : « Debout et en selle ».

Il fit un signe amical à Mercadier et attendit la suite. La suite le déçut. La reine avait pris la parole et, de sa voix souple mais bien assurée, qui donnait tant de plaisir à entendre que Richard oubliait souvent de prêter attention au sens de ses propos, elle posa diverses questions à des dames et à des chevaliers sur des sujets qui ne l'intéressaient nullement, lui, Richard. La tête appuyée contre les genoux de la reine, sensible au moindre mouvement du corps, la tête pleine d'odeurs vivantes, il se laissait aller à une torpeur qu'il lui paraissait être seul à éprouver. Que lui importait si telle comtesse, que l'on ne nommait pas, mariée contre son gré à un baron, avait raison de donner ses faveurs à un autre homme, si tel baron parti pour les croisades avait le droit d'exiger de son épouse une fidélité absolue, si deux hommes pouvaient aimer la même dame et demeurer amis... Et pourtant il se sentait bien dans cette atmosphère fraîche, traversée d'odeurs de robes et de fleurs, dans ce bourdonnement de paroles où la voix de la reine traçait parfois une arabesque dorée. Il finit par s'assoupir.

C'est un bruit de criaillerie qui l'éveilla. Isabelle d'Angoulême et Ermengarde de Narbonne se disputaient vertement et la reine dut les séparer, si bien que Richard se retrouva le nez dans l'herbe.

— Nous reprendrons ce débat après le déjeuner ! dit la reine.

Richard se précipita vers la sortie. Une main lui toucha l'épaule. Mercadier.

— Ne me quittez pas, capitaine. Vous vous placerez à côté de moi pour le déjeuner.

— Entendu, petit. On ne se quitte plus. Jusqu'à demain.

— Pourquoi demain ?

— Je dois passer en Angleterre avec mes routiers. Tu sais que les barons anglais se sont soulevés et descendent en masse vers Londres. Mais je reviendrai dans quelques mois et nous nous reverrons si tu veux.

— Promis ?

— Promis, Richard.

*
* *

— C'est assez, dit Aliénor. Bernard, reposons-nous un peu, veux-tu ?

Ils quittèrent la carole et allèrent s'asseoir sous un platane où quelques adolescents leur firent place. La chaleur du brasier avait chauffé l'herbe et ils en sentaient, malgré la distance, la chaleur sur leurs joues.

— Bernard, c'est bon de te retrouver. Sais-tu que tu n'as guère changé ? Si, pourtant : je lis plus de sérieux sur ton visage.

— La vie, madame...

— Tu as beaucoup aimé, beaucoup souffert ?

— Beaucoup aimé, oui. Souffert, non. Il y a beaucoup plus de souffrance dans mes chansons que dans mon cœur.

— Tu m'avais bien oubliée, Bernard. Pas un mot, pas le moindre petit signe d'amitié en ces douze ans. J'entendais parfois une de tes chansons dans la bouche d'un jongleur venu de la Narbonnaise ou de la Provence. Toutes ces femmes dont tu parles, les as-tu vraiment aimées ?

— Certaines, oui. La plupart, je n'ai fait que les approcher. A vous, je puis bien l'avouer, madame : je suis le plus impénitent bavard de la terre.

— Et moi qui te croyais enfin devenu sérieux...

Bernard arracha une poignée d'herbe et la jeta au loin.

— Je ne serai sérieux que le jour où je laisserai ma viole pour me retirer dans quelque monastère.

— Tu n'y penses pas vraiment ?

— Plus que jamais. Les moines de Dalon me réservent une cellule dans leur abbaye. De la fenêtre, on aperçoit une petite rivière et des peupliers. Au moment de me décider, quelque chose me retient comme une ronce : un sourire de femme, une fleur trop odorante, une route libre.

Il se laissa aller contre le tronc du platane, les mains derrière la nuque. Au milieu du pré, on dansait un branle enfiévré. On venait d'attiser le bûcher et une grande flamme claire jaillit. Aliénor toucha ses joues brûlantes du dos de la main.

— J'ai souvent pensé à vous, dit Bernard. Si je ne vous ai pas donné signe de vie, c'est que... je n'ai jamais cru tenir beaucoup de place dans votre vie.

La reine sursauta. Ses mains se délièrent autour de ses genoux et son regard chercha celui de Bernard, qui paraissait dormir.

— Ne dis pas cela. Après toi, je n'ai jamais aimé personne. Et maintenant, il est trop tard. Qui pourrait bien lever ses yeux sur la vieille femme que je suis ? Je n'ose plus me regarder dans un miroir.

Bernard s'était redressé lentement et son visage s'était rapproché de celui d'Aliénor, si près qu'elle sentit son souffle sur sa joue quand il dit :

— Il m'arrive d'être sincère, madame. Et je le suis quand je vous dis que vous n'avez jamais été si belle. Quelque chose en vous vous préserve de vieillir, si bien que je connais beaucoup de demoiselles qui pourraient envier votre plénitude de fruit, votre teint de fleurs, vos...

Aliénor posa une main sur les lèvres de Bernard.

— Non, Bernard. Tu me fais plus de mal que de plaisir. Ne parle plus jamais ainsi, plus jamais.

Bernard déposa dans la main d'Aliénor un baiser léger comme un souffle.

— Vous êtes malheureuse ?

Il reçut le rire d'Aliénor sur son visage comme un linge frais. La flamme du bûcher donnait aux traits de la dame une vivacité et une animation qui refusaient le malheur.

— Moi ! dit-elle. En aurais-je le temps ? Ton retour me rend un peu mélancolique, c'est tout. J'ai appris à dominer mes soucis, à leur commander comme je commanderais demain au malheur s'il pénétrait dans ma maison.

— Etes-vous heureuse, au moins ?

Elle détourna son regard. L'âge n'avait pas réussi à empâter son profil ; à peine avait-il marqué la naissance du cou d'un insensible bourrelet. Son regard parut se perdre au-dessus du bûcher dans le ciel nocturne de mai.

— Non, je ne suis pas heureuse, non plus. Je me contente de vivre et cela me requiert tout entière. Mes enfants grandissent. Le roi décline. Il y aura pour nos deux royaumes des lendemains difficiles.

Des dix enfants que la reine avait eus, de Louis et de Henri, l'un était mort : Guillaume. Sur les neuf autres, quelques-uns s'étaient séparés de la reine. Marie avait épousé le comte de Champagne et menait une vie très brillante dans son château de Reims. Peu après Alix, la seconde fille de Louis, avait été mariée à Thibaut de Blois. Quant à Mathilde, elle avait dû, selon la coutume, aller vivre quelques années de fiançailles, en attendant l'âge de la puberté, dans la cour des ducs de Saxe. Jeanne n'avait que trois ans et déjà Henri, qui avait avant tout souci de se ménager des alliances pour consolider son empire, parlait de la promettre au roi de Sicile, Guillaume. La petite Aliénor, que la reine avait eue en 1160, allait partir à l'automne pour les terres brûlées de Castille où le roi la demandait pour son fils, Alphonse. Henri demeurait, mais Aliénor devinait qu'elle ne le garderait pas longtemps auprès d'elle ; il parlait de la cour de France comme d'une terre promise et ce n'est pas la fille de Louis, Marguerite, qui l'eût détrompé. Il y avait deux ans, en 1166, Geoffroy avait rejoint la cour de Bretagne où le duc Conan avait promis d'en faire son gendre. Richard, lui, était promis à Ælis de France. Restait Jean, le dernier-né, à peine âgé d'un an, mais qui donnait beaucoup de soucis à sa mère, tant par sa santé fragile que par son caractère capricieux et déjà autoritaire.

A chaque départ, la reine éprouvait la même impression de déchirement. Henri disposait de ses enfants comme des pions d'un damier, le plus souvent sans la consulter.

Dans les années qui avaient suivi leur retour d'Angleterre, il avait insisté pour qu'elle l'accompagnât dans tous ses déplacements. Et ce diable d'homme voulait être partout à la fois. Il passait son existence rivé à son cheval, vivant dix fois ce que pouvait vivre un homme normal, brûlant le présent, jetant des ponts vers un avenir qui tardait toujours trop à son gré, piétinant le passé comme cendres. On l'aimait passionnément et on le haïssait sans rémission : c'est que, s'il savait récompenser les loyaux services avec une générosité qui tenait de la raison plus que du cœur, il savait aussi châtier avec une dureté inhumaine.

Chaque jour, durant ces années où elle ne s'arrêtait guère que pour mettre ses enfants au monde, à Domfront, à Cherbourg, à Oxford, elle dessinait pour elle seule, sans haine mais sans complaisance, le vrai visage de cet homme qui ne ressemblait à aucun autre et ne paraissait pas dépassé par ses tâches gigantesques. Elle épiait les moindres traces de fatigue sur ses traits, mais ses traits restaient de marbre. Elle en venait à douter que sa résistance eût des limites.

Becket était le point faible du roi. Quand on prononçait ce nom devant lui, il se mordait les lèvres et son œil s'éteignait. C'est que Becket n'était pas un adversaire ordinaire. Le destin ne pouvait mieux choisir pour damer le pion au grand roi.

La reine revoyait Becket, chevalier modestement vêtu, timide donneur de conseils, ambitieux velléitaire. Chancelier, Becket était devenu un autre homme. Il ne se déplaçait jamais à travers l'Angleterre ou la France sans être accompagné d'une suite auprès de laquelle celles des basileus de Byzance faisaient piètre figure. Du jour où il fut appelé à la dignité suprême d'archevêque de Canterbury, il perdit le goût du luxe et l'amitié du roi.

Aliénor se souvenait de cette soirée où le roi avait fait venir Becket pour lui offrir l'archevêché de Canterbury et le primatiat de l'Eglise anglicane. Auprès du roi, qui s'habillait commodément mais avec sobriété, le chancelier paraissait détaché d'une enluminure. L'honneur dont le roi l'investissait en faisait le plus grand personnage de la cour d'Angleterre après le souverain. Mais un personnage aux mains liées. La constitution de Clarendon promulguée par le roi, si elle l'autorisait à de telles faveurs (elle lui donnait, en fait, la haute main sur l'Eglise d'Angleterre), faisait du même coup de celui qui en bénéficiait sa créature. Cette offre, pour Becket, n'était pas une surprise. Il avait toujours été le compagnon du roi, l'avait accompagné dans ses guerres en Normandie et en Aquitaine, menant lui-même un corps de troupes, et le roi n'avait pas de meilleur conseiller. Il était juste qu'il lui offrît cette charge et Becket ne pouvait la refuser. Becket n'avait marqué ni joie, ni contrariété. La reine l'avait entendu proférer ces paroles qu'elle n'oublierait jamais: «Sire, prenez garde. Je deviendrais votre plus grand ennemi.»

De ce jour, Becket gagna en force ce qu'il perdit en éclat. Il prit son rôle très au sérieux, trop au sérieux. La reine avait assisté avec stupeur à ces avatars. En quelques mois, Becket avait dépouillé l'or et la pourpre pour la bure, s'attachait, semblait-il, à accéder à cette simplicité, à cet ascétisme qui fit de Bernard de Clairvaux saint Bernard. En même temps, chacun de ses actes sapait l'autorité royale. Dans un royaume où les Normands, depuis la Conquête, s'étaient érigés en élite, il faisait renaître le prestige des Saxons et des Gallois, les «vaincus». Henri durcit son attitude, rendit coup pour coup. Puis le doute et la fatigue s'insinuèrent en lui; la reine, impuissante, voyait une lézarde s'ouvrir dans cette muraille réputée inébranlable; par elle s'annonçait la fin prochaine du roi.

La querelle devait rapidement s'envenimer. Becket s'embarqua pour la France où Louis fut trop heureux de l'accueillir. La guerre entre les deux rois devenait inévitable. Louis entra avec une armée en Normandie; Henri chevaucha en direction de Chaumont. Le rituel sinistre des guerres avait repris.

— Heureuse... Malheureuse... Ces mots n'ont plus de sens pour moi, dit Aliénor. Ma vie est faite de petites joies et de malheurs fugaces. Ils durent le temps de cette flambée.

Elle ramena sa jupe sur ses talons car le froid commençait à sourdre de la terre et une imperceptible miellée tombait du platane. L'herbe, devant eux, était balayée par des ombres dansantes et de beaux reflets. La reine vit apparaître, au bout de l'allée, la silhouette de Richard. Elle n'en crut pas ses yeux. Tout à l'heure, avant de quitter le palais, elle l'avait embrassé dans son lit. Elle l'appela et l'enfant vint vers elle sans manifester la moindre crainte. Elle le gronda un peu, lui frictionna la tête gentiment, et Richard lui avoua qu'il avait attendu qu'Agathe se mît à ronfler pour quitter sa chambre. Il s'était laissé guider par la lueur du feu, le bruit des flûtes, des violes et des tambours.

Aliénor lui fit une place entre elle et Bernard. L'enfant suivit un moment des yeux les mouvements gracieux de la ronde, puis ses paupières se fermèrent.

Les cendres chaudes

Tout venait de quelques mots prononcés par un homme ivre un soir, au château de Bur, non loin de Bayeux, sur la fin de décembre.

Le roi s'était assoupi à table. On avait beaucoup mangé, beaucoup bu, beaucoup parlé. Beaucoup parlé de Thomas Becket. Et le primat était présent dans l'esprit du roi avec son sourire de défi, cette irritante lenteur des gestes, cette bouche aux lèvres mincies par les jeûnes et les macérations, d'où ne sortaient jamais que des paroles blessantes. Une main se posa sur son épaule.

— Sire, êtes-vous mal ? Voulez-vous une tisane ?

Le roi marmonna quelques mots dans sa barbe et se leva pesamment. Autour de lui, ses chevaliers continuaient à parler de Becket, comme si lui, Henri, n'eût pas été là, comme s'il n'avait pas, tout à l'heure, manifesté sa lassitude. Il s'avança vers la cheminée, s'appuya du front contre le manteau qu'il se mit à marteler du poing :

— Becket... Toujours Becket... Allez-vous cesser de parler de lui ? On dirait qu'il n'y a que Becket au monde.

Le primat était retourné en Angleterre et le peuple l'avait accueilli comme un martyr ressuscité. Ce retour, c'est grâce à Henri qu'il avait pu s'opérer. Après bien d'autres, l'entrevue de Chinon, en juillet dernier, avait abouti. Henri avait prononcé des paroles de paix et tenu l'étrier au prélat. Il pensait : tout est fini, désormais. Et voilà que tout recommençait : aux approches de Noël, l'archevêque fulminait des menaces.

Le roi s'avança vers un groupe de chevaliers qui parlaient bas entre eux à une table, saisit un énorme chandelier et le leva au-dessus de sa tête comme pour le jeter à terre.

— Par les yeux du Christ ! si j'entends une fois encore prononcer par l'un de vous le nom de cet homme, je lui brise le crâne.

Il resta quelques instants, le chandelier suspendu au-dessus de sa tête. Ses lèvres épaisses et rouges luisaient de salive à travers sa barbe jaune traversée sur une joue, de haut en bas, par une balafre. Il titubait comme une statue ébranlée. Puis ses yeux se fermèrent et il les frotta vivement du poignet.

— Cet homme me rendra fou. Vous m'entendez chevaliers ? Il a mangé mon pain. Je l'ai recueilli dans ma cour où il est entré comme un cheval boiteux. Maintenant, il triomphe, il s'assied sur mon trône, il foule aux pieds la royauté. Demain, il soulèvera l'Angleterre contre moi !

Il se laissa tomber sur un escabeau, la tête dans ses mains, au milieu d'un silence que nul n'osait troubler. On l'entendit encore murmurer :

— Et personne, personne pour me débarrasser et débarrasser mon royaume de cette vermine ! Ce sont des lâches que je nourris à ma table, des lâches...

Tout venait de ces quelques mots.

Noël passé, quatre chevaliers français se retrouvèrent sur les quais de Saltwerde. Ils se concertèrent durant quelques minutes avant de louer des chevaux au relais et de prendre la route de Londres. Il y avait là Guillaume Mautrait, Renaud l'Ours, Hugues de Morville et Renouf de Broc. Ils avaient quitté Bayeux quelques jours auparavant, après cette soirée où le roi ivre les avait traités de lâches. Partis séparément pour passer inaperçus, ils s'étaient retrouvés dans le petit port anglais.

Le jour des Saints-Innocents, ils se présentèrent à Thomas Becket de la part du roi Henri. L'archevêque les reçut en audience sans manifester le moindre doute sur leurs desseins, congédia quelques clercs qui se trouvaient dans sa chambre. Il conçut seulement une inquiétude lorsque les quatre chevaliers, debout devant lui dans leurs capes qui sentaient encore la pluie, se mirent à lui tenir des propos confus et contradictoires. Il ne se troubla pas, les écouta, les uns et les autres, songeant à ce qu'il avait dit à Henri, au départ de Chinon : « Adieu, sire, nous ne vous verrons plus. » Il savait déjà qu'il allait vers sa passion. Il sourit, soupira, répondit d'une voix calme, si bien que les quatre hommes se retrouvèrent dehors, désarmés et perplexes.

— Nous sommes des lâches, dit Guillaume Mautrait. Le roi avait raison.

— Non, dit Renaud. S'il y a des lâches parmi nous, je n'en suis pas.

Il arracha une hache des mains d'un charpentier qui travaillait dans la cour, commanda aux autres de le suivre. Comme Renaud l'avait pensé, la porte de l'archevêque était fermée de l'intérieur. Il entama ses panneaux de chêne à larges coups.

La chambre était vide.

— Par ici, dit Guillaume.

De la chambre, ils passèrent dans le cloître, longèrent une galerie en se coulant le long des murs, pénétrèrent dans l'église. L'archevêque était dans le chœur dont les grilles avaient été laissées ouvertes, entouré de quelques moines qui s'agitaient autour de lui et tâchaient de l'entraîner au-dehors. Les quatre hommes s'avançaient de front au milieu de la nef, à pas lents, armés comme pour livrer bataille. Leur cotte de mailles brillait par éclairs entre les pans de leur cape. Ils savaient que Becket ne fuirait pas. Mais ils étaient moins sûrs de leur résolution.

Renaud, le premier, dégaina l'épée à deux tranchants.

— Nous cherchons le traître, dit-il.

Le primat ne répondit pas.

— Nous cherchons l'archevêque, poursuivit Renaud.

Cette fois Becket s'avança.

— Me voici. Que me voulez-vous ? Que venez-vous faire dans la maison de Dieu avec une épée à la main ?

— Te tuer, dit Renaud.

Les quatre hommes l'entouraient maintenant.

— Je suis prêt, dit calmement Becket.

Hugues de Morville lui assena un coup de plat d'épée entre les deux épaules et le soutint comme l'archevêque chancelait. Il lui dit, dans un souffle :

— Ecoute, archevêque. Il faut partir, fuir vite ! Sinon mes compagnons et moi allons te tuer.

— Menons-le dehors, suggéra Renouf de Broc. Nous ne pouvons pas le tuer ici.

Cette fois-ci, Becket résista. Un de ses clercs, Edward Cryn, qui s'approchait pour le soutenir, eut la main tranchée net. Renaud s'impatientait.

— Finissons-en, dit-il. Becket, tu es mort.

Becket put esquiver le coup qui ne fit que le blesser à la tête. Un autre chevalier l'assomma d'un coup de plat d'épée et, une fois qu'il fut à terre, lui fendit le crâne, avec une telle violence que la fusée de l'épée vola en éclats et rebondit sur les dalles. La face contre terre, les bras en croix, Thomas Becket ne bougeait plus. Une flaque de sang s'élargissait autour de son crâne fendu, comme une auréole, et il en montait une âcre vapeur.

Les quatre hommes s'éloignèrent à reculons, comme s'ils s'attendaient à voir l'archevêque se dresser de nouveau et marcher vers eux.

— Il a bougé, dit Renaud.

Il revint sur ses pas, tourna autour du corps, le piquant de la pointe de son épée qu'il finit par lui enfoncer dans la nuque.

Maintenant, Thomas était bien mort. Les clercs redescendaient vers lui et se lamentaient.

On était dans le jour des Saints-Innocents, passée l'heure de vêpres.

*
* *

Toute l'Angleterre voulut s'agenouiller sur le tombeau de Thomas Becket que l'on appelait déjà saint Thomas. Le miracle fleurissait sur sa tombe dès que la misère s'en approchait. Et toute la misère de l'Angleterre refluait vers le tombeau du saint.

Henri avait blêmi lorsque la nouvelle de la mort de Becket lui avait été rapportée. Il était en Normandie avec la reine. On ne manquerait pas de l'accuser d'avoir consommé le meurtre de son adversaire. La reine elle-même paraissait croire à sa culpabilité. Elle n'en soufflait mot, mais il surprenait des regards qui le condamnaient.

— Vous me rendez responsable de ce meurtre, lui dit-il. Si quelques mots de menace me sont sortis des lèvres, je m'en repens, mais Dieu m'est témoin que ce meurtre n'est pas mon fait.

— J'aimerais vous croire mais je ne le puis pas. Tout vous accable. Peut-être étiez-vous ivre quand vous avez donné cet ordre ?

— Non ! Je me souviens de toutes mes paroles, même de celles que m'arrache l'ivresse.

Il ajouta en se redressant, le visage net de toute faiblesse :

— C'est bien. Puisque vous aussi vous m'accablez, je ne puis attendre d'indulgence de la part de personne. J'expierai. Cruellement.

Henri était plus atteint qu'Aliénor ne l'eût imaginé. La lézarde menaçait maintenant l'équilibre de l'édifice. Henri, lui aussi, à sa manière, allait vers sa passion et, à travers les sursauts d'indignation et de colère qui le secouaient, la reine devinait le signe d'une fin proche. Mais la nature du roi ne s'accommodait pas d'une fin ordinaire.

A quelques semaines de là, sans prévenir personne, il prit un bateau pour l'Angleterre. Dans quel dessein ? Nul ne le savait. Aliénor décida de le suivre et s'embarqua à son tour. Elle devinait que quelque chose d'important allait se produire, qu'elle ne voulait pas manquer. Le destin du roi la fascinait. Ce qu'il y avait en lui d'excessif ne pourrait pas manquer de susciter quelque action dont on parlerait dans les siècles à venir.

Henri avait décidé de s'humilier sur la tombe de Becket, devant le peuple de Londres. Aliénor se vêtit comme une femme du peuple de façon à n'être pas reconnue et, le jour prévu, à l'heure dite, collait son visage aux grilles du chœur, écrasée par la pression de tout un peuple qui criait sa haine du roi et son amour du saint. Elle vit s'avancer Henri, encadré de quelques moines encapuchonnés dont l'un portait un fouet. Quelques pierres, quelques ordures tombèrent autour de lui. Il marchait, tête basse, nu jusqu'à la ceinture. Arrivé près du sarcophage, il tomba à genoux sur le socle, les deux mains appuyées sur le couvercle, jointes comme pour une prière. Le regard d'Aliénor demeurait fixé sur ces épaules carrées, un peu voûtées par l'habitude du cheval, envahies par une toison rousse laissant à nu le sillon vertébral. Elles remuèrent convulsivement. Le roi pleurait.

Le visage meurtri par la grille, Aliénor se sentait déchirée par deux sentiments terribles. Elle se disait que le roi n'expiait pas seulement le meurtre de Becket ; pour elle, ce châtiment s'alourdissait de sa propre vengeance : il payait pour le mal qu'il lui avait fait, pour les humiliations qu'il lui avait infligées, pour ses ambitions aveugles, pour ses appétits de bête, pour son égoïsme, pour son autorité sans nuance. Mais, dans le même temps, ses lèvres se fermaient sur un cri dont elle ne pouvait nier les sources profondes ; l'humiliation de ce géant avait de quoi la toucher, mais c'était moins cela qui l'émouvait que le souvenir de quelques jours, de quelques heures de bonheur ; elle voyait ses mains courir sur ces épaules, pétrir cette chair, lui imposer un rythme sauvage et le don d'un plaisir aigu ; au-delà de ce sentiment puissant mais trouble, c'est encore celui de la sécurité qui s'imposait à elle, et elle voyait alors ces épaules s'arrondir comme une voûte au-dessus d'elle et des enfants qu'il lui avait donnés.

Henri fit un signe. Un moine s'approcha. Celui qui tenait le fouet. Il effleura mollement les reins du patient.

— Plus fort, dit le roi. Imaginez que c'est le meurtrier de Becket que vous flagellez !

Ce fut alors, autour de lui, une ronde implacable. Les moines se relayaient. D'abord lentement. Puis une sorte de fièvre parut les animer. La bouche collée à la pierre du sarcophage, le roi ne proférait pas une plainte. Ses reins se creusaient sous les coups, mais la douleur se traduisait surtout par une intense palpitation du ventre. Aliénor avait fermé les yeux. Elle ressentait dans sa propre chair les durs cinglons du fouet et se durcissait lorsque le claquement se faisait entendre dans le silence de la foule.

Quand les premières gouttes de sang perlèrent à travers la toison rousse, un personnage qu'Aliénor n'avait pas distingué s'avança vers les moines. Elle reconnut Hubert Walter, le nouvel archevêque. Il fit un signe et la ronde s'arrêta. Les moines s'épongèrent le front et, un à un, quittèrent le chœur.

Cette scène barbare n'avait duré que quelques minutes, mais Aliénor eut le sentiment qu'elle avait occupé le temps d'une longue nuit. Des larmes avaient mouillé ses paupières. Les grilles du chœur s'incrustaient dans sa chair à travers ses vêtements. Quand la pression de la masse humaine se relâcha derrière elle, elle éprouva comme une impression de délivrance, mais resta sur place, attendant que le roi se relevât.

Il restait encore quelques rangées de spectateurs, mais c'est elle, Aliénor, que d'abord il reconnut. Leurs regards s'affrontèrent quelques instants et la reine lut dans celui de son époux, non pas l'humilité, mais une assurance qui l'étonna, comme s'il sortait fortifié de l'épreuve. Et c'est elle, en fin de compte, avec ses nerfs à vif, malmenés par le spectacle de cette chair brutalisée, qui quêtait un réconfort.

Il se dirigea vers la porte par où étaient sortis les moines et disparut dans la galerie du cloître. Aliénor s'arracha à la grille et fit quelques pas à reculons, les yeux fixés sur la tombe de Becket comme s'il allait en jaillir des flammes.

Un chant s'éleva derrière eux alors qu'ils s'engageaient dans la nef pour sortir de la basilique. Un tapis grenat s'étendait du chœur au portique et, de chaque côté, se tenaient les moines de

Saint-Martial porteurs de gerbes de lys. Les grandes portes de chêne s'ouvrirent en grinçant. Richard se pencha vers la reine, lui chuchota à l'oreille.

— Allons voir si mon épouse est belle. Mais je parierais qu'elle est moins belle que vous, mère.

Dans le porche de soleil qui s'ouvrait, on apercevait un coin de Limoges. Les toitures dévalaient en cascade de tuiles roses le versant de la colline. Du mur de l'évêché pendaient des grappes de lilas et de glycines. Le ciel tendre de mai s'arrondissait sur la ville comme un coquillage.

Aliénor sentit des larmes de joie lui brûler le coin des paupières. Rien ne lui plaisait tant que ces hommages que son fils rendait à sa jeunesse et à sa beauté. Il devait le savoir, car il les lui renouvelait souvent et chaque fois avec un accent de sincérité qui ne trompait guère.

— Ton épouse te salue, dit la reine. Souris-lui, au moins. Et montre bien l'anneau de sainte Valérie.

Richard ajusta le gros anneau d'or roux de la martyre limousine que l'évêque venait de lui remettre en signe de mariage mystique avec la cité. Tout Limoges était là, derrière les cordons éclatants de sa milice et les robes rouges de ses échevins. Les lances et les casques des hommes du vicomte Eymard brillaient sourdement contre les bas-flancs de la basilique. Dans le groupe des seigneurs qui s'étaient rassemblés sur le parvis, Richard reconnut ceux avec qui il avait banqueté la veille, de rudes seigneurs limousins qui, pour la circonstance, avaient interrompu leurs querelles : Archambaud de Comborn, Raymond de Turenne, Eble de Ventadour. Richard fit un signe d'amitié à Bertrand de Born et à Mercadier qui se tenaient côte à côte, somptueusement vêtus.

— Mère, dit Richard, je hais tous ces hommes qui vous regardent. Laissons cette journée s'achever sans nous. J'ai hâte de me retrouver avec vous sur les chemins.

— Egoïste ! Tu oserais, après l'honneur qui t'est fait ?

— J'oserais tout pour être seul avec vous.

— Que dirait la princesse Ælis si elle t'entendait ?

— Qui est la princesse Ælis ? L'ai-je jamais rencontrée ? Je ne m'en souviens plus.

Richard mentait à moitié. Quiconque voyait Ælis de France n'en gardait que le souvenir d'une sorte de nuage blanc et rose qui se défaisait d'instant en instant avant de s'évanouir tout à fait. Non qu'elle fût laide ; elle était même assez agréable à regarder et sa maigreur promettait de la sveltesse. Mais c'était une beauté sans caractère. Elle tenait de son père, le roi Louis, ce flou du visage, ces traits sans énergie qu'Aliénor connaissait bien. Elle allait sur ses onze ans et était toujours promise à Richard. Mais c'est le roi Henri, à qui elle avait été confiée en son jeune âge, qui en assurait la garde, l'emmenant partout avec lui.

Richard ne montrait nulle impatience. Son père pouvait garder Ælis autant qu'il lui plairait. Durant quelques années, Henri avait espéré que le royaume de France, grâce aux alliances qu'il nouait avec Louis, entre deux querelles, pourrait entrer dans sa mouvance. Louis n'avait que des filles. Après Marguerite, à présent mariée à Henri le Jeune, Ælis. Mais Louis venait d'avoir un fils de sa troisième femme, Adèle de Champagne. Un fils qui fut accueilli, dans le royaume de France, comme le sauveur. Dès lors, les projets de Henri s'écroulaient.

— Mère, dit Richard, promettez-moi que nous partirons dès que nous aurons posé la première pierre de ce couvent d'Augustins.

— Sois raisonnable, Richard. Nous partirons demain seulement. N'oublie pas que ton titre de duc d'Aquitaine te confère des devoirs.

Duc d'Aquitaine... En quoi Richard était-il duc ? En quoi son frère, Henri le Jeune, était-il duc de Normandie et d'Anjou, leur frère cadet, Geoffroy, duc de Bretagne ? Malade, fatigué, Henri n'avait rien perdu de son autorité. Il se durcissait comme ces loups qui, au seuil de la mort, sentent se décupler leurs forces. Au moindre écart, il les punissait durement, les exilait, les contraignait à faire amende honorable. De ducs, ils n'avaient que le titre et les honneurs. L'argent de leurs domaines entrait dans le trésor du roi. Ils aimaient à dire qu'ils n'étaient que des « salariés ».

Henri le Jeune avait, le premier, pris son parti d'une telle situation. Il vivait à la cour de France, chez son beau-père, et préparait sa revanche. Son esprit vindicatif se plaisait à mûrir des projets. Son épouse, Marguerite, l'y aidait. Louis, lui, ne les décourageait pas.

On n'avait que peu de nouvelles de Geoffroy. En épousant Constance, il avait recueilli l'héritage de Conan de Bretagne et vivait dans un perpétuel exil entre des mentors au service du roi.

Aliénor avait pendant quelque temps assumé le rôle de conciliatrice. Mais elle y jouait à la fois les derniers liens qui l'attachaient à son époux et l'amour de ses fils.

Devant l'intransigeance du roi, elle n'avait plus hésité et avait pris le parti de ses fils. Le roi allait vers sa fin : il s'était mal remis de l'assassinat de Becket dont le fantôme l'empêchait de dormir ; son humiliation lui laissait des plaies secrètes dont il ne guérirait jamais ; la naissance de l'enfant royal, Philippe, lui avait porté un coup terrible et les exigences du clergé, qu'il avait rétabli dans ses prérogatives, le jetaient dans des crises de fureur et de marasme dont il sortait épuisé ; son empire pesait de plus en plus lourd sur ses épaules de plus en plus fragiles, le géant se voûtait et sentait craquer ses jointures.

Ce voyage à travers l'Aquitaine, ces semaines de paisibles chevauchées dans le soleil de mai, la reine n'eût pas voulu les voir finir.

De Limoges, l'escorte se dirigea vers Bordeaux, où l'évêque remit à Richard la lance et l'étendard symboliques. De là, ils descendirent vers les villes de Gascogne.

L'Aquitaine accueillait ses véritables souverains. Plus que ce roi qu'ils voyaient traverser leurs terres comme un sanglier, c'est eux, Aliénor et Richard, qu'elle reconnaissait. Aliénor considérait depuis longtemps cette terre comme « sa » terre et son passage dans la mouvance de France ou d'Angleterre comme de vains mouvements qui ne changeaient rien au fond des choses. Elle ne pouvait vivre pleinement que parmi ces gens qui l'aimaient et la comprenaient, dans cet air qui exaltait les qualités du cœur et de l'esprit, au milieu d'un décor dont chaque détail correspondait en elle à une forme de sentiment ou de pensée. Elle eût aimé qu'il en fût de même pour Richard. Mais Richard était un Plantagenêt, le rejeton d'une race brutale, et l'influence aquitaine, intelligence et courtoisie, ne faisait que tempérer un sang trop vif et une ambition immodérée.

Il était là, près d'elle. Chaque jour, à chaque heure. Son fils. Il avait cette beauté violente qu'elle avait aimée jadis chez le roi, ces gestes vifs, ce regard profond qui étaient un signe d'assurance et de force. Sur le chapitre de la courtoisie, il ne le cédait à personne. Les règles de chevalerie avaient fait épanouir en lui des qualités qui n'attendaient que l'occasion de se confirmer. Au tournoi, il savait être valeureux et généreux ; demain, sur le champ de bataille, il en serait de même. Mercadier, son meilleur compagnon d'armes, avait trouvé son maître. Quand ils luttaient dans la sciure, torse nu, à l'épée de bois et au bouclier, le capitaine de routiers avait presque toujours le dessous.

— Quand m'emmènes-tu avec toi ? lui demandait Richard.

Mercadier s'adossait à la muraille, le visage en sueur, courbé sur sa fatigue comme la longaille d'un fût.

— Quand tu sauras mieux parer les coups de taille, petit. Avec une bonne épée, j'aurais pu te blesser dix fois.

Il ajoutait avec le sourire désabusé :

— Il est vrai qu'avec une bonne épée, je n'aurai pas tenu dix seconde devant toi...

*
* *

L'orage, qui tournait sur le causse depuis la fin de la matinée où Henri avait quitté Souillac, éclata brusquement comme il apercevait le château de Rocamadour. Il était une heure environ avant vêpres et, en quelques minutes, ce fut comme si la nuit allait tomber. Des champs de seigle se creusaient sous les bourrasques remontant des vallées et qui, arrivées sur le large du causse, le balayaient en tous sens. C'était un vent lourd qui sentait la pluie. Et la pluie ne tarda pas à tomber.

Ælis jeta une cape sur ses épaules. Le vent l'obligeait à baisser la tête et elle voyait défiler sous elle le sol du causse : de longues dalles de calcaire jaune constellées de myriades de fleurs minuscules de toutes les couleurs.

Elle fit prendre l'amble à sa haquenée afin de ne pas rattraper le roi. Elle serra les dents en songeant à ce qu'il devait souffrir : ces rhumatismes, cette fistule qui ne voulait pas se cicatriser... Il y voyait, aux instants de lassitude, une punition du Ciel et les médecins se gardaient bien de le contredire : c'était là une excuse à leur impuissance.

Henri avait déjà demandé à quelques saints patrons de le guérir de ses maux. Non pour lui qui eût pu souffrir bien davantage, mais pour ceux dont il avait la garde. Aucun des saints et des saintes à qui il s'était adressé n'avait paru s'intéresser à son sort, malgré les actes de donation qu'il signait en faveur des moines et les bijoux qu'il suspendait aux murs des églises. A Clermont-Ferrand, il avait entendu parler de Rocamadour et des miracles qui s'opéraient sur la tombe de l'ermite, par l'intercession de la Vierge. Il avait décidé de s'y rendre. Après, il passerait en Angleterre, où les grands barons d'Ecosse et d'Irlande avaient repris les armes. Une guérison rapide lui permettrait de mener cette expédition à bien en quelques semaines.

Ils passèrent près des bâtiments de l'hôpital Saint-Jean et, pour accéder au palais de l'évêque de Tulle, prirent un chemin pavé de galets qui descendait en pente raide.

Ælis, malgré la pluie qui, maintenant, crépitait durement autour d'elle, ne pouvait détacher son regard de cette singulière cité accrochée à la falaise dominant l'Alzou. Les éclairs qui rebondissaient sur le causse, de l'autre côté de l'énorme et profonde vallée, lui donnaient un aspect plus irréel encore. Cela ne ressemblait à rien de ce qu'elle avait pu voir jusqu'à présent. Le monde finissait ici et, avec le monde, la richesse, la foule et le bruit. La cité paraissait déserte. Le faubourg de Roquefrège, avec son ponteau en dos d'âne et sa grosse tour carrée, s'enveloppait d'une brume chaude qui commençait à ramper sur les pentes comme pour plonger la cité dans une sorte d'au-delà. Pas le moindre bruit, sinon celui, venu de très loin, d'une cloche de fer.

Contrairement à ce qu'avait cru deviner Ælis, Rocamadour n'était point une ville morte. Les rues s'étaient simplement vidées à la première ondée pour remplir les auberges, les aumôneries, et il régnait une joyeuse animation autour des quinquets.

L'orage redoubla de violence. Le grondement du tonnerre se répercutait avec fracas au-dessus de la vallée noyée de brume et maintenant, ce que voyaient les yeux d'Ælis, c'était une rue mal pavée que la pluie transformait en un ruisseau charriant des ordures.

— Vous installerez un lit pour la petite, dit le roi. Je veux l'avoir près de moi pour me donner des soins.

Le valet jeta une brassée de sarments dans la cheminée et, presque aussitôt, les capes étalées sur le dossier des sièges se mirent à fumer.

— Mes bottes, dit le roi.

Il s'était allongé sur la courtepointe du lit, les mains sous la nuque, les jambes pendantes. Ælis lui retira ses bottes et revint près de la fenêtre d'où l'ordre du roi l'avait arrachée. Le faux crépuscule pesait de plus en plus sur la vallée et, de la tour du pont, on n'apercevait plus que les pans du toit luisants de pluie. Des hommes passèrent dans la rue en galopant devant leurs chevaux. A la fenêtre d'une auberge, en face du palais de l'évêque, des jeunes filles présentaient par jeu leurs épaules et leurs bras nus à l'averse. Elles firent de la main un signe à Ælis qui leur répondit. Elle avait envie, elle aussi, de laisser cette pluie tiède de juillet toucher la peau, mais si elle ouvrait la fenêtre, le roi la gronderait.

— Qui as-tu salué ? demanda le roi.

— Des demoiselles de l'auberge.

— Des filles... Ne réponds pas. Viens plutôt près de moi.

Ælis s'approcha, s'assit sur la courtepointe. Tout à l'heure, des valets verseraient des brocs d'eau bouillante dans la vaste cuve de bois. Elle devrait frotter le roi jusqu'au sang avec une de ces brosses de bruyère dont on se sert habituellement pour étriller les chevaux. Elle aurait devant elle le spectacle de cette nudité d'homme et ses narines auraient à affronter l'odeur de ce corps malade.

Il lui tira les nattes et rit très fort comme elle perdait l'équilibre.

— Qu'as-tu, mon oiseau ? Tu parais triste, ce soir. La fatigue ?

Ælis secoua la tête.

— Non, sire.

— Allons ! tu me caches quelque chose. Dis-moi. Ne crains rien. Je promets de ne pas te battre, parole de roi !

Sa grosse main calleuse chercha le poignet de la petite. Elle n'aimait pas cette main dure comme du bois, insensible au point qu'elle pouvait supporter sans être gantée les serres tranchantes d'un gerfaut ou d'un lanier. Quand elle se voulait douce, elle ne parvenait qu'à être immobile et lourde. Ælis prit son souffle :

— Quand me marierez-vous, sire ? Vous promettez toujours et jamais ne tenez.

— Il te tarde donc tant de me quitter ?

Elle lui paraissait en ce moment si menue, si frêle, qu'il s'étonnait presque qu'elle pût avoir des désirs et des volontés. Cette question, elle la lui posait souvent et avec une insistance si peu empreinte d'autorité qu'elle le faisait sourire. Il ne pouvait lui répondre que, maintenant qu'un fils était né au roi de France, ce mariage ne s'imposait plus, qu'elle lui servait d'otage et surtout — c'était cela, au fond, la raison principale — que sa jeunesse, sa grâce de fleur précieuse, l'avaient envoûté. Il promettait, une nouvelle fois, sans donner de raison à ce nouveau délai.

— Nous reverrons Richard dans quelques semaines, dit-il. Nous reparlerons de tout cela.

Ælis savait qu'il n'en serait rien. Elle reverrait Richard, certes, mais il ne serait pas question de mariage. Elle était en âge, pourtant, et Richard aussi. Mais il ne paraissait guère s'intéresser qu'aux armes et aux chevaux et ce n'est pas elle qui ferait les premiers pas.

Les valets remplirent le baquet et l'air de la pièce prit une odeur d'étuve.

— Allons, dit le roi, finis de rêver. Aide-moi à me déshabiller.

Elle faillit lui répondre que ce n'était pas son rôle, mais retint à temps les mots sur ses lèvres. Elle savait ce qu'il en coûtait de tenir tête au roi. Peu après, il fallut allumer les chandelles car, cette fois, c'était la nuit. Henri fit monter un repas copieux et quelques flacons de vin de Cahors. Après le dîner, Ælis demeura seule en face du roi, pétrissant d'une main nerveuse la longière où les doigts des convives avaient laissé des traces de graisse. Des chevaliers flamands chantaient dans la salle commune de l'auberge, en face, et des rires de filles claquaient comme des étincelles. La chaleur accablait la demoiselle ; il lui venait des soifs désespérées de fraîcheur, mais pour rien au monde, elle ne se fût hasardée à ouvrir la fenêtre.

Ælis, brusquement, songea à la dame Aliénor et constata que c'est son image qui se présentait à elle quand il lui venait des désirs. Elle était la seule dans la cour d'Aquitaine à lui avoir témoigné de l'amitié. Aliénor était bonne, compréhensive. Elle paraissait ne rien faire sans passion.

Ælis regardait dormir le roi et une nausée lui montait aux dents. Il n'y avait entre eux que la blancheur douteuse de la nappe où traînaient des reliefs. Quand donc le roi la prendrait-il ? Cela ne pouvait tarder. Il manifestait des exigences de moins en moins équivoques et, chaque soir, chaque soir…

— Eh bien ! qu'as-tu à me regarder ainsi ?

Ses yeux s'étaient ouverts, mais rien dans son corps n'avait bougé.

— Pourquoi pleures-tu ?

Il fit la grimace en se déplaçant dans son fauteuil, se frotta la barbe et le visage.

— Tu sais que je n'aime pas te voir pleurer. Allons, sèche tes yeux et fais débarrasser la table.

Quand ils furent seuls de nouveau, elle l'aida à se dévêtir, doucement, car au moindre geste brusque il levait la main sur elle. Le lit où il se glissa était bourré de pierres chaudes. Malgré cela, dès que la demoiselle se trouva à son tour sur le point de se coucher, il l'appela d'une voix rauque, comme chaque soir, et elle dut se glisser contre lui.

Le soleil giclait sur les toitures de Rocamadour, découpait l'arête dure de la falaise qui portait le château et, accrochée à une anfractuosité, la chapelle de la Vierge. Dans la foule qui se pressait sur les interminables marches, on voyait des choses étonnantes. Un colosse enchaîné par deux hommes montait lentement devant Ælis. Un peu plus haut, trois chevaliers germaniques dépouillés de leurs armes se tenaient par la main. Un groupe de pèlerins d'Alsace s'infiltra prestement entre les rangs des fidèles, conduits par un grand moine roux qui marchait sans voir, la tête rentrée dans les épaules. Assis sur la balustrade d'un palier, un soudard au visage recuit par le vin était très entouré. Pour quelques deniers, il ôtait le bandeau qui lui enveloppait la tête et montrait la place des oreilles qu'on lui avait coupées. Ælis détourna les yeux. Après, elle eut devant elle, montant à pas lents, une ligne de capes bleues qui l'empêcha de voir. Alors, elle se mit à cueillir, de sa main libre (le roi lui tenait l'autre), les petites fleurs jaunes qui poussaient entre les joints des pierres.

Un murmure de cantique descendait de là-haut, frais comme une source. Le roi acheta quelques sportules sous un porche : de plomb pour ses chevaliers à qui il les distribua, d'argent pour lui et Ælis, et il les suspendit à leur cape.

Devant l'oratoire de la Vierge, où l'on pénétrait par une belle porte sculptée percée au milieu d'un mur peint de grands squelettes aux couleurs criardes, un jongleur vêtu d'un surcot de lin rouge chantait un hymne à la Vierge. La foule s'écarta devant les hommes du roi. Ælis eut l'impression d'entrer dans une caverne. Elle se trouva placée près d'un enfant malingre affligé d'un goitre et qui ne cessait de la regarder.

— Tu ne vois rien, petite ? dit le roi.

Il la prit dans ses bras. Malgré ses treize ans, elle ne pesait pas plus qu'un oiseau. La grotte était constellée de cierges et les fers de prisonniers pendus à des pitons paraissaient s'animer sous la lueur dansante. Près de l'autel, Ælis reconnut l'abbé Géraud d'Escorailles qui les avait accueillis, Gerbert, le gardien de l'église, un homme au teint violacé qui tenait un fouet à la main pour réprimer les ardeurs intempestives des pèlerins.

— Il faut prier, dit le roi.

Ælis pria pour que la Vierge guérisse le roi de ses maux et pour que le prince Richard ne tarde pas trop à l'épouser.

Ça sentait une odeur de cire chaude et de roche humide. La foule bougeait doucement sous Ælis. Un enfant pleurait et Gerbert fronça les sourcils. En clignant des yeux, Ælis distingua, tout au fond, au-dessus de l'autel, une Vierge de bois recouverte de plaques d'argent, très ancienne à ce qu'il lui parut, et que l'on avait revêtue d'une ample robe ouverte en éventail. A la longue, la demoiselle lui découvrit une ressemblance avec Aliénor.

Henri reposa Ælis à terre. Ce qu'il regardait, lui, c'était un glaive rouillé qui avait appartenu, disait-on, au neveu de Charlemagne, Roland. Où était-il, ce temps où les preux fendaient les montagnes d'un coup d'épée ! Les troubadours exagéraient sans doute, mais ils chantaient une race d'hommes à jamais disparue, c'était certain. Cette sève de légende s'était arrêtée dans le corps des guerriers. Ils vieillissaient sans avoir pu faire d'autre preuve que celle de leur vanité et de leur faiblesse. Henri sentit l'atmosphère de l'oratoire peser sur ses épaules. Il serra plus fort la main de la petite.

— Sortons, dit-il.

Il n'y avait pas eu de miracle. Ni la Vierge ni l'épée n'avaient parlé.

Ils étaient là tous les trois. Pas encore des hommes et déjà plus des enfants. Henri, Richard, Geoffroy.

L'aîné, Henri, était déjà marié, mais il avait encore des caprices puérils. Son esprit était encore malléable et il avait dû être facile à une enfant gâtée comme la princesse Marguerite d'y imprimer sa marque ; on devinait, lorsqu'il parlait, que quelqu'un d'autre s'exprimait par sa voix ; il avait ces réflexes brutaux devant la contradiction, et l'intransigeance de ceux qui se sentent dominés et qui ont gardé de cette subordination un goût d'impuissance. D'Angleterre, il avait ramené des modes qui, à la cour de France où il faisait de fréquents séjours, l'avaient fait surnommer Courmantel, en raison de l'exiguïté de ses capes.

On disait de Geoffroy, le cadet, qu'il ne ressemblait à rien ni à personne. Son gros visage grêlé, où toujours saignait quelque bouton écorché, ses traits lourds, ses cheveux jaunes et durs comme paille, son corps massif, tout en lui attirait par sa singularité mais repoussait par sa laideur. Le roi ne l'aimait pas ; il devait lui rappeler un aspect de lui-même qu'il tenait secret, lui donner conscience d'une identité patiemment refoulée. S'il lui avait donné en apanage (sous des réserves strictes), son fief de Bretagne, c'était parce que cette province était un peu en dehors de ses possessions et que cet éloignement lui éviterait des rencontres trop rapprochées avec ce fils. A quatorze ans, il ne paraissait nullement conscient de l'étendue de ses responsabilités futures et penchait comme un épi d'avoine balancé par le vent, tantôt vers son père qui le contraignait à l'obéissance, tantôt vers ses frères qui le poussaient à l'insubordination.

Richard, entre eux deux, était la beauté, la force et l'équilibre. Aliénor voyait en lui le successeur véritable du roi, le seul qui pourrait sans fléchir porter l'Empire sur ses épaules.

C'était aussi l'opinion du roi. Mais il se méfiait de ses qualités, et surtout de leur précocité.

Richard se tenait contre la fenêtre. Les brumes de l'hiver se mêlaient aux fumées sur les toits de Chinon. Bien qu'on fût à quelques jours de Noël, les maçons travaillaient aux remparts. A peine avaient-ils achevé l'église Saint-Georges où l'on venait de célébrer les fêtes de la Nativité que le roi trouvait à les employer ailleurs. Il aimait passionnément cette ville où le sang de ses ancêtres avait coulé et lui voulait une robe toujours neuve de remparts et d'églises.

Henri et Geoffroy parlaient à voix basse devant la cheminée. Aliénor se tenait assise devant un de ces ouvrages de toile qu'elle n'achevait jamais. La scène représentait une partie de chasse : on voyait un sanglier déchiré par une meute et un personnage qui ressemblait à une femme ou à un ange qui s'apprêtait à donner à la bête le coup de grâce.

— Nous ne sommes que des enfants, dit Richard.

Il se gratta la nuque et vint s'appuyer contre le jambage de la cheminée, derrière Geoffroy.

— Des enfants ? dit Henri. Explique-toi.

— Nous n'avons pas changé depuis le temps où le roi nous mettait au cachot parce que nous lui avions désobéi. Que ferais-tu, toi, Henri, si demain il t'ordonnait de rompre avec Marguerite et de te faire moine ?

— Question stupide, dit Henri.

— Pas tellement. Tu t'empresserais d'obéir. Tu ergoterais bien sûr, mais tu te jetterais à la fin du compte aux genoux du roi. Je ferais de même, d'ailleurs, ainsi que Geoffroy.

Ni Geoffroy ni Aliénor ne bougèrent. Richard poursuivit :

— Nous portons cette obéissance en nous comme une lèpre. Nous avons beau nous la dissimuler et chercher à la dissimuler aux autres : personne n'est dupe et l'on se moque de nous. Nous portons notre titre de duc comme un masque.

— C'est vrai, dit Geoffroy.

Henri se refusait à cette évidence. Il était libre, lui. Et il le montrerait à la face du monde.

— Ce que le roi vient de me faire, je ne l'oublierai pas.

Chaque année, pour Noël, le roi réunissait sa famille et ses grands vassaux pour une assemblée : le « plaid ». On y débattait des affaires du royaume et la fête du Sauveur était prétexte à des réconciliations plus ou moins sincères. Le roi tenait à ces réunions. Elles lui donnaient la mesure de son autorité. Ses grandes décisions, c'est à ces occasions-là qu'il les dévoilait. Cette année, il avait doté d'un apanage son dernier-né, Jean.

— Trois des plus riches domaines de mon apanage, gémit Henri. Et pas un mot pour justifier son acte, et pas la moindre compensation. Nous sommes entre ses mains...

— Comme des enfants ! acheva Richard. C'est bien ce que je disais. Alors, Courmantel, que vas-tu faire ? Soulever ton fief, lâcher tes chiens sur le sanglier ?

— Sang de Dieu ! c'est bien ce que je ferai.

— Je te suivrai dans cette voie, ajouta Geoffroy.

Richard triomphait ironiquement :

— A la bonne heure... Voilà enfin une bonne décision. Mère, entendez-vous ?

— J'entends, dit Aliénor.

Elle piqua une aiguille dans la hure du sanglier.

Elle était à cette même place, quelques jours auparavant, lorsque le roi, au débotté, lui avait rendu visite. La Vierge de Rocamadour avait dû lui être favorable : il avait le teint clair, l'œil vif et paraissait prêt à tous les mouvements d'affection et de générosité. Ælis le suivait comme son ombre. Au moment de partir, la reine l'avait retenue par le poignet.

— Sieds-toi près de moi, petite.

Elle lui avait offert des bonbons au miel et du sirop. Ælis avait mangé et bu de la pointe des lèvres, puis elle avait paru s'intéresser à l'ouvrage d'Aliénor ; il s'y dessinait une sorte de monstre qui l'intriguait fort.

— C'est un sanglier, Ælis. Et tu vois, là, ce sont des dogues. Fais-tu de la toile, toi aussi ?

La princesse secoua la tête. Etait-elle heureuse avec le roi ? Ne regrettait-elle pas trop la cour de France ? La petite haussait les épaules, allongeait les lèvres, tournait la tête à des questions trop précises.

La reine allait la renvoyer en la traitant de sotte, quand elle vit que les paupières de la demoiselle étaient devenues rouges.

— Ecoute. Je veux te faire un beau cadeau. Que dirais-tu d'une robe de grisain ? J'en ai un coupon dans ce coffre. Préfères-tu un anneau avec une grosse émeraude ? Une jument alezane ?

La princesse préférait l'anneau.

— Alors, il faut tout me dire. Le roi se conduit-il bien avec toi ?

Ælis parlait d'une petite voix où tremblait la crainte. La reine apprit ce qu'elle voulait apprendre. La gentillesse cauteleuse du roi. Ses brutalités. Ses exigences.

— Dis-moi : est-ce qu'il t'a respectée, au moins ?

Cette fois-ci, c'est de l'effroi que la reine lut dans le regard d'Ælis. Elle lui pinça durement le bras et la petite se remit à pleurer.

— Il t'a prise, hein ? Et il t'a promis qu'il te tuerait si tu le racontais ? Quand cela s'est-il produit ? Où ? Parle ou bien c'est moi qui te tuerai !

C'était il y avait quelques mois, à deux jours du pèlerinage de Rocamadour, non loin de Périgueux, alors que la troupe du roi remontait vers Poitiers. Un après-midi de chaleur épuisante, ils s'étaient arrêtés pour se baigner et étaient allés se sécher au soleil dans une clairière.

— Tu auras ton anneau, soupira la reine. Et je ne dirai rien au roi, ni à personne. C'est promis. Va-t'en maintenant.

Elle ne voulait pas croire que ce fût vrai, et voilà que tout se précisait dans son esprit, selon une logique implacable : ce moine de Fontevrault qui l'avait avertie, il y avait quelques semaines, de bruits qui couraient, selon lesquels le roi négociait son divorce avec le pape, ce moine disait vrai.

— J'entends, dit Aliénor.

Elle retira son aiguille. Le monde s'ordonnait autour de ce sanglier qui se débattait sous l'emprise des dogues aux reins puissants.

— J'ai autant de raisons que vous, sinon davantage, de souhaiter que le roi cesse de nous traiter en vassaux plus qu'en fils ou en épouse.

— C'est bien ce que nous pensons ! dit Geoffroy.

Richard lui intima durement l'ordre de se taire. La reine poursuivit :

— Mais que pouvez-vous, que pouvons-nous contre lui ? Il restera sourd à vos requêtes et, si vous tentez de vous rebeller, il vous écrasera. Contre vous, il peut réunir la plus puissante armée d'Europe. Ce sont ses troupes qui occupent les principales places fortes de vos provinces. Ce sont ses hommes qui nous entourent, au point que nous ne pouvons prononcer une parole sans redouter qu'elle ne lui soit rapportée.

Richard était revenu se planter devant la fenêtre où ruisselait un crépuscule d'étain. La citadelle s'enfonçait lentement entre les hautes murailles de la nuit.

— Il y a plus grave, dit la reine. Je n'osais vous le dire, mais votre attitude m'y autorise. Je ne crois pas qu'une coalition entre vous trois ait chance de réussir.

Henri se rebiffa. La reine eut un soupir de lassitude.

— Et cela, mon fils, parce que vous n'avez pas appris à vous aimer. Souviens-toi : vos jeux se terminaient toujours par des batailles. Il en sera de même demain. Mais cette fois-ci, ce ne seront plus des jeux.

— Rien ne vous autorise à penser cela, mère.

C'est Richard qui avait parlé. Aliénor en fut déçue.

— Tout m'y autorise, au contraire. Votre attitude, d'abord, lorsque le roi procéda au partage de ses domaines du continent. Chacun de vous, à tour de rôle, s'estimait lésé. Il y avait toujours quelque ville, dont vous guigniez la possession. Vous avez failli vous battre, souvenez-vous ! Et si, aujourd'hui, toi, Henri, tu t'insurges, ce n'est point tant contre ton père que contre celui que vous nommez l' « avorton », votre frère Jean, parce que le roi lui a donné trois châteaux pris sur ton apanage.

— Je tenais à ces châteaux, mère, dit Henri.

— Vous tenez tous à vos châteaux. Vous ne vous aimez pas. Et demain, vous vous haïrez.

Elle pensait à cette fatalité qui, depuis des siècles, pesait sur la race des Plantagenêts où les querelles se traduisaient par des effusions de sang. Un drame s'imposait plus précisément à son esprit : celui qui, il y avait moins d'un siècle, avait jeté l'un contre l'autre à force d'armées, deux frères : Geoffroy le Barbu et Foulques le Réchin, à propos, justement, d'une affaire de partage. Foulques avait battu Geoffroy et l'avait enfermé dans les caves de Chinon. Geoffroy y était demeuré vingt-huit ans. Tout le village entendait ses cris et ses prières. Quand Foulques l'avait libéré, Geoffroy n'était plus qu'un squelette privé de raison. On avait le sang trop vif, dans la famille. Des moines affirmaient qu'elle descendait du diable.

Richard s'avança jusqu'au milieu de la pièce. Son surcot de laine rouge orné d'une chaîne d'or à gros maillons lui moulait la poitrine, faisant saillir des mamelles dures et carrées. « Celui-là sera le vrai roi, songea Aliénor. Mais, tant que ses frères vivront, ce petit aigle se brisera les ailes contre les barreaux de sa cage. »

— Ces trois châteaux importent peu, dit-il, en regard de ce que nous coûtent les exigences du roi. Il est même heureux qu'il ait jugé bon de les accorder à Jean.

— Tu en parles à ton aise ! s'écria Henri. Tu raisonnerais différemment s'il t'avait pris Poitiers ou Bordeaux.

Richard eut un mouvement d'impatience vite réprimé.

— Je n'aurais pas raisonné autrement. Ce qui compte, c'est que, désormais, nous avons un prétexte de taille. Si nous nous dressons tous trois contre le roi, dans un même réflexe, en même temps, il aura conscience de notre union, de notre force et de sa faiblesse. Es-tu d'accord, Henri ?

— Je le suis.

— Et toi, Geoffroy ?

— Bien sûr, Richard. Tu peux compter sur moi.

Aliénor ne releva pas la tête quand Richard posa ses mains sur ses épaules. Elle l'entendit dire à voix basse :

— Mère, nous ne pouvons rien sans vous. Si nous réussissons, nous serons, vous et moi, délivrés d'une tutelle écrasante. Mère, il faut nous aider.

Elle n'osait espérer qu'il lui demanderait cela. Sa main trembla un peu en enfonçant l'aiguille dans la trame. Elle avait envie de répondre « oui » tout de suite, de se libérer dans un cri des désirs de vengeance que les infidélités, l'autorité abusive, l'indifférence du roi lui avaient suggérés. Comme la tâche serait facile, et avec quelle fougue elle s'y emploierait ! Depuis qu'elle avait surpris le roi forçant l'épouse du baron charentais, elle savait que sa vie serait ce patient mûrissement de vengeance. Elle éprouvait une impression délicieuse à constater que sa fierté était intacte et que, le moment venu, elle saurait la soutenir. C'était sa meilleure arme.

— Il ne faut rien négliger, dit Courmantel. Je parlerai au roi, mon beau-frère. Il se joindra à nous sans difficulté. Nous pourrons aussi compter sur quelques-uns de ses grands vassaux.

— Pour l'Angleterre, dit Aliénor, je suis certaine de l'appui du roi d'Ecosse, William. Il dispose de forces importantes et, si, dans l'ensemble, les bourgeois de Londres et des autres grandes villes sont favorables au roi, nous pourrons compter sur l'appui du peuple et de grands seigneurs comme les comtes de Chester, de Leicester et de Norfolk qui sont mes amis.

— Je vous amènerai toute la Bretagne, dit Geoffroy. Le peuple et les bourgeois aussi bien que les seigneurs.

— Aucun problème pour l'Aquitaine, dit Richard. Je sais des seigneurs du Limousin et du Périgord qui seront trop heureux de m'offrir leurs services. Ces barons ont du feu dans le sang. Et j'ai là-bas un homme qui s'y entend à fomenter des soulèvements : Bertrand de Born.

— Avec lui, nous avons gagné la partie, dit-elle. Je le connais et préfère l'avoir avec moi que contre moi. Il soulèverait la chrétienté tout entière contre le pape...

Richard battit le briquet pour allumer un couple de chandelles qu'il posa sur un haut bahut de chêne. Puis, sur la pointe des pieds, pour la troisième fois au moins, il se dirigea vers la porte, écarta doucement le rideau et, d'un geste vif, l'ouvrit en grand.

— Pardonnez-moi de troubler votre petite réunion de famille. Tu sortais, Richard ?

Le roi le poussa un peu brutalement au milieu de la pièce.

— Reste là un instant. A moins que tu ne tiennes pas à me saluer avant mon départ...

— Vous partez déjà ? dit la reine. Au crépuscule ?

Le roi parut étonné.

— Cela vous surprend ? Ignorez-vous que j'aime voyager la nuit ? On apprend tellement de choses intéressantes quand on arrive avant matines dans un château ou dans une ville. J'aime surprendre au réveil. Les hommes ont des visages de condamnés à mort et on en tire des actes de contrition dont je fais mes délices.

Il ajouta sans transition :

— Vous parliez de Bertrand de Born ! J'ai entendu bien involontairement. Voilà que vous vous intéressez à ce foudre de guerre ? Madame, vous me décevez, Bernard de Ventadour vous convenait mieux, avouez-le.

Il se tourna vers ses fils.

— Henri, Richard, Geoffroy, venez embrasser votre père. Madame, m'accompagnez-vous jusque dans la cour ?

Aliénor se leva mollement, jeta sur ses épaules un manteau de pluie et suivit le roi à travers les couloirs et les escaliers. Il marchait dans l'ombre comme un somnambule, sans la moindre hésitation. Il connaissait les moindres détours de ce château, comme de tous les châteaux où il avait l'habitude de vivre.

Il tombait une bruine glacée. Dans le halo des lanternes sourdes, Aliénor vit s'animer un étrange ballet d'hommes et de chevaux piétinant les dalles humides.

— Approchez-vous, dit-il.

Il parlait maintenant d'un ton autoritaire.

— Vous savez que je n'aime pas vous voir réunis en mon absence. M'obligeriez-vous à vous interdire de voir mes fils sans mon consentement ? Il me déplairait d'en arriver là, parce que je vous fais confiance. Vous administrez mes territoires d'Aquitaine mieux que je ne saurais le faire. Continuez. Mais gare !

Il jeta un ordre à Mercadier, maîtrisa son cheval qui s'impatientait.

— Tout à l'heure, vous complotiez, n'est-ce pas ? Je vous donne ma parole que je n'ai pas entendu autre chose que le nom de ce Bertrand de Born. Mais cela me déplaît. Je sais aussi que mes fils sont mécontents de moi. Et quand les enfants sont mécontents de leur père, c'est vers la mère qu'ils se tournent. Alors, je vous le répète, prenez garde à ne pas leur donner de mauvais conseils. Ils en pâtiraient et vous de même. Cruellement.

Il se pencha vers Aliénor qui lui tendit une joue glacée.

Aliénor se rendit directement à la chambre de Richard.

— Que vous a dit le roi ? demanda le garçon.

— Il se doute de quelque chose. Il faut redoubler de prudence, sinon tout peut s'écrouler. J'ai peur, Richard. L'assurance du roi me glace. Je n'ai pas pu articuler une parole en sa présence.

— Nous agirons en sorte qu'il ne se doute de rien jusqu'à l'heure où nous donnerons le signal de l'attaque. N'ayez point peur.

— Si j'ai peur, Richard, ce n'est pas pour moi. Cette guerre gagnée, vous pourrez enfin régner à votre guise, chacun dans votre fief. Moi, si je me dresse contre le roi, c'est poussée par un seul sentiment de vengeance. Tu sais ce dont je veux parler ?

— Ælis ?

— Oui, Ælis. Richard, pourquoi refuses-tu de l'épouser ?

Richard parut contrarié. Il s'éloigna en balançant les épaules.

— Pourquoi l'épouserais-je ? Pourquoi me soumettrais-je, une fois de plus, à la loi de mon père ? D'ailleurs, je n'ai nul désir de m'encombrer d'une épouse insignifiante et sotte à ce qu'on dit.

— En la réclamant au roi, tu ferais coup double : tu lui enlèverais un être auquel il tient et tu entrerais dans les bonnes grâces de Louis.

— Non, dit Richard. Ce serait payer trop cher ces satisfactions. Je ne veux pas de femmes près de moi.

Il revint vers Aliénor, la prit dans ses bras.

— ... Pas d'autre femme que vous, mère.

L'empire fermentait. De l'Ecosse aux Alpes, les barons s'apprêtaient à la lutte. Des messagers chevauchaient d'un repaire à un autre, porteurs de plis secrets. Au cœur de la nuit, dans les salles hautes, des conciliabules interminables se tenaient avant l'arrivée du printemps et l'annonce du soulèvement général.

Que faisait le roi Henri ? Il passait d'une province à l'autre à marches forcées, changeant chaque jour de cheval, inspectant ses fiefs avec une rigueur insolite. Les courriers avaient beaucoup de mal à le joindre. On le croyait à Poitiers, il était à Bordeaux... L'agitation de l'empire n'avait pu lui échapper.

Peu avant Pâques, il rejoignait sa famille à Limoges.

*
* *

— Je le trouve bizarre, dit Aliénor. Depuis qu'il a regagné Limoges, il manifeste une humeur joyeuse. Il a signé sans rechigner une charte de protection pour l'abbaye de Saint-Martial, alors qu'il s'était toujours refusé à le faire. Cela ne présage rien de bon. Il est au courant de nos projets, j'en jurerais. Et Raymond de Toulouse ? Pourquoi l'a-t-il emmené avec lui ? Vous savez aussi bien que moi qu'un vassal, en renouvelant serment de fidélité à son suzerain, s'oblige à ne rien lui cacher. Or, Raymond s'est engagé à nous appuyer mais non à garder le secret. Je n'ai pas confiance en lui.

*
* *

Le plaid de Pâques se déroula dans une atmosphère d'orage. Le ciel gris et bas pesait sur la cité. Toute la noblesse du Limousin et du Périgord se trouvait réunie. Le roi paraissait très à l'aise. A la nervosité générale, il opposait une sérénité inquiétante. Les jours passaient et il parlait déjà de repartir pour l'Angleterre.

La veille de son départ, il s'en fut seul avec Raymond de Toulouse à Vigeois, pour vénérer des reliques rapportées récemment de Terre sainte par quelques pèlerins. Il tombait une neige tardive qui transformait les chemins en bourbiers. Ils devaient revenir le soir-même pour un grand repas donné par le vicomte Aymard. Le roi aimait ces assemblées ; il lui plaisait que tous fussent là : son épouse, ses fils, ses barons et qu'il pût, à chaque seconde, sonder leurs intentions secrètes.

Peu avant le repas, il se retira avec Raymond dans la petite chapelle du château. Quand ils en sortirent, le visage du roi exprimait la gravité ; celui de Raymond, le désarroi. Aliénor ne s'y trompa nullement quand elle les croisa dans un couloir. De graves événements se préparaient.

Sur le soir, des compagnies de routiers arrivèrent dans la ville et entourèrent le château. Mercadier était parmi eux. Aliénor le fit appeler. Il la rejoignit près d'une poterne donnant sur la Vienne, dont les séparaient des jardins. Richard accompagnait la reine. Mercadier ignorait ce qu'on attendait de lui et de ses compagnies. Le roi lui avait simplement ordonné de se tenir prêt à toute éventualité.

— Cela nous suffit, dit Richard. Je serai peut-être contraint de quitter la ville cette nuit avec la reine et mes frères. Laisse-moi le passage libre. C'est tout ce que j'attends de toi.

— Je risque ma tête, dit Mercadier.

— C'est pourquoi tu nous suivras. J'ai d'ailleurs besoin d'un bon capitaine de routiers pour réorganiser mes compagnies.

Mercadier finit par céder en bougonnant.

— Tu ne le regretteras pas, dit Richard.

— Je ne regrette jamais mes actes, petit.

*
* *

Le roi mangea gloutonnement, puis il réclama le silence.

Il se mit à parler de la tâche épuisante qui avait été la sienne depuis que la mort du vieux roi Etienne lui avait livré l'Angleterre, de la façon dont il avait organisé ses nouvelles possessions et donné une unité à l'empire. Il avait eu à se battre contre les grands barons, contre le clergé, contre ses amis les plus chers...

Ses deux mains s'appesantirent sur la nappe. Il parut se recueillir avant de poursuivre d'une voix plus basse :

— A chaque jour sa peine, à chaque jour son outrage. Rien ne m'aura été épargné de ce qui peut jeter un homme dans la douleur et dans le doute. Vous l'avouerai-je, je ne puis compter que sur moi. Demain, si les ennemis de l'empire se levaient, je serais seul...

Richard écoutait, tête basse, près d'Aliénor qui, le buste droit, paraissait figée. Le regard de Geoffroy de Bretagne était celui d'un chien qui cherche son maître dans une foule. Henri s'agitait ; ses doigts longs et fins pétrissaient des boulettes de mie qu'il coupait ensuite d'un coup d'ongle ; il finit par éclater.

— Que voulez-vous dire, père ?

— Fort bien, dit le roi. Puisque tu m'y invites, je dirai devant tous que mes fils et mon épouse s'apprêtent à me trahir.

Il y eut un brouhaha de voix et de sièges remués. Le roi demeura de pierre.

— Je n'avance rien à la légère, dit-il. Un de mes vassaux m'a tout révélé.

— Raymond de Toulouse ! s'écria Henri.

— Raymond de Toulouse, oui dit posément le roi. Tu n'oublies pas, Henri, que le titre de vassal impose des obligations ? Celle, entre autres, de ne rien cacher au suzerain. Raymond a agi loyalement.

— Vous appelez loyauté la trahison, et vous louez un homme qui ne mérite que dédain.

Le roi reprit, plus durement :

— J'estime Raymond plus que quiconque ici. Nous avons lutté jusqu'au bout l'un contre l'autre, moi pour lui arracher la vérité, lui pour me persuader de le laisser en paix. Cet homme...

— Pourquoi n'est-il pas là ce soir !

— ... Cet homme, mon fils, n'eût pas avoué sous le gibet ce qu'il m'a avoué. Nous sommes allés ensemble prier sur les reliques de Terre sainte. Durant des heures, nous sommes demeurés dans la chapelle glacée, moi grelottant de froid, lui de crainte. C'est sur le chemin du retour, près de Lubersac, devant un humble calvaire, qu'il a avoué. Je l'ai renvoyé aussitôt à Toulouse.

Il ajouta, martelant ses mots :

— Qui de vous aurait fait ce pour quoi je le loue ? Demain, quand j'aurai quitté cette ville, vous vous dresserez contre moi. A l'heure qu'il est, Raoul de la Faye, les Lusignan, les Rancon, les Sainte-Maure barrent les routes du Poitou. Les barons de Bretagne attendent mon passage, de Fougères à Angers. William d'Ecosse descend de ses montagnes et va se joindre aux comtes de Norfolk, de Chester et de Leicester et il n'y aura pas un comté d'Angleterre où l'on ne prendra les armes contre moi avec la bénédiction du clergé. Le roi Louis lui-même est en marche vers mes frontières avec Philippe de Flandres, Thibaut de Blois et quelques autres. Ici même, dans cette salle, je ne me sens pas en sécurité. Lâche ce couteau, Richard !

Richard lâcha machinalement le couteau dont il se curait les ongles. Le roi eut un mince sourire.

— Je vous donne deux ans pour mettre bas les armes. La volonté d'un homme, lorsqu'elle est sans faille, triomphe de toutes les coalitions sans âme. Les uns après les autres, vous viendrez mendier votre pardon...

Le reste, pour Aliénor, se perdit dans un brouillard sonore.

Comme le roi paraissait en avoir terminé, elle fit signe à Henri, à Richard et à Geoffroy avant de se lever pour quitter la salle. Le roi ne broncha pas. Il demanda simplement qu'on lui versât du vin. Puis il s'enferma dans son mutisme.

« Seule la mort... », songeait la reine.

Mais cette mort, ce n'est pas d'elle qu'elle viendrait.

*
* *

— Non, dit la reine, je dois demeurer. Qui donc s'occuperait de votre frère Jean, de votre sœur Jeanne ? Agathe est trop vieille pour prendre soin d'eux. D'ici quelques mois je vous rejoindrai.

— Nous comptions sur vous, mère, dit Richard.

— Je vous aiderai mieux en demeurant à Poitiers où je reviendrai d'ici quelques jours qu'en vous suivant à la cour de France.

— Peut-être avez-vous raison, soupira Richard. Mais, sans vous, ce ne sera pas la même chose.

Henri s'impatientait. Geoffroy était parti le premier. Dans deux heures, le guetteur cornerait le jour et il faudrait qu'il y ait alors quelques lieues entre le père et les fils.

— Courmantel, dit Richard, tu partiras le deuxième.

— Bien, bien ! grommela Henri.

Aliénor et Richard demeurèrent face à face dans la pièce que le froid commençait à pénétrer. Dehors, c'était le silence, comme au creux d'un coquillage. Un murmure léger montait de la Vienne.

Aliénor posa ses mains sur les épaules de Richard.

— Richard, ne crois surtout pas que je veuille vous abandonner. Que les autres pensent ce qu'ils veulent, cela m'est égal. Mais pas toi, Richard. Je me suis engagée tout entière dans cette guerre.

Richard retira une des mains de la reine de sur son épaule et y posa ses lèvres. Elle était glacée.

— Je vous aime, mère, et il ne m'est pas venu à l'idée de vous demander compte de votre décision. Quand vous nous rejoindrez à Paris, vous serez la bienvenue. Nous aurons toujours besoin de vos conseils et de votre amour. Vous êtes notre ciment. Sans vous, notre union ne tiendrait pas.

— Tes paroles me font du bien, Richard.

Il poussa le lourd fauteuil de la reine devant la cheminée, y disposa des coussins, en posa un par terre. La reine s'installa après avoir soufflé les chandelles, et Richard s'assit à ses pieds, la tête contre les genoux de sa mère. Le feu était mort et il ne lui vint pas à l'esprit de le ranimer. Leurs secondes étaient trop précieuses et le peu de chaleur qui montait encore des cendres leur suffisait.

— Mère, dit Richard.

Elle posa une main sur les lèvres de son fils. Un bruit de pas venait du couloir. Il cessa devant la porte de la chambre, reprit quelques instants plus tard et s'éloigna.

— On nous surveille, souffla Aliénor. Promets-moi d'être très prudent.

— Oui, mère. Pour vous...

Elle sentit le souffle de Richard au creux de sa paume. La nuit se déchira comme un rideau et elle vit des cavaliers foncer à travers la neige dans la lueur blanche de l'aube. Ils chevauchaient sur un plateau désert et, tout à coup, une vallée s'ouvrait devant eux et ils s'y engloutissaient. Plus profond, ils paraissaient se battre contre des ombres d'arbres. Richard était trop jeune pour se défendre contre tous les dangers qui l'attendaient. Seize ans à peine... Aliénor voulut lui donner une arme supplémentaire dont elle avait gardé le secret jusqu'à cette heure.

— Richard, tu ne sais pas tout au sujet d'Ælis.

— Encore cette Ælis.

— Ecoute sans m'interrompre. Cette fille, tu ne peux plus l'épouser, à présent.

— Pourquoi « à présent ».

— Ton père l'a déshonorée.

— Que dites-vous ?

Il avait eu un sursaut et la nuit chavira autour d'Aliénor. Sa main ne quitta pas le visage de Richard.

— Je dis la vérité. C'est Ælis elle-même qui m'a tout avoué. Le roi a même demandé une entrevue au légat du pape afin de faire annuler notre union et d'épouser Ælis.

— S'il faisait cela, je crois que je le tuerais de mes propres mains.

— Il n'ira pas jusque-là. Le pape refusera et le roi n'osera pas aller contre sa volonté. L'assassinat de Becket est trop proche.

— Il a fait cela. Lui qui n'a aux lèvres que les mots d'honneur et de fidélité. Comme je le déteste...

Aliénor soupira. Son secret l'étouffait. En s'en délivrant, elle avait enrichi Richard d'une force nouvelle.

Longtemps encore, ils demeurèrent l'un près de l'autre. Le vent frais de matines, en se coulant dans la cheminée, avait réveillé les braises, et l'une d'elles les regardait à travers l'ombre comme un gros œil rouge.

Aliénor s'éveille en sursaut. Quelle heure peut-il bien être ? Le feu s'est éteint et cette lueur blanchâtre plaquée contre les petits carreaux de la fenêtre n'est pas celle de l'aube mais de la lune qui vient de se lever. Elle se sent glacée mais incapable de se lever, d'allumer une chandelle, de se coucher. Incapable même d'appeler Agathe pour qu'elle l'aide. Elle reste dans son fauteuil, au creux de la cheminée, face aux cendres où subsiste une braise qui la contemple de son gros œil rouge.

Quand a-t-elle éprouvé une impression analogue de solitude, de froid, de lassitude ? Cela remonte loin dans son souvenir. Il y a des années. Oui, cette impression d'être descendue au fond de soi-même, sur ce dur plancher d'indifférence totale, et de ne pouvoir remonter, et de n'avoir même plus le désir de remonter vers la chaleur et la lumière... Il y avait aussi, au fond de son désespoir, elle s'en souvient, cet œil rouge qui ne la quittait pas, qui subsistait comme pour assister à son naufrage. C'était...

Elle s'en souvient. Le corps est inerte, mais la tête continue à vivre sur sa pâture de souvenirs. C'était à Limoges. La porte venait de se refermer sur Richard. Elle ne pourrait même pas le regarder partir de sa fenêtre, suivre au travers de la nuit les lucioles des lanternes balancées par les hommes de tête dans le vent et le froid, entendre résonner le pas des chevaux sur le sol raboteux des ruelles qui descendent vers la Vienne, jusqu'à ce que leur bruit se confonde avec le murmure du fleuve contre les piles du pont Saint-Martial. Elle était restée immobile, la main posée sur ses lèvres pour y garder le souvenir du baiser que Richard y avait déposé. De temps à autre, un paquet de neige glissait du toit et elle l'entendait s'écraser avec un bruit mou dans le jardin.

C'est un cri qui l'avait éveillée. Agathe. Aliénor devait être blanche et glacée, car la bonne Agathe soufflait sur ses mains, les réchauffait entre les siennes qui gardaient la tiédeur du lit.

— Laisse-moi, Agathe. Bassine plutôt mon lit. Je vais me coucher.

— Vous aurez pris froid, je le sens ! A-t-on idée de rester toute la nuit assise sur une chaise, sans feu.

La voix de la gouvernante faisait un ronron agréable autour d'elle. Au bout d'un moment, elle se sentit soulevée de son fauteuil et déshabillée.

— Là... là..., faisait Agathe.

Les draps étaient brûlants. Le contraste la fit grelotter. Elle vit la grosse figure rouge, striée de couperose, de la gouvernante, ses yeux que le froid noyait d'eau. Puis elle s'endormit alors que sonnait les cloches de prime.

« Tout à l'heure, pense Aliénor, tout à l'heure Agathe viendra et ce sera la même chose. Mais elle ne pourra plus me transporter jusqu'au lit. Pauvre vieille Agathe ! »

Londres est calme. L'ombre d'une tour se découpe sur le bleu de la nuit. Aliénor songe aux draps brûlants qui l'accueilleront tout à l'heure quand Agathe aura fini de la gronder. Et elle songe : « Enfantillage. »

Ils quittèrent Limoges le dimanche de Quasimodo, par un temps clair et sec. Il restait encore, à l'orée des bois que le soleil ne visitait jamais, des franges de neige gelée. Le roi marchait seul, tout là-bas devant, et Ælis le suivait comme son ombre.

Le roi n'avait rien dit en constatant la disparition de ses fils et la trahison de Mercadier, son meilleur capitaine de mercenaires. Mais la reine devinait qu'il ne conserverait pas longtemps cette attitude.

Un matin, à Poitiers, en se levant, Aliénor trouva la porte de sa chambre condamnée.

Un homme qu'elle ne connaissait pas vint lui porter son matinel et se déroba à toute explication. Le roi était parti. Il reviendrait dans quelques semaines. En attendant, la reine devrait demeurer dans sa chambre ; elle ne pourrait se rendre à la chapelle qu'accompagnée des hommes chargés de surveiller les abords de son appartement, la lance au poing, la main sur la poignée du coutelas ; elle ne pourrait recevoir d'autre visite que celle de Roger, son chapelain, et de l'évêque de Poitiers, Jean de Belmeins.

Cette mesure n'étonna pas la reine et elle n'en fut pas autrement affectée. Depuis que Richard et ses frères étaient partis se placer sous la protection du roi de France, elle vivait en état de réclusion volontaire. Quand l'envie de revoir Richard et ses autres fils la posséderait, rien, alors, ne saurait l'arrêter.

L'été passa lentement. Les roses qui grimpaient à la base de la tour Maubergeonne embaumaient les soirées. La reine s'en faisait parfois monter un bouquet, mais elle leur préférait les fleurs sauvages que Jean et Jeanne ramenaient de leur promenade en compagnie de la gouvernante dans les prairies de Montierneuf.

Un soir, en regardant les hirondelles traverser le ciel crépusculaire, elle sut que sa délivrance était proche.

La reine tend l'oreille. Ces pas qui font craquer les lattes du parquet ne sont pas ceux d'Agathe. Ils viennent de l'étage supérieur et à l'étage supérieur est la chambre du roi. Il se lève ainsi, chaque nuit, et se met à tourner en rond comme un ours. Lorsqu'elle est éveillée, Aliénor l'écoute et se refuse à fermer les yeux jusqu'à ce que le roi se recouche. Ces bruits de pas sont pour elle plus précieux qu'un repentir ou qu'un aveu de faiblesse. Pourtant, Henri est le roi le plus puissant de la chrétienté. Mais le roi n'est pas heureux. Il est pareil à ces arbres foudroyés qui vivent encore, mais dont on devine que leur existence sera brève. Des guerres, toujours des guerres, un empire déchiré par des querelles entre lui et ses fils, et entre ses fils eux-mêmes...

Aliénor sourit dans l'ombre. L'accoudoir de son fauteuil est froid comme la lame d'un couteau.

Aliénor décida de partir seule. Cette évasion occupa son esprit durant quelques semaines, mais, plus elle y pensait, plus ce projet lui paraissait irréalisable. En l'absence du roi, la surveillance ne s'était nullement relâchée. Toutes les combinaisons que la reine put échafauder s'écroulaient d'elles-mêmes au moindre examen. Ce dont elle était sûre, c'est que l'hiver ne se passerait pas sans qu'elle eût rejoint ses fils à Paris.

Elle en était encore à tramer des projets d'évasion, le front contre la pierre de la fenêtre, quand Agathe, qui revenait boitillante et essoufflée, avec Jeanne et Jean, des prairies de Montierneuf, lui annonça qu'elle avait croisé le capitaine Mercadier, accompagné de quelques ribauds aux gueules torves, dans la rue de la Regraterie. Il s'était mis un bandeau sur l'œil pour passer inaperçu, mais elle, Agathe, l'avait tout de suite reconnu ; il avait d'ailleurs lui-même, en voyant la gouvernante, tourné la tête et fait semblant de s'intéresser aux menuailles entassées dans les vitrines des Lombards et des Juifs, mais, à peine avait-elle tourné au coin de la rue, qu'il l'avait suivie avec ses mauvais garçons. Dans un endroit désert, peu avant le palais, il l'avait hélée.

— J'ai eu peur, maîtresse. Nous avons couru et nous voici...

Aliénor ne put se contenir.

— Sotte ! n'as-tu pas deviné qu'il voulait te parler de moi, pour m'aider, peut-être à m'évader ?

— Vous évader ? Seigneur, vous n'y pensez pas ?

— Tais-toi, pour l'amour de Dieu. Ecoute, Agathe, tu m'aimes bien, n'est-ce pas ? Alors retourne dans la rue de la Regraterie. Si Mercadier t'accoste, laisse-le parler et tâche de bien te souvenir de ce qu'il te dira.

Agathe se retira, plus morte que vive. Quand le chapelain Roger entra pour donner aux enfants leur quotidienne leçon de latin, elle les fit passer dans la chambre voisine et se mit à lire dans un vieil Evangile. Des pas résonnèrent enfin. Agathe.

Elle entra, accompagnée d'un jeune sergent au sourire faraud, s'assit dans un fauteuil et s'éventa nerveusement le visage avec un pan de son fichu.

— Madame, dit le sergent, votre gouvernante s'est faite accoster par des routiers et, sans mon intervention, il est probable qu'ils lui eussent cherché noise.

Aliénor remercia sèchement. Dès que le sergent eut tourné les talons :

— C'est manqué, n'est-ce pas ? Mercadier n'a pas eu le temps de te parler ?

— Si. Il m'a dit... tout ce qu'il avait à me dire. Demain... préparez-vous pour partir... dès matines.

Aliénor se pencha sur le lit où reposaient Jean et Jeanne. La lumière de la chandelle lui livrait deux visages paisibles, bien clos sur leur sommeil. Elle les embrassa sur le front. Jean bougea un peu, poussa une plainte aiguë de chiot endormi.

— Agathe, tu prendras bien soin d'eux.

Agathe renifla, hocha sa bonne tête ronde attendrissante dans la guimpe qui l'enserrait.

— Maintenant, recouche-toi. Tu n'as rien vu, tu n'as rien

entendu, n'est-ce pas ? Je ne veux pas qu'il t'arrive des ennuis par ma faute.

Elles s'embrassèrent. Aliénor retourna dans sa chambre et attendit. Matines sonna peu après à Notre-Dame la Grande. Son cœur se serra. Elle vit par la pensée ce dont elle avait rêvé depuis des jours : une route libre dans le matin, un ciel traversé de grandes lueurs d'espoir. Si tout allait au mieux, elle pourrait être à Paris dans une semaine. La pensée de revoir son premier époux, le roi Louis VII, et de lui devoir une hospitalité provisoire, la gênait un peu, mais il s'était écoulé tant d'années depuis leur séparation qu'ils auraient l'impression, l'un et l'autre, de renouer une ancienne amitié.

Il y eut un râle, le bruit d'un corps plaqué contre la muraille, un gémissement léger. Puis la porte s'ouvrit en grand. Mercadier. Il portait un bandeau sur l'œil.

— Vite, madame, je vous en supplie. L'alerte peut être donnée d'un moment à l'autre. Prenez cet habit d'homme. Vous cacherez vos cheveux sous ce bonnet.

Pendant qu'elle changeait de vêtements, elle interrogea :

— Comment êtes-vous parvenus jusqu'à moi ?

— Un lacet de cuir nous a suffi. C'est propre et cela ne fait pas de bruit. C'est ainsi que je me suis emparé de maintes forteresses. J'ai acquis une pratique extrêmement sûre de cette arme. Etes-vous prête ?

— Me voici. Comment me trouves-tu ?

Elle ressemblait à un page avec ses gestes gracieux, sa taille élancée, son allure souple. Trop souple au gré de Mercadier. Il lui jeta sa propre cape sur les épaules et la poussa dans le couloir.

Aliénor enjamba le cadavre du gardien et se dirigea vers la lumière de la lanterne sourde qui brillait au bout du couloir. Elle mourait d'envie de poser des questions à Mercadier. Comment avaient-ils pénétré dans le palais, aussi bien gardé que la tour Blanche, à Londres, et surtout, comment comptait-il en ressortir ?

Mercadier parut prévenir ses craintes.

— Si vous suivez mes conseils à la lettre, vous ne risquez rien.

Ils arrivèrent au pied de la tour Maubergeonne dont la masse de calcaire blanchâtre se dressait dans la dernière ombre de la nuit. Mercadier se tint un moment dans l'entrée, les bras étendus. Puis il fit un signe et tous traversèrent à sa suite. Ils longèrent le verger à l'ombre des murailles, piétinant la terre grasse, une cour encore, et se retrouvèrent devant l'aumônerie. Une faible lumière brillait à travers les carreaux.

— Maintenant, souffla Mercadier, n'ayez pas l'air de vous cacher. Il faut qu'on nous remarque ni trop ni pas assez. Pas d'empressement, pas de lenteur non plus. Suivez-moi.

Aliénor suivit le groupe. Le plan de Mercadier lui échappait encore, mais elle avait deviné qu'il l'avait laborieusement mis au point. Cela supposait une connaissance des lieux et des habitudes du palais qui ne la surprenait pas : comme le roi, Mercadier, dès qu'il franchissait la porte du moindre repaire, s'astreignait à une méticuleuse inspection des lieux ; il avait, en bon chef de guerre, horreur de l'improvisation.

De l'autre côté de la cour, il y avait un auvent. Sous cet auvent, une charrette dont le timon pointait jusqu'à la toiture.

— Cocharel, dit Mercadier, va chercher les bœufs.

Cocharel revint quelques instants plus tard avec une magnifique paire de bœufs que les autres hommes attelèrent au timon. Aliénor les observait quand elle sentit une main lui toucher l'épaule. Un homme était derrière elle.

— Que faites-vous là ?

— Bonjour, sergent, répondit Mercadier.

— Que faitez-vous ?

— Nous retournons à Puyjiron. Nous avons livré hier une charretée de bois. Veux-tu faire lever la herse et baisser le pont ?

— Ce sont tes aides ?

— Oui, sergent. Et voilà mon fils. Allez, petit. Monte près de moi. Vous autres, grimpez derrière !

— Bonne route, dit le sergent.

Il y eut un grincement de câbles, le choc mat du pont qui venait de rencontrer sa butée, de l'autre côté des douves. Comme ils arrivaient aux premières demeures, le piétinement de la ronde martelait les remparts.

— Bien ! dit Mercadier. Avant qu'ils parviennent à vos appartements, nous aurons le temps de sortir de la ville et de retrouver nos chevaux.

La ville s'éveillait à peine. A travers les brumes montant du Clain, ils virent se dessiner les tours du pont. Ils étaient assurés de passer sans encombre. Mercadier serra les freins de la charrette. Derrière, un des « Enfants perdus » de Mercadier s'était mis à chanter à voix basse une chanson de routier qui parlait de liberté et de mort.

— Ce soir, dit Mercadier, nous coucherons à Mirebeau.
— Avec la grâce de Dieu, capitaine.
— Avec l'amitié du diable, madame.

Aliénor avait les reins moulus quand les murailles basses de Mirebeau se découpèrent sur l'horizon. Comme Mercadier l'avait préconisé, ils ne s'étaient arrêtés que pour faire boire les chevaux et les laisser reprendre haleine, et il n'était pas midi quand ils arrivèrent à leur première étape. Le soleil de septembre dorait les vignes alourdies de fruits ; dans les hameaux qu'ils traversaient, les celliers résonnaient du bruit des maillets de bois sur la futaille et du roulement des comportes.

— Nous sommes arrivés, dit Mercadier. Cet homme qui vient vers nous est le baron. Fiez-vous à lui. Reposez-vous autant que vous pourrez jusqu'à ce soir car il vous faudra chevaucher de nuit. Des hommes du baron vous serviront d'escorte. Après Châtellerault, vous serez en sécurité.

— Tu me laisses seule ?

— Je dois retourner en Limousin. Là-bas, c'est une guerre continuelle et vous savez que ma place est là où l'on se bat...

Quand le baron de Mirebeau vint frapper à la porte d'Aliénor, la clarté de la lune inondait la chambre. La reine avait mal dormi et la fatigue nouait encore ses membres et ses reins. Elle mit du temps à se vêtir. Les vêtements masculins que Mercadier lui avait imposés la comprimait de toutes parts, et elle faillit suffoquer en boutonnant la casaque.

Dans la cour, les hommes dormaient à demi, appuyés à leur selle. Aliénor but un bol de lait chaud aux cuisines et glissa quelques tranches de galette dans ses fontes. La nuit était douce et claire.

L'écuyer qui servait de guide mena l'escorte par des vallées étroites, des lisières de grandes forêts, des sentiers perdus. On avait chevauché depuis quelques heures déjà et l'on se trouvait entre deux murailles d'arbres, en pleine forêt de Scevolle, quand un homme qui chevauchait sur les arrières fit stopper l'escorte. Il avait vu des ombres se dessiner à deux portées de flèche.

— Des taureaux sauvages, dit l'écuyer. On en rencontre parfois dans ces parages. Près des Challeries, j'en ai aperçu tout une harde en plein jour.

Ils continuèrent leur chemin. L'écuyer s'était rapproché d'Aliénor.

— Je n'ai rien dit, tout à l'heure, pour ne pas énerver nos hommes. Mais j'ai vu, moi aussi, des ombres et entendu des bruits de branches brisées. Il se peut que nous soyons suivis. Tout cela n'est pas franc. Tant que nous sommes en forêt, nous ne risquons rien. Après Angliers, nous devrons nous méfier. Tenez-vous prête.

Passé Angliers, la forêt faisait place à des étendues de landes coupées de bosquets de chênes, couvrant des étendues de lourdes collines. On approchait de l'aube et déjà, à des feux lointains, on pouvait deviner l'éveil des villages. Une bise froide se levait, soufflant par bouffées à ras de terre.

— Si nous pouvons atteindre Loudun, dit l'écuyer, nous sommes sauvés.

A peine avait-il achevé qu'un bruit de galop gronda sourdement. Une dizaine d'hommes cinglaient vers l'escorte de toute l'allure de leurs chevaux. Ils descendaient d'un boqueteau de chêne situé à l'est.

— Attendez pour partir qu'ils se soient rapprochés et que nous puissions leur décocher quelques flèches. Aux arcs, vous autres ! A mon signal !

Le cœur de la reine se serra quand elle vit, au même instant, un autre groupe de cavaliers fondre sur son escorte, venant de la direction du nord.

— Une seule issue pour vous, dit l'écuyer. Tâchez de gagner le village du Puits que vous voyez là-bas. Il y a un repaire où vous serez à l'abri. Partez maintenant et ne vous retournez pas !

Le cheval que montait Aliénor n'était pas un pur-sang, mais il avait un galop régulier. Il grimpa à une allure assez rapide la pente légère. Quand elle regardait par-dessus la crinière, Aliénor voyait se dessiner sur le ciel de l'ouest une mince colonne de pierre qui était le repaire dont lui avait parlé le garçon.

Elle traversa le village, jeta la panique dans un troupeau de gorets qui sortaient d'une porcherie, parvint sous les murs du repaire comme ses poursuivants — quatre hommes — débouchaient dans le village. Elle tambourina après la porte jusqu'à ce qu'elle s'ouvrit, se rua dans la cour, plus morte que vive et dut se suspendre à l'encolure de son cheval pour ne pas tomber.

Elle haleta :

— Fermez la porte, vite ! Ne laissez entrer personne !

Un homme lui prit le bras, la conduisit jusqu'à la porte du donjon.

— Inutile, dit l'homme. Je suis le vicomte de Châtellerault et ce sont mes hommes qui vous poursuivent. J'ai ordre de vous reconduire auprès du roi, à Chinon.

*
* *

Le roi, là-haut, vient d'arrêter sa ronde. Le roi le plus puissant de la chrétienté, le chef devant qui tout ploie et craque, le maître des destinées, ne peut trouver le sommeil. Combien ne paierait-il pas ces quelques heures de repos qui manquent à son équilibre ? Toujours ces courses d'un bout à l'autre de l'empire, ces haltes de fortune dans de mauvais lits souvent garnis de vermine, ces menaces de guerre et de rébellion. A près de cinquante ans, Henri est un homme usé ; sa puissance le porte plus qu'il ne porte sa puissance. Dans les cérémonies, il paraît écrasé par le poids de sa couronne. Il lui arrive, dans les assemblées, de garder de longs silences et de rêver les yeux ouverts.

Il a renoncé à épouser Ælis mais il refuse toujours de se séparer d'elle. Quand elle est près de lui, il semble la respirer comme une fleur.

Epouser Ælis, c'était, une nouvelle fois, braver la papauté. Henri, malgré la présence de la reine, ne se privait pas de recevoir à Londres le légat Ugocione. Combien de fois l'avait-elle aperçu, de la fenêtre grillagée de sa chambre, traversant la cour en trottinant comme une souris ? Le cardinal de Saint-Ange était un petit Italien vif et nerveux ; il parlait d'une voix basse, mais détaillait chaque syllabe avec une étonnante précision. Quand il rencontrait le roi, la séance était souvent orageuse ; on entendait la voix d'Henri, jamais celle d'Ugocione ; mais quand Ugocione se retirait, il souriait toujours et Henri était d'une humeur exécrable. Ce divorce que le roi négociait, ce mariage qu'il projetait avec la princesse de France était impossible. « Im-pos-si-ble », disait le légat en accompagnant ce mot de petits gestes tranchants.

Que pensait Ælis de ces démarches ? Apparemment, rien. Elle ne se confiait qu'à la reine, mais la reine n'était pas toujours disposée à lui servir de confidente. La petite princesse l'ennuyait. Henri ne voulait pas la lâcher ; Richard ne voulait pas d'elle ; quant au roi Louis, s'il continuait à la réclamer, il n'y apportait guère de conviction ; maintenant qu'il avait un fils — et quel fils ! — le sort d'une obscure Ælis lui importait peu.

Ce fils, Philippe, on disait qu'il était devenu inséparable de Richard. On les voyait presque toujours ensemble, à Paris où le roi avait fait aménager de somptueux appartements pour les jeunes Plantagenêt ; dans les fêtes ou les tournois, qui voyait l'un voyait l'autre. Amitié orageuse ! En qualité d'aîné — il avait huit ans de plus que Philippe — Richard se transformait volontiers en donneur de conseils et n'admettait guère que son cadet discutât ses décisions. Orgueilleux et volontaire, Philippe se rebellait contre une autorité qu'il jugeait abusive. Ils se brouillaient. Mais un geste, un regard, une parole, suffisaient à les réconcilier. Le lendemain, la brouille était oubliée et, la main dans la main, Richard et Philippe parcouraient les couloirs du palais de la Cité.

Henri avait vu juste. L'insurrection de ses fils n'avait été qu'un feu de paille.

Le roi avait cru, dans les premières semaines, malgré la confiance qu'il affichait, que la partie était perdue pour lui. Une seule arme pouvait le sauver de cette hydre aux cent têtes qui, de l'Ecosse aux Pyrénées, se resserrait sur lui : la rapidité. C'était une arme familière.

Une à une, il avait vu tomber les têtes de l'hydre et ses tentacules se replier. Il bondissait d'un bout à l'autre de l'empire, se multipliait, guettait la moindre défaillance de l'adversaire pour sauter sur lui et, d'un coup de boutoir, l'écraser sans rémission. Louis s'était incliné dans le Vexin ; les rebelles bretons avaient fait leur soumission à Dol ; les seigneurs tourangeaux, acculés à la Loire, avaient, en plein mois de novembre, opéré une traversée du fleuve en crue qui s'était soldée par des centaines de noyades ; Courmantel avait renoncé dans le même temps à passer en Angleterre, alors que les princes d'Ecosse et les grands barons anglais avaient fait leur soumission à Geoffroy de Lincoln, bâtard du roi et de Rosamonde ; Richard tint plus longtemps : aidé de Mercadier, il soulevait l'Aquitaine, entraînait dans un sillage de feu les bouillants seigneurs limousins, les jetait, à Saintes, dans une gigantesque bataille contre les mercenaires anglais et normands du roi, et refluait en désordre vers Limoges.

L'annonce de la paix, signée à Montlouis, avait touché la reine dans la quiétude de septembre à Londres, un an après son évasion. Que restait-il de cette grande flamme de révolte, des projets mûris avec ses enfants dans le secret de sa chambre ?

C'est Ralph, Ralph Fitz-Stephen, son gardien, qui lui avait appris la nouvelle.

— La guerre est finie, madame. Et la paix est signée.

Richard n'avait demandé à son père qu'une seule faveur : qu'il libérât la reine.

Le roi avait refusé.

Des cendres. Un tas de cendres qui blanchoie tristement à travers la pénombre. Un petit édifice spectral qu'un souffle suffirait à détruire.

La reine se lève. La clarté froide de la lune découpe sur le parquet un grillage entrecroisé et, au fur et à mesure qu'elle avance vers la fenêtre, cette ombre s'applique contre elle.

Elle ouvre la fenêtre. Les quartiers du Strand s'allongent jusqu'à Westminster où, tout à l'heure, sonneront les cloches de matines. Depuis quelques jours, sa fenêtre est vierge de barreaux et, depuis quelques jours, chaque nuit, elle s'y penche, s'y penche jusqu'à jouer avec la mort.

Le corps cassé en deux sur le rebord, elle colle ses lèvres à la pierre glacée, et le goût de la mort se confond avec celui de la pierre.

Pierre à pierre

La mort de Louis VII laissa Aliénor à peu près indifférente. Son premier époux n'était pour elle qu'un souvenir que les années effaçaient peu à peu.

Elle gardait cependant de lui une image précise, mais elle eût préféré que ce fût une autre que celle-ci qui lui demeurât.

C'était au printemps de l'année 1179. Elle revenait, toujours accompagnée de Ralph Fitz-Stephen, d'une visite dans le Buckinghamshire. Un courrier venait d'arriver de France et le roi Louis y annonçait sa visite prochaine. Il désirait se rendre sur la tombe de Becket, au retour d'un nouveau pèlerinage au Mont Saint-Michel qu'il accomplissait avec son fils, Philippe. Il n'en disait pas davantage.

La reine s'attendait à rencontrer un vieillard. Ce fut pis. Louis ne pouvait ni marcher ni monter à cheval. En l'apercevant, il releva un peu la tête et fit un signe pour qu'on le soulevât de la litière où il était étendu. La surprise de la reine lui arracha un sourire. Il eut l'air de s'excuser de ne pouvoir se présenter plus convenablement. Son regard seul donnait de la vie à ce semblant de cadavre, un regard où passait la lumière de la foi, un regard qu'Aliénor n'oublierait jamais. Louis avait trop puni son corps ; ses macérations, les nuits passées en prières dans les églises désertes et glacées, les jeûnes abusifs, les flagellations l'avaient miné ; le froid des pierres où il s'était agenouillé s'était communiqué à sa chair et la moitié de son corps était maintenant paralysée.

A son tour, Aliénor s'était forcée à sourire. Le roi l'en remercia d'un signe de tête.

Près de lui, un garçon de quinze ans auquel, toute à sa surprise, Aliénor n'avait pas prêté attention : Philippe.

Il s'était incliné devant la reine et la reine lui avait souri. Elle savait l'amitié qui liait à Richard ce futur roi de France et cela suffisait à le lui rendre aimable. Son physique était d'ailleurs plein d'attrait. Son visage rose et régulier, d'une saine plénitude s'encadrait d'un duvet léger ; il portait des cheveux courts et raides comme une brosse de bruyère qui donnaient de l'énergie à toute sa personne. Aliénor nota la singularité de son regard : deux taches dans l'œil gauche et une dureté de métal.

Louis et Philippe étaient retournés en France sans que Becket eût accompli de miracle. La veine paraissait épuisée, ou alors Becket ne s'intéressait qu'aux gens du commun.

A quelques semaines de cette visite, Louis avait fait couronner son fils par l'archevêque de Reims, Guillaume de Champagne, que l'on appelait Guillaume-aux-Blanches-Mains, frère de la reine Adèle. Il devenait évident que Philippe avait une tête faite pour porter la couronne. Et, comme il savait aussi fort bien tenir l'épée, il n'eut pas trop de mal à faire ployer le genou des grands vassaux de Champagne, de Flandres et de Bourgogne qui venaient tranquillement à la curée. Le roi Henri l'y aida : c'était le plus beau cadeau qu'il puisse faire au jeune souverain ; en même temps, il maintenait un équilibre des forces qu'une défaite de Philippe n'eût pas fait pencher en sa faveur. Philippe le remercia en le priant de lui rendre Ælis qu'il désirait vivement voir marier à Richard. Le roi se fit tirer l'oreille ; quant à Richard, il avait trop d'épouses de hasard pour s'embarrasser d'une Ælis.

Louis mourut sur ces entrefaites. Doucement, un soir de neige, alors que les moines chantaient laudes autour de son lit. En fait, il était mort depuis longtemps ; on le veillait comme on veille un cadavre. Des clercs firent courir le bruit qu'un saint venait d'être enlevé au monde, mais il n'y eut pas de miracle sur sa tombe.

*
* *

Tous les mois, Aliénor recevait en Angleterre trois à quatre lettres d'un moine de Dalon en Limousin, nommé Bernard. Elle ne pouvait s'empêcher, en lisant ces lettres, de l'imaginer autrement vêtu que d'un surcot rouge et baignant dans un monde de musique et de poésie. Ses lettres en étaient d'ailleurs toutes sucrées, et il paraissait accrocher des dentelles à chacune de ses phrases. La reine s'en amusait. Bernard devait écrire en cachette, dans le creux d'un cellier ou d'un fenil (elle avait trouvé une fois une herbe sèche dans les plis d'un feuillet). Mais Dieu devait regarder pardessus son épaule, car, de temps à autre, il parlait comme on chante messe, avec une gravité inaccoutumée.

Il ne tenait pas registre des faits et gestes des barons limousins, comme cet abbé de Vigeois, Geoffroy, qui consignait le moindre événement dans le secret de sa librairie où Bernard allait le retrouver parfois, mais, au hasard de ses considérations sur le cours des jours et des saisons, sur la rigueur ou la douceur de l'air, il glissait des anecdotes décrites d'une plume si vivante que la reine y prenait beaucoup de plaisir et d'intérêt, car, lorsque Bernard voyait passer sur une colline noire, entre les branches d'un cerisier en fleurs, une horde de routiers ou la piétaille de quelque baron, ces hommes appartenaient au parti de Richard ou à celui de son frère Courmantel.

Geoffroy de Vigeois avait lui-même renoncé à trouver la ligne de logique et de raison dans cet enchevêtrement d'alliances, de discordes, d'amitiés, de haines qui nouaient et dénouaient leur ronde sur cette pauvre terre. Il se contentait de consigner les nouvelles au fur et à mesure qu'elles lui parvenaient.

Bernard avait horreur de la guerre, mais il vivait dans une petite île battue par de grandes vagues de passion et, quand il ne recevait pas quelque crachat d'écume, il avait les oreilles rebattues par le grondement.

*
* *

L'ère des échauffourées entre le roi et ses fils était close. La reine savait maintenant que cette lutte n'aurait rien engendré de bon. Henri était trop puissant ; il était de ces hommes que la mort seule peut abattre.

Richard demeurait en Limousin. Les barons avaient refusé de se soumettre à cette paix qu'ils jugeaient honteuse. Il n'était pas difficile de deviner de qui ils tenaient cet esprit de résistance exacerbé. Bertrand de Born les tenait sous sa coupe. Il faisait briller par ses chansons et ses discours le soleil de la délivrance, parlait de grandes armées libératrices, de batailles où giclait le sang noir de l'ennemi ; des troupes sortaient tout armées de ses paroles.

Richard essaya de mettre la main sur lui. Bertrand était partout et nulle part. On amenait à Richard des marchands implorants, des moines terrorisés en qui on avait cru reconnaître l'agitateur.

Les lettres de Bernard, les nouvelles qu'elles pouvaient recueillir ici et là étaient loin de rassurer la reine. Sa semi-captivité lui pesait de jour en jour davantage. Sa place était auprès de son fils préféré. Elle lui eût évité bien des déboires. Peut-être aussi eût-elle pu éviter cette rupture entre Richard et son aîné Courmantel, qui éclata comme un coup de tonnerre.

Cette fois-ci, Aliénor n'y tint plus. Elle avait l'impression d'être engagée elle-même dans cette épreuve, à son corps défendant, et de ressentir dans sa propre chair chacun des coups échangés.

Elle supplia le roi de la laisser partir et le roi refusa. Elle menaça de se laisser mourir de faim et le roi demeura insensible. Elle tenta de s'évader et le roi la reprit.

Maintenant, elle se jetait sur les lettres de Bernard avec avidité ; par elles seules, elle pouvait avoir vue sur ce conflit ; à travers les quelques anecdotes qu'elle y trouvait, c'est l'ensemble du drame qu'elle pouvait reconstituer, comblant les lacunes de détails plausibles. Elle n'attendait pas que le courrier parvînt jusqu'à sa chambre : par tous les temps, elle descendait chaque jour, en compagnie de l'un de ses gardiens, Ralph Fitz-Stephen ou Raoul de Glanville, jusqu'au port, jusqu'aux quais, jusqu'à la passerelle des vaisseaux de France.

Depuis le jour de Mardi gras où Richard et son père étaient apparus au bord de la Vienne, le château de Limoges résistait aux assauts de la noblesse d'Aquitaine et de Normandie. Les jours passaient sans que Courmantel et le vicomte Aymard, enfermés dans la ville, perdissent courage. Les dames du château firent confectionner une énorme tour composée de dix-huit cent seize brasses de chandelles, soit la longueur des remparts, et l'offrirent à saint Martial ; chaque jour avait sa procession dédiée à un saint de la ville dont on promenait la châsse jusque sur les remparts.

Les assiégeants installaient leurs machines de guerre sous des bourrasques glaciales de neige et de grêle. Leurs doigts gelés n'avaient plus de force pour placer les chevilles de bois des lourds engins qu'il fallait monter et démonter à chaque instant parce que Richard ou le roi jugeait qu'ils seraient mieux placés ailleurs. A chaque volée de moellons que les engins propulsaient à travers les rafales et qui s'abattaient à grand fracas sur les toits de la ville, répondaient les hosannas des moines, des mendiants et des cagots que l'on avait fait sortir des cellules, des aumôneries et des lazarets.

Avec le beau temps revenu, les assiégeants redoublèrent d'efforts. Richard était de chaque assaut. On le voyait partir à la tête de ses hommes, dresser lui-même les échelles à l'abri de son bouclier. On le vit un jour grimper seul jusqu'à une brèche, se battre à grands moulinets contre une dizaine de mercenaires à la solde de Courmantel et soudain, trébuchant parmi les gravats, perdre l'équilibre et plonger dans les douves d'où il ressortit couvert de vase et d'herbe glaireuse.

Un matin de mars, Richard et le roi décidèrent de lever le siège. Du pont de la Roche au Gô au faubourg Sainte-Valérie, les trefs multicolores furent repliés et chargés sur les chariots. Quelques compagnies demeurèrent autour des machines que les ingénieurs démontaient pièce à pièce.

Comme il restait encore quelques charges de pierres, on les expédia par-dessus les remparts, au petit bonheur. Une de ces charges s'abattit sur le palais du vicomte, crevant les toitures, faisant éclater les fenêtres.

Derrière une de ces fenêtres, il y avait Courmantel.

*
* *

— Qui va là ! cria le moine.

— Le roi d'Angleterre ! répondit une voix à travers l'ombre. Ouvre, nous sommes transis.

— Et moi, je suis saint Pierre. Passez votre chemin !

Ce que le frère portier Bernard pouvait voir à travers le judas, dans la clarté jaunâtre de la lanterne ne l'incitait guère à obtempérer. Une barbe fort noire et deux yeux brillants sous une capuche. Derrière, des groupes d'hommes et de chevaux bougeaient vaguement comme un panier d'écrevisses. Le frère écouta le bruit que faisait l'eau ruisselant du toit dans le baquet et il eut envie d'aller retrouver sa paillasse encore chaude et de laisser ceux-là à la nuit d'où ils venaient. C'étaient sûrement des routiers.

L'abbé arriva sur ces entrefaites.

— Des hommes qui demandent à être logés, dit le portier. Ils prétendent que c'est le roi d'Angleterre qui les conduit.

— Le roi, ou du moins son fils, Henri Courmantel. Il a pris ce titre depuis quelque temps. Bernard, serais-tu capable de reconnaître Henri Plantagenêt, le fils du roi ? Si c'est un imposteur, nous laissons nos portes closes. Si c'est lui, nous devons ouvrir, hélas. Il n'est plus question que de lui dans ces parages. Il a pillé Saint-Martial, Uzerche, Vigeois et Aubazine. Je savais qu'il viendrait ici. Il flaire l'or et se l'approprie où qu'il se trouve. Inutile de le cacher : il nous passerait sur le gril pour l'avoir plus vite.

Dehors, l'homme s'impatientait. Bernard ouvrit le judas.

— Ce n'est pas toi le roi, dit-il, demande-lui de s'avancer.

Un homme à cheval mit pied à terre, s'avança et fit tomber sa capuche dans son dos. Il était pâle et maigre et sa tête était entourée d'un pansement.

— Vous êtes bien Henri Courmantel. Je vous reconnais. Que voulez-vous, sire ?

— L'hospitalité pour moi et mes hommes.

— Promettez-vous d'épargner notre bien ?

— Je promets, dit-il. Mais de grâce, ouvre cette porte. Je n'en puis plus.

— Montrez-moi tout de même votre sceau, messire. Après, je vous laisse le passage.

— Quoi ! tu m'as reconnu et cela ne te suffit pas ?

— Pas tout à fait... Votre sceau, je vous prie.

Henri se déganta de mauvaise grâce, enleva son anneau et le tendit à Bernard qui le saisit prestement.

— Pardonnez-moi, messire, mais j'ai mauvaise vue. J'attendrai le jour pour l'examiner et vous le rendrai à l'heure de votre départ.

— Çà ! Je n'ai jamais vu de moine aussi hardi.

Les quelque cent hommes de l'escorte couchèrent dans le lit des moines qui, eux, allèrent dormir avec les chevaux. Bernard suivit le prince dans la chambre de l'abbé. Le fils d'Aliénor lui inspirait plus de pitié que de crainte.

— Attendez-moi, je descends au réfectoire chercher du vin chaud.

— Tu dis que tu me connais ? Dans quelles circonstances nous sommes-nous rencontrés ?

Bernard partit d'un petit rire.

— Si, au lieu de ce froc, j'avais revêtu un surcot rouge et si, au lieu de ce crucifix, je portais une cithare contre ma poitrine, sans doute m'eussiez-vous reconnu.

— Gaucelm Faydit ?

— Vous brûlez, messire.

— Bernard de Ventadour ?

— Pour vous servir. La dernière fois que nous nous sommes vus, c'était à Londres. Non, à Poitiers, dans la vieille tour. Vous vous teniez près de la reine, très droit, votre main dans celle de Marguerite de France, et vous écoutiez chanter un troubadour de Provence : Raimbaud d'Orange, à ce qu'il me semble...

Henri s'était rapproché du lit de l'abbé et, la tête basse, paraissait se recueillir.

— Le soir, nous avons dansé à la lueur d'un bûcher. Ce devait être aux alentours de la Saint-Jean d'été. Vous souvenez-vous, messire ?

Henri se laissa tomber comme un arbre sur le lit, le visage contre le traversin.

— Bien... bien... dit Bernard. Je parle, je parle et vous laisse sans soins. Je descends chercher votre vin. Voulez-vous que j'y ajoute de la cannelle ou de la girofle ?

Henri ne répondit pas. Bernard se pencha sur lui et constata qu'il dormait. Il l'allongea complètement et entreprit de lui enlever ses effets. Des traces de sang les souillaient par endroits. Le corps du prince était gris de crasse et couvert de vermine ; en fait de vêtements de dessous, il ne portait qu'une sorte de haillon que la sueur avait rongé aux aisselles. Cet homme de vingt-huit ans pesait moins qu'un enfant entre les mains de Bernard. Il le soulevait, le retournait sans la moindre fatigue. L'idée le traversa que c'était la propre chair d'Aliénor qu'il touchait. Il sentit à la hauteur des rotules cette brusque fatigue qui suscite les génuflexions spontanées.

Quand il eut achevé, il défit le pansement et eut une nausée. Le sang et le pus avaient séché autour de la plaie où grouillaient des vers et qui dénudait le cuir chevelu jusqu'à l'os. Il fouilla dans l'armoire de l'abbé, y découvrit un coffret où étaient rangés quelques remèdes.

Henri faillit se réveiller quand Bernard lui nettoya la plaie avec du vinaigre. Il ouvrit même les yeux, regarda Bernard et ses paupières se refermèrent.

A prime, alors que le petit matin vert pénétrait dans la chambre ouverte sur le verger et les collines, Henri dormait encore. Bernard le borda, ferma la fenêtre et descendit à l'office pour faire préparer un matinel. Quand il remonta, portant un plateau de lait fumant, de miel et de tranches de galette de seigle, le prince était réveillé. Assis au bord du lit, hébété, plus pâle encore que la veille, il parut étonné de voir apparaître Bernard.

— Où suis-je ? Qui êtes-vous ?

Bernard dut lui rappeler où il se trouvait et qui avait pris soin de lui.

— C'est tous les matins la même chose, dit Henri. Ma mémoire s'envole durant mon sommeil et, quand je m'éveille, j'ai l'impression de me trouver au bord d'un gouffre.

— Restez à Dalon quelques jours. Dans l'état où vous êtes, vous ne pouvez plus aller bien loin.

— Non, ce n'est pas possible. Il me faut de l'or, beaucoup d'or. Si, d'ici une quinzaine, je n'ai pas trouvé le moyen de payer mes hommes, ils passeront à l'ennemi. De plus, tu sais que mon père et mon frère me pourchassent à travers le Limousin. Si je n'ai pas quitté Dalon d'ici quelques heures, ils me prendront au piège comme un rat.

— Faites donc la paix avec eux.

— Qu'est-ce que ça peut bien te faire ?

— Cela me fait plus que vous ne pensez.

— Parce que je suis le fils de la reine ?

— Peut-être.

Henri se mit à rire, mais son rire se transforma vite en grimace.

— Vous souffrez ?

— L'enfer, dit le prince.

— Je ne veux pas que vous mourriez, dit Bernard, bien que tous vos péchés vous valent dix fois la mort. Songez au chagrin de votre mère. Elle ne mérite pas cela. Elle...

— Tu m'ennuies, dit Henri.

Il essaya de se lever et dut s'y prendre à plusieurs reprises. Parvenu près de Bernard, il chancela et s'accrocha à lui.

— Ma mère, ironisa le prince. Elle ne m'a jamais beaucoup aimé. Richard a toujours été son préféré.

— Vous vous trompez. Elle m'a dit toute la peine que lui causaient vos discordes. Nous nous écrivons souvent.

Henri haussa les épaules.

— A partir de maintenant, dit Bernard, je ne vous quitte plus tant que vous n'aurez pas fait la paix avec Richard et le roi. Vos hommes vous attendent. Mangez avant de partir. Où avez-vous décidé de vous rendre ?

— A Rocamadour. Je trouverai là-bas de quoi payer quelques compagnies. Les derniers pèlerinages ont dû laisser beaucoup d'or aux gardiens du sanctuaire de la Vierge. Es-tu toujours décidé à me suivre ?

— Toujours, dit Bernard.

*
* *

Aliénor laissa tomber la lettre sur ses genoux. Quelques feuillets s'éparpillèrent et, quand elle se baissa pour les ramasser, des larmes tombèrent sur ses mains. Depuis plusieurs jours déjà, elle savait la nouvelle de la mort de son fils Henri, mais la lettre de Bernard la faisait pénétrer dans le détail du drame et ravivait sa souffrance. A vrai dire, cette nouvelle, elle l'attendait depuis la nuit où elle avait fait ce rêve singulier : Henri lui était apparu dans une lueur de phosphore, traînant derrière lui, dans la boue et la nuit, une armée de fantômes ; il faisait des signes implorants et ouvrait une bouche d'où ne sortait qu'un souffle glacé ; il portait sur la tête une couronne double dont un côté étincelait tandis que l'autre était terne comme du plomb. La vision avait été si nette qu'en s'éveillant la reine l'avait vue se résorber lentement, bue par l'ombre comme une eau par le sable. Ce rêve relevait d'une double évidence : Henri venait de mourir et la vie éternelle lui était promise (la couronne lumineuse ne pouvait pas signifier autre chose).

Aliénor remit en place la liasse des feuilles et recommença sa lecture.

Comme il l'avait promis, Bernard n'avait pas lâché Henri. Il avait, lui aussi, la prescience de sa fin prochaine, avec cette différence qu'il pouvait étayer sa conviction par des faits irréfragables.

La troupe du prince s'amenuisait de jour en jour. Dès qu'ils avaient réussi à arracher leur solde à l'officier chargé de la distribution, ils disparaissaient. Ce n'était d'ailleurs plus une troupe mais une horde auprès de laquelle les routiers de Mercadier paraissaient des modèles de tenue et de discipline.

Le prince avait renoncé à imposer la moindre retenue à ses hommes. Il lui était devenu impossible de se tenir à cheval et, dans la civière qu'on lui avait confectionnée, secoué par les accidents des mauvaises pistes et les caprices de chevaux éreintés, il souffrait les tourments de l'enfer. Bernard devait le supplier pour qu'il consentît à se laisser soigner. Le renouvellement de son pansement le mettait à la torture et Bernard, chaque fois, risquait sa tête.

— Pourquoi prends-tu soin de cette loque que je suis devenu ? lui demandait Henri, l'opération terminée.

— Vous savez bien que ce n'est pas pour vous que je fais cela.

Bernard profitait de ces dispositions pour le sermonner.

— Votre orgueil vous coûtera la vie.

— Mes souffrances me vaudront la rédemption, répondait Henri.

Il parvinrent ainsi à Rocamadour, un soir de juin, à travers les étendues surchauffées du causse. A leur arrivée, les moines se barricadèrent et placèrent quelques archers aux créneaux. Il fallut attendre la nuit pour attaquer, après s'être replié pour donner le change. La ville tomba au premier assaut.

Ce soir-là. Bernard crut bien la dernière heure du prince venue. Il s'était jeté hors de sa litière et s'agrippait aux hommes qui se ruaient dans les boutiques. Avec l'aide d'un jeune officier, Bernard parvint à ramener le prince à sa couche : il avait perdu connaissance, son bandeau avait été arraché et le sang inondait son visage.

Henri repartit le lendemain. A Martel, il comptait trouver ses alliés, Hugues de Bourgogne et Raymond de Turenne, qui lui avaient promis de venir à son secours. La ville était quasi déserte. Quelques mendiants assis dans la poussière autour d'une fontaine les regardèrent passer.

Henri descendit chez un riche bourgeois nommé Fabri qui lui céda sa chambre. Il passa une journée à pleurer contre l'épaule de Bernard. Le lendemain, il se confessa à deux illustres prélats venus de Rocamadour pour le rencontrer, se coucha nu devant eux sur un lit de cendres et reçut le viatique.

Il mourut dans le troisième jour en pressant sur ses lèvres l'anneau que le roi venait de lui envoyer en gage de réconciliation. Quelques heures avant sa mort, il attira vers lui Bernard :

— Dis à ma mère qu'elle ne pleure pas un fils indigne et insiste auprès du roi pour qu'il lui rende sa liberté. Je voudrais être certain qu'elle ne pâtira pas plus longtemps de mes fautes.

Bernard avait promis. Le lendemain, le convoi funèbre remontait vers le nord.

A l'office, Bernard ne recueillit des fidèles qu'une offrande de douze deniers. Il n'y eut même pas de quoi acheter du pain pour ceux qui accompagnaient le défunt.

*
* *

— Madame ! Madame ! Venez vite !

La reine tressaillit sous la rude poigne qui la secouait. Elle reconnut, à sa carrure et au fort accent allemand qui laminait les voyelles, la dame de compagnie de Mathilde.

— Votre fille est dans les douleurs, madame. La sage-femme dit qu'il n'y en a plus que pour quelques minutes.

— Je viens, dit la reine.

Les feuillets se détachèrent d'elle comme elle se levait, mais cette fois-ci elle ne se baissa pas pour les ramasser. Elle s'était assoupie comme elle le faisait après chaque repas et les chevaux de la horde que commandait Henri lui avaient moulu le crâne du bruit de leurs sabots.

— Prenez mon bras, dit l'Allemande. Je vais vous conduire.

Aliénor se laissa guider comme un enfant jusqu'à la chambre de Mathilde.

Penchée sur le corps cambré secoué de spasmes, la sage-femme maugréait. Le mari de Mathilde se tenait à la tête du lit. Aliénor sourit. Le « vieux lion de Brunswick », comme on appelait Henri de Saxe, exilé de ses domaines à la suite de démélés avec Frédéric Barberousse, paraissait livrer une de ses dernières batailles. Il continuait à parler bas à Mathilde bien qu'elle n'entendît rien, à lui éponger le front d'un linge bien qu'elle fût à demi inconsciente. C'était un magnifique vieillard rouge de peau et blanc de poil, hardi dans le combat, mais tellement épris de sa femme qu'il ne supportait pas de la voir souffrir.

— Vous, dit Aliénor, allez à l'office voir si l'on a préparé le bouillon de poule.

Elle s'approcha de la vieille Agathe qui versait des brocs d'eau chaude d'une main tremblotante dans une bassine de cuivre. Elle l'éloigna d'un geste brusque, rabroua la sage-femme qui continuait à pester et retroussa ses manches.

Mathilde poussa un cri sauvage et la sage-femme un dernier juron. Elle reçut l'enfant entre ses mains dans une giclée de sang clair.

— Un garçon, dit-elle. Un beau petit mâle.

Aliénor tendit la bassine d'eau chaude. L'enfant se mit à vagir.

— Othon, murmura la reine, Othon de Saxe. Tu seras empereur, petit. Empereur d'Allemagne...

Ils pénétrèrent dans la forêt, chevauchant à l'amble, cuisse contre cuisse. La chasse avait pris les devants et les abois de la meute de doguets se perdaient dans l'épaisseur des branches. Philippe avait demandé à Geoffroy s'il lui importait de suivre le train et Geoffroy avait répondu qu'il était trop las pour faire une chasse agréable. La promenade lui suffirait. Ils avaient passé la nuit à banqueter dans le pavillon de chasse de Poissy et ne se sentaient, l'un comme l'autre, aucun entrain pour courre le cochon.

Geoffroy pensait à Constance, son épouse. Avant son départ pour Paris, il était remonté jusqu'à Rennes pour l'embrasser. Son fief de Bretagne était tranquille et elle n'aurait aucune peine à gouverner.

Il aimait s'attarder à cette idée qu'il n'avait rien à craindre de ce côté-là. Constance était raisonnable et fidèle. Il pouvait compter sur elle bien qu'elle fût diminuée par un mal dont il avait eu la révélation peu avant son départ : elle était atteinte de la lèpre.

Il n'en allait pas de même dans les relations que Geoffroy entretenait avec son père et son frère Richard. Depuis la mort de son autre frère, Henri Courmantel, il y avait près de trois ans, il avait essayé, poussé par son puîné, Jean, qui voyait là un excellent moyen de miner la puissance ascendante de Richard, d'obtenir, en sus de la Bretagne qui lui était revenue en fief après son mariage avec sa cousine Constance, l'Anjou et la Normandie. Richard garderait l'Aquitaine et leur père l'Angleterre.

Le roi avait refusé. Il n'entendait nullement laisser s'établir, entre ses possessions aquitaines et son royaume du Nord, un écran de territoires livrés de trop près à l'influence de Philippe de France, ami de Geoffroy.

En désespoir de cause, vaincu davantage par la maladresse et la grossièreté avec lesquelles il exposait ses prétentions que par leur inopportunité, il s'était retourné vers Aliénor. Mais Aliénor était lasse. Ces perpétuelles dissensions, ces jeux de balance entre ses fils et son époux la rongeaient. Elle ne voulait pas d'une nouvelle guerre.

Cette guerre, c'est Geoffroy, seul, qui la déclencha.

Aidé des grands barons de Bretagne, il avait traversé en les saccageant les territoires séparant son fief de l'Ile-de-France. Philippe l'avait accueilli à bras ouverts. Il tenait là le premier outil de taille pour la destruction de l'empire Plantagenêt qui faisait injure à son petit domaine français.

Jusqu'à présent, l'alliance n'avait guère été fructueuse. Aliénor envoyait d'Angleterre lettre sur lettre à Geoffroy pour l'exhorter à retourner en Bretagne et à faire la paix avec son père et son frère.

A ses dires, Philippe affichait, en le retenant à la cour, des desseins trop clairs. Son père, d'autre part, lui déléguait des ambassadeurs pour l'inciter à rentrer dans ses terres. « N'écoutez pas ces sirènes », disait Philippe.

Geoffroy et Philippe descendirent vers le fleuve, attirés par une petite fumée bleue qui montait dans l'air calme, derrière une haie de saules.

— Des bohémiens, dit Philippe. Si vous voulez, Geoffroy, nous irons les voir danser un de ces soirs. Ils puent comme des cagots mais n'ont pas leurs pareils pour la danse. Et leurs filles sont assez jolies.

Le campement était éparpillé sur une langue de prairie fleurie de saponaires et de centaurées. La marmaille se baignait nue dans la Seine entre la rive et une petite île boisée. Le reste de la tribu dormait sous la bâche des grands chariots et au pied des arbres. Un groupe entourait un vieillard aveugle qui jouait d'un instrument à trois cordes d'origine orientale.

Philippe et Geoffroy restèrent plantés là un moment, sans descendre de cheval, écoutant la musique singulière, admirant les couleurs vives des costumes et la beauté de quelques filles qui tressaient des vanneries.

L'une d'elles s'approcha des cavaliers, les détaillant d'un regard hardi. Sa chevelure était huilée de reflets bleus et la verroterie de pacotille qu'elle portait mêlée à de rares bijoux d'or donnait à sa chair une teinte unie et chaude.

— Comment te nommes-tu ? demanda Philippe.

— Cora.

— Tu sais danser ?

— Dans notre tribu, toutes les filles savent danser. Tu veux que je danse pour toi ?

— Non, pas maintenant. Viens ce soir au pavillon de chasse avec quelques-unes de tes compagnes. J'ai besoin d'un divertissement pour mes convives. Mets tes plus beaux habits.

— Je sais aussi lire dans la main. Donne-moi la tienne et je te dirai si le destin te sera ou non favorable.

Philippe se mit à rire en regardant Geoffroy à la dérobée :

— Le destin ? C'est moi qui lui ordonne, dit-il.

— Et il obéit ?

— Mieux que ce cheval.

— Et le seigneur qui t'accompagne ?

Geoffroy tendit la main. La bohémienne la lui saisit au vol, l'ouvrit comme une écorce de bouleau, en chantonnant.

— Que vois-tu ? demanda Geoffroy.

La fille cessa de chantonner. Geoffroy sentit un ongle se promener sur sa paume. Puis la fille referma la main et la lâcha.

— Je ne vois rien, messire. A ce soir !

Avant que Geoffroy ait pu la retenir, elle s'envolait dans un tourbillon multicolore et disparaissait sous la futaie.

Ils rejoignirent la chasse dans une clairière, à peu de distance de l'endroit où ils s'étaient arrêtés. Elle avait mal tourné. Geoffroy blêmit en voyant un des nivernais de sa meute, qui s'était fait découdre profondément le côté d'un coup de défense, agoniser dans une mare de sang. Il tenait à cette bête : elle n'était ni trop lourde ni trop téméraire, et il ne la découplait jamais que pour le sanglier.

Les veneurs chassaient à coup de fouet les chiens qui s'accrochaient encore au cochon, une bête de deux cents livres qui, blessée d'une flèche à l'épaule et couverte de sang, faisait tête aux molosses.

L'un des veneurs expliqua que l'année avait été fertile en glands, ce qui donnait aux sangliers de la hargne et du mordant, mais Geoffroy ne l'écoutait pas. Il trancha la gorge de son chien qui l'avait reconnu et tentait de se lever. Puis il demanda la permission de servir le cochon, faveur que Philippe lui accorda volontiers.

Il s'avança, son coutelas à la main, chassa à coups de pied les trois chiens qui s'accrochaient au cou et au râble et enfonça d'un coup sec la lame près de la flèche, dans l'épaule. Le sanglier fit un bond en avant et retomba sur les genoux, les babines retroussées. Geoffroy n'avait pu retirer le coutelas de la plaie. Comme il s'avançait de nouveau pour le saisir, la bête fit tête et lui sauta dans les jambes. Geoffroy bascula dans un buisson et se releva, tout étourdi, assez tôt pour voir, levés sur la bête, les épieux des veneurs auxquels Philippe s'était joint.

— Non ! cria-t-il. Laissez-le-moi.

Il choisit un épieu de frêne, vérifia l'attache de fer et, du premier jet, transperça la gorge du sanglier qui se coucha sur le flanc, labourant le sol de ses pattes.

— Vous êtes blessé, dit Philippe.

— Ce n'est rien, grogna Geoffroy.

Une de ses heuses de cuir souple était déchirée et le sang coulait à flots par l'accroc. Il en avait plein le fond de sa chaussure et, quand il marchait, il lui semblait piétiner une flaque de boue.

On avait reculé les tables jusqu'au fond de la pièce et les danseuses tournoyaient dans un envol de chevelures brunes et de châles aux couleurs vives, frappant du talon le parquet, claquant sèchement leurs doigts contre la paume. Le vieil aveugle pinçait les cordes de son instrument, ses yeux vides levés vers le plafond.

Le regard de Geoffroy parcourut les rangs des convives. Quelques barons d'Ile-de-France auxquels s'étaient joints des hommes de Bretagne qui demeuraient groupés ensemble. Philippe n'avait pas voulu emmener la reine et il n'y avait pas une seule femme dans toute la société. Le regard de Geoffroy se posa sur les danseuses. Il avait trop bu et ce tourbillon lui donnait le vertige. Il chercha à reconnaître Cora et, quand il l'eut découverte, il ne la quitta plus des yeux.

Il fit la grimace en se tournant sur son siège.

— Vous souffrez ? demanda Philippe.

— Ce ne sera rien, ami.

— Vous auriez dû vous laisser panser tout de suite. Votre blessure peut s'infecter et vous risquez d'être indisponible lors du tournoi, le dimanche de Saint-Dominique.

— Il faudrait vraiment que je fusse au plus mal pour ne pas tâcher de m'y distinguer. Vous savez que j'ai besoin de beaucoup d'or. Aurez-vous de riches barons à m'opposer ?

— Ils seront tous cousus d'or et vous les cueillerez, l'un puis l'autre, comme des fruits mûrs.

Geoffroy sourit et prit dans sa main le poignet de Philippe.

— Vous êtes un frère pour moi, Philippe. Toute ma vie ne suffira pas à vous rendre tous vos bienfaits.

— Vous ne me devez rien. Si j'ai pu vous être agréable, c'est par amitié pour vous et aussi...

— Parce que vous détestez mon père ?

— Vous vous trompez. Votre père est pour moi un adversaire digne d'estime. Mais j'ai juré de l'abattre. Où mon père n'a pu réussir, j'aboutirai. C'est la lutte de David contre Goliath, mais David vaincra.

Il ajouta :

— Dites-moi, Geoffroy : qu'est-ce qui vous captive autant parmi ces danseuses ?

— Vous ne devinez pas ?

— C'est cette Cora, j'aurais dû m'en douter. Prenez-la, ajouta Philippe. Vous savez que ce sont là de vraies prêtresses de l'amour.

— Et vous, Philippe ?

— Oh ! moi... je vous quitterai tôt. Je tiens à être dispos pour demain.

Philippe n'aimait guère les femmes. Il était devant elles soit d'une timidité déconcertante, soit d'une extrême brutalité. Geoffroy se souvenait de ce que l'on racontait au sujet de sa première épouse, Elisabeth de Hainaut, qu'il n'avait épousée que pour faire pièce à ses parents de Champagne. Il l'avait répudiée après quatre ans de mariage. A l'issue d'une scène violente, elle était sortie du palais de Senlis, en chemise, pâle comme une morte, un cierge à la main et avait pris dans cette tenue le chemin de Paris. Le peuple s'était ému et Philippe avait été contraint de la reprendre.

— Cora !

La fille se retourna, pinçant ses lèvres trop fardées. Elle traversa la piste pour se diriger vers Geoffroy, tandis qu'une de ses compagnes attaquait une déchirante complainte dans une langue inconnue.

— Cora, dit Geoffroy, assieds-toi près de moi. Voici du vin et des fruits. Mange, bois. Après, tu me diras ce que tu lis dans ma main.

— Si vous me promettez de ne pas me faire de mal, je vous dirai tout.

— Promis. Je te donnerai même une pièce d'or. Et tu pourras en gagner une autre en demeurant près de moi cette nuit.

— Montrez.

La chanson barbare figeait les spectateurs. Elle tordait les fibres, suscitait des frissons à la racine des cheveux et l'on se sentait en l'écoutant comme devant un abîme où grouillaient des passions très noires. Cora replia la main de Geoffroy comme elle l'avait fait quelques heures auparavant, la garda un instant dans la sienne.

— Ecoutez cette chanson, messire. Elle dit que nul ne peut échapper à son destin, que l'amour et la mort mènent le monde et que...

— Que viens-tu de lire ?

— Votre mort.

Geoffroy tressaillit légèrement et prit le parti de rire.

— Et pour bientôt ?

— Pour très bientôt. Je vois des hommes qui se battent, une

tête qui éclate comme une noix, et du sang, beaucoup de sang. Partirez-vous bientôt pour la guerre ?

— Je suis en guerre, dit Geoffroy.

— Alors, prenez garde au premier engagement.

— Il n'y aura pas de bataille avant le printemps prochain.

La fille avait gardé la main de Geoffroy dans la sienne. Il la lui enleva brutalement et, se renversant dans son fauteuil, éclata de rire.

*
* *

Toi, encore ! s'écria Geoffroy.

— Je vous ai dit que je ne vous quitterai pas jusqu'à l'heure de votre mort, dit calmement Cora. Et cette heure approche.

Cora souleva un pan de la tente et pénétra dans la pénombre jaune que voilait le brouillard odorant d'une cassolette.

— A ton aise, dit Geoffroy. Mais je te préviens que tu en seras pour tes frais.

Depuis une quinzaine, Cora ne le quittait plus. Il la faisait chasser et elle réapparaissait toujours. Son regard profond causait au prince un malaise indéfinissable. Elle portait toujours une légère cape noire sur sa robe. Quelques jours avant le tournoi de la Saint-Dominique, elle avait disparu et Geoffroy, au lieu de se sentir délivré, éprouvait une impression de solitude irrémédiable. Il n'arrivait pas à douter tout à fait des prédictions de la bohémienne, pas plus qu'il n'acceptait de se conformer à ses avertissements. Une lettre de sa mère, la reine Aliénor, reçue le matin-même du tournoi, avait failli le décider à refuser de se battre. D'autant qu'il n'était guère en état de le faire. A la suite de sa blessure de chasse, mal soignée, la fièvre ne l'avait pour ainsi dire pas quitté.

La chaleur du matin était supportable et pourtant Geoffroy transpirait à grosses gouttes. Quand l'écuyer lui passa la cotte de mailles, il sentit ses jambes flageoler.

— Réfléchissez encore, messire, dit l'écuyer. Etienne de Sancerre vous désarçonnera au premier engagement et vous n'aurez même pas la force de crier « merci ».

Geoffroy le repoussa d'une bourrade et s'allongea sur le lit de camp, les tempes sonores.

— Mâchez cela, dit Cora. C'est une herbe bénéfique, et donnez-moi votre main.

Il lui abandonna sa main droite. Maintenant, il ne pouvait plus repousser Cora ; l'eût-il voulu que cela lui eût été impossible. Peu à peu, il sentait un singulier bien-être l'envahir. Un courant de force partait de sa main inerte et insensible, il coulait le long du bras, s'irradiait dans sa poitrine.

— Vous sentez-vous mieux ?

Geoffroy serra simplement d'une brève pression la main de la fille pour s'assurer qu'elle était toujours là. Une image remontait de son passé. La reine est près de lui à Poitiers ; la pièce est ouverte sur l'été et sent la tisane fraîche. Il s'est fait une blessure à la tête et c'est la reine qui le soigne. « Je t'avais dit de faire attention en descendant de la tour. Méchant gamin ! — Je ne le ferai plus, mère ! »

— Je ne le ferai plus !

— Calmez-vous, dit Cora. Tout à l'heure, vous vous sentirez beaucoup mieux. Je vais faire préparer un bol de posset.

L'île Notre-Dame où se déroulait le tournoi s'animait comme la place de Grève un jour de grande foire. La musique et les chants des ménestrels venaient de se taire et l'on entendait les hérauts crier les enseignes et les behourdis se provoquer d'une voix puissante. Des chevaux menés à la bride par des écuyers rouges passèrent devant la tente dans un piétinement sourd. Une forme noire se dessina dans l'entrée de la tente. Philippe.

— Comment vous sentez-vous, Geoffroy ?

— Mal, dit Cora. Vous devriez le persuader de ne pas se battre.

— Peste ! dit Geoffroy. Ne l'écoutez pas.

Il s'assit sur le bord du lit. Un peu de salive verte que Cora essuya, coulait de la commissure des lèvres.

— Buvez ceci, dit-elle. C'est du posset. Un mélange de vin et de lait caillé qui donne de l'ardeur aux amants et de la force aux chevaliers.

La chaleur de la matinée pesait sur la lice. Geoffroy se sentait gonflé de courage, mais il avait de la peine à tenir la longue lance de frêne. Il cria une injure énorme à Etienne qui se mit à rire et à frapper par jeu le bois revêtu de cuir de son écu. Quand ils furent tout deux face à face le long des barrières, attendant le signal des juges, Geoffroy, dont le regard se brouillait, chercha la bohémienne. Elle s'était placée devant la loge des dames, un grand échafaud tendu de draperies rouges semées de lys, et ne bougeait pas. Geoffroy l'observa un moment à travers la visière relevée de son heaume et ne la quitta pas des yeux jusqu'à ce qu'il eût entendu, à travers le grondement de la fièvre, la corne du signal.

Il planta ses éperons dans les flancs de son destrier et fonça en avant.

Il y eut un cri de désappointement dans l'assistance. Geoffroy s'était couché sur l'encolure de son cheval qui avait dévié de sa route. Il entendit une lourde injure et se retourna, piqué au vif, vers Etienne de Sancerre qui dansait comme une flamme à travers une fumée opaque. Sa lance effleurant le sol faillit le désarçonner et il la jeta. Il aurait Etienne à la masse. Etienne jeta lui aussi sa lance et les deux adversaires s'affrontèrent de nouveau.

Cette fois-ci, le choc fut terrible. Geoffroy se retrouva à terre. Son heaume dégoujonné avait été à demi arraché. A genou, il chercha sa masse et parvint à mettre la main dessus.

Geoffroy vacillait. Son corps brûlait sous la cotte de mailles comme s'il était plongé dans une vapeur brûlante. Quelques bribes de la lettre reçue ce matin de la reine dansaient dans sa tête. *Reviens-nous. Ton père est disposé à te pardonner. Sois sage comme tu l'étais jadis. Sois sage... Sois sage...* Il ne vit pas Etienne de Sancerre qui arrivait derrière lui au grand galop en faisant tournoyer sa masse d'armes. Et ce fut soudain comme si sa tête éclatait.

C'est Philippe qui le premier se pencha sur lui. Etienne descendit de cheval et le rejoignit. De la tête de Geoffroy, enfoncée par le choc, le sang avait giclé comme d'une fontaine.

— Il est mort, dit Etienne.

Philippe se releva lentement.

— Bien visé, Sancerre. Ne regrettez rien, ami. Ces Plantagenêts sont des fous. Leur folie les perdra, les uns après les autres.

En se retournant, il se heurta à une haute forme noire.

— Tu avais raison, Cora, dit-il.

Devant les loges, les ménestrels chantaient à pleine voix :

Dieu, qui dirait en mon pays
Que j'ai amour nouvelle ?

La douleur, chez Aliénor, avait fait place à un terrible sentiment d'impuissance et de colère.

Deux de ses fils, en six ans, avaient payé de leur vie les dissensions de la famille des Plantagenêts. Henri, malgré sa puissance colossale — on le considérait comme le plus grand monarque de l'univers — était de plus en plus vulnérable ; il s'usait à courir de l'Angleterre aux Pyrénées et souffrait toujours de la fistule qui faisait un martyre de la moindre chevauchée. Richard marchait sur ses traces, mais il portait en lui quelque chose de plus dominateur encore et de plus agressif. Quant à Jean, qui avait à peine vingt ans à la mort de Geoffroy, et que l'on appelait toujours Jean sans Terre bien que ses domaines se fussent élargis, il ne rêvait que plaies et bosses.

Une telle ardeur, une telle soif de domination, un tel entêtement dans la volonté de possession n'eussent pas déplu à la vieille reine si ces particularités s'étaient exercées en dehors de sa propre famille. Elle savait qu'en ce siècle de violence, on ne régnait pas seulement avec le sceptre, mais aussi et surtout avec l'épée, mais, lorsqu'elle voyait cette épée levée par le père contre ses fils, par les fils contre leurs propres frères, son premier geste était de se jeter entre eux, quitte à recevoir les coups à la place de l'un ou des autres.

Les temps étaient loin où elle pensait qu'une coalition de ses enfants mâles aurait raison de la tutelle pesante du despote. Elle avait payé son erreur de neuf ans de captivité et, dès lors, elle avait tout fait pour les unir ou faire que leurs désaccords ne se traduisent plus par des escarmouches meurtrières. Mais on ne tenait aucun compte de ses avis. Richard moins que les autres.

La situation évoluait entre le père et les fils d'une façon si rapide et imprévisible que la reine avait du mal à se tenir au courant. Un jour, c'était Richard qui partait en guerre contre son père ; quelques semaines plus tard, après des négociations de paix vite expédiés, ils allaient de conserve protéger la Bretagne contre les prétentions de Philippe qui la revendiquait, la duchesse Constance, veuve de Geoffroy, atteinte de la lèpre, ne pouvant, pas plus que le petit duc Artus, trop jeune, gouverner cette province ; ils devaient ensuite se retourner contre Jean et, en plein conflit, pour des raisons obscures, Jean quittait Richard pour s'allier à Henri.

Ce jeu vertigineux et incohérent d'alliances et de ruptures laissait la reine folle d'inquiétude. Elle devinait que cela mènerait la famille à sa ruine.

Tandis que le père et les fils s'épuisaient en luttes absurdes et cruelles, l'œil froid de Philippe les observait ; ce monarque de vingt ans attendait son heure en regardant vaciller le colosse.

Philippe avait trouvé en sa sœur, la princesse Ælis, une pomme de discorde dont il jouait avec une rare perfidie.

Il lui avait suffi, pour brouiller Richard et son père, de proposer au premier la main de la princesse. Ils se rencontrèrent à Paris et se mirent rapidement d'accord. Richard épouserait Ælis et recevrait en cadeau de mariage la dot de la princesse et quelques avantages en argent qui avaient de quoi séduire Richard, toujours à l'affût d'une aubaine qui lui permettrait de payer la solde de ses routiers. Ce que Philippe avait prévu se produisit. Quand Richard réclama la princesse, son père refusa de la céder. Ils se jetèrent l'un contre l'autre, découronnèrent quelques repaires, massacrèrent quelques garnisons.

Quand l'affaire fut consommée, quelques mois plus tard, et que l'on avait, d'un côté comme de l'autre, oublié la malheureuse princesse, Philippe revenait à la charge, demandait une entrevue secrète à Jean et lui proposait Ælis. Cette fois-ci, c'est Henri et Richard qui se retournaient contre Jean.

La reine avait de solides raisons de ne pas aimer la concubine de son époux. Mais elle n'arrivait pas à la détester. Ælis ne se livrait pas, moins parce qu'elle était secrète que parce que les traitements qu'elle avait subis, les marchandages auxquels elle donnait lieu, avaient fini par effacer en elle toute trace de fierté. Docile aux désirs du roi comme à ses moindres exigences, elle vivait dans son ombre, de plus en plus mince, de plus en plus diaphane, indifférente à tout, négligeant sa toilette et sa santé, se dérobant à toute affection.

Lorsque, dans les premiers jours de l'année 1189, Aliénor, bouillant de colère et de honte, reprit la route de l'Angleterre, l'imbroglio était à son comble.

Comme pour ajouter encore à l'incohérence de la situation, une nouvelle tourmente agitait l'Orient. Saladin prenait Jérusalem et menaçait de chasser les chrétiens des terres de Dieu. Héraclius, patriarche de la ville sainte, venait à Londres supplier Henri de faire prêcher une croisade. De Rome, le pape Grégoire envoyait des messages à toute la chrétienté. L'empereur d'Allemagne, Frédéric Barberousse, s'était croisé le dimanche du Laetare Jérusalem et le gendre d'Aliénor, Guillaume le Bon, le vieux roi de Sicile, époux de Jeanne, commençait à fréter des navires.

En France, de nouveau, Richard avait pris les armes contre son père, et, de Paris où il avait eu une entrevue avec Philippe, il marchait contre le roi.

*
* *

— Non, Guillaume ! dit Henri. Je n'ai pas cédé devant eux à Bonmoulins ni à la Ferté-Bernard. Je ne céderai pas ici.

Guillaume le Maréchal laissa retomber ses grandes mains qui claquèrent contre ses braies de cuir.

— Alors, sire, il nous reste à choisir entre déposer les armes et faire notre acte de contrition.

— Père, dit Geffrey, fils naturel de Henri et de Rosamonde Clifford, Guillaume a raison. Nous n'avons aucune chance de quitter cette ville vivants ou libres. Richard et Philippe vont attaquer dans quelques heures et nous ne pourrons pas résister.

Henri baissa les yeux vers son bâtard qui, assis sur un coussin, à même le parquet, astiquait son poignard en soufflant sur la lame et en la frottant contre sa cuisse. Il était blond comme Rosamonde, avec de grands yeux un peu vides et une allure frêle. Depuis quelques années, ils ne se séparaient guère. Geffrey vouait à son père une affection exclusive, repoussant tous les partis pour ne pas compromettre ce sentiment ; Henri aimait bien Geffrey, qui lui rappelait Rosamonde Clifford, mais n'avait guère confiance en ses qualités guerrières et politiques.

— Petit, il faut que tu me comprennes : je suis né au Mans. Si je puis y mourir, ce sera tant mieux. Et, au point où j'en suis arrivé, mourir aujourd'hui ou dans un an importe peu.

Geffrey cessa un instant de frotter la lame contre sa cuisse et regarda le vieillard d'un air sombre.

— Tu vois, ajouta le roi, cette écharde dans le mur, cette plaie blanche qui court dans le badigeon, c'est moi qui l'ai faite. Je couchais dans ce lit avec mes frères. Une nuit, je me suis éveillé en entendant du bruit. Après avoir allumé la chandelle, encore ensommeillé, j'ai vu une ombre gigantesque se dessiner contre le mur. J'ai bondi sur elle avec mon poignard. Cette ombre, c'était la mienne.

— Est-ce pour cette cicatrice que vous restez, père ?

Henri se mit à rire doucement.

— Un peu, oui. Mais aussi parce que j'ai promis aux Manceaux de les défendre.

Guillaume venait d'interpeller Geffrey de la fenêtre. Il lui montrait quelque chose, au loin.

— Qu'avez-vous aperçu ? demanda Henri.

Geffrey et Guillaume l'aidèrent à se pousser jusqu'à la fenêtre en le soutenant par les aisselles.

— Je distingue mal, dit-il.

Depuis quelque temps, sa vue faiblissait, mais il ne voulait pas l'avouer. Le médecin disait que cela venait de ce qu'il mangeait et buvait trop. Quand Aliénor était là, elle l'obligeait à se restreindre.

— L'armée de Philippe, dit Guillaume. Je vois en tête l'étendard bleu de Saint-Denis.

— Celle de Richard n'est pas loin, ajouta Geffrey. Je la reconnais à son désordre et à ses étendards rouges.

— Philippe... Richard... dit le roi. Oui, oui, je les distingue à présent. Bah ! nous avons de quoi les lasser. Ces deux blancs-becs se briseront les dents sur nos remparts.

— Le faubourg ne tiendra pas, dit Geffrey. Ils montent des machines énormes.

Le roi, qui venait de s'éveiller, se frotta le menton.

— Il faut gagner du temps, dit-il. Incendions le faubourg.

— Incendier... Mais, père...

— Nous n'avons pas le choix.

Guillaume et Geffrey se retirèrent, suivis par de vieux chevaliers comme Jean de Salisbury et Henri d'Essex. Quelques instants plus tard, les gens du faubourg faisaient leur entrée dans la citadelle dont on refermait les portes à l'aide de lourdes traverses de bois, alors que les premières flammes crépitaient.

Ça puait l'incendie jusque dans la crypte de la cathédrale où Henri venait de s'agenouiller. Une rumeur de foule pénétrait par la porte grande ouverte. Tous les gens du faubourg s'étaient massés sur le parvis. La décision du roi les avait surpris puis confondus. En voyant les flammes envahir leur demeure, ils devenaient fous.

Une nouvelle clameur monta de la foule quand la nouvelle se répandit que le verrou fermé par une solide compagnie d'archers et de coutilliers qui barrait l'entrée du pont de la Sarthe, venait d'éclater. Les chevaliers de Richard avaient envahi la moitié du pont et la mêlée était indescriptible.

C'est alors seulement que le roi comprit que tout était perdu. La rage au cœur, il décida d'abandonner la place. Sept cents de ses chevaliers le suivirent.

— La route de la Normandie est ouverte, père. Là-bas, nous pourrons lancer une attaque.

Henri secoua la tête. On eût dit qu'il lui répugnait, sentant venir sa fin, de quitter cette terre des bords de Loire où les souvenirs de son enfance l'assaillaient à chaque pas. Tassé sur son cheval, l'œil éteint sous ses paupières lourdes, il fuyait d'un repaire à l'autre, abandonné de ses hommes, dépouillé de ses habits et de ses trésors malgré la vigilance de Geffrey et de Guillaume le Maréchal.

— Au moins, arrêtez-vous quelques jours pour vous reposer. Vous n'en pouvez plus.

— A Saumur, petit. A Saumur.

Pourquoi Saumur ? Il ne pouvait avouer qu'il avait passé dans cette ville, au début de son mariage avec la jolie duchesse Aliénor, quelques jours dont le souvenir lui labourait le cœur. Alors qu'il remontait avec ce qui restait de son armée, le val de Loire où, de place en place, au cœur de la nuit, s'allumaient les feux de la Saint-Jean d'été, la même image revenait danser devant ses yeux : une jeune femme à cheval, montée en amazone, la taille cambrée, le menton pris dans un béguin de soie blanche, et qui se retournait de temps à autre vers lui pour sourire.

Ils restèrent trois jours à Saumur. Comme ils s'apprêtaient à plier bagage, quelques barons de France, envoyés par Philippe, lui demandèrent une entrevue. Henri traita mollement, mais demeura ferme sur un point : l'intégrité de la couronne. La réponse qu'on lui fit à quelques jours de là ne l'étonna ni ne le déçut : Philippe refusait ; il fallait que le roi vint à merci.

— Qu'aurais-tu fait à ma place Geffrey ?

— Je crois que j'aurais fait de même.

— A la bonne heure !

— Cependant, je demanderai une entrevue à Philippe. Richard sera présent et peut-être Philippe se montrera-t-il plus modéré dans ses prétentions.

— Peut-être as-tu raison. Si nous perdons Tours, je devrai bien me résoudre à en passer par là.

Les Français enlevèrent Tours d'un seul élan.

— Geffrey ! Geffrey ! où es-tu ?

— Ici, père. A votre droite.

Le roi étendit la main et Geffrey la saisit.

— Pourquoi fait-il si noir, soudain, petit ?

— Il ne fait pas noir, père. Il sera bientôt midi et il fait une magnifique journée. Voulez-vous vous reposer quelques minutes ?

Ils s'arrêtèrent à l'ombre des saules qui bordaient la berge. Le roi respirait mal. Son visage ruisselait et il était glacé. Un spasme le libéra d'un filet de sang noir qui gicla par les narines. Le roi se laissa saigner et s'endormit pendant l'opération. Les dix chevaliers qui l'accompagnaient encore le regardaient dormir en silence. Il faisait si chaud qu'ils chevauchaient torse nu.

— A combien sommes-nous du camp de Philippe ? demanda le roi en s'éveillant.

— A deux lieues à peine, père. Nous y serons au début de l'après-midi.

Ce fut tout une affaire quand il s'agit de le remettre en selle. Il pesait plus de deux cents livres et, à chaque tentative, soufflait comme un bœuf et geignait comme un enfant. Sa fistule s'était rouverte et sa selle était humide de sang.

Ils s'arrêtèrent non loin de Villandry, entre Azay-le-Rideau et Tours, dans une commanderie de templiers d'où l'on pouvait apercevoir le camp des Français. Henri s'alita dès qu'il eut mis pied à terre, tandis que Geffrey allait prévenir Philippe et Richard qui arrivèrent peu après. En entendant dans la cour le pas de leurs chevaux, le roi se leva, aidé de deux chevaliers : Giraud de Barri et Richard de Howden. Il les écouta monter, écarta brutalement les deux barons qui voulaient le soutenir et, appuyé des deux mains sur son épée, clignant des paupières, regarda les deux ombres qui pénétraient dans la chambre et le saluaient. Malgré ses efforts, il ne parvenait pas à distinguer qui que ce fût, sinon Geffrey lorsqu'il s'avança vers lui et lui dit à l'oreille :

— Voici Philippe et Richard, père. C'est folie de vous être levé. Vous ne pourrez pas tenir.

— Approche, Philippe, dit le roi. Cette pièce est sombre et je te vois mal. Toi aussi, Richard... et pardonnez à un vieil homme malade et fatigué de vous recevoir ainsi.

Richard se pencha vers Philippe :

— C'est une feinte, mon ami. Le roi se porte aussi bien que vous et moi.

— Je ne le pense pas, cousin.

Philippe s'avança, suivi de Richard.

— Sire, dit-il, nous voyons bien que vous avez peine à vous tenir debout. Guillaume, faites porter un siège, je vous prie.

— N'en faites rien, dit Henri. Je puis fort bien rester ainsi. Je suis malade et non mourant.

Il répugnait à Philippe d'entamer des pourparlers avec un homme qui ne tenait à la vie que par un fil. Il serait trop facile de tout exiger de lui. Quelques mois plus tôt, il eût pu se permettre de l'écraser de sa morgue. Maintenant, les conditions qu'il dicterait seraient comme autant d'arrêts de mort.

— Parlez, dit Henri d'une voix faible. Qu'exigez-vous de moi ?

— Faites d'abord sortir votre monde, je vous prie.

Le roi fit un signe et la salle se vida. Seul demeura Geffrey.

— Vous aussi, dit Philippe.

Ils parlèrent longtemps à voix basse. Le visage d'Henri s'était fermé. De temps à autre, il essuyait de sa manche ses narines d'où coulait un filet de sang, hochait gravement la tête, promenait un œil mort sur les deux jeunes princes.

Le spectacle de cette misère n'atténua nullement les prétentions du roi de France. Henri devrait se soumettre « à son conseil et à sa volonté », lui faire hommage pour tous ses fiefs du continent, lui payer une lourde contribution de guerre, libérer divers territoires, dont l'Auvergne.

— Une dernière condition, Messire Henri : vous devrez me restituer la demoiselle AElis, ma sœur...

Henri toussa pour cacher son trouble. Deux lourdes larmes roulèrent sur ses joues.

— J'oubliais, ajouta Philippe. Je vous communiquerai d'ici quelques jours le nom de vos chevaliers passés dans mon camp, à charge pour vous de faire de même. Ne soyez pas étonné de trouver en tête de cette liste votre fils Jean.

Henri parut s'éveiller. Sa taille se redressa comme sous un coup de fouet.

— Philippe, c'est mal à vous de mentir ainsi.

— Philippe ne ment pas, dit Richard.

— Tais-toi, blanc-bec ! Jusqu'à preuve du contraire, je refuse de vous croire. Je ne crois pas Jean capable d'une telle lâcheté. Il n'a pas quitté la reine et elle ne lui aurait pas permis de me trahir.

Le rire de Richard fit monter une bouffée de colère au visage de Henri.

— Ne ris pas, Richard, dit-il. J'espère que Dieu ne me laissera pas mourir avant que j'aie pu me venger de toi comme tu le mérites. Partez, maintenant. Vous avez ce que vous vouliez, Philippe, mais je vous mets en garde : moi disparu, vous aurez affaire à ces jeunes loups qui se nomment Richard et Jean. Et je vous préviens qu'ils ont l'appétit féroce ! Allez...

Quand ils eurent quitté la pièce, le roi faillit s'écrouler dans les bras de Guillaume. On le coucha. Son visage changeait de couleur, passait du rouge vif à la plus inquiétante pâleur. Il haletait :

— Maréchal, mon doux ami, qu'est-ce qui m'arrive ? Je ne sens plus mes jambes et mon corps est de glace. Je vais mourir, Maréchal. Où est Geffrey ? Geffrey !

Quelques paroles confuses sortirent encore de sa barbe souillée de sang. Puis il s'endormit.

*
* *

— Père, où allons-nous, maintenant ?

— A Chinon, petit. Envoie un courrier à la reine pour lui dire que je suis en danger de mort et qu'elle accoure au plus tôt.

Ils arrivèrent à Chinon un soir des ides de juillet, le dimanche du Précieux-Sang. Les églises étaient ornées de rameaux odorants, et des musiques de fête arrivaient par vagues des hameaux. On avait placé le roi dans un chariot bâché pour le protéger du soleil, avec sous lui une bonne épaisseur de paille, et Geffrey et Guillaume montaient les chevaux de bât pour modérer l'allure.

Lors d'une étape, alors que le roi reposait à l'ombre d'une haie où moussaient des chèvrefeuilles, Geffrey l'avait entendu dire d'une voix faible :

— Si Dieu me fait la grâce de me guérir, je ferai de toi le plus puissant parmi les grands. Sinon, je prie Dieu de te donner ce que tu mérites.

Geffrey n'avait pu cacher ses larmes.

— Tout ce que je demande, père, avait-il répondu, c'est que vous guérissiez.

Les cloches de Saint-Mexme, de Saint-Maurice et jusqu'à celle de la petite chapelle de Saint-Georges carillonnaient comme il entrait dans la cité.

Cette nuit-là, il dormit profondément. Si profondément que Geffrey et Guillaume s'éveillaient à tout moment, intrigués par son immobilité. Son premier souhait, au petit matin, fut d'être conduit à la chapelle Saint-Georges. Il l'avait faite construire en sa jeunesse, choisissant les matériaux et l'architecture. Il voulait qu'elle fût son dernier refuge.

Un prêtre reçut ses dernières confessions et le fit communier. Après, une sorte de torpeur s'empara du roi. Une nouvelle fois, on crut qu'il était mort, mais ni Geffrey ni le Maréchal n'osaient le toucher.

— Guillaume, dit soudain Geffrey, regardez !

— Guillaume se frotta les yeux et regarda dans la direction indiquée. Les heuses du roi, de la pointe des orteils au genou, se revêtaient d'une belle couleur dorée.

— Miracle, dit Geffrey.

— Non, dit le Maréchal. C'est le reflet des vitraux.

Etendu sur une civière, le corps du roi se couvrait de chaudes couleurs, au fur et à mesure que tournait le soleil. Il fut bientôt, tout entier, transformé en un Hérode de verre coloré, jailli tout armé de la légende, avec sa barbe de sang, sa large ceinture de cuir à clous d'or, ses cuisses arquées de cavalier. Une flamme semblait s'être attachée à la place de la croix pectorale d'or roux qui bougeait doucement dans une lumière rouge.

Guillaume et Geffrey demeurèrent un moment immobiles et muets. Ils ne virent pas que le roi avait ouvert des yeux affolés et que sa bouche cherchait à articuler des paroles qui demeuraient dans sa gorge.

Il put cependant pousser un cri rauque, vomit un gros caillot de sang noir, puis sa tête tomba sur le côté.

Guillaume lui ferma les yeux.

«Mes larmes sont le pain de mon existence»

— Richard ! Vas-tu te taire ? Je t'ordonne de me lâcher !

— Jamais ! Je vous tiens, je ne vous lâche plus.

— Tu dis cela chaque fois que nous nous rencontrons.

— Cette fois-ci, je le jure par les saints Evangiles.

— Non ! ne jure pas. Cela porte malheur. Et lâche-moi. Tu n'as aucun respect pour mon âge.

— Mais vous êtes jeune, mère. Et je vous trouve très en beauté. Fraîche, svelte, vive comme une source...

— Dis un peu mon âge.

— Vous êtes née l'année où l'aïeul de Philippe faisait campagne en Auvergne. En 1125.

— Non, en 1122. Ne cherche pas. J'ai soixante-sept ans, Richard. Je suis une vieille femme et, déjà, je songe que je devrais bien me retirer de ce monde qui ne veut plus de moi. J'en ai parlé il y a quelques semaines avec Roger, le prieur de Fontevrault.

— Non, mère. J'ai encore besoin de vous. Maintenant plus que jamais. A trente et un ans, je suis moins raisonnable que vous ne l'étiez à quinze.

— On a dit et écrit, pourtant, que je suis une reine déraisonnable, futile, égoïste...

— Qui a dit cela ? Les moines à la solde de votre premier époux. Moi, je sais que vous êtes plus riche de sens que vos deux époux réunis. Vous m'aiderez ? Promis ?

— Nous verrons, dit Aliénor. Mais lâche-moi, tu me fais mal avec tes grosses mains.

La porte venait de s'ouvrir sur Jean.

— Richard, on te réclame dans la grande salle. Le chancelier, l'archevêque, le sénéchal s'étonnent de ton absence.

— C'est vrai, convint Richard. Le jour de mon couronnement, je me dois à mes sujets. Où étais-tu, toi, pendant la cérémonie à Westminster ? Je ne t'ai pas vu ?

— Si tu avais moins prêté attention à notre mère, tu m'aurais sans doute aperçu. J'étais à ta gauche et tu regardais presque constamment à droite...

— C'est vrai, dit la reine d'un ton de reproche. J'en étais même gênée. Ma place, d'ailleurs, n'était pas à ta droite. C'était celle de ton épouse.

— Oui, oui, bien sûr, grogna Richard. Jean, descends annoncer mon arrivée.

— Richard, dit la reine, écoute-moi sérieusement. Tu dois te marier.

— Je n'en éprouve ni le désir ni la nécessité. Philippe va de nouveau me proposer Ælis, comme chaque fois que nous nous rencontrons, et je ne veux pas de cette colombe anémique. Vous savez que d'autres raisons font qu'elle ne peut être mon épouse.

— Je le sais. Aussi bien n'est-ce pas Ælis que je voudrais te voir épouser, mais une autre demoiselle dont on m'a dit le plus grand bien : Bérangère, la fille de Sanche de Navarre. Je dois t'avouer que j'ai déjà entrepris des démarches.

— Sans me consulter ?

— Tu aurais refusé.

— Ma position n'a pas changé.

— Elle changera sûrement quand tu auras vu Bérangère. Richard, il faut que tu me comprennes. Qu'adviendrait-il s'il t'arrivait malheur ? Tu es vif, imprudent. Tu ne songes pas à protéger ta vie et elle sera en danger quand tu combattras sous les murs de Saint-Jean-d'Acre ou de Jérusalem. Tu ne peux t'embarquer sans qu'il y ait promesse d'un enfant.

Richard parut surpris. Il s'approcha de la reine, lui posa les mains sur les épaules.

— Mère, je ne suis pas seul. Vous comptez sans votre fils, Jean. N'avez-vous pas confiance en lui ?

— Pour tout dire : non. Je lui ai donné tout l'amour qu'une mère peut donner à son enfant. Je l'ai soigné, je l'ai arraché à la mort et je continuerai. Mais je ne puis avoir confiance en lui. Il est versatile, têtu, vindicatif, futile. Il te jalouse parce que tu es riche et puissant, parce que tu plais aux femmes alors qu'elles se rient de lui.

— Il faut le marier, mère. Cela le changera peut-être.

— Nous y pourvoirons sans tarder. Jeanne de Gloucester fera très bien son affaire. Mais c'est surtout à toi que je pense.

— Il faut que je descende, mère.

— Bien, soupira Aliénor. Nous en reparlerons.

Elle s'éloigna de quelques pas.

— Tu est beau, mon petit. J'aimerais que cette image que je garderai de toi soit la dernière. Cette couronne était faite pour ta tête, cette cape pour tes épaules, ces bottes et ces éperons d'or pour tes pieds. Non, ne bouge pas. Un instant, mon fils, mon cœur de lion. Rien qu'un instant.

Elle ferma les yeux. Richard vivait encore en elle comme la trace du soleil qui s'imprime sur la rétine et que la plus profonde nuit ne peut vaincre. Elle sentit ses lèvres lui effleurer le front, respira l'odeur de sa courte barbe frisée, écouta décroître ses pas.

— S'il t'arrivait malheur, petit, s'il t'arrivait malheur...

*
* *

— Nous délivrerons le royaume de Dieu, beau sire, et après tout sera facile. Nous ferons la loi parmi tous les princes de la chrétienté, le pape ne fera rien sans prendre notre avis. Des mers du levant à celles du ponant, on ne jurera plus que par nous. Philippe ! Eh, Philippe !

Philippe releva mollement la tête. Il supportait mal la boisson et, depuis le début du repas, Richard l'incitait à boire, tantôt par la persuasion, tantôt par la raillerie. Il était ivre, lui aussi, mais d'une ivresse joviale, loquace, imaginative. La main sur l'épaule de Philippe, la soulevant parfois pour la laisser retomber en claques puissantes qui ébranlaient le roi de France, sa barbe à ras de son assiette, taillant les Musulmans à coups de couteau, il exposait son plan pour la croisade. De temps en temps, il changeait de conversation.

— Et ce Monbazillac, Philippe. Par la gorge-dieu, quel délice. Allons, bois...

— Je ne me sens pas bien, dit Philippe. La fatigue...

— Rien de tel pour faire cesser la fatigue qu'une chanson. Toi, là-bas, ta cithare !

Le trouvère tendit son instrument à Richard qui bondit sur la table, fracassant sous sa botte les verreries fines.

Richard chanta. Ce furent d'abord des paroles désordonnées, des apostrophes dédiées à quelques convives. Peu à peu, le chant prit une unité, de la puissance et de l'ampleur. La voix grave et profonde de Richard s'attardait sur les dernières syllabes de chaque vers pour permettre à l'idée de reprendre son élan. A l'écouter, on voyait se dessiner les remparts de Saint-Jean-d'Acre ou de Jérusalem ; la nappe se peuplait d'armées piétinant dans des nuages de sable ou des mares de boue, de cavaleries déferlant dans les éclairs des sabres courbes et des épées à fusée droite ; des étendards chrétiens flottaient à la pointe des minarets dans un soleil terrible dont on sentait la chaleur à fleur de peau.

Quand il eut terminé, un silence pesant tomba sur la salle. Libéré de son ivresse, Richard sauta à terre, envoya la cithare dans les bras du trouvère éberlué et se rassit.

— As-tu aimé cela ?

Philippe ne répondit pas.

— Le plus drôle, poursuivit Richard, c'est que je serais bien incapable de me rappeler un vers de ce que je viens de chanter. Cela coule de moi comme d'une source et se perd dans le sable. Il m'arrive parfois de chanter en pleine bataille et de rythmer ma chanson à coups de sabre.

Richard avait terriblement faim et soif, comme s'il venait de se battre ou de chevaucher durant des heures. Il se fit servir des angelots, ces petits fromages normands dont il raffolait. Philippe le regarda manger avec une expression de dégoût qui n'échappa nullement à Richard.

— Philippe, j'ai des inquiétudes pour ce qui nous concerne. Nous différons comme l'eau et le feu. Je n'ai en toi qu'une confiance limitée et tu me détestes franchement.

— Qu'est-ce qui te fait penser cela, cousin ?

— Tout. Tu détestes tout ce que j'aime. Lorsque nous serons sous les murs de Saint-Jean-d'Acre, ces dissentiments ne feront que croître et il n'en sortira rien de bon. Ne vaudrait-il pas mieux nous séparer tout de suite ? Il serait préférable que ce soit un autre soir que celui de Noël, mais puisqu'il en est ainsi...

A la grande surprise de Richard, Philippe éclata de rire et claqua d'une tape franche l'épaule de son compagnon.

— Sot que tu es, Richard. C'est vrai que nous n'avons pas les mêmes goûts, mais l'essentiel c'est que nous désirions les mêmes choses. Peu importe que nous différions si, en fin de compte, nous nous complétons comme les deux faces d'une monnaie.

— Une face qui serait un sterling d'un côté et un sou de l'autre...

— Richard, je n'ai pas d'autre ami que toi.

— Vrai ?

— Aussi vrai que je suis roi de France.

Richard s'essuya les moustaches, frappa du poing sur la table, réclama le silence et, devant l'assemblée interloquée, embrassa solennellement Philippe qui lui rendit son baiser. Richard, la voix brouillée, se pencha vers Philippe.

— Nonencourt... Noël de l'an de grâce 1189... Richard Ier, roi d'Angleterre, Philippe-Auguste, roi de France, se donnèrent le baiser de paix et se jurèrent amitié éternelle. Je sens que nous allons accomplir de grandes choses et que la face du monde en sera changée...

*
* *

Philippe et Richard durent remettre leur départ. La femme de Philippe, Isabelle de Hainaut, venait de mourir. Peu après, c'était le roi des Deux-Siciles : Guillaume le Bon, gendre d'Aliénor. Sans son aide, il était difficile de s'embarquer pour l'Orient. Philippe et Richard décidèrent pourtant que, quoi qu'il advînt, ils partiraient au début de juillet. Le successeur de Guillaume, Tancrède, paraissait bien disposé à leur égard.

Philippe acheva l'enceinte de Paris et de quelques autres villes pour parer à des troubles éventuels. Richard distribua ses ordres à ses sénéchaux : Mercadier aurait la haute main sur l'armée pour les provinces du continent ; Aliénor régnerait sur l'Angleterre.

Il soufflait sur Poitiers, dans ce début d'été, des brises torrides. Le soir, Richard montait à la pointe de la tour Maubergeonne et, accoudé aux créneaux, regardait le ciel de l'orient se velouter de violet. Un matin, il vit arriver la reine.

— Vous, mère ! Quelle joie vous me faites !

— Penses-tu que je sois aussi ingrate que tu l'es et que je te laisserais partir sans te revoir une dernière fois ?

— Pardonnez-moi, mère. J'ai été pris par les préparatifs de la croisade, au point qu'il m'a été impossible d'aller vous saluer une dernière fois en Angleterre.

— Depuis des mois, je n'ai pas cessé une heure de songer à ce départ, qui est pour moi une source perpétuelle de soucis. Si tu ne revenais pas, Richard !

— Je reviendrai, mère !

— Si tu ne revenais pas, tu sais que j'en mourrais. Il faut que tu épouses Bérangère !

— Avant mon départ ? C'est impossible.

Aliénor se détourna de son fils. Appuyée au montant du lit, sa taille parut se tasser. Elle enleva sa mantille de dentelle noire qui lui entourait la tête et ses cheveux gris, libérés, tombèrent sur ses épaules.

— Mère, comprenez qu'il est trop tard. D'ici une quinzaine, je dois rejoindre mes barons qui m'attendent à Marseille. Philippe est déjà parti pour Gênes. D'ailleurs, il y a un mois, je vous aurais répondu de même. Je n'ai le temps de songer qu'à cette expédition.

Elle se retourna vivement :

— Et la sûreté de tes Etats ? Philippe a tout prévu, lui, même de t'abandonner en route. Dès son retour, il pactisera avec Jean et tu ne pourra même plus remettre les pieds dans ton pays !

— C'est faux !

— Tu sais bien que non.

— Vous veillerez au grain.

— Ah ! çà, me prends-tu pour un capitaine ? Je maintiendrai la paix en Angleterre. C'est tout ce que je puis te promettre. Tandis que s'il y avait promesse d'un héritier...

Richard secoua la tête, posa en souriant la main sur l'épaule de sa mère qui la rejeta.

— Est-ce ton dernier mot ?

Il opina.

— Alors, adieu.

— Mère !

Arrivée sur la porte, elle se retourna.

— Quoi encore ?

— Vous me quittez comme cela, sans même m'embrasser ?

Elle lui jeta un baiser rapide sur le front.

— Mère, restez. Jusqu'à mon départ.

— Impossible, Richard ! Je crains de ne pas avoir le temps.

Il l'accompagna jusqu'au pont du Clain, la regarda partir à travers vignes et vergers, dans la chaleur de juin, entourée de ses capitaines anglais. Il faillit courir après elle, lui dire qu'il avait réfléchi, qu'il consentait. Mais il ne pouvait, non, il ne pouvait retarder son départ.

*
* *

Aliénor relut plusieurs fois la lettre de Richard. Cela faisait plus de trois mois qu'il avait quitté Marseille et c'est de Messine qu'il écrivait.

Mère, ce pays m'ennuie. Quand je songe que j'aurai encore cinq mois à y vivre, j'ai envie de m'embarquer seul pour la Terre sainte, où tant de chevaliers m'attendent et piétinent devant Saint-Jean-d'Acre.

C'était un pays d'une grande beauté. Le roi Tancrède était un prince assez affable, mais il n'avait pas tenu les promesses de Guillaume le Bon et rien n'était prêt pour le départ. Les chantiers navals travaillaient jour et nuit, mais il n'était pas question de s'embarquer avant le printemps.

L'île manquait de distractions. Les femmes n'étaient pas du goût de Richard et les vins ne valaient pas ceux du Médoc. Richard, Philippe ou Tancrède organisaient des courses de chevaux, des tournois, des fêtes nautiques, mais on ne pouvait renouveler indéfiniment ces festivités. Les relations entre Philippe et Richard allaient cahin-caha ; quant aux armées françaises et anglaises qui campaient dans la même plaine côtière, il fallait toute la vigilance des officiers pour éviter des batailles rangées.

La reine replia la lettre d'une main fébrile. Désormais tout était simple, tout était facile. La reine irait chercher Bérangère au cœur du royaume de Navarre pour l'amener à Richard.

Ce n'est qu'à quelques jours de là qu'elle réalisa pleinement la folie de son entreprise. Mais c'était ce genre de folies qui plaisaient à Richard.

*
* *

Richard n'en croyait pas ses yeux.

Il renvoya d'un geste son secrétaire, repoussa son siège et s'avança vers le rideau de velours cramoisi qu'une main venait de soulever. Il aurait douté de la réalité de cette apparition s'il n'avait entendu une voix qui disait, le plus naturellement du monde :

— Je ne te dérange pas, Richard ?

— Mère ! vous ici...

Il n'en finissaient plus de s'embrasser, de se serrer l'un contre l'autre, comme pour chasser les dernières ombres de doute et effacer entre eux le souvenir de mois d'ennui, d'impatience, d'inquiétude.

Il prit un air sévère :

— Ce n'est pas raisonnable : entreprendre un tel voyage, à votre âge, en plein hiver...

— Je te rappelle au respect que tu dois, sinon à ta mère, du moins à la femme que je suis.

Il l'attira vers lui, l'embrassa sur les yeux.

— C'est vrai. Vous êtes toujours aussi jeune.

— Pas de fausses louanges, Richard. Tu manqueras toujours de mesure, dans l'éloge comme dans l'outrage...

Elle se détacha de lui.

— Tu ne me demandes pas ce qui m'amène en Sicile ?

— M'en avez-vous laissé le temps ? Je suppose que c'est parce que vous avez décidé de me suivre en Terre sainte ?

Aliénor secoua la tête et sourit finement.

— En Terre sainte, à mon âge ! Voyons Richard...

Son visage se fit austère.

— Je ne suis pas venue seule, Richard. Promets-moi de ne pas te mettre en colère quand je t'aurai dit qui m'accompagne. Du moins avant de l'avoir vue ?

— Promis, dit Richard.

— Bérangère m'a suivie.

— Vous dites ?

— Bérangère de Navarre.

Richard tourna le dos à la reine et s'éloigna lentement à travers la chambre. Aliénor entendit monter un grognement de chat en colère. Il revint vers elle, la tête en avant, l'index pointé.

— Alors, vous allez repartir. Tout de suite, vous et cette Bérangère. Dites que je suis absent, que je suis sur le point de mourir, que j'ai contracté la lèpre ou le choléra. Dites ce que vous voudrez, mais ramenez cette fille chez ses parents !

— Tu m'avais promis...

— Je suis très calme ! hurla Richard. Si je ne me contenais pas, je vous aurais jetée dehors, vous et votre péronnelle.

— Richard !

— Pardonnez-moi, mais, de grâce, partez.

— C'est bon. Mais tu n'as qu'à demi tenu ta promesse. Quand tu l'auras vue seulement, tu pourras nous chasser.

Avant qu'il ait pu s'en défendre, elle le prenait par la main, l'entraînait à travers le couloir.

— Doucement. Elle est ici.

Aliénor écarta le rideau.

La demoiselle était debout contre un lutrin de fer forgé qui portait une énorme Bible italienne. D'où il était, Richard ne distinguait que son profil : un front pur, bien dégagé, un nez un peu court mais d'une finesse extrême, un arc de sourcil qui partait à la recherche de la pommette ronde et pleine de mesure ; dans la résille de fil d'or qui l'emprisonnait, la chevelure brune où jouaient des reflets paraissait vivre. Bérangère était petite, mais svelte. Richard observa qu'elle mettait beaucoup d'application à feuilleter le livre ; sa main ornée de grosses bagues qui en faisaient ressortir la délicatesse, caressait le vieux parchemin chaque fois qu'elle tournait une page.

— Une fleur, dit Aliénor, une véritable petite fleur de la montagne.

La main de la reine pressait celle de Richard. Déjà, elle devinait que la partie était gagnée pour elle.

— Voilà, soupira la reine. Je dirai à la demoiselle que tu as la lèpre.

— C'est que, bredouilla Richard... Vous me prenez à l'improviste. Bérangère ne vous croira pas si vous lui racontez ces sornettes.

— Il faudra bien qu'elle me croie. Nous allons repartir sur-le-champ.

— Attendez demain.

— Impossible. Notre navire repart dans moins d'une heure.

— Allez-vous m'écouter ! Vous parlez, vous parlez...

— Aurais-tu réfléchi ? Trop tard, mon petit. Si tu étais malheureux, plus tard, avec Bérangère, tu me le reprocherais. Adieu, nous partons.

— C'est bien ce que nous allons voir !

Aliénor lui fit signe de se taire et de se retourner.

— Pardonnez-moi, dit Bérangère. J'ai entendu du bruit.

— Ce n'est rien, dit Aliénor. Richard refusait simplement de se présenter à vous dans cette tenue.

Richard s'avança vers Bérangère dans la longue robe de soie verte qu'il portait pour dicter le courrier à son secrétaire. Il s'inclina :

— Soyez la bienvenue, demoiselle.

Aliénor se sentit fondre de joie. Elle les poussa dans la pièce, laissa retomber sur eux la lourde draperie et s'éloigna, seule, vers le fond du couloir où la lumière de la matinée rayonnait à travers les vitraux.

*
* *

— Nous nous marierons à Chypre, dit Richard. Ah ! mère, quelle dette est la mienne. Je vous dois tout : ma vie, ma fortune, mon bonheur.

La grande voile rouge achevait de monter jusqu'à la pointe du mât dans le grincement des cordages et le ahan des matelots. Aliénor se détourna pour cacher son émotion. La cathédrale de Messine dressait dans le soleil de mars, déjà brûlant, sous les collines toutes blanches d'amandiers, sa haute façade de marbre polychrome qui paraissait dessinée par le pinceau des moines.

Jeanne avait quitté Palerme pour venir voir sa mère. Elle vivait dans une demi-réclusion depuis que son époux, Guillaume le Bon, était mort dans un ermitage du mont Pellégrino. Elle paraissait désemparée devant l'existence comme Aliénor l'avait été après son divorce avec Louis VII. Le peu de temps que la reine demeura avec elle, dans l'ambiance bruyante et colorée de la cour de Tancrède de Lecce, elle parut se décider à faire surface, et Aliénor l'avait même aperçue à diverses reprises en conversation avec un brillant chevalier : Raymond de Toulouse. Déjà, on parlait de mariage.

Richard observait sa mère comme elle s'appuyait au château avant de la nef, contre la rampe de cuir chaud.

— Vous regardez Jeanne, mère ? Voyez comme elle paraît heureuse. Elle ne quitte plus Raymond et Raymond m'a avoué qu'il ne pouvait plus vivre sans elle. Mère, vous avez semé le bonheur autour de vous...

Aliénor posa sa longue main blanche, à peine ridée, contre la joue de Richard qui la saisit pour l'embrasser.

— Ah ! mère, mère, comme je vais vous regretter.

— Ne pense pas trop à moi, Richard. Tu es marié à présent.

Une foucade de vent du sud gonfla la voile et fit bondir le vaisseau d'Aliénor. Le quartier-maître s'impatientait.

Quand le navire eut viré de bord, la reine se précipita de l'autre côté du château. La gorge contractée, elle continuait à agiter un coin de son voile.

Elle eut alors le pressentiment d'un malheur.

Au temps gris de Bonneville, aux hameaux perdus dans la dentelle noire des forêts, aux eaux mortes de la Touques qui roulaient leur boue vers la mer, elle opposait le soleil au goût d'orange chaude de Palestine, les villes blanches et dorées, assaillies par les jardins de palmes, les gouffres bleus de la mer. Aux murs sombres luisants d'humidité de la vieille citadelle normande, elle substituait les flancs de Saint-Jean-d'Acre, léchés par l'incendie, couronnés de têtes coupées, battus de grandes volées de pierres et de poix par les hommes de Richard et de Philippe. Quand elle était lasse de cette neige mêlée de pluie qui, depuis le troisième dimanche de l'Avent, cinglait les vieilles murailles, poussée par le vent venu de la Manche, elle relisait les dernières lettres de Richard, de brèves missives écrites d'une mauvaise encre de la main d'un secrétaire fatigué. Elle voyait un grand tref rouge noyé dans la lumière dévorante, accablé par un soleil implacable, et Richard qui tournait autour de la table où était assis l'homme au calame mal taillé.

Les croisés piétinaient devant Saint-Jean. Campé à peu de distance, dans les montagnes, Saladin contre-attaquait presque chaque jour. Une étrange maladie s'était déclarée dans le camp des chrétiens. Richard et Philippe n'y avaient pas échappé : ils étaient hideux à voir avec leur visage pelé, suintant d'humeurs, leur crâne couvert de croûtes. Il y avait eu la fièvre, la peste, le choléra, la sécheresse et les inondations. Les sept plaies d'Egypte n'étaient rien auprès de ce que souffraient les soldats du Christ. Bérangère attendait dans l'île de Chypre, à Limassol, que Richard revînt. Et Richard tardait.

Malade, à bout de force, Philippe parlait de retourner en France et Richard devait ruser et menacer pour qu'il restât.

Il savait trop bien ce que cachait cette intention.

Aliénor attendait Jean. Il avait promis qu'il serait là pour ce Noël de l'an 1191. La reine avait décidé de tenir un plaid où devaient se retrouver les grands barons d'Angleterre, de Normandie et d'Aquitaine.

La neige avait succédé carrément aux averses glacées. Lorsque la reine entendit, dans la cour, le piétinement des chevaux, qu'elle vit des cavaliers s'avancer à la lueur des lanternes tenues par les valets d'écurie, elle pensa que Jean avait tenu sa promesse.

L'homme qui se présenta à elle n'était pas Jean mais un obscur baron de Bretagne. Il avait la moustache et la barbe gorgées d'eau.

— Le roi Jean m'a chargé de vous prévenir, madame, qu'il ne pourrait être des vôtres pour Noël.

Le mot « roi » fit sursauter Aliénor. Elle demanda la raison de cette absence.

— Philippe est revenu de Terre sainte.

— Que dis-tu ?

— Revenu depuis plus d'une semaine.

— Et Richard ?

— Votre fils est resté, madame.

Aliénor allait et venait dans la pièce, nouant et dénouant la ceinture de sa robe, contenant une colère qu'elle se refusait à laisser paraître devant l'envoyé de Jean. Elle avait beau se dire que tout cela était prévu, y compris l'empressement de Jean à se réfugier auprès de Philippe dès le retour de ce dernier, l'événement la dépassait. Richard n'ignorait pas que Philippe mettrait à profit l'absence de son allié et les bonnes dispositions de Jean à son égard pour ébranler l'empire anglo-aquitain. Quant à Jean, son inconscience passait celle de son frère ; mais la reine ne voulut en retenir que ce qui, pour l'heure, lui causait la plus grande déception : son refus d'assister au plaid de Noël de la reine.

Elle se tourna vers le messager :

— Ecoute ceci que je te prie de rapporter à Jean : s'il ne se trouve pas à mes côtés pour Noël, je lui retire toute mon affection et souhaite qu'il ne reparaisse pas devant moi. Tu peux aller, maintenant. Je te donne une heure pour te réconforter et te réchauffer. Après, tu reprendras la route de Paris. Je serai là pour te voir partir.

*
* *

— Elle n'a rien ajouté d'autre ? demanda Philippe.

— Rien, répondit Jean.

Il s'appuya de l'épaule à la boiserie couleur de vieux cuir et se mit à tourner avec une petite cuiller le vin brûlant auquel il avait mêlé une grosse larme de miel. Ses mains couvertes d'engelures le faisaient souffrir. Quand il était enfant, la reine les lui oignait au coucher d'une pommade adoucissante et, dès qu'il fermait les yeux, les atroces picotements s'atténuaient.

— Que décidez-vous, cousin ? demanda Philippe.

Les décisions promptes n'étaient guère le fait de Jean. Il continua de tourner la cuiller dans son vin, bien que le miel fût fondu. Son regard se perdit dans la cour du château de Fontainebleau où des groupes de domestiques passaient, traînant dans la neige des chariots pleins de houx pour décorer la chapelle de Saint-Saturnin dont on voyait les vitraux briller dans le crépuscule.

— Ah ! Philippe, je ne sais. J'ai tant d'amitié pour vous que je ne puis vous laisser fêter sans moi votre retour. Mais je crains que la reine prenne prétexte de mon absence pour me causer du tort.

— Tant que Richard est absent, elle ne peut rien faire contre vous.

— Peut-être. Mais Richard reviendra d'ici quelques mois.

— Non, Jean. Richard est en Terre sainte pour plus longtemps que vous ne pensez. Je lui ai laissé dix mille chevaliers avec mission de retarder les opérations et de faire en sorte que Jérusalem ne soit jamais prise.

— Vous avez pourtant juré sur les saints Evangiles...

Philippe haussa les épaules et reprit d'un ton courroucé :

— Je me suis fait relever de cette promesse par le pape Clément. Désormais, je suis libre d'agir et j'agirai.

Jean but une gorgée de vin. Le liquide avait tiédi. Il fit la grimace en frottant ses engelures.

— Et si, malgré vos prévisions, Jérusalem tombait ?

— Richard quitterait la Terre sainte, mais il n'arriverait jamais en France. J'ai acheté à prix d'or les services du capitaine de la galère royale : elle échouera sur les écueils de la côte dalmate et les hommes de Léopold d'Autriche seront là pour cueillir Richard et le garder captif le temps que nous voudrons. Et, ni l'un ni l'autre n'avons le désir de le voir réapparaître. N'est-ce pas, cousin ?

Jean ne répondit pas. L'astuce de Philippe le confondait.

— Vous comptez sans les partisans de mon frère.

Philippe eut un sourire ironique.

— Les partisans de Richard seront de moins en moins nombreux. Je vais faire courir sur lui des bruits tels que même ses plus fidèles soutiens admettront à la longue que les malheurs de Richard sont une punition du Ciel.

Ils gardèrent quelques instants le silence. Philippe sifflotait, se balançant d'avant en arrière sur ses talons.

— Richard est de ces adversaires contre qui toutes les armes sont bonnes.

— Vous le détestez, parce qu'il vous surpasse en richesse, en magnificence, parce qu'il est meilleur capitaine que vous et que les femmes ne savent pas lui résister.

Philippe ne parut pas surpris. Ces arguments, Richard lui-même les lui avait infligés. Philippe savait qu'il était le plus fort et qu'à la fin du compte il triompherait des Plantagenêts.

— Peut-être, soupira-t-il. Mais ce n'est pas ce sentiment qui m'anime.

Philippe sentit que la conversation glissait vers un terrain dangereux. Il n'allait tout de même pas avouer à Jean qu'après Richard viendrait son tour et que les démonstrations d'amitié n'étaient que feinte. Il dit *ex abrupto :*

— Jean, il est temps de choisir. Si vous rejoignez la reine, ce sera le signe que vous avez changé de camp. Si vous demeurez à Fontainebleau, vous serez d'ici le prochain Noël maître de tous les territoires de Richard. A vous de choisir.

— J'ai choisi, dit Jean. Je ne vous quitterai plus et ce n'est pas la volonté de ma mère qui y changera quelque chose.

— Vous me plaisez, petit Plantagenêt ! D'ici quelques mois, nous serons les monarques les plus puissants d'Occident. Je le jure.

— Sur les saints Evangiles ? dit tranquillement le garçon.

*
* *

L'annonce de la captivité de Richard fit à la vieille reine l'effet d'un coup de poignard au cœur.

Elle s'enferma durant trois jours dans sa résidence de Windsor, refusant de voir quiconque, de prendre connaissance du courrier, d'absorber la moindre nourriture. Elle resta alitée comme une morte, regardant la lumière de l'automne, bleue et rousse, naître, croître, faire bouger des ombres de feuilles contre les murailles, décroître, s'éteindre. Cette triste lumière était la seule chose qui la rattachât encore à la vie, mais elle en venait à espérer qu'un matin elle ne se lèverait plus pour elle.

A l'aube du quatrième jour, elle se leva. La mort ne voulait pas d'elle et elle n'était pas sûre, au fond, de vouloir de la mort. Le miroir lui renvoya l'image d'une vieille femme arrivée au terme de sa vie. Elle fut si épouvantée de son aspect qu'elle faillit crier. Elle se contenta de tirer le cordon.

Deux heures plus tard, ayant pris un bain brûlant, un solide matinel, revêtue d'une chaude pelisse, elle fit venir Pierre de Blois et dicta des lettres jusqu'au déjeuner : au sénéchal d'Aquitaine, Pierre Bertin, à Jean qui se trouvait en Normandie, à Philippe, au pape Célestin, à l'empereur d'Allemagne.

Dans chacune de ces lettres, elle laissait éclater sa colère et l'annonce de sa vindicte. La captivité de son fils était une machination dont elle saurait bien découvrir les coupables.

Ce bain de colère lui fut bénéfique. Elle déjeuna de fort bon appétit et s'offrit la détente d'une petite chevauchée le long du fleuve, jusqu'à Maidenhead.

Quand elle revint à Windsor, à la première brise du soir, elle se sentait prête à lutter jusqu'au bout. Les lettres qu'elle avait dictées n'étaient qu'un avertissement. Ses adversaires allaient voir de quoi elle était capable.

Trois jours plus tard, elle s'embarquait pour le continent.

*
* *

Où était Richard ? Etait-il encore en vie ?

Du lieu de sa captivité, la reine ignorait tout : elle devinait simplement qu'il devait se trouver dans le fin fond de l'Allemagne. C'est à Léopold, duc d'Autriche, qu'il devait ses malheurs : il avait injurié le duc, avait jeté son étendard dans la boue à la suite d'une attaque manquée et l'Autrichien avait juré de se venger. Léopold se garda bien de répondre aux lettres d'Aliénor.

Ce dont la reine était sûre, c'est que Richard était vivant. Rien ne l'autorisait à cette certitude, sinon des intuitions. Mais, si Philippe hésitait à agir, ce ne pouvait être que par crainte d'un retour inopiné de Richard ; son adversaire définitivement disparu, l'invasion de l'Angleterre, dont le bruit se répandait, eût déjà commencé.

C'est par hasard qu'Aliénor apprit où se trouvait Richard.

Elle arrivait un soir de mai à Rouen quand elle vit un serviteur du palais venir précipitamment à sa rencontre.

— Madame, un homme est là, porteur de nouvelles de Richard. Il n'a rien voulu dire d'autre et ne veut parler qu'à vous, en secret.

Il se nommait Blondel. Aliénor le découvrit à l'aumônerie, attablé devant un pot de cervoise. C'était un robuste gaillard au cuir tanné par le soleil des grands chemins. Jongleur et troubadour, il parcourait l'Europe avec un vieux rebec dédoré dont les cordes sonnaient faux.

— C'est bien toi, l'homme qui sait où se trouve le roi Richard ?

Blondel fit du regard le tour de la longue salle voûtée où traînaillaient quelques gueux.

— C'est moi, dit-il. Mais, de grâce, parlez bas.

Aliénor s'assit sans façon près du jongleur.

— Voilà, dit Blondel.

Il avala une gorgée de cervoise, essuya la mousse d'un revers de poignet.

— Votre fils est sain et sauf. L'empereur d'Allemagne le tient prisonnier dans une citadelle de Bavière et quelque chose me dit qu'il ne le lâchera pas à moins d'une rançon fabuleuse.

— As-tu vu Richard ?

— Non.

— Lui as-tu parlé ?

— Pas davantage.

— Tu te moques de moi ?

— Non, madame. C'est une étrange histoire.

Blondel errait à travers les vastes forêts de Bavière, s'arrêtant deux jours ici, trois jours là, suivant la qualité de la cuisine et la beauté des servantes. Les seigneurs bavarois étaient friands des œuvres des troubadours limousins et provençaux ; la plupart étaient allés à la croisade et comprenaient les paroles de ces chansons. Blondel chantait mal et, après boire, sa mémoire le trahissait ; mais il venait d'Aquitaine, cela suffisait pour qu'on l'estimât.

Cette citadelle de Dirstein, sur le bord du Danube, Blondel l'avait regardée d'un mauvais œil avant de se décider à heurter à l'huis. Il s'essouffla pour escalader la butte calcaire de ce nid d'aigle, bien qu'on fût au fort de l'hiver, et on eût refusé de le laisser entrer, s'il n'avait menacé de se laisser mourir de froid.

— Abrège, dit Aliénor.

— Ils ont eu pitié de moi, madame, et, quelques instants plus tard, je me chauffais auprès d'un bon feu, dans la salle d'armes, quand je vis arriver une fille toute jeunette, blonde et fine, dont le sourire...

— Sois bref, répéta Aliénor.

— Youta — c'était son nom — me pria de le suivre avec mon rebec. Le baron s'était couché, la dame et ses filles demeuraient seules dans la grande salle. Elles désiraient entendre quelques chansons.

Jamais Blondel n'avait vu si lugubre assemblée. Il se demanda quel mort on pouvait bien veiller. La dame lui tournait le dos et il ne voyait d'elle qu'un bonnet d'étoffe noire et une main très pâle, allongée sur l'accoudoir, dont les bagues brillaient à la lueur du foyer.

Le troubadour sentit son rebec peser d'un poids de plomb. Il commença une aube en se promettant que ce serait la première et la dernière de la soirée :

Pour glorifier le noble amour
Qui me tient courbé sous sa loi
Je chante cette aube nouvelle...

Les sons du rebec moururent sans que l'aube se décidât à se lever. Blondel avait bu plus de bière qu'il n'était convenable et sa mémoire, une fois de plus, lui faisait défaut.

— As-tu juré de m'endormir ? demanda la reine.

— Un instant. Nous y voilà...

Il répéta le début de l'aube et se gratta la tête. Non, décidément, la suite ne venait pas. Il connaissait pourtant par cœur cette pièce d'Uc de La Bachellerie. Soudain, il entendit la voix grêle de Youta chanter, avec un mauvais accent :

... La nuit est limpide et sereine
Et j'entends le chant d'un oiseau
Où mon mal retrouve un écho.

Blondel remercia la fillette d'un signe de tête et termina sa chanson. Au moment de se retirer, en s'inclinant devant Youta, il lui dit :

— Qui vous a appris cette chanson, demoiselle ? Un autre jongleur ?

— Non, Blondel. C'est le prisonnier.

— De quel prisonnier voulez-vous parler ?

— Je ne sais pas son nom, mais je l'entends souvent chanter dans votre langue. Je ne l'ai jamais vu, car personne ne peut l'approcher, mais je reste des heures à l'écouter, assise dans le verger quand il ne fait pas trop froid. Quelquefois, je pleure en l'écoutant, surtout lorsqu'il se plaint de sa captivité et de ses amis et de ses parents qui se refusent à payer sa rançon, et d'un roi qui envahit ses Etats durant son absence.

— Je faillis en laisser choir mon rebec, assura Blondel. Je savais, moi, qui était ce prisonnier. Pour un peu, j'aurais embrassé les bonnes joues ronde de Youta...

Dès le lendemain, il avait quitté le château pour prendre la route de France.

— Tu dis bien : le château de Dirstein, en Bavière ? C'est donc que Richard est au pouvoir de l'empereur d'Allemagne.

Elle posa sa main sur celle du jongleur.

— Ah ! Blondel, Blondel, quel service tu me rends !

*
* *

Il n'était que temps d'agir.

Jean avait ouvert à Philippe les portes de la Normandie. Le roi de France y était entré en force et faisait courir de nouveaux le bruit d'une invasion de l'Angleterre. Jean avait déjà pris les devants. Il réunissait les barons anglais à Windsor, se conduisait comme en pays conquis, préparait le terrain à son allié.

Aliénor ne pouvait en tolérer davantage. Elle franchit la Manche, rallia quelques partisans de Richard, leva une armée qui se dirigea vers Windsor. Si bien qu'un matin, lorsque Jean voulut ouvrir la porte de sa chambre, il la trouva barrée de lances.

La lettre à Henri VI d'Allemagne était déjà partie. La réponse ne se fit pas attendre. L'empereur ne voulait pas de mal à Richard, mais Philippe lui avait offert cinquante mille marcs et Jean trente mille pour qu'il garde Richard en captivité quelques mois de plus, et mille marcs par mois au-dessus de ce délai. S'il acceptait de leur livrer le prisonnier, ils lui versaient cent cinquante mille marcs. Une somme fabuleuse. Bon enfant malgré les difficultés financières qui l'assaillaient, l'empereur était prêt à transiger avec la reine et à lui livrer Richard moyennant une somme raisonnable : cent mille marcs.

— Une somme raisonnable ! s'écria la reine. Où veut-il donc, ce geôlier, que je trouve tout cet or ?

Elle le trouva néanmoins.

Les grands barons d'Angleterre se dépouillèrent de leurs bijoux et de leurs harnachements. On voyait arriver des plus lointains monastères, des caravanes portant des coffrets pleins d'or. De petits barons, de modestes chevaliers, des capitaines de routiers qui avaient combattu avec le « Cœur de Lion », se défaisaient du superflu, arrachaient une médaille de leur cou, une bague de leur doigt.

On en vit même envoyer spontanément un de leurs fils en otage à l'empereur.

Les yeux de la reine se mouillaient quand, dans telle ou telle ville, de Bordeaux à Glasgow, elle serrait dans ses bras l'abbé d'un monastère ou quelque vieux baron fidèle au roi Richard. Elle n'eut jamais à supplier, à menacer. L'or coulait vers elle comme une source libre.

Quand le grand argentier lui annonça que les cent mille marcs étaient atteints, elle devina que Richard venait de remporter sa plus belle victoire.

Elle était lasse mais heureuse. Le printemps qui naissait sur les terres d'Aquitaine la nourrissait d'un espoir plus riche que toutes les certitudes. Richard allait revenir. C'était comme s'il était là. Elle lui remettrait un empire intact, des peuples conscients de leur amour pour leur souverain, des étendards sans une souillure.

Elle prit aux calendes de février la route d'Allemagne avec l'archevêque de Canterbury, Hubert Walter, et une foule de fidèles. Cette armée pacifique parvint à Mayence peu après la Chandeleur. L'empereur était là. Aliénor lui fit bon visage, bien qu'elle se fût promis de lui dire de cruelles vérités.

Elle attendit deux jours qui lui parurent une éternité.

Quand Richard parut, quand cet homme de trente-sept ans fut devant elle, la reine eut envie de le prendre dans ses bras, malgré la solennelle assistance, comme jadis, lorsqu'il revenait, enfant, d'une dangereuse partie de chasse avec le roi.

Et c'est lui qui la prit dans ses bras et la soutint jusqu'au fauteuil qu'on leur avait préparé.

Ce pli d'amertume aux lèvres de Bérangère, Aliénor eût payé cher pour le voir s'effacer. Il démentait, à des mois de distance, le sourire radieux de la petite reine d'Angleterre recevant la couronne qui avait jadis ceint le front d'Aliénor, sous les voûtes de Westminster. C'était l'amorce d'une ride, et la reine avait à peine vingt ans, l'empreinte de la solitude, et Bérangère n'avait pas encore vécu. Aliénor lui vouait la pitié qu'elle réservait jadis à Ælis, avant qu'on ne l'eût mariée contre sa volonté, laide et vieillie à un obscur comte du Ponthieu ; mais, alors qu'Ælis, en même temps que la pitié, lui inspirait du mépris, elle n'était qu'amour pour Bérangère.

Le Mans n'était pas loin de l'abbaye de Fontevrault où Aliénor s'était retirée, après la libération de Richard. Dix heures de cheval environ. Bérangère quittait volontiers sa résidence pour rendre visite à la vieille reine, Fontevrault lui paraissait, à côté de la citadelle mansoise, un lieu de délices. Elle s'y rendait directement mais, au retour, elle flânait sur les bords de la Loire, regardait passer les chalands descendant vers la mer ou remontant vers Orléans. Tout ce qui était mouvement, tout ce qui lui parlait de départs, d'arrivées, tout ce qui sentait la vague et le vent retenait son attention. Elle n'avait, de toute sa vie, accompli, en un temps où les rois voyageaient beaucoup, que deux grands voyages : celui de Chypre où Richard l'avait épousée dans la petite cathédrale de Limassol ; celui d'Angleterre où Richard avait fait d'elle une reine. Depuis, elle n'avait guère quitté Le Mans. Et elle attendait Richard.

Richard arrivait sans prévenir, quand bon lui semblait.

Il avait trop à raconter. Il eût pu parler pendant des heures mais répugnait à le faire : Bérangère l'écoutait-elle seulement ? Elle le fixait de ses yeux noirs aux paupières battues, s'attristait et souriait à contretemps, hochait machinalement la tête. Durant les premières minutes de leur tête-à-tête, ils cherchaient à reprendre le contact par le fil d'un souvenir, mais il fallait descendre trop profond pour retrouver une image heureuse, et ni l'un ni l'autre n'en avait le désir. La stérilité de leur union pesait sur eux comme une fatalité et, s'ils se rejetaient le reproche l'un l'autre, ils n'osaient s'en faire ouvertement grief.

Quand Aliénor interrogeait Bérangère sur Richard, la jeune reine répondait :

— Ces quatre années de séparation ne nous ont pas été favorables, mère. Et, Richard revenu, je ne l'ai retrouvé habité que par la haine. Elle s'est durcie au fond de lui au point que l'amour ne pourra plus percer.

— Il a pourtant pardonné à Jean. S'il l'avait voulu, il en eût fait un esclave, un exilé ou un mort. Et il lui a rendu sa liberté.

— C'est qu'il a besoin de lui. Allez, je ne le crois plus capable d'un sentiment humain. Il ne parle que batailles et ne rêve que de tuer. La nuit, il parle haut. Ses sommeils sont pour moi transparents comme une source et je ne vois au fond que des cailloux teintés de sang.

— Il te reviendra. D'ici quelques années, Philippe demandera merci et Richard se donnera à des œuvres d'amour et de paix.

— Quand Richard aura vaincu Philippe, il défiera le monde. Il est fait pour la guerre et non pour l'amour.

— Je prierai pour qu'il n'en soit pas ainsi.

Aliénor priait. L'essentiel de ses journées se passait à cette occupation. De matines aux laudes du soir. Elle arrêtait ses travaux d'aiguille dans sa cellule ou dans le verger pour mêler à ses prières les noms de Bérangère et de Richard. Mourir avec ce sentiment de faillite lui paraissait impensable. Le temps de la paix revenu, elle s'attacherait à faire refleurir l'amour entre ces deux êtres qu'elle avait unis.

A condition que la mort de Richard ne soit pas la condition de cette paix.

*
* *

Ce n'était pas le bruit du vent dans les frondaisons de la forêt de Fréteval. Richard connaissait bien ce bruit d'armée en marche sous des voûtes d'arbres, ce murmure paisible, uni, ce piétinement confus qui coulait comme du canon de bois d'une source. Il se leva, alla s'aplatir derrière un châtaignier, le menton sur une racine. Il distinguait, au-dessus de la piste, la tête ébouriffée de ses géants gallois qui se poussaient du coude en riant et s'arrosaient la gorge d'ale fraîche.

Quand il vit apparaître le premier cavalier français, ses ongles raclèrent si fort la racine qu'ils firent sauter l'écorce.

C'était un tout jeune cavalier légèrement vêtu et blond comme une fille, qui portait sur son écu pendu à la selle les couleurs de Champagne. Derrière lui, venaient des chevaliers de Montmorency, de Ponthieu, de Saint-Valier, de Nesle, de Mareuil. Richard murmurait leur nom au fur et à mesure qu'il les voyait paraître, accompagnés de leurs écuyers et de quelques barons. Le roi chevauchait à côté de l'évêque Philippe de Dreux, son cousin, guerrier plus qu'homme d'église, qui avait juré la perte du Plantagenêt : c'était un homme fort et rouge de visage, auprès duquel Philippe paraissait un avorton, bien qu'il fût d'une taille au-dessus de la moyenne.

Un grondement de chariots portant le trésor et les archives du roi annonçait la fin du cortège. C'est le moment que choisit Richard pour déclencher l'attaque.

Il poussa un cri strident et la forêt, soudain, se mit à vivre.

La tactique de l'étau n'avait qu'à demi réussi. Les Français s'étaient regroupés en chapelet aux grains compacts qui avançait lentement, cherchant la plus proche clairière pour former un de ces carrés qui les rendaient invulnérables. Philippe se tenait prêt à toute éventualité, cela ne faisait aucun doute. Assaillis de toutes parts, ses soldats trouvaient le moyen de riposter efficacement et de garder leur rythme de progression.

La cavalerie du Sussex était à peu près inefficace. Elle tombait en rafales sur les groupes français et s'y écrasait sans possibilité de rebrousser chemin. Les Gallois seuls faisaient du bon travail. Ils s'infiltraient un à un dans les rangs des Français et, à deux ou trois, désorganisaient une compagnie en quelques instants.

Richard ne perdait pas Philippe des yeux.

Le jeune roi s'était porté à l'avant, au milieu d'un groupe de piétons qui pénétrait comme un coin de fer dans la masse des lanciers de Kent. Richard fit appeler Mercadier.

— Il faut à tout prix détruire cette avant-garde, capitaine. Combien as-tu de routiers ?

— Trois compagnies.

— Deux suffiront. Je vais dire aux archers angevins d'arrêter leur tir.

Peu après, une clameur déferlait sous les voûtes de la forêt. Les routiers de Mercadier et de Louvart déferlaient, l'arme au clair, des profondeurs de la futaie, de chaque côté de l'avant-garde française, qui fit un bond en avant pour se libérer de ses blessés et de ses morts et se referma comme un hérisson. Richard se mordit les lèvres : l'élan des routiers allait se briser sur ce récif. Ils bondissaient avec des cris sauvages en prenant le talus comme tremplin, se faisaient empaler sur des lances et des épées ou disparaissaient dans la masse grouillante qui se refermait sur eux.

Tout ce que Mercadier et Louvart avaient réussi, c'était à immobiliser l'avant-garde. Derrière, lent mais implacable, le travail de destruction s'opérait. Les chariots qui suivaient l'armée royale étaient entre les mains des Anglais. Cela signifiait pour Richard des coffres pleins de livres tournois et de bijoux qu'il convertirait en soldes pour ses mercenaires et en butin pour ses barons.

Un souffle frais courut sur la cime des arbres. Le crépuscule, déjà. Richard s'irritait, courait d'un point à un autre.

Ce qu'il avait espéré se produisit enfin. Les routiers avaient fait éclater l'avant-garde des Français. Philippe réussit à se dégager. Son écuyer lui amena deux chevaux. Le roi se glissa entre les deux bêtes à travers les rangs des Anglais. Il était parvenu au sommet d'une butte de fougères, quand une voix retentit derrière lui.

— Halte ! Philippe. Tu es pris.

C'était Richard. Il paraissait très calme et n'avait pas même dégainé.

— Fort bien, dit Philippe. Je me rends.

Il sauta en selle, mais, au lieu de suivre Richard, il bondit en avant. Richard se lança à sa poursuite.

Philippe courait à travers la forêt. Il avait un bon cheval, qui paraissait habitué à ce genre de parcours, tandis que celui de Richard hésitait à s'engager sur les pentes rocailleuses, renâclait devant les bourbiers. L'ombre, de plus en plus épaisse, brouillait les lointains et Richard ne put suivre Philippe qu'au jugé.

Il finit par arrêter sa monture et descendit de selle. A travers la nuit qui montait des fourrés, se répercutait, au-delà de la mare encore agitée de cercles qui s'étendait devant lui et vers laquelle son cheval tendait le cou, un bruit léger, celui d'une feuille sèche que l'on froisse dans sa main. Il allait tourner les talons, la mort dans l'âme, quand il vit une forme sombre s'approcher de la berge.

C'était un grand cerf dix-cors, encorné comme un dieu. Il demeura quelques instants à flairer dans le vent des odeurs insolites et allait s'enfuir quand Richard lui envoya sa lance dans le flanc. La bête s'écroula sur les genoux, essaya de se relever en voyant arriver Richard, mais ne put y parvenir. Ce fut un jeu que de la servir.

Richard regarda ses mains couvertes de sang et la blessure qui palpitait encore. Il avait pensé à Philippe en voyant bouger la forme noire dans le fourré. C'est encore au jeune roi qu'il avait pensé en décochant sa lance. Et maintenant, quand il fermait les yeux, c'est Philippe qu'il devinait mort à ses pieds.

Il retourna en titubant vers son cheval. Le cerf resterait à la place où il était tombé. Richard ne voulut pas se donner le ridicule, partant à la chasse au roi, de ramener la dépouille dérisoire d'un cerf.

*
* *

— Je ne veux pas voir Richard. Dites-lui que je suis en voyage et que je ne serai de retour que dans une quinzaine. Dites-lui...

— Bérangère...

Aliénor s'approcha de la jeune reine, tenta de prendre des mains qui lui furent refusées. Bérangère détourna son regard brouillé de larmes.

— Tu ne dis pas ce que tu penses, ma colombe. Richard veut se faire pardonner et tu meurs d'envie de lui accorder ce pardon.

— Que lui importe que je lui pardonne ou non ? Demain, il sera parti et je serai seule de nouveau. Qu'il aille retrouver ses capitaines. Il n'y a place en son cœur que pour la guerre; il n'y a qu'un seul être qui compte pour lui: Philippe.

— Jalouse, toi, Bérangère...

— Oui, jalouse de ce qu'il hait, jalouse de la haine qu'il porte à ses adversaires. Si seulement j'avais pu me faire détester de lui ! Mais cela même m'est refusé. Le plus obscur capitaine de Philippe a plus d'importance que moi à ses yeux. Lui pardonner ? Il en serait le premier surpris. A-t-il seulement le sentiment de m'avoir abandonnée ?

— Ne crois pas cela, ma fille. Richard t'aime. Chaque fois qu'il passe par Fontevrault, il me parle de toi. Il lui tarde que cette guerre soit terminée et que vous puissiez reprendre une vie régulière.

— Cette guerre, s'il lui déplaît tant de la poursuivre, que ne l'arrête-t-il ? Je respire sur lui l'odeur du sang. Il ne vient me rendre visite que lorsqu'il en a assez de donner la mort...

— N'en dis pas plus ! trancha Aliénor. Tu t'égares, Bérangère. Tu sais que cette guerre tire à sa fin. Encore quelques années et Philippe demandera merci. Il perd bataille sur bataille. Encore quelques défaites et nous le verrons s'humilier. Et tu voudrais que Richard abandonne ?

— Que cherche-t-il en souhaitant humilier Philippe ?

— A se venger, d'abord. Il porte encore au cou les traces dont ses fers l'ont marqué, à Dirstein, par la volonté de Philippe et de Jean. Deux ans dans un cachot, cela permet à un homme comme Richard d'accumuler des sentiments de vengeance et de colère pour toute une vie. Richard est plus sage. Il a su pardonner à Jean et pardonnera à Philippe quand il viendra mendier sa grâce. Et puis...

— Dites !

— Richard t'en veut de ne pas lui avoir donné d'enfant.

Libérée, Aliénor respira largement. Elle attendait une grosse colère.

— C'est bien volontiers que je lui eusse donné des enfants. Mais il m'a prise trop jeune et, depuis, je ne l'ai pour ainsi dire pas revu. Ignorez-vous ce que c'est que l'étreinte d'un homme qui vient à vous entre deux batailles, dont les mains se crispent sur votre chair comme pour en faire jaillir le sang, d'un homme qui lutte pour vous arracher son plaisir comme un butin ?

— Non, dit durement Aliénor, je ne l'ignore pas.

Sa main se contracta sur la grosse croix pectorale. Elle ajouta :

— Tout n'est pas perdu. Oublie tes griefs. Richard oubliera la guerre. Il faut que vous vous retrouviez étrangers l'un à l'autre comme lorsque tu as débarqué à Messine.

Elle saisit au vol le poignet de Bérangère et le serra de sa main sèche.

— Car je veux un petit-fils, entends-tu. D'ici un an. Sinon notre empire sombrera et vous sombrerez avec lui.

On entrait dans le temps de Pâques.

Une douzaine de grands bourgeois du Mans, les « mézaigers », portèrent, enveloppé d'un suaire, l'image du Christ de la cathédrale à l'abbaye de Saint-Vincent. C'était une statue d'argent doré, grandeur nature, valant une centaine de marcs. Le dimanche des Rameaux, les francs-bouchers, après avoir rompu quelques lances contre la quintaine, vinrent monter la garde autour du Christ. Il brillait maintenant, haut et droit dans la lumière, et Richard et Bérangère le suivirent jusqu'à la cathédrale en chantant des hosannas, devant la foule porteuse de rameaux.

Pour le roi comme pour son épouse, ce furent des jours vides mais heureux.

Ils paressaient longtemps au lit. Habitué aux réveils matinaux dans le brouhaha des campements, Richard se fût volontiers levé à l'aube pour aller aux écuries et partir chasser la caille, comme son père dans le temps, aux abords des champs de blé vert. Mais il se sentait retenu par des liens qu'il n'osait rompre : les jambes de Bérangère nouées aux siennes, ses bras qui emprisonnaient son torse ; au moindre geste qu'il faisait, Bérangère, à travers son sommeil, resserrait sa pression.

Il repoussait des orteils les draps et les fourrures et, les mains sous la nuque, restait à contempler leurs deux corps que le jour dessinait peu à peu. Il retrouvait des sensations oubliées : une terrasse dominant le golfe d'Akrotiri, d'un violet profond, les collines brûlantes de Chypre, l'église qui sentait l'herbe sauvage et la poussière soulevée par les pas des chevriers. Jusqu'au toucher de la peau de Bérangère qui éveillait en lui un monde de souvenirs perdus : le jour où il l'avait prise, haletante de désir et de chaleur, au milieu d'un bois de cyprès, cette nuit fiévreuse passée sur le toit du palais, nus, face aux étoiles de l'Orient... Durant ces heures fraîches du petit matin, il faisait un travail comparable à celui du coq grattant la terre du Clos-Margot, près du Mans, pour en exhumer une image dorée.

Quand Bérangère s'éveillait, ils demeuraient quelques minutes muets : il laissait le regard de son épouse s'attacher à son profil, car il ne voulait pas la priver du plaisir que lui-même avait pris avant elle.

Ces heures du petit matin étaient les meilleures de la journée. Ils ne se lassaient pas de s'observer, de se caresser, de s'aimer. La nuit passée, ils se retrouvaient comme après des années d'absence et la nouveauté de leur amour était pour eux une source perpétuelle d'émerveillement. Des étrangers, oui, mais qui se savaient promis l'un à l'autre du plus profond des âges avec comme cadeau le suc inépuisable du mystère.

Richard avait conscience de n'avoir jamais aimé. Il ne se souvenait que d'aventures dérisoires, d'amours frelatés, de passions mort-nées. La vie commençait avec Bérangère.

Bérangère, elle, naissait à chaque seconde entre les mains de Richard, sous le moindre de ses regards. Elle n'avait nul besoin d'un miroir pour déceler les transformations qui s'opéraient en elle : il lui suffisait d'un regard de son époux pour lui révéler la certitude de sa beauté et de son bonheur.

C'est à peine s'ils s'aperçurent du départ d'Aliénor. La vieille reine quitta Le Mans dans la semaine qui suivit Pâques, le dimanche de Quasimodo, sur la pointe des pieds.

L'arrivée de Mercadier, une semaine plus tard, passa moins inaperçue. Le capitaine de routiers arrivait de ses domaines périgourdins bouillant de colère, sa cape agitée comme la voile d'une nef battue par le vent.

*
* *

— A quoi ont servi les messages que je t'ai envoyés ? Es-tu sourd, aveugle ? As-tu renoncé au monde ?

— Quels messages ? demanda Richard.

Mercadier parut tomber de la lune.

— Tu n'as donc rien reçu ?

— Rien, sinon des courriers sans importance.

— Alors quelqu'un a dû les intercepter. Mais qui, Sang-Dieu ? Et dans quelle intention ?

Ce n'était pas Bérangère, Richard en avait la certitude. La reine Aliénor ? Ce n'était que trop évident. Elle avait ainsi voulu protéger le nouvel amour de Richard et de Bérangère. Richard cacha un sourire derrière sa main.

— Cela te fait rire ! gronda Mercadier. Malheureux ! Au moindre de ces messages tu aurais sauté en selle... La paix que tu as signée à Issoudun avec Philippe, sous prétexte que les Maures d'Afrique menaçaient les chrétiens d'Espagne n'est qu'une manœuvre. Cette trêve t'a été arrachée par Philippe, avec l'aide de quelques évêques...

— Les Maures n'ont donc pas envahi l'Espagne ? demanda distraitement Richard.

— Eh ! peu m'importe. Ce qui compte, ce dont je suis certain, c'est que Philippe se prépare à te jouer un tour de sa façon. Il ne s'est pas endormi, lui, dans les bras de son épouse. Trente mille homme sont sur pied de guerre aux frontières de la Normandie et ses ambassadeurs parcourent l'Europe en excitant les princes contre toi.

— Il ne rompra pas la trêve. Quant aux princes dont tu parles, Mercadier, pas un qui rompra notre alliance : ils détestent Philippe.

— Richard, je ne te reconnais plus. Je vais me retirer. Tu sais où me trouver quand tu auras besoin de mes services. Il faut que je m'occupe des travaux de mon domaine, en Périgord. Mais que demain Philippe renouvelle le coup qu'il a réussi contre Aumale, et je ne donne pas dix sols de la Normandie...

Richard s'ébroua comme s'il sortait du bain.

— Tu dis contre Aumale ? Qu'y a-t-il fait, à Aumale ?

— Philippe avait envie de ce bourg pour des besoins de stratégie. Il l'a pris un beau jour, comme un fruit qu'on ramasse dans l'herbe...

Richard se leva d'un bond, avec une vivacité telle que Mercadier, qu'il dépassait de la tête, en eut le vertige.

— Il a fait cela ? En pleine trêve ? Mercadier, tu mens pour me provoquer. Prends garde !

— Que cette épée se change en racine si je mens !

Il dégaina son épée et la jeta aux pieds de Richard.

*
* *

Ils arrêtèrent leur monture au pied d'un chêne et s'assirent dans l'herbe haute. Des violettes avaient poussé dans de petites vasques de terre, entre les racines, du côté du midi. Bérangère en cueillit quelques-unes et les passa sous les narines de Richard qui détourna la tête.

— Mon Cœur de Lion est fâché ? dit-elle. C'est bon. Je ne bouge plus, je ne dis plus un mot.

— Sotte ! dit-il.

Il prit entre ses mains la tête de la jeune femme. Tout un ciel de branches se reflétait dans ses yeux sombres. Il eût aimé deviner ce qu'elle pensait depuis qu'elle avait vu Mercadier remonter à cheval mais il n'osait la questionner. Il allait s'y résoudre quand elle lui demanda :

— L'homme de ce matin, que te voulait-il ?

Il l'embrassa sur les paupières parce que son regard le gênait.

— Bérangère, dit-il d'une voix changée, il faut que je te dise...

Il sentit qu'elle se raidissait.

— Quand pars-tu, Richard ?

— Comment sais-tu que je dois partir ? Qui t'a prévenue ?

— Il faudrait être aveugle pour n'avoir pas deviné qu'une chose grave allait se produire. Et quelle chose pourrait être plus grave que notre séparation ?

Il lui parla d'Aumale, des concentrations de troupes de Philippe-Auguste aux frontières de la Normandie, du Château-Gaillard dont il allait faire hâter la construction et qui serait la plus puissante forteresse de l'Occident.

— Tu ne m'écoutes pas, Bérangère ? Et tu pleures ! Je ne resterai pas longtemps absent, je te le promets. Au plus tard pour la fête-Dieu, je serai de retour.

— Ne me promets rien, Richard, de ce que tu n'es pas sûr de tenir. Même si tu reviens pour la fête-Dieu, ce ne sera plus la même chose.

Il se détacha d'elle avec un peu trop de vivacité.

— Je ne peux pourtant pas demeurer jusqu'à la fin de mes jours dans tes jupes. Je t'aime de toute mon âme, Bérangère, mais comment pourrais-je rester insensible quand on me vole des villes, quand on me nargue, quand on abuse de mes sentiments chrétiens ?

Le visage de Bérangère se fit de marbre. La taille cambrée, les mains crispées dans l'herbe, elle dit d'une voix sèche :

— Va-t'en, Richard. Je ne te retiens pas. J'ai été trop sotte de penser que tu pourrais me préférer à la guerre. C'est une maîtresse dont on ne peut rester longtemps absent. Va donc, et qu'elle te donne beaucoup de plaisir.

*
* *

Richard et Mercadier longèrent le fleuve du côté des carrières saignées à blanc, des poussières suffocantes et du râle aigu des scies. Dans le chemin qui montait vers ce grand pâté d'un blanc cru dont on ne savait s'il était entamé ou inachevé, ils croisèrent des files de manœuvriers portant chacun sa pierre sur l'épaule ; leurs pieds roulaient sur des gravats et ils avaient de la poussière jusque dans la barbe.

Mercadier s'arrêta pour souffler contre un tas de madriers.

— A cet endroit précis, je ferai creuser un fossé large de cent pieds.

Mercadier se détacha du tas de madriers comme si la terre allait soudain céder sous lui.

— Cela ne ressemblera à rien, petit, à rien.

— Cela ne ressemblera à rien de ce que tu connais. Mais ceux qui sont allés en Terre sainte te diront que les Arabes ne bâtissent pas autrement leurs citadelles. Allons, en route, vieille bête !

Il tapa sur l'épaule de Mercadier qui libéra un nuage de poussière. Ils traversèrent un chantier qui ressemblait à une ville en ruine, et s'arrêtèrent sur un énorme mur qui dominait à pic la Seine.

— Nous sommes, dit Richard, au premier étage du donjon.

Il montrait du doigt des villages perdus dans la verdure des rives. Des carrières, des nuages de poussière crayeuse montaient dans le ciel éclatant de juillet. Richard avait rejeté sa cape sur ses épaules et souriait. Le vent ramenait ses longs cheveux sur le devant de son visage. Il était à l'avant d'un immense navire de pierre et mettait le cap, hardiment, vers l'avenir.

— Vois-tu, mon vieux capitaine, quand Château-Gaillard sera terminé, la Normandie sera à l'abri de l'invasion. Toutes les armées d'Europe ne pourront rien contre lui.

Il ajouta plus bas :

— Ce château, ce sera mon enfant, Mercadier, mon bel enfant à moi.

Bérangère avait raison : entre elle et Richard, ce ne serait plus la même chose ; ils ne pourraient jamais retrouver les heures inoubliables du temps de Pâques de l'an 1195. Il allait vers elle sans désir, trois ans après. Sans désir et sans joie. La dernière fois, c'était le quatrième dimanche de l'Avent, quelques jours avant Noël ; il rapportait de Rouen des candélabres d'or fin sculptés d'une image qui rappelait le visage de Bérangère ; les forêts étaient couvertes de neige et il soufflait un mauvais blizzard, mais cela ne l'empêchait pas de s'arrêter toutes les lieues pour fouiller dans le coffre attaché à son troussequin et contempler le présent qui ferait la joie de son épouse. Aujourd'hui, il lui rapportait un cadeau bien plus considérable : la paix, une paix solide et durable, la promesse de ne plus se séparer durant de longs mois.

Mais Richard devinait qu'il était trop tard. Déjà, pour les candélabres, Bérangère n'avait manifesté qu'un intérêt et une reconnaissance purement formels. La paix que Richard lui portait ne changerait rien entre eux.

Il avait quitté Péronne dès que les négociations de paix avaient abouti, sur les instances du cardinal Pierre de Capoue. Les premières journées de paix, il voulait les consacrer à sa mère et à son épouse. Aussi deux messagers étaient-ils partis le même jour : l'un pour Fontevrault, l'autre pour Le Mans.

Ni désir ni joie... Au fur et à mesure que les collines du Maine dessinaient leurs lignes bleues sous le dernier soleil de l'automne, il se demandait s'il ne vaudrait pas mieux tourner bride et reprendre la route de Château-Gaillard.

En passant le pont de bois jeté sur l'Huisne, à la Ferté-Bernard, il s'arrêta, saisi par l'aspect des lieux qui lui rappelait un des plus brûlants souvenirs de ces dernières années de lutte contre Philippe : Courcelles. Les misérables colonnes françaises s'étirant dans la boue, à l'infini, talonnées par les cavaleries anglaises et les routiers de Mercadier et de Louvart. Elles avaient été arrêtées par les Gallois et les terribles lanciers du Kent à l'entrée du pont de Courcelles et n'avaient dû qu'à l'élan de Philippe et de quelques barons de pouvoir faire éclater ce bouchon. Mais, de l'autre côté, il y avait Richard et deux compagnies d'archers poitevins. Malgré la pluie qui tombait dru et lui lavait le visage, Richard pouvait assister à toutes les péripéties du drame. Les Français se pressaient sur le pont de bois, hommes et chevaux mêlés, toujours plus nombreux, plus affolés, si bien que les fragiles rambardes éclataient de toutes parts, rejetant au fleuve hommes et bêtes. Le pont, soudain, avait cédé, pliant en son milieu comme un livre.

— Qu'attends-tu, petit ?

Richard tressaillit, sourit à Mercadier et fit repartir son cheval d'un petit cinglon de la bride.

Richard avait été presque soulagé d'apprendre que Philippe avait regagné Gisors, puis Paris. Quelques mois plus tard, il le recevait à merci. Philippe à Péronne, Philippe, très pâle, les traits crispés, un peu voûté, au milieu des grands barons de Flandre et de

Hainaut, de Boulogne, de Blois, d'Allemagne, qui aboyaient leurs exigences. Philippe, homme seul, écartelé, roué vif sur la roue du destin.

Après tout, il l'avait bien cherché et Richard ne le plaignait pas. Il ne l'accablait pas non plus, bien que rien ne l'empêchât de le faire, bien qu'il sentît encore sur ses épaules le poids des chaînes de Dirstein.

Ni désir ni joie...

Des bourrasques de vent tiède montant du creux des taillis chauffés par le soleil arrachaient des branches les dernières feuilles mortes qui tournoyaient comme de gros papillons tristes sur les champs déserts. Tout était simple, maintenant. Trop simple. Richard passerait les fêtes de Noël à Poitiers entre Aliénor et Bérangère. Au printemps, ils partiraient tous trois pour l'Angleterre que Richard connaissait mal pour n'y avoir séjourné qu'une dizaine de mois. Il aimait pourtant cette terre lointaine et rêvait d'une longue chevauchée qui le mènerait jusqu'aux rivages de la mer d'Irlande, jusqu'aux montagnes grises d'Écosse. Il lui serait difficile de s'accoutumer aux besognes de la paix, de licencier ses routiers et ses troupes féodales, de n'attendre des jours que des travaux faciles et monotones.

A moins que Philippe...

*
* *

Aliénor écarta le petit groupe d'archers qui entouraient Richard, au fond du jardin manceau recuit par le soleil d'août. Richard ajustait une flèche quand Aliénor lui toucha le bras. Il eut un geste vif, mais sourit quand il reconnut sa mère.

— Pardonne-moi, mon petit. J'ai à te parler.

— Encore dix flèches à tirer et je suis à vous. Attendez-moi sur ce banc. Ne restez pas près de moi.

Sa nuque puissante et rouge luisait de sueur. Un petit calot de cuir lui protégeait mal la tête. Il n'était vêtu que de braies légères coupées aux genoux et d'une chemise de lin blanc qui se collait aux omoplates où s'élargissaient de larges taches humides. A chaque flèche qui partait, il jurait et tapait du pied.

— Tu te démènes trop par ces grandes chaleurs, dit Aliénor. A cette heure-ci tous les gens du château sont en train de faire la sieste. Tu devrais les imiter.

Il tourna les yeux vers cette femme de soixante-dix-sept ans qui le sermonnait comme s'il sortait à peine du berceau. Le visage semblait amenuisé par le béguin qui l'encadrait, mais il était net, rose, à peine ridé, franc comme une pomme, et les yeux avaient gardé tout leur esprit.

— Comment faites-vous pour rester aussi jeune, mère ? J'ai l'impression d'être plus âgé que vous et j'ai à peine passé la quarantaine.

— Je ne me regarde pas vieillir. J'ignore quel visage je puis avoir depuis que j'ai décidé de briser tous mes miroirs.

— Vous avez raison, mère, il ne faut jamais écouter les miroirs. Si je me regardais en ce moment, Dieu sait ce que j'apprendrais.

— Richard, dit la reine, il ne faut pas partir pour le Limousin.

— Comment ? Vous savez déjà ?

— Depuis plusieurs semaines. Ces accords entre Philippe et les vicomtes de Limoges et d'Angoulême n'ont pour but que de réveiller l'insoumission de ces barons. Envoie Mercadier, ou Louvart, ou Algay. Mais toi, reste.

Richard songea à ces petits seigneurs limousins qui avaient demandé à le voir, le matin même, pour lui dévoiler qu'Aymard de Limoges était déjà entré en campagne et proclamait que ses territoires ne devaient plus rien à la tutelle des Plantagenêts.

— Vous saviez et vous ne m'avez rien dit...

— Rien ne pressait. Maintenant, il faut agir. Tu peux faire confiance à Mercadier. Il remettra rapidement les choses en ordre et t'amènera Aymard de Limoges, Guillaume d'Angoulême et Bertrand de Born pieds et poings liés.

— J'ai décidé de partir d'ici trois jours et rien ne saurait m'en empêcher. Je n'aime pas laiser faire « ma » guerre par d'autres. D'ailleurs, je puis bien vous l'avouer ici, je m'ennuie.

— Bérangère ne te pardonnera pas ce départ inutile.

— Elle me l'a pardonné d'avance. Je sens bien que nous sommes de plus en plus étrangers l'un à l'autre. Nous payons quelques jours de bonheur de trop de mois d'indifférence. Seul un enfant aurait pu tout sauver. Or, tout est perdu. Alors, que je parte ou que je reste...

*
* *

Richard arriva sous les murailles de Châlus la veille du dimanche de la Passion, à travers une aigre pluie de printemps qui transformait les pistes en bourbiers.

Le roi revenait de Nontron et de Piégut où plusieurs chevaliers étaient morts sans beaucoup de profit. Là, il pressentait qu'il en irait différemment. Le bruit courait que les caves du donjon abritaient un trésor : des coffres de bijoux, disaient les uns, un groupe de statues d'or exhumées d'un champ, prétendaient quelques autres. Le vicomte de Limoges s'était adjugé ce trésor et l'avait mis en lieu sûr, à Châlus. Mais le secret avait transpiré. Richard, en tant que suzerain, réclamait sa part qu'Aymard lui contestait.

Richard jaugea d'un coup d'œil la qualité des défenses.

— Combien d'hommes à l'intérieur, Mercadier ?

— Une quarantaine, à ce qu'on dit dans le bourg.

— Qui les commande ?

— Un chevalier nommé Pierre Basile.

— Il faut que, d'ici une semaine, nous soyons maîtres de cette place.

Il essuya ses yeux noyés de pluie et jaugea une dernière fois les défenses de la petite citadelle couleur de rouille que fouettaient les averses et dans les créneaux de laquelle s'agitaient des têtes affolées. On placerait des mineurs dans cet angle où la roche paraissait friable et sur ce flanc qui faisait le « ventre ».

Il dormit dans la paille d'une grange et s'éveilla au chant du coq, frais et dispos. On avait installé les « chats » et, sous ces manteaux de lourdes planches appuyés contre la muraille à angle aigu, les mineurs commençaient à travailler du pic. La population du bourg, qui n'avait pas eu le temps de pénétrer dans le château, la veille, et s'était dispersée à travers la campagne, ressortait des bois et des guérets et, de loin, par petits groupes, assistait aux opérations. Un vieillard pêchait au bord d'un petit étang. Vers midi, des enfants vinrent porter à Richard une menue friture pêchée dans la Tardoire et un lièvre pris au collet.

Le soir, Richard tenta de parlementer avec les défenseurs. Il n'en tira que ricanements et injures dont il ne s'offusqua nullement. Il était sûr de son affaire. D'ici quatre à cinq jours, cette place serait à lui et le trésor avec, s'il était exact qu'il y en eût un.

La pluie avait fait place à un beau soleil neuf. Les prairies ruisselaient encore, gorgées d'eau, et palpitaient dans la lumière. Une brume montait du donjon et des remparts. Du seuil de sa tente, Richard voyait passer des garçons armés de fronde qui guettaient les oiseaux et les lui apporteraient tout à l'heure, car ils connaissaient déjà sa gourmandise et sa générosité ; les fillettes suivraient, les mains pleines de violettes et de crocus, et, jusqu'au soir, sa tente serait saturée d'une odeur de printemps.

Vers le soir, il alla, avec Mercadier, inspecter le travail de sape. On avait installé déjà les madriers dans les niches profondes creusées sous les murailles. Demain, on les enduirait de poix et de résine et on y mettrait le feu. Quelques minutes passeraient, puis on verrait la muraille se lézarder et s'abattre.

Au retour, il s'assit sur un rocher saillant comme un os de l'humus gras, le dos tourné à la forteresse. Il sourit en voyant les enfants prendre le chemin de sa tente, les bras chargés de présents. Milon, son chapelain, les accueillerait et leur remettrait quelques piécettes.

Il allait se relever pour repartir quand il entendit un feulement léger suivi d'un choc et d'une douleur vive à l'épaule.

Il se leva, très pâle, fit quelques pas vers Mercadier et s'écroula sur les genoux.

*
* *

— Ne restez pas ici ! cria Mercadier. Ouste ! rentrez chez vous.

Les enfants se débandèrent et Mercadier rentra sous la tente de Richard. Il constata avec stupéfaction qu'il restait deux enfants à l'intérieur, debout de chaque côté du roi : un garçon et une fille.

— Vermine ! Allez-vous déguerpir !

— Laisse-les, souffla Richard. Ce n'est pas tous les jours qu'il pourront voir mourir un roi. Ne les prive pas de ce spectacle.

Il tendit une main vers le garçon, un petit bonhomme maigre et un peu noiraud mais qui avait de beaux yeux.

— Toi, je te reconnais. Tu t'appelles Elias. Et toi...

— C'est ma sœur. Elle se nomme Angela. On habite le bourg. La maison du chaufournier, près de l'étang.

— Oui... oui... dit Richard d'une voix faible.

Il fit une grimace en se tournant vers Angela. Le carreau de la flèche avait pénétré profondément dans le gras de l'épaule et Mercadier n'avait pu l'extraire. Il avait envoyé quérir un de ses chirurgiens et l'homme, attablé dans quelque maison du bourg devant un pichet de vin, tardait à paraître.

— Tu as mal ? dit Angela.

— Très mal, petite.

— Tu vas mourir ?

— Je ne sais pas.

— Et le trésor ?

— Le vicomte le gardera. Cela t'ennuie ?

La petite réfléchit, puis à voix basse :

— Oui. Le vicomte Aymard est vieux et tout tordu. Son épouse, Sara, est laide et mauvaise comme une chèvre.

Richard faillit éclater de rire malgré sa douleur. La présence des enfants lui faisait du bien. Ni Milon ni Mercadier n'avaient pensé à allumer les torches et une lumière douce et bleue rayonnait dans la tente. La lune s'écrasait comme un œuf contre la paroi du nord. La chaleur était encore sensible, malgré les pans ouverts de l'entrée et, par bouffées, pareille à une respiration, l'odeur des violettes montait d'un guéridon.

Mercadier entra avec le chirurgien. C'était un homme puissant, à visage d'équarrisseur. Il repoussa les enfants sans aménité et se pencha sur la plaie en soufflant une grosse haleine de vin. Il fit à plusieurs reprises « hum ! » d'un air connaisseur et demanda qu'on lui apportât une table.

— Il y en a une chez nous ! dirent ensemble Elias et Angela.

Quelques hommes la ramenaient quelques instants plus tard, précédés par les deux enfants. On y coucha Richard et, les torches allumées, Milon découpa la chemise et le col de la casaque de cuir autour de la flèche. L'équarrisseur réclama des cordes.

— Pour quoi faire ? demanda Richard.

— Pour t'empêcher de ruer comme un taureau, dit l'homme.

— Inutile. Je ne bougerai pas. Tout ce que je te demande, c'est d'éloigner ces braves gens qui me regardent de dehors.

On l'installa de telle sorte que ses épaules venaient au ras de la table et que sa tête pendait. Le chirurgien s'assit sur un escabeau, le nez contre la plaie.

— Les enfants, dit Richard. Laissez-les près de moi. Là. Donnez-moi chacun une main...

L'équarrisseur commençait à faire bouger le bois de la flèche pour évaluer la profondeur du fer et la résistance de la chair. Il grogna quelque chose que personne ne comprit et s'essuya le front. L'escabeau craquait sous lui quand il bougeait.

— Elias, ce trésor, dit Richard, de quoi penses-tu qu'il s'agisse ?

— De statues d'or, répondit Elias d'une voix tremblotante. Elles appartenaient à un certain Lucius Capridus...

— Lucius Capreolus, rectifia Richard. Et tu les as vues, ces statues ?

— Non, mais mon grand-père connaissait bien l'homme qui les a découvertes. Un nommé Achard. Il était en train de labourer, lorsque...

Le roi poussa un râle sourd et se mit à trembler. Elias et Angela regardaient le visage congestionné où la sueur perlait à vue d'œil et formait des gouttes à la pointe des cheveux.

— Lorsque... ? demanda Richard.

Elias avala sa salive.

— ... lorsque le soc de la charrue a rencontré une résistance. A ce moment, il a vu une lumière sortir de terre et un vol de colombes s'élever à la corne d'un bois. Il s'est baissé et il a vu le trésor dans une petite niche de pierre.

— Une lumière, dit Richard, des colombes...

Son corps était parcouru de convulsions, mais il ne s'abandonnait à aucun geste désordonné. Ses deux mains tenaient toujours celles des enfants et les serraient si fort qu'Angela pleurait en silence et qu'Elias se mordait les lèvres pour ne pas crier.

L'équarrisseur n'était pas au bout de ses efforts. Il était parvenu à arracher le bois, mais le fer du carreau était resté au fond de la plaie qu'il dut élargir à l'aide d'un petit couteau. Il jurait, crachait, trépignait, fouillait à l'aide d'une paire de pincettes la chair à vif qui vomissait un sang épais.

— Presse-toi, râlait Richard, sinon je te fais pendre, boucher !

La lutte dura une heure. Mercadier buvait gobelet sur gobelet, Milon récitait prière sur prière. Elias et Angela, le visage crispé, les mains broyées par la poigne puissante du roi, luttaient contre la douleur, l'angoisse et le sommeil. Richard flottait dans une demi-inconscience d'où il ne sortait que pour interroger doucement les enfants ou maudire le boucher.

Le « chirurgien » poussa enfin un cri de victoire. Il souleva la tête du roi et lui montra, au creux de sa paume, une pointe de flèche.

— C'était bien visé, dit Richard. J'aimerais connaître ce maître archer.

— Moi je le connais, dit Elias. C'est le commandant de la garnison : Pierre Basile.

Richard fit approcher Mercadier. Le capitaine était ivre.

— Tu entends Mercadier ? Pierre Basile. Je veux que ce méchant tas de pierre tombe d'ici deux jours et qu'on m'amène ce Pierre Basile.

— Nous l'écorcherons vif ! dit Mercadier.

— Je ne pense pas, vieille bête.

Peu après, l'épaule farcie d'onguents et de pommades, Richard s'endormait à même la table. Milon poussa les enfants dehors.

*
* *

Elias et Angela revinrent dès l'aube pour regarder dormir le roi. Ils se glissèrent par l'entrebail de l'entrée, s'assirent à même les tapis, entre Mercadier qui ronflait et Milon du Pin qui disait son chapelet. Le visage du roi était très blanc mais reposé. Il avait perdu beaucoup de sang et Angela observa avec terreur qu'elle était assise sur une tache à peine sèche.

Richard se leva vers midi et poussa jusqu'au chantier de sape. Les mineurs achevaient la pose des madriers. « Encore une journée, pensa Richard, et ce repaire est à moi. » Il ne croyait pas trop à cette histoire de trésor après ce que lui racontait Elias, mais il avait envie de voir la tête que pouvait avoir ce Pierre Basile.

Cette promenade lui fit le plus grand bien. Il souffrait peu et ne se sentait pas trop faible. L'appétit n'avait pas été émoussé et le corps vidé de sang réclamait du vin. Richard entonna quelques pichets et se sentit, le soir, très à son aise.

Il s'endormit en regrettant d'avoir fait parvenir à sa mère cette lettre ridicule :

Mère, votre fils qui va mourir vous appelle...

*
* *

— Sire, on vous demande aux mines pour donner le signal du boutefeu.

Richard savonna d'une poigne rude la tignasse d'Elias, prit Angela par la main et, accompagné de leur babil, se rendit aux chantiers. Couvert d'un écu de grandes dimensions, il descendit lui-même dans le trou.

Le signal donné, il attendit au seuil de sa tente.

— Regarde bien, Elias. Ce mur qui paraît solide va s'ouvrir en deux comme un livre. Et c'ette tour va s'écrouler en deux comme simple tas de pierres.

— J'ai peur, gémit Angela.

Elias songea que ce roi du Nord était un grand magicien. Il ne le quitterait plus. Quand la forteresse fut ouverte, il prit la main du roi. Il eut le sentiment d'avoir tiré un peu trop fort, car le roi s'écroula dans l'herbe.

*
* *

Richard resta trois jours sans se lever. Une femme du village, réputée quelque peu sorcière, lui fit des compresses compliquées et des applications de pierres rougies au feu qui emplissaient la tente d'une odeur épouvantable. On avait cherché partout l'équarrisseur ; il avait mystérieusement disparu à la première faiblesse du roi. L'épaule avait gonflé et la plaie rouverte avait vilaine apparence.

Le roi était moins patient qu'il ne l'avait été lors de l'opération. Quand la sorcière entrait dans la tente avec son odeur de bouc, il la regardait de travers. Elle n'avait pas la main douce et, quand Richard remuait trop, elle l'immobilisait en lui plaquant son gros sein contre la figure.

Le lendemain du minage, on lui avait amené Pierre Basile. C'était un beau garçon à l'air timide qui portait le ceinturon de la Milice de Limoges. Il dessinait des ronds avec son pied sur le tapis.

— Que t'ai-je fait, Basile, demanda Richard, pour que tu aies voulu me tuer ?

— J'avais un frère, dit Pierre Basile, qui servait comme moi dans la Milice de Limoges aux temps où, en compagnie de votre père, le roi Henri, vous assiégiez le château. Au cours d'un assaut, vous l'avez tué d'un coup de hache qui lui a fait éclater le crâne. Avant qu'il ne meure, j'ai juré de le venger. L'occasion était trop belle.

— Imbécile ! rugit Richard. Tu pouvais bien te douter que je te prendrais, moi ou mes hommes, dans cette renardière !

— Je le savais, dit crânement Pierre Basile.

Richard grommela quelques mots dans sa barbe, grimaça en portant la main à son épaule.

— Vous allez me tuer, n'est-ce pas ? dit l'archer.

— Qu'ai-je à faire de ta mort ? Attends que je guérisse et nous verrons ce que je peux faire de toi.

Mercadier s'approcha de Richard quand Pierre Basile se fut retiré.

— Tu ne vas pas le gracier ?

— J'y compte bien, vieux bougre. Des hommes de sa trempe font de mauvais cadavre.

*
* *

— C'est la fin, dit Milon du Pin. Il délire depuis l'aube et nous craignons qu'il ne passe pas le jour.

Richard leva ses lourdes paupières. La tente était toujours pleine de brouillard et de fumée, et cependant personne ne paraissait incommodé. Qui était celui qui venait d'arriver ? Il haleta :

— Lucius... Lucius Capreolus...

— Calme-toi, dit une voix. C'est moi, ta mère, la reine Aliénor.

Richard essaya de se soulever sans y parvenir, prononça des paroles qui ne passèrent pas ses lèvres. Mais son sourire disait assez sa joie.

— Tu guériras, mon fils, maintenant que je suis près de toi.

— Mère, je vous attendais... Je ne veux personne d'autre autour de moi. Faites sortir tout le monde... Vous seule, mère, vous seule...

Le brouillard s'anima de grandes ombres silencieuses. Milon, Mercadier, la sorcière, les deux enfants, un troubadour d'Uzerche, Gaucelm Faydit, sa femme Guelma la Religieuse, et un jeune homme qui pleurait : Pierre Basile.

Richard parla inlassablement et Aliénor ne perdait pas une de ses paroles. De temps à autre, elle lui passait un linge humide sur le front.

Il parlait des remparts de Saint-Jean-d'Acre et de ceux de Château-Gaillard, sans que la reine parvînt à les dissocier. Des lambeaux de phrases se succédaient, comme s'il revivait, la main dans celle de la reine, les moments les plus ardents de sa vie. Deux mots revenaient souvent : pierre et or. Il avait passé son existence à enlever des citadelles et à rechercher des trésors.

Le soir, à la faveur d'un moment de lucidité, il demanda à communier. Milon, son office achevé, se retira sans mot dire.

Richard et Aliénor passèrent cette dernière nuit seuls, front contre front, et ce fut une nuit paisible. Une simple chandelle brûla, que le chapelain vint changer peu avant l'aube. Un frisson parcourut le corps de Richard ; il ouvrit la bouche, les yeux, chercha autour de lui d'un air égaré. La reine sut qu'il était mort quelques instants seulement après : un sillon de sang noir se perdait dans sa barbe. Elle ne bougea pas, ne proféra pas une plainte. Elle avait versé trop de larmes depuis qu'elle avait appris la blessure de son fils, et se sentait armée d'un courage très sec. Ce n'est que lorsque le camp commença à s'éveiller dans le grand soleil qu'elle se décida à sortir pour annoncer la mort du roi.

*
* *

Aliénor assista à la toilette de Richard et veilla à ce que tous ses objets précieux fussent mis en lieu sûr au fond des coffres cadenassés.

Quand elle sortit de la tente, la tête lourde, il était près de midi. En bas de la prairie, près du petit étang de la Tardoire, un attroupement s'était formé au pied d'un bouquet d'arbres. Il semblait que l'on eût tendu un étendard rouge entre deux ormeaux. Elle s'approcha.

C'était un homme que l'on était en train d'écorcher vif. On lui avait lié ses quatre membres à des cordes reliées au tronc et aux racines des ormeaux et il était suspendu là comme une grosse araignée au milieu de sa toile. A demi écorché déjà, il se débattait encore sous le couteau et hurlait des paroles incompréhensibles.

Aliénor accrocha violemment le bras de Mercadier.

— Qui est cet homme ? Pourquoi le supplicier ?

— C'est Pierre Basile, l'archer qui a tué le roi.

— Le roi n'avait-il pas gracié cet homme ?

— Le roi n'avait plus tous ses esprits.

— Et les autres défenseurs ?

— J'ai fait pendre les hommes. Quant aux femmes, mes routiers en feront leur affaire.

La reine lui décocha un regard terrible.

— Mercadier, achève cet homme. Tout de suite. Sinon, aussi vrai que je me nomme Aliénor, je te fais pendre !

Elle tourna les talons.

Le cri de Basile l'atteignit comme une pierre à la nuque.

— Terrible petite vieille ! murmura Philippe.

— Regardez comme elle marche droit, sire, et comme son allure est noble, ajouta Guillaume des Roches.

Seul, Arthur de Bretagne resta muet, immobile près du roi, sa main droite appuyée au dossier du trône. Tous trois regardaient Aliénor venir vers eux du fond des pièces, précédée du chapelain

Milon du Pin et du capitaine Mercadier. Le flot de lumière oblique des vitraux la couvrait de chaudes couleurs au passage et, quand l'ombre la reprenait, il semblait qu'elle fût encore toute couverte de rouge, de vert et de dorures.

On entendait une musique de virginal jouer en sourdine dans une pièce attenante. Par les fenêtres ouvrant au nord, on apercevait le vaste paysage du val de Loire baignant dans la chaude lumière d'août qui donnait de la profondeur aux horizons.

— Va-t-elle s'agenouiller devant vous ? demanda Guillaume.

Philippe n'osa s'avouer qu'il espérait ce geste. Sans trop y croire. Depuis la mort de Richard, il attendait cet instant qui le payait de bien des incertitudes, de bien de luttes stériles et d'échecs. Que la vieille reine tombe à genoux devant lui et ce serait comme une nouvelle confirmation de sa royauté, un couronnement symbolique. La suite de l'entretien qu'il aurait avec la « terrible petite vieille » importait moins que ce geste de soumission.

« Vais-je m'agenouiller devant lui ? » se demandait la reine.

L'étiquette le lui imposait ; son âge l'en dispensait. Mais elle ne voulait pas que le jeune roi pût discerner une réticence dans l'hommage qu'elle allait lui rendre. Il fallait qu'il eût la certitude que c'était bien elle la duchesse d'Aquitaine, que Jean n'était qu'un vavasseur du roi Philippe pour ces domaines. Philippe décèlerait-il l'intention profonde de la vieille dame : laisser Jean libre d'agir ailleurs ? Aliénor en doutait.

Elle avançait à pas lents vers le roi. Mercadier et Milon s'inclinaient déjà devant lui qu'elle franchissait à peine la dernière porte. La raison pesait d'une main de plomb sur ses fragiles épaules, mais ses genoux se raidissaient dans un dernier sursaut de fierté. Durant quelques instants elle demeura debout, muette, en face du roi de France dont les mains pétrissaient nerveusement le pommeau des accoudoirs. Entre eux, il y avait les cadavres de son époux et de trois de ses fils, et du sang, beaucoup de sang. Philippe faillit se lever. La main de Guillaume des Roches, posée sur son avant-bras, l'immobilisa. Il vit avec soulagement la reine s'incliner devant lui puis s'agenouiller.

Ce fut pour Aliénor comme une chute à travers la nuit. Quand elle sentit sous elle l'arête de pierre, elle ferma les yeux, écouta des voix gronder en elle, une foule en révolte, une armée débandée. La lumière ne se fit que lorsqu'elle sentit une main sous son aisselle et qu'elle entendit la voix de Philippe murmurer :

— Levez-vous, madame, je vous en prie.

Après, tout fut simple.

Aliénor resta deux jours seulement à Tours. Philippe se montra un hôte généreux et prévenant. Ils parlèrent beaucoup de paix, mais sans y croire. Les prétentions d'Arthur de Bretagne, petit-fils d'Aliénor, à la succession de Richard, ne tarderaient pas à troubler de nouveau l'atmosphère. Jean n'étant pas disposé à se laisser disputer par un neveu à peine pubère des possessions qui allaient faire de lui le plus grand roi de l'Occident. L'avenir, Aliénor le prévoyait avec sa netteté de vues coutumière : Philippe prendrait avec Guillaume des Roches, qui avait la haute main sur les provinces de la Loire, le parti du petit duc de Bretagne et la guerre, tout naturellement, éclaterait de nouveau.

Du moins l'Aquitaine serait-elle à l'abri de cette nouvelle flambée. A peine les obsèques de Richard célébrées à Fontevrault avec une solennité extraordinaire, Aliénor avait fait à cheval le tour de son domaine, et partout, elle avait été fêtée comme la seule souveraine de cette province. De nouveau, elle était Aliénor d'Aquitaine.

Philippe insista pour qu'elle demeurât quelques jours encore avec lui, à Tours. La reine l'avait conquis par son intelligence, la finesse de son sens politique, son esprit, tantôt aimable, tantôt caustique, jamais méchant. Il renouvela son offre le matin de son départ.

— Je le voudrais, Philippe, que je ne le pourrais. Ma fille, Jeanne, vient de faire ses couches à Fontevrault et je crains que tout ne se passe pas au mieux.

Aliénor emportait un espoir à Fontevrault. Philippe avait suggéré une promesse de mariage entre la petite-fille d'Aliénor, Blanche de Castille, et son fils Louis, âgé de douze ans. La lumière née de la promesse d'union entre Ælis et Richard, jadis, se rallumait. Et Aliénor, durant tout le voyage, ne cessa de mêler cet espoir à celui de l'enfant qui allait naître.

*
* *

— C'est fini, dit Aliénor. Jeanne est morte en mettant son enfant au monde. C'était un beau petit mâle. Il n'a vécu que quelques minutes.

— Quel besoin, aussi, d'accomplir ce voyage ? Ne pouvait-elle demeurer à Toulouse ?

— Elle ne s'entendait plus avec Raymond, tu le sais bien. J'ai toujours désavoué cette union. Jeanne, si pure, si fragile, si sensible, avec ce vicieux, ce porc...

— L'œuvre de Richard, mère...

Aliénor regarda Jean bien en face. Il souriait, les yeux baissés. Toujours cette vieille rancune contre son aîné... Quand, d'un geste désinvolte, il voulut se verser une rasade de vin, elle balaya d'un geste le récipient et le gobelet.

— Je te défends de prononcer le nom de Richard en ma présence.

Ils s'observèrent, face à face de chaque côté de la table. Le visage de Jean se figea dans une expression de haine et de défi.

— Vous m'avez toujours préféré Richard, mère. Aujourd'hui qu'il est mort, c'est encore lui que vous préférez. Mais moi, je suis vivant, je suis celui qui demeure quand tout menace de s'écrouler, le dernier Plantagenêt. M'a-t-on assez fait sentir la précarité de ma condition ? Jean sans Terre, vous souvenez-vous ? Le dernier de la portée ! Celui qui doit attendre que les autres aient pris leur pâture pour s'approcher et se contenter des restes. Tout cela est changé, à présent, mère. Vous n'avez plus rien à exiger de moi, plus rien à m'interdire. Je suis duc de Normandie et roi d'Angleterre. Ce n'est pas cet avorton d'Arthur qui pourra y changer quoi que ce soit, même avec l'appui des Angevins, même avec celui de Philippe.

Aliénor acheva de rabattre ses manches sur ses avant-bras nus, les boutonna soigneusement. Elle ôta son devantier blanc où un peu de sang avait rejailli, le roula en boule et le jeta.

— Mon temps est fini, dit-elle. Dieu m'est témoin que je n'ai jamais agi sciemment contre les intérêts des peuples que j'ai gouvernés, que je n'ai jamais donné à un quelconque de mes enfants une plus grande part d'affection qu'aux autres. L'affection que j'ai donnée à Richard, il en a fait de l'or ; celle que je t'ai donnée, tu en as fait du plomb. Tu enlaidis tout ce que tu touches, Jean, tu détestes tout ce qui est aimable. Tu fais naître la haine et la crainte où Richard suscitait le respect et la confiance.

Jean souriait. Il voulut parler, mais la reine lui coupa sèchement la parole :

— Dieu a voulu notre chute. Après avoir donné à notre famille le sceptre de l'Occident, il l'a détruite pierre à pierre. Les uns après les autres, j'ai vu tous les membres de notre parenté disparaître. Dieu a voulu que je fusse le témoin de cette chute après avoir été celui de notre gloire. Aujourd'hui encore, la mort a frappé deux fois et cela ne me fait presque plus rien. Vois, je n'ai pas une larme. Mais ce que Dieu me révèle en ce moment est plus terrible que tout et je ne puis y songer sans frémir : il me dit que celui qui sera appelé à prolonger notre race sombrera dans la débauche et le crime. Il ne mourra pas sur un lit de camp, percé d'une flèche, mais crèvera comme un chien trop vorace. C'est le sort qui t'attend, mon fils. Je n'ai pas de haine pour toi. Je te plains.

Jean avait perdu son sourire. Aliénor le sentait partagé entre la honte et la colère, incapable de riposter, doutant de lui-même autant que du personnage odieux que sa mère venait de lui présenter comme un reflet de sa propre personne. Trop orgueilleux pour faire amende honorable, trop lucide pour ignorer la part de vérité que comportaient ces propos, il se tut, tourna les talons et disparut.

*
* *

Ce qu'Aliénor avait prévu arriva. La paix avait trop duré. La guerre éclata. Elle ne devait durer que quelques semaines. Aux Andelys, Jean reçut Philippe à merci. Il sut se montrer raisonnable et on se mit rapidement d'accord : Jean cédait à Philippe sa suprématie sur l'Auvergne et le Berry et Philippe acceptait de marier son fils Louis avec une nièce de Jean, une des filles d'Alphonse et d'Aliénor de Castille. Mais laquelle ? Bérangère ? Urraca ? Blanche ? On faillit tirer à la courte paille.

— Ma mère, la reine Aliénor, se chargera de choisir, dit Jean.

*
* *

Les vieilles voies romaines de la province de Léon étaient couvertes d'une neige que les premières pluies du printemps transformaient en boue épaisse. Quand on croisait un attelage de rouliers transportant des pierres ou du bois en direction de Vitoria ou de Miranda de Ebro, les chariots de l'escorte royale devaient se ranger sur l'extrême bord de la route et il s'ensuivait des enlisements qui ralentissaient l'allure.

C'était un printemps malade, un de ces printemps qui hésitent entre chaleur et froid, avec un gros soleil mort qui n'arrivait pas à se dégager des brumes. Mais Aliénor préférait ce temps au froid glacial, aux tempêtes de neige qu'elle avait dû affronter entre Bayonne et San-Sebastian, blottie au creux d'un chariot sous un monceau de couvertures et de peaux.

Passé Burgos, le soleil se mit à rayonner sur les immenses plaines dorées de Castille.

— Quel étrange pays, dit la reine.

Un des cavaliers de la suite d'Alphonse, qui était venu attendre la reine à Burgos, répondit :

— On dit chez nous que l'alouette qui veut traverser les Castilles doit emporter son grain.

On s'arrêtait pour laisser respirer les chevaux dans une de ces « fondas » croulantes qui ponctuaient, toutes les deux ou trois lieues, la route de Palencia. Dès que les chevaux de tête avaient fait halte, des bandes de « pobras » pouilleux, sortis on ne savait d'où, assaillaient l'escorte en récitant des suppliques.

— Nous arrivons, dit l'envoyé d'Alphonse.

Une ligne verte se dessinait sur l'horizon où montaient, aussi denses que des fumées, les nuages de poussière soulevée par les caravanes de muletiers et les troupeaux de dindons gardés par des « paveras ». C'en était fini de ce terrible hiver, de ces montagnes cruelles, de ces déserts de pierre. Au bout du chemin, il y avait Palencia au bord du rio Carrion, et elle voyait les hauts peupliers dressés sur la berge dans le vent chaud du printemps.

A Palencia, il y avait sa fille, Aliénor, et la future reine de France.

Aliénor secoua sa main sèche devant son visage et se pencha vers sa fille.

— Je n'en disconviens pas : Urruca a toutes les qualités. Dans un sens, je la préférerais à Blanche, car elle est plus fine, plus jolie. Mais quelle étrange idée de l'avoir baptisée Urruca ? C'est un nom de perroquet, ma chère petite. En tout cas, imprononçable pour un gosier français. Vois-tu Philippe-Auguste annonçant à ses barons : « Voici ma bru : Ourrouca de Castille ». J'entends d'ici l'éclat de rire des Montmorency et des Champagne.

La jeune reine paraissait contrite, Aliénor poursuivit :

— Tu n'auras pas de peine à la marier, ton Urruca. Il ne manque pas de prétendants dans le Léon, la Navarre ou l'Aquitaine, voire le Portugal, qui prononceront Urruca sans avoir envie de rire.

— Alors, c'est Blanche ?

— Oui, ma fille, c'est Blanche.

— Philippe-Auguste et son fils Louis la trouveront-ils à leur goût ?

— Si tu fais allusion à son air sévère, à ses traits un peu secs, je dois te dire que cela importe peu. Mariage tout diplomatique. Ne t'avais-je pas prévenue ? L'essentiel est que Blanche soit en bonne santé et capable de faire beaucoup d'enfants. On ne transige pas avec ce dernier point dans la famille de Philippe.

Aliénor de Castille détourna la tête et la vieille reine l'entendit gémir :

— Blanche, ma petite fille...

— Tatata ! fit Aliénor. Pas de larmes inutiles. Si j'avais dû pleurer chaque fois que l'un de mes enfants m'a quittée...

Elle ajouta avec plus de douceur :

— Blanche ne sera pas malheureuse, je puis te l'assurer. Louis est bon garçon sans malice. D'ailleurs il était temps qu'elle quitte Palencia. A force de ne voir que des moines, des prêtres et des soldats, de respirer cet air sans couleur et sans joie, de chanter la messe pour toute chanson, elle n'eût pas tardé à renoncer à l'existence. Ce n'est pas ainsi que je vous ai élevés, moi. Il y avait toujours de la gaieté dans l'air, à Poitiers ou à Bordeaux, toujours quelque troubadour de passage, quelque montreur d'ours devant l'Ombrière ou la Maubergeonne.

Elle regarda avec une sorte de pitié attendrie la grosse femme au teint d'olive sèche qu'elle avait vue jadis, vive et alerte, éprise d'indépendance et de plaisirs futiles, dans les jardins de Poitiers et de Bordeaux. Elle avait l'impression, en lui enlevant Blanche, d'opérer un sauvetage.

Le surlendemain de son arrivée à Palencia, Aliénor dut s'aliter. Le voyage l'avait considérablement affaiblie et ce n'est que grâce à une volonté tenace qu'elle avait pu sans manifester la moindre faiblesse, résister à la meute bourdonnante des courtisans qui ne tarissaient pas de curiosité devant cette vieille reine presque octogénaire qui n'avait pas hésité à braver le redoutable hiver pyrénéen pour faire d'une humble infante de Castille une future reine de France.

Blanche venait lui tenir compagnie. Austère, dévote, confite en préceptes moraux, la fillette n'était pas sotte. Ses douze ans exprimaient une certaine maturité exempte de prétention. Aliénor réussit à lui arracher un sourire, puis deux. Le troisième jour, elle la surprit à chantonner alors qu'elles disputaient une partie d'échecs.

Elles se promenèrent ensemble, dès qu'Aliénor fut en mesure de monter à cheval, dans la petite cité de Palencia. Le palais était noir et froid comme une prison, mais la ville était riante et sans cesse animée par des caravanes de mules descendant vers Salamanque ou remontant vers Burgos. Les peupliers sur le bord du rio Carion étaient tels que la reine les avait souhaités.

— Mère, restez avec nous jusqu'à Pâques, avait demandé la jeune reine.

— Impossible, répondit Aliénor. On attend Blanche à la cour de France.

Elle n'avouait pas qu'elle quitterait Palencia avec regret. Les horizons tragiques des plaines castillanes, ces tons roux et dorés qu'elles prenaient au coucher du soleil faisaient renaître en elle le souvenir des grands déserts de Judée.

Aliénor quitta Palencia dès la fin du carême. Alphonse le Noble, son gendre, arriva couvert de poussière pour embrasser Blanche une dernière fois avant de reprendre sa lutte contre l'émir Almansour.

Au retour, elle voulut s'arrêter quelques jours en Navarre où Bérangère s'était retirée après la mort de Richard.

Aliénor et Blanche passèrent les fêtes de Pâques au donjon de l'Ombrière, à Bordeaux. De nouveau, la reine dut s'aliter. L'archevêque Hélie de Malemort la sermonna pour son imprudence. De tels voyages, à son âge ! Etait-ce raisonnable ?

— C'était mon dernier voyage, monseigneur, assura la reine. Et je ne l'ai pas accompli en vain. Voyez le joyau que je rapporte.

— Elle vous ressemble, constata l'archevêque.

Tous les vieux serviteurs de la reine étaient morts, qui eussent pu affirmer que l'infante de Castille était le vivant portrait de la reine, du temps où, en compagnie du petit prince français, son époux, elle montait jusqu'au plus haut des clochers de Bordeaux et brandissait son voile comme un étendard sur la ville, dans le vent du large.

— Monseigneur, il se peut que je ne puisse quitter Bordeaux d'ici quelques semaines... Vous accompagnerez Blanche jusqu'à Paris.

La veille du départ de Blanche, Aliénor fut témoin d'une scène atroce.

Ayant appris son arrivée à Bordeaux, Mercadier quitta son

domaine du Périgord avec quelques vieux routiers pour aller souhaiter la bienvenue à la vieille reine et lui parler de Richard. A peine entré dans la ville, aux portes mêmes de l'Ombrière, il fut assailli par une bande rivale commandée par un nommé Blandin. Percé de plusieurs coups de poignard au ventre, à demi assommé, il put se traîner jusqu'à la porte du donjon où des serviteurs le découvrirent. On le conduisit, perdant son sang, entre la vie et la mort, à la reine.

— Mercadier !

— Madame... J'étais venu... vous parler de Richard... Depuis... depuis sa mort... j'ai perdu le goût de vivre...

Mercadier n'en dit pas davantage. Il se débattit furieusement contre la mort, roula sur le tapis de la grande salle, battant l'air de ses grandes mains rouges.

Puis il s'immobilisa, se détendit, et Aliénor lui ferma les yeux.

In ira dei...

Un matin d'août, une petite troupe de cavaliers s'arrêta sous les murs de Fontevrault. Ils paraissaient affolés. L'abbesse Mathilde de Bohême, de la fenêtre de son cabinet, les regarda tourner dans la grande cour, poursuivis par la sœur tourière. Ils s'immobilisèrent enfin sous les murs de l'église abbatiale, parlèrent avec de grands gestes à la malheureuse qui boitillait dans leur sillage et partirent dans la direction de l'abbaye de la Madeleine, dans l'enceinte même de Fontevrault.

« C'est encore pour la reine », songea l'abbesse. Et elle se remit à ses écritures.

Aliénor venait à peine de s'acquitter de ses prières du matin et hésitait entre une courte promenade dans le grand enclos et le repos en compagnie d'une fraîche moniale qui lui lirait quelques passages du *Roman de Rou* qu'elle avait oubliés.

L'arrivée des chevaliers la tira d'embarras.

Elle redressa machinalement sa taille, cligna des yeux et interrogea.

— Qui êtes-vous ? Vous en faites du bruit !

Un grand jeune homme aux épaisses moustaches blondes, qui paraissait commander aux autres, se détacha. C'était un baron normand des environs de Rouen. Il s'inclina d'un air cérémonieux.

— Madame, je suis au regret de troubler la paix de votre retraite, mais il se passe des événements graves en Normandie. Philippe est devant Château-Gaillard.

Aliénor fit le geste de chasser une mouche.

— Tant pis pour lui ! Il n'y restera pas longtemps.

— Je crains, au contraire, qu'il y reste toujours.

— Que dis-tu ?

Le jeune baron expliqua avec beaucoup de ménagements que Philippe s'était déjà emparé du fort de Boutavant, situé dans une île, au milieu de la Seine, qu'une flotte de lourds chalands avait défoncé l'estacade barrant le fleuve. Quand il avait quitté Les Andelys avec les quelques hommes de sa suite, Philippe s'apprêtait à prendre cette place.

— Succès sans lendemain, dit péremptoirement Aliénor. Quelques sorties bien menées et Jean réoccupera ces positions. Vous vous alarmez à tort, jeune homme.

Le « jeune homme » avala sa salive et répondit avec embarras :

— C'est que, madame, le roi votre fils paraît fort peu se soucier de Château-Gaillard. Il en a laissé le commandement au connétable de Chester, Roger de Lacy. C'est un capitaine preux et vaillant, mais il ignore tout des guerres de siège.

Aliénor chancela. Elle s'approcha du baron, lui agrippa de poignet de sa main sèche et le secoua sans ménagement.

— Que dis-tu, galopin? Ce n'est pas Jean qui défend Château-Gaillard ?

Elle lâcha le bras du baron et frotta ses mains l'une contre l'autre. Ses doigts craquaient comme des brindilles brisées. Elle s'assit dans un fauteuil à dossier haut tourné vers la fenêtre et disparut complètement aux yeux du baron qui resta immobile et muet au centre de la pièce.

C'était incroyable, inimaginable. Ce qui avait tenu Philippe en échec sur les frontières de Normandie, c'était ce fort, le plus puissant de tout l'Occident. Richard ne parlait de lui qu'avec émotion et enthousiasme et le nommait « son enfant ». Il en tirait une fierté un peu puérile mais au fond assez légitime. Il n'y avait pas une tour, pas un fossé qu'il n'eût voulus tels qu'ils étaient, il avait passé des nuits en compagnie des maîtres d'œuvre et des architectes, à dresser des plans, à les détruire, à envisager tous les systèmes de défense, s'inpirant des citadelles de Palestine, afin que tout, dans cette œuvre colossale, fût sans défaut. Et voilà que, sans raison apparente, Jean se désintéressait de son sort. Cela équivalait à laisser la Normandie à Philippe. La reine était accoutumée aux singulières impulsions de son fils. Que n'avait-elle pas eu à lui pardonner au cours de ces trois années qui avaient suivi le mariage de Blanche avec le fils de Philippe ? L'enlèvement de la duchesse d'Angoulême, qui avait mécontenté tous les seigneurs d'Aquitaine, l'assassinat du jeune Arthur de Bretagne, ses cruautés inutiles et dangereuses, ses inconstances. Elle lui avait tout pardonné. Mais cela, non, elle ne pourrait pas. Du moins ferait-elle tout ce qui était en son pouvoir pour l'empêcher.

Le baron normand ayant manifesté sa présence en toussant, elle se leva, tremblante d'indignation, fonça sur lui et dit d'un ton bourru :

— Qu'attend-on de moi ? Que je remonte à cheval et que j'aille moi-même défendre Château-Gaillard ? A quatre-vingts ans passés ! Vous n'y pensez pas, jeune gredin ? L'aventure de Mirebeau, l'an dernier, m'a coûté la santé et sûrement quelques années de mon existence. Je ne tiens pas, de nouveau, pour corriger les erreurs de ce vaurien, à soutenir un nouveau siège.

Le baron ne se démonta pas. Il mordilla sa longue moustache :

— Nous ne vous en demandons pas tant, madame.

— Plaît-il ? Tu penses donc que je n'en suis pas capable ?

— Je n'ai pas dit cela. Je crois simplement qu'avec l'autorité que vous avez encore sur votre fils vous pouvez l'inciter à changer d'avis.

— Tu crois cela ? Vraiment ?

Elle lui tourna le dos en pouffant, alla frapper de la main le dossier de son fauteuil et chargea de nouveau son interlocuteur qui recula d'un pas.

— C'est bon, jeune imbécile ! Nous allons écrire à Jean de notre plus belle plume. Et nous verrons qui de nous deux a raison !

Elle appela d'une voix aiguë la jeune nonne qui faisait office de secrétaire, dicta d'une voix rauque une lettre frémissante de colère, la cacheta et la tendit au baron.

— Merci, madame. Si Château-Gaillard est sauvé, c'est à vous que nous le devrons.

— Ça suffit, petit. Laisse-moi, à présent. Je suis lasse.

Il allait disparaître quand elle courut après lui.

— Ton nom ?

— Pierre. Pierre de Préaux.

— Eh bien ! Pierre, tu feras la navette entre Château-Gaillard et Fontevrault. Je veux être informée de tout, entends-tu, de tout. Et dans les délais les plus brefs.

*
* *

Aliénor attendait Pierre comme le blé la chaleur de mars. Et Pierre le savait. Il savait que les nouvelles qu'il rapportait de Normandie étaient aussi nécessaires à la reine que l'air qu'elle respirait. Quand un événement important le contraignait à demeurer sur le théâtre des opérations, il dépêchait un écuyer avec mission de ne s'arrêter en route que pour faire reposer son cheval. Chaque fois qu'il paraissait devant elle, c'était pour s'entendre sermonner comme s'il avait douze ans : il devait connaître des relais agréables entre Château-Gaillard, ou bien il chevauchait un roncin moins vif qu'une vieille mule d'archevêque ! Pierre se laissait malmener en souriant. Puis la reine le priait gentiment de s'asseoir en face d'elle ou, si elle demeurait couchée, sur le bord de son lit. Ils bavardaient des heures durant puis Aliénor le chassait d'un ton acerbe :

— Tu as assez bavardé, gredin. File, à présent ! Et, si tu ne m'as pas apporté de nouvelles d'ici une quinzaine, je te fais jeter aux fers.

Elle lui donnait sa main à baiser.

Un jour, elle le pria de lui rapporter de Château-Gaillard une pierre, une simple pierre arrachée à la terre normande. Quelques jours plus tard, il était de retour, cachant sous sa cape encore couverte de neige un objet qu'il tendit en grand mystère à la reine. C'était une effigie grande comme la main, taillée dans un calcaire d'une extrême finesse. Une poupée de pierre. La reine la caressa de la main, lentement, longuement, puis une lourde larme perla à ses cils.

— Pierre, c'est...

— Oui, madame, c'est l'image de votre fils Richard. Un des maîtres d'œuvre qui travailla à l'édification de Château-Gaillard l'a sculptée sur ma demande en deux nuits. Il a bien connu Richard et ses traits sont demeurés gravés dans sa mémoire.

— On ne pouvait pas oublier Richard une fois qu'on l'avait vu. Oui, c'est bien lui. Ces yeux larges, ce nez volontaire, ce torse puissant sous la maille sarrasine...

L'effigie de Richard ne quitta plus le chevet d'Aliénor. Certaines nuits de mauvais sommeil, la reine se levait, allumait une chandelle sous la statuette et la regardait vivre dans cette auréole de lumière. Son ombre, au moindre souffle, paraissait danser contre le plâtre de la muraille nue et, durant des heures, la reine observait ses moindres mouvements et engageait avec lui un colloque de fantômes. Quand le sommeil la surprenait, c'était pour lui livrer un Richard vivant d'une autre vie, plus réelle, dansant une carole guerrière dans le tourbillon de sa grande cape rouge, sautant d'une tour à l'autre avec une légèreté d'oiseau, fauchant les merlons avec une épée de feu.

Un matin, Pierre de Préaux trouva la reine alitée et souffrante. Elle s'était trop attardée sur le tombeau de son époux et de ses enfants, Jeanne et Richard, dans la nef glacée, malgré les remontrances de sa secrétaire.

Quand Pierre pénétra dans la chambre surchauffée, il vit le visage de la reine s'éclairer comme chaque fois, mais d'une lumière plus maladive qui émanait de ses yeux et non plus de tout son visage couleur de cendre.

— Pierre ! Toi, enfin...

— Madame, de bonnes nouvelles.

La reine se dressa, saisit le poignet de Pierre.

— Dis vite !

— Jean est décidé à contre-attaquer. Il a levé sans peine une armée en Normandie et l'a massée à Rouen. A cette heure, il marche sur Château-Gaillard. Je ne veux pas vous donner de faux espoirs, mais je crois que l'on peut attendre beaucoup de cette contre-attaque.

La reine se sentait mieux soudain. Elle parla de se lever. Roger, son conseiller, eut toutes les peines du monde à l'en empêcher. Quand la neige aurait cessé de tomber on aviserait. Aliénor consentit en maugréant.

— Approchez, dit-elle, comme Pierre se levait pour prendre congé.

Elle cligna des yeux en le considérant de tout près.

— Je te trouve mauvaise mine, petit. Tu as maigri, depuis la dernière fois. Ne vas pas tomber malade, toi aussi ?

Pierre la rassura. Il n'osa lui avouer que ces va-et-vient continuels entre Seine et Loire avaient fini par lui miner la santé.

— Pars vite, petit. Je t'attends...

*
* *

Pierre ne reparut pas d'un mois.

De Rouen où il avait dû s'aliter, il recevait chaque jour des nouvelles du siège de Château-Gaillard et dépêchait de fréquents courriers à la reine.

Aux alentours de Noël, le siège en était à l'état, à peu de chose près, où Pierre l'avait trouvé un mois auparavant. Les assiégeants se terraient dans leurs abris et battaient la semelle autour des grands feux. La première contre-attaque de Jean n'avait pas eu de lendemain. Puis, un matin, son armée avait plié bagage, laissant Château-Gaillard et son défenseur, Roger de Lucy, à leur sort. Roger fit face au découragement qui saisit ses deux cents hommes de troupe et décida de résister à outrance.

La première mesure qu'il prit fut énergique mais inhumaine.

Il y avait, dans le corps de place, cinq cents réfugiés, vieillards, femmes et enfants des Andelys, qui ne lui étaient d'aucun secours pour la défense et grevaient dangereusement les réserves de vivres. Il décida de les chasser.

Un matin, donc, on leur ouvrit une poterne et, un à un, l'épée dans les reins, on les poussa dehors avec une miche de pain noir et trois doigts de lard.

De l'autre côté, on était à la fête. Les arcs et les arbalètes sortirent tout seuls de leurs étriers et le carnage fut épouvantable. Le roi, alerté, alla s'informer sur place. Il ne put retenir un mouvement de stupeur devant cette foule prise de panique, courant dans l'étroit espace entre la citadelle et les fossés sous les volées de flèches qui partaient des palis français. Il ordonna de cesser le tir et allait se retirer quand il vit un grand gaillard vêtu d'une mauvaise gonelle de pâtre s'avancer vers lui les mains levées, s'arrêter à quelques pas des lignes de circonvallation que hérissaient des pieux liés de jonc et l'interpeller d'une voix forte :

— Philippe, tu ne peux nous laisser massacrer ainsi. Laisse-nous passer, pour l'amour du Ciel. Nous ne demandons rien d'autre que la liberté. Ici, nous mourrons de faim.

Philippe faillit céder. Des mères se lamentaient sur le corps de leurs enfants, des enfants pleuraient en se roulant sur le corps de leur mère. Puis il réfléchit : cela pouvait n'être qu'une simple manœuvre de la part de Roger ; si, en refusant d'héberger ces pauvres hères, Philippe les condamnait à une mort certaine, peut-être Roger se déciderait-il à les reprendre, quitte à compromettre l'approvisionnement des combattants. Peut-être...

— Je ne puis vous recevoir, répondit-il durement. Je vous promets que nous ne vous ferons pas de mal, mais ce n'est pas à nous de vous secourir. Adressez-vous à Roger !

*
* *

— La reine refuse toute nourriture depuis près d'une semaine, dit la petite nonne. Voyez comme elle est pâle. Je crains qu'elle ne vous reconnaisse plus.

La reine ouvrit les yeux ; ses lèvres esquissèrent un sourire.

— Pierre... Mon petit... Toi, enfin. Je t'ai attendu si longtemps que j'ai craint de mourir sans t'avoir revu.

Pierre se pencha sur la reine, effleura sa main d'un baiser.

— Approche... plus près. Je ne vois presque plus. Des ombres... de la lumière... Dis-moi, Pierre, comment se comporte notre citadelle ?

— Au mieux, madame. Voilà plus de deux mois que Philippe n'a pas poussé son avantage.

— Bien... bien... J'espère qu'avant le printemps Jean se sera décidé à agir.

— Je l'espère, madame.

Pierre ne dit pas un mot des malheureux que Roger avait chassés. Ils parlèrent encore durant près d'une heure. Pierre devait répéter ses paroles et parler lentement : la reine n'entendait qu'une voix lointaine sortant de la nuit.

*
* *

Roger de Lacy resta une semaine sans fermer l'œil. Les gémissements, les sursauts de colère des damnés qui menaient leur ronde infernale autour des remparts lui interdisaient tout repos. Il espérait encore, sans trop y croire, que les Français se décideraient à les accueillir : ils les repoussaient durement et massacraient sans pitié ceux qui se ruaient à l'assaut de leurs lignes. Il fut à plusieurs reprises sur le point de leur ouvrir ses portes, mais une visite au charnier et au silo à blé le faisait chaque fois changer d'avis : après Noël, il faudrait rationner les combattants ; quatre ou cinq cents bouches inutiles et c'était la famine à bref délai. Accoudé sur un merlon, il suivait des yeux les évolutions de ces fantômes qui tournaient sans fin le long du fossé.

La miche de pain dont il avait doté chacun des expulsés n'était depuis longtemps qu'un souvenir. Ils se nourrissaient de racines et d'herbes arrachées aux pentes du fossé, de mousses et de lichens grattés aux flancs de la forteresse. Les hommes valides que Roger avait gardés et qui étaient les pères, les époux ou les enfants de ces maudits leur faisaient subrepticement parvenir, au bout d'une corde, quelques aliments prélevés sur leur ration — Roger ne l'ignorait pas, mais il n'avait pas la force de sévir.

Les soldats d'en face s'amusaient parfois à leur jeter quelque rogaton pour le plaisir de les voir se le disputer férocement. Ils se divertirent fort, un jour qu'ils leur envoyèrent une poule vivante : en quelques instants elle fut dévorée sur place. Après, ce furent des chiens et des chats qu'ils capturaient en allant au fourrage.

Un matin, le bruit courut dans la citadelle que Jean préparait une attaque de grande envergure. Un guetteur assura avoir vu, se découpant sur la falaise, au-dessus des Andelys, les enseignes du roi d'Angleterre.

*
* *

Pierre s'attendait, chaque fois qu'il passait sous la lourde porte de Fontevrault, à trouver la reine à l'agonie. Mais elle ne se décidait pas à mourir.

— Je ne tiens plus à la vie, lui dit-elle un jour. Mais je ne mourrai pas avant d'avoir vu Philippe chassé de la Normandie.

Elle avait commencé à s'alimenter légèrement sans que l'on pût constater une amélioration à son état d'extrême faiblesse. Elle ne tenait à la vie que par un fil, mais ce fil était tressé d'un métal si solide que seul un relâchement de la volonté pourrait le faire céder. Et cette volonté était telle qu'Aliénor dit un jour à Pierre, dans un souffle.

— Je mourrai dès que Jean aura donné le premier assaut aux retranchements de Philippe. Après, je sais que tout ira bien.

*
* *

Février passa sans que les forces de Jean se fussent montrées. Roger désespérait. Les défenseurs qui avaient de la famille parmi les expulsés pillèrent une réserve de salaison qu'ils jetèrent par-dessus les remparts pour permettre aux malheureux de tenir encore quelques jours. Le connétable en fit mettre quelques-uns aux fers et les priva de nourriture pendant trois jours.

La température plus clémente avait permis aux Français de recommencer leurs travaux de circonvallation, d'édifier d'énormes tours roulantes et de mettre en place des pierres et des mangonneaux destinés à démanteler les remparts.

Dès la mi-février, les jets de pierre commencèrent à pleuvoir sur Château-Gaillard. Les hourds ne résistèrent pas longtemps. Dès que les tirs eurent atteint la précision voulue, des brèches commencèrent à s'ouvrir dans la couronne des remparts. L'assaut n'allait plus tarder à présent. Un matin, des ingénieurs s'avancèrent jusqu'aux abords du fossé, parlementèrent longuement avec de grands gestes, dressèrent des plans. Le lendemain, à l'aube, une équipe de terrassiers commençait à combler le fossé.

— Nous ne leur en laisserons pas le loisir, dit Roger de Lacy... Mes archers et mes arbalétriers vont leur rendre la tâche difficile.

*
* *

Pierre de Préaux tiraillait sa longue moustache blonde en considérant Aliénor, le prieur Roger constata qu'elle paraissait, chaque fois qu'elle voyait Pierre entrer dans sa chambre, émerger d'un étang avec un visage de noyée qui s'essaierait à revivre.

— Roger leur mènera la vie dure, j'en ai la certitude, dit-elle. Philippe ne pourra même pas placer ses sapeurs au pied des tours. Il n'y a pas un endroit, sur toute la ligne des remparts, qui soit à l'abri des coups des défenseurs. Richard m'a expliqué tout cela, jadis. J'ai confiance, Pierre, entière confiance en Château-Gaillard.

Pierre passa sur sa nuque une main inquiète et s'assit en maugréant sur un escabeau, près de la reine. Il brûlait de lui avouer que les défenses de la citadelle n'étaient pas sans défauts et que Philippe, depuis le temps qu'il en faisait le tour, avait eu tout loisir de les relever. Il y avait, notamment, certain angle mort qu'il avait certainement dessein de mettre à profit... Il se tut. La confiance de la reine venait de trop profond en elle pour qu'il eût la cruauté de la détruire. C'eût été la condamner.

Il garda un moment le silence, guettant avec une pointe d'angoisse la question qu'elle ne manquerait pas de lui poser :

— As-tu des nouvelles de Jean ?

Là encore, Pierre se refusa, quoiqu'il lui en coûtât, de révéler la vérité à la vieille reine : Jean préparait ses positions de repli sur l'île, alors que la Normandie tout entière, pour peu qu'il l'eût désiré, se fût levée d'un seul élan pour barrer la route au roi de France.

— Il se prépare, madame. Sa contre-attaque ne saurait tarder.

— Elle tarde, pourtant, et je suis si lasse de la vie, j'ai tellement hâte que tout ça finisse. Pierre, Pierre, tâche de le voir. Dis-lui...

Une toux sèche secoua la reine. Le baron pétrifié, vit ses bras tendineux battre l'air, lutter contre leur ombre dansant sur les rideaux. Une grosse goutte de sang s'arrondit sous une narine, lui coula jusqu'au menton. Elle aspirait l'air avec bruit, le rejetait péniblement.

— Retirez-vous, dit la petite nonne. Je crois qu'elle vit ses derniers instants.

Pierre resta jusqu'au soir, replié sur lui-même au milieu de quelques mendiants, devant la cheminée de l'aumônerie. Il se leva brusquement, comme la nuit tombait, décidé à tout dire à la reine, à abréger le martyre qu'elle prolongeait volontairement pour une cause dont elle ignorait qu'elle était perdue.

Au moment de frapper à la porte de la chambre, le courage l'abandonna. Il redescendit dans la cour.

La nuit était claire et froide. Il chevaucherait jusqu'à l'aube.

*
* *

On eût dit que la montagne elle-même venait d'éclater.

Les étançons placés dans la vaste chambre de mine aménagée par les sapeurs sous une des grosses tours de l'ouvrage, rongés par le feu, venaient de céder. La tour vacilla puis s'abattit jusqu'à mi-corps.

Les Français poussèrent un cri qui se répercuta sur la presqu'île. Philippe eut toutes les peines du monde à empêcher ses hommes d'appliquer tout de suite les échelles et de se jeter à l'assaut de la brèche. Il préférait attendre le lendemain.

L'appel du guetteur cornant le jour du haut de la cathédrale de bois dressée au milieu du camp l'éveilla comme une fanfare de triomphe. Il bondit hors de sa tente après avoir avalé un bol de lait brûlant. Il faisait à peine jour que le camp grouillait déjà et que le roi, entouré de son état-major, fixait l'heure du premier assaut.

Il suivit les opérations du haut de la tour de bois qui dominait le camp et la forteresse. La colonne d'assaut, hérissée d'arcs et de lances, cuirassée d'écus multicolores, ondulait des premiers fossés de circonvallation à la base de la tour comme une grosse chenille, donnant de la tête dans la crevasse où elle disparaissait petit à petit. Roger de Lacy se défendait bien. Les armes de jet pleuvaient dru sur les assaillants qui n'avançaient plus que poussés par la masse en mouvement.

Philippe fit la grimace. Il venait, en se rongeant les pouces, d'arracher un lambeau de chair. Un léger goût de sang emplit sa bouche. Il croyait les défenseurs à bout de force, usés par les privations, les jets de pierre, l'attente de la grande attaque et voilà qu'il les trouvait frais et vifs, prêts à défendre pierre à pierre leur repaire. Il avait trop précipité la décision.

Au milieu du jour, il était encore sur son perchoir, moite de sueur malgré le vent glacé qui soufflait de Toëni, criant des ordres que les hérauts s'empressaient de transmettre en galopant comme des lapins sauvages. Tout à coup, il eut l'impression qu'il se passait quelque chose d'extraordinaire. La brèche avait été reprise par un quarteron de diables qui se battaient si courageusement que la tête de la colonne d'assaut fondait à vue d'œil.

Il comprit vite que ce petit groupe n'était destiné qu'à abriter le repli des défenseurs derrière la seconde enceinte. Bientôt, en effet, ce bouchon éclata et la ruée fut telle que le roi ne put distinguer qu'un grouillement incertain.

Il descendit de la tour en titubant, risquant de se rompre le cou à chaque pas.

Cette première défaite sonnait le glas de Château-Gaillard.

*
* *

— Cette cloche, dit Pierre, va-t-elle s'arrêter ?

Ce n'était que l'angélus, mais les sons étouffés que balayait le vent d'est rendaient dans le crépuscule une plainte sinistre. La petite nonne ne répondit pas. Pierre lui posa une main sur l'épaule. Elle leva vers lui ses yeux froids.

— Il faut absolument que je parle à la reine. Je n'ai plus le droit de lui cacher la vérité. Tôt ou tard elle apprendra ce qui se passe réellement en Normandie et me le reprochera jusqu'à l'heure de sa mort. Comprenez-vous cela ?

La petite nonne hocha la tête.

C'était bien la dernière fois que Pierre pénétrait dans cette chambre : désormais, il n'en aurait plus le courage, il le sentait bien. Que la reine sorte de sa torpeur, qu'elle ouvre les yeux et il lui dirait tout.

Pierre s'approcha du lit, retenu à la ceinture par la petite nonne, et se pencha vers la reine. Elle paraissait dormir, mais son visage portait déjà les apparences de la mort : ce nez aigu, ces joues creuses qui enveloppaient étroitement les maxillaires, ces pommettes couleur de savon...

La petite nonne n'avait pas lâché sa ceinture. Elle le tirait en arrière à petits coups. Il l'entendit murmurer :

— Pas encore... Pas encore...

*
* *

Philippe laissa son index posé sur un point de la carte et regarda sévèrement Guillaume des Roches qui répéta :

— Non, sire, je n'ai pas la conviction que nous viendrons à bout de Château-Gaillard aussi rapidement que vous le dites. Vous savez ce qu'a coûté ce premier assaut ? Une seconde victoire comme celle-ci et il ne nous reste plus qu'à déguerpir.

— Vraiment ? Alors, écoutez ce que va nous dire Bogis.

Il fit un signe. Quelques instants plus tard, Bogis entrait dans la tente du roi. C'était un obscur capitaine que Guillaume n'avait jamais vu.

— Bogis, dit le roi, explique-nous ton plan.

— Il est simple, dit Bogis. Voyez cette chapelle. Jean l'a fait bâtir l'an dernier avec le corps de bâtiment qui l'entoure. Sous cette chapelle, les latrines. Elles ouvrent sur le fossé par une lucarne étroite mais assez large tout de même pour que je puisse m'y glisser avec quelques compagnons pas trop bedonnants.

— Vous vous ferez massacrer, dit Guillaume.

Philippe fit claquer sa main sur la table d'un geste autoritaire.

— C'est un risque à courir, Guillaume. Je suis de votre avis quand vous dites qu'un second assaut pourrait nous coûter fort cher. Là nous risquons seulement de perdre quelques hommes.

Bogis profita d'une nuit sans lune. Avec une dizaine de compagnons choisis parmi les plus intrépides, il se glissa par la petite fenêtre des latrines sans faire plus de bruit qu'une couleuvre pénétrant dans son abri. Philippe ne put suivre l'opération, malgré son désir de tout régler jusqu'aux moindres détails. Il resta à tourner dans sa tente comme une bête malade. La victoire dépendait de ces dix hommes. S'ils échouaient, tout serait remis en question.

Une rumeur dans le petit matin l'arracha à sa tente.

Une grosse fumée montait de la citadelle.

*
* *

L'abbesse Mathilde de Bohême s'approcha du lit dans la rumeur des prières des morts et les fumées d'encens. On avait déjà apporté de grands cierges de cire jaune que l'on n'avait même pas pris la peine de dissimuler et qui se dressaient contre le mur du fond, près du lit.

Le prieur Roger s'était agenouillé au chevet de la reine et leurs têtes se touchaient presque. A de brefs mouvements, Mathilde devina qu'ils parlaient ensemble, mais sans pouvoir rien discerner de leurs paroles.

Une odeur de maladie et de vieillesse avait pénétré les tentures du lit, mêlée à celle des tisanes, et Mathilde, chaque fois qu'elle entrait dans cette chambre, en éprouvait un malaise. Elle pensa à ce jeune baron, Pierre de Préaux, qui attendait des nouvelles, à l'aumônerie, et refusait de monter jusqu'à la chambre d'agonie, parce qu'il craignait de lire un dernier espoir dans les yeux de la reine, d'ajouter au poids de mensonges qu'elle emporterait dans son dernier royaume. « Vous, ma mère, dites-lui. Ne la laissez pas partir sans qu'elle sache. Moi, je ne le puis pas... » Mathilde toussa. A présent, il n'était plus question de tricher ; les tours les plus habiles, les mensonges les mieux habillés ne changeraient rien. Il est des rendez-vous que l'on ne peut repousser indéfiniment.

En se déplaçant, l'épaule de Roger libéra le visage de la reine. L'effort qu'elle avait dû faire pour proférer ses dernières paroles avait fait monter une roseur fallacieuse à ses pommettes. Elle ferma les yeux quand Roger se mit à oindre de la pointe de l'index, avec l'huile des infirmes contenue dans une petite ampoule, les paupières, les oreilles, les narines et la bouche. Il découvrit le corps déjà raidi, traça le signe de croix sur les pieds d'une petitesse étonnante, sur les mains croisées au niveau du ventre. A chaque geste qu'il faisait, à chaque onction pratiquée sur les organes des sens que purifiait son toucher, ses lèvres s'animaient d'une prière. Aliénor n'existait plus pour lui ; chaque partie du corps qu'il touchait n'était qu'un fruit vénéneux qu'il changeait en miel ; la reine se divisait sous ses mains ; il ouvrait ce corps comme un éventail ou comme une aile d'aigle.

Mathilde s'approcha, lui toucha l'épaule, fit un geste, et Roger se retira.

*
* *

Bogis et ses compagnons attendirent que l'incendie s'apaisât pour sortir de leur niche. La chapelle était déserte. Ils entrouvrirent la porte. Une confusion extraordinaire régnait dans la courtine balayée par les derniers reflets de l'incendie.

Le plus difficile restait à faire : parvenir jusqu'au pont et le baisser.

Ils bondirent dans la courtine, balayèrent quelques défenseurs affolés, essuyèrent une pluie de flèches et, filant le long du rempart, atteignirent le pont. Un bref combat et les treuils furent en leur possession. Le pont tomba sur ses butées avec un bruit de tonnerre.

Tout s'était passé avec une telle rapidité, l'affolement des défenseurs atteignait un tel degré que la petite troupe de Bogis rencontra une résistance à peu près nulle et que les premiers éléments français jaillissant dans la courtine, propulsés comme par un ressort, ne virent des adversaires que leurs talons.

— Nous ne sommes pas au bout de nos peines, dit Guillaume des Roches.

— La place est à nous, répliqua Philippe. Que la fièvre m'emporte si, d'ici la fin de la semaine, nous ne contemplons pas la vallée des Andelys du haut de ce donjon.

— Avant de prendre ce donjon, fit observer le sénéchal d'Anjou, vous devrez enlever cette enceinte. Et voyez comme elle est bien défendue. On dirait que tous les hérissons de Normandie et d'Angleterre se sont donné rendez-vous à ces créneaux.

Les choses allèrent très vite. Sous le soleil de mars, cette agitation guerrière, avec les étendards déployés, les chants des sapeurs, prenait les apparences d'une gigantesque fête populaire. Les sapeurs se mirent joyeusement au travail. Les défenseurs creusèrent des contremines et il y eut des combats de taupes jusqu'au moment où, minée de toute part, l'enceinte du sud fléchit. Les assaillants trouvèrent la brèche bien garnie. On amena les catapultes, les pierriers, les mangonneaux et ces gros insectes de bois crevèrent en quelques heures la défense

Après, tout fut simple.

Les hommes de Roger de Lacy (guère plus d'une centaine), ne cherchèrent même pas à se replier dans le donjon où ils eussent pu résister quelques jours de plus. Ils lâchèrent leurs armes et, la tête basse, portant la honte sur leurs épaules, plus lourde que la pierre, ils s'avancèrent, les mains nues vers le buisson de lances qui venait à leur rencontre.

Philippe frappa sur l'épaule de Guillaume le Maréchal.

— Dans trois jours, je suis à Rouen. En moins d'un mois, la

Normandie est à moi et Jean capitule. D'ici le début de l'été, je prendrai Poitiers et recevrai à merci la reine Aliénor. Cette heure que nous vivons comptera dans l'histoire du monde, sénéchal !

Les capitaines s'écartèrent, au seuil de la tente royale, et Philippe vit une ombre bouger sur le sol, dans un triangle de soleil et d'herbe verte. Une silhouette s'encadra dans la porte.

— Sire, je me nomme Roger de Lacy...

*
* *

Aliénor vit une ombre bouger contre sa rétine. Elle avait la certitude d'avoir les yeux ouverts et pourtant, tout ce qu'elle pouvait distinguer, c'était cette ombre qui se penchait sur elle et un ovale blanc qui était le visage. Elle devina que l'ombre lui parlait, mais elle ne pouvait discerner qu'un vague murmure. Elle voulut soulever la tête, mais une main de plomb pesait à son front ; elle essaya de prononcer un nom : « Pierre », mais c'est à peine si ses lèvres bougèrent. Elle ferma les yeux et un vertige la prit. Il lui semblait s'éloigner vite, très vite de la rive d'un fleuve très noir et très profond, noué de remous tourbillonnants, et qui l'emportait, l'emportait.

— Je ne pouvais pas vous laisser partir avec ce poids de mensonges, dit Mathilde de Bohême. Il fallait que je vous dise cela. M'entendez-vous, madame, m'entendez-vous ?

FIN

Achevé d'imprimer en octobre 1993
sur presse CAMERON,
dans les ateliers de la S.E.P.C.
à Saint-Amand Montrond (Cher)

Dépôt légal : octobre 1993.
N° d'impression : 2445.
Imprimé en France